Das Buch

In Morton's Fork in den Appalachen scheint die Zeit stillzustehen. Fremde verirren sich nur selten hierher. Doch im Juli jenes heißen Sommers in den 90er Jahren tun es gleich mehrere, zum Beispiel Truth, die Tochter des verstorbenen Magiers Thorne Blackburn. Sie ist Beraterin eines parapsychologischen Forscherteams, das den geheimnisvollen okkulten Phänomenen auf der Spur ist, die um Morton's Fork gehäuft auftreten. Besonders beunruhigend ist, daß hier immer wieder Menschen auf unerklärliche Weise verschwinden. Und dann gibt es noch zwei ›Gestrandete‹ im Dorf: die Broadway-Schauspielerin Sinah Dellon, die hier haltmacht, um nach ihren Wurzeln mütterlicherseits zu suchen, und Wycherley Musgrave, Sohn einer wohlhabenden Familie, der nach einem schweren Unfall beschließt, ausgerechnet an diesem Ort das Trinken aufzugeben. Viel Verständnis hat man im Dorf für die beiden Fremden nicht. Sinah, die über die Gabe verfügt, Gedanken lesen zu können, hat sogar unter der extremen Feindseligkeit der Dorfbewohner zu leiden. Der junge Musgrave wird indessen von seiner Vergangenheit gequält und ist zerfressen von Minderwertigkeitsgefühlen. Daß die Schicksale dieser beiden Menschen auf unglückselige Weise miteinander verwoben sind, ahnt niemand – auch Truth nicht. Sie weiß nur: Die unheimlichen Begebenheiten um Morton's Fork steuern ihrem Höhepunkt zu. Wie kann sie das Tor zur Anderwelt finden, das bald ein neues Opfer fordern wird?

Die Autorin

Marion Zimmer Bradley, zu Weltruhm gelangt mit *Die Nebel von Avalon*, schrieb seither viele erfolgreiche Fantasy-Romane. Viele davon sind im Heyne Verlag erschienen. Sie lebte in Berkeley, wo sie 1999 verstarb.

MARION ZIMMER BRADLEY

DÄMONENLICHT

ROMAN

Aus dem Amerikanischen
von Andreas Nohl

WILHELM HEYNE VERLAG
MÜNCHEN

HEYNE ALLGEMEINE REIHE
Band-Nr. 01/10395

Die Originalausgabe
GRAVELIGHT
erschien im Verlag Tom Doherty Associates, Inc., New York

Umwelthinweis:
Dieses Buch wurde auf
chlor- und säurefreiem Papier gedruckt.

Taschenbucherstausgabe 10/2000
Copyright © 1997 by Marion Zimmer Bradley
Copyright © der deutschsprachigen Ausgabe 1999
by Wilhelm Heyne Verlag GmbH & Co. KG, München
Printed in Germany 2000
Umschlagillustration: Linda Garland/Agentur Holl
Umschlaggestaltung: Hauptmann und Kampa Werbeagentur, CH-Zug
Satz: Leingärtner, Nabburg
Druck und Bindung: Presse-Druck Augsburg

ISBN 3-453-17212-4

http://www.heyne.de

Zerbrochen. Alles zerbrochen. Nichts übrig. Der Gedanke erfüllte ihn mit absonderlicher Freude. Alles war nun zerbrochen, und Winter Musgrave, seine perfekte Schwester, war es, die den Bruch herbeigeführt und die Musgrave-Familie in einen Zustand heillosen Durcheinanders gebracht hatte. Das goldene Mädchen hatte versagt, und als ob ihr Versagen ein magischer Dolch wäre, schnitt er das Netz aus Familienstolz und Privilegien und *Nicht-erwischt-Werden*, das die Winters und die Musgraves und die Ridenows seit über einem Jahrhundert um sich selbst gesponnen hatten, entzwei und löste alles auf.

Der Ferrari wollte rechts über den Straßenrand hinaus; das Steuerrad – als Wycherly es mit einem Ruck in die entgegengesetzte Richtung lenkte – gehorchte seinen Händen mit beängstigender Leichtigkeit. Die Reifen kehrten auf die Straße zurück, griffen die Oberfläche und fanden Halt. Das Auto schnellte zurück um die Kurve wie ein Windhund auf der Jagd nach einem Hasen, und Wycherly ließ seinen Gedanken wieder freien Lauf.

Das meiste dessen, was der Musgrave-Familie im letzten Jahr widerfahren war, verstand er nicht, aber er wußte, daß Kenneth jr. – der verhätschelte, verwöhnte, vollkommene Kenny – im vergangenen Herbst zu guter Letzt Geld unterschlagen und die Staatsanwaltschaft davon Wind bekommen hatte. Damit hatte der junge Prinz – der alternde, aufgeblasene, verrottende Prinz, verbesserte sich Wycherly boshaft – seinen Wall-Street-Thron und sein Wall-Street-Gehalt verloren. Er und seine vollkommene Gattin Patricia waren gezwungen, ihre ganzen teuren Privilegien aufzugeben und heim nach Wychwood zu ziehen, wo sie von der Barmherzigkeit seiner Eltern leben durften. Und die zu erwartenden Gerichtskosten würden eine noch größere Belastung für die Familienfinanzen bedeuten.

Zur gleichen Zeit – als ob das Geld sein eigentliches Lebensblut gewesen wäre – war der Patriarch der Musgraves, Kenneth sen., ernsthaft krank geworden. Eine Reihe von Schlaganfällen hatte ihn von seinem Götterthron gestoßen und ihn gezwungen, sich nach Wychwood zurückzuziehen – so wie

Bruch gehen und auslaufen. Wie ein Verdurstender in der Wüste von Wasser träumt, so sehnte er sich nach dem Geruch von Alkohol. Es war die einzige Konstante in seinem Leben, für sie hatte er alles freigebig geopfert.

Trotz seines Verlangens hatte er noch keine Flasche geöffnet. Vielleicht aber bald. Vielleicht ein Drink oder zwei – oder drei –, vielleicht würde die Landstraße unter seinen Rädern dann größere Herausforderungen bereithalten.

Er hieß Wycherly Ridenow Musgrave, und im Augenblick hatte er nicht die geringste Ahnung, wo er war. Irgendwo westlich von New York, soviel wußte er, aber die Tage, die er hinter dem Lenkrad des kleinen italienischen Autos zugebracht hatte, waren zu einem Mosaik aus Straßenschildern bei Mondschein und fremd anmutenden Landschaften bei Sonnenaufgang verschwommen. Er hatte sich nicht verfahren. Um sich verfahren zu können, mußte man ein Ziel haben, doch Wycherly Musgrave hatte keines.

Der frische morgendliche Fahrtwind blies seine kupferfarbenen Haare – zu lang; sein Vater wurde wütend, wenn er sie sah – aus der Stirn. Er fror in seinem teuren Ledermantel, aber er wollte nicht anhalten, um das Dach des Ferraris zuzuschieben. Wenn er nicht fuhr, mußte er etwas anderes tun, und er wollte nichts anderes tun. Er wollte, daß die Straße alles war, alle Gedanken vertrieb, die Zeit verschlang.

Vor ihm tauchte eine unbeschilderte Abzweigung auf. Er riß das Steuer nach links und mußte es fest umklammert halten, als das Auto in die enge Straße schlingerte. Der tiefergelegte Wagen reagierte tapfer, ließ aber seinen Rennmotor aufheulen, als Wycherly herunterschaltete und gleich wieder beschleunigte. Die Straße war kaum breit genug für den Ferrari. Wycherly dachte kurz daran, was er wohl machen würde, wenn ihm ein anderes Auto entgegenkäme, aber das veranlaßte ihn keineswegs, langsamer zu fahren. Es gab ihm eine gewisse Befriedigung, daß er mit dem schnellen Wagen auf der unausgebauten Straße spielend fertig wurde: ein Zeichen von Tüchtigkeit in einem Leben, das sonst nichts davon aufwies. Das Auto brach aus. Die Flaschen stießen aneinander. Eine würde bald zu Bruch gehen.

vorkommen in den Bergen von Lyonesse County war zu gering, um das Interesse der Raubkapitalisten von der Ostküste zu erregen. Die Männer, die in den Minen ihr Geld verdienten, fuhren meilenweit zur Arbeit: Morton's Fork selbst schlummerte weiter. Und als die Zeit der Kohle vorüber war, hinterließen die großen Gesellschaften mehr Öde und Verwüstung, als sie während ihrer Betriebszeit verursacht hatten, aber Morton's Fork blieb, wie es gewesen war.

Vier große Kriege bewirkten kaum tiefere Veränderungen im Leben der Menschen, die in diesen Bergen lebten, als die Minen. 1914, kurz bevor die Vereinigten Staaten in den Ersten Weltkrieg eintraten, wurde in den Bergen über Morton's Fork ein Sanatorium erbaut, und über zehn Jahre später entstanden im Gefolge eines Straßenbauprojekts des Arbeitsministeriums Waben von kleinen Häusern, deren Einförmigkeit wie ein häßlicher Eingriff in die wilde Landschaft der Appalachen wirkte. Die Welt wandte sich anderen Dingen zu, und der zurückgebliebene Weiler Morton's Fork sank wieder in seinen jahrzehntelangen Schlaf, hatte nichts dagegen, den Rest des zwanzigsten Jahrhunderts zu verträumen, so wie er schon das neunzehnte und das achtzehnte durchdöst hatte.

Weder Radio noch Fernsehen konnten diesen schützenden Bergen mit ihrem üppigen Bewuchs von Kiefern, Birken und Lorbeer etwas anhaben. Die nächste Bücherei war zwölf, der nächste Supermarkt zwanzig Meilen entfernt. Kein Paket-Schnellservice, kein MTV störte den gleichmäßigen Verlauf der Tage.

Es war ein perfekter Ort, um sich zu verstecken.

Er war die ganze Nacht gefahren, und jetzt, einige Stunden nach dem Morgengrauen, wechselte die Aussicht durch die Windschutzscheibe des Cabrios zwischen scharf eingeschnittenen Tälern, in denen noch der Juli-Morgennebel stand, und der jähen Dunkelheit kiefernbestandener Berghänge. Kohlenland, so schön und hartherzig wie die Tochter eines reichen Mannes. Jedesmal, wenn das Auto in eine Kurve fuhr, rollten die Flaschen, die auf dem Boden vor dem Beifahrersitz lagen, laut klirrend gegeneinander, und er hoffte fast, eine möge zu

1

Ein würdevoller und privater Ort

Ein Reisender von der Wiege bis ins Grab
Durch die düstre Nacht dieses unsterblichen Tags
PERCY BYSSHE SHELLEY

Vor mehr als dreihundert Jahren waren die ersten Europäer in dieses Gebirge vorgedrungen, Menschen, die wissen wollten, was hinter dem Horizont des seltsamen neuen Landes lag, das sie betreten hatten. Diesen Pionieren folgten Menschen, deren Ziel es war, das Land in Besitz zu nehmen; sie waren es, die den Ort ihrer Niederlassung Morton's Fork genannt hatten, nach dem Richterspruch eines Geistlichen, dessen Unrechtmäßigkeit noch nach Generationen zu Streitereien führte.

Vom 18. bis ins 19. Jahrhundert gedieh die Landgemeinde schlecht und recht, bis in den Bergen von West Virginia Kohle gefunden wurde, genug, um den Expansionsdrang einer jungen Nation zu schüren – wenn sie nur aus den Tiefen der Berge gefördert werden konnte, in denen sie verborgen lag. So hielten die Bergwerksgesellschaften Einzug in den Bergen von West Virginia und brachten Wohlstand und Despotismus, Armut und Hoffnung mit sich, und sie verwandelten die Landschaft und die Menschen für immer. Die Gesellschaften, denen die Kohle gehörte, kümmerten sich nicht darum, wieviel Menschenleben die Erschließung und Gewinnung des schwarzen Goldes kostete oder welchen Preis die Zukunft dafür eines Tages zu entrichten haben würde.

Morton's Fork blieb seltsam unberührt von der wilden Spekulation mit Bergwerkssiedlungen und Fördertürmen, die andere Gemeinden verwandelten und zerstörten. Das Kohle-

Ferne, über den Schreien, konnte Quentin die Alarmglocke des Sanatoriums läuten hören.

Das Wildwood-Sanatorium brannte.

Er rannte zur Tür – die andere Tür, deren Stufen hinabführten – und zerrte vergeblich an ihr. Sie war abgeschlossen, und da er sich für zu gerissen hielt, um auf der Hut zu sein, hatte er den Schlüssel nicht mitgenommen. In dieser Nacht gab es nur einen einzigen Ausgang aus dem Tempel.

Hinter ihm zerschellte etwas. Er schwang herum, suchte Attie – sie stand vor dem Altar und lachte irr, als das Petroleum von der Lampe, die sie gegen den Altar geschleudert hatte, auslief und die Behänge in Flammen setzte. Das tosende Feuer übertönte bald jeden anderen Laut – das Gewitter, das Geschrei, das Rasen der chthonischen Wasser, über denen sie standen.

»Warum?« Seine Frage war ein Aufschrei der Enttäuschung und Wut.

»Ich habe dich gewarnt.« Er sah, wie ihre Lippen lautlos Vorwürfe formten, sah das Feuer an ihrem Kleid lecken, alles verschlingend, was es erreichen konnte.

Er sah die Tränen, die an ihren Wangen hinabliefen. In diesem Augenblick scharten sich die überlebenden Mitglieder seines Sabbats um ihn, drängten sich zwischen die beiden und flehten ihn an, sie zu retten, wo es keinen Ausweg mehr gab. Einen kurzen entlarvenden Moment fiel die Maske des Meisters von ihm ab; verzweifelt rief er den Namen seiner Geliebten.

»Athanais!«

Und dann war nur noch Feuer.

men, verband sie in einem einzigen großen Geschehen. Von Attie Dellon ging tiefes Schweigen aus, wie Ringe von einem Stein, der in einen Teich geworfen wird. Sie war weiß gekleidet – trug ihre Schwesterntracht – und hielt eine brennende Petroleumlampe in der Hand.

»Du kommst also doch noch, um uns beizuwohnen, Athanais Dellon?« fragte Quentin, in seiner Stimme ein Selbstvertrauen, das nicht im mindesten seinem Empfinden entsprach.

»Nein.« Ihre Stimme war hart und rauh wie Stein. »Ich bin gekommen, um dich aufzuhalten, Quentin Blackburn.«

Ihr Körper war von einem goldenen Dunstschleier umgeben; Quentin brauchte einen Moment, um zu erkennen, daß er diesen Kranz nicht mit geistigen, sondern mit seinen natürlichen Augen sah. Es war das Licht der Lampe in ihrer Hand, das sich in dem Rauch um sie her zerstreute.

»Ich habe dich von Anfang an davor gewarnt, mit der Quelle dein Spiel zu treiben«, sagte Attie. »Du hast meiner Familie sonst alles gestohlen, Quentin Blackburn, aber sie wirst du nicht stehlen. Ich habe dich gewarnt«, sagte sie wieder, und erst jetzt, durch den Weihrauchduft, konnte Quentin den Rauch riechen.

Quentin begann – langsam, oh so langsam – auf sie zuzuschreiten. Die Mitglieder seines Hexensabbats liefen in der Mitte des verschwenderisch ausgeschmückten Tempels zusammen, ängstlich und ohne Ordnung, dann wandten sie sich zum Eingang, den Attie versperrte.

»Beiseite, Frau!« bellte Quentin, alle Kraft zusammennehmend, die es ihm ermöglicht hatte, hier an diesem Ort ein Lager der Kirche vom Alten Ritus aufzuschlagen. Attie bewegte sich, doch sie war jetzt mit einer Aura größerer Macht ausgestattet, und mit einem spöttischen Knicks trat sie zur Seite und gab den Gang frei.

Im gleichen Augenblick hastete ein Dutzend Sabbatteilnehmer in den Treppenschacht, ihre kunstvolle Gewandung nun eher ein Hindernis als Ausdruck okkulter Kraft. Einen Augenblick später hörte man die ersten Schreie, als jemand von ihnen die Tür oben an der Treppe öffnete und eine Wolke rußig-schwarzen Rauchs in den Schacht eindrang. Aus der

eigene, farbig bemalte Nacktheit zu offenbaren. Er hielt das Opfermesser mit rotem Griff in der Hand, und die geweihte Klinge zitterte vor Begierde, ihr blutiges Werk zu verrichten. Er hatte Sarita gesagt, daß sie in dieser Nacht Unsterblichkeit erlangen würde – aber nicht, auf welche Weise.

Ringsherum flackerten und tropften die Fackeln, die einzigen Lichtquellen des Raumes, sie warfen schwankende Schatten an die Wände, während die Gemeinde sich mit Gesang und Tanz zu immer neuen orgiastischen Höhen antrieb. Aber es war Saritas Blut, das ihm die Macht des Tores Zwischen den Welten verleihen würde... wenn das Tor ein Opfer annahm, das nicht aus der Blutlinie stammte.

Er hätte die Macht schon vor Monaten erlangen können, wenn das kleine Dellon-Mädchen zur Zusammenarbeit bereit gewesen wäre. Wie hatte sie es wagen können, ihren unsinnigen Aberglauben gegen die Entfaltung der gesamten Macht der okkulten Wissenschaft des zwanzigsten Jahrhunderts ins Feld zu führen? Sah sie nicht, wie sich die alte Welt verwandelte? Selbst in diesem Moment tobte der Krieg, der die irdische Manifestation des Konflikts auf der Inneren Bewußtseinsebene war, durch Europa, fegte die alte Ordnung im Namen des neuen Übermenschen weg, vor dem sich eines Tages alle Völker der Erde verneigen würden. Wenn die Macht erst in seinen Händen wäre, dann würde sich auch Attie Dellon vor ihm verneigen – oder sie würde seine nächste Opfergabe an das Tor sein.

Die Ekstase erreichte ihren Höhepunkt. Quentin hob den Dolch über seinen Kopf, und nun war es ihm gleichgültig, ob Sarita die Waffe sah.

»Halt!« Der Schrei schnitt durch die aufgebaute Spannung der Macht wie das kalte Licht eines Blitzes. Der Rhythmus der Zeremonie brach zusammen; die Betenden verloren ihren Schwung. Quentin Blackburn hob den Kopf und blickte in Attie Dellons Augen. Sarita auf dem Altar richtete sich unvermittelt auf. Sie zog ihre rituelle Robe um sich und starrte wimmernd auf das Messer in Quentins Hand.

Es gab jetzt zwei Träger der Macht, und sie wirbelte zwischen ihnen hin und her, zog den Mann und die Frau zusam-

borgenen Quelle genähert. Auch jetzt noch hätte sie für ihren Geliebten um Gnade gefleht bei den Mächten, die er so unbesonnen geweckt hatte, doch die Leuchtenden Götter waren sowenig zu erweichen wie der steinerne Grund selbst.

Sie erreichte die Hintertür. Mit ihrem gestohlenen Schlüssel öffnete sie das Schloß.

In der dunklen Küche klang der Regen wie lautes Getrommel. Sie zitterte so, daß ihr drei Streichhölzer zerbrachen, bevor sie eines anzünden konnte. Als die Petroleumlampe brannte, huschten die unförmigen Schatten des schwarzen gußeisernen Ofens und des brummenden alten Kühlschranks über die weiß verputzten Wände. Die aufgehängten Töpfe schwankten sacht, als ob die Energie in der Luft sie in Unruhe versetzte. Attie umklammerte die Lampe fester.

Vorsichtig hielt sie ihre gläserne Laterne vor sich und eilte aus der Küche in den danebenliegenden Speiseraum. Durch die hohen Fenster flackerten die Blitze, auf den Tischen, die bereits für das Frühstück gedeckt waren, leuchteten weißer Damast und Silberbesteck.

Wo war der Eingang zu Quentins Tempel? *Wo?* Er hatte stets ein Geheimnis daraus gemacht und nicht das Geringste verraten. Was, wenn sie den Eingang nicht finden konnte?

»Quentin...«, klagte Attie, und diesmal hatte ihre Stimme den Klang der Niederlage.

Dreißig Meter unter dem Erdboden näherte sich der Gottesdienst seinem Höhepunkt in dem Tempel, den Quentin Blackburn geschaffen hatte. Die Steine, aus denen er erbaut war, hatten einst zu den Mauern einer Klosterkapelle in Frankreich gehört, viele Jahrhunderte lang durchdrungen von den Gebeten frommer Jungfrauen. Der Altar, auf dem das Opfer lag, gehörte einem noch älteren magischen Zeitalter an; von seinem ägyptischen Tempel aus hatte sein schwarzer Basalt den Aufstieg und Fall des römischen Weltreichs gesehen.

Umgeben von den Mitgliedern seines schwarzen Hexensabbats, stand Quentin Blackburn, Großmeister der Kirche vom Alten Ritus, über die nackte Frau auf dem Altar gebeugt, die Bockshorn-Krone auf dem Kopf, sein Gewand offen, um seine

Regentropfen hinterließen dunkle, fette Sterne auf der eleganten Steinterrasse.

Sie wandte sich von der Vordertür ab und lief um das Gebäude herum zur Küchentür. Sie tastete in ihrem Schwesternkittel nach dem Schlüsselbund. Quentin war so erfreut gewesen, daß sie in seinem vornehmen Sanatorium für ihn arbeiten wollte. Als ob sie eine andere Chance gehabt hätte, mit einer Tochter, die sie zu ernähren hatte – ohne die Hilfe eines Mannes. Sie dachte kurz an ihre kleine Tochter, die zu Hause im Bett lag und schlief. Melly, die eines Tages die Verantwortung für die Quelle tragen würde – wenn es dafür nicht schon zu spät war. Quentin Blackburn hatte den heiligen Pfad zu den Leuchtenden Göttern betreten, ohne sich um die Folgen zu scheren – jetzt gab es kein Entrinnen mehr, für keinen von ihnen.

Ein greller Blitzstrahl zuckte blauweiß über die bleiche Mauer neben ihr, und wie auf ein Signal, als wäre ein Deich gebrochen, begannen Wassermassen aus dem Himmel zu stürzen. Die eisige Nässe raubte ihr fast den Atem und brachte ihr Bewußtsein wie mit einem Schock zurück in die Welt der Tatsachen. Aber das währte nicht lange. Die Quelle war aufgebracht, und ihre Energie ließ die natürliche Welt um sie herum wie die Staffage in der Glaskugel eines Geisterbeschwörers erscheinen – unwirklich. Attie bewegte sich wie unter Wasser vorwärts, und im Geist war sie bereits eingedrungen, befand sich bei Quentin und seiner abscheulichen Gemeinde in dem gewölbten Raum über der Quelle. Die Worte, die dort gesprochen wurden, hallten in ihrem Inneren wider:

»Wir rufen die Ziege, dir zu gebieten! Komm, du Prinz der Elemente, Undine, Geschöpf des Wassers: Du warst vor dem Beginn der Welt – ungeboren, ungeschaffen, verbannt aus der Stadt des Urgrunds! Wie Tod nach Tod ruft, der Sklave nach dem Herrn, so rufen wir dich...«

Attie schüttelte den Kopf, um den Gesang loszuwerden, und dabei kehrte die Angst um so stärker zurück. Seit hundert Generationen hatten die Dellon-Frauen und jene, die ihnen vorangegangen waren, sich in Furcht und Klage dieser ver-

Prolog

Morton's Fork, 14. August 1917

Dies Grab soll ein lebendig Denkmal haben.
WILLIAM SHAKESPEARE

Die Kraft der Quelle wogte machtvoll um Attie herum, selbst durch die dicken Mauern, die sie von ihr trennten. Es war spät, und der Berg hätte im Mondschein gelegen, hätte sich hinter dem tiefen Bergeinschnitt von Watchman's Gap nicht ein Sommergewitter zusammengebraut.

Attie fluchte leise, als sie an den verschlossenen Türen des Sanatoriums rüttelte. Wie konnte Quentin es wagen, die Quelle zu versuchen, und glauben, sie würde es nicht merken? Sie konnte ihm viel verzeihen, aber nicht dies. Die Quelle gehörte ihr – er hatte ihr das Land gestohlen mit Hilfe seiner Anwälte und der Schwäche ihres Bruders, aber er konnte ihr nicht auch noch die Quelle stehlen. Sie war Teil von ihrem Blut, von ihrer Mutter Blut, seit der Zeit des Leuchtenden Anbeginns. Doch er hatte ihr in seiner Machtgier an jeder Biegung Steine in den Weg gelegt, sie ausgetrickst, hatte ihr mit den Ketten von Gesetz und Reichtum die Bewegungsfreiheit genommen und sie ohnmächtig gemacht.

»Quentin!« Atties Stimme klang scharf wie ein Peitschenhieb. Mit der flachen Hand schlug sie gegen die schwere Eichentür, so daß der Glaseinsatz darin erzitterte. Sie wußte, daß er sie hörte, wo immer er steckte. Daß er sie erwartete. Daß er erwartete, sie würde sich ihm anschließen.

Aber er irrte sich.

»Quentin!« rief Attie erneut. Das Gewitter war nun über Watchman's Gap herübergezogen, und die ersten dicken

ein verwundetes Tier den Schutz seiner Höhle aufsuchte. Jetzt war der Patriarch der Musgraves ein zerstörter Koloß, dessen verbleibende Lebensspanne sich in Monaten messen ließ.

Vater lag im Sterben.

Und Wycherly war geflohen. Denn er mußte... er mußte herausfinden...

Er mußte wissen, ob auch er selbst todkrank war. Denn niemand in Wychwood sagte ihm die Wahrheit. In seiner Familie richteten sich Tatsachen oft nach Meinungen, und alle Musgraves waren Meister im Bewahren von Geheimnissen.

Die Empfindung von Angst und Wut ließ ihn stärker auf das Gaspedal treten, und das Cabrio fuhr viel zu schnell auf der schmalen Straße, als es über den Gipfel des Berges hinausschoß. Für einen Augenblick hing es schwere- und antriebslos in der Luft. Wycherly, der nicht begriff, was geschehen war, trat noch fester auf das Pedal: Als das Auto wieder Grund berührte, überraschte ihn die Schubkraft, und in diesem entscheidenden Moment der Unaufmerksamkeit drehte sich das Auto nach rechts statt nach links und kam ganz von der Straße ab.

Es gab keine Leitplanke.

Wycherly spürte, wie die Räder erneut Bodenhaftung verloren, doch statt einer kurzen Schwebe hielt der Zustand diesmal an. Der Augenblick des gewichtlosen Falls wurde von einem bedrohlich friedlichen Gefühl begleitet, und dann kam die unerbittliche Wirklichkeit von Aufprall und Schwerkraft.

Der Aufschlag kam – einen Sekundenbruchteil bevor er ihn erwartete – schnell und bösartig wie die Klinge des Henkers.

Zu der Zeit, als Morton's Fork eine blühende Gemeinde gewesen war, hatte dieses Gebäude als Schulhaus gedient, und auch jetzt noch bewahrten die roten Backsteinmauern etwas von jener Vergangenheit. Doch heute gab es in dem Gebäude Elektrizität und fließendes Wasser statt Holzofen und Außenabort; kostspielige moderne Möbel und reizende ländliche Antiquitäten hatten die Schultafel und die Sitzreihen abgelöst. Der große Unterrichtsraum wurde an drei Seiten von einer Galerie umgeben. In die Parterrefenster hatte man altes Buntglas eingesetzt, als ob die Bewohnerin des Hauses ein ungewöhnlich großes Bedürfnis nach Abgeschiedenheit hätte, selbst an diesem verzauberten, einsamen Ort.

Sie hieß Melusine Dellon – ihre Freunde nannten sie Sinah, und diejenigen, die vorgaben, ihr Vertrauen zu genießen, nannten sie ›Melly‹. Die erste Gruppe war immer klein gewesen, während die zweite täglich größer wurde.

In eben diesem Moment war Sinah ›beinahe berühmt‹. Zwar war sie bereits jetzt bekannter, als die meisten Menschen es je in ihrem Leben werden, aber nur für eine überschaubare Gruppe von Leuten – Broadway-Produzenten, Theaterkritiker, Schauspielagenten. In diesem Dezember aber würde sich dieser ausgewählte Kreis um all diejenigen erweitern, die in der Lage waren, Nachrichten zu empfangen, zu hören, zu sehen oder zu lesen, wenn nämlich die Castle-Rock-Filmgesellschaft *Das Nullsummenspiel* herausbringen würde, eine Filmadaption von Ellis Gardners erfolgreichem Broadway-Stück. Am 18. Dezember würde Sinah Dellon den Sprung von einer mäßig bekannten Broadway-Schauspielerin zu einem Hollywood-Star schaffen.

Doch statt an der Westküste an ihrer Karriere zu arbeiten, war sie hier.

Sinah schaute sich im Zimmer um. Wenn sie ein echter Hollywood-Star wäre, dann, so nahm sie an, müßte sie mit einem kleinen Hofstaat reisen und einen persönlichen Assistenten haben, der Experten für sie ausgrub und dafür gewann, ihr Dinge zu erklären. Doch das schnelle Leben in Hollywood schien so ... aufgeblasen im Vergleich mit seinem Gegenstück im Osten. Oder, wie *Variety* immer noch schrieb: ›*Wahres* Theater‹.

Doch Hollywood, wenn man sich einmal darauf eingelassen hatte, wurde man nicht mehr so leicht los. Es hatte etwas Magisches, vor der Kamera zu stehen, die Gefühle aller anderen Anwesenden auszuschalten und sich allein auf den Regisseur zu konzentrieren, von ihm zu empfangen, ihm zu geben, nach dem süchtig machenden Moment der Transzendenz zu suchen.

Sie fragte sich, ob es zuträglich wäre, dies anzustreben. Aber wenn es das nicht war, so wußte Sinah zugleich nicht, welch anderes Leben sie sich wünschen sollte. Der Gedanke, noch einmal von vorn anzufangen als Börsenmaklerin oder Meeresbiologin, war etwas, das sie sich nicht einmal vorstellen konnte. Sie war, was sie war.

Eine *Verrückte*. Die ihr verrücktes, unnatürliches Einfühlungsvermögen in den Kanal der darstellenden Kunst gelenkt hatte und jetzt, wie die Frau, die auf dem Tiger ritt, nicht wußte, wie sie aus ihrer Lage wieder herauskommen sollte.

Mit einem Seufzer warf sie die *Variety*, in die sie sich nur scheinbar vertieft hatte, auf den Boden und rieb sich die Schläfen. Nun hatte sie doch noch die Kopfschmerzen bekommen, gegen die sie den ganzen Tag angekämpft hatte. Alles um sie her, das Zuhause, das sie sich geschaffen hatte, verspottete sie mit der Erinnerung an den sicheren Hafen, den sie hier hatte finden wollen. Ab dem Moment, da sie nach Morton's Fork gekommen war, war alles schiefgegangen – als wäre jetzt die Zeit gekommen, für das ganze unverdiente Glück, das ihr über 28 Jahre ihres Lebens die Treue gehalten hatte, zu zahlen.

Weiß Gott, sie hatte gedacht, daß Schauspielerin zu werden ihre Probleme lösen, nicht sie verschärfen würde – und es war so einfach gewesen...

An ihrem achtzehnten Geburtstag hatte sie den Bus nach New York bestiegen. Anders als so viele andere hoffnungsvolle junge Leute hatte sie gottlob nur kurz kellnern müssen. Nach sechs Monaten arbeitete sie im Theater, auch wenn es noch fünf Jahre dauerte, bevor sie ihre erste Hauptrolle bekam. Dann war sie im *Nullsummenspiel* besetzt worden, das fast zwei Jahre lang lief, bevor es nach Hollywood verkauft wurde, und Jason Kennedy – der Star der Inszenierung – war Teil des Pakets gewesen und sollte seine Rolle für den Film neu erarbeiten. Und er hatte genug Einfluß auf das Projekt, um Sinah ebenfalls in den Vertrag einzubinden.

Alle hatten ihr gesagt, dies sei ein Glückstreffer, aber sie hatte es im voraus gewußt, von dem Zeitpunkt an, da die Verhandlungen begannen. Melusine Dellon war so lange schon die Beste in dem, was sie tat, daß bloßes Lob eine andere Form von Beleidigung geworden war – denn das Lob galt nicht *ihr* oder dem, was sie tat, sondern einer schlichten Laune der

Natur. Sie *war* Adrienne, genauso wie sie vorher Julia, Maggie die Katze, Antigone, Hedda Gabler gewesen war. Sinah verkörperte all ihre Rollen vollkommen.

Alle Rollen. Jede Rolle. Außer anscheinend die der Tochter.

Athanais Dellon aus Morton's Fork, West Virginia, hatte am 14. August 1969 ein Mädchen, Melusine Dellon, Vater unbekannt, zur Welt gebracht und war gestorben. Sinah besaß die Dokumente; sie hatte ihnen vorbehaltlos geglaubt. Doch als sie schließlich heimgekehrt war, um an ihre Vergangenheit anzuknüpfen, gab man ihr in Morton's Fork nur die Auskunft, daß eine Athanais Dellon hier nie gelebt habe.

Es war wirklich nicht so wichtig, ob ihre Erwartungen enttäuscht wurden. Als sie hergekommen war, um ihr restauriertes Schulhaus in Besitz zu nehmen, hatte Sinah das Gefühl gehabt, in eine Szene von *The Twilight Zone* hineingeraten zu sein. Es gab keine Dellons in Morton's Fork, sagten die Leute. Niemand mit dem Namen Athanais Dellon hatte hier je gelebt. Es wäre einfach gewesen, das Ganze dem halsstarrigen Stolz von Hinterwäldlern zuzuschreiben, aber es war mehr als das. Sie logen. Sie logen sie an, haßten sie, versuchten sie in Wahn und Dunkelheit zu treiben; dies wußte Sinah Dellon mit größerer Sicherheit als ihren eigenen – ursprünglichen – Namen, dem sie nachspürte.

Wenn sie klug gewesen wäre, dann hätte sie die Sache sofort fallengelassen, vielleicht sogar das Weite gesucht. Doch Sinah war immer eine Kämpferin gewesen – sie hatte sich selbst als Tochter von Athanais zu erkennen gegeben und die Leute davor gewarnt, mit ihren Lügen fortzufahren.

Also hatten sie Sinah ausgeschlossen und sie ihrer Einsamkeit inmitten der wilden Schönheit dieses Orts überlassen. So wie ihre Pflegeeltern es getan hatten. So wie es jeder, der die Wahrheit über sie wußte, getan hatte.

Sie wollte nicht darüber nachdenken, aber worüber sonst sollte sie nachdenken? Übers Verrücktwerden? Übers Sterben? Der Makel in ihrem Blut – die ungeheuerliche Begabung, die ihre Mutter gehabt haben mußte, denn warum sollten die Leute sie sonst so hassen?

Die mit großer Sorgfalt zurechtgelegte soziale Maske, die Sinah auch dann noch trug, wenn sie alleine war, begann zu bröckeln, und sie langte nach einem Papiertaschentuch, um sich die Tränen abzuwischen, die unvermittelt und schmerzend aus ihren Augen traten. *Makel im Blut.* Es klang wie der Titel eines billigen Reißers, aber es war die Wahrheit, die sie sich all die Jahre hindurch nicht hatte eingestehen wollen. Normale Menschen konnten nicht, was Sinah konnte.

Normale Menschen konnten nicht Gedanken lesen.

Sie erinnerte sich an keine Zeit, in der sie es nicht gekonnt hatte: Als Baby in der Krippe hatte sie Gedanken und Gefühle ihrer Mutter mit jeder Berührung aufgenommen; in der Schule hatte sie alle Prüfungsfragen gewußt, sie kannte die Geheimnisse aller Klassenkameradinnen – und verriet sie, bis sie eines Besseren belehrt wurde. Der Begriff für das, was sie war, existierte nur in Büchern, nicht in der wirklichen Welt.

Telepathin. Gedankenleserin. *Dreckige kleine Schnüfflerin in anderer Leute Angelegenheiten, nicht meine Tochter, ein Ungeheuer* – Sinah unterdrückte ein Schluchzen. Sie hatte gebetet, daß die Gabe sie verließe, statt dessen war sie nur mit jedem Jahr stärker geworden, bis Sinah einen Menschen gar nicht mehr zu berühren brauchte, um seine Gedanken zu lesen, auch wenn Berührung immer noch die schärfsten Bilder brachte. Mit ihrer Gabe konnte sie jedermanns Traumfrau werden, ein perfekter Spiegel. Es hatte ihr Erfolg am Broadway gebracht, in Hollywood...

Aber wenn sie nicht nur ein perfektes Abbild der Gedanken anderer war, wer war Sinah Dellon? Hier in ihrem Traumhaus konnte sie immerhin sie selbst sein, aber sie fühlte sich seltsam leer, rastlos. Als ob sie, wenn sie nicht jemandes anderen Gefühle spiegelte, nichts wäre.

Nein. Das kann nicht wahr sein.

Doch möglich war es, dachte sie. Daß der winzige Funke Individualität, der sich ›Sinah‹ nannte, bereits von all den fremden Gedanken ausgelöscht worden war und daß bald auch das Bewußtsein davon für immer verschwinden würde.

Nein. Das ist nicht wahr. Ich lasse nicht zu, daß das wahr ist. Es mußte andere wie sie geben – andere von ihrem Blut, die ebenso die Gabe geerbt hatten.

Wenn sie nicht alle zugrunde gegangen waren an der Gabe, die sie quälte. Tot und begraben, und sie wäre die letzte.

Sein eigener Angstschrei riß Wycherly aus dem Dämmertraum und brachte ihn zurück in einen Tag, wo die Sonne wie ein Hammer auf ihn einschlug und die Welt in ein rotleuchtendes Kaleidoskop aus Schmerz verwandelte. Doch er fürchtete den Schmerz nicht annähernd so sehr wie das, was unter der Oberfläche des Bewußtseins schlummern mochte. Er öffnete die Augen, und ein Schmerzschock wie tausend brennende Pulsschläge raste durch seinen Körper.

Er hatte schwere Prellungen und Quetschungen an seinem Brustkorb erlitten, jedes Luftholen bereitete ihm Schmerzen. Er spürte den warnenden Druck des Armaturenbretts gegen seine Oberschenkel. Die Wände des Fußraums hatten sich beinahe sanft um seine ausgestreckten Beine gelegt; ein starker Geruch von Alkohol – die Flaschen waren endlich zerbrochen – mischte sich mit dem scharfen, bedrohlichen Gestank von ausgelaufenem Benzin. Mit äußerster Vorsicht wandte Wycherly seinen Kopf – und kam nicht weiter.

Seine Wange stieß gegen die rauhe Rinde eines Baumstamms, der durch die Windschutzscheibe ins Auto hineinragte. Um ihn her lag das zerstoßene Sicherheitsglas wie Reis, der bei einer Hochzeit verstreut worden war. Der Chrom- und Stahlrahmen der Windschutzscheibe war einfach zu einem dekorativen Band verbogen. Die Kopfstütze an seinem Sitz hatte der Baumstamm abgerissen; der Baum war knapp über seiner Schulter, wenige Zentimeter von seinem Ohr entfernt, eingedrungen, ein roher, gesplitterter Spieß, etwa so dick wie Wycherlys Schenkel.

Er hätte ihn töten können.

Wycherly wurde klar, daß der Baum ihn nur um Zentimeter verfehlt hatte, und für einen Augenblick schwand jedes Schmerzempfinden.

Ich könnte tot sein. Zum ersten Mal in seinem Leben stieß die Vorstellung ihn ab. Tot – hier, jetzt, mit all seinen unerfüllten Versprechen und ungefällten Entscheidungen. Er sah den Berg hinunter. Die Sonne stieg gerade erst über die Bäume, doch die Sommerhitze begann schon die Luft zu erfüllen. Das Tal unten lag noch in tiefem Schatten, sein Grund war von Nebel verschleiert. Also mußte es dort vermutlich Wasser geben. Der Alkohol, der Wachtraum und zweiundsiebzig Stunden ohne Schlaf vereinigten sich zu der Überzeugung, daß Camilla jenseits des Totenflusses auf ihn wartete und daß er sich mit ihr aussöhnen müßte, wenn ihn nicht etwas Schlimmeres als der Tod erwarten sollte.

Die bizarre Fantasie verschwand im Nu und hinterließ das merkwürdige, drängende Gefühl, daß er noch etwas Wichtiges zu erledigen hatte, bevor er ruhig sterben konnte. Langsam begann sich Wycherly mit schmerzhafter Anstrengung aus dem Auto herauszuwinden. Er stellte fest, daß er keine ernste Verletzung davongetragen hatte – ein Bluterguß über dem Auge, eine klaffende Wunde, die sich an seinem Bein hinunterzog. Sie hatte reichlich geblutet, aber im Augenblick tat sie nicht einmal weh.

Die Fahrertür klemmte, und es kostete ihn mehrere peinigende Minuten, um sich nach hinten über den Stamm zu hieven, bis er sich schließlich befreit hatte. Erst in buchstäblich letzter Sekunde erinnerte er sich an seine Schultertasche. Das Leder war dunkel von ausgelaufenem Alkohol.

Er stützte seine Hände auf die Fahrertür und blickte sich um. Die Schnauze des kleinen Wagens wies den Abhang hinunter; das Cabrio war fest zwischen einem Felsen und einem kleinen Kiefernbestand eingezwängt. Der Fels und einige der Bäume trugen Spuren von dem leuchtenden Rot des Ferrari-Lacks. Er mußte von ihnen abgeprallt sein, bevor er zum Stillstand gekommen war. Der Winkel, in dem er jetzt stand, legte die Vermutung nahe, daß er im Flug gegen sie geschlagen war.

Benzin und Öl hatten sich in einer glitzernden Lache unter dem Auto ausgebreitet, was seltsam an Blut erinnerte, und der Fuß des Berges lag noch eine weite Strecke abwärts. Vorsichtig griff Wycherly nach dem zersplitterten Baumstamm, und jede Muskelfaser rebellierte gegen die Bewegung. Er sah jetzt, daß die Rinde verwittert war und sich abschälte; ein umgestürzter Baum, der inmitten der anderen eingekeilt lag, in genau dem richtigen Winkel, um ihn aufzuspießen wie die Nadel des Entomologen einen Schmetterling.

Schön, das ist ein Totalschaden. Bin ich eigentlich versichert?

Wycherly tastete sich unwillkürlich ab und fand seine Brieftasche, aber weder Führerschein noch Versicherungskarte. Die Erfahrung sagte ihm, daß er wahrscheinlich keines von beiden besaß – war ihm der Führerschein nicht vor ein paar Monaten nach der letzten Alkoholkontrolle entzogen worden? Wycherly vermutete, daß es sich so verhielt; es erklärte auch, warum er keine Versicherung hatte. Er warf noch einmal einen Blick auf den Ferrari und fragte sich mit einer gewissen distanzierten Schadenfreude, ob dies überhaupt sein Auto war. Vielleicht gehörte es Kenny. Vielleicht hatte er es gestohlen.

Er hatte Glück gehabt, daß er in die Kiefern gerast und nicht den ganzen Berg hinuntergestürzt war. Ein ebensolches Glück war es, daß er sich nicht überschlagen hatte.

Er hatte Glück gehabt. Wycherly dachte über diese ungewohnte Fügung seines Schicksals nach. Glück.

Er fragte sich, wo auf Gottes Erdboden er sich befand.

Er brauchte einen Drink.

Wycherly schauderte und wandte sich ab. Langsam begann er den Berg hinaufzuklettern, zurück zur Sicherheit und zur Straße.

Eine Halbtagesfahrt nördlich von New York City, am östlichen Ufer des Hudson River, liegt Amsterdam County, die Heimat des Taghkanic College. Die nächsten Nachbarn des Colleges sind das Städtchen Glastonbury und eine kleine Künstlerkolonie, die ihren Bewohnern Anonymität gewährt. Das College wurde 1714 gegründet und liegt zwischen der Eisenbahnlinie und dem Fluß, so daß man es leicht verfehlen kann, wenn man die Gegend nicht gut kennt. Taghkanic ist ein College mit geisteswissenschaftlicher Ausrichtung, wie es in den USA verbreitet war, bevor ein College-Diplom nur noch dazu diente, seinem Inhaber bessere Berufschancen zu eröffnen. Es ist bis auf den heutigen Tag seinen Gründungsprinzipien treu geblieben und hat keinen Pfennig Unterstützung von der Regierung angenommen, um die laufenden Kosten zu bestreiten. Es zog die Unabhängigkeit vor, zunächst die Unabhängigkeit von der Krone und dem Königlichen Gouverneur, später dann von den Vertretern der jungen Vereinigten Staaten.

Doch das sich wandelnde ökonomische Umfeld zwang die meisten privaten Colleges in den USA entweder zur Aufgabe oder zur Anpassung, bis nur noch eine Handvoll solch privilegierter und teurer Relikte übrigblieb. Taghkanic verdankte sein Überleben nicht der Freigebigkeit seiner ehemaligen Schüler oder der Weitsicht seiner Vermögensverwalter, sondern seiner Verbindung zu einer höchst eigentümlichen Institution: dem Margaret Beresford Bidney Memorial Psychic Science Research Laboratory, gegründet 1921 aufgrund einer Stiftung aus dem Nachlaß von Margaret Beresford Bidney, die selbst dem Abschlußjahrgang von 1868 angehört hatte.

Wie so viele, die nach dem blutigen Bürgerkrieg ihre Verwandten im Geisterreich wiederzufinden hofften, war Margaret Bidney Spiritistin, eine Anhängerin der Schwestern Fox aus Hydeville, New York. In späteren Jahren erweiterten sich Miss Bidneys Interessen auf die Arbeit von Cayce und die Theosophie und schließlich, da sie Schülerin von William Seabrook wurde, auf das weite Feld der Parapsychologie und der unsichtbaren Welt. Sie heiratete nie, und als sie starb, floß ihr gesamtes Vermögen einer Stiftung für Parapsychologische Forschung zu – dazu gehörte ein mit einer Million Dollar dotierter Preis für denjenigen, dem der wissenschaftlich überzeugende Nachweis paranormaler Fähigkeiten gelänge. Der Preis war bisher nicht vergeben worden.

Von Beginn an finanzierte sich das Forschungszentrum – oder wie es gewöhnlich genannt wurde, das Bidney-Institut – unabhängig vom College, obwohl es den Studenten von Taghkanic Kurse in Psychologie und Parapsychologie anbot und mit dem College zusammenarbeitete, um ihnen als eine der wenigen Institutionen im ganzen Land eine Promotion in Parapsychologie zu ermöglichen.

Nichtsdestoweniger versuchten die Verwalter von Taghkanic seit über fünfzig Jahren das gesamte Bidney-Vermögen für das College zu reklamieren und standen damit auch kurz vor dem Erfolg, als Colin MacLaren Anfang der siebziger Jahre die Direktorenstelle des Instituts antrat.

Als Dr. MacLaren zum Institut kam, stand es kurz vor der Schließung. Obwohl der Gipfel der Okkultismus-Feindlichkeit noch zwanzig Jahre in der Zukunft lag, hatte die okkultistische Wissenschaft wieder einmal einen Todesstoß erhalten, und der Parapsychologie ging es nicht viel anders. Die dunkle Seite im Zeitalter des Wassermannes war in den letzten Jahren immer deutlicher geworden, und es war keine fünf Jahre her, daß Thorne Blackburn, der berühmteste Vertreter der Magie, in einem seiner finsteren Rituale den Tod einer Frau verursacht hatte. Er selbst verschwand vom Erdboden und hinterließ eine Menge unbeantworteter Fragen.

Colin MacLaren wollte das alles ändern. Er war Publizist, hielt Vorträge, und als Parapsychologe vertrat er die Ansicht, daß Magie und Wissenschaft zwei lohnende akademische Betätigungsfelder waren und daß sich die Menschheit nur unzureichend verstehen ließ, wenn man sich nicht sowohl der Wissenschaft als auch dem dunklen Zwilling der Wissenschaft zuwendete: dem Okkulten. MacLaren verlangte, daß beim Studium paranormaler Phänomene kein Unterschied zwischen dem Okkultismus und der Parapsychologie gemacht werden sollte – wenn überhaupt, müßte den Okkultisten der Vorrang eingeräumt werden, da sie seit Jahrhunderten die unsichtbare Welt erforschten und versuchten, ihre Wirkungen und Phänomene systematisch zu bestimmen.

Als Pragmatiker und geborener Organisator, stürzte sich MacLaren mit ganzer Kraft auf seine neue Aufgabe, beseitigte überalterte Strukturen am Institut und richtete dessen Hauptaugenmerk auf Dokumentation und Vereinheitlichung der Forschungsmethoden. Unter seiner Leitung wurde das Bidney-Institut zu einer internationalen Koordinationsstelle für Forschungen, die sich mit den irrationalen Wahrheiten der menschlichen Wahrnehmung beschäftigten. Während das Zeitalter des Wassermannes sich als New Age neu erfand, bewahrte MacLarens Leitung das Institut davor, der populären Kultur in ihrem Besessensein von *crystal points* und *channeling* zu folgen. Als MacLaren Ende der achtziger Jahre das Institut verließ, hatte sich das Gespenst einer Schließung verflüchtigt, und den enttäuschten Verwaltern des Taghkanic College wurde klar, daß ihr wohlhabendes, aber ungeliebtes Stiefkind noch dem Campus angehören würde, wenn es in der Hölle schneite – ein Ereignis, das die Mitarbeiter des Bidney-Instituts jedenfalls messen und klassifizieren wollten.

Der schöne Campus döste in der schwülen Hitze des Sommers im Hudson Valley. Blütenstaub und Feuchtigkeit erfüllten die Luft mit einem glitzernden Schimmer, und die Reihen der Apfelbäume, die auf dem Campus standen und ihn umringten, standen in leuchtendem Sommerlaub. Obwohl es Juni war, ein Monat, in dem die meisten Privatcolleges – die früh schlossen und spät wieder öffneten – Geisterstädten glichen, herrschte auf dem Campus noch geschäftiges Treiben: Das Institut arbeitete das ganze Jahr hindurch. Die Mitarbeiter, die nicht zur Fakultät gehörten, genossen die Ruhe des Campus ohne Studenten, und die der angeschlossenen Fakultät – rein formal Teil des Fachbereichs Psychologie von Taghkanic – nutzten die Zeit, ihre Forschungs- und Publikationsprojekte voranzutreiben, so wie es für Universitäten und Wissenschaftsbetriebe üblich ist.

Dylan Palmer war ein typischer Vertreter der ›neuen Generation‹ von Gelehrten, die unter Colin MacLaren im Institut gefördert worden waren. Ein 82er Absolvent des Taghkanic College, hatte er seinen Doktor in Parapsychologie am College gemacht und war dann an das Institut zurückgekehrt, um zu lehren. Er war ein Professor vom Typ Indiana Jones, groß, blond, gutaussehend, unbeschwert und gelegentlich wagemutig. Ein Forscher aus Berufung und ein Geistersucher aus Neigung, galt Dylans wissenschaftliches Hauptinteresse der Persönlichkeitsübertragung und dem Phänomen postmortaler seelischer Manifestationen – oder, in einfacheren Worten: dem Spuk.

Dylan gab den Einführungskurs zur Okkulten Psychologie für Studienanfänger, den Professor MacLaren begründet hatte, und trug seinen Teil zur Untersuchung und Bearbeitung von Anfragen und Meldungen bei, die das Institut das ganze Jahr über beschäftigt hielten.

Doch den Sommer behielt er der Geistersuche vor.

»Hier ist es«, erklärte Dylan und breitete die Karte von West Virginia auf dem hastig freigeräumten Schreibtisch aus.

Dylans Büro strahlte wie sein Bewohner einen leicht unordentlichen, freundlichen Mangel an Förmlichkeit aus. An der Innenseite der Tür hing ein Filmplakat von *Ghostbusters*, ein zweites lag als Schreibunterlage auf seinem Schreibtisch.

»Morton's Fork, Lyonesse County, West Virginia.«

Seine Brille und der Goldring in seinem Ohr funkelten im Deckenlicht, als er sich über die Karte beugte. In seinem Rugbyhemd und seinen ausgebeulten Hosen glich er eher einem Studenten als einem Lehrer.

Seine Kollegin schaute über seine Schulter auf die Karte. Sie machte einen weitaus professionelleren Eindruck als Dylan, auch wenn sie nur eine einfache Bluse und eine gutsitzende Hose trug und eine Strickjacke zum Schutz gegen die Klimaanlage, die im Sommer auf Hochtouren lief.

Truth Jourdemayne war keine Lehrerin am Taghkanic College; sie arbeitete ausschließlich als statistische Parapsychologin für das Institut. Damit war sie dafür zuständig, alle Entdeckungen und Meßergebnisse der anderen in Graphiken, Schautafeln und trockene Vergleichstabellen umzusetzen. Bis vor kurzem war das Aufregendste, was sie in ihrem bisherigen Berufsleben getan hatte, der Entwurf für ein Experiment gewesen, um eine statistische Grundlage für Vorkommnisse hellseherischer Wahrnehmung zu schaffen. Aber das war mit dem Tag vorbei, als Truth endlich zugegeben hatte, daß sie die Tochter von Thorne Blackburn war.

Mit ihren schwarzen Haaren und grauen Augen hatte Truth Jourdemayne keine sonderliche Ähnlichkeit mit ihrem blonden – und berüchtigten – Vater, Thorne Blackburn. Blackburn hatte eine Generation zuvor an der vordersten Front der

Okkulten Renaissance gestanden und behauptet, er wäre ein *Heroe* im griechischen Sinne; ein Halbgott, Sohn der Leuchtenden, der alten Keltischen Götter. Als ihre Mutter während eines kultischen Rituals auf Thornes Besitz Shadow's Gate gestorben und Thorne selbst verschwunden war, hatte Truth fast ein Vierteljahrhundert gebraucht, um den Verlust zu überwinden.

Und noch länger hatte sie gebraucht, um zu akzeptieren, daß Thornes Prahlereien nichts als Tatsachen waren und daß sie, Truth selbst, nicht nur ein Mensch war. Die Magie der *Sidhe* und die Magie der Erde waren in Thorne Blackburns Tochter eine beunruhigende Verbindung eingegangen; jedesmal, wenn sie mit ihrem Erbe in Kontakt geriet, schien sie erneut wählen zu müssen, welches Pferd sie reiten wollte. Entscheiden, ob sie Mensch sein wollte oder ... nicht.

In all den Jahren hatte Truth sich mit allem, was das Blackburn-Erbe betraf, abgefunden: nur nicht damit. Es war das einzige, worüber sie mit Dylan nie gesprochen hatte: daß Thornes Behauptung, in ihm fließe Blut der *Sidhe*, keine bloße Anmaßung, sondern Tatsache war. Daß dieses Blutes allgegenwärtige Unmenschlichkeit in ihrem eigenen Körper fortlebte, das spöttische Gespenst einer Abstammung, die in Menschen ebenso kluge wie unverständige Kinder sah, der Beachtung kaum wert – die in menschlichen Gefühlen Spielzeug und im Manipulieren menschlicher Leben eine Art Sport sah. Selbst so abgeschwächt, wie das Blut in ihren Adern zirkulierte, lockte es sie immer noch mit dem Versprechen der Macht, wenn sie nur den Pfad betreten würde.

Aber sie fühlte sich bei ihren entfernten Blutsverwandten nicht heimischer als bei den Menschen. Sie war eine Außenseiterin. Sie war es immer gewesen. Die Annahme, daß sich die Dinge je ändern würden, löste in ihr nur endlose Trauer aus, da sie so illusorisch war.

Automatisch schob Truth die zudringlichen Gedanken beiseite. Es war sinnlos, ihnen nachzuhängen. Es gab nichts, was sie tun konnte – noch hatte niemand einen Weg gefunden, wie Kinder sich ihre Eltern aussuchen konnten. Und sie mußte sich eingestehen, daß sie sich wahrscheinlich keine anderen

Eltern wählen würde, wenn sie es denn könnte, auch wenn es so manchmal schwierig war.

»Stony Bottom? Clover Lick?« Truth las stirnrunzelnd die Namen auf der Karte.

»Nein. Schau, wo ich hinzeige, zwischen Pocahontas und Randolph Counties. Da liegt Lyonesse«, sagte Dylan.

Truth starrte angestrengt auf seinen Finger. »Astolat River, Big Heller, Little Heller Creek...« Die winzig gedruckten Namen waren in einer Gegend verteilt, die größtenteils aus Nationalparks und unberührter Wildnis zu bestehen schien.

»Das ist es«, sagte Dylan aufmunternd.

Truth richtete sich auf. »Haben wir die Erlaubnis, hinzufahren?« fragte sie zweifelnd.

»Brauchen wir nicht«, sagte Dylan. »Aber im übrigen habe ich an eine Menge Leute geschrieben – an den Bürgermeister von Pharaoh, an den Landrat von Lyonesse County, den Vorsitzenden des Heimatvereins –, und keiner hatte etwas dagegen einzuwenden, daß wir uns Morton's Fork einmal ansehen, in ein paar Wochen, wenn ich meine Papierberge vom Jahresende abgetragen habe.«

»Ob die Einheimischen uns wollen, ist eine andere Frage«, sagte Truth mehr zu sich selbst. »Die Leute haben eine angeborene Abneigung dagegen, wie Goldfische behandelt zu werden, Dylan.«

Der großgewachsene blonde Mann nahm ihren Einwand gelassen auf. »Und insbesondere Angehörige abgeschieden lebender Bergvölker ... Wir werden einfach sehen, was passiert, aber wenn wir überhaupt etwas wie Unterstützung bekommen, dann kriegen wir vielleicht faszinierende Ergebnisse. Als ich erst mal angefangen hatte, die Informationen aus Publikationen zu der Gegend auf dieser Übersichtskarte einzutragen...« Dylan wandte sich der Bürowand zu, wo eine auf Styropor aufgezogene Karte des Central Lyonesse County voll bunter Stecknadeln hing. »Wie du siehst, ist Morton's Fork das Zentrum ungeklärter Aktivitäten in einem Umkreis von fünfzig Meilen. Es muß dort sehr viel mehr los sein, als gemeldet wird.«

»Vielleicht gibt es sogar Gespenster«, neckte Truth ihn. Dylan lächelte sie an.

Truth wandte ihren Blick wieder der Wandkarte zu. Die blauen Stecknadelköpfe zeigten Orte an, an denen es spukte. Seit die ersten Europäer im 17. Jahrhundert in dieses Gebirge gekommen waren, hatte die Gegend, die später als Lyonesse County bekannt wurde, den Ruf gehabt, daß es dort spukte. Reiter ohne Kopf, gespenstische Soldaten und Indianer, Mädchengeister und anderes waren – zusammen mit den sie begleitenden Mordfällen – eine ständige Gegebenheit in Morton's Fork.

Die roten Nadelköpfe – sie wiesen auf Poltergeister hin. Als Nicholas Taverner in den zwanziger Jahren nach Morton's Fork kam, um Material für sein Buch über die Sagen der Appalachen zu sammeln – *Zauber, Spuk und Hexerei* –, notierte er, daß der Ort von ganzen Poltergeist-Familien bewohnt zu sein schien. Die Aktivität von Poltergeistern – in unseren Tagen nach Rekurrent-Spontaner Psychokinese auch RSPK-Phänomene genannt – konzentrierte sich gewöhnlich nicht auf einen Ort, sondern auf eine Person und endete normalerweise mit deren Reife, denn der übliche Anziehungspunkt für Poltergeist-Aktivitäten waren Mädchen, die gerade in die Pubertät kamen.

Grüne Stecknadelköpfe bezeichneten Orte, an denen UFOs gesichtet worden waren. Viele neigten bezüglich der UFOs zu mechanisch-wissenschaftlichen Erklärungen. Doch die jeweiligen Geschichten der Kontaktpersonen gehörten eher in das Reich der ›Elfen-Entführungen‹ und der Sage von der Wilden Jagd als in die rationalen Zukunftsvisionen von *Star Trek*. Tatsache war, daß UFOs und parapsychologische Phänomene Hand in Hand gingen.

Alles in allem versprach die Karte umfangreiches Untersuchungsmaterial für jede Menge Parapsychologen.

»Wen von den Studenten nehmen wir mit?« fragte Truth.

»Rowan und Ninian. Du erinnerst dich an sie?«

Truth nickte. Allein der Umstand, daß die Studienplätze im Psi-Programm so heiß umkämpft waren, erklärte, daß Rowan Moorcock und Ninian Blake sich gegenseitig tolerierten –

beide waren sich im klaren darüber, daß eine zu stark nach außen gekehrte Primadonnen-Attitüde oder Arroganz sie entweder ihren Studienplatz kosten oder sie in eine weniger wünschenswerte Position unter den sechzehn Studenten versetzen könnte.

»Das verspricht also sechs aufregende Wochen zu werden«, kommentierte Truth. »Ich erinnere mich, daß ich letztes Jahr Rowan anderthalb Stunden lang etwas über den statistischen Durchschnitt erklärt habe und warum ich sie nicht in meiner Forschungsarbeit gebrauchen konnte – was für einen Sinn hätte es gehabt, bekannte starke Medien einzubeziehen –, und sie war entsetzlich aufgebracht. Aber Ninian ist süß.«

»Ach, habe ich Konkurrenz?« sagte Dylan scherzhaft.

Truth sah hinunter auf ihre linke Hand, wo ein Ring mit einem Smaragd und einer Perle saß. Dylan und sie wollten im Dezember heiraten – jetzt war Juni, und je näher der Dezember rückte, um so größer wurden ihre Zweifel.

Als sie Dylan Palmer kennenlernte, war sie jung gewesen und verwirrt, besessen davon, die grundlegenden Unterschiede zwischen Magie und Wissenschaft zu verteidigen. Alles, was nur entfernt danach aussah, diese Grenzen zu überschreiten – wie Dylans Geistersucherei oder sein Interesse an den esoterischen Randgebieten der Parapsychologie –, war bei Truth auf scharfe Ablehnung gestoßen. Aber indem sie das Erbe ihres Vaters annahm, wurde Truth eine Bewohnerin jenes Landes, das Dylan erforschte. Die Magie hatte von ihrem Leben Besitz ergriffen – nun war es Dylan, der mit seinem Beharren auf Ursache und Wirkung und seinen vernünftigen Erklärungen für jedes Geschehen den Part des engstirnigen Rationalisten spielte.

Einer von uns muß sich ändern. Und ich weiß, daß ich es nicht tun werde. Nicht noch einmal. Wie könnte sie auch, nachdem sie ihre Überzeugung nicht nur aus eigener Anschauung gewonnen, sondern zudem die heilige Aufgabe übernommen hatte, auf der Grenze zwischen Licht und Dunkel einen grauen Nebelpfad zu gehen? Und wie könnte Dylan sich einer so ungeheuerlichen und wunderbaren Sache anschließen, ohne einen anderen Anhaltspunkt für deren Wirklichkeit zu haben als ihr bloßes Wort und das Zeugnis seiner unzuverlässigen menschlichen Sinne?

Unsere Beziehung ist zum Scheitern verurteilt, dachte Truth finster.

»Truth?« Sie sah auf und blickte in seine sommerblauen Augen.

»Nein«, sagte Truth. »Keine Konkurrenz.«

Dylan runzelte die Stirn. »Ich weiß, es ist nicht sonderlich attraktiv für eine vorgezogene Hochzeitsreise – sechs Wochen in einem Wohnmobil in den Appalachen verbringen und Spukphänomene messen. Willst du lieber hier bleiben? Vielleicht kann dich deine Schwester besuchen, ihr könnt meine Wohnung ...«

»Light ist bei Michael.«

Light Winwood war Truths Halbschwester, ein weiteres Kind von Thorne Blackburn. Für Light gab es keine Barriere zwischen dieser und der nächsten Welt, und ihre ungezügelte mediale Begabung war für sie die meiste Zeit ihres Lebens eine schwere Bürde gewesen. Aber jetzt hatte Light einen sicheren Hafen bei Michael Archangel gefunden. Er half Light, schützende Mauern um ihre Gabe zu bauen, um sie zu bannen. Obwohl Truth Michael Archangel respektierte, gerieten sie aufgrund ihrer unterschiedlichen ethischen Positionen unausweichlich aneinander. Truth bedauerte sehr, daß sie ihre Halbschwester nie wirklich kennengelernt hatte; sie und Light hatten sich mit der Zeit immer weiter voneinander entfernt – und Truth sah keine Möglichkeit, diese Kluft zu überbrücken.

»Du könntest sie einladen, dich allein zu besuchen«, sagte Dylan ruhig.

Truth schüttelte den Kopf. »Mein Platz ist neben dir, *kemosabe*. Aber ich sehe gerade, da ist ein merkwürdiges Muster ...«

Truth ging zu der Wandkarte. Dank langer Übung – Dylan plante diese Expedition nun schon seit gut einem Jahr – entzifferte sie die dunkelgrüne Oberfläche mit ihren Nestern von Höhenlinien und bunten Stecknadelköpfen, die im Zentrum steckten. Blau für Gespenstererscheinungen, Grün für UFOs ...

Truth betrachtete die Formation roter Nadeln, die sich von Watchman's Gap in einem Bogen den Bergrücken herunterzogen. Sie wußte – weil sie Dylan geholfen hatte, die Karte zu markieren –, daß die Ereignisse, die von den roten Nadeln angezeigt wurden, sich über fast ein Jahrhundert erstreckten. Entgegen aller üblichen Erfahrung hatte es den Anschein, als konzentrierte sich hier die RSPK-Aktivität auf einen Ort und benutzte die vielen Menschen, die dort lebten, als unwissende Blitzableiter.

Außerdem gab es Nadeln mit schwarzen Köpfen. Sie waren am seltensten und zeigten Vermißtenfälle an, von denen in den Zeitungen berichtet worden war, ohne daß es einen Hinweis auf kriminelle oder kosmische Einwirkungen gegeben hätte. Einfach nur Menschen, die... verschwanden. Ein kleines rotes X war mit Tinte in die Mitte des Kreises von Nadelköpfen eingezeichnet.

»Dylan, was ist das?«

Dylan stellte sich hinter sie und schaute über ihre Schulter auf die Karte. »Das Wildwood-Sanatorium. Ich habe es markiert, weil Taverner in seinem Buch ein ganzes Kapitel darüber geschrieben hat – nach seinen Informanten gab es ein Duell zwischen zwei Zauberern bei Watchman's Gap. Sie erregten damit die Aufmerksamkeit des Allmächtigen, der sie beide mit Blitzen niederstreckte und das Sanatorium bis auf die Grundmauern niederbrannte. Übrigens brannte das Sanatorium 1917 ab.«

»Ein bißchen spät für Zauberer«, meinte Truth nachdenklich. »Aber deine Vermißten scheinen genau um diese Stelle herum verschwunden zu sein. Was hat Taverner dazu gesagt?«

»Nur daß es einen Drachen im Watchman's Gap gibt.« Dylan zuckte mit den Schultern – er setzte augenscheinlich wenig Vertrauen in diese Ansicht. »Taverner war Volkskundler, nicht Wissenschaftler – und dummerweise ist er in den sechziger Jahren gestorben, so daß man ihn nicht mehr fragen kann, ob er sich an mehr über Morton's Fork erinnert, als in seinem Buch steht.«

»Schade«, sagte Truth. Sie blickte wieder zur Wandkarte. »Fällt dir übrigens auf, daß dieser Ort einfach zu schön ist, um wahr zu sein – ich meine, aus der Perspektive eines Forschers?«

Dylan legte seine Arme um Truth und drehte sie zu sich herum.

»Nun, wenn sich herausstellt, daß das Ganze nur eine geschickte Veranstaltung der Eingeborenen ist, um Fremde hinters Licht zu führen, dann lohnt es sich genauso, das aufzuschreiben. Und dann können wir Rowan und Ninian etwas Geld fürs Kino geben und ...«

Truth hob ihm ihr Gesicht entgegen, so daß Dylan sie küssen konnte. Sie versuchte, seine unbeschwerte Heiterkeit zu teilen. Sie fürchtete sich nicht vor der unsichtbaren Welt, und sie würde gewiß mit allem umgehen können, was Morton's Fork für sie bereithielt, von lärmenden Gespenstern bis zu kleinen grünen Männchen.

Nein, es war die sogenannte wirkliche Welt, die sie fürchtete. Sie liebte Dylan, aber in ihrer gemeinsamen Zukunft konnte sie nichts als Schmerz erkennen.

2

Geheimnisse des Grabes

Weh mir, warum gruben sie nicht tiefer mir mein Grab?
Ist's freundlich, daß man mir ein Ruhebett so lärmend gab,
Mir, der ich stets ein leichter Schläfer war?
ALFRED, LORD TENNYSON

Der verbeulte, alte Fordlaster konnte – mit viel Liebe und Fantasie – für rot gelten, doch damit endete auch schon die Verwandtschaft mit dem schnittigen italienischen Wagen, den Wycherly gerade zu Schrott gefahren hatte. Der Ford rumpelte, stotterte und wimmerte mit flotten 45 Stundenkilometern über die schmale Bergstraße, und seine Ladefläche mit der hölzernen Umrandung schien aus einem uralten Foto zu stammen

Wycherly saß aufrecht auf dem mit einer Decke gepolsterten Holzsitz und balancierte seine Reisetasche auf den Knien. Er versuchte, seine derzeitige Lage zu verdrängen, aber es gelang ihm nicht sonderlich gut.

Das lag nicht daran, daß die Situation außer Kontrolle geraten war. Das passierte ihm ständig. Doch die Situation war nun in die Kontrolle von anderen geraten, und das konnte Wycherly nicht ertragen.

Wenigstens war er von den Überresten des Ferrari weggekommen.

Der Ford war das erste, was sich oben an der Straße blicken ließ, nachdem Wycherly das Autowrack verlassen hatte. Er hatte das Angebot des Fahrers, ihn bis zur nächsten Telefonzelle mitzunehmen, ohne Zögern akzeptiert. Die anderthalbstündige Fahrt gab Wycherlys Kopfschmerzen alle Möglichkeiten zur vollen Entfaltung, und die Zeit reichte, um erste ferne Anzeichen eines Katers am Horizont auftauchen zu lassen. Er sehnte sich fast nach dem Autowrack zurück.

Fast.

Er war so mit seinem Elend beschäftigt, daß er kaum mitbekam, wie der Lastwagen hielt. Er hatte kein Straßenschild gesehen, das eine Ortschaft angekündigt hätte, nur das langsame Vorbeirollen der wilden Landschaft.

»Hier sind wir, Mister. Das ist Morton's Fork«, sagte sein Retter schließlich.

Aus seinen Gedanken gerissen, blickte sich Wycherly um.

Nein. Er hat einen Witz gemacht.

Morton's Fork sah aus wie etwas in einem alten Fotoalbum. Der Ort bestand aus einer verstreuten Ansammlung von verwitterten Holzhäusern, die sich gegen den Berghang drängten, als ob sie mit dem Kiefernwald um den Landbesitz stritten. Die einzige Ausnahme war die Tankstelle mit Reparaturwerkstatt, die sich gegenüber den Häusern auf der anderen Seite der Straße befand. Wycherly warf einen kurzen Blick auf sie – das Gelände stand voller Schrottautos, von denen das neueste Baujahr 1963 zu sein schien –, und wandte sich wieder den anderen Gebäuden zu.

Es gab einen kleinen Laden – PELZANKAUF und FAX –, auf dessen Veranda zur Straße hin eine geradezu archaische Gruppe von Ortseinwohnern saß, sodann ein kleines Postgebäude mit der amerikanischen Flagge und zwei oder drei weitere Gebäude, deren Funktion nicht gleich zu erkennen war. Auf dem Schild über dem Posteingang stand: MORTON'S FORK, WEST VIRGINIA.

West Virginia. Die Appalachen: eine Welt der Armut, um Lichtjahre von jener Welt der Debütantinnen-Bälle und des Sport treibenden Landadels entfernt, die Wycherlys Bild vom Süden bisher geprägt hatte.

Es schien, nach all der Fahrerei, irgendwie nicht weit genug weg – andererseits ließ sich kein Ort auf der Welt denken, der weiter entfernt von Wychwood an der Nordküste von Long Island, New York, war. *Armer weißer Abfall*, ging es ihm durch den Kopf. Genau das waren die Leute hier.

Und was war er? Reicher weißer Abfall?

»Mister?« sagte der Fahrer wieder, als ob Wycherly ihn vielleicht nicht gehört hätte.

»Ja«, sagte Wycherly kurz.

Der Fahrer – vielleicht hatten sie sich vorgestellt, aber Wycherly hatte sich nicht die Mühe gemacht, seinen Namen zu behalten – sah ihn an, und Wycherly zog aus seinem Portemonnaie den erstbesten Geldschein, den er darin fand. Der Fahrer nahm ihn und starrte darauf, als ob er noch nie eine Fünfzig-Dollar-Note gesehen hätte.

Wycherly biß die Zähne zusammen, als er die Tür öffnete, und achtete nicht auf den Schmerz in seinen Muskeln. Die Steifheit wurde immer schlimmer. Der Erdboden schien ein ziemlich weites Stück entfernt zu sein.

Als er erst einmal auf seinen Füßen stand, kroch der Schmerz wie eine elektrische Schlange von den Beinen hoch in seinen Rücken. Er warf einen Blick zur Seite und sah, daß wenige Schritte hinter dem letzten Gebäude selbst der aufgebrochene Asphalt aufhörte und die Straße nur noch aus der furchigen bleichen Erde der Berge bestand.

Der Fahrer sah ihn noch immer an.

»Für Ihre Mühe«, sagte Wycherly und deutete auf das Geld. Besaßen die Menschen hier denn nicht die geringsten Ansätze von Kultur? Sein Kopf dröhnte, und er brauchte einen Drink. Wenigstens könnte er sich in dem Laden etwas zu trinken kaufen.

»Ist'n bißchen viel fürs bloße Herbringen. Haben Sie's nicht ne Nummer kleiner?« sagte der Fahrer und hielt ihm den Geldschein hin.

Ihm kam die Erleuchtung. Der Fahrer traute dem Geld nicht. *Wahrscheinlich hält er's für gefälscht*, entschied Wycherly und nahm das Geld zurück. Es lohnte nicht, darüber zu streiten; und schließlich hatte der Mann für ihn angehalten. Wycherly sah in seinem Portemonnaie nach, überging die Zehner und zog einen Zwanziger-Schein heraus. »Ist der okay?«

Der Mann betrachtete ihn zweifelnd, als ob er auch diesen Schein nicht annehmen könnte.

»Ich brauche noch jemanden, der mein Auto zur nächsten Werkstatt abschleppt«, sagte Wycherly, der langsam die Geduld verlor. »Ich kann Sie wohl nicht anheuern, das für mich zu erledigen?«

Der Mann grinste, wobei er große gelbe Zähne entblößte, und steckte das Geld in die Tasche, als hätte Wycherlys Frage irgendeine Unklarheit beseitigt.

»Na ja, Sie können versuchen, den Abschleppwagen aus Buckhannon herzuholen, aber ich glaub' nicht, daß die den Wagen bei der Steigung hochkriegen, wenn sie überhaupt kommen. Könnte sein, daß Sie Caleb fragen müssen, ob er Lust hat, mit seinem Gespann anzurücken.« Ein belustigter Unterton schwang in der Stimme des Einheimischen mit.

Wäre er im Vollbesitz seiner Kräfte gewesen, hätte Wycherly es sich verbeten, daß sich der Mann auf seine Kosten amüsierte, aber er war müde, zerschunden und fern der Heimat – und eines wollte Wycherly vor allem vermeiden, nämlich daß seine Familie erfuhr, wo er sich befand. Denn er mußte davon ausgehen, daß die Polizei, wenn sie den Unfall aufnahm, Maßnahmen ergreifen würde, vor denen ihn nicht einmal Kenneth Musgraves Macht würde retten können.

Verhaftung. Knast diesmal, auch wenn niemand verletzt worden war.

Diesmal.

Camilla Redford trat ihm wie eine Furie vor das innere Auge; Wycherly schauderte und trat von dem Lastwagen zurück.

Er brauchte einen Drink. Genug der Faxen. Er brauchte *wirklich* einen Drink.

»Francis?«

Die Stimme schien aus dem Nichts zu kommen; daß sie ihn so erschreckte, zeigte ihm, daß der Unfall ihn doch schwerer mitnahm, als er zunächst gedacht hatte. Vorsichtig wandte er sich dem Sprecher zu; es war einer von den Ortsansässigen, die sich vor dem Laden versammelt hatten.

Der neu Hinzugetretene hatte, wie Francis, das leicht unterernährte, auf Inzucht hindeutende Aussehen des Kohlenreviers von West Virginia, einem Armutsgebiet inmitten des Wohlstands im Eisenerzgürtel. Blaßblaue Augen und eine Haut ebenso hell wie die von Wycherly verrieten die Abstammung von keltischen Vorfahren, die im 18. Jahrhundert dieses harte Land besiedelt hatten, aber damit endete die Ähnlichkeit auch schon. Wycherly Musgrave hatte eine Menge Geld im Rücken: kostspielige Gesundheitsfürsorge, teure Ernährung. Er sah jünger als seine 32 Jahre aus; der Körper, mit dem er so nachlässig umging, war kräftig genug, den Raubbau auszuhalten. Der Fremde war wohl in seinem Alter, vermutete Wycherly, und dieser Gedanke erfüllte ihn mit einem seltsamen, unbehaglichen Gefühl, das beinahe an Mitleid grenzte.

Der Neuankömmling hatte den wettererprobten Fahrer angesprochen. Francis. *Seine Mutter hat ihn wahrscheinlich nach dem sprechenden Maultier benannt, dem er aufs Haar ähnelt*, dachte Wycherly verdrossen.

»Hat seinen italienischen Flitzer am Aussichtspunkt von Frenchy's Holly zu Schrott gefahren«, sagte Francis. »Ich glaub', er muß sich das Gespann von Caleb mieten, um's rauszubekommen.« Als ob er damit zufrieden wäre, Wycherly nun einem anderen aufgehalst zu haben, fuhr er los und ließ Wycherly mit dem Fremden auf der Straße zurück.

Wycherly funkelte den anderen grimmig an, um ein passendes Wort verlegen. Der Mann starrte mit dem gleichen Argwohn zurück, und plötzlich wurde Wycherly bewußt, welchen Eindruck er machen mußte; von dem Unfall zerschunden und blutig, schreckensbleich, zerknittert und wahrscheinlich nicht ganz bei Trost.

Er konnte es sich nicht leisten, so fassungslos zu erscheinen. Der Einsatz war zu hoch. Wenn seine Familie ihn finden würde ...

»Ich muß sagen, daß ich für Mr., ähm, Calebs Hilfe sehr dankbar wäre. Wenn, hm, Francis nicht vorbeigekommen wäre, dann würde ich immer noch am Straßenrand sitzen. Ich möchte mein Auto auf keinen Fall dort liegenlassen.« *Besonders, solange etwas drin ist, das mit mir in Verbindung gebracht werden kann.* »Ich muß es also wirklich da wegholen ...« *Irgendwohin, wo man es vielleicht reparieren kann? Oder nur in ein Versteck, bevor die Polizei es findet?* Wycherly versuchte, ein freundliches Lächeln aufzusetzen. »Und ich wäre Ihnen wirklich für jede Art von Hilfe außerordentlich dankbar.« Seine Worte stockten, und der andere Mann sagte immer noch nichts.

Wycherly haßte diese Anbiederei, er hatte sie immer gehaßt. Es war das Eingeständnis der Machtlosigkeit, und wie gern hätte Wycherly jetzt über Macht verfügt! Aber er wußte, daß er zu schwach war. Wycherly fuhr sich geistesabwesend mit der Hand durchs Haar und zuckte zusammen, als er eine empfindliche Stelle berührte. Mehr als alles andere wünschte er sich jetzt Vergessen, und wie er es erreichen konnte, war ihm fast gleichgültig.

»Ich muß es hierher abschleppen lassen, nehme ich an«, wiederholte er. »Wenn das jemand tun kann.«

Schließlich, als ob seine Gedanken sich durch einen komplizierten Entscheidungsprozeß geschraubt hätten, begann der Mann zu lächeln und streckte ihm die Hand entgegen.

»Sieht so aus, als bräuchten Sie mehr als nur das. Ich bin Evan Starking.« Er sprach den Nachnamen wie in zwei Worten aus: Star und King. »Meinem Vater gehört der Laden hier.«

Wycherly nickte. Dazu ließ sich nicht viel sagen.

»Warum kommen Sie nicht rein und setzen sich hin, und ich schicke meine Schwester Luned zu Caleb rüber.« Evan hielt inne. »Es wird den ganzen Tag dauern, Ihr Auto mit Calebs Ochsengespann hochzuziehen, Mister, wenn Sie es also eilig haben...«

»Nein«, sagte Wycherly und nahm Evans Hand. Sie fühlte sich rauh und schwielig an. »Ich muß nirgendwo dringend hin.« Er folgte Evan, vorbei an den herumlungernden Männern, in den Laden.

Im Gegensatz zu seiner äußeren Schäbigkeit war der Laden innen säuberlich eingerichtet, seine Regale waren gestopft voll mit Waren, deren moderne Verpackungen in dem altertümlichen Raum grell und deplaziert wirkten.

Evan schickte Luned zu Caleb – auf Wycherly machte sie den Eindruck einer Straßengöre, blond und ungepflegt –, und als sie gegangen war, holte Evan unter dem Zahltisch einen blauen Plastikbecher und eine Flasche von vertrauter Form hervor. Die Abnutzung des Etiketts ließ darauf schließen, daß nicht mehr der ursprüngliche Inhalt in der Flasche war. Sie war zur Hälfte mit einer Flüssigkeit gefüllt, deren Farbe an Benzin erinnerte.

»Hinten ist ein Waschraum, wenn Sie sich saubermachen wollen, Mister, aber Sie sehen so aus, als ob Sie erst mal was zur Stärkung bräuchten.« Evan öffnete die Flasche. Der strenge Geruch von Alkohol erfüllte die Morgenluft. Schwarzgebrannter Schnaps.

Er füllte den Becher halb. Wycherly nahm ihm die Flasche ab und füllte den Becher bis zum Rand, dann hob er den Becher hoch. Die Basis von Schwarzgebranntem war normalerweise Zuckerrohr – manchmal mit dem Zusatz von Arsenik oder Blei –, und Wycherly roch den karamellartigen süßen Duft, der über dem Schnaps schwebte.

Er spürte, wie jede Zelle in seinem Körper sich vor Verlangen zusammenzog, und seine Hand zitterte leicht, als er den Becher zum Mund führte und das brennende, hochprozentige Gebräu wie Wasser hinunterschüttete.

Die angstvolle Beengung durch den Entzug löste sich, als die verführerische, giftige Wärme sich langsam in ihm auszubreiten begann. Das Gesöff machte seinen Mund und seine Kehle taub, als ob es tatsächlich Benzin wäre, dem es so ähnlich sah, und seine Ankunft im Magen überdeckte jede Flauheit, die Wycherly vielleicht hätte spüren können, mit einem langsam brennenden Schmerz. Als er sicher war, daß er es bei sich behalten würde, atmete Wycherly tief durch. Evan betrachtete ihn mit einigem Respekt.

»Als ihn das letzte Mal einer von euch Städtern probiert hat, lag er gleich flach, und wir mußten ihn mit dem Sägemehl rauskehren«, sagte Evan.

Wycherly lächelte schwach.

»Mein Name ist Wycherly Musgrave«, sagte er, als sei dies eine Erklärung. Ein Glas Whisky machte ihn längst nicht betrunken – nicht betrunkener, verbesserte er sich –, aber es nahm den Dämonen den Stachel. »Und ich würde gern eine Flasche von dem hier kaufen, wenn Sie davon noch etwas haben.«

Evan wurde nachdenklich. »Ich fürchte, da müssen Sie mit Mal Tanner reden. Wir verkaufen in unserem Laden nur Bier.«

»Dann nehme ich zwei Sixpacks.« Wycherly legte eine Zehn-Dollar-Note auf den Tisch. »Danke für den Drink. Ich gehe jetzt wohl lieber und wasche mich ein bißchen.«

Etwa eine Stunde später saß Wycherly auf der Veranda vor dem Laden und betrachtete das Ortszentrum von Morton's Fork.

Die Herumlungernden vom Morgen hatten sich verzogen, und niemand hatte ihre Stelle eingenommen. Auch kam kein Polizist, und Wycherly wurde zuversichtlich, daß keiner mehr auftauchen würde. Er war seiner wohlverdienten Strafe noch einmal entwischt – sowohl was die Gesetze der menschlichen Rechtsprechung als auch was die Gesetze der Physik anbelangte.

Wycherly fühlte sich wie ein Schauspieler, der seine Rolle spielt. Er trug eine unbequeme neue Arbeitshose, die er im Laden gekauft hatte, um seine zerfetzte und blutige alte Hose loszuwerden, und arbeitete sich langsam durch den Sixpack Bier. Er war jetzt wie auf einer wunderbaren Insel, in momentanem Einklang mit der Welt. Seine Kopf- und sonstigen Schmerzen schienen weit entfernt, solange er sich nicht zu sehr bewegte.

Es war keine blendende Erleuchtung, kein plötzlicher Geistesblitz, sondern es wurde Wycherly, während er Morton's Fork beschaute, allmählich klar, daß dies hier seine letzte Chance war.

Er warf einen Blick auf das Bier in der Hand, dann auf seine Armbanduhr. Es war kurz nach zehn Uhr morgens. Er hatte sein Auto zu Schrott gefahren, dann etwa drei Doppelte vom Schwarzgebrannten getrunken und fünf Dosen *Rolling Rock*, und er würde wahrscheinlich noch fünf Dosen nachschieben. Und so, wie er wußte, daß die Sonne untergehen und wieder aufgehen würde, so wußte er, daß er weitertrinken würde – und weiterfahren, wenn er ein Auto organisieren konnte.

Und es würde ihn umbringen. Wenn nicht beim nächsten Mal, dann beim übernächsten.

Wycherly ärgerte sich darüber. Als ob ein anderer ihn zu seinen Handlungen zwänge. Unwillkürlich leerte er die Dose in seiner Hand, dann betrachtete er sie wie etwas, das er zum ersten Mal sah. Bier, das Frühstück der Champions.

Konnte er damit aufhören? Er hatte nie ernsthaft daran gedacht. Experten in sündhaft teuren Kliniken in drei verschiedenen Ländern hatten Wycherlys Entzug bewerkstelligt. Man hatte ihn aufhören *lassen* – aber konnte er selbst aufhören? Er konnte nach Hause telefonieren und ...

Die Reaktion seiner Eltern stand ihm sofort vor Augen, und Wycherly schauderte – vor der wohlfeilen Verachtung seines Vaters und vor dem lähmenden Mitleid seiner Mutter. Nein. Wenn er es tat, dann hier, alleine, ohne jemandem etwas davon zu sagen. Es würde kein Publikum für seinen Versuch geben – und auch nicht für sein Scheitern.

Hier – oder nirgendwo. Jetzt – oder nie.

Merkwürdig, wie klar die Schlachtordnung plötzlich vor ihm stand, als ginge es wirklich um etwas Wichtiges, das nur er allein vollbringen könnte. Als spielte der Zustand seiner Leber tatsächlich eine Rolle.

Was sie nicht tat – nicht einmal für ihn.

Aber er würde es trotzdem tun.

Wie? Er richtete seine Gedanken auf praktische Fragen, weg von der verstörenden Welt der Ideale. Irgendwann würde er Geld brauchen. Seine American Express oder Visa-Card würden ihm hier nicht viel nützen, aber die tausend Dollar, die er bar dabei hatte, könnten eine ganze Weile für eine Unterkunft reichen, in der er sich verstecken konnte.

Verstecken. Unbewußt hatte er sich die Wahrheit eingestanden. Das war es, was er auf der Straße gesucht hatte. Das war es, was er hier finden wollte. Ein Versteck.

Plötzlich machten sich die vielen schlaflosen Stunden bemerkbar, und das Bedürfnis nach Schlaf lockte seinen Körper mit der Aussicht auf Vergessen. Die feuchte Julihitze drückte ihn wie mit schwerer Hand nieder, und fortwährend schmerzten ihn seine Beine, sein Nacken, sein Rücken ... Wycherly stand vorsichtig auf. Er fühlte sich mehr als nur etwas benommen und achtete sorgfältig auf seine Schritte, als er wieder in den Laden ging.

Luned Starking war zurück. Sie lehnte mit einer Cola in der Hand an einem altmodischen Kühlautomaten und las in einem Hochglanzmagazin. Diesmal konnte Wycherly sie genauer anschauen. Evans Schwester war ein ausgezehrtes blondes Mädchen, das wie zehn aussah, wahrscheinlich aber eher vierzehn war. Sie hatte den großäugigen Elfenblick, der von langer Unterernährung herrührt. Sie war vollkommen in das Magazin versunken und bewegte die Lippen, während sie las.

Evan schaute auf und war verblüfft, als Wycherly eintrat. »Noch etwas Bier, Mister?«

»Ich brauche eine Unterkunft«, sagte Wycherly. »Gibt es hier irgendwo ein Zimmer, das ich mieten kann – wo man seine Ruhe hat?« Seine Schreie, wenn er mit dem Entzug begann, wären Lärm genug. *Falls* er damit begann. Die Gewißheit der festen Absicht, die er vor wenigen Momenten gehabt hatte, ließ nach.

Die Anfrage schien Evan und Luned zu überraschen. Sie starrten Wycherly mit leicht geöffneten Mündern an.

»Ich ... ich bin sicher, daß Bart Ihr Auto bald wieder flott haben wird, wenn Caleb es erst mal hergeschleppt hat«, sagte Evan.

Wycherlys innere Antennen, die von zahllosen Musgrave-Katastrophen sehr empfänglich waren, hörten aus Evans Stimme einen Ton der Beunruhigung, beinahe Furcht heraus. Warum?

»Ich glaube nicht, daß irgend jemand das Auto noch zum Fahren bringen kann, und abgesehen davon ist es mir egal. Ich brauche in jedem Fall eine Unterkunft. Es gibt hier doch sicher jemanden, der einen Raum vermieten kann?« fragte Wycherly noch einmal.

»Sie wollen *hier* bleiben?« Evan fuhr sich mit der Hand durch sein sandfarbenes Haar und machte ein ebenso erstauntes wie zweifelndes Gesicht. »Mister, keiner bleibt in Morton's Fork, wenn er irgendwie weg kann, außer ...« Er brach ab. »Keiner.«

Wycherly war zu müde, um der Ausnahme von der Regel nachzuforschen. »Aber es gibt eine Bleibe?« fragte er.

»Es gibt die alte Hütte oben auf dem Berg. Sie gehört eigentlich niemandem... Hat keinen Strom, und Sie müssen Ihr Wasser selber hochpumpen. Und kann sein, daß ein paar Leute sagen werden, daß es da oben spukt; es ist nämlich eine Frau gestorben...«

Falls Evan die Absicht hatte, den Ort abstoßend erscheinen zu lassen, war er nicht sonderlich erfolgreich. Wycherly glaubte nicht an Gespenster, und die Einsamkeit der Hütte klang ganz nach dem, was Wycherly sich vorstellte.

»Ich brauche einfach ein Dach über dem Kopf und ein Bett, und dafür zahle ich auch«, knurrte Wycherly. »Was, bitte, verstehen Sie in diesem Satz nicht?«

»Na ja, es gibt wirklich keinen, der für die Miete zuständig ist...«

Wycherly zog seine Brieftasche heraus und legte sechs 50-Dollar-Noten auf die Zahltheke.

»Ich nehme an, das reicht fürs erste. Alles, was ich will, ist ein Bett.«

Evan zuckte mit den Schultern und wich Wycherlys Blick aus, als er das Geld von der Theke nahm.

Wycherly spürte Selbstekel in sich aufsteigen, wie bitteres Wasser aus einer unterirdischen Quelle. So bringt man die Dinge zum Funktionieren, pflegte sein Vater zu sagen: Ignoriere jeden Widerstand. Brich ihn einfach. Doch selbst bei Gelegenheiten – so wie jetzt –, wenn er sich damit durchsetzte, hatte Wycherly keine Freude daran. Irgendwie kam es ihm immer wie Betrug vor, als hätte er etwas gestohlen, das man ihm auch freiwillig gegeben hätte, hätte er nur darum gebeten.

»Und vielleicht kann mir jemand zeigen, wo sie ist?« fügte Wycherly hinzu. Das war keine Entschuldigung, aber darin war er sowieso nicht gut. Sie würden sich mit dem, was sie bekamen, zufriedengeben müssen.

»Luned!« Evans Stimme klang scharf. »Du zeigst Mister Wycherly die Hütte der alten Lady Rahab und richtest sie für ihn her.«

»Aber da *spukt's* doch...« Trotz ihrer Abgezehrtheit hatte Luned Starking einen eigenen Willen – genug jedenfalls, um ihrem Bruder Kontra zu geben.

»Du hältst deinen Rand, junge Dame«, sagte Evan. »Keiner verlangt von dir, daß du oben schlafen sollst, oder? Und Mister Wycherly gibt keinen Pfifferling auf Spuk. Und nimm jetzt Besen und Kehrblech mit hoch.«

Rahab, dachte Wycherly. Der Name klang biblisch – oder unheimlich – und bedrückend. Sein Kopf dröhnte wieder, und er sehnte sich verzweifelt danach, auf welche Weise auch immer, einen Zustand zu erreichen, in dem er nichts mehr spürte. Er fragte sich, wie die Hütte wohl aussah.

Es war ein Fußmarsch von gut zwei Meilen, und am Ende war Wycherlys einziges Bedürfnis stehenzubleiben. Er hatte nicht damit gerechnet, daß die Hütte nur zu Fuß zu erreichen war. Luned führte ihn auf dem, wie sie sagte, ›einfachsten Weg‹ hin und trug nebenbei die drei Sixpacks – natürlich konnte er nicht von jetzt auf nachher Schluß machen, und morgen wäre immer noch früh genug, um sich mit seiner Lage zu beschäftigen. Als Luned die Tür aufschob, drängte er sich an ihr vorbei und suchte nach dem Schlafraum. Er hatte den undeutlichen Eindruck von einem Bett mit Messinggestell und einer nackten Matratze, bevor er sich ungeachtet seiner Prellungen der Länge nach darauf fallen ließ.

Und schon war er eingeschlafen.

Die geräumige Küche wirkte wie aus einer Zeitschrift für Innenarchitektur: Bodenkacheln aus Terrakotta, unverputzte Backsteinwände und silbrige Täfelung aus einer abgetragenen Scheune. Sinah hatte dies selbst entworfen: Es war ihr Traumzimmer. Ihr perfekter Ort, an dem sie in Tagträumen in einer Abfolge schäbiger New Yorker Apartments gebaut und dabei auf den großen Umbruch gewartet hatte. Es gab ein doppeltes Spülbecken aus Kupfer sowie Kühlschrank und Herd von gastronomischen Ausmaßen; ihre kahle Sachlichkeit wurde von dem Backstein und Holz abgemildert. Die zentrale Anrichte hatte eine einzige, von weiteren Kacheln umgebene Kochflamme und eine Arbeitsfläche, die halb aus Marmor und halb aus unbehandeltem Eichenholz bestand. Schöne alte kupferne Töpfe und Pfannen, die Sinah aus ihrer Wohnung in Los Angeles mitgebracht hatte, hingen an den Wänden.

Mit den geschickten, kurzen Bewegungen von jemandem, der das Arbeiten auf engstem Raum gewohnt ist, legte sie sich ihr Kochwerkzeug zurecht, gab Mehl, Natron, Hefe und Salz in eine riesige Steingutschüssel, mischte Milch und Eier aus dem Kühlschrank hinzu und begann den Teig zu kneten. Brotbacken war gut für die Seele, und sie brauchte keine von den neuen Maschinen, die einem das Teigkneten abnahmen.

Sie runzelte die Stirn, als sie sah, wie wenig Mehl noch in der Tüte war. Der für den Umbau des Schulhauses zuständige Bauunternehmer hatte starke Stromleitungen verlegen lassen, damit auch eine große Gefriertruhe angeschlossen werden konnte, aber auch in den besten Vorratskammern der Welt gingen die Dinge einmal aus. Wenn sie nicht riskieren wollte, erneut aus dem Laden von Morton's Fork hinausgeworfen zu werden, mußte sie ihre Schlüssel holen und zwanzig Meilen zu dem Groß-Supermarkt nach Pharaoh fahren.

Warum? Was konnte ihre Familie diesen Leuten angetan haben – selbst die Gabe, Gedanken zu lesen, mit eingerechnet?

Irgendwo in diesem Gebirge mußte es welche wie sie geben, andere, die gelernt hatten, ihre ungeliebten Begabungen zu zähmen. Das war es, weshalb sie hier ausharrte, unter Menschen, die sie haßten, die sie schnitten und von ihrer Mutter glaubten, sie wäre der Hölle entsprungen.

Bitte, mach, daß es Menschen wie mich gibt. Bitte ...

An einem zeitlosen Ort schwebte das Bewußtsein außer Reichweite wie ein lauernder Hai. Camilla war hier irgendwo – aber Camilla war tot. Wycherly Musgrave war sich dessen sicher. Er hatte ihr Grab besucht und auf dem Grabstein gelesen: 16. Januar 1966 – 14. August 1984.

Sein neunzehnter Geburtstag.

Nacht. Die Luft war heiß und feucht. Adrenalin mischte sich in seinem Blut mit dem Alkohol und schuf einen surrealen Zustand falschen Bewußtseins, in dem Logik keine Rolle spielte. Er brauchte mehrere Minuten, bis er merkte, daß er naß war, und noch länger, um zu begreifen, daß er im seichten Wasser am Flußufer stand und in idiotischer Faszination zur Mitte des Flusses starrte, wo gerade die Scheinwerfer seines Autos untergingen.

Das ist ein Traum. Diese Erkenntnis trug wenig dazu bei, seine Schuld oder Furcht zu mindern. Er versuchte den Traum zu beenden, aufzuwachen, aber vergeblich. Er kehrte immer wieder zu jener Nacht zurück – der Nacht, die ihm offenbarte, wer er wirklich war.

Er kehrte zu seinem Auto zurück, und als er die Tür berührte, öffnete sie sich. Camillas lebloser, mondfahler Körper trieb aus dem Wagen, wand sich knochenlos wie ein weißer Aal durch den schwarzen Spiegel des Flußwassers, wollte ihn mit ihren weißen Armen umschlingen und hinunterziehen, damit er den Tod mit ihr teilte, den er über sie gebracht hatte ...

Mit einem erstickten Schrei setzte sich Wycherly auf.

Einen Augenblick lang wußte er nicht, wo er war, dann erinnerte er sich. Der Unfall – das Dorf – die Hütte. Ein Flecken mit Namen Morton's Fork.

Er sah sich um. Er hatte den größten Teil des Tages verschlafen. Das Licht, das durch das Fenster drang, war das bleiche, trügerische Licht der langen Juli-Dämmerung.

Der Raum wurde von einem großen Messingbett und einem zierlichen Nachttisch mit Marmorplatte beherrscht. Das Bett war bis auf die Matratze und die Sprungfedern abgezogen, und das offen sichtbare Markenlabel der Matratze gab dem Raum, der sonst eher an ein Museum erinnerte, eine merkwürdig moderne Note. Ansonsten gab es noch ein Fenster, einen Garderobenschrank aus Zedernholz und einen geflochtenen Teppich. Die Lampe aus Preßglas auf dem Nachttisch war, obwohl von Staub überzogen, noch halb mit Öl gefüllt.

Was zur Hölle soll das bedeuten? Haben die beiden nicht behauptet, daß hier niemand mehr lebt?

Nein. Sie haben gesagt, daß es hier oben spukt und daß die Hütte niemandem gehört. Ganz langsam, um seine Glieder zu schonen, stand Wycherly auf. Der Schmerz hatte etwas nachgelassen, aber nicht beträchtlich. Keine Sorge, in seiner Reisetasche hatte er Kodein, und wenn er sich überlegte, wo er sich befand, konnte er sicherlich einen Drink organisieren. Abgesehen davon hatte Luned Bier mit hochgebracht. Er hatte kein fließend Wasser, und *etwas* mußte er schließlich trinken.

Wollte er nicht Schluß machen damit? höhnte eine innere Stimme. *Ja, schon,* beschwichtigte Wycherly, *aber nicht mit einem Schlag. Das kann niemand erwarten.*

Er stemmte sich vom Bett hoch und beachtete das spöttische Schweigen in seinem Kopf nicht weiter. Alle seine Muskeln wehrten sich gegen die Bewegung. Er blickte sich um nach etwas, das ihn ablenken könnte, und blieb an dem Garderobenschrank hängen.

Monumental, im Stil einer anderen Zeit, überragte er die anderen Gegenstände im Raum. Wycherly betrachtete sich in dem grünlich gefleckten Spiegel.

Er schob sich die Haare aus der Stirn, stöhnte, als er an die Beule kam, und musterte sich kritisch.

Er trug immer noch seine Lederjacke; sie war mit Blut gesprenkelt, und das Hemd darunter war schmutzig, zerrissen und blutig. Seine Augen waren rot, blutunterlaufen und geschwollen, ihre blaßbraune Farbe erschien im Kontrast dazu unmenschlich. Seine weiße Haut – der Fluch der Rothaarigen – zeigte jeden Kratzer, Schnitt und Blutschorf. Sein Haar hing ihm bis zu den Schultern, ungewaschen und wirr. Er war seit Tagen unrasiert und rieb sich nachdenklich das Kinn. Was wollte er dagegen unternehmen? Wenn überhaupt.

Du siehst einfach ... hinreißend aus, befand Wycherly. Ob er sich hier irgendwo waschen konnte? Vielleicht an einem kleinen Bach?

Er öffnete die Schranktür.

Es hingen Kleider darin – einfache Hauskleider, wie man sie aus Katalogen bestellen konnte. Ihre zeitlose Schlichtheit hatte sich in dreißig Jahren nicht geändert. Die Schublade am Boden des Schranks enthielt Damenunterwäsche. Wycherly schob sie hastig wieder zu.

Als er sich aufrichtete, war ihm schwindlig, der Raum begann sich um ihn zu drehen. Er lehnte sich an das Bettgestell. Was machte der ganze Kram noch hier? Selbst wenn Evans ›Miss Rahab‹ keine Erben gehabt hatte, so hätte man doch nach Wycherlys Erfahrung die Sachen gestohlen – und was war leichter, als von den Toten zu stehlen?

Das ist verrückt, dachte Wycherly mit einer Gemütsruhe, wie sie von Alkohol und nachklingender Erschöpfung herrührt. Tatsächlich war es ihm ziemlich egal.

Und das, sann Wycherly, indem er sich am Bettgestell festhielt, war die letzte Zeile, wie Kenny jun. gern zu sagen pflegte. Wycherly war es gleichgültig, was hier vor sich ging, wieviel Frauen hier gestorben oder ob sie alle von Charles Manson umgebracht worden waren. Kenny sagte, er sei egoistisch. Sein Vater hatte gesagt, er sei schwach. Sie könnten vielleicht beide einmal in ihrem Leben recht haben, und er hoffte, daß es sie glücklich machen würde. Der einzige Mensch, für den sich Wycherly Musgrave interessierte, war Wycherly Musgrave. Und Wycherly Musgrave brauchte ein Versteck.

Und einen Drink.

Er öffnete die Tür zum Hauptzimmer.

Jemand hatte hier gewirkt, auch wenn jetzt niemand da war. Die Vordertür zur Hütte stand offen, und Wycherly machte sie automatisch zu, auch wenn wahrscheinlich die einzigen Eindringlinge, die er zu gewärtigen hatte, Eichhörnchen waren. Aber Eichhörnchen – oder Waschbären – konnten die Hütte nicht in einen solchen Zustand versetzt haben. Auf dem Tisch lag eine saubere, leuchtend rotweiße Decke, darauf standen eine Holzvase mit Wildblumen und vier blitzblanke Sturmlampen. Er roch den Geruch von Essig und Pinienseife. Es gab so gut wie keine Spuren mehr von dem Staub und der schaurigen Vernachlässigung, die noch im Schlafraum herrschte.

Kohle und Reisig neben den gußeisernen Herd gehäuft, Töpfe und Pfannen an der Wand, Lebensmitteldosen auf den Regalen. Zwei Holzbänke standen vor dem Holzherd, Stühle und ein Tisch in der

Mitte des Raums, Becher und Teller voller grauem Staub ... Ein Bild aus der Erinnerung blitzte auf und war wieder fort. Jemand hatte hier saubergemacht, während er geschlafen hatte. War es das Mädchen, Luned?

Dieser Gedanke beunruhigte ihn sehr, obwohl Wycherly sein ganzes Leben lang die Dienste unsichtbarer Hausangestellter genossen hatte. Vom Einkauf der Lebensmittel bis zum Zubereiten der Mahlzeiten und tausend anderen Dingen, immer hatten unsichtbare Hände die Arbeit erledigt. Von Wycherly hatte nie jemand verlangt, er solle sich an den Aufgaben des täglichen Lebens beteiligen, doch daß jemand das für ihn tat, ärgerte ihn zugleich.

Von ferne kündigte sich Hunger an. Den würde ein Drink stillen.

Wycherly ging zu dem ramponierten weißen Kühlschrank an der anderen Wand. Doch alles, was ihm daraus entgegenkam, war ungekühlte Luft und ein schwacher Geruch von Scheuerpulver. Wo war das Bier? Er hatte mindestens zwei Sixpacks mit hochgebracht. Er schaute alle Fächer im Kühlschrank durch, fand aber nur trockene Sauberkeit.

Seine Aufmerksamkeit wurde plötzlich von einem Kalender an der Wand neben der Spüle beansprucht. Der Kalender, eine Werbegabe von einer Lieferfirma von Gasflaschen, war verblaßt und am unteren Rand aufgerollt. Das Jahr war 1969, der Monat August. Ein schlechtes Omen. August, sein Geburtstag – der Jahrestag von Camillas Tod –, das war immer eine schlechte Zeit.

Er wandte sich ab und sah eine vergilbte Zeitung auf dem dickbauchigen gußeisernen Herd in der anderen Ecke. Wycherly nahm sie in die Hand. Sie war verstaubt und brüchig, aber er konnte den Zeitungskopf deutlich lesen: DER PHARAOHBOTE, ERSCHEINT WÖCHENTLICH FÜR DAS LYONESSE COUNTY IN DEN GEMEINDEN PHARAOH, MORTON'S FORK, LA GOULOUE, BISHOPVILLE UND MASKALYNE; 4. AUGUST 1969.

Seit drei Jahrzehnten war niemand mehr hier gewesen, nicht einmal, um etwas zu stehlen. Einen Moment lang war Wycherly von seiner Suche nach Bier abgelenkt; trotz seines bekundeten Desinteresses spürte er, wie sich seine Nackenhaare aufrichteten.

Die Tür ging mit einem Ruck auf.

»Ach, *da* sind Sie, Mister Wych!« sagte Luned.

Sie trat herein, einen vollen Eimer in der einen Hand, einen Sixpack in der anderen. Wycherly nahm ihr hastig das Bier ab. Es war eiskalt.

»Im Bach gekühlt«, sagte Luned und setzte den Eimer mit einem Seufzer der Erleichterung neben dem Herd ab.

Wycherly riß den Verschluß einer Dose auf, setzte sich auf einen der Holzstühle und ließ das Bier in einem einzigen langen Zug seine Kehle hinabrinnen. Das Bedürfnis, es in Reichweite zu haben, war fast stärker als das Verlangen danach; das zweite trank er langsamer.

»Das mit der Pumpe tut mir echt leid, Mister Wych«, sagte Luned. »Ich glaub', ich kann sie zum Laufen bringen, aber ich wollte Sie nicht wecken. Wenigstens können Sie sich jetzt frisch machen und so.« Sie schaute besorgt. »Und es gibt ein Häuschen den Berg rauf – Sie können's durchs Fenster hier sehen.«

Nein danke, lieber nicht.

»Mach dir keine Sorgen. Ich glaube, daß das Wasser aus dem Bach vollkommen ausreicht«, sagte Wycherly. Er war sich nicht sicher, ob er es trinken wollte, gleichgültig wie klar es war. Schließlich gehörte Wasser schon seit geraumer Zeit nicht mehr zu seinen bevorzugten Getränken.

»Der Eisschrank läuft mit Gas«, fuhr Luned fort. »Der Tank ist leer, und bis Montag kommt keins. Sie brauchen Petroleum für die Lampen. Mal Tanner kann Ihnen das mit dem anderen bringen, was Sie bei ihm bestellen.«

Mr. Tanner, erinnerte sich Wycherly, war der Schwarzbrenner am Ort. Evan hatte es ihm gesagt. Er hielt inne. Bier war eine Sache, Schnaps wieder eine andere.

»Was für ein Tag ist heute?« fragte er statt dessen und schob den Sixpack beiseite.

»Donnerstag. Ungefähr sechs Uhr. Zeit fürs Abendessen«, fügte Luned hinzu, als ob Wycherly die grundlegenden Tatsachen des Lebens unbekannt wären.

Wycherly sagte nichts, sondern beschäftigte sich mit seinem zweiten Bier. Er war sich nicht ganz schlüssig, was hier vor sich ging, und er wollte es wissen. Trotz all ihres Geredes von Gespenstern vorhin im Laden schien Luned nicht zu ängstlich gewesen zu sein, die Hütte von oben bis unten durchzuschrubben. Die Sonne ging langsam unter, und das Mädchen war immer noch hier.

Warum?

Als er sie nachdenklich anstarrte, ging Luned zu den Schränken über der Spüle und nahm mehrere Dosen heraus. Sie waren augenscheinlich neu, aus dem Laden. Wycherly ließ seinen Blick im Raum umherschweifen. In den Ecken standen Pappkartons, die mit alten rostigen Dosen und auch mit neueren, glänzenden gefüllt waren.

»Evan hat 'ne Fuhre Lebensmittel hochgeschickt«, sagte Luned, als sie seinen Blick erhaschte. »Er sagt, daß alles drin ist, was Sie brauchen. Brot kommt immer mittwochs, Milch am Montag, der große Supermarkt ist in Pharaoh. Sie können vielleicht Francis Wheeler dafür bezahlen, daß er sie hinfährt, oder Sie leihen sich Bart Askings Lieferwagen.«

Das, was sie sagte, klang wie vorausgeplant und sorgfältig einstudiert. Wycherly fragte sich, vor wem Luned diese Rede schon gehalten hatte. Nach Evan Starkings Verhalten zu urteilen, war Morton's Fork kein sonderlicher Anziehungspunkt für Touristenströme.

»Und mein Wagen?« fragte Wycherly. Er mußte sich zwingen, daran zu denken. Der Unfall, der erst an diesem Morgen stattgefunden hatte, schien bereits wie eine Episode aus einem vergangenen Leben.

»Jachin und Boaz haben es den Hügel raufgeschleppt, und jetzt ist es in Askings Garage. Mister Asking sagt, daß er's nicht für'n amerikanisches Auto hält, hat er gesagt.«

»Stimmt. Es ist italienisch.«

Boaz und Jachin, schloß Wycherly, mußten Calebs Ochsen sein. Er fühlte immense Erleichterung, daß sein Wagen nicht mehr zu sehen war.

»Hey! Ist ja Wahnsinn – und es fährt mit amerikanischem Benzin und so?« fragte Luned.

Wycherly starrte sie an, nicht sicher, ob sie es ernst meinte oder einen Witz machte. Nach einem Augenblick wandte sich Luned wieder den Dosen zu.

Schweigen.

»Du hast doch gesagt, daß hier niemand mehr lebt?« sagte er, um die Stille zu unterbrechen. *Warum hängen dann Kleider im Schrank?*

»Die alte Miss Rahab hat vor dreißig Jahren hier gelebt, aber es bringt Unglück, über Leute zu reden, die weggegangen sind, Mister Wych, besonders für jemanden, der rote Haare hat wie Sie«, sagte Luned.

›Weggegangen‹? *Nicht* ›gestorben‹? Wycherly lächelte säuerlich. Er verstand langsam den merkwürdigen Empfang, den man ihm in Morton's Fork bereitet hatte. Vor langer, langer Zeit hatten die Menschen geglaubt, daß rote Haare nichts Gutes verhießen, und offenbar hatte sich der Aberglaube an diesem zurückgebliebenen Ort erhalten.

»In Ordnung – Luned, nicht wahr –, wir reden nicht mehr über die abwesende Miss Rahab. Zumindest solange wir nicht sicher sein können, daß sie zurückkommt.«

»Haben Sie keine Angst. Die kommt nie zurück, Mister Wych«, sagte Luned ernst.

Ich jedenfalls würde nicht zurückkommen, wenn ich von hier wäre.

»Na, dann ist ja alles bestens«, sagte Wycherly mit ein wenig übertriebener Herzlichkeit. Er fühlte sich unbehaglich, wenn er mit diesem mageren, schmerzhaft unwissenden Geschöpf sprach. Sie wie seinesgleichen zu behandeln, obwohl sie nie auch nur annähernd die Möglichkeiten haben würde, die er gehabt hatte, schien ihm grausam. Aber sie gönnerhaft zu behandeln war noch schlimmer.

Lieber hätte er kein Wort mit ihr gewechselt, aber angesichts der vielen Arbeit, die sie sich mit der Hütte gemacht hatte, schuldete er ihr schon eine gewisse höfliche Konversation. So höflich, wie er es eben vermochte.

»Wenn Sie das Feuer in Gang bringen, Mister Wych, dann kann ich Ihnen das Essen machen und Ihr Schlafzimmer herrichten, während das Essen warm wird, und außerdem können Sie sich dann Wasser warm machen und sich rasieren und so«, sagte Luned in Richtung Kühlschrank.

Rasieren. Waschen. Und eine kleine Luned, die für mich saubermacht. Wycherly schüttelte nachdenklich den Kopf. Er war, wie er feststellte, in eine einfachere Welt eingetreten, wo Männer für das Feuer und Frauen für die Sauberkeit zuständig waren. Das entfaltete für ihn keine besondere Anziehungskraft. In Wycherlys Universum pflegten Männer und Frauen Müßiggang, und Angestellte, die von seinen Eltern bestellt und bezahlt wurden, sorgten für die nötigen Handreichungen des Alltags. Er war sich keineswegs sicher, ob er sich Luned als Bedienstete vorstellen wollte.

»Bist du sicher, daß du das möchtest?« fragte Wycherly und machte keinerlei Anstalten, in Richtung Herd zu gehen. »Ich meine, es war sehr nett von dir, daß du mich hierhergebracht hast und alles...« *Verschwinde, damit ich mich in Ruhe betrinken kann.*

»Und für was haben Sie Evan dreihundert Dollar gegeben, wenn nicht dafür, daß ich hier für Sie saubermache und mich um die Sachen kümmere?« gab Luned zurück. »Ich krieg meinen Anteil von ihm, Mister Großstadt, machen Sie sich da mal keine Sorgen. Wenn Sie sich also mal um das Feuer kümmern würden, wenn's nicht zuviel Mühe macht?«

Sie stemmte ihre Arme in die Hüften und blickte ihn an, und Wycherly blieb wirklich nichts anderes übrig. Glücklicherweise hatten die teuren Ferienlager, in denen er als Kind nicht geschont worden war – sowie eine Reihe von Entziehungskuren, denen er sich unterzogen hatte –, auf Überlebenstraining in der Wildnis zur Persönlichkeitserweiterung Wert gelegt. Als Wycherly die Herdklappe aufgebracht und sich vergewissert hatte, daß genügend Platz darin war, bereitete es ihm keine Schwierigkeiten, Holzscheite hineinzuschichten.

Das alte Zeitungspapier taugte vorzüglich zum Anzünden, und er hatte noch eine Schachtel Streichhölzer in seiner Jackentasche, aus dem letzten New Yorker Restaurant, wo er hinausgeflogen war. Das gut abgelagerte Holz fing schnell Feuer, und Wycherly schloß die Klappe. Er wartete kurz, ob der Abzug nach all den Jahren noch funktionierte.

Offenbar tat er das, denn das Feuer brannte sauber. Die orange aufzüngelnden Flammen waren durch den Glaseinsatz in der Klappe gut sichtbar.

»Hier, das ist zum Aufwärmen«, erklärte Luned. Sie schleppte einen gewaltigen gußeisernen Topf, der mit etwas wie Suppe oder Eintopf gefüllt war, zum Herd. Wycherly sprang auf, um ihn ihr abzunehmen. Jeder Muskel, der beim Unfall in Mitleidenschaft gezogen worden war, jammerte laut, und beinahe hätte er selbst den Topf fallen lassen.

Als er auf der Platte stand, brachte Luned einen zweiten, kleineren Topf auf den Herd und schöpfte mit einer Kelle aus dem Eimer Wasser hinzu.

»So.« Sie musterte ihn kritisch. »Haben Sie nichts anderes zum Anziehen, Mister Großstadt?«

»Ich heiße Wycherly, ich bin kein ›Mister‹, und, nein, ich habe nichts anderes.« Er sah hinunter auf seine steifen grauen Arbeitshosen. *Haute Couture aus dem Laden von Morton's Fork.*

»Also, ich glaub', ich muß Ihnen mal 'n Hemd nähen, Mister Großstadt«, sagte Luned verschlagen, wandte sich um und tänzelte – genau das tat sie – in den Schlafraum. »Sie sollten die Suppe jetzt umrühren, sonst brennt sie an.«

Wycherly starrte auf den Suppentopf. Er sollte verdammt sein, wenn er jemals Suppe umrührte.

Er mußte sich dringend waschen. Und wahrscheinlich mußte er früher oder später auch das ›Häuschen‹ finden. Hygiene auf dem Lande – Außenklo, wahrscheinlich voll von Spinnen und Wespennestern, wenn nicht Schlimmerem. Wycherly schauderte. Er betrachtete die vom Bach noch kalt beperlten Bierdosen auf dem Tisch. Er konnte sich dort waschen, wie er es zuerst vorgehabt hatte. Doch plötzlich ließ ihn der Gedanke, in die Nähe des Wassers zu gehen, frösteln.

Dreh nicht durch, Musgrave. Camilla Redford liegt sicher in ihrem Grab, und das seit 1984. Du hast das Grab besucht, erinnerst du dich?

Aber die Toten bleiben nie tot. Das ist das große Problem mit ihnen. In Musgraves Familie gab es nichts, was nicht wiederkehrte.

Er stand auf und kippte den Rest der zweiten Dose hinunter. Es war ein umständliches Unterfangen, seine Jacke auszuziehen, aber er schaffte es schließlich und hängte sie sorgfältig über die Rückenlehne des Stuhls. Er warf erneut einen Blick auf das Bier. Noch eins für unterwegs.

Aber nein. Nicht jetzt. Die beiden Biere, die er bereits intus hatte, waren kaum mehr als ein Kissen, das den Empfindungen die Schärfe nahm; sie hatten keinerlei berauschende Wirkung. Er war entschlossen aufzuhören. Endgültig. Er war vorher schon trocken gewesen, und er kannte den Drill. Diesmal hatte Wycherly über mehrere Monate schwer getrunken – schwer hieß für ihn eine beträchtliche Menge Alkohol jeden Tag. Wenn man erst mal diesen Punkt erreicht hatte, dann bestand der Trick darin, ganz langsam nüchtern zu werden – kein Delirium tremens, während der Alkohol allmählich seinen Weg aus dem Körpersystem findet. Wenn er auf diese Weise nüchtern geworden war, konnte er mit dem eigentlichen Entzug beginnen. Und danach sehen, ob er trocken blieb.

Die Antwort darauf kannte er bereits.

Aber er würde so tun, als wüßte er sie nicht, nur so zum Spaß.

Wycherly wandte sich von den Dosen auf dem Tisch ab und ging zur Tür. Inzwischen war es schon so spät, daß die letzten Strahlen der untergehenden Sonne die Lichtung mit einem Gitter goldener Balken überzog. Er ging hinaus an die frische Luft und besah sich sein neues Zuhause von außen. Die Messingbeschläge der Tür waren schwarzgrün oxidiert, und die Tür selbst blieb immer leicht offen trotz all seiner Bemühungen, sie zu schließen.

Die Hütte der alten Miss Rahab war ein recht großzügiges Blockhaus. Blühende Ranken wuchsen den Steinkamin hinauf und breiteten sich über dem Dach aus. Nah an der Hütte hatten sich wilde Bäume angesiedelt, und das Land, das zur Zeit seiner vormaligen Besitzerin vielleicht kahlgeschlagen worden war, war jetzt dicht von einem neuen Wald bestanden, der der einsam gelegenen Hütte etwas Märchenhaftes verlieh; ein verzaubertes kleines Haus in der Mitte eines undurchdringlichen Dickichts. Wenn die Außenwände je gestrichen worden waren, so war dies lange her, und Zeit und Witterung hatten das Holz grau werden lassen, so daß es sich in die umstehenden Espen und Ebereschen wie zugehörig einfügte. Obwohl die Hütte vor weniger als hundert Jahren gebaut worden war, hatte sie eine erstaunliche Ähnlichkeit mit den Blockhäusern, die von den Siedlern auf ihrem Weg nach Westen in den weiten Wäldern errichtet worden waren. Nichts verband die Hütte mit dem 20. Jahrhundert, und wenn man ihre Schwelle übertrat, schien man die Gegenwart zu verlassen und hilflos durch die Korridore der Vergangenheit zu taumeln. Aus dem Kamin stieg Rauch. Alle Fenster standen offen. Mehrere Schritte entfernt sah er einen hohen, engen Schuppen.

Vom Abort ging Wycherly gegen seinen inneren Widerstand weiter zum Bach. Er floß unten am Hang, etwa fünfhundert Meter von der Hütte entfernt, in einem schmalen Bett, das üppig von Rosen überwachsen war.

Wycherly ließ sich mit Schmerzen auf die Knie nieder und beugte sich über den Bach. Als ihm ein weißes Gesicht aus dem Wasser entgegensah, schrie er auf und verlor das Gleichgewicht. Dann erkannte er, daß er nur sein Spiegelbild im dunklen Wasser des Bachs gesehen hatte.

Er konnte sich des Gefühls nicht erwehren, daß Camilla irgendwo in dem schwarzen Wasser lauerte, um Rache zu nehmen. Und wenn er es am wenigsten erwartete, würde sie ihn mit jenen weißen, weißen Armen umfangen und in die Hölle hinabzerren.

Dumm, Musgrave. Sind wir mittlerweile schon bei Halluzinationen? Verspricht nichts Gutes für die Zukunft, würde ich sagen.

Mit zitternden Fingern öffnete Wycherly sein Hemd. Diesmal würde er ihr nicht den Sieg überlassen.

Das T-Shirt darunter war ebenfalls fleckig von getrocknetem Blut. Wycherly schälte es sich behutsam von der Haut, dann knäulte er es mit beiden Händen zusammen und tauchte es in den Bach. Das Wasser war trotz der Julihitze eisig. Als das Hemd so sauber war, wie es in bloßem Wasser werden konnte, benutzte er es als Lappen und wusch sich damit Gesicht, Nacken und Körper, soweit er reichen konnte.

Die Bewegungen taten ihm weh. Verkrustete Wunden gingen wieder auf und hinterließen auf seinem Hemd rosa Flecken. Er betupfte seinen Kopf mit dem triefenden Lappen, bis sein Haar vollständig durchnäßt war und ihm in dunklen Strähnen über den nackten Rücken hing. Zum Schluß drückte er das T-Shirt einfach nur auf seine Augen, labte sich an seiner Kühle und versuchte, die Kopfschmerzen zu vertreiben. Ein, zwei Drinks – oder mehr – würden helfen. Das wußte er aus Erfahrung.

Aber er würde sich nicht darauf einlassen. Bier zählte nicht.

Yeah, spottete Wycherly über sich selbst. *So ist es. Du hörst auf.* Den ersten Monat überstand er fast immer ohne größere Probleme. Und was dann?

Wycherly wußte es nicht. Er war so oft der Laune seines Vaters gefolgt und hatte sich auf Entziehungskuren eingelassen, daß er mittlerweile seine trockenen Phasen als eine Art Kurzurlaub ansah, eine Unterbrechung, die ihn daran erinnerte, warum er trank und wie angenehm es war. Wie Kolumbus war sich Wycherly Musgrave nicht ganz sicher, ob es irgend etwas auf der anderen Seite des Ozeans gab.

Was, wenn nicht?

Mit einem Mal überkam ihn ein Gefühl der Panik und Übelkeit. Er stützte seinen Kopf auf seine Knie und preßte das nasse T-Shirt gegen sein Gesicht. Sollte er das alles durchmachen, nur damit er sein Leben in die Hand bekam? Welchen Sinn sollte das haben? Dreißig Jahre lang hatte er gelernt, eine peinliche Belastung zu sein – bildete er sich ein, daran etwas ändern zu können, nur weil es ihm gerade einfiel?

Die Zwecklosigkeit von allem erschreckte ihn. Wäre es nicht besser zu sterben?

Nein. Drei Jahrzehnte, in denen er sich geweigert hatte, den Erwartungen anderer Leute zu entsprechen, halfen ihm nun mit einem Trotzanfall. Er würde nicht sterben, nur weil es gerade mal das Vernünftigste war, was er tun konnte.

Aber wenn er lebte, wofür würde er leben?

Er wußte es nicht.

Wycherly dachte angestrengt darüber nach, während er da am Bach saß und das Entsetzen in seinem Körper tobte. *Das war es*, dem er sich ohne die besänftigende Wirkung des Alkohols hatte stellen wollen – ein Ungeheuer, das noch nicht einmal schwarz war, denn Schwarz wäre immerhin etwas gewesen, ein positives Attribut, aber das Ungeheuer war nur ein Nichts: der Abgrund, die Leere.

Und es wollte ihn holen.

Er kämpfte nicht dagegen an. Wycherly hatte sich nie verteidigt. Er war immer nur weggerannt, und jetzt war er hier, und es gab keinen anderen Ort mehr, wohin er hätte rennen können.

Ob es ihm gefiel oder nicht, dies war seine letzte Chance.

3

Schwermut der Dinge

*Mir gefällt es nicht auf dem Land;
es ist eine Art gesundes Grab.*
REVEREND SYDNEY SMITH

Das Brotbacken hatte Sinahs Erregung keineswegs besänftigt – ihr Herz raste noch immer voller Angst, als ob jeden Augenblick die Einwohner von Morton's Fork mit Fackeln und Mistgabeln vor ihrer Tür auftauchen und fordern könnten, die Hexe sollte herauskommen und sich ihrem Gericht stellen...

Ich will an so etwas nicht denken! Sie mußte weg von hier – nach Pharaoh einkaufen fahren, das war's. Unter Leute gehen, wo ihr jede zufällige Nähe – im Bus, im Fahrstuhl – Lebensgeschichten und heimliche Wünsche, Ängste und Leid offenbaren würde. Das war immer noch besser, als hier zu bleiben und ihr leeres Bewußtsein an sich selbst irre werden zu lassen. Unten in Pharaoh hatte sie nie etwas von Athanais Dellon oder deren Tochter gehört, und, was noch besser war, es interessierte sich niemand dafür. Sie konnte Einkäufe machen und sogar im Restaurant von Pharaoh zu Abend essen.

Sinah tauschte kurz entschlossen ihre mehlbestäubten Jeans und ihr T-Shirt gegen ein leichtes Sommerkleid und eine Jeansjacke, die mehr zu einem Einkaufsbummel paßten. Auch das leichte Grollen des Gewitters, das sich durch Watchman's Gap näherte, konnte sie nicht abschrecken – sie würde in der Stadt warten, bis es vorbei war, und danach zurückkehren.

Sie öffnete die Tür und trat hinaus, ein wenig überrascht, wie klar die Luft war. Das Gewitter mußte sich noch auf der anderen Seite befinden; nun, von ihr aus konnte es dort auch gerne bleiben. Mit den Schlüsseln in der Hand ging sie zu ihrem Cherokee-Jeep, ihrer Verbindung zur Außenwelt, ihrem Mittel zur Flucht.

Da roch sie plötzlich Rauch.

Irgend etwas brannte.

Sie sah sich rasch nach allen Seiten um, aber da war nichts. Nur das sanft einfallende Dämmerlicht in den weißen Birken und in der Ferne das leise Plätschern eines Bachs.

Und der Geruch von Rauch.

Warum konnte sie nicht das Geringste sehen? Der Geruch war so stark, das Feuer mußte ganz in der Nähe sein. Das gebrochene Sonnenlicht glühte auf ihrer Haut; der Himmel dunkelte schnell, und plötzlich konnte sie nicht mehr atmen...

Der Rauch erstickte sie. Sinah sah voller Grauen, wie das Feuer prasselnde Wände um sie errichtete. Die Hitze spannte ihre Haut. Sie starrte in die Flammen und suchte unbewußt nach den Gasbrennern, die alles als Täuschung, als Filmkulisse entlarven würden.

Aber dies war keine Kulisse, keine Bühne. Es gab keine Kameras, kein Publikum. Dies war Wirklichkeit.

Sinah stand in der Mitte eines brennenden Zimmers, das sie noch nie gesehen hatte, nicht einmal auf Bildern. An bunt glänzenden Fahnen züngelten Flammen empor, und von großen Kerzenleuchtern tropfte das schmelzende Wachs wie Wasser herunter. Sie hörte Schreie um sich herum, als würden hundert Menschen, für Sinah unsichtbar, Opfer des Feuers.

»Hallo!« schrie Sinah, und fast im gleichen Augenblick schnürte ihr der beißende Rauch die Kehle zu.

Das Feuer kroch an den Wänden hoch. Jetzt brannten die glitzernden Seidenfahnen lichterloh. Bald würden die Flammen Sinah erreichen. Panisch, dem Ersticken nah, machte Sinah einen zaghaften Schritt zurück, weg vom Zentrum des Feuers.

Als sie sich umdrehte, stand sie vor einer Tür. Der Türgriff war glutheiß. Mit der panischen Kraft letzter Verzweiflung stieß sie die Tür auf – dahinter öffnete sich Dunkelheit und selige Stille. Sinah stürzte durch die Tür und schlug sie hinter sich zu. Sie stemmte sich mehrere Sekunden lang dagegen, um sie geschlossen zu halten, erst dann wagte sie sich umzublicken.

Sie hatte geglaubt, hier sei es dunkel. Und das war es auch, aber aus irgendeinem Grunde konnte sie sehen, was sie umgab, als ob sie den Raum gut kenne und nur ihrer Erinnerung zu vertrauen brauche. Eine Treppe, alt und ausgetreten, führte sie in die Tiefe der Erde, dorthin, wo das zermalmende Gewicht des Steins eine eigene lebendige Intelligenz wurde und darauf wartete, sie zu zerstören. Sinah setzte ihren Fuß vor und spürte die Kante der ersten Stufe.

Das Holz der Tür in ihrem Rücken wurde immer wärmer und erinnerte sie daran, daß ihr der Rückzug versperrt war. Sie mußte vorwärts gehen, hinunter, wo etwas auf sie wartete – nur auf sie, Sinah Dellon. Das war die Vergangenheit, die sie so unablässig beschworen hatte; das war ihr Erbe.

Es wartete auf sie.

Das ist ein Traum! dachte Sinah verstört. Sie war ...

Sie konnte sich nicht daran erinnern, wo sie vor wenigen Augenblicken noch gewesen war. Alles, woran sie sich erinnern konnte, war das Feuer. Furcht und Schmerz – und ein übermächtiges Gefühl des Scheiterns und der Verzweiflung.

Sie war gescheitert – sie selbst und die Blutlinie. Und das, was sie verfehlt hatte, wartete auf sie. Dort im Dunkeln.

Sie hörte das Geräusch von unterirdischem Wasser, dessen Plätschern von dem Treppenschacht bizarr verstärkt wurde. Es war das verrückte Festhalten an physikalischen Gesetzen, das ihr am meisten Furcht einflößte; als sei die reale Existenz all der kleinen Einzelheiten in ihrer Vision der niederschmetternde Beweis für ihren Wahnsinn. Was sie ihre Gabe nannte, stand dem Wahnsinn sehr nah, da gab es keinen Zweifel. Vielleicht lag dies hier nur in der logischen Entwicklung.

Der Gedanke war unerträglich. *Es ist ein Traum ... es ist ein Traum ... es ist ein Traum ...* Gefangen zwischen der sanften, dunklen Verführung und der brüllenden Vernichtung des

Feuers riß Sinah die Tür wieder auf und rannte zurück in die Flammen.

Nein, nein, NEIN –

Erst die glühende Hitze, dann der Schmerz. Unerträgliche Helligkeit schien in ihr Fleisch und ihre Sinne einzudringen. Sie starb in den Flammen.

Und wurde wiedergeboren.

Sinah öffnete die Augen. Sie wälzte sich auf dem Boden, bedeckt vom Herbstlaub des letzten Jahres, und weinte vor Grauen und Schmerz, lebendig verbrannt zu werden. Es dauerte eine Zeit, bis ihr erschöpftes Bewußtsein erkannte, daß diese Dinge unwirklich waren. Daß sie diesseits und sicher war. Es lag kein Rauch in der Luft.

Die Erinnerung an ihre Vision begann nachzulassen, bis die Bilder immer flüchtiger wurden, so undeutlich wie alle Alpträume.

Was ... war geschehen? Langsam rappelte sich Sinah auf. Die Furcht vor dem Wahnsinn – nie ganz fern – meldete sich erneut. Was sie soeben durchgemacht hatte, war kein Erlebnis aus zweiter Hand, gestohlen von einem anderen Geist. Es war etwas anderes – *sie* war jemand anders gewesen. Und anstatt sich daran zu erinnern, was sie von dem anderen Geist angenommen hatte, war sie in ihm versunken und abgewiesen worden.

Als ob sie nicht hineingepaßt hätte.

»Sie haben sie anbrennen lassen!«

Luneds Vorwurf war das erste, was Wycherly hörte, als er durch die Tür eintrat. Er trug sein Unterhemd zusammengeknüllt in einer Hand und sein fleckiges Hemd lose über den Schultern. Es war immer noch feucht vom Waschen.

Er schaute sich um. Vom Holzfeuer im Herd war das Zimmer nun warm, und der Topf stand auf der Platte und dampfte behaglich vor sich hin. Der Tisch war mit Decke, Tellern und Löffeln gedeckt, und eine Blechdose mit Crackern stand unübersehbar in der Mitte. Neben jedem Teller stand ein Becher, gefüllt mit einer gelbbraunen Flüssigkeit. Luned saß auf einem der Stühle und wartete auf ihn. Ihre Hände ruhten in ihrem Schoß, und ihr ganzes Betragen verriet eine geradezu schmerzhafte Würde.

»Ich bin nicht der Koch.« Wycherly ging an den Tisch und nahm den Becher an dem freien Platz. Argwöhnisch roch er daran.

»Es ist kräftiger Apfelwein«, sagte Luned zugänglicher. »Gibt es den bei Ihnen nicht?«

»Ich bezweifle, daß Mutter ihn über ihre Schwelle ließe«, sagte Wycherly abwesend.

Luned stand auf und ging mit einem der Teller zum Herd. Wycherly verschwand hinter ihr im Schlafzimmer.

Das Bett war mit frischen Laken und Decken bezogen, und darüber lag eine Patchworkdecke. Die weißen Fenstergardinen, die zumindest ausgeschüttelt, wenn nicht gewaschen worden waren, bewegten sich sanft im Luftzug. Der Staub war großenteils beseitigt; das Zimmer hätte gut und gern für ein etwas skurril-altmodisches Bed-and-Breakfast durchgehen können.

Was in drei Teufels Namen machte er hier?

»Meinen Sie, daß Sie jetzt was essen wollen?« fragte Luned von der Tür her. Sie klang unsicher. Sie wischte sich ihre Hände an der Schürze ab, die sie sich umgebunden hatte.

Lieber wäre mir ein Drink. Wycherly drängte den Gedanken beiseite. »Du brauchst mich nicht zu bedienen«, sagte er statt dessen.

»Das macht mir nichts«, sagte sie zurückhaltend. »Es tut mir leid, daß ich Sie vorhin angefahren hab'. Ich hatte nur Angst, das ist alles. Sieht so aus, als ob Sie jemanden brauchen, der hier die Sachen macht, kocht und aufräumt und so.«

»Das schaffe ich schon«, sagte Wycherly kurz angebunden. Sollte dieses Mädchen nicht besser auf eine Schule gehen oder mit Puppen spielen? Ein seltsamer Verdacht ließ ihn fragen: »Sag mal, wie alt bist du eigentlich, Luned?«

»Ich werd' in diesem Jahr siebzehn«, antwortete das Mädchen. »Und ich glaub' schon, daß ich Sie ganz gut versorgen kann, Mister Wych.«

O Gott. Keine zurückgebliebene Zwölfjährige, sondern sechzehn. Alt genug, um sich erwachsen zu fühlen, mit möglicherweise fatalen Folgen.

»Nein«, sagte Wycherly mit Nachdruck. »Ich glaube nicht, daß du das kannst. Ich bin froh, wenn du herkommst und für mich saubermachst und mir Sachen aus dem Laden bringst, Luned. Dafür werde ich dich bezahlen. Siehst du, ich werde ... jetzt für einige Zeit krank sein. Ich möchte wirklich niemanden haben, der für mich etwas ›macht‹.«

»Waren das die Kirchenglocken?« fragte das Mädchen plötzlich gespannt. »Ev' und ich, wir haben uns schon gedacht, daß es das war, wo sie bis Maskelyne runter die Glocken geläutet haben wegen dem Prentiss-Jungen, der ertrunken ist...«

Ertrunken. Es war verrückt, aber Wycherly empfand wirklich Angst. Als wäre die Möglichkeit des Ertrinkens eine greifbare und konkrete Sache, die sich aus einem Flußbett lösen und ihn mit der gleichen Sicherheit treffen könnte wie eine Stahlkugel. Als könnte das Wasser all seine Toten wieder zurückgeben und Camilla Redford wieder auftauchen, um ihn zu holen.

»Ertrunken? Wo gibt's denn hier eine Stelle, wo jemand ertrinken kann?« fragte er scharf.

»Im Fluß«, sagte Luned, als müßte dies jeder wissen. »Der Bach dahinten ist der Little Heller; er fließt in den Astolat, und der Astolat fließt ganz schön schnell beim Damm. Heute morgen war die Beerdigung, und Reverend Betterton hat bei Sonnenaufgang groß geläutet, und da haben wir uns überlegt, daß die Glocken Ihren Unfall verursacht haben ...«

Wycherly starrte sie an. War sie wahnsinnig, oder litt sie nur hin und wieder an Wahnvorstellungen? Was um alles in der Welt konnten *Kirchenglocken* mit seinem Unfall am Morgen zu tun haben oder damit, daß er dem Alkohol abschwor?

»Hab' ich was Falsches gesagt?« fragte Luned ängstlich.

»Sag mal, was glaubst du eigentlich, wer ich bin?« sagte Wycherly langsam. »Und erzähl mir keine Lügen«, fügte er hinzu, »denn das merke ich sofort.« Drohend kam er einen Schritt näher zur Tür.

Luned Starking mit ihren blassen Sommersprossen wurde bleich genug, um erkennen zu lassen, daß sie die Drohung ernst nahm.

»Sie sind ein Geisterbeschwörer, Mister Wych. Niemand sonst würde nach Morton's Fork kommen und in der Hütte von der alten Miss Rahab wohnen wollen. Und Sie haben rote Haare – das ist das Judas-Zeichen –, und Sie haben Gamaliel Tanners besten Schnaps getrunken, als ob es Brunnenwasser wäre. Kein normaler Sterblicher könnte so was.« Ihr Selbstvertrauen schien wieder zu wachsen, indem sie die Gründe dafür aufzählte, warum Wycherly ein ›Geisterbeschwörer‹ war.

»Und Sie haben gesagt, daß Sie merken, wenn ich lüge«, fügte Luned ernst hinzu, »und das ist der Beweis.«

Gerüchte, Zweideutigkeiten und Halbwahrheiten. Wenn dies ein ländlicher Streich sein sollte, den ihm jemand spielte, so wollte Wycherly dafür Sorge tragen, daß dieser Jemand keine Freude daran haben würde.

»Das ist finsterstes Mittelalter«, sagte er frei heraus. »Weißt du, welches Jahr wir haben? Es ist annähernd das Jahr 2000, und du glaubst an solchen... Blödsinn. Wem sehe ich deiner Ansicht nach denn ähnlich – der Fliegenden Nonne vielleicht? Es gibt keine ›Geisterbeschwörer‹ – und wenn es welche gäbe, wäre ich keiner von ihnen.«

Seine aufgebrachte Sprechweise hatte keineswegs die Wirkung, die er beabsichtigt hatte. Luneds Augen füllten sich mit Tränen, und sie richtete ihren Blick zu Boden. »Dann können Sie mir nicht helfen?« fragte sie leise. »Ich dachte, daß Sie's vielleicht können.«

Makabre Vorstellungen hinderten Wycherly einen Augenblick am Reden, während er sich alle möglichen tödlichen Krankheiten ausmalte, für die es keine medizinische Hilfe gab. Das verbissene Saubermachen und Kochen erschien nun als Akt der Verzweiflung – es war eine Bitte um Hilfe, die sie sich von einem fantastischen Wesen erwartete, das ihr verwirrtes Gehirn herbeigerufen hatte.

»Dann leg mal los«, sagte Wycherly rauh.

Luned verfiel nun in eine unzusammenhängende Erklärung, die so umständlich und mit Dialekt durchsetzt war, daß

Wycherly ihr kaum folgen konnte. »Hast du keinen Arzt aufgesucht?« fiel er ihr ins Wort.

»Ärzte wollen einen immer ins Krankenhaus stecken«, sagte Luned zornig. »Doktor Standish vom Bezirk kommt vier Mal im Jahr her, um die Babys und die Kinder für die Schule zu impfen und so, aber er würde für mich nichts tun. Den Berg rauf gibt es ein Sanatorium – wenn Sie tagsüber hier den Hang hochklettern, können Sie's wahrscheinlich sehen –, aber es ist nicht gut für Leute von hier.«

»Warum nicht?« Ein Sanatorium hatte normalerweise medizinisch ausgebildetes Personal, und die Ärzte dort hatten wenigstens die Schuldigkeit, sich um die Notfälle am Ort zu kümmern – auch wenn Luneds Beurteilung des Bezirksarztes Dr. Standish annehmen ließ, daß die Einwohner von Morton's Fork lieber alles andere in Kauf nahmen, bevor sie in ein Krankenhaus außerhalb der Gegend gingen.

»Das Wildwood-Sanatorium ist vor achtzig Jahren abgebrannt, nächsten Monat ist der Jahrestag. Da gibt's nur noch Dornen und Geister«, erklärte Luned schlicht.

Aha, sie gehen nicht hin, weil es keins gibt.

Wycherly fühlte sich auf den Arm genommen und knurrte wütend: »Und was soll ich für dich tun?« Er hatte Hunger und wollte ein heißes Bad, wofür keine guten Aussichten bestanden, und er spürte eine ihm unangenehme Verantwortung, als verpflichte die bloße Tatsache seines privilegierten Hintergrunds ihn dazu, den Minderbemittelten beizustehen.

Luned starrte auf den Boden und biß sich auf die Unterlippe, um nicht zu weinen, etwas, das Wycherly noch mehr aufbrachte.

»Ich dachte ... daß Sie ... vielleicht, wenn Sie zaubern könnten wie die alte Miss Rahab ... könnten Sie mir vielleicht ein Mittel machen, so daß ich mich nicht immer schlecht fühle«, sagte sie schließlich.

Das ist ALLES? hätte Wycherly beinahe gesagt. Aber hier gab es kein ›alles‹; daß mit Luned *etwas* nicht stimmte, lag auf der Hand, es zeigte sich in ihrer bleichen Gesichtsfarbe ebenso wie in der Tatsache, daß er sich in ihrem Alter um sechs Jahre verschätzt hatte. Er konnte ihr raten, gesünder zu essen, mehr zu schlafen, aber hatte sie bei ihrer Art Leben die geringste Möglichkeit, einen solchen Rat zu befolgen?

»Ich gehe jetzt lieber«, sagte Luned.

»Nein.« Obgleich Wycherly den Gedanken haßte, sich mit irgendeinem hinterwäldlerischen Mädchen einzulassen, so war ihm der Gedanke noch unangenehmer, ein Mann wie sein Vater zu sein: jemand, der Menschen benutzte und sie dann, wenn sie ihm nichts mehr brachten, fallenließ.

Und sie nicht wahrnahm, bis sie sich benutzen ließen.

»Setz dich hin. Iß deine Suppe. Ich kann vielleicht etwas für dich tun. Und hör mit dem Schniefen auf«, fuhr er sie an.

Luned hatte zwar gesagt, daß die Suppe angebrannt sei, es reichte aber nun für mehr als nur ein Abendessen. Obwohl die meisten Zutaten aus Dosen stammten, war die Suppe erstaunlich gut und weckte Wycherlys Appetit. Während sie aßen, plapperte Luned über ihre hausfraulichen Fähigkeiten, bat ihn, ihr sein Hemd zu überlassen, damit sie es waschen und flicken könnte.

»Ich kann unheimlich gut nähen, Mister Wych – Sie werden's sehen.«

Das würde er wohl, ob es ihm paßte oder nicht. Aber zumindest hatte er für manche ihrer Probleme eine Lösung.

»Warte hier«, sagte Wycherly und ging in das andere Zimmer, ohne darauf zu achten, ob sie ihm folgte. Seine Schultertasche war noch genau dort, wo er sie abgestellt hatte, auf dem Boden unter dem Fenster. Sie hatte sie beim Saubermachen nicht angerührt – wenigstens hoffte er das. Er warf die Tasche aufs Bett und öffnete sie.

Darin befanden sich alle nötigen Dinge für ein Herumtreiber-Leben: sein Rasierzeug mit Akku-Rasierer, eine Flasche mit dem Eau de Cologne ›1903‹. Ein Adreßbuch, das genügend Telefonnummern von Ärzten und Anwälten enthielt, um sich bei Bedarf die Polizei eine Weile vom Hals halten zu können. Ein Handy, das er nicht benutzen würde, und eine Straßenkarte, die nirgendwohin führte. Ein Hemd und Unterwäsche, die eingepackt zu haben er sich nicht erinnerte. Eine Lesebrille, die er ebenfalls nie benutzte. Ein Fläschchen mit Schlaftabletten, deren Verschreibung sich auf eine ungefährliche Anzahl beschränkt hatte – als ob dies ihn schützen könnte, wenn er soweit wäre. Eine Flasche Scotch.

Wycherly hielt sie gegen das Licht; sie leuchtete wie Bernstein, wie Feuer, wie alles Gute und Wertvolle, das seine Welt nur kannte. Die seligmachende Wärme schien durch das Glas in seine Hand hineinzustrahlen. Er wußte, daß er sie loswerden mußte, wenn er wirklich trocken werden wollte.

Aber das konnte er noch nicht über sich bringen. Er stellte sie vorsichtig zu den anderen Dingen.

Und dort, auf dem Boden der Tasche, lag das, was er suchte.

Die verschriebene Dose war so groß wie ein kleines Glas Instant-Kaffee und aus weißem Plastik, um ihren Inhalt vor Licht zu schützen. Die Dose enthielt 150 Pillen – es kümmerte niemanden, wieviel er davon besaß.

Vitamine. Starke Vitamine. Eine Zuteilung von der Psychotherapeutin, die er – theoretisch – regelmäßig aufsuchen sollte und die wenigstens seine Gesundheit stabilisieren wollte, solange er mit dem Trinken nicht aufhörte. Alkoholiker, sagte sie, haben normalerweise Probleme mit ihrer Gesundheit, die durch falsche Ernährung hervorgerufen werden; entweder weil sie Trinken dem Essen vorziehen oder weil chronisches Trinken dem Körper grundlegende Nährstoffe entzieht. Diese Pillen sollten das kompensieren. Er nahm an, daß sie ebenso gut für jemanden waren, dem aus einem anderen Grund wesentliche Nährstoffe fehlten.

Doch Luned erwartete Magie von einem rothaarigen Zauberer, der in einem Hexengefährt durch die Luft brauste. Er schraubte den Verschluß auf. Gott wußte, warum er das einfältige Mädchen aufmuntern wollte. Sie hatte den Sex-Appeal einer zurückgebliebenen Zehnjährigen, und Wycherly war kein Humbert Humbert.

Das Aluminiumsiegel war immer noch an seinem Ort, was bedeutete, daß die Dose voll war. Genug für fünf Monate. Wie bekam er sie aber dazu, die Pillen zu nehmen?

Er sah sich im Zimmer um.

Auf dem Schrank befand sich eine kleine Silberdose mit Scharnierdeckel, etwa so groß wie zwei aneinandergeklebte Zigarettenschachteln. Er nahm sie und fragte sich, warum

Luned sie zurückgelassen hatte, da sie doch alles andere herausgeräumt hatte. Wahrscheinlich weil sie wertvoll aussah. Er drehte sie um und schaute nach einem Echtheitsstempel, aber er sah nur einige viereckige Zeichen eingeprägt, deren Muster man nicht erkennen konnte.

Vielleicht war es eine alte Schnupftabakdose? Aber selbst wenn, Wycherly hatte keine Skrupel, sie zu benutzen – alt und reichverziert, hatte sie genau die richtige Größe, um die Pillen aufzunehmen, und Wycherly füllte diese um und schloß den Deckel. Er wog sie in der Hand und kehrte ins andere Zimmer zurück.

Luned saß noch genauso am Tisch, wie er sie verlassen hatte. In diesem Augenblick bekam die Situation eine surreale Klarheit, die Wycherly nur aus Zuständen schwerer Betrunkenheit kannte. Er mischte sich hier in das Leben einer Fremden ein ohne die Hoffnung, eine bleibende Wirkung damit erzielen zu können. Warum machte er das? Nur so zum Spaß; Wycherly fiel kein anderer Grund ein. Was bedeutete Luned ihm? Nichts. Warum also half er ihr?

Er ging zum Tisch.

»Hier sind Tabletten«, sagte Wycherly. »Du mußt eine pro Tag nehmen. Nicht mehr. Und laß keinen Tag aus. Gib keinem anderen davon. Sag keinem etwas davon, daß du sie hast.« Plötzlich fühlte er sich auf eine unheimliche Weise erwachsen. Hatte er damit jedem Mißbrauch vorgebeugt? »Ich merke, wenn du es tust«, schloß er in der Hoffnung, dies würde sie beeindrucken.

Luned betrachtete die Dose mit großen Augen. Bevor er sie hindern konnte, öffnete sie sie und schüttete die Tabletten auf den Tisch. »Die sehen wie ganz normale Pillen aus, die's in jedem Laden gibt«, sagte sie mit enttäuschter Stimme.

»Sie sind es aber nicht«, sagte Wycherly, besessen von dem wahnhaften Drang, sie seinem Willen zu unterwerfen. »Sie sind verzaubert. Aber Zauberei sieht nie nach dem aus, was sie wirklich ist – sonst wäre es keine Zauberei, verstehst du?«

Und du bist der Dorftrottel, der Dr. Seltsams Behandlung an dieser schwachsinnigen, leichtgläubigen Hinterwald-Lolita ausprobiert.

Aber, überlegte Wycherly, war es tatsächlich so leichtgläubig von jemandem, wenn er mit aller Überzeugtheit an etwas glaubte, was er mit eigenen Augen gesehen hatte? Vielleicht sah Luned in ihm den neuen Hexenmeister der Gegend, denn so etwas war üblich hier.

Wütend verwarf er diesen gefährlichen Gedanken. Er hätte bald Gelegenheit genug, jede Menge Dinge zu sehen, die es nicht gab; es hatte wenig Sinn, seine Lage im voraus noch zusätzlich zu verschlimmern, indem er bei klarem Verstand Dämonen und Geister erfand.

»Wenn du sie nicht willst, schön. Du hast mich aber darum gebeten, wenn du dich erinnern kannst«, stellte er fest.

»Ich nehm' sie«, sagte Luned schnell. Die Silberdose verschwand in ihrer Tasche.

»Schön. Sag mir Bescheid, wenn du sie aufgebraucht hast.«

Eine Stunde später hatte sich tiefe Dunkelheit herabgesenkt, und Wycherly befand sich allein in seinem neuen Zuhause. Es wurde kühl, als das Feuer im Herd ausging. Luned hatte ihn gewarnt, daß die Nacht kalt würde und daß man hier selbst im Sommer heizen müßte, aber er konnte das Feuer ja jederzeit wieder anmachen.

Sie hatte versprochen, morgen wiederzukommen und soviel Bier mitzubringen, wie sie für zwei 20-Dollar-Scheine kaufen konnte. Er mußte mit seinem Geld ab jetzt etwas vorsichtiger sein. Der Laden akzeptierte keine American Express Card, und er bezweifelte, daß es in erreichbarer Nähe von Morton's Fork einen Geldautomaten gab. Und sowohl das eine als auch das andere barg die Gefahr, daß seine Familie ihn ausfindig machte.

Aber er konnte damit klarkommen. Er hatte schon schwierigere Situationen gemeistert.

Wycherly sah sich in der Hütte um. Zwei Petroleumlampen brannten hell im großen Zimmer, eine auf dem Tisch, eine auf dem Regal über dem Herd. Bleiche Motten flatterten um sie herum und warfen tanzende Schatten.

Wycherly versenkte sich in die Abwesenheit von Alkohol auf dem Tisch und versuchte, nicht an die Flasche Scotch im

Schlafzimmer zu denken. Wollte er wirklich damit anfangen? *Konnte* er es? Und wenn er es konnte, warum ausgerechnet hier, an einem Ort, der ihn bereits jetzt an *Green Acres* und *Twilight Zone* erinnerte?

Er war sich nicht ganz sicher, immer noch nicht. Aber tief in seinem Innern sagte eine schwache, erstickte Stimme, daß, was auch immer er vorhatte, er es hier und jetzt tun mußte. Daß es keinen anderen sicheren Ort gab und ein Verschieben nur bedeutete, daß es schließlich zu spät war.

So mochte es sein. Aber es war ein seltsames Gefühl, auf das Soufflieren einer inneren Stimme zu hören, die ihn drängte, sich selbst zu retten. Wycherly hatte viel mehr Erfahrung mit selbstzerstörerischen Stimmen.

Sie verlor den Verstand, ihre Visionen waren wie aus einem billigen Jeanne-d'Arc-Videostreifen. Sinah Dellon saß in dem dunklen großen Raum, in ihren Frottee-Morgenrock gekauert, und versuchte, ihre Welt wieder in Ordnung zu bringen. Wenn sie die Suche nach ihren Wurzeln zehn Jahre früher begonnen hätte, vielleicht wäre das etwas anderes gewesen. Sie war nie adoptiert worden; ihre persönlichen Dokumente und Urkunden waren nie amtlich beglaubigt worden. Von dem Augenblick an, an dem sie wußte, daß sie irgendwo eine wirkliche leibliche Mutter hatte, hatte sie mit einer Sehnsucht, die an Schmerz grenzte, davon geträumt, sie zu sehen. Wenn sie mit achtzehn hierhergekommen wäre, hätte ihr das geholfen?

Nein. Da war es auch schon zu spät.

Sie fuhr sich durchs Haar. Es hatte sehr weh getan, die lang gehegte Fantasie, ihre Mutter zu sehen, aufzugeben. Athanais Dellon war tot, war die ganzen Jahre tot gewesen, in denen ihre Tochter, bei Fremden lebend, noch von einer Wiedervereinigung geträumt hatte. Doch jetzt brauchte sie die Hilfe ihrer Blutlinie um so mehr. Jetzt, da sie Visionen hatte.

Sie sollte durch die Wälder laufen und sich die Seele aus dem Leib schreien. Oder wenigstens an die nächste Küste fahren, so schnell sie konnte.

Sinah erhob sich von der Couch und ging durch das renovierte Schulhaus. Es war zu fantastisch – es gab keinen Ort, wo man auch nur ansatzweise über etwas so Unwirkliches nachdenken konnte. Wütend betrachtete sie ihr Traumhaus; je länger sie hier wohnte, um so mehr kam es ihr wie ein Gefängnis vor, nicht wie eine Zufluchtsstätte. Als ob dieses Haus, statt sie nach Hause zu bringen, sie davon abschnitt.

Mach dich nicht lächerlich, Schatz. Hier gibt es kein ›Zuhause‹. Sie wollen dich nicht. Und jetzt drehst du langsam, aber sicher durch.

Sinah wußte, daß ihr Verhalten es mit dem der Heldinnen in Horror-Romanen aufnehmen konnte, die sich von keiner noch so gräßlichen Gespenstererscheinung abschrecken oder vertreiben ließen (aus dem verfallenden, einsamen Gemäuer), sondern darauf warteten, daß sie von dem jungen faustischen Schloßherrn hingemordet wurden. Doch Sinah wollte die Wahrheit über ihre Familie herausfinden; ohne sie konnte Sinah weder vorwärts noch zurück.

Sie ging zu dem Fenster neben der Vordertür. Draußen stand noch der Jeep, ein garantiert funktionierender fliegender Teppich, der sie nach einer Drehung des Zündschlüssels fortbringen würde. Eine vernünftige Frau würde diesen Ort verlassen – und sich in die nächste psychiatrische Klinik einweisen lassen. Daß sie sich nicht verrückt fühlte, hieß nicht, daß sie es nicht war – glaubte sie nicht auch, Gedanken lesen zu können?

Und hatte sie nicht Visionen?

Feuer. Da hatte etwas gebrannt; das war alles, was Sinah von ihrer Vision noch behalten hatte. Feuer, Schmerz und Angst. Das mußte etwas zu bedeuten haben – aber was? Wenn die Leute hier nur mit ihr *reden* würden; ihr sagen würden, was Athanais Dellon ihnen angetan hatte, daß sie fast drei Jahrzehnte später noch deren Tochter mieden. Hatte Athanais Kräfte wie Sinah gehabt?

Hatten sie Athanais zu Tode gebracht?

Wycherly fühlte sich nicht im mindesten betrunken, und nun wollte er ausprobieren, ob er auch ohne Medikamente einschlafen konnte. Doch als er im Dunkeln lag, schien sich der

Schlaf immer mehr zu entfernen, bis er tausend Meilen weit weg war.

In der Dunkelheit hörte er Stimmen. Ein Gemurmel an der Grenze der Hörbarkeit, leise säuselnde, kichernde, betörende Stimmen...

Die schwarze Bestie kam seinetwegen, zur Unzeit. Vielleicht hatte sie gehört, daß Wycherly sich von ihr befreien wollte, und strafte ihn nun für den bloßen Gedanken an Flucht. Und Wycherly erkannte, daß die Geräusche, die er hörte, keine Stimmen waren, sondern etwas Entsetzlicheres: Wasser, das Geräusch von fließendem Wasser irgendwo in der Nähe, vor dem Fenster, draußen in der Dunkelheit...

Es zerrte an ihm. Schlang sich um seine Knie, zog ihn hinunter, kalt und unerbittlich. Er war verletzt, blutete – er konnte sich nicht erinnern, was er hier tat. Er stand mitten in der Nacht in einem Fluß, doch ein unwillkürliches Schuldgefühl ließ ihn in die Runde spähen, und da sah er es. Ein Auto – sein Auto? – versank im Wasser, die Scheinwerfer strahlten gedämpft, goldene Lichtsignale unter dem Wasser. Das warme Blut wirbelte um seine Beine; er sank in dem Fluß auf die Knie, und das eisige Wasser reichte ihm an die Brust, so daß sich sein Herz vor Kälte zusammenzog. Wie konnte das Wasser so kalt sein? Sogar die Luft schien plötzlich frostig, als wäre alle Wärme, alle Liebe aus seiner Umgebung verschwunden.

Der Fluß zerrte an ihm, versuchte ihn unterzukriegen, ihn mit sich zu nehmen auf die Reise zum Meer. Hinter sich konnte er die Lichter des Wagens unter dem Wasserspiegel schimmern sehen, seine schwächer werdenden Scheinwerfer wie die Augen eines rachsüchtigen Drachen, und Wycherly wußte, daß es zu spät war. Er wollte darauf zugehen, spürte aber nur, wie der schlüpfrige Grund des Flußbetts unter seinen Füßen nachgab und ihn einsinken ließ. Er wollte wieder nach oben, doch das Wasser zerrte an ihm, wurde immer tiefer und kälter, je mehr er ans Ufer strebte. Vom entfernten Ufer sah er wie schwache blaue und rote Funken die Lichter der Rettungsfahrzeuge, aber sie schienen zu einer anderen Welt zu gehören, einer Welt, die er mit keiner noch so großen Anstrengung mehr erreichen konnte. Er würde jetzt sterben.

In diesem unwiderruflichen Augenblick erkannte Wycherly, daß sein Tod keine Privatangelegenheit war, die nur ihn betraf. Wenn er hier starb, dann starben unerfüllte Hoffnungen mit ihm, und er starb, ohne die Aufgabe erfüllt zu haben, für die er auf die Erde gesandt worden war.

Plötzlich empfand er süß und drängend das Bedürfnis zu leben, und dies war der Moment, in dem Wycherly eine weiße Gestalt unter Wasser auf sich zukommen sah. Ihre Zähne waren weiß und scharf und ihre starren Augen dunkel vor Blut.

Sie kam, um ihn zu holen.

Wycherly schreckte aus dem Schlaf auf und tastete nach einem Lichtschalter, den es nicht gab. Sein Gesicht war naß, und er schluchzte laut vor Angst, bis er merkte, daß es regnete, daß der Regen, der durch das offene Fenster trieb, den Traum ausgelöst und ihn nun geweckt hatte.

Er schwang seine Beine aus dem Bett und stöhnte wegen der immer noch schmerzenden Muskeln. Er rieb sich die Augen. Er war noch nicht ganz wach, aber auch weit davon entfernt zu schlafen. Die trockene, sandige Ebene der Schlaflosigkeit brannte in jedem seiner Nerven, und er wußte, daß er in dieser Nacht keinen Schlaf mehr finden würde, es sei denn durch Alkohol oder Tabletten.

Fluchend stand Wycherly auf, schloß das Fenster und sperrte die kalten und feuchten Windböen aus. Das Schlimmste war, daß er auch durch den Regen hindurch noch das spottende Murmeln des Wassers hören konnte. Es war keine Halluzination, sondern nur der Little Heller Creek, der seiner Bestimmung folgte. Aber ob Einbildung oder Wirklichkeit – die schwarze Bestie kam, um ihn zu holen, da konnte er fliehen, wohin er wollte. Es gab eine Verabredung, die er einhalten mußte – mit der Nacht, dem Fluß, einem untergegangenen Auto und einem ermordeten Mädchen...

Camilla!

Doch es war unklug, nach ihr zu rufen, wurde Wycherly langsam klar. Sie liebte ihn nicht mehr – sie haßte ihn, und wenn er sie rief, würde sie seinem Ruf folgen. Er schüttelte eigensinnig den Kopf. Licht, er brauchte Licht.

Nach mehreren vergeblichen Versuchen gelang es ihm endlich, die Lampe neben seinem Bett anzuzünden, und er setzte den Glaszylinder wieder auf in dem Gefühl, etwas vollbracht zu haben.

Im Lichtschein sah das Zimmer normal aus, und die Nachtgespinste verflüchtigten sich. Doch innerlich war Wycherly verzweifelt. Wenn es schon jetzt ohne die abstumpfende Wirkung des Alkohols so schlimm stand, wie sollte er einen weiteren Tag durchhalten – ganz zu schweigen von einem Jahr?

Wer weiß? Wen kümmert's? Mich nicht.

Wycherly wandte sich vom Fenster ab und durchstreifte sein neues Zuhause. Automatisch öffnete er den Kühlschrank und fand darin den Plastikkrug mit Apfelwein, vier Dosen Bier sowie den Rest der Suppe. Er zögerte, dann entschied er sich für den Apfelwein.

Er war angenehm: alkoholisch, aber nicht so stark, daß es ihn hätte benebeln können. Er wanderte mit dem Krug in der Hand umher, machte das Fenster über der Spüle zu und schürte mit der Glut neues Feuer. Er fühlte sich aufgekratzt und ruhelos; erste Stufe des Entzugs pünktlich nach Plan. Als nächstes warteten Depression, Trägheit, wildes Verlangen nach dem Suchtmittel und dann die schwarze Bestie, und wenn er die überstanden hatte, war er – zumindest theoretisch – trocken.

Wycherly überlegte, ob er ein oder zwei Schlaftabletten nehmen sollte – sie gaben einen hübschen Kick im Kopf –, entschied sich aber dagegen. Hier, in dieser Nacht, würde sogar die Schlaflosigkeit nur ihm gehören. Er setzte sich in den Schaukelstuhl und balancierte den Krug auf seinem Knie, und nach einer Stunde merkte er, wie der Schlummer über ihn kam. Da konnte er es auch im Bett noch einmal probieren.

Als er das nächste Mal erwachte, war es Morgen. Das Sonnenlicht strömte durch das Schlafzimmerfenster, und er roch den Leinen- und Lavendelgeruch des Bettzeugs.

Er fühlte sich, als wäre er irgendwann letzte Woche gestorben.

Er langte nach der Flasche auf dem Nachttisch, bevor er sich erinnerte, daß dort keine stand. Aber es war zu spät; er war wach. Es war sinnlos, jetzt den Weg zurück in den Schlaf zu suchen; das Zimmer war zu hell dafür. Er fühlte sich schwer und dumpf und wollte sich nur umdrehen und die Welt vergessen. Aber er hatte doch den größten Teil der Nacht ohne weitere Träume durchgeschlafen.

Als Wycherly dort lag und bedauerte, daß er aufgewacht war, hörte er Geräusche aus dem anderen Zimmer. Luned? Er sollte wohl wenigstens aufstehen und nachsehen, ob sie seine Anweisungen befolgt hatte. Er hoffte, daß sie sich daran erinnerte, denn er hatte sie vergessen.

Wycherly warf die Bettdecke widerstrebend zurück und verließ das Bett. Er fühlte sich benebelt, alles tat ihm weh, und von Ferne kündigte sich – wieder einmal – ein Kater an. All das war nicht dazu angetan, seine Laune zu bessern, die er gut kannte. Er zögerte, jemanden, dem er nicht unmittelbar übel wollte, dieser Laune auszusetzen. Und obwohl die Liste dieser Personen sehr kurz war, befand sich Luned aus irgendeinem Grunde darauf.

Er zog sich rasch die Kleidung vom Vorabend an und schüttelte sich in Erwartung der sanitären Vorrichtungen in dem Abort hinter der Hütte. Er schnappte sein Jackett und steckte die Tylenol-3 in eine der Taschen. Vorsicht ist die Mutter der Porzellankiste, dachte er verworren; er würde sie später brauchen.

Bevor er das Zimmer verließ, rasierte er sich, seinem angeborenen Reinlichkeitsdrang folgend, vor dem Spiegel des Kleiderschranks. Der Elektrorasierer hatte genug Ladung, und seine Hände mochten ruhig zittern, solange er nur ausdauernd bei der Sache blieb. Vielleicht konnte er den Apparat heute irgendwo aufladen lassen. *Irgend jemand* in diesem verdammten Kaff mußte einen Stromanschluß haben.

Sein nahezu glattes Kinn reibend, trat Wycherly in das andere Zimmer. Tür und Fenster waren wieder offen – wie er erwartet hatte, war Luned schon da und entdeckte glücklich neue Dinge, die sich putzen ließen.

Zu seiner Beschämung und Freude standen vier Sixpacks Bier auf dem Tisch.

»Guten Morgen, Mister Wych. Evan hat gesagt, daß er die andern Lebensmittel später mit dem Karren bringen will. Es ist ein schöner Tag zum Waschen«, fügte sie frohgemut hinzu. »Und ich hab' Ihr Hemd geflickt.« Sie zeigte darauf, frisch gebügelt und säuberlich gefaltet lag es auf dem Tisch.

Wycherly blickte kurz zur Tür hinaus. Er konnte Luned, was die *Schönheit* des Tages betraf, keineswegs beipflichten – er sah nur, daß die Sonne schien, und wußte, ihre Helligkeit würde in seinen Augen stechen. Er fragte sich, wo seine Sonnenbrille war. Wahrscheinlich beim Unfall verlorengegangen. Er mußte also das Beste aus der Situation machen. Er warf sein Jackett über die Schulter und ging hinaus – mit der gleichen Begeisterung wie eine Katze in den Regen.

Als er zurückkam, lag der Duft von Pfannkuchen in der Luft – Luned machte sie auf einem Backblech über dem Herd –, und Wycherlys Magen begann sich aufzulehnen.

»Nein«, sagte er. Ein plötzlicher Anfall von Übelkeit stieg plötzlich und unerwartet in ihm auf. Er konnte kaum den Stuhl erreichen, bevor seine Knie nachgaben. Er starrte auf die Sixpacks auf dem Tisch vor sich und zog einen davon zu sich. Luned warf einen Blick über ihre Schulter, um zu sehen, was er tat.

»Vielen Dank«, sagte Wycherly mit giftiger Höflichkeit, »aber ich glaube, ich mag heute keine Pfannkuchen.« Schweiß stand auf seinem Gesicht, sein Mund füllte sich mit Galle.

Luned starrte ihn an, als spräche er griechisch.

Wycherly öffnete die Dose in seiner Hand. Das warme Bier schäumte aus dem Loch; er trank es in einem Zug aus und wischte sich den Schaum vom Mund.

Er langte nach einer neuen Dose.

»Ich will kein Frühstück. Ich will keine Pfannkuchen. Ich will kei…« Aber er wußte nicht genau, was er nicht wollte – oder was er wollte –, und so brach er ab.

Er starrte Luned verdrossen an, um zu sehen, ob sie Einwände erheben wollte, aber sie zuckte nur mit den Schultern, wandte sich ab und suchte etwas, worüber sie das verkrustete Backblech abkratzen konnte.

Wycherly trank das zweite Bier und öffnete ein drittes. Er war mit seinem Verhalten nicht zufrieden, aber er konnte im Moment nicht anders.

»Ich mag einfach nichts Süßes«, sagte er zögernd. Er versuchte sich daran zu erinnern, was er normalerweise zum Frühstück aß, aber es fiel ihm nichts ein.

»Ich kann Ihnen eine Dose Eintopf warm machen«, sagte Luned unsicher. »Oder von der Suppe.«

In seinem Kopf begann sich nun alles zu drehen – nicht vom Bier, sondern vom Verlangen nach stärkerem Gift, dem er nicht nachzugeben beabsichtigte.

»Ich ... ich gehe nur nach draußen.«

Das Bild des Sanatoriums, über das sie am Abend zuvor gesprochen hatten, kam ihm in den Sinn. Es war ein ebenso gutes Ziel wie jedes andere, und er wäre vor Luned und anderen Leuten sicher. Wycherly kam mit Mühe auf die Beine und versuchte den Ausdruck von Verletzung und Enttäuschung auf Luneds Gesicht zu übersehen. Er setzte die leere Dose auf dem Tisch neben ihren Schwestern ab.

»Ich mache einen Spaziergang. Ich denke, es ist wahrscheinlich besser, wenn du die nächsten Tage nicht kommst. Bis ich mich eingewöhnt habe.«

Er wäre später am Tag sicher erträglicher. Tatsächlich konnte er erstaunlich charmant sein, kurz bevor er sturzbetrunken wurde.

»Es ist nicht, daß ich dich nicht mag«, sagte er widerstrebend – das arme Mädchen würde nie begreifen, wie selten er selbst dieses dürftige Kompliment aussprach –, »aber ich glaube, es wäre besser für dich, wenn du nicht hier wärst.«

»Sie müssen etwas essen«, sagte sie störrisch. »Wenn Sie glauben, ich hätte noch nie 'nen Mann gesehen, der sich um den Verstand säuft, dann liegen Sie falsch, Mister Wych. Aber Sie brauchen für Ihr Trinken 'ne Grundlage. Warten Sie hier.«

Er hatte also nicht einmal das Überraschungsmoment für sich. Wycherly setzte sich an den Tisch und nahm sich ein neues Bier. Nummer vier. Er fühlte sich ziemlich vollgeschwemmt, aber nicht annähernd betrunken. Das war das Problem mit Bier. Es hatte keine Wirkung.

Hatte Luned nicht gesagt, daß Mr. Tanner heute vorbeikommen wollte? Er überlegte, ob es sich einrichten ließ, ihn zu benachrichtigen, er solle etwas von seinem Selbstgebrannten mitbringen.

Nein. Wycherly konzentrierte sich darauf, auf seinem Stuhl zu sitzen und langsam sein viertes Bier zu trinken. Er war zu stolz, um sich nach Luned umzudrehen und zu schauen, was sie hinter seinem Rücken tat.

Wenige Minuten später stellte Luned einen Becher Kaffee, der so stark war, daß ein blauer Film auf seiner Oberfläche schillerte, und eine dicke Scheibe knusprig getoastetes Maisbrot vor ihn hin.

»Wo hast du das her?« fragte Wycherly und tippte auf das Brot.

»Das hab' ich mir zum Mittagessen mitgebracht, aber ich esse wohl Pfannkuchen«, sagte Luned ohne Bedauern. »Jetzt trinken Sie mal den Kaffee – er ist so schwarz wie das Herz von 'nem Grubenarbeiter.«

Wycherly, vor die Wahl gestellt, zu essen oder Luned aus der Hütte zu vertreiben, nahm das Brot und biß hinein. Es war trocken, knusprig und schmeckte entfernt nach Holzkohle, aber etwas anderes hätte er kaum zu sich nehmen können. Zwischen den Schlucken heißen Kaffees, der ihm Herzklopfen verursachte, brachte er das ganze Brot hinunter. Als er mit beidem fertig war, ging es ihm deutlich besser. Sogar die Kopfschmerzen hatten nachgelassen.

»Ich bin dir dankbar für das, was du für mich tust«, sagte Wycherly widerwillig. »Trotzdem bleibst du die nächsten Tage besser weg von hier. Das meine ich ernst.«

»Sie brauchen jemanden, der sich um Sie kümmert«, protestierte Luned.

»Ich muß mich um mich selbst kümmern«, sagte Wycherly, bemüht, sie nicht anzufahren. »Zumindest muß ich sehen, ob ich das überhaupt kann. Wenn ich in Schwierigkeiten gerate, komme ich runter zum Laden und sag' dir Bescheid. Ich versprech's.«

»Ich schätze, Sie sind eh nicht davon abzubringen«, sagte Luned enttäuscht, und Wycherly empfand einen kleinen Triumph. Er hatte ein sechzehnjähriges Mädchen soweit eingeschüchtert, daß sie tat, was er wollte. Der armselige Sieg machte ihn wütend, und er würde sie jeden Moment wieder angiften.

»Ich gehe jetzt hinaus«, sagte Wycherly schnell, stand auf und nahm die beiden übrigen Bierdosen mit. »Ich sehe dich in ein paar Tagen.«

Luned reichte ihm sein Jackett.

»Passen Sie auf, daß Sie nicht in Schwierigkeiten kommen, Mister Wych«, sagte sie ernst.

Wycherly lachte.

Die Morgenluft war kühl und frisch, und als Wycherly in den Wald kam, gab ihm das Blätterdach einen willkommenen Schutz gegen das grelle Sonnenlicht. In jede Seitentasche seines Jacketts paßte bequem eine Dose Bier. Wycherly nahm sich vor, sie nur mit sich herumzutragen und sie nicht zu trinken, bevor die Lage dramatisch wurde. Ein bißchen Bewegung würde ihm wahrscheinlich beim Entzug helfen, ebenso beim Abarbeiten der Versteifungen, die er sich durch den Unfall zugezogen hatte. Das versuchte er sich zumindest einzureden.

War der Hauptgrund für seinen Spaziergang, daß er von Luned fortwollte, bevor die Liste der Dinge, die ihm leid taten, noch länger wurde, so empfand er doch zugleich auch eine gewisse Neugier für jenes Sanatorium – genug jedenfalls, um es sich als Ziel seiner Wanderung zu setzen. Luned hatte gesagt, es läge oben am Berg. Wycherly folgte dem erstbesten Pfad, der aufwärts führte.

Für wenige Pflanzen, die ihn umgaben, wußte er einen Namen. Unbekannte Vogelstimmen drangen an sein Ohr, und kleine unsichtbare Tiere huschten vor ihm ins Gebüsch. Einmal schreckte er einen Hirsch auf – und der Hirsch erschreckte ihn fast ebenso sehr, als er sich plötzlich bewegte und mit ungeschickten, kraftvollen Sprüngen floh.

Der schmale Fußweg war in den Jahrzehnten der Vernachlässigung nicht vollständig überwachsen, oder vielleicht kam jemand aus Morton's Fork noch immer hier herauf. Doch das erste Anzeichen dafür, daß er sich dem Sanatorium näherte, war ein Stück asphaltierter Straße. Es war beinahe zugewuchert, aber selbst achtzig Jahre Schnee und Regen hatten dem schwarzen Straßenbelag nichts anhaben können.

Er folgte der Straße, bis er zu zwei grün umrankten Pfeilern kam, zwischen denen noch die Flügel eines Eisengittertors hingen. Das Tor stand offen, von Ranken bewachsen und von Rost zerfressen. Auf dem Eisenbogen darüber waren immer noch der schwache Glanz der ehemaligen Goldfarbe zu erkennen und die verzierten Buchstaben, die sich zu WILDWOOD-SANATORIUM zusammenfügten.

Die große Messingtafel an einem der Pfeiler war schwarz geworden und korrodiert. Er zog die Ranken davon weg; man konnte immer noch die eingravierten Worte ›Wildwood-Sanatorium, gegr. 1915‹ lesen.

Trotz der geringen körperlichen Anstrengung schwitzte er bereits und war etwas außer Atem; daß ein Spaziergang durch den Wald ihn so erschöpfte, erstaunte ihn. Wycherly hatte sich auf seinen Körper immer verlassen können, auch wenn er Raubbau mit ihm trieb, und nun betrachtete er diese Schwäche als persönlichen Angriff gegen sich. Sein Körper begann ihn im Stich zu lassen, genauso wie Legionen von Ärzten es ihm immer vorausgesagt hatten. So wurde die Zeit nicht nur für seine Seele knapp.

Eine Seele? Darauf willst du hinaus, Alter? Wer sagt denn, daß du eine Seele hast, die du aufs Spiel setzen kannst?

Keine Antwort. Aber er bekam nie Antwort, wenigstens nicht so schnell. Bald genug hätte er einen ganzen Chor von Ängsten, mit denen er sich austauschen konnte.

Es war einfacher Durst, kein süchtiges Verlangen, das nach einer der Dosen greifen ließ. Als er sie geöffnet hatte, warf er sich zwei Tylenol ein und leerte dann die Dose in wenigen Zügen. Als er damit fertig war, lehnte er sich an den nächsten der beiden Pfeiler.

Beim Berühren der Messingtafel lösten sich die Bolzen, die sie verankerten. Er drehte sich um, und die Tafel fiel herunter, dicht neben seinen Fuß.

Er bückte sich, um sie aufzuheben. Er hatte den unbestimmten Gedanken, sie als Souvenir zu behalten. Als er sich wieder aufrichtete, sah er, daß sich in der Säule hinter der Tafel eine Öffnung befand, und es schien etwas darin zu sein. Wycherly stellte die Tafel ab und griff vorsichtig, um keine Spinnen zu berühren, in die Höhlung. Er zog den Gegenstand heraus und schüttelte sorgfältig den Schmutz ab, der sich darauf abgelagert hatte.

Es war eine Art Börse. Etwa zehn Zentimeter im Quadrat, aus ungefärbtem Leinen – was erklärte, warum sie nicht längst verrottet war. Auf der einen Seite war ein Muster in farbigem Garn gestickt: irgend etwas, das Wycherly entfernt bekannt vorkam. Die Börse war zugenäht.

Er wog sie in der Hand und ging mit sich zu Rate, ob er seine Neugier stillen und sie an Ort und Stelle aufreißen sollte. Sie schien mit Münzen und Perlen gefüllt, und ein Knistern zwischen seinen Fingern ließ an getrocknete Blätter denken. Er hob sie an die Nase und roch vorsichtig daran, aber sie roch nur nach jahrzehntealtem Staub und Moder. Er zuckte mit den Schultern und steckte die Börse in seine Tasche. Sie würde sich halten.

Er fühlte sich soweit wieder hergerichtet, daß er weitergehen konnte, und nahm seinen Weg durch das schiefhängende, überrankte Tor. Man konnte erkennen, daß der Weg dahinter ehedem mit Steinplatten belegt und breit genug für ein Auto gewesen war. Er ging in der Mitte, trotzdem wurde er an den Schultern und Seiten von den Schößlingen wilder Rosen gestreift, die die Einfahrt überwucherten. Einige Minuten später erhaschte er die ersten flüchtigen Blicke auf das Sanatorium.

Noch als Ruine war es atemberaubend. Es stammte aus der gleichen Zeit wie die letzten Paläste der amerikanischen Kaufmannsbarone, und es mußte in seiner Zeit die gleiche unbewußte Arroganz und den gleichen selbstverliebten Reichtum ausgestrahlt haben. Vom Fuß der Auffahrt konnte Wycherly sehen, daß die Überreste der Mauern aus einheimischem Granit eine enorme Fläche bedeckten – ein verfallener Palast, ohne Zweifel.

Um die Ruine des Sanatoriums herum meinte Wycherly die Ausmaße des Geländes identifizieren zu können. Mehrere Terrassen staffelten sich unter dem Hauptgebäude. Als er es ins Auge faßte, erkannte er plötzlich, daß er auf die weiße Marmorplatte einer Sonnenuhr schaute. Sie befand sich in der Mitte dessen, was einmal ein großflächiger Rasen gewesen war. Das Gras war von Unkraut verdrängt worden, das seinerseits von dicht wuchernden Schlingpflanzen und Büschen verdrängt wurde, die unter den Bäumen gediehen.

Er ging hinüber und zog Teile des Grünzeugs beiseite, das die Sonnenuhr bedeckte. Sie war einst verschwenderisch vergoldet gewesen, doch die Vergoldung war von einer jähen Hitze abgeschmolzen und abgesengt worden, so daß nur noch Messing geblieben war. Die Marmorplatte, von Grünspan fleckig und von den Jahren gedunkelt, zeigte ebenfalls Brandspuren.

Luned sagte, daß das Feuer hier ... 1917 ausgebrochen war?

Und es sah nicht so aus, als ob danach noch irgend jemand hiergewesen wäre, und sei es nur, um Dinge zu holen, die sich weiterverkaufen ließen, wie eine alte Sonnenuhr.

Es ergab keinen Sinn. Spuk? Die Leute glaubten so lange an Gespenster, bis sie merkten, daß es Geld zu verdienen gab. Das berüchtigte Amityville-Haus hatten Leute gekauft, die seine Geschichte genau kannten – und die diese Geschichte für den niedrigen Preis des Hauses gern in Kauf nahmen. Aber das Wildwood-Sanatorium war achtzig Jahre lang weder ausgeraubt noch wiederaufgebaut worden.

Wycherly versuchte sich einen Beweggrund vorzustellen, der stärker als menschliche Habgier war, aber es fiel ihm keiner ein. Sogar der Selbsterhaltungstrieb schien ihm nicht stärker zu sein. Dieser von Plünderung verschonte Ort widersprach allem, was Wycherly von der menschlichen Natur wußte, und er hielt sich selbst für einen Menschenkenner. Selbst für eine an Luxus gewöhnte Zeit war das Wildwood-Sanatorium eine protzige Zurschaustellung von Reichtum. Nach dem Feuer mußte es noch Dinge von Wert gegeben haben, die den Diebstahl gelohnt hätten. Warum war dieser Ort einfach sich selbst überlassen worden?

Die Depression. Wycherlys Stirn hellte sich auf. Er hatte gewußt, daß es eine vernünftige Erklärung geben mußte, und das war sie. Die sogenannte Große Depression, die 1929 einsetzte, hatte größere Besitztümer als dieses Sanatorium zerstört. Dieser Ort und die ehrgeizigen Pläne seines Besitzers waren nichts als ein weiteres Opfer jener Katastrophe. Und nach dem Zweiten Weltkrieg, als vielleicht genug Geld da war, um es wiederaufzubauen, hatten die Kranken und Leidenden den Sonnengürtel im Süden entdeckt und den Bergen im Osten den Rücken gekehrt.

Froh, das Rätsel in die richtige Schublade einsortiert zu haben, ging Wycherly die Auffahrt hinauf. Je näher er dem Sanatorium kam, um so weniger war der Boden überwuchert. Der Wind hatte modernde Laubhaufen gegen die verfallenen Mauern geweht, die Steine waren aber nicht von Ranken überwachsen.

Wycherly scharrte mit seiner Schuhspitze den Grund frei. Unter dem Laub bestand die Erde aus Sand und Kies, so säuberlich wie die Silikatsteinchen im Topf einer Hydrokultur-Pflanze. Tatsächlich war der Erdboden um das Sanatorium – zumindest auf dieser Seite – so unbetreten und steril, als handele es sich um verseuchtes Gelände.

Verseuchung war das erste, was einem Menschen der neunziger Jahre einfiel. Radioaktive oder chemische Verseuchung, Giftmüll... Aber letzterer war das Nebenprodukt von Industrie, und hier in diesen Bergen hatte es nie irgendeine Industrie gegeben, soweit er wußte. Die nächsten Kohlengruben waren zwanzig, dreißig Meilen weit entfernt, und deren Giftausstoß, wenn auch von nachhaltiger Wirkung, ließ sich mit dem, was hier geschehen war, nicht vergleichen.

Einen flüchtigen, bizarren Moment dachte Wycherly an Strahlung – war dies der Sitz eines weiteren, noch unentdeckten Manhattan-Projekts, das vor über fünfzig Jahren in die Welt gesetzt worden war? Doch laut Luned war das Anwesen

Jahrzehnte davor abgebrannt, und seit dem Feuer war es offenbar sich selbst überlassen geblieben.

Er schüttelte den Kopf. Es mochte ein Dutzend einfacher Erklärungen für den leblosen Erdboden geben, etwa ein Unfall mit irgendeinem alten Insektizid. Er schob seine Spekulationen beiseite und mit ihnen jede Furcht vor einer etwaigen Gefahr. Er wollte wissen, wieviel von dem Inneren des Gebäudes noch vorhanden war.

Wycherly ging um das Gebäude herum, wobei er sorgfältig darauf achtete, wo er hintrat. Die geschwungene Auffahrt führte zum Haupteingang, den man über eine große Freitreppe erreichte. Stufen und Balustrade waren noch vorhanden, auch wenn er, je näher er kam, die Spuren des lange vergangenen Feuers überall auf dem Stein entdeckte. Schließlich erreichte er die oberste Stufe. Der Bogengang, durch den der Herr des Hauses vor langer Zeit eingetreten war, hatte sich gehalten, ebenso Teile des Gemäuers.

Nichts sonst.

Wycherly stand auf der obersten Stufe und blickte voller Faszination hinunter. Der Grundriß des Hauses war noch sichtbar, doch das Feuer und die Jahre hatten von dem Haus nur noch die Außenmauer übriggelassen. Die oberen Stockwerke waren eingestürzt und vollständig verbrannt, und wo die Keller gewesen waren, öffnete sich ein drei Stockwerke tiefer Abgrund. Unter dem schützenden Erdreich waren die äußeren Mauern intakt; er konnte die viele Jahrzehnte alten Backsteine und den Mörtel sehen, und alles war mit einem solchen Regelmaß gemauert – nur gerade Linien und rechte Winkel –, daß er erst wenige Minuten schaute, als ihm etwas ins Auge sprang, das nicht ins Bild paßte.

Es war eine schwarze Steintreppe, die an der links gelegenen Wand hinunterführte. Sie begann auf der Höhe des früheren Parterres, beschrieb einen sanften Bogen zu dem Hauptteil des Kellers und führte von nirgendwo nach nirgendwo. Als Wycherlys Augen richtig justiert waren, erkannte er, daß die Treppe unter das Kellergeschoß reichte. Wohin mochte sie führen? Und warum?

Es kam ihm nicht in den Sinn, daß niemand wußte, wo er war; daß ein Sturz ihn gefangen und hilflos machen könnte. Er fühlte die gleiche unwiderstehliche Lust wie immer, wenn er auf die Geheimnisse eines anderen Menschen stieß: Daß es in diesem Fall die Geheimnisse von lang verstorbenen Fremden waren, machte für ihn keinen Unterschied.

Wycherly ging um das Gebäude herum, bis er die schwarze Treppe erreichte. Sie war aus Marmor und ehedem vielleicht verziert gewesen, obwohl sie unterhalb der Gesellschaftsräume begann. Eine weitere Merkwürdigkeit, die wohl auf das Konto exzentrischer Plutokraten ging. Nach etwa zwei Dritteln der schwarzen Treppe kam ein Absatz, und danach waren es nicht mehr allzu viele Stufen, die unter die untersten Kellerräume führten.

Wycherly begann hinunterzusteigen. Die Wände des letzten Kellergeschosses schienen sich um ihn zu schließen, als er abwärtsstieg; er sah sich nach dem Weg um, den er gekommen war, und das ferne Tageslicht war kühl und gedämpft. Er konnte leicht zurückgehen. Es konnte ihm nichts geschehen.

So sagte sich Wycherly, aber nur mit einem gewissen Zögern verließ er die letzte Stufe und betrat den Boden. Dieser war weich, glatt und dunkel: ein körniger Stein wie Basalt oder sogar Sandstein, bedeckt von gefallenem Laub, alter Asche und hergewehtem Weltenstaub. Ein etwas schlüpfriger Untergrund zum Gehen.

Die Wände waren weniger glatt als der Boden, sie trugen die Merkmale von Hammer und Meißel, mit denen sie aus dem rohen Felsen herausgeschlagen waren. Er konnte noch die Löcher für die Bolzen sehen, die früher eine Wandverkleidung getragen hatten, auch wenn diese längst zu Staub und Asche zerfallen war. Nicht Jahrzehnte, sondern Jahrhunderte schienen vergangen.

Wycherly ging vorsichtig. Er hatte ein Gefühl der Schwere und der Tiefe – obwohl er vernünftigerweise keines von beidem empfinden konnte. Er schaute um sich und versuchte, sich von dem Empfinden klaustrophobischer Enge, das ihn hier umgab, zu befreien.

Der Raum war ...

Wycherly runzelte die Stirn und starrte in die Dunkelheit. Um die Wahrheit zu sagen, er wußte nicht genau, wie groß der Raum war, ja er sah nicht einmal seine Form. Ein Wort aus einem alten Buch, das er einmal gelesen hatte, fiel ihm ein: nichteuklidische Geometrie. Vielleicht war der Architekt betrunken gewesen, als er dieses Gebäude entworfen hatte.

So betrunken wie Wycherly gern gewesen wäre.

Er dachte an die letzte Bierdose in seiner Jackentasche. Er und die Bestie wußten beide, daß er sie trinken würde, aber nur um die Bestie zu ärgern, wollte er ausprobieren, ob er es noch etwas länger aushielt. Was sonst gab es hier unten zu sehen? Er ging ein paar Schritte weiter zur Mitte des Raums.

Das.

In der Mitte stand ein seltsamer brotlaibförmiger Gegenstand. Er ragte etwa einen Meter hoch und hatte die gleiche Farbe wie die Wände. Die verhüllenden Schatten und die unbestimmte Perspektive hatten ihn so seiner Umgebung angeglichen, daß Wycherly ihn zunächst für einen Teil der hinteren Kellermauer gehalten hatte. Zuerst glaubte er, es wäre ein Sarg; er hatte eine entfernte Ähnlichkeit damit: acht Fuß lang und etwa so breit wie hoch.

Es war ein Altar.

Er wußte nicht, woher ihm diese Erkenntnis kam – mit Sicherheit waren die Besuche der Musgraves in der schmucken Episkopalkirche ihres geldintensiven Glaubens selten genug, daß Wycherly mit religiösen Dingen kaum Erfahrung hatte. Doch blieb er davon überzeugt: Dies hier war ein Altar.

Neugierig ging er näher heran. Wenn es ein Altar war, dann für was? Er bückte sich hinunter und untersuchte ihn aus nächster Nähe. Die Seiten waren mit bedeutungsvollen und zierlichen Reliefs versehen, die halb Buchstaben und halb figürliche Darstellungen zu sein schienen. Er befühlte eine mit dem Finger. Wenn sie Buchstaben waren, dann aus keiner Sprache, die er kannte – aber er ahnte, daß er die Art von Buch kannte, in der man sie fand.

Die meiste Zeit seines erwachsenen Lebens hatte sich Wycherly in der Nebelwelt ziellosen Sichgehenlassens bewegt, wo die Flucht vor persönlicher Verantwortung häufig die Linie zu allen möglichen Arten von New-Age-Manifestationen überschritt: Spiritismus, Reinkarnation, Anbetung bestimmter Geister... Sie glaubten tatsächlich nicht mehr an diese Dinge, als Kenneth Musgrave an seinen eindrucksvollen Gott glaubte, dem er flüchtige Verehrungsbesuche zu Weihnachten und an Ostern abstattete. Die Vortäuschung des Glaubens, der Glaubens*treue*, war einfach nur... Gewohnheit.

Schwarze Magie in West Virginia? Das war leider keineswegs unglaubwürdig.

Die steifen Muskeln rächten sich für das Bücken, und Wycherly mußte sich am Altar abstützen, als er sich wieder erhob. Die Fläche oben war glatt und geschmeidig; er ließ seine Hand darübergleiten und hatte auf einmal ein seltsames Gefühl der Unzulänglichkeit.

Als hätte ihm jemand ein Angebot gemacht, das er nicht recht verstanden hatte.

Als ob er versagt hätte.

Wycherly wußte nicht genau, warum er wütend war, nur daß er es war. Er riß sich von dem geschnittenen Steinblock los, aber in seiner Verwirrung entfernte er sich von der Treppe, statt auf sie zuzugehen.

Und da entdeckte er den Durchgang.

In der Mauer des Kellers befand sich ein gotischer Bogen. Als Wycherly sich ihm näherte, sah er die Reste einer verkohlten Holztür, die den Weg versperrte.

Laß ab davon. Das war die klare, ruhige Stimme der Selbsterhaltung, und Wycherly wischte sie mühelos beiseite. Das Holz löste sich unter seinen Händen auf, und binnen kurzem war der Durchgang frei. Er faßte mit der Hand an den Bogen. Er war aus dem gleichen Stein wie die Kellermauern, und als er seinen Kopf hindurchsteckte, wehte ihn aus der Dunkelheit ein feuchter, kalter Lufthauch an. Es waren Stufen in den Fels gehauen, die in die Tiefe führten. Er konnte nur die ersten beiden erkennen; danach verschwanden sie im Dunkel. Sie waren ausgetreten und flach, die Mulden in ihrer Mitte ließen vermuten, daß sie Hunderten, Tausenden von Füßen als Weg gedient hatten.

Wycherly trat zögernd einen Schritt zurück. Er wünschte, er hätte eine Taschenlampe dabeigehabt. Es war kurz nach Mittag an einem heißen Julitag. Die Sonne stand fast im Zenith. Doch hier in diesem schwarzen Verlies war es kalt und düster, und das wenige Licht, das es hier gab, reichte nicht durch den Bogengang hindurch.

Sei kein Idiot, spottete Wycherly über sich selbst. Angst vor einer unterirdischen Höhle wegen ein paar Reliefs in einem Altar? Es gab keine Reliefs. Wahrscheinlich gab es nicht einmal einen Altar. Er wußte, daß die Bestie schon zwischen Wirklichkeit und Wahn herumgeisterte und deren Grenzen verwischte. Da unten gab es höchstens Spinnen und Schlangen.

Und Camilla.

Dunkel. Dunkles, eisiges Wasser stieg an seinem Körper hoch, und er konnte nicht sehen, was darunter war. Weißer Körper, weiße Zähne, blutroter Mund. Er kam ihn holen, wollte ihn unter die Wasseroberfläche ziehen und sich für immer von ihm nähren ...

Wycherly kämpfte sich aus der Vision frei. Er war schon einmal hier gewesen; dies war das Schattenland, wo die schwarze Bestie lebte. Sein Herz hämmerte, er schwitzte; ein Geschmack von Kupfer lag ihm auf der Zunge.

Nichts fürchtete Wycherly mehr als die Rückkehr jenes nächtlichen Flusses mit seiner weltlichen Undine. Camilla durfte nicht in dieser Gestalt zu ihm kommen. Das war nicht fair. Es war Tag. Er war wach.

In plötzlicher Raserei zerrte er die ungeöffnete Bierdose aus seiner Jacke und schleuderte sie in den Höhleneingang. Er hörte, wie sie aufschlug und eine ganze Weile die Stufen hinunterscheperrte, bis sie irgendwo ankam. Er drehte sich um und floh zur schwarzen Treppe, als ob nur das Sonnenlicht Sicherheit verhieß.

Doch es war zu spät. Als er die Stufen hinaufging, umfaßte das Wasser seine Beine, und das Licht erlosch.

Der Fluß war kalt, und er spürte, wie sein warmes Blut sich darin ergoß ...

... und er stürzte, Blätter zerkrümelten unter seinen Händen, und er schaute über die Kante der schwarzen Treppe hinunter auf einen nackten Fels in fünf oder sechs Meter Tiefe. Ein bißchen näher am Rand, und er wäre tot gewesen – wäre er zur anderen Seite gefallen, dann hätte er sich zumindest ein Bein gebrochen.

Wycherly fuhr sich mit der Zunge über die trockenen Lippen und überlegte, ob er es wagen sollte, sich wieder aufzurichten und den Rest der Stufen zu laufen. Er schaute hinauf. Noch eine Treppenflucht bis zum Licht. Vielleicht sollte er kriechen.

Doch immer noch hörte er das Wasser. Und plötzlich nahm er voller Entsetzen wahr, daß er sich unmittelbar über dem Wasser befand, daß der Fluß unter seinen Füßen vorbeischoß. Und jeden Moment konnte er *durch* die Steine brechen und ins Wasser fallen.

Aber nicht, um zu ertrinken. Wycherly schüttelte den Kopf und versuchte, das Bild von der weißen Gestalt, die sich unter der Wasseroberfläche bewegte, zu vertreiben. Er konnte das aushalten und überstehen. Er holte tief Atem und konzentrierte sich auf die gegebene Wirklichkeit vor seinen Augen.

Rauf mit dir. Nichts wie weg. Du kannst es schaffen.

Auf Händen und Knien begann er die Stufen hochzukriechen.

Er erreichte die oberste Stufe und ...

... rollte sich auf den Rücken. Der Kies am Flußufer stieß hart durch sein Hemd, und seine Beine hingen immer noch im Wasser, aber es war ihm gleichgültig. Wycherly war gerettet.

Die Drachenaugen sanken draußen langsam unter den Wasserspiegel. Er konnte Camillas Schreie unter Wasser hören, während das warme Blut ihr entströmte und sie bleich und kalt ... und hungrig zurückließ.

Die Kälte des Flusses schien wie scharfe Klippen in seine Hände und Beine zu schneiden, als er sich von ihr fortkämpfte. Er strampelte im Wasser herum und suchte festen Grund unter den Füßen, aber das Flußbett schien sich währenddessen aufzulösen und ihn tiefer hineinzuziehen.

Er war in Gefahr. An diese verzweifelte Erkenntnis konnte er sich klammern, bevor sie wieder schwand. In Gefahr. Erneut hatte ihn sein Versagen verwundbar gemacht, und er konnte die Gefahr weder vorhersagen, noch sich gegen sie wehren.

Der Fluß raubte ihm nacheinander die Sinne, bis er blind und hilflos vor dem weißen haigesichtigen und raublüsternen Schatten durchs Wasser floh. Das Ufer war so weit weg, von bunten Lichtern übersät – sie versprachen keine Rettung, sondern Zeugenschaft seinem Tod.

Fliehen. Er mußte fliehen. Die Kälte verbrannte ihn. Sein Herz schlug ihm bis hinauf in die Kehle, er schmeckte sein eigenes Blut im Wasser. Er fürchtete sich nicht vor dem Tod, er konnte nur den Gedanken an die vielen Unschuldigen nicht ertragen, die leiden mußten, weil seine Aufgabe unerfüllt geblieben war.

Mit einem letzten Aufbäumen seiner Kraft sprang Wycherly vor und strampelte, als die Hydra ihn packte...

Und in einem kurzen Augenblick merkte er, daß er nicht ertrank, sondern fiel.

In die Tiefe.

4

Diesseits des Grabes

*Mich dünkte, meine letztvermählte Gattin selig,
Ward mir gebracht wie Alcestis aus dem Grabe.
Liebe, Anmut, Güte waren ihre süße Gabe.
Doch ach, als zur Umarmung sie sich neigte,
Erwacht' ich, und sie floh, der Tag
bracht' nur zurück mir meine Nacht.*

JOHN MILTON

Das schwerbeladene Winnebago-Wohnmobil hatte Glastonbury, New York, bei Morgengrauen verlassen und Kurs auf das kleine Dorf in den Appalachen genommen, das auf Dylan Palmers Übersichtskarte wenige Wochen zuvor so leicht erreichbar erschienen war. Doch die Stunden schleppten sich dahin, und als es dunkelte, schien sich das alte Sprichwort zu bestätigen: daß man nicht ungestraft auf Reisen geht.

Das vollgestopfte Gefährt transportierte vier Insassen – Dylan und Truth und die beiden Studenten, Ninian Blake und Rowan Moorcock. Den Studenten hatte die Versicherungsgesellschaft untersagt, den Winnebago zu fahren. Truth war sich nicht sicher, ob Ninian überhaupt fahren konnte – manchmal erschien ihr der Junge so verträumt, daß Truth sich wunderte, wie er es auf die Universität geschafft hatte.

›Junge?‹ *Er ist mindestens 24 Jahre alt; du bist nicht gerade alt genug, um seine Mutter sein zu können*, ermahnte sich Truth. Ninian Blake war hager, schlaksig und verbummelt – mehr ein Computerfreak als ein angehender Parapsychologe –, er erinnerte Truth daran, wie sie in seinem Alter gewesen war.

Seine eigentliche Begabung war die Psychometrie, das heißt, er konnte Spuren lesen, die Ereignisse in unbelebten Objekten hinterlassen hatten, auch wenn seine diesbezügliche mediale Fähigkeit recht sprunghaft war. Im übrigen war Ninian ein Medium der neunziger Jahre wie aus dem Bilderbuch – langes schwarzes Haar und träumerische braune Augen, weder für sein Modebewußtsein noch für seine Umgangsformen berühmt. Er kam mit den Leuten am Institut ganz gut zurecht – vielleicht nahm er sie aber auch gar nicht richtig wahr –, mit einer Ausnahme.

»Sind wir bald da?« fragte Rowan von hinten. Ihre Stimme klang nur halb scherzhaft. Sich an den Tischen und Schränken festhaltend, hangelte sie sich vorsichtig zur Fahrerkabine vor und schaute hinaus. Sie trug ein langärmeliges lila T-Shirt, auf dem in grellen Farben zwei feuerspeiende Drachen in tödlichem Zweikampf aufgedruckt waren. Tropenshorts und Wanderstiefel vervollständigten ihre Kleidung. Um ihren Nacken hingen die hellgelben Kopfhörer, deren Kabel hinunter zu einem leuchtend orangefarbenen Walkman an ihrem Gürtel führte.

Rowan Moorcock hatte eine starke mediale Begabung und hatte Dylan deswegen bereits zu einer ganzen Reihe von Spukhäusern in Europa und den USA als Trancemedium begleitet. So ungebunden und locker sie war und so selbstverständlich und nüchtern, wie sie mit ihrer Begabung umging, vergaß man in ihrer Gegenwart leicht, daß der größte Teil des Menschengeschlechts diese Begabung eher für Spinnerei hielt. Sie versetzte sich zu der lautesten Rockmusik, die ihre Kopfhörer nur hergaben, in Trance. Und wenn sie einmal blockiert war, dann zögerte sie nicht, ihre Würfel nach einem Omen zu befragen, um ihre medialen Fähigkeiten freizusetzen. Wenn sie Ninian Blake in einem Wort hätte charakterisieren sollen, hätte sie wahrscheinlich ›Angeber‹ gesagt, und Ninian hätte vermutlich darauf geantwortet, daß er sie für ›oberflächlich‹ hielt.

Truth unterdrückte einen Seufzer und vertiefte sich in die Straßenkarte, die auf ihrem Schoß ausgebreitet lag. »Der Mann in Pharaoh hat gesagt, daß wir zur Bundesstraße 92 zurückmüssen, dann die 28 nehmen und von da die Abzweigung nach Morton's Fork suchen. Es muß beschildert sein mit irgendwas wie ›Watchman's Gap Trace‹«, gab sie aus ihrer Erinnerung wieder.

Der Winnebago legte sich bedrohlich zur Seite, als Dylan mit harmlosen 30 Meilen pro Stunde – auf einer Straße, die für 45 Meilen ausgeschildert war – in eine Kurve fuhr. Truth, die rechter Hand in den Abgrund schaute, konnte ihm nur aus tiefster Seele für seine umsichtige Fahrweise danken. Die Gegend war wunderschön, aber wild. Sie fand wenig Gefallen an der Vorstellung, dem Institutsdirektor erklären zu sollen, was aus den zwei gebührenzahlenden Studenten, der Meß- und Aufnahmeausrüstung von hunderttausend Dollar und ihrem extrem teuren Wissenschafts- und Wohnmobil geworden war, wenn der Winnebago auch nur in den geringsten aller denkbaren Unfälle verwickelt werden würde.

»Wir haben die 92 vorhin gefunden«, sagte Dylan zuversichtlich.

»Die 92 finden wir *immer*«, brummte Rowan leise vor sich hin. Sie warf ihren schweren roten Zopf zurück über die Schulter und nahm einen Ausdruck unechter Heiterkeit an.

»Schaut!« sagte Truth. »Ist sie das nicht?«

Dylan schaltete das Fernlicht ein – die Scheinwerfer waren bereits an, obwohl es noch eine Stunde oder mehr bis Sonnenuntergang war – und brachte das Auto zum Stehen. Ninian kam nun ebenfalls nach vorn und schaute zur Windschutzscheibe hinaus. Das bei Tage nur matte Licht der Scheinwerfer fiel auf eine löchrige, schmale Abzweigung, die in scharfem Winkel von der Straße abbog.

»Das soll die 28 sein?« fragte Ninian zweifelnd.

Im Gegensatz zu Rowans vergnügter Ungezwungenheit war Ninian äußerst förmlich. Er trug ein kragenloses, langärmeliges schwarzes Hemd, eine Bundfaltenhose, Leinenschuhe und eine Fotojournalisten-Weste mit randvollen Taschen. Sein Haar war lang, aber es war zurückgebunden in einen schmerzhaft strammen Pferdeschwanz.

»Ich weiß nicht, ob sie's ist oder nicht, jedenfalls ist es die einzige Ausfahrt, die ich überhaupt auf dieser Straße gesehen habe«, erwiderte Dylan. »Wenn wir uns verfahren, dann irgendwo, wo wir noch nicht waren.«

Eine halbe Stunde später brachte es niemand im Wohnmobil übers Herz, ihn an seine Worte zu erinnern. Das Fahrzeug holperte mit stattlichen 15 Meilen die schmale Straße hinauf. Niemand beklagte sich. Die Schlaglöcher waren tückisch, aber die enge Straße erlaubte es Dylan nicht, den Winnebago zu wenden und zurückzufahren. Die Sonne ging schnell unter. Trotz des Juliversprechens langer Dämmerungen war das Licht, das blieb, nachdem die Sonne hinter dem Bergkamm versunken war, eher störend als hilfreich.

Truth vermutete, daß die Richtung dennoch stimmte und sie sich ihrem Ziel näherten – jene Abzweigung war die einzig mögliche Straße gewesen. Wenn nur die kaputte Fahrbahn nicht obendrein so eng gewesen wäre. Der schwache Versuch einer Leitplanke, die jemand an einer Außenkurve angebracht hatte, unterstrich lediglich die abenteuerliche Nähe des Abgrunds dahinter. Sie hoffte nur, daß ihnen kein anderes Auto entgegenkäme.

»Hey – schaut euch das an!«

Rowan zeigte über Truths Schulter, und einen Moment später sah Truth, was Rowan meinte: eine Stelle, wo der ehemals weißgestrichene Holzbalken frisch durchbrochen war. Etwas war über den Straßenrand und in den Abgrund gerast – und es war noch nicht so lange her.

»Hier hat jemand einen schlechten Tag gehabt«, meinte Rowan, und Truth konnte nur zustimmen. Der Absturz war hier nicht so jäh wie an anderer Stelle, und die beiden Frauen konnten die Rutschspuren der Reifen auf der Straße, die abgeknickten Baumstämme und die Glassplitter vor dem Findling sehen, an dem das Auto offenbar gelandet war.

»Zumindest gibt es also Verkehr auf dieser Straße«, sagte Dylan leichthin. Truth biß sich auf die Lippe. Sie wollte ihm sagen, daß er vorsichtig sein solle, aber gewiß war es nicht

Dylan Palmers Fahrstil, der sie beunruhigte – wenn sie denn überhaupt beunruhigt war.

Du bist nur gereizt. Und das schon seit dem Frühjahr. Seit sie das Datum für die Hochzeit festgesetzt hatten, um genau zu sein. Truth drehte ihren Verlobungsring mit Smaragd und Perle an ihrem Finger. Sie spielte damit. Dann stellte sie das Radio an, indem sie auf den Suchknopf drückte, so daß die Antenne von sich aus die stärksten Sendesignale aussuchte. Ein bißchen Musik würde jetzt für willkommene Ablenkung sorgen.

Doch alles, was der Apparat von sich gab, war ein breiiges Rauschen, durch das von Zeit zu Zeit ein unklares Stimmengewirr drang.

»Großartig!« sagte Dylan glücklich. »Ich hätte selbst dran denken sollen. Morton's Fork ist eine empfangstote Zone. Wenn wir kein Programm reinbekommen, dann sind wir wahrscheinlich richtig.«

»Oder das Radio ist im Eimer«, sagte Ninian.

»Wie kann es hier keinen Empfang geben?« fragte Rowan und wies mit einer Gebärde auf das Gebirgspanorama, das sich ringsum ausbreitete. »Wir sind hoch oben auf einem Berg – was könnte den Empfang behindern?«

»Alles mögliche – natürlicher Magnetismus oder Strahlung, die Position der Sendetürme, die Entfernung«, sagte Dylan in seiner professoralsten Stimme.

Während er weiterfuhr, hielt er seinen beiden Studenten einen Vortrag darüber, wie wichtig es ist, die Gesetze der Physik zu kennen, um nicht eine übernatürliche Erklärung für Phänomene heranzuziehen, die natürlich erklärbar waren. Studenten, die sich am Bidney-Institut einschrieben, waren oft überrascht, daß zu den Einführungsveranstaltungen ein Kurs über berühmte Täuschungen und Methoden der Entlarvung angeboten wurde, doch das Institut mußte ein ebenso großes Interesse haben, sich vor Irreführungen zu schützen, wie jede Privatperson – dazu gehörte der begründete Anspruch, wirkliche paranormale Erscheinungen von Schwindel, Lug und Trug unterscheiden zu können, welche die parapsychologischen Wissenschaften unentwegt anzogen.

Truth ließ Dylans Worte an sich vorbeiziehen – wie oft hatte sie diesen Vortrag, in verschiedenen Abwandlungen, schon gehört! Sie stimmte ihm in allem zu. Aber war das genug, um ein gemeinsames Leben darauf aufzubauen? Sie glaubte nicht, daß es genügte. Und es gab mehr – so viel mehr –, worin sie nicht übereinstimmten.

Die tiefste Ursache dafür war, daß Dylan es vorzog, eine Situation von allen Seiten zu betrachten, zu studieren, aufzuzeichnen, statt sie zu verändern. Und Truth wollte immer eingreifen, damit alles ins Lot kam, selbst wenn sie nicht vollständig verstand, was vorging.

›*Sei dir sicher, daß du im Recht bist, dann leg los.*‹ Doch dieses Wort, das einem der beliebtesten amerikanischen Präsidenten zugeschrieben wurde, gab ihr wenig Trost. Es war so schwierig zu wissen, ob man im Recht war.

Auch die nächsten 24 Stunden brachten Sinah keinen Aufschluß. Sie war die ganze Nacht im Haus umhergewandert, hatte unendlich viele Tassen Tee getrunken, aber nicht wirklich Antworten gefunden.

Dennoch schien die Feuervision eine Art Wendepunkt zu markieren: Auch wenn niemand im Dorf mit ihr sprechen wollte, so schien es doch irgend etwas in Morton's Fork zu geben, das mit ihr in Kontakt treten wollte. Etwas, das nur eben außer Reichweite lag. Das vielleicht helfen könnte.

Oder sie wurde einfach nur wahnsinnig. *Erst zahlst du, und dann kannst du setzen,* dachte Sinah spöttisch.

Mehrere Male in dieser Nacht roch sie Rauch, doch immer, wenn die Flammen sich erhoben, mußte sie sich dagegen wehren, und die Vision schwand, bevor sie richtig begonnen hatte. *So komme ich keinen Schritt weiter.*

Als die Morgendämmerung anbrach, zwang sie sich, ins Bett zu gehen, und schlief ein paar Stunden. Doch als sie wieder aufwachte, breitete sich der Rest des Tages – und die kommende Nacht – wie eine lebenslange Haftzeit vor ihr aus. Sie mußte mehr tun, als nur passiv abwarten, wie die leeren Stunden verrannen. *Eine kleine Wanderung. Die würde mir jetzt guttun. Klarheit in meinen Kopf bringen, mich schön müde machen.*

Der Tag war sonnig und zugleich bewölkt – warum sagte man nicht ›wechselnd sonnig‹ statt ›wechselnd bewölkt‹? –, so daß Sinah ein Regencape in ihren Rucksack packte, bevor sie aufbrach. Ihr Ziel wählte sie spontan: das niedergebrannte Sanatorium, das in Richtung Watchman's Gap lag. Ihre Vision hatte so real gewirkt, als ob sie die Wiederholung eines wirklichen Geschehens gewesen wäre. Und die Ruine hatte gebrannt. Soviel wußte sie. *Wirkliches Feuer, um das Feuer in der Fantasie zu löschen? Ist einen Versuch wert.*

Doch als sie die Tür zu ihrem Haus abschloß, zögerte sie, als wäre sie sich nicht sicher, ob sie sehen wollte, was als nächstes kam. Mit ärgerlichem Schulterzucken setzte sich Sinah in Bewegung. Es gab nichts auf der Welt, wovor sie sich fürchtete außer sich selbst – und wo *sie* sich befand, das wußte sie, oder?

Ja. In Schwierigkeiten.

Beim Wandern beobachtete sie den Himmel. Anders als in Kalifornien, wo die Bewohner von 360 wolkenlosen Tagen im Jahr ausgingen, war ein Sommer in den Appalachen unbeständig, es konnte fast gleichzeitig Sonnenschein und Regen geben. Und die Gewitter waren hier kurz und heftig.

Sie war in Sichtweite des Sanatoriums, als sich plötzlich ein Unwetter anderer Art über ihr entlud. Formlos, unfaßbar, aber intensiv wirklich warf die Kraft einer entliehenen Gefühlswallung Sinah auf die Knie und wischte den Sommertag aus.

Angst. Schwarz, dicht und endgültig; Todesangst der Seele und des Körpers, so stark, daß sie weinen mußte. Es war noch da und schon fort, verhallte wie ein Hilfeschrei, der den Rufer die letzte Kraft gekostet hatte. *Aber ich berühre doch niemanden – niemand ist zu sehen – wo kam das her?* Noch bevor Sinah wieder ganz bei Sinnen war, war sie schon auf den Beinen und rannte in die Richtung, aus welcher der seelische Schrei gekommen war; sie rannte auf die Ruine zu.

Er ist nicht tot. Das war ihr erster zusammenhängender Gedanke, seit sie den übersinnlichen Ruf gehört hatte. Sinah kniete neben dem Mann, der auf dem Boden lag. Er lag am Ufer des Little Heller Creek, einem der vielen Bäche, die in den Astolat mündeten. Der Bach war nicht tief, aber es genügte, damit ein bewußtloser Mann mit dem Gesicht nach unten ertrinken konnte. Er hatte Glück gehabt.

Sie kannte ihn nicht, und er kam auch nicht aus dieser Gegend: Er zeigte nicht die Merkmale schlechter Ernährung und der Inzucht, welche die Einheimischen von Lyonesse County von ihren glücklicheren Landsleuten aus der Ebene unterschieden. Sinah zögerte nur kurz, bevor sie ihn anfaßte und auf den Rücken rollte. Er war noch immer bewußtlos und ohne Gedanken, wie die traumlosen Schläfer, die sie berührt hatte.

Seine Haut war blasser als die ihre: die Haut eines Gefängnisinsassen oder eines Computerfreaks – irgendeine soziale Spezies, die nie ans Sonnenlicht kam. Eine leichte Röte begann sich jetzt auf seinen Wangen und seiner Nase zu zeigen. Er war ein echter Rotschopf, das Haar zwischen kupferfarben und rotblond, mit den hellen Wimpern und Brauen, die eine solch dramatische Haarfarbe begleiteten. Ein junger Mann, etwa in ihrem Alter, aber da war eine seltsame Äderung der Haut, die für Sinahs geübtes Auge nach Krankheit oder regelmäßigem Alkoholkonsum aussah. Sie fragte sich, wie lange er wohl schon hier draußen lag.

Da sie ihr Leben mit dem Versuch zugebracht hatte, andere von sich fernzuhalten, fehlte Sinah die Geduld, sich noch weiter forschend auf ihn einzulassen, und sie sagte sich, daß sie es ohnehin nicht wollte. Dennoch hätte sie gern gewußt, wer dieser Mann war, wie er hergekommen war – sowohl nach Morton's Fork als auch in seine jetzige Lage.

Und was fängst du nun mit ihm an? fragte eine innere Stimme. Auch wenn er nicht starr war, so wog er immer noch mehr als sie, und sie konnte ihn nirgendwohin tragen – auch konnte sie niemanden holen, der ihn an ihrer Stelle fortbrachte. Die Bewohner von Morton's Fork sprachen so gut wie kein Wort mit ihr.

»Hey! Sie!« sagte Sinah versuchsweise. Sie tauchte ihre Hand ins eisige Wasser und spritzte ihm einige Tropfen ins Gesicht.

Die Wirkung war prompt und elektrisierend. Mit einem Schlag erwachte das ganze Gefüge seines Bewußtseins wieder zum Leben und brach durch die Schleier der Bewußtlosigkeit. Sinah spürte, wie ein leiser Ärger und Unwille in ihm aufstieg – Verwirrung und Furcht, aber vor allem eine fremdartige Leere, als ob die heiße Unmittelbarkeit seiner wirklichen Gefühle wie weggeblasen wäre.

Er öffnete die Augen. Sie waren von einem überraschend hellen Braun, so daß man sie fast bernsteinfarben nennen konnte. Sinah nahm ihre Hand von seinem Gesicht; ihre Wahrnehmung seines Innern ließ nach, aber immer noch konnte sie spüren, wie seine Gefühle durcheinanderwirbelten vor einem sich verschiebenden, wandelnden Hintergrund, den nur sie sehen konnte.

Die Furcht setzte ihm zu, und dann, als er Sinah erblickte, ebbte sie ab.

›... *schöne Augen – ein bißchen zu dünn – sieht wie ein normales Mädchen aus ... Blackout? Habe seit mindestens drei Tagen keinen richtigen Drink mehr gehabt; nicht lange genug; das ist nicht gerecht ...*‹ Teile seiner Gedankenwelt drangen wie Gesprächsfetzen einer Unterhaltung, die in einem Nebenraum stattfand, zu ihr. Seine innere Stimme verhedderte sich bis zur Unkenntlichkeit, als er zu sprechen anfing.

»Hallo? Sie haben nicht zufällig einen Bernhardiner mit einem Fäßchen Klosterbrand um den Hals hier herumlaufen sehen?« Seine Stimme klang gebildet und kultiviert, mit den flachen Vokalen, die ihn für Sinahs theatergeschultes Ohr deutlich als Bewohner von Long Island, New York, auswiesen.

»Ich glaube, die werden nur nach Skifahrern ausgeschickt.«

Sinah setzte sich in die Hocke, um einen größeren Abstand zwischen ihnen herzustellen – es war schlicht unmöglich, den chaotischen Überfluß von Gedanken und Gefühlen von sich fernzuhalten, solange sie sich so nah bei ihm befand. Sie mußte mindestens neun Meter Abstand haben, und niemand konnte sein ganzes Leben in einer solchen Distanz zu anderen Menschen verbringen.

Vorsichtige Zustimmung. Taxierungen, Beurteilungen, die so schnell vorüberflimmerten, daß sie sich nicht in Worte fassen ließen. Sie nahm wahr, daß er erstaunt war, hier zu sein – als ob er einer Gefahr entronnen wäre –, doch was auch immer an Bedrohlichem ihn beschäftigte, es war nicht konkret genug, um an die Oberfläche seines Bewußtseins zu treten.

»Nun, ich muß einfach von allein auf die Füße kommen«, sagte der Mann. Sie war drauf und dran, seinen Namen zu erkennen, aber er entwischte vor ihrem geistigen Zugriff wie ein glitschiger Goldfisch.

»Ich werde tun, was ich kann. Ich heiße Sinah. Und Sie?«

Mißratener-Musgrave-Sohn. »Ich heiße Wycherly Musgrave. Nennen Sie mich Wych.«

Eine Kaskade kraftvoller Bilder begleitete seine Worte – alle unschön. Sinah hatte nie die Chance, Leute langsam kennenzulernen oder mildernde Umstände zu entdecken. Sie hatte immer alles auf einmal: die Nordküste von Long Island und ihre grüne Meile, geerbten Reichtum und unerfüllte Erwartungen. Alkoholismus. Gewalt.

Verdorbener, verwöhnter, betrunkener, reicher Junge, sagte Wycherlys Bewußtsein.

»Dann lassen Sie uns mal aufstehen«, sagte Sinah gleichmütig.

Es schien alles ganz leicht zu gehen – oder zumindest schien es möglich – bis zu dem Augenblick, da Wycherly versuchte, seinen linken Fuß zu belasten. Der Schmerz war so groß, daß er das Gleichgewicht verlor; seine Beine hielten ihn nicht, er fiel rückwärts zu Boden und stieß sich dabei das verletzte Fußgelenk schmerzhaft an.

»Ich kann nicht aufstehen.« Seine Stimme klang bestürzt und kindisch, sogar für ihn selbst. Wycherly knirschte wütend mit den Zähnen. Er wollte ihr nicht eigentlich imponieren, aber er fürchtete, er könnte unvernünftig reagieren, wenn sie über ihn lachte. Er versuchte erneut, sich hinzustellen, mit noch weniger Erfolg. Seine Muskeln taten ihm noch vom gestrigen Unfall weh, und darüber lag der gleißende, heiße Schmerz in seinem linken Fußgelenk.

»Ich glaube, ich hab' es mir verstaucht«, sagte er gefaßt.

Um sich abzulenken, warf er einen genaueren Blick auf seine Retterin. Keine Einheimische. Sie sah... teuer aus. Große graue Augen und schulterlanges hellbraunes Haar – nein, hellbraun war eine zu abgegriffene Beschreibung; vielmehr hatte es eine rötliche Tönung, mit Rot- und Goldsträhnen darin, wie ein Herbstwald. Sie trug ein Jeanshemd, *stonewashed* und mit indianischen Motiven bestickt, eine weiße Baumwollhose und Mephisto-Wanderstiefel. Kleine weiße Steine glitzerten in ihren doppelt durchstochenen Ohrläppchen. Der Gesamteindruck verriet mehr Kultur und Geld, als Wycherly in ganz Morton's Fork gesehen hatte.

»Sieht ganz so aus«, sagte die Frau – Sinah? – mit neutraler Stimme. »Ich glaube, Sie sollten besser den Schuh ausziehen, bevor ihn jemand wegschneiden muß.«

Wycherly betrachtete sie argwöhnisch. Er fragte sich, ob er sie kannte, ob sie geschickt worden war, um ihn zurückzuholen. Doch nein. Sie war jemand, den er gern kennenlernen würde, mit Sicherheit – zumindest, solange sie nicht an ihm herummeckerte –, aber niemand, den er kannte. Auch wenn ihr Gesicht etwas seltsam Vertrautes hatte...

»Kenne ich Sie?« fragte er plötzlich.

Ihre Finger lagen kühl auf seinem Fußgelenk, schoben die Hose das Bein hinauf und zogen an seinem Schuh.

»Auuh!«

»Tut mir leid – tut es weh?« fragte sie.

»Natürlich tut es weh!« knurrte er aufgebracht. »Das verdammte Ding ist gebrochen.«

»Das glaube ich nicht«, sagte sie. »Es wäre sonst viel mehr angeschwollen.«

Woher zum Teufel willst du das wissen? »Wollen Sie darüber streiten?« schnappte Wycherly, dem langsam sein besseres Ich abhanden kam. Sein Kopf hämmerte, und der dumpfe, faulige Geruch des Bachs erregte bei ihm Übelkeit.

Sinah zog den ledernen Freizeitschuh von seinem Fuß, und Wycherly krümmte unweigerlich seine Zehen. Das war ein Fehler. Er biß die Zähne zusammen. Er wollte einen Drink – oder zwei – oder *zehn* –, und obwohl er wußte, daß es lächerlich war, er konnte sich nicht enthalten, den Bach zu beobachten, um sicher zu gehen, daß nichts ihm entstieg. Nichts Weißes und sich Schlängelndes mit riesigen dunklen Augen und spitzen Zähnen...

»... okay?« sagte sie. »Wycherly?«

»Es ist schon in Ordnung«, brummte er. Ein kleiner Blackout. Er mußte diese Frau loswerden, bevor die Bestie zurückkam.

Sinah strich sich ihr Haar aus der Stirn. Das Sonnenlicht funkelte in plötzlichen Schweißperlen auf ihrer Haut.

»Ich glaube nicht, daß es gebrochen ist«, sagte sie. Wiederholt? »Aber Sie können darauf nicht laufen – und auch nicht hier warten, bis es heilt.«

Wycherly warf einen argwöhnischen Blick auf den Bach. Es war blödsinnig, sich vor einem kleinen Wasserlauf zu fürchten, aber er konnte die Überzeugung nicht abschütteln, daß er *hinter ihm her* war, so unmöglich das war.

Oder war er es doch? Was, wenn Camilla herauskroch, während Sinah hier bei ihm war? Darüber konnte man ins Grübeln kommen. Nein, besser nicht.

Sein Kopf dröhnte.

»Was schlagen Sie vor, was ich tun soll?« fragte er mit giftiger Klarheit. »Oder wandern Sie nur einfach in den Wäldern umher und erfreuen hilflose Fremde mit sinnlosen Vorträgen?«

»Ich kann auch gehen – dann können Sie selbst sehen, wie Sie aus dem Schlamassel herauskommen«, schoß Sinah scharf zurück.

»Gehen Sie nur«, schlug Wycherly mit kaltem Blick vor.

Eine lange Pause entstand, in dem sich ihre Blicke ineinander verhakten. Wycherly versuchte, sich in eine bequemere Lage zu bringen, und wurde dafür von einem neuen Schwall Schmerzen bestraft. Widerwille huschte über Sinahs Gesicht. Sie schaute weg.

»Sie glauben wohl, daß ich's tue«, sagte sie nach einer Weile.

»Warum nicht? Es ist die Furcht davor, beobachtet zu werden, warum die meisten Menschen sich nach gesellschaftlichen Regeln verhalten. Ich bin sicher, daß Sie das wissen.«

Ich werde beobachtet.

»Werden wir nicht beobachtet?« fragte Sinah und sah sich um.

Kam ihn holen, kroch heraus aus dem dunklen Wasser... Sie war grausam, es war grausam, ihn auf diese Weise zu quälen. Wycherly schloß alle Undine-Visionen, die sich ihm nähern wollten, förmlich aus seinem Bewußtsein aus. »Nein. Und wenn Sie sonst nichts zu tun finden, warum sind Sie nicht einfach ein gutes Mädchen und gehen runter in den Laden und...«

Er hielt inne. Sie hörte ihm gar nicht zu. Sie schaute über seine Schulter zum Berg hinauf, und auf ihrem Gesicht stand der reinste Ausdruck von Entsetzen, den Wycherly je gesehen hatte.

»Rauch.« Ihre Stimme klang hoch vor Anspannung, ihre sorgfältige Aussprache rutschte in den nachlässigen Akzent der Appalachen. »Riechen Sie nicht den Rauch? Irgendwas brennt.«

»Nichts brennt.«

Sinah hörte die Worte nur wie von Ferne, aber seine Hände waren wie Anker an ihren Handgelenken, seine Wut und seine Schmerzen bewahrten sie davor, so schnell hineingezogen zu werden wie beim ersten Mal. Diesmal verschwanden die Flammen, und Sinah befand sich außerhalb der Mauern eines riesigen, seltsam vertrauten Gebäudes und versuchte, sich Einlaß zu verschaffen. Sie war voller Angst und mußte sich beeilen. Es gab einen Vorrat an wertvollen Informationen, nur lag er außer Reichweite im verborgenen; wenn sie nur daran herankommen könnte, dann würde sie alle Antworten finden, die sie suchte, doch ihre Hände waren in rotglühende Eisen gekettet...

»*Sinah!*«

Sie fühlte, wie sie geschüttelt wurde. Ihr Bewußtsein füllte sich mit der eigensüchtigen Furcht, hier zurückgelassen zu werden, verletzt und krank, unfähig, sich irgendwohin zurückzuziehen, bevor die Zitteranfälle begannen, und die Notwendigkeit eines Drinks...

Ein kräftiger Schlag streckte sie zu Boden und löschte die Spuren ihrer merkwürdigen Besessenheit aus ihrem Bewußtsein. Sie hielt sich ihre schmerzende Wange, als sie sich auf Knien zurückzog.

»Nichts brennt«, sagte Wycherly rauh.

Sinah rappelte sich auf und sah ihn an. Er kniete unbeholfen und hielt sich an einem Busch fest. Sie konnte spüren, wie das Leid um ihn herum in Wogen ausstrahlte, doch irgendwie war es fern und blieb so unpersönlich wie eine Nachrichtensendung.

»Schlagen Sie mich nie wieder«, sagte sie starr.

Er schaute sie an, und Frustration und Schuld standen so unübersehbar in seinem Gesicht, daß man kein Gedankenleser sein mußte, um sie zu sehen. Sie war viel zu nah bei ihm, um seine zweite Stimme nicht deutlich hören zu können: *Was hätte ich sonst tun sollen?*

Was hatte sie getan, um eine solche Reaktion von ihm zu provozieren? Hatte er das Feuer auch gesehen?

»Entschuldigen Sie«, sagte Wycherly kurz.

Vor Anstrengung stöhnend, fiel er in eine sitzende Haltung zurück. Er schloß beide Hände um das verletzte Gelenk und begann es verzweifelt zu massieren, als ob er die Verletzung mit Gewalt beseitigen könnte. Dies verriet einen harten Wesenszug, der so gar nicht zu dem hündischen Zurückweichen und Knurren paßte, das an der Oberfläche seiner Persönlichkeit lag. Doch der offenliegende Teil des Bewußtseins war bei den meisten Leuten nur eine Lüge, die sie sich selbst erzählten. Das war das erste, das man lernte, wenn man mit einer Begabung wie der Sinahs geschlagen war.

Die Feuervision wurde schwächer und glitt in ihr Unterbewußtsein zurück. Sie wurde von Mal zu Mal weniger bedrohlich und schien Sinah mehr Möglichkeiten zu lassen, sie zu beherrschen. Doch wenn sie einmal die Kontrolle über diese neue Erscheinung gewonnen hatte ... was dann?

Was würde dann kommen – und würde es sie umbringen?

»Als erstes müssen wir Sie jetzt einmal in die Zivilisation zurückbringen«, sagte Sinah und stand auf.

Nein! Er wollte sagen ... »Zum Arzt ...?« stöhnte Wycherly. *Pillen – Medikamente – alles heilen ...*

»Nun, der nächste Arzt ist wahrscheinlich in Pharaoh«, sagte Sinah und versuchte, seine widerstreitenden Gefühle zu ignorieren. »Ich habe ein Auto. Ich fahre Sie gerne hin. Aber erst einmal muß ich Sie den Berg hinunterbekommen. Warten Sie hier.«

Plötzlich blitzte mörderische Wut in Wycherly auf, und Sinah trat rasch zurück. Einen Augenblick später hatte sie ihre Beine in die Hände genommen und floh den Berghang hinunter.

Es gab auf dieser Seite des Berges alte Pfade, die vom Little Heller praktisch überallhin führten, und nachdem Sinah hier einen Monat lang isoliert gelebt hatte, kannte sie sie alle. Es war keine sonderliche Mühe für sie, die medizinische Notversorgung in den Cherokee zu werfen und bergauf zurückzufahren.

»Das ist doch blödsinnig«, sagte Wycherly, als sie bei ihm ankam. Er beäugte den Jeep, der ein paar Meter von ihm entfernt parkte.

»Wollen Sie lieber laufen?« entgegnete Sinah. »Nehmen Sie die Tabletten!«

Wycherly betrachtete das Fläschchen frei verkäuflicher Tylenol-Tabletten, das sie ihm mit der Flasche Quellwasser gereicht hatte. Er schleuderte es stumm in den Bach und begann in seinem Jackett zu suchen.

Er brachte ein braunes Apotheken-Fläschchen zum Vorschein und schüttete mehrere Tabletten in seine Hand. Während Sinah ihm gelassen zuschaute – denn ihre Fähigkeit hielt sie genau darüber unterrichtet, welche Tabletten es waren und wieviel er davon vertrug –, schluckte er sie mit zurückgeworfenem Kopf und etwas Wasser.

Ohne auf seine weitere Einwilligung zu warten, holte Sinah den elastischen Verband hervor, den sie mitgebracht hatte, und begann sein anschwellendes Fußgelenk stramm zu verbinden. Ob Mr. Rotschopf von Long Island sich nun dessen bewußt war oder nicht, sie mußte ihn vor allem aus der Sonne schaffen, bevor er *medium* gebraten war. Sie glaubte nicht, daß das Gelenk schwer verstaucht war, und wahrscheinlich würde er nach ein, zwei Tagen wieder laufen können, wenn er es behutsam angehen ließ. Und nach seiner Reaktion auf ihr Angebot, ihn nach Pharaoh zu fahren, hatte sie nicht den Eindruck, daß er besonderen Wert darauf legte, einen Arzt aufzusuchen.

»Okay, Sie sind fertig. Meinen Sie, Sie schaffen's bis zum Wagen?«

Sie spürte den Wirbel von Gedanken, als er die Möglichkeit abschätzte. Er glaubte, es zu schaffen.

»Nein«, sagte Wycherly.

Sinah knirschte mit den Zähnen. »Lauf oder stirb, mein Freund«, sagte sie mit einer ganz und gar aufgesetzten Munterkeit. »Los jetzt. Sie können sich auf mich stützen.«

Ohne Widerstand – aber auch ohne besondere Hilfe seinerseits – brachte Sinah Wycherly auf die Beine. Sie legte seinen Arm um ihren Nacken, und langsam humpelten sie zum Auto.

Da sich sein Körper nun eng an ihren preßte, erfüllte er Sinahs Bewußtsein mit Wycherlys Empfindungen, Gefühlen und zerstreuten Gedanken, bis sie sein Leben lebte und nicht mehr sicher war, wer von ihnen wegzulaufen versuchte. Sie hatte noch nie in ihrem Leben ein solches Verlangen nach einem Drink gehabt.

Sinah trank nicht einmal in Gesellschaft. Es schmeckte ihr nicht, und sie fürchtete auch den Verlust an Selbstkontrolle – und die frühzeitigen Alterserscheinungen auf der Haut und im Gesicht konnte sich eine Schauspielerin nicht leisten. Doch jetzt sehnte sie sich nach dem rauhen Beißen von purem Whisky, dem Brennen und der beinahe schwindelerregenden Freude, wenn man ihn wie Wasser hinunterschüttete, sehnte sich nach dem Puffer, den er zwischen ihr und dem Alltag bilden würde.

Alle ihre Probleme würden sich auflösen, jedes neue, das sich zeigte, konnte sie mit neuem Alkohol wegspülen...

Nur ihre lange Übung – ein Mißtrauen gegenüber jedem Gefühl, das ihres zu sein schien – ermöglichte es ihr, sich dem Verlangen zu widersetzen. *Du sitzt ganz schön in der Scheiße, mein Freund*, dachte Sinah und war sich nicht ganz sicher, wen von ihnen beiden sie meinte.

Ob Mörder oder Heiliger – Wycherly, behindert durch sein wehes Fußgelenk, konnte nur wenig ausrichten –, Sinah wußte genau, unter welchen Qualen er litt. Sie vertraute ihm.

Bedingt.

Die Fahrt war holperig, doch Wycherly hatte sich in der Ecke des Vordersitzes verschanzt und ertrug sie schweigend. Die Sonne neigte sich westwärts, und unwillkürlich warf er einen Blick auf seine Uhr. Zwei Uhr. Eine tolle Art, den Nachmittag zu verbringen.

Der Jeep hielt.

»Wir sind da«, sagte Sinah unnötigerweise. »Wollen Sie mit reinkommen, oder soll ich Sie nach Pharaoh fahren?«

Sie erinnerte ihn an seine Schwester, dachte Wycherly: an seine herrschsüchtige, arrogante Schwester Winter, die in allem vollkommen sein mußte, sogar in der Unvollkommenheit – wie alle Leute, die ein perfekt durchorganisiertes Leben mit allem Drum und Dran hatten. Und dieses neugierige Silberlöffelflittchen war also vom gleichen Schlag.

Sein Kopf dröhnte. Sein Fuß tat weh. Er sehnte sich verzweifelt danach, bewußtlos zu sein. In seiner Hütte gab es eine Flasche, die wenigstens für eine Nacht reichen würde, und wenn er Glück hatte, dann gab es kein Morgen mehr.

»Lassen Sie nur. Und vielen Dank für Ihre Hilfe. Ich gehe nach Hause«, sagte er so höflich, wie er nur konnte.

»Ich glaube nicht, daß ich Sie den ganzen Weg bis nach Long Island fahre«, antwortete Sinah.

Wycherlys Kopf war im Nu hellhörig. Sie kannte ihn also doch! Er wußte, daß er sie schon gesehen hatte – sie mußte eine von Mutters Heiratskandidatinnen gewesen sein, die vor ihm wie rossende Stuten paradiert waren in der Hoffnung, er würde den Sprung in eine standesgemäße Ehe vollführen. Die, wie sein Vater sagte, einen Mann aus ihm machen würde, obwohl das bei Kenny jun. allem Anschein nach nicht recht geklappt hatte.

Sie schien unter seinem haßerfüllten Blick zurückzuschrecken.

»Es ist ... ich meine, es ist Ihre Sprechweise. Der Akzent«, stammelte sie. »Es ist, wie Sie sprechen. Ich kenne mich mit regionalen Akzenten aus. Ich muß sie nachmachen können. Ich bin Schauspielerin.«

»Schauspielerin«, echote Wycherly spöttisch.

Vielleicht doch keine von Mutters Kandidatinnen. Mutter fand nur an älteren männlichen Schauspielern Gefallen, möglichst mit einem Tony oder Oscar. Aber die Frau hatte etwas so Bekanntes ...

»Kommen Sie rein«, bat sie. »Wir können drinnen darüber diskutieren, ja?«

»Nein. Bringen Sie mich nach Hause. Ich zeige Ihnen den Weg«, sagte Wycherly brüsk. Er fühlte sich scheußlich, und er wußte, daß er noch schlimmer aussah – verschwitzt, zitterig und im Gesicht ganz grün. Mehr als alles andere wollte er allein sein – die Bestie hatte ihre Klauen nun in ihn geschlagen, und alles konnte nur noch schlimmer werden. Er dachte sehnsuchtsvoll an Vergessen – er wollte das Vergessen, und der Schnaps gab es ihm: Die Dinge wurden unscharf, dann verschwanden sie ganz, lange bevor er selbst die Sinne verlor.

Er widerrief seinen Entschluß, mit dem Trinken aufzuhören. Inbrünstig. Nur jetzt würden die Blackouts in das eindringen, was er für sein Nichttrinker-Leben gehalten hatte. Wycherly rieb sich das Kinn – die Haut fühlte sich gespannt und wund an –, und er dachte an die Flasche in seiner Hütte.

»Sind Sie sicher?« fragte Sinah.

Mein Gott, Frau, wollen Sie, daß ich auf Ihren Teppich kotze? »Ja. Bitte. Wenn Sie so freundlich sind«, antwortete Wycherly.

Die Hütte der alten Miss Rahab stand, umgeben von den schützenden Bäumen, im nachmittäglichen Sonnenlicht. Kein

Rauch stieg aus dem Schornstein, und Wycherly hoffte, daß Luned schon nach Hause gegangen war. Die Gegenwart der Frau neben ihm wurde ihm immer unerträglicher, und Luneds besitzergreifend sonniges Gemüt würde ihm jetzt den Rest geben.

Sinah parkte ihren Cherokee so nah an der heruntergekommenen Hütte, wie sie konnte, aber die jungen Schößlinge ließen sie nicht allzu nah herankommen. War er erst heute morgen von hier zu seiner unseligen Wanderung aufgebrochen? Das war eine der dümmsten Ideen in einem Leben gewesen, in dem es sonst auch keine guten gab.

»Sind Sie sicher? Ich könnte ...«

»Ich brauche keine ...«

»... Hilfe von einer Frau?« vollendete Sinah seinen Satz gereizt. Sie drehte sich zu ihm um. Wycherly fand, daß sie Sicherheit, Vernunft und Hoffnung ausstrahlte. Nichts davon war für ihn; nicht für Wycherly Musgrave.

»Hilfe von niemandem. Egal von wem«, sagte Wycherly. Er stieß die Wagentür auf. Sie schlug gegen einen Baum, aber es war ihm gleichgültig; sie ging weit genug auf, daß er sein rechtes Bein hinausschwingen und behutsam sein linkes hinterherheben konnte. Er stand und hielt sich an der Tür fest.

»Sie sind der dickköpfigste Mann, dem ich je begegnet bin«, rief Sinah und funkelte ihn in halb gespielter Verärgerung an.

»Sie sollten öfter mal raus«, erklärte er ihr mit einem Totenkopfgrinsen. Sich auf die Tür stützend, griff er nach einem der Baumstämme und hielt sich daran fest. »Ich bin okay. Gehen Sie nur.«

»Ich schaue morgen nach Ihnen«, sagte Sinah. Sie lehnte sich über den Beifahrersitz und zog die Tür zu.

»Gehen Sie zum Teufel«, sagte Wycherly einladend. Er machte den Fehler, auszuprobieren, ob sein krankes Fußgelenk die Belastung aushalten würde.

Sinah zuckte bei dem hellen Aufflackern des Schmerzes zusammen. Aber es gab weder einen Schmerzenslaut noch einen Aufschrei, mit dem sie eine Frage nach seinem Befinden hätte entschuldigen können, und sie kannte Wycherly Musgrave mittlerweile gut genug, um zu wissen, daß er nicht der Mann war, der Hilfe freundlich annahm. Sie schaute untätig zu, wie er sich von Baum zu Baum und schließlich durch die Hüttentür schleppte. Auf der Schwelle zögerte er einen Moment, suchte nach einem Halt, dann schlug die Tür hinter ihm zu.

Sinah lehnte für einen Moment ihre Stirn auf das Steuerrad des Jeeps. Laß ihn gehen. Gesunder Egoismus war die erste Lebensregel zur Selbsterhaltung für jemanden wie sie – aber wie lange noch konnte sie für einen so hohen Preis ihr Leben erkaufen?

»Oh, Wycherly«, sagte Sinah sanft. »Jeder braucht irgendwann einmal Hilfe.«

Die Frage war aber, woher jemand Hilfe bekam, der mehr als nur menschliche Probleme hatte.

Wycherly umklammerte die Stuhllehne und hörte, wie das Motorengeräusch sich in der Ferne verlor. Halb hatte er erwartet, daß Luned noch hier wäre und auf ihn wartete, so wie Camilla es immer getan hatte, doch die Hütte schien verlassen zu sein. Sein Fußgelenk schmerzte wie ein gebrochener Zahn. Sinah hatte ihm geraten, ihn in Eis zu packen, um den Schmerz zu lindern; er hatte ihr nicht gesagt, daß es in seiner Hütte keinen Strom gab.

Zumindest gab es noch Tageslicht.

Den Stuhl wie eine sperrige, widerspenstige Krücke mit sich schleppend, humpelte er hinüber zum Waschbecken. Er war durstig; so durstig, daß es ihm gleichgültig war, ob er Alkohol oder etwas anderes trank. Im Hintergrund brummte beharrlich der Motor des Jeeps.

Nein, es war etwas anderes.

Mißtrauisch warf er einen Blick auf die schmutzige, abgeblätterte Tür des Kühlschranks. Unglaublich, aber er lief: Vom Lärm her zu schließen, mußte er jeden Moment vom Boden abheben oder explodieren.

Wycherly öffnete ihn, wobei er sich am Waschbeckenrand abstützte. Der Türgriff bebte in seiner Hand, und die herausströmende Luft war deutlich kühler als die in der Hütte.

Der Kühlschrank war mit einem halben Dutzend Sixpacks verschiedener Biersorten gefüllt. Die Suppe vom Vorabend hatte ihnen weichen müssen. Wycherly schluchzte vor Erleichterung. Er zog den Stuhl herbei, setzte sich vor die offene Kühlschranktür und griff sich den nächstliegenden Sixpack. Hastig, als ob es sich um lebensnotwendige Medizin handelte, riß er die Öffnungslasche der ersten Bierdose auf und schüttete die noch warme, schäumende Flüssigkeit in großen Schlucken hinunter, während es ihm zugleich zum Mund herauslief. Eine zweite Dose folgte, dann eine dritte. Er fühlte sich aufgebläht und nicht im mindesten betrunken, aber es hatte seinem Zustand die Schärfe genommen...

Seiner Sucht.

Er zuckte. Vielleicht hätte er weniger gelitten, wenn er es hätte leugnen können, aber unglücklicherweise hatte er sich noch nie etwas vorgemacht. Er hatte Sinah vertrieben, weil er mit einem Sixpack billigen Biers und einer Flasche Scotch allein sein wollte. Er hatte sie vertrieben, damit sie ihn nicht sehen konnte – obwohl ein Teil von ihm wußte, daß es ihm sogar gleichgültig gewesen wäre, solange er nur die Bestie füttern konnte. Nichts spielte eine Rolle, außer die Bestie zu füttern, damit sie ihm Vergessen schenkte und Camilla von ihm fernhielt.

Ein seltsames, unbehagliches Gefühl drückte von innen gegen seine Brust. Es war ein bißchen wie Furcht, ein bißchen wie Wut. Es machte ihn nervös. Es wurde stärker, und zögernd, ungläubig erkannte er es.

Es war Scham.

Er schämte sich dessen, was er tat. Er schämte sich seiner selbst.

Wycherly betrachtete die Bierdose in seiner Hand und lachte. Warum sollte seine eigene Verachtung schwerer zu ertragen sein als die Erniedrigung, die er allen anderen, die er kannte, zugefügt hatte? Sie würde ihn genausowenig zum Aufhören bewegen wie die Verachtung anderer.

Aber ich höre doch auf. Ich laß es bleiben. Ich werde den Scotch nicht öffnen. Ich bleibe beim Bier.

Das würde nicht helfen. Es gab Alkoholiker, die nach Bier oder Weinschorle oder sogar Hustensaft süchtig waren. Alkoholismus war eine mentale Frage. Es war eine Einstellungssache.

Hatte er die Absicht aufzuhören? Benutzte er das Bier, um die blanke Schneide des Entzugs abzustumpfen? Oder benutzte er es, um betrunken zu werden?

Wenn du weitertrinkst, gehst du drauf. Die Stimme war so unmißverständlich wie ein Urteilsspruch. Wycherly versuchte erst gar nicht, dagegen zu argumentieren; er wußte auf einer Ebene unterhalb der Vernunft, daß es der Wahrheit entsprach. Die Schwierigkeit war nur, daß er zu schwach war, um aufzuhören, und er sollte verdammt sein, wenn er irgendeine blasierte, scheinheilige Höhere Macht anrief.

Auch wenn es um dein Leben geht? fragte die innere Stimme, und irgendein schlangenartiger Teil seines Bewußtseins antwortete kaltschnäuzig: *Ja*.

Bedachtsam – sich selbst zum Trotz – öffnete Wycherly eine vierte Dose Bier. Das machte neun plus dem Kodein, und er plante mehr Bier ein, mehr Kodein und vielleicht später eine Schlaftablette. Nicht schlecht für seinen ersten Tag in Richtung Nüchternheit, nahm er an.

Es ist die gute Absicht, die zählt, dachte Wycherly spöttisch. Er leerte die Dose und warf sie zu den anderen auf den Boden; eine armselige Rebellion gegen Luneds hausfrauliche Bemühungen. Dumpf brütend starrte er in den Kühlschrank.

Luned hatte den Kühlschrank zum Laufen gebracht. Er konnte sich nicht vorstellen, wie sie Tanner eine solche Dienstleistung abgerungen hatte, und dieses erneute Zeichen ihrer Ergebenheit ärgerte ihn. Er wollte nichts von Luned wissen – und ebensowenig von Sinah. Er war sich nicht ganz sicher, was er wollte, aber wenn er es je in die Hände bekam, dann, bei Gott, würde es jedem leid tun. Wycherly nahm einen tiefen Schluck vom frischen Bier und leerte es soweit, daß er die

Dose nun wahrscheinlich hätte tragen können, ohne den Inhalt zu verschütten.

Weit davon entfernt, betrunken zu sein – aber erfüllt von jener tröstenden Überklarheit, der verführerischen Belohnung für sein Trinken –, brachte er sich auf die Beine. Behutsam probierte er die Belastung auf seinem Fußgelenk. Es tat höllisch weh, aber es gab nicht nach; wenn er den Stuhl als Krücke benutzte, konnte er es ins Schlafzimmer schaffen.

Und dort gab es Whisky.

Aber du hast versprochen ...

Hier hatte Luned auch gewirkt, und Wycherly empfand angesichts dieser Tatsache einen Augenblick lang einen blinden, mörderischen Haß, bis er seine Schultertasche in der Nähe des Waschtisches entdeckte. Er schleuderte sie auf das Bett, dann ließ er sich neben sie plumpsen und ruckelte sich zurecht, bis er mehr oder weniger ausgestreckt auf dem Bettzeug lag. Er schlenzte seinen verbleibenden Schuh durch die Luft und begann, den Verband zu lösen – alles, was ihm zu seinem Glück noch fehlte, war Wundbrand.

Das Fleisch über dem verstauchten Gelenk war tief eingedrückt, an den Rändern außerhalb der Bandage geschwollen, darunter grün und violett gesprenkelt. Wycherly warf die Hose ab und ebenso sein zerrissenes, dreckiges Hemd; er war verschwitzt und dreckig, seine Haut brannte wie wund gerieben, und er sehnte sich unbändig nach den Segnungen der Zivilisation. Wenigstens begann das Kodein, das er genommen hatte, bevor er in den Jeep gestiegen war, endlich zu wirken. Ohne zu überlegen, was er tat, zog er die Schultertasche zu sich und wühlte sie durch, bis seine Finger die glatte Kühle der Flasche fühlten.

Das war es, was er wollte.

Es war schon in Ordnung – er war immer noch zum Ausstieg entschlossen –, aber erst morgen, wenn sich die Dinge in einem anderen Licht darstellten ...

Wycherly starrte die versiegelte Flasche an und hörte seine Gedanken mit unbarmherziger Deutlichkeit. Die Dinge waren am nächsten Morgen immer nur schlimmer. So und nicht anders lag die Sache.

Es gab keine günstige Zeit zum Aufhören.

Er rollte sich auf die Seite und schleuderte die Flasche durch das offene Fenster hinaus. Er hörte, wie sie aufschlug, wußte aber nicht, ob sie zerbrochen war. Es war ihm egal, sagte sich Wycherly wütend. Hier war Schluß mit allem: mit Scotch, Schwarzgebranntem, Wodka. Nur Bier, bis er den Vorrat in der Hütte aufgebraucht hatte.

Dann nichts mehr. Nichts, nichts, *nichts*.

Er griff noch einmal in seine Tasche und fand ein Fläschchen Seconal, aber die Tabletten waren zu groß, um sie ohne Flüssigkeit einzunehmen. Das hieß, daß er seine angebrochene Bierdose vom Waschbecken holen mußte, doch sowie Wycherly mit seinem kranken Fuß den Boden berührte, schoß ein reißender Blitz sein Bein hinauf. Vielleicht hätte er den Verband lieber in Ruhe lassen sollen. Er biß die Zähne zusammen. Schweißperlen traten ihm auf die Stirn und rannen sein Gesicht hinunter. In seinem Fuß pochte der Schmerz wie ein schlagendes Herz.

Doch er gelangte an die halbleere Dose und ließ sich wieder auf dem Bett nieder. Er öffnete das Medizinfläschchen und starrte begierig auf die Kapseln, nahm aber nur eine heraus. Wenn eine davon zusammen mit dem Kodein und dem Bier ihn nicht einschlafen ließ, würde er eben wach liegen und sich mit dem Gedanken trösten, daß seine Familie ihn wahrscheinlich für tot hielt.

Wycherly warf sich die Tablette in den Rachen und trank das Bier aus, dann schleuderte er die leere Dose aus dem Fenster, der Flasche hinterher. Er mußte ab jetzt vorsichtiger werden; er hatte keineswegs die Absicht, sein Leben mit Tabletten zu beenden – oder nach einer Überdosis als hirngeschädigter, sabbernder Irrer in der geschlossenen Abteilung einer psychiatrischen Anstalt zu vegetieren. Nein, Wycherly wollte so viele Menschen mit seiner lästigen Anwesenheit beehren wie nur möglich, und zwar so lange wie nur möglich – bis zu seinem plötzlichen, glänzenden Abgang.

Dieser Gedanke war in vielerlei Hinsicht sonderbar, als hätte er ihn noch nie gefaßt. Irgendwie brachte er ihn zurück zu dem überwucherten Anwesen des Wildwood-Sanatoriums.

Schließlich kam er darauf, woran ihn der verwunschene Ort erinnert hatte: das Schloß von Dornröschen, still und unberührt. Wo alle verzaubert lagen und schliefen, in Träumen eingesponnen...

Oder tot.

5

Eingravierte Bilder

*Den Leib vermindre, mehre deine Gnade,
Laß ab vom Schwelgen: Wisse, daß das Grab
Dir drei Mal weiter gähnt als andern Menschen!*
            WILLIAM SHAKESPEARE

»*I*ch glaube, wir sind da!« rief Dylan.

Die vielen Windungen der Straße machten es schwierig, etwas zu entdecken. Doch seit einer Weile hatte die Reisegruppe aus Taghkanic den Gipfel des Berges hinter sich und befand sich auf der Fahrt hinunter ins enge Tal. Dylans Ankündigung war etwas voreilig, doch die vier sahen erste Anzeichen, daß sie sich von Menschen bewohnten Gefilden näherten – sofern sich die Nähe menschlicher Behausungen durch verstreute Coladosen und sich selbst überlassene Autoreifen bemerkbar machte.

Ein verrosteter Wegweiser, den Truth entdeckt hatte, war so weggedreht, daß man ihn aus dem Winnebago nicht entziffern konnte. Rowan stieg mit einer Taschenlampe aus und kam mit der Nachricht zurück, daß dies die Paßstraße von Watchman's Gap sei, unter anderem auch bekannt als Bundesstraße 113.

»Und ist das nicht die Straße, die angeblich von der 28 abzweigt und direkt nach Morton's Fork führt?« fragte Rowan.

»Wir müssen die letzte Abfahrt genommen haben, ohne es gemerkt zu haben«, sagte Truth erleichtert.

»Jetzt müssen wir nur noch hinkommen«, sagte Dylan.

Ninian gab ein unverständliches Grunzen von sich.

Nach all den Sackgassen und irrtümlichen Ausfahrten war die Ankunft in Morton's Fork fast eine Enttäuschung. Die

Straße wurde immer flacher und womöglich noch schmaler und brachte sie bei zunehmender Dunkelheit zu dem Dorf – und zum Ende der Asphaltierung.

»Ist es das?« sagte Ninian verdutzt.

»Das«, bestätigte Dylan, »ist Morton's Fork – das Zentrum paranormaler Erscheinungen im Umkreis von fünfzig Meilen.«

Er stellte den Motor ab; in der plötzlichen Stille hörten sie das Dämmerungsgezirpe und Gequake von Grillen und Fröschen und irgendwo in der Nähe das Geräusch von fließendem Wasser.

Morton's Fork wirkte nicht gerade wie das Zentrum irgendwelcher Erscheinungen. Die Fenster waren dunkel, nur vor dem Laden brannte eine nackte Glühbirne. In deren Licht konnten die Reisenden Schrifttafeln sehen, auf denen Faxdienste, kaltes Bier und der Ankauf von Tierfellen angeboten wurden, eine merkwürdig anachronistische Mischung von Dienstleistungen, die Truth zum Lächeln veranlaßte. Gegenüber, auf der anderen Straßenseite, lag eine Tankstelle, und mehr hatte Morton's Forks Einkaufszeile nicht aufzuweisen.

In dem Laden wurde Licht gemacht, und die Gruppe sah einen Mann, der vom hinteren Teil des Ladens nach vorn kam. Dylan kletterte vom Fahrersitz. Das Wohnmobil geriet ins Schwanken, als Rowan aus der Hintertür ausstieg.

»Geht es Ihnen gut, Miss Jourdemayne?« fragte Ninian.

Er betrachtete sie mit ernstem Gesicht, und Truth fragte sich, was er wohl sah. Sie fragte sich, was überhaupt jemand sehen konnte, der mit seinen Augen weiter sah, als die konventionellen Grenzen vorschrieben, die der moderne Mensch sich willkürlich gesetzt hatte.

»Ich bin nur müde, Ninian. Es war ein langer Tag. Und ich hoffe, daß nichts mehr schiefgeht – Dylan war sich nicht sicher, wie wir hier empfangen werden, trotz seiner ganzen Vorbereitungen.«

Stimmen von draußen brachten ihre Aufmerksamkeit zur unmittelbaren Gegenwart zurück.

»Wir haben uns nicht verfahren«, sagte Dylan gerade. »Wir sind ein Forschungsteam vom Margaret-Beresford-Bidney-Institut.«

»Ach, *Sie* sind das«, sagte der Einheimische mit einer Stimme plötzlichen Erkennens. »Ich bin Evan Starking – Sie haben meinem Vater geschrieben; er kümmert sich hier um die Dinge.« Der große Rotschopf mit der pockennarbigen Haut streckte seine Hand aus. »Gut, daß Sie nicht später gekommen sind. Es ist fast dunkel. Ich wollte gerade den Laden dichtmachen, und dann hätten Sie bis morgen warten müssen. Aber jedenfalls willkommen in Morton's Fork.«

»Danke.« Truth sah, wie Dylan die angebotene Hand schüttelte. Er wies nach hinten auf das Wohnmobil. »Können wir hier irgendwo parken und unser Campinglager errichten? Vielleicht suchen wir uns später einen anderen Platz, je nachdem, was wir finden, aber jetzt würden wir ganz gern irgendwo eine Bleibe haben.«

»Klar«, sagte Evan.

Während die beiden Männer miteinander sprachen, kletterten auch Truth und Ninian aus dem Auto. Es tat gut, ging es Truth durch den Sinn, nach der langen Fahrerei wieder festen Boden unter den Füßen zu haben. Und Evan Starking schien das legendäre Mißtrauen der Hiesigen Fremden gegenüber nicht zu teilen – oder wenn doch, so zeigte er ein tadelloses Benehmen.

»Brauchen Sie irgendwas aus dem Laden? Milch, Eier oder so? Ich könnte den Laden ein paar Minuten für Sie auflassen«, schlug er vor.

»Das wäre prima«, sagte Dylan, und Truth, die daran dachte, gleich etwas Kaltes trinken zu können, stimmte ihm aus vollem Herzen zu.

Der Laden entsprach geradezu einem Klischee. Die Regale, die bis zur Wellblechdecke reichten, waren gefüllt mit den Dingen des täglichen Bedarfs für einen Lebensstil, der Truth unvorstellbar entlegen vorkam.

»Das ist kein Vollkorn«, sagte Rowan und betrachtete einen Laib Weizentoastbrot. Sie zuckte mit der Schulter und legte ihn zu den anderen Waren auf den Verkaufstisch.

»Nein, Ma'am«, sagte Evan. »Die Leute hier backen ihr Brot meistens selbst – und wenn nicht, dann wollen sie jedenfalls kein Brot, das schwer im Magen liegt. Aber wir kriegen Donnerstag eine neue Lieferung, und ich kann Harry sagen, er soll ein paar Brote für Sie in den Wagen legen.«

»Kommt er an Zwölf-Korn-Brot ran? Oder Weizenkeim?« fragte Rowan und drehte sich wieder zum Kassentisch. Truth lächelte vor sich hin und ging weiter in den hinteren Teil des Ladens. Evans Bereitschaft, den Besuchern alles recht zu machen, war nicht schwer zu erklären. Rowan war hübsch, freundlich und offen – und wie viele Fremde sah jemand wie Evan Starking im Lauf eines Jahres?

Wenn er nicht ein geheimes Leben irgendwo anders führt, dachte Truth. Das war nicht ausgeschlossen. Mit einem Auto war das zwanzigste Jahrhundert nur eine Fahrstunde entfernt.

Sie ging die Regale durch. Schrotpatronen, Fliegenfänger, Moskitonetze, Zitronengras, Pektin, Wäscheklammern aus Holz, grobkörniges Salz – und daneben Schachteln mit abgepacktem Fabrikkuchen und Müllbeuteln, die wie Gesandte der durchschnittlichen Konsumkultur wirkten. Abwesend nahm Truth ein Glas Erdnußbutter und eine Schachtel Twinkies. Sie wußte, daß Dylan sich um die wichtigen Dinge wie Milch und Eier kümmerte. Sie hatten nur wenig Lebensmittel mitgenommen, denn sie waren davon ausgegangen, sie hier kaufen zu können – oder schlimmstenfalls nach Pharaoh fahren zu müssen. Doch nachdem sie im Winnebago die Straße von Watchman's Gap gefahren war, legte Truth keinen gesteigerten Wert auf eine Wiederholung.

Nun, sie würden das irgendwie lösen.

Sie brachte ihren Armvoll von Einkäufen zum Tisch und lud sie neben den anderen ab. Während Evan alles in eine altmodische Rechenmaschine eintippte, sah Truth einen Drehständer mit Büchern durch, der vor dem Kassentisch stand. Die Auswahl des Ständers verriet einiges über die Kundschaft von Morton's Forks Laden. Es gab Straßen- und Wanderkarten, Angel- und Jagdführer, Liebesromane mit erhaben geprägten Einbänden, Erste-Hilfe-Ratgeber und ordengeschmückte Kriegsbücher. Unter den übrigen Büchern stach ein weißer Einband hervor, der offenbar einer Kleinpresse entstammte.

Eine Geschichte von Lyonesse County, West Virginia, von E. A. Ringrose. Auf dem Umschlag war eine Karte der Gegend abgedruckt, die alt aussah.

Lohnt sich, einen Blick hineinzuwerfen, dachte Truth. Die Bücher, die sie sich als Unterhaltungslektüre mitgebracht hatte, machten ihr plötzlich nur noch wenig Lust aufs Lesen, und ebenso erging es ihr mit den anderen Büchern hier im Bücherständer. Es sei denn, sie wollte die letzte Ausgabe von *Der Pharaoh-Bote, Erscheint wöchentlich für Lyonesse County, die Gemeinden Pharaoh, Morton's Fork, La Gouloue, Bishopville und Maskelyne,* eine Zeitschrift, die ganze acht Seiten Umfang hatte. Spontan nahm sie auch davon ein Exemplar – es kostete nur einen Vierteldollar –, und als Dylan fertig bezahlt und Evan die Einkäufe in verschiedene Kartons verstaut hatte, trat Truth mit ihren Erwerbungen vor.

»Scheint so, als interessieren Sie sich für Lokalgeschichte«, sagte Evan, als er sorgfältig ihre Posten zusammenrechnete.

Truth lächelte zurückhaltend. Lokalgeschichte war nun mal die einzige Geschichte, die es gab, und die meisten Menschen waren blind und taub für die Wunder und Schrecknisse, die in ihren eigenen Hinterhöfen geschahen.

»Ja, schon«, gab sie zu. »Vielleicht gibt das Buch Anregungen, was man sich hier in der Gegend anschauen sollte.« Die anderen drei mochten hier Feldforschung betreiben, für sie waren es Ferien – wenn sie nicht eine statistische Aufgabe zugewiesen bekam.

»Vielleicht«, sagte Evan zweifelnd, »aber es gibt 'ne Menge Sachen, von denen Sie sich besser fernhalten. Gefährliche Dinge.«

Die Gefängniszelle roch nach Angst, Urin und Ratten. Die kalte Seeluft der Küste von Bristol wehte durch das offene Fenster herein, und die Frau, die an dem Tisch saß, zitterte.

Ihr Name war Marie Athanais Jocasta de Courcy de Lyon, Lady Belchamber, und sie hätte eine Königin werden sollen. Vergiß Jamies käsige schottische Gräfin – ein leichtes wäre es gewesen, sie vom Platz zu verdrängen, nachdem Jamie erst einmal den Thron von seinem frömmlerischen katholischen Onkel übernommen hatte.

Beiseite zu drängen – oder zu schaffen.

Nur hatte der Thronräuber nicht mitgespielt, denn er hatte sich den Truppen ihres Liebsten nicht unterworfen. Jamie hatte seinen Anspruch angemeldet – den Anspruch des wahren Königs, rechtmäßigen Sohnes von Charles Stuart und Lucy Waters – doch die Engländer, die kriegsgebeutelten vierziger Jahre noch frisch im Gedächtnis, waren ihm nicht gefolgt.

Jetzt war ihr Jamie tot, und die Rache des falschen Königs begann. Diejenigen von Monmouths Anhängern, die nicht in des Königs Kolonie Maryland in der Neuen Welt gebracht wurden, waren des Henkers.

Sie würde gehängt.

Man baute bereits die Galgen, doch wegen ihres Ranges verbrachte sie ihre letzten Tage mit mehr Annehmlichkeit als die Verdammten aus dem gemeinen Volk jenseits ihrer Tür. Sie wurden mit der Morgentide verschleppt in eine Welt, in der Wilde und Ungeheuer warteten.

Und Städte aus Gold.

Athanais öffnete das Kästchen, das vor ihr auf dem Tisch lag. Ein kostbares französisches Spielzeug aus Silber und Emaille, kündete es von ihrem Rang, dem einer großen Dame mit königlichem Blut in den Adern – auch wenn man sie jetzt Verräterin, Mörderin, Hure und Schlimmeres nannte.

Hexe.

Die Anklage – ihr in Wisper- und Tuschellauten entgegengezischt, nicht im offenen Gericht – ließ Athanais lächeln, während sie in den kleinen Glasphiolen im Kästchen kramte, als suche sie sich Naschwerk aus. Wenn es Hexerei war, Gott zu verfluchen und den Menschen auf den höchsten Himmelsthron zu heben, dann sollte es so sein. Und es war ihr gleichgültig, welchen Pakt sie mit welchem Wesen, sei es vom Himmel oder aus der Hölle, eingehen mußte, um sicherzustellen, daß sie ihren Willen durchsetzen konnte.

Doch ihre Diener hatten einer nach dem anderen versagt, und jetzt war sie auf dieses letzte Glücksspiel zurückgeworfen. Sie waren schwach gewesen, doch Athanais würde keine Schwäche zeigen.

Sie schenkte den Inhalt einer Phiole in einen der beiden kostbaren Becher auf dem Tisch, schloß das Kästchen und goß dann aus der

Karaffe, die ebenfalls auf dem Tisch stand, in beide Becher Wein. Sie zog den Becher mit reinem Wein vorsichtig zu sich und ließ den anderen neben der Karaffe stehen. Alles war bereit.

»*Ich brauche eine Frau, die mir beim Ausziehen hilft: dich.*« *Athanais stand in der Tür zu ihrem Zimmer und zeigte auf die junge Frau, die in dem großen Zentralraum des Gefängnisses in einer Ecke kauerte. Sie gehörte zu denen, die morgen verschleppt wurden. Die Frau schaute hoch, blickte in Athanais' stahlgraue Augen und stand auf.*

»*Wie heißt du, Mädchen?*« *fragte Athanais und drehte sich um, so daß die andere sie begleiten konnte. Sie und Athanais hatten die gleiche Größe, was auch der Grund war, warum Athanais sie unter den bald zu Deportierenden ausgewählt hatte.*

»*Jane, Ma'am. Jane Darrow.*« *Jane folgte ihr gehorsam in die Privaträume und schloß die Tür hinter sich, bevor sie zu ihr eilte, um Athanais' kunstvoll gearbeitetes Kleid aufzuschnüren.*

»*Und wird es dir gefallen in der Neuen Welt, unter Heiden und Sklaven?*« *fragte Athanais. Schweigen antwortete ihr und das erstickte Geräusch unterdrückten Weinens. Sie lächelte, als sie dies hörte. Sie hatte also die richtige Wahl getroffen.*

»*Ruhig, Kind. Trockne deine Tränen. Sogar Jeffries der Henker ist nicht unbestechlich – und ich verspreche dir für die Arbeit dieser Nacht Gold genug, um selbst das Herz eines Puritaners zu erweichen.*«

»*Wirklich, Ma'am? Mein Charlie und ich ...*«

Athanais verschloß ihre Ohren vor dem dankbaren Gestammel des Mädchens und konzentrierte sich darauf, sie darin zu unterweisen, wie sie das Kleid ausziehen und ihr Haar auflösen mußte. Als ihr Haar – wie Jamie es gepriesen hatte, duftenden Honig hatte er es genannt – frei herabhing und sie nur noch in bloßer Leibwäsche dastand, griff Athanais nach einem Umhängetuch, wickelte sich darin ein und wandte sich ihrer gedungenen Magd zu.

»*Mein Gott, ist das kalt hier drinnen.*« *Sie brachte ein Frösteln zustande, das sie nicht fühlte.* »*Laß uns einen Schluck Wein trinken, um uns zu wärmen.*« *Athanais nahm ihren Becher und reichte den anderen ihrer Begleiterin.*

Das Mädchen fühlte sich durch die Illusion der Gleichheit geschmeichelt. Sie trank den Becher leer, als enthielte er Apfelwein, und auf Athanais' Drängen trank sie einen zweiten. Wahrscheinlich war sie eher an den Geschmack von billigem Bier gewöhnt, nicht den erlesenen Weins, und nach wenigen Minuten wurden ihre Augenlider schwer.

»Gott«, sagte Jane. »Bin ich müde ...«

»Komm, leg dich einen Augenblick hin und ruhe dich aus«, lud Athanais sie sanft ein.

Der Gifttrank hatte das Mädchen so benommen gemacht, daß es nicht widerstrebte, als Athanais sie aufrichtete und zu dem primitiven Bettgestell brachte, das in einer Ecke des Zimmers stand. Kurz darauf schlief Jane Darrow tief, und Athanais begann sie zu entkleiden.

Schuhe und Strümpfe, das grobe einfache Kleid und die Haube – in wenigen Minuten war das Mädchen bis auf ihr Unterhemd ausgezogen, und dann begann Athanais, sie wieder anzuziehen mit dem Kleid, das sie erst mit ihrer Hilfe abgelegt hatte, ein wunderschönes Gewand aus Seide, Samt und Spitze, das seine Trägerin sofort als Lady Belchamber ausweisen würde. Dann schminkte sie sorgfältig das Gesicht des Mädchens und legte ihr Schmuck von sich an.

Schließlich gab Athanais Jane Darrow soviel Gold, wie sie versprochen hatte ... nur bezweifelte Athanais, daß es Jane oder Charlie, für den sie schmachtete, irgend etwas nützen würde.

Nachdem Jane zu ihrer Zufriedenheit hergerichtet war, warf Athanais die Bettdecke über das Mädchen – als weitere Maßnahme der Geheimhaltung, nicht aus Fürsorge – und wandte sich ihrer eigenen Verwandlung zu.

Die vornehmen Hofdamen pflegten ihre Gesichter zu schminken, die Frauen aus dem gemeinen Volk nicht; Athanais, die jetzt wirklich wegen der kalten Luft in der Zelle zitterte, wusch sorgfältig mit einem Lumpen, den sie in den Wasserkübel tauchte, jede Spur von Schminke und Parfum von ihrem Körper ab. Mit dem Messer, das immer in seiner Scheide in ihrem Mieder steckte, trennte sie die feine Klöppelspitze von den Manschetten und den Säumen ihrer Wäsche ab, dann zog sie sich Jane Darrows Wollunterrock und schlichtes Kleid über. Der rauhe Stoff kratzte durch das feine Musselingewebe hindurch, aber des Henkers Seil wäre rauher. In Janes Kleidung, mit Janes Tuch um den Kopf konnte Athanais unbemerkt mit den anderen das Schiff nach Amerika betreten, und danach wäre es für den Kapitän zu spät zur Umkehr. Sie wäre auf ihrem Weg, ihrem Schicksal entgegen.

Athanais ließ ihren Blick durch das Zimmer schweifen, nicht ohne ein kurzes Bedauern, daß sie diesen Luxus nun hinter sich lassen würde – vor allem dauerte sie der Verlust des Kästchens mit dem unersetzlichen Gift und der Medizin. Diese Dinge hatten sie zu hohem Ansehen im Dienst von Monmouth geführt. Doch all ihre Mittel und Mischereien hatten ihnen beiden schließlich nicht den höchsten Preis eingetragen. Am Ende hatte ihr Jamie sie im Stich gelassen.

Doch sie würde nicht besiegt werden. Ihre Gefangennahme war ein Rückschlag, nicht mehr. Sie hob die Einsätze aus dem Kästchen und öffnete das Schloß zum Geheimfach, aus dem sie ein sorgfältig gefaltetes Blatt Pergament hervorholte. Sie würde auf den ganzen Rest ihrer Garderobe und das meiste ihres Schmucks verzichten, aber dies konnte sie nicht zurücklassen.

Es war ein großes Blatt, gewissenhaft glatt geschabt und gebleicht, von jener Sorte, die Astrologen gern zum Zeichnen der Horoskope verwandten. Ein Teil davon enthielt Athanais' eigenes Geburtsdiagramm – sie hatte es selbst angefertigt –, und in den verworrenen Aspekten sah sie ihren Aufstieg und jetzt ihren Niedergang. Der Rest des Blattes enthielt eine Karte mit den korrespondierenden Aspekten der Planeten. Dort, irgendwo im Westen, lag der Ort, wo ihre Sterne und das Land der Verheißung selbst zusammentrafen. Dort war ihre Macht, reif, in Anspruch genommen zu werden.

Ihre Macht – und ihre Rache. Athanais verstaute das Pergament sorgsam in einem Lederbeutel unter ihren Röcken. Darin befand sich auch der kleine Vorrat an Wertsachen, der in dem wilden Land ihres Exils ihren Einsatz darstellte.

Alles war bereit. Athanais löschte die Kerzen und wartete an der Tür darauf, daß die anderen in dem Raum draußen schliefen. Dann würde sie sich zu ihnen gesellen und auf die Morgentide warten.

Sie verschwendete keinen Moment einen Gedanken an Jane Darrows Geschick.

Kalter Stein unter ihren Fingern; die erstickende Luft des Gefängnisses; und irgendwo wie das Gespenst einer zukünftigen Erinne-

rung das schwankende Deck eines Schiffs und der beißende Geschmack salziger Luft ...

Sinah richtete sich entsetzt auf, warf ihr schweißgetränktes Bettzeug ab und starrte, nach Atem ringend, umher. Das Zimmer, das ihr so vertraut hätte sein müssen, sah fremd und bizarr aus.

Sie konnte sich nicht erinnern, wer sie war.

»Ich heiße ...« Aber selbst ihre Stimme klang falsch, flach und ländlich, während sie eigentlich ... was war?

»Dellon.« Endlich kam der Name, hervorgeholt aus einem schwarzen Loch, und brachte ein schwaches Aufflackern von geistiger Klarheit mit sich. »Sinah. Melusine Dellon.«

Der Name war ein Anhaltspunkt, der ihr half, sich zu sich selbst vorzutasten. Schließlich war das Zimmer doch vertraut genug, daß Sinah den Lichtschalter fand und das Licht neben dem Bett anschalten konnte, und das Licht stellte einen Teil ihres Selbstgefühls wieder her.

Sie war im Schlafzimmer auf der Empore, in dem großen Kirschholzbett, das sie vor sechs Monaten so begeistert gekauft hatte. Über dem Seitengeländer sah sie den schwachen Schimmer ihrer Buntglasfenster, die in der Dunkelheit undurchsichtig waren. Alles war still.

Unter der äußeren Schale ihres Bewußtseins lauerte Athanais de Lyon wie ein bösartiger Krebs mit allen Empfindungen und Zwängen, die einer Zeit Jahrhunderte vor Sinahs Geburt angehörten.

Es war kein Traum. Diese beängstigende Überzeugung blieb ihr. Sie stieg aus dem Bett, griff nach ihrem Morgenmantel und band ihn sich fest um ihren Körper. Erst jetzt spürte sie, wie stark sie zitterte. Es war so kalt in jener Zelle gewesen ...

Ein Frösteln, das nichts mit ihrem Körper zu tun hatte, lief durch sie hindurch. Die Zelle und ihre Bewohnerin waren ein Traum, nicht mehr. Sinahs Gabe gehörte der Welt der Lebenden an. Immer schon.

Bis sie hierher zurückgekehrt war.

Nur ein Alptraum. Mehr steckt nicht dahinter. Ein düsterer zwar, aber nur ein Alptraum. Bitte. Sie legte ihre Arme um sich und versuchte sich sicher zu fühlen, an einen Irrtum zu glauben.

Trotz der Klimaanlage klebte ihr Nachthemd vom dumpf riechenden Angstschweiß.

Sinah querte die Empore und ging nach unten. Der Nachklang von Wycherlys Gegenwart in ihrem Bewußtsein ließ sie zunächst die Bartruhe in der Ecke des großen Zimmers aufsuchen. Dort standen mehrere Flaschen mit Markenetiketten sowie ein paar leicht angestaubte Gläser unter dem Deckel. Sinah wischte eines rasch an ihrem Morgenrock sauber, füllte es zur Hälfte mit Scotch und trank.

Sie würgte, als der brennende Scotch ihre Kehle hinabrann. Der scheußliche Geschmack des Branntweins – den sie nur für Justin im Falle seines Besuchs aufbewahrte – führte in ihrem Bewußtsein eine beruhigende Trennung von ihr und Wycherly herauf. Er mochte den Geschmack von Scotch – sie nicht. Deshalb war sie nicht Wycherly.

Auch war sie nicht jene andere – die kalte, schlangenhafte Intelligenz aus einem lange vergangenen Jahrhundert.

Sinah klammerte sich an diesen Gedanken wie an eine Rettungsleine und sah sich in dem Raum um. Sie versuchte, von den vertrauten Gegenständen, die sie hier zusammengebracht hatte, einen gewissen Trost zu empfangen. Nur waren sie nicht vertraut, nicht mehr. Sie betrachtete sie durch die Augen einer jakobitischen Metze. Das schlimmste aber war, daß sie sich nicht entscheiden konnte, was sie mehr aus der Fassung brachte: die Gefahr, in der sich Athanais befunden hatte – oder Athanais selbst.

Ich bin ich – ich bin ich! sagte Sinah sich verzweifelt, aber fassungslos erkannte sie, daß dies nicht der Wahrheit entsprach. Dies war nicht wie die kurzfristigen anderen Leben, an denen sie durch ihre Gabe teilhatte. Auch wenn sie sich oft nicht von den geliehenen Existenzen separieren konnte, so wußte sie doch immer, daß die Sache zeitlich befristet war. Doch Athanais war aus dem Nirgendwo gekommen ... und sie war noch da. So wie Sinahs Körper jeden Moment von einem Virus befallen werden konnte, so beherbergten ihr Bewußtsein und ihr Herz nun diesen unwillkommenen Gast, der eine kalte, böswillige Scharfsicht brachte, die jede Geborgenheit zerstörte, welche Sinah einst bei vertrauten Dingen gefunden hatte.

Sie schüttelte verwirrt den Kopf und griff wieder nach ihrem halb geleerten Whiskyglas, doch dann hielt sie inne. *Ich brauche nicht noch mehr Alkohol, ich brauche eine Tasse Tee.* Auf seltsam schwankenden Beinen ging Sinah in die Küche.

Das reflektierte Licht der Küchenlampen in Kupfer und Emaille blendete ihre Augen und bereitete ihr Kopfschmerzen. Sinah füllte den Wasserkessel und stellte ihn auf den Herd. Ihr Kopf drehte sich immer noch.

Ein Traum. Sie hat sich Athanais genannt – das ist der beste Beweis. Der Name deiner Mutter – du hast ihn auf deiner Geburtsurkunde gesehen. Es sind einfach Erinnerungen – teils von dir, teils aus Wycherlys Bewußtsein. Morgen wird alles vergessen sein.

Aber es war so lebendig ... so lebendig wie die Eindrücke, die sie mit ihrer Gabe aufnahm.

Doch wie solltest du ein Bewußtsein, das seit Jahrhunderten tot ist, berühren können?

Und dann noch in Maryland, dachte Sinah mit einem Anflug von Galgenhumor. *Vergiß nicht, daß dein Gespenst nach Maryland geschickt wurde, und nicht nach West Virginia. Sie wird kaum hier auftauchen.*

Das Wasser kochte; Sinah machte sich eine Kanne mit starkem Pfefferminztee. Während er zog, zwang sie sich zur Entspannung. Die unablässige Feindseligkeit, die ihr seit ihrer Ankunft in Morton's Fork entgegengeschlagen war, hätte auch ein stabileres Gemüt als ihres durcheinandergebracht. Was sie erlebt hatte, war nur ein Alptraum, die Nerven waren mit ihr durchgegangen. Jeder hatte so etwas mal. Mehr darin zu sehen hieße, den Wahnsinn zu hofieren.

Sie tat Honig in den Tee und starrte, vor sich hinbrütend, auf die Tasse, während sie umrührte. Eine schöne Farbe und ein Geruch, der stark genug war, um Schierling oder Rittersporn zu überdecken; gib einem Menschen dies zu trinken, und er würde einen ewigen Schlaf antreten, und kein Richter würde je dahinterkommen ...

Sinah zuckte vor der Richtung ihrer Gedanken zurück, und dabei fiel die Tasse zu Boden und ging zu Bruch. Der honiggesüßte Tee bildete auf dem Fliesenboden eine klebrige Pfütze, die sich wie Blut ausbreitete.

Ich verliere den Verstand. Ich weiß es. Was soll aus mir werden?

Sinah unterdrückte ein Schluchzen. In ihrem Herzen wußte sie schon die Antwort. Was aus ihr wurde? Eine Wahnsinnige, eine Irre.

Etwas Böses.

Evan hatte gesagt, daß sie mit ihrem Wohnmobil auf dem Feld hinter Bartholomew Askings Tankstelle parken konnten. Sie alle wollten dringend ihren Wohnplatz aufschlagen, bevor die Nacht vollends hereingebrochen war. Dylan fuhr vorsichtig an dem Chaos verschrotteter Autos vorbei, die sich vor der Tankstelle aufeinandertürmten. Die anderen drei gingen in der Dämmerung mit Taschenlampen voraus, um Schlaglöcher zu melden.

»Hey, schaut euch das mal an!« sagte Ninian und wies mit der Taschenlampe nach rechts.

Das Licht fiel auf ein Stück blendender, lippenstiftroter Farbe, so unpassend an diesem Ort wie Rosen auf einem giftigen Müllgelände. Sie drehten sich alle danach um.

»Stimmt irgendwas nicht?« Dylan hielt das Auto an und lehnte sich hinüber, um aus dem Beifahrerfenster zu rufen.

»Nein ...« Ninian klang nicht sicher. »Es ist nur ein Autowrack. Aber wie kommt ein Ferrari *hierher*?«

Sogar Truth – die sich mit Automarken nicht gut auskannte, im Gegensatz zu Männern, bei denen es sich um eine Art geschlechtsspezifischer Erbinformation zu handeln schien – erkannte, daß das rote Wrack, das wie zufällig zwischen zwei Rostlauben untergebracht war, vordem ein schicker kleiner Sportwagen gewesen war. Jetzt sah es aus, als ob ein Riese die Motorhaube mit einem Hammer bearbeitet hätte, und der Rahmen der Windschutzscheibe war so verbogen, daß man keine Form mehr erkennen konnte.

Hoffentlich ist niemand darin umgekommen, dachte Truth automatisch. Aber sie konnten offenbar mit dem Auto nichts anfangen, als ihrer Fantasie freien Lauf zu lassen, und so wandte Truth ihre Taschenlampe wieder dem Weg zu. Ebenso gern hätte sie sich an Ort und Stelle niedergelassen, alles in allem genommen.

Der Platz, den Evan ihnen genannt hatte, war eben und nur spärlich mit Gras bewachsen. Er sah aus, als wäre er einmal mit Kies bedeckt gewesen. Dylan hielt an, zog den Zündschlüssel und ging nach hinten in das Wohnabteil.

Wenige Augenblicke später leuchtete der ganze Platz vom zischenden, blauweißen Licht der Propanlaternen, die im Kreis aufgestellt waren, und Rowan und Ninian, die entweder überschüssige Kräfte hatten oder ihren Professor beeindrucken wollten, holten Stühle, Zelte, Tische und sogar einen Kocher aus dem Wohnmobil.

Truth hatte sich schamloserweise einen der ersten Stühle, die herausgebracht worden waren, geschnappt und dazu eine Büchse Eistee aus dem Kühlschrank. Jetzt saß sie da und studierte im Laternenlicht E. A. Ringroses Geschichte, während die Studenten das Lager errichteten und Dylan mit der Zubereitung des Abendessens begann.

Das Buch war offensichtlich eine erneuerte und erweiterte Fassung von Mr. Ringroses 1950 veröffentlichtem Werk, und es führte die Historische Gesellschaft von Lyonesse County auf dem Titel. *Dylan wird sich dafür interessieren. Ob er es gesehen hat?*

Truth las, daß Lyonesse County 1726 gegründet worden war (auch wenn Teile des ursprünglich zugewiesenen Landes 1793 geteilt und den Counties von Randolph und Pocahontas angegliedert wurden), daß der größte Teil von Lyonesse County im heutigen *Monongahela National Forest* lag und daß ein Teil des Landes an die *Laurel Fork Wilderness Area* angrenzte.

Sieht nach geruhsamem Leben aus, dachte Truth, während sie Dylan zuschaute. *Ich frage mich, was wir hier eigentlich suchen, wenn es so ruhig ist.* Sie kehrte zu ihrem Fund zurück. *Lyonesse und der Handel* hieß die neue Kapitelüberschrift, und Truth erfuhr, daß auf dem Astolat, dem wichtigsten Wasserweg des Landes, früher Kohle und Bauholz nach Osten transportiert wurden, daß die Besiedlung von Lyonesse County aber zurückging, bevor sie richtig begonnen hatte. Die Gründung der

Bergwerke (so las sie) brachte eine gewisse Wiederbelebung, doch Ringroses Buch – geschrieben 1950 – endete mit einem traurigen Fazit, das die Flucht in die Städte und die zunehmende Industrialisierung Amerikas beklagte, und dem Ausblick auf eine Zukunft, in der es in Lyonesse County nur noch Geisterstädte und vollautomatisierte Bergwerke geben würde.

Dummerweise war die Entwicklung aber anders verlaufen. Wie auf einem T-Shirt, das sie an einem Studenten gesehen hatte, zu lesen stand: LASST DIE SANFTMÜTIGEN DIE ERDE BESITZEN, WIR ANDEREN EROBERN DIE STERNE – waren diejenigen, die es konnten, in die Städte gegangen und hatten ihre nicht so glücklichen Verwandten an Orten wie Morton's Fork zurückgelassen. In dem Drang, die Wertvollen von den Wertlosen zu unterscheiden, gingen seit je immer alle davon aus, der Linie der Erwählten zu entstammen. Die schlichte Wahrheit war die, daß niemand die Sterne erobern konnte, wenn dies nicht jeder konnte – alles andere schuf nur eine Kultur von Habenden versus Habenichtsen, die unweigerlich in einem Blutbad endete.

Was für schaurige Gedanken! Glaubst du, daß die glorreiche Revolution von Morton's Fork ihren Ausgang nehmen wird? verhöhnte Truth sich selbst.

Nein, antwortete sie der inneren Zuhörerschaft. *Aber sie könnte.* Und die Leute, die so beiläufig bereit waren, die Hälfte des Menschengeschlechts hinter sich zu lassen, um ihr eigenes Glück zu suchen, waren diejenigen, die sie auslösen würden.

»Ich glaube, das Abendessen sollte nicht mehr so lange auf sich warten lassen«, murrte Truth laut.

Sie hatte gedacht, daß der Anhang des Buchs aus einer Bibliographie und Quellen bestehen würde, aber tatsächlich stand dort ein Essay für die neue Ausgabe von 1993, der sich mit den Veränderungen im County seit den frühen fünfziger Jahren beschäftigte und mit einer ziemlich überraschenden Bemerkung endete:

Lyonesse County verdankt einen nicht geringen Teil seines heutigen Rufs der bahnbrechenden Arbeit von Nicholas Taverner, dem großen Volkskundler und Konservator der

Jahrhundertwende. Er sah, wie die ländlichen Sitten seiner Kindheit aufgrund der wachsenden Industrialisierung der Vereinigten Staaten beinahe über Nacht verschwanden. Der Brennmotor begann auf den Farmen und in den Städten das Pferd als Arbeits- und Fortbewegungskraft zu ersetzen, und in dem ungestümen Fortschritt gingen sowohl die ländliche Lebensweise als auch die Geschichten, die eine aussterbende Generation zu erzählen wußte, verloren.

Wie so viele aus der Generation nach dem Ersten Weltkrieg hatte Taverner ein ausgeprägtes Interesse am Spiritualismus und sammelte mehr Geschichten über Magie und übernatürliche Vorkommnisse als irgend jemand sonst unter seinen Zeitgenossen. Eine unverhältnismäßig große Zahl der Volkssagen über Geister, Spuk und wandernde Gespenster haben trotz der dünnen hiesigen Besiedlung ihren Ursprung in Lyonesse County, und schließlich führte die Masse des von ihm auf seinen Reisen gesammelten Materials zur Veröffentlichung von *Spuk, Gespenster und Geistererscheinungen*. In diesem Werk erwähnt er die besondere magische Qualität des Landstrichs und auch ein Dorf – Morton's Fork –, das von ganzen Familien von Poltergeistern bevölkert zu sein schien.

Truth suchte nach dem Namen des Nachwortschreibers und fand, daß er den recht ungewöhnlichen Namen Pennyfeather Farthing trug. *Nun, Mr. Farthing, jetzt wissen wir jedenfalls, wo Ihre Interessen liegen,* dachte sie lächelnd. Mr. Farthing schien Dylans Interesse zu teilen und konnte ihm vielleicht einen Hinweis geben, wo man mit dem Forschen anfangen könnte. Sie überlegte, ob Evan Starking wußte, wo sich der Mann jetzt aufhielt.

Der Wohlgeruch gebratener Hamburger erfüllte die Abendluft. Die Kuppelzelte, die Ninian, Rowan und den größten Teil ihrer Habseligkeiten beherbergen sollten, waren errichtet, und Rowan deckte jetzt den Tisch für das Abendessen; Tassen, Teller, kalte Salate, die sie in Pharaoh gekauft hatten, und kleine Schokoladenkuchen aus der Bäckerei in Glastonbury. Sie unterschieden sich kaum von irgendeiner Reisegruppe auf Campingurlaub. Die Tatsache, daß Dylan und seine Studenten morgen damit beginnen wollten, Gespenster und andere übernatürliche Phänomene, die Morton's Fork heimsuchten, ausfindig zu machen und jedes Ereignis, das mit einer farbigen Stecknadel auf Dylans Karte markiert war, zu verifizieren, gab dem Abend nur eine leicht surreale Note.

Merkwürdigerweise verleitete der Umstand, daß die unsichtbare Welt einen so natürlichen, alltäglichen Teil von Truths Leben bildete, sie keineswegs dazu, diese Welt auch für andere als natürlich anzusehen.

Wenn es nur mich betrifft, dann brauche ich mir keine Gedanken zu machen. Ich brauche nur auf das zu reagieren, was ich sehe und fühle. Es ist beinahe so, als könnte ich nicht darauf vertrauen, daß andere Menschen ähnliche Wahrnehmungen haben.

Und warum sollte sie auch? Sie konnte ihre Begabung dem *sidhe*-Erbe von ihres Vaters Seite her zuschreiben, dem nichtmenschlichen Erbe, das sie für immer vom Geschlecht der Menschen trennte.

Das ist meine Entschuldigung. Und was war ihre?

Truth war den ganzen Abend über geistesabwesend, auch wenn dies die anderen in ihrer Aufregung, was der nächste Morgen bringen würde, kaum merkten. Nach dem Essen und Abräumen – wozu auch der Wasservorrat im Wohnmobil zu sparsamem Einsatz kam – trennte sich die Gruppe zur Nachtruhe. Truth half, die beiden Polybarometer im Winnebago zu verschieben, um Platz dafür zu schaffen, daß aus der Eßecke ein Bett für zwei werden konnte. Danach stand sie in der Tür und schaute hinaus in die Nacht. Sie hatte Ninian das Buch über Lyonesse County geliehen, und sein bauchiges Zelt leuchtete wie ein großer orangefarbener Lampion von dem batteriebetriebenen Licht darin.

»Es geht nicht.« Rowans Stimme erklang in einem Tonfall äußersten Widerwillens. Truth sah, wie der Reißverschluß am Eingang des blauen Zelts aufging und Rowan herauskrabbelte. Sie kam zum Winnebago und trug ein kleines tragbares Video-Fernsehgerät. »Es ist kaputt«, sagte sie betrübt zu Truth.

»Hast du's probiert, bevor wir losgefahren sind? Du weißt, daß es hier keinen Radio- oder Fernsehempfang gibt«, erinnerte sie Truth.

»Es hat immer gut funktioniert – jetzt laufen nicht mal mehr die Videobänder«, sagte Rowan etwas ruhiger. »Wie dem auch sei, kannst du es vielleicht mit zu euch reinnehmen, Truth? Wenn es nicht funktioniert, dann will ich es auch nicht in meinem engen Zelt haben.«

»Das wird dem Ding eine Lehre sein«, sagte Truth streng, öffnete die Fliegentür und nahm das Fernsehgerät in Empfang. Es war nicht viel größer als eine Schuhschachtel – und Rowan hatte recht, in Glastonbury *hatte* es noch gut funktioniert. Sie starrte den Bildschirm an, als sei er ihr eine Erklärung schuldig.

»Na ja ... gute Nacht«, sagte Rowan mit leicht erhobener Hand. Sie kehrte zu ihrem Zelt zurück, und kurz darauf konnte Truth sehen, wie sich ihre Silhouette wieder in der blauen Nylonkuppel bewegte. Truth stellte das Gerät auf dem Wandbord ab und schloß die Tür.

»Gibt's Schwierigkeiten?« fragte Dylan, der die Decken auf dem Bett verteilte.

»Ihr Video-Rekorder läuft nicht.« Truth bemühte sich, diese Information mit all dem Ernst zu übermitteln, den Rowan offenbar für angemessen hielt. Es gelang ihr nicht ganz.

»Wahrscheinlich sind die Batterien leer. Ich schließe sie morgen hier an und laß den Motor laufen. Dann sehen wir, ob sie die Ladung halten. Vielleicht tun sie es nicht ...«

Spontan fuhr ihm Truth mit der Hand durch sein weizenblondes Haar und zerzauste es. »Ich glaube, sie ist in dich verknallt, Dylan.«

»Ach.« Dylan lächelte. »Das geht allen Frauen so, Truth – habe ich dich nicht davor gewarnt?« Er tat einen Schritt vor und legte seine Arme um sie. Truth schmiegte sich an seinen warmen, festen Körper und war glücklich, die Wirren des Tages hinter sich zu lassen.

Sie träumte. Blackburns sidhe-*Tochter, Herrin von Shadow's Gate, ritt auf dem Rücken der weißen Stute. Der rote Hirsch trabte voraus, er war ihr Führer durch die Anderwelt, und hinter ihr her schnürten der schwarze Hund und der graue Wolf – Zähigkeit und Wildheit; Treue und List. Begleitet von ihren gleichgesinnten Gefährten war Truth auf der Suche nach der Anderwelt.*

Im Dämmer der Entfernung leuchteten die Funken der Blackburn-Zirkel während ihrer Arbeit hell, und zwischen ihnen verstreut wie kurz aufflackernde Kerzen waren die Lichter der Mächtigen auf anderen Pfaden: Hexensabbate, Weiße Logen, die Bruderschaft der Rose ...

Aber sie suchte etwas anderes.

Plötzlich lief die weiße Stute nicht mehr über die gestaltlose Ebene der Anderwelt; die Beine des Tiers platschten durch das eisige Wasser eines Stroms, und ein durchaus wirklicher Wald war dort entsprungen, wo vorher nur undurchdringlicher Nebel geherrscht hatte. Ein Zweig mit Blättern streifte Truths Wange, und der rote Hirsch war nirgendwo zu sehen.

In der Anderwelt, die keine Gestalt hatte außer der, welche der menschliche Geist ihr gab, war dies ein warnendes Signal dafür, daß sie in ein Gebiet kam, das eine Wesenheit sich zu eigen gemacht hatte. Gleichzeitig erkannte Truth, daß sie nicht träumte – ihr Körper mochte in Morton's Fork schlafen, doch ihr Bewußtsein schweifte in einem ebenso wirklichen, wenn auch unberührbaren Reich und tat, was Anhänger des New Age ›klarträumen‹ nannten.

Zeit zu gehen.

Truth versuchte, ihr Reittier zu wenden, und empfand ein leises Aufwallen von Ungeduld, als die Stute nicht einmal ihren mächtigen Schritt minderte. Die Weiße Stute gehörte zu den Hütern des Tores, war Dienerin und Beschützerin des Wächters – ein Ausfluß von Truths Willen. Ihre Dienerin durfte nicht so ungehorsam sein!

Truth versuchte mit allen Mitteln, die Anderwelt zu verlassen: durch Aufwachen, durch Absteigen. Sie vermochte es nicht – es war, als ob sie an ihrem Ort festgefroren wäre, abgeschnitten von ihrem Willen und, ihre Wünsche verhöhnend, weiter vorwärtsgetragen.

Einen Augenblick später erkannte sie, warum.

Einst hatte sie neben Thorne Blackburn auf einem Berg der Vision gestanden, vor einem Tor, das von kreisenden Schwertern versperrt worden war. Hinter diesem Tor warteten die berittenen Heere der sidhe *darauf, in die Welt der Menschen einzudringen. Truth hatte jenes Tor geschlossen und es im Reich, wo Worte Taten waren, mit der Kraft ihres Willens verriegelt – doch das Tor, das sie verschlossen hatte, war nicht das einzige Tor, das zwischen der lieblichen Welt der Menschen und dem drohenden Reich der Götter der Äußeren Räume stand.*

Sie hörte das Branden des Wassers gegen Fels. Tief in ihren Knochen spürte Truth seine noch ungemeisterte Macht – ein reißender Strudel in einem trüben Fluß, der die Schwimmer in den Tod lockte –, und sie wußte, daß es noch keinen Wächter für dieses Tor gab. Wenn es ihn gäbe, so stünde das Tor nicht weit offen für jeden Eindringling, der Dinge mit sich bringen konnte, die besser in der jenseitigen Welt sicher verschlossen blieben.

»ES IST MACHT, UND ICH WERDE SIE BESITZEN.«

Die symbolische Natur der Anderwelt verwandelte den schäumenden Strudel in eine silberne Schlange, ein glitzernd schuppiges Kriechtier, das sich vergeblich in der Hand eines großen Mannes wand, der die dunkle Aura eines Zauberers hatte.

»Gehe weg vom Tor. Du hast dort nichts zu suchen«, sagte Truth. Er war nicht der Torwächter. Die Tore sprachen nur auf Frauen an; nur die Zauberkraft von Frauen konnte sie öffnen oder schließen.

»ES IST MACHT, UND ICH WERDE SIE BESITZEN«, wiederholte der dunkle Mann. Kalte Flammen züngelten über seinen Körper, als ob er auf einem Scheiterhaufen stünde, und die Kälte strahlte so stark von ihm aus wie Hitze. Kälte – Herrschaft – Macht ...

Truths Hüter waren längst verschwunden. Die antithetische Kraft dieses Mannes hatte sie von ihrer Seite verdrängt. Truth blieb keine Wahl, als sich ihm allein zu stellen und zu erfahren, warum sie hierher gebracht worden war; um die Schlange zu befreien, um die Torwächterin zu finden, wenn es sie gab ...

Um das Tor selbst zu schließen, wenn sie sie nicht finden konnte.

Doch zunächst mußte sie dieser Farce ein Ende bereiten. Indem sie alle Kraft ihres Willens sammelte, zeichnete Truth eine Glyphe in die Luft zwischen sich und dem dunklen Eroberer. Sie brannte, während Truth sie formte; ein berührbarer Silberknoten; Feuer gegen Eis.

»*Ich befehle dir, diesen Ort zu verlassen; herzugeben, was du an dich gerissen hast; beim Feuer und bei der Luft, bei der lebendigen und bei der toten Erde, beim Wasser und ...«*

Er ließ seine Hand niedersausen, und darin lag ein Schwert, das sie zuvor nicht gesehen hatte. Ihre Glype verschwand wie Rauch.

»*Am besten, du gehst zurück in deine Küche, Hexenmädchen; du hast deinen Meister in Quentin Blackburn gefunden! Beim blinden Azathoth und dem Schwarzen Christus: Eno, Abbadnio, Iluriel ...«*

Die Namen, die er nannte, flogen wie Insektenschwärme von seinem Mund auf, umkreisten Truth und schwächten mit Stichen ihre Glieder. Sie hatte nicht erkannt, wer er war, und jetzt war es zu spät: Wenn sie diesem Angriff nicht entkam, dann mußte sie für ihre Tollkühnheit den Preis bezahlen.

Noch einmal sammelte Truth ihre ganze Kraft, auch rief sie deren tiergewordene Erscheinungen zu sich: Hund und Wolf, Pferd und Hirsch. Die Aufmerksamkeit des Zauberers war für einen Augenblick von ihr abgelenkt: Er rang mit der Schlange, die er immer noch in seiner Hand hielt, und versuchte, die Macht des Tores in eine neue Waffe gegen sie zu verwandeln. Als er am wenigsten auf sie achtete, drehte Truth sich um und rannte los, auf ihren bloßen Füßen in den dichten Wald.

Sie hörte ein Krachen im Unterholz; kurz darauf sah sie den grauen Wolf, der mit ihr Schritt hielt. Der Wolf bedeutete Kraft, aber auch Gefahr; es war nie ausgeschlossen, daß er sich gegen sie kehrte, wenn sie Schwäche zeigte. Der schwarze Hund würde sich nie gegen sie wenden, doch dieser verläßlichere Diener würde auch nie unabhängig von ihr handeln.

Hinter ihr, so fühlte sie, sammelte sich die Dunkelheit, um zu einem neuen Schlag gegen sie auszuholen. Wenn Quentin Blackburn – dieser Name! – sie dem unstillbaren Hunger des Tors als Opfer hinwürfe, so würde er weitere Macht darüber gewinnen.

Und sie wäre tot.

Durch das Dickicht weiter vorn schimmerte etwas mondlichtweiß, und Truth warf sich gegen den Körper der weißen Stute, strich mit den Fingern durch ihre Mähne und ließ sich kraft der Flucht, die das Tier ihrer Seele nun aufnahm, auf ihren Rücken heben. Wenige Sekunden später – wenn etwas wie die Zeit für Ereignisse in der Anderwelt galt – hatten Truth und ihre Hüter sich aus dem dichten

Unterholz befreit und rannten endlich weiter über die freien Ebenen der Anderwelt. Schnell sprang Truth vom Pferd herab, verließ ihre Gefährten und kehrte zurück, die Wendeltreppe hinunter zur Körperlichkeit, hinunter in die gegenständliche Welt ...

Wycherlys erster Gedanke war, daß ihm nichts weh tat. Er war klug genug, daraus den Schluß zu ziehen, daß irgend etwas weh tun *müßte*, und ruhig liegen zu bleiben, bis er vollständig aufgewacht war und sich erinnern konnte, was.

Er lag in seinem Bett in der Hütte bei Morton's Fork. Die Sonne schien – behutsam schaute er nach seinem linken Handgelenk und drehte es so weit, daß er seine Armbanduhr sehen konnte. Es war der Tag, nachdem er ins Bett gegangen war – stellte er an der Datumsanzeige fest –, kurz nach Mittag. Sein Gesicht, sein Hals, seine Arme – alles fühlte sich steif und etwas wund an. Sonnenbrand, um sein Glück komplett zu machen.

Wo war Luned? Er konnte sich nicht erinnern, ob sie eigentlich hier sein sollte – oder was er ihr gestern gesagt hatte. Wahrscheinlich etwas Gräßliches – wenn er eine Tugend für sich in Anspruch nehmen konnte, so war es Beständigkeit.

Er wagte eine etwas anspruchsvollere Bewegung und wurde dafür mit einem Schmerz belohnt, der wie ein Sommerblitz durch seine Nerven zuckte. Gezerrte Muskeln vom Sturz gestern, vom Autounfall vorgestern. Wycherly grinste triumphierend, daß er sich an soviel erinnerte. Es war nichts Ernsthaftes, er war nur steif. Wenn er vorsichtig zu Werke ging, dann konnte er sich ohne allzu viele Schmerzen bewegen. Und er mußte prüfen, ob sein Fußgelenk – daran erinnerte er sich auch – sein Gewicht aushielt.

Er warf die Decken zurück und schaute an sich herunter. Sein Gelenk hatte die Größe einer jungen Wassermelone und war mit blauen und grünen Flecken übersät.

Er war sich doch nicht sicher, ob er darauf laufen könnte.

Das ist einfach ... hübsch, dachte Wycherly, über die Maßen verärgert. Allein, gefangen, bewegungsunfähig ...

Vielleicht war es nicht ganz so schlimm, wie es zunächst aussah.

Sehnsüchtig dachte er an ein Bad, heißes Wasser bis zum Hals, und frische, saubere Kleidung. Äußerst unwahrscheinlich, daß er dies in seiner ländlichen Idylle finden würde. Wycherly seufzte. Er wußte nicht recht, warum er es für eine so gute Idee gehalten hatte, hierzubleiben.

Weil du dich zu Tode säufst. Weil du gerade erst wieder ein Auto zu Schrott gefahren hast – ohne Versicherung und während deines Führerscheinentzugs. Weil du herausfinden mußt ...

Was? Wycherly schüttelte den Kopf. Welche Antworten auch immer er benötigte, hier würde er sie ganz gewiß nicht finden. In Morton's Fork gab es nichts als Armut, Krankheit und *nichts*.

Außer dem Hotel der Addams Family oben auf dem Berg.

Die ausgebrannte Schale des Wildwood-Sanatoriums – ihm erstaunlich gegenwärtig – war eine Sonderbarkeit in einer ansonsten wenig auffälligen Gegend, und Wycherly begrüßte alles, was ihn irgendwie ablenken konnte. Er fühlte sich, als hätte ihm jemand Sand unter die Haut gestreut, wie das Nashorn in Kiplings *Genau-so-Geschichten*. Wenn er Pech hatte, würde es bald nicht mehr nur Sand sein, sondern es wären Käfer – die Halluzination von Käfern unter seiner Haut, unter seiner Kleidung und überall an den Wänden ...

Mit aller Kraft riß er sich von dieser wenig erbaulichen Vorstellung los. Es mußte nicht soweit kommen. Nicht, wenn er aufpaßte und vernünftig war. Er konnte gleich damit anfangen, indem er aufstand.

Behutsam, bei jeder Bewegung ächzend und stöhnend, setzte sich Wycherly auf. Er hielt sich am Bettgestell fest, stellte sich auf den gesunden Fuß und verlagerte dann ganz langsam das Gewicht auf den kranken Fuß.

Sinnlos. Wycherly plumpste zurück auf das Bett und keuchte. Der Fuß würde ihn nicht tragen. Aber vielleicht, wenn er ihn wieder verband ...

»Hallo?«

Das war nicht Luned. Er lehnte sich vor, und durch die offene Zimmertür konnte er sehen, wie Sinah Dellon durch die unverschlossene Haustür hereinspaziert kam. Sie trug Shorts und eine leuchtende, ärmellose Bluse, und ihr sanftbraunes Haar war, ganz in kalifornischer Manier, unter einem Kopftuch zurückgebunden. Die runde Sonnenbrille mit Schildpattgestell gab ihr das Aussehen einer idealtypischen Hollywood-Schauspielerin.

Nein, nicht Hollywood ... Broadway. Das Wiedererkennen hatte ein beinahe greifbares Gewicht in seinem Bewußtsein.

»Wycherly?« rief Sinah wieder.

In dem Augenblick, als sie über die Schwelle trat, hatte Sinah das Gefühl, um fünfzig Jahre zurückversetzt zu sein. Es gab keinen anderen Ofen als ein riesiges, schwarzes, dickbauchiges Monstrum, und der Kühlschrank sah wie aus einem alten Film gestohlen aus. Seine Tür stand offen, und es schien nur Bier drin zu sein. Mechanisch ging Sinah hin und machte ihn zu. In der Hütte war es dunkel und erstickend heiß. Sie konnte Wycherlys Anwesenheit spüren, ein schwacher, schmerzgequälter Aufruhr.

»Hier«, rief Wycherlys Stimme.

Sinah drehte sich um und ging zur Schlafkammer. Sie ging auf Wycherly weniger zögerlich zu als am Vortag. Jede Ablenkung, und wäre sie noch so unangenehm, zog sie einem Zustand vor, in dem sie herumsaß und über Athanais de Lyon nachgrübelte.

Die Schlafkammer war winzig, mit frühen Sears-Roebuck Möbeln ausgestattet. Ein reich verziertes Messingbett beherrschte den Raum. Wycherly saß auf der Bettkante, ein Ende des Bettuchs über seine Mitte gebreitet. Sonnenbrand fleckte sein Gesicht und seinen Körper in unregelmäßigem Muster; es sah böse und schmerzhaft aus. Er starrte sie argwöhnisch an. Sie empfand ein so starkes Gefühl von Versagen, daß es sie würgte, eine lähmende Unzulänglichkeit. Seine Wirklichkeit brandete beharrlich gegen ihr Bewußtsein und schwemmte die Gegenwart von Athanais de Lyon aus ihr heraus.

»Ich wollte sehen, wie es Ihnen geht«, sagte Sinah. Sie nahm sich zusammen und näherte sich ihm so weit, daß sie nicht nur seine Gefühle, sondern auch seine Gedanken spüren konnte.

Zorn: *Blöde Kuh, kommt her und mischt sich ein.* Furcht: *Sie darf dich nicht in diesem Zustand sehen.* Haß: *Ich hätte es wissen müssen, so machen sie's immer.* Das einzige, was ihm ermöglichte, zusammen mit jemand anders auszukommen, war dasjenige, was er sich versagte: Alkohol.

Das Einfühlungsvermögen, das ihr Fluch war und ihre Gabe, griff, streckte sich nach ihm aus. Besser als jeder andere Mensch auf der Welt verstand Sinah, wie er sich fühlte.

»Mir geht's gut«, sagte Wycherly. Es folgte eine Pause. Sie beobachtete, wie er zu merken schien, daß das nicht alles sein konnte. »Es war nicht so schlimm, wie ich dachte.«

»Verstehe«, sagte Sinah und ging einen weiteren Schritt auf ihn zu. »Können Sie darauf stehen?«

Wycherly funkelte sie an und gab ihr, ohne es zu wissen, bereits die Antwort. Er hatte es bereits versucht und war gescheitert.

»Nun, es sieht so aus, als ob ich genau zur rechten Zeit gekommen wäre«, sagte Sinah mit einer Munterkeit, die sie nicht empfand. »Ich habe Ihnen ein paar Dinge mitgebracht, die Sie vielleicht brauchen können; Epsomer Bittersalz, etwas zum Einreiben ...«

»Holen Sie mir meine Sachen.« Wycherlys Stimme war ein rauhes, gebieterisches Bellen. Sinah blieb stehen.

»Behandeln Sie all Ihre guten Samariter so?« gab sie zurück.

»Hängt davon ab, was Sie vorhaben«, sagte Wycherly mürrisch.

Sinah lachte knapp. »Es muß Ihr Körper sein, denn es kann nicht an Ihrem freundlichen Naturell liegen. Lassen Sie uns einen Waffenstillstand schließen, okay? Sie brauchen Hilfe, und ich bin bereit, ein paar Stunden für den guten Zweck zu opfern. Und wenn wir das hinter uns haben, kümmert es mich nicht die Bohne, was aus Ihnen wird.«

»Jaah. Tut sowieso niemand.« Den Worten haftete eine Spur Selbstmitleid an, und sie konnte spüren, daß er dies keineswegs beabsichtigt hatte.

»Also, es tut mir leid, ja? Ich bin müde, und meine Knochen tun mir weh, und abgesehen davon paßt es mir nicht in den Kram. Ich wünschte nur, ich ...« Wycherly seufzte tief auf.

»Also, können Sie meine Sachen zum Anziehen bringen? Sie liegen irgendwo auf dem Boden.«

Sie lagen tatsächlich am Boden, am Bettende. Sinah hob die zerrissenen und schmutzigen Sachen widerwillig auf.

»Die hier?«

»Mehr habe ich nicht. Mein Gepäck ist nicht angekommen.«

»Im anderen Zimmer ist ein sauberes Hemd«, sagte Sinah und warf ihm die Hose zu. Sie ging in den anderen Raum.

Das Hemd war da, wo sie es gesehen hatte – früher mal ein hübsches Hemd, jetzt mit sorgfältigen Flicknähten versehen. Offensichtlich war Mr. Musgrave knapp bei Kleidung. Sie ging hinaus zum Jeep, um die medizinischen Mitbringsel und seinen zweiten Schuh zu holen. Wycherlys Gedankenstimme wurde immer leiser, bis sie nur noch ein entferntes Murmeln im Hintergrund war, wie ein von ferne grollendes Unwetter.

Daß sie so früh am Mittag hier war, hatte wahrhaftig nichts mit Selbstlosigkeit zu tun. Vielmehr spulte sich vor ihr ständig die Geschichte von Athanais Lyon wie ein schlechter Film ab, sie war *da*, und auch drei Jahrhunderte hatten ihre Habgier – oder ihre Grausamkeit – nicht mildern können. Obwohl ihre Feinde schon so lange zu Staub zerfallen waren, wollte Athanais noch immer Rache.

Und Sinah würde ihr Werkzeug sein.

Nein... Sinah drückte sich ihre klammen Finger an die Schläfen, schloß fest die Augen und lehnte sich an den Jeep.

Nachdem sie in der Kolonie von Maryland angekommen war, hatte sie fast ein Jahr gebraucht, um sich für ihren verlorenen Besitz schadlos zu halten. Und länger noch, um einen durch und durch verdorbenen Priester zu finden, den sie ihrem Willen gefügig machen konnte – einer, der die Lokaldialekte beherrschte und Verbindungen zu den Wilden im Westen hatte...

Eine Vision der Gebirge – nicht wie sie jetzt waren, sondern wie sie gewesen waren, als nur das Wild und die Tutelo die Bergwelt durchstreiften – brannte hinter ihren Augen.

»Schluß damit«, rief Sinah aus. *Ich bin ich. Ich bin ICH!*

Und wenn nicht, wer war sie dann?

Sinah holte tief Atem. War es das, was allen ihrer Art früher oder später widerfuhr? War es das, was ihrer Mutter widerfahren war? Sinah schloß die Augen und kämpfte gegen die Tränen an. Wenn man einsah, daß man Hilfe brauchte, dann sollte die Hilfe auch kommen. Aber wenn sie keine Hilfe in Morton's Fork fand, dann wußte sie nicht, wo sie sie sonst finden konnte.

Vielleicht nirgendwo.

Mittlerweile war der Gedanke, allein zu sein, unerträglich. Sie brauchte andere Stimmen, andere Gedanken, um diese Eroberin in sich zu ersticken – und ob es ihr paßte oder nicht, Wycherly Musgrave war der einzige Mensch in Reichweite.

6

Grausam wie das Grab

*Sie ist älter als der Stein, auf dem sie
sitzt; wie der Vampir
war sie tot manche Zeit und lernte
die Geheimnisse des Grabs;
und war Taucherin im tiefen Meer
und hält seinen gefallenen Tag über
sich ...*

WALTER PATER

Als Sinah in die Hütte zurückkehrte, hatte Wycherly seine Hose angezogen und stand in dem großen Zimmer, auf einen Stuhl gestützt.

»Sie sind ganz schön dickköpfig, stimmt's?« fragte Sinah mit einem Lächeln, um ihren Worten jede Spitze zu nehmen. Sein Schmerz und sein qualvolles Verlangen schlugen wie schwere Gischt an das Ufer ihrer Sinne.

»So sagt man«, sagte er schleppend. Er ließ sich auf einen Stuhl sinken und zog sein Hemd an.

»Ich kenne Sie, müssen Sie wissen. Ich habe Sie in New York in dem kleinen Off-Broadway-Dings gesehen. Sie spielten eine Frau...« Wycherly kämmte seine Haare mit beiden Händen nach hinten, das Hemd knöpfte er nicht zu. »Ich weiß den Namen der Rolle nicht mehr – aber Sie haben so ein ärmelloses rosa Kleid getragen...«

Ein unüberwindlicher Drang zu lachen stieg in Sinahs Brust auf. Es hatte keinen Sinn, sich zu ärgern, wenn Leute sie erkannten – nicht solange sie sich eine Arbeit ausgesucht hatte, bei der Bekanntheit Ziel und Schicksal war. Aber Wycherly Musgrave war wirklich der letzte, den sie für einen Fan gehalten hätte.

»Das war Adrienne. Sie haben das *Nullsummenspiel* gesehen. Es erstaunt mich, daß Sie sich daran noch erinnern – es wurde vor mehr als anderthalb Jahren abgesetzt«, sagte Sinah freundlich. »Der Film wird im Dezember herauskommen.«

»Ich erinnere mich an Sie«, wiederholte Wycherly. Er sah zur Seite, als ob er sich selbst in Verlegenheit gebracht hätte. »Sie haben gestern ja selbst gesagt, daß Sie Schauspielerin sind.«

»Das habe ich«, stimmte Sinah zu. »Und was treibt Sie nach Morton's Fork, Mr. Musgrave?«

Sie kannte die Antwort bereits – zumindest ebenso gut, wie er sie kannte, was aber nicht sonderlich gut war –, doch dies war nun einmal die Art unnötiger höflicher Fragen, die normale Leute einander stellten, gleichgültig ob sie an einer Antwort interessiert waren oder nicht.

»Ich dachte, es wäre ruhig hier«, sagte er, und unter seinen Worten schwang der Gedanke mit: ›*Ich kam wegen des Wassers nach Casablanca.*‹

Sie lächelte – über die unausgesprochene Antwort, nicht über die, die sie hören sollte. »Wenn Sie in dem Bach geendet wären, dann hätten Sie mehr Ruhe gehabt, als Ihnen lieb gewesen wäre«, sagte sie. *Vom Wasser gar nicht zu reden.*

Wycherly lächelte verzerrt und gab keine Antwort. Aber das brauchte er auch nicht. Die Worte erreichten so klar und deutlich ihr Bewußtsein, als ob er sie gesprochen hätte: *Und woher willst du wissen, daß mir das nicht lieb gewesen wäre?*

»Sind Sie sich sicher, daß Sie es hier allein aushalten?« platzte es aus Sinah heraus.

Wycherly drehte sich auf seinem Sitz um und starrte sie an, seine hellen Augen wolfsgelb im Dämmerlicht der Hütte. Unter dem Einfluß von Wycherlys Bewußtsein sah Sinah sich selbst so, wie er sie sah: als mögliche Bedrohung. Noch nicht einmal als Opfer oder Beute – damit konnte sie umgehen –, sondern als etwas, das keinen besonderen Wert für sein Leben hatte und ihm gleichwohl Schwierigkeiten bereiten konnte.

»Und sind Sie's?« sagte er und meinte: *Was, zum Teufel, glauben Sie, wer Sie sind, kleines Miss Filmsternchen? Sie glauben wohl, Sie nehmen auf meine Kosten an einer Real-Life-Serie über Möchtegern-Beverly-Hillbillies teil?*

»Nein«, protestierte Sinah, indem sie seinen Gedanken und nicht seinen Worten widersprach. »Ich brauche... nur Hilfe.«

Die Worte kamen schleppend über ihre Zunge, aber Wycherly Musgrave würde wieder nur Egoismus heraushören, wieder nur auf Egoismus antworten.

»Deshalb bin ich heute hergekommen.«

Auf einmal änderte sich alles, auch wenn Sinah nicht ganz verstand, warum. Verärgerung und Ungeduld wichen aus Wycherlys Bewußtsein, als ob es eine Schiefertafel wäre, die man nur zu wischen brauchte, und an ihre Stelle setzte sich das Empfinden einer umfassenden, unübersteigbaren Einsamkeit. Sie hatte etwas Falsches gesagt – sie, Sinah Dellon, die immer das passende Wort für den richtigen Moment wußte.

»Was ist denn das Problem?« fragte Wycherly scheinbar unbeschwert.

Ich weiß es nicht. Sinah setzte sich auf den anderen Stuhl und rang ihre Hände so fest, daß sie weh taten. Sie wollte nichts erklären – und wie konnte sie auch, wenn sie nicht Einblick in einen heillosen Nonsens geben wollte.

Spuk? Telepathie? Diese Dinge gehörten in aufwendig ausgestattete Sommer-Filmspektakel, nicht ins wirkliche Leben.

»Ist jemand hinter Ihnen her?« fragte Wycherly, nicht ohne Mitgefühl in seiner Stimme.

»Nein!« Die Frage war so überraschend – obwohl, alles in allem genommen, naheliegend –, daß ihre Antwort heftiger war, als sie beabsichtigt hatte.

»Ich meine...«

»Schon gut. Wenn Sie ein Fußbad machen wollen, dann müssen Sie Wasser erhitzen, wozu Sie Feuer im Herd machen müssen. Ich kann Ihnen zeigen, wie es geht«, sagte er. Jedes andere Thema war offenbar im Moment ausgeblendet.

Unter Wycherlys Anleitung füllte Sinah den Herd mit Holz aus der Vorratskiste und zündete den Anzünder an. Es war bereits stickig in der Hütte; die zusätzliche Hitze würde eine Sauna aus ihr machen.

»Ich bin hier geboren«, sagte Sinah unvermittelt beim Hantieren, sagte es so beiläufig, als spräche sie mit einem wilden Tier, das nichts verstehen konnte. »Irgendwo hier in Morton's Fork. Auf meiner Geburtsurkunde steht ›Hausgeburt, Morton's Fork, Lyonesse County‹. Also bin ich hierher zurückgekommen, als ich Gelegenheit dazu hatte.«

Schwaches Aufflackern eines Interesses bei dem Mannes hinter ihr.

Sie fand einen Wasserkessel auf dem Regal, setzte ihn auf den Herd und füllte ihn mit Wasser aus einem der Eimer, die neben dem Herd standen.

»Meine Mutter war tot – sie starb bei meiner Geburt. Ich bin in einer Pflegefamilie aufgewachsen. Meine Pflegeeltern haben mich nicht besonders gemocht. Ich kann es ihnen nicht übelnehmen; sie hatten ihre Gründe. Ich wußte natürlich, wo ich herstammte – ich habe diesen Ort auf einer Karte in der Bibliothek gefunden, als ich vierzehn war. Ich habe immer davon geträumt, hierher zurückzukehren, vielleicht Verwandte zu finden, aber ich wollte es mit Stil tun. Nun, Sie haben ja gesagt, Sie wüßten, wer ich bin. Alle Welt weiß, daß es bei mir zur Zeit gut läuft.«

»Warum dann die rührselige Geschichte?« fragte Wycherly. Das war brutal, aber sie hatte es von ihm erwartet. Die Reichen hatten Rührseligkeit und Gefühlsduselei satt, und Wycherly Musgrave, wie heruntergekommen auch immer, war einer von ihnen.

Einen Augenblick lang durchkreuzten die Visionen und Alpträume, die sie seit ihrer ›Heimkehr‹ gehabt hatte, ihre Gedanken wie Sommerblitze. Sie schüttelte den Kopf, kämpfte gegen sie an. Es gab keinen Rauch, kein Feuer – keine tote Hexe in ihren Träumen.

»Wie gesagt, ich dachte, ich würde in Morton's Fork Verwandte finden«, sagte Sinah mit ruhiger Stimme. »Sie wissen, wie es in diesen Bergdörfern zugeht – große Familien, die eng zusammenhalten. Selbst wenn ein paar von ihnen weggehen, so bleiben doch einige übrig. Und ich wollte Informationen über meine Vorfahren. Doch ...«

Plötzlich hatte sie einen Kloß im Hals. Sie hatte nun mehrere Monate gehabt, um sich daran zu gewöhnen; sie hatte nicht geglaubt, daß es sie immer noch so verletzen würde.

»Es gibt ein Problem«, sagte Sinah in einem erstickten Flüstern. »Niemand hier gibt zu, daß meine Mutter je gelebt hat. Sowie sie herausgefunden haben, daß ich ihre Tochter bin, haben sie mich ausgeschlossen. Warum? Was habe ich verbrochen? Was hat *sie* verbrochen?«

Hexe – Teufelskind – Ungeheuer ...

Sinah schloß plötzlich den Mund.

»Warum sehen Sie nicht mal nach, wo der Kaffee steht?« sagte Wycherly, als ob sie nicht gerade vor seinen Augen in Stücke ginge.

Während Sinah die Regale durchsuchte – Wycherly wußte weder, wo der Kaffee war, noch wie man ihn machte –, grübelte er über ihre Geschichte nach.

Sie ergab keinen Sinn.

Sinah Dellon war eine Broadway-Zigeunerin, die nun nach Hollywood weitergezogen war. Sie war keine Schönheit, mit diesem wilden Fuchsgesicht, das durch eine Kameralinse oder im Rampenlicht gesehen werden mußte, aber sie war attraktiv in dem Sinn, wie eine saubere, gesunde, ungeschminkte junge Frau es sein konnte, mit einer kreatürlichen, und nicht gesellschaftlichen, Offenheit. Sie sah – er suchte nach dem treffenden Wort – ›richtig‹ aus.

Aber dies hier war weder Hollywood noch der Broadway. Hier war Morton's Fork, ein Ort im geographischen Zentrum des absoluten Nirgendwo. Eine erfolgreiche Schauspielerin auf der Suche nach ihren Wurzeln? Nicht so wahnsinnig wahrscheinlich mit nur einem Film im Kasten.

Wycherly spürte den Keim eines wachsenden Interesses, das Aufleuchten der Anteilnahme in einer entstellten, leblosen Gefühlswüste. Es gab da etwas, das niemand wissen sollte – selbst der nicht, um dessen Hilfe sie bat.

Er mußte herausfinden, was es war.

Er dachte daran, Sinah um ein Bier zu bitten, entschied aber, damit noch ein Weilchen zu warten. Er wollte dies erst durchdenken.

Wahrscheinlich hatte sie nicht vor, ihn mit ihrem Ammenmärchen zu manipulieren. Was wäre der Sinn davon gewesen; er besaß nichts, was irgend jemand hätte haben wollen können, und er sah gewiß nicht aus wie der gesalbte Erbe – oder auch nur der unerwünschte Nutznießer – der Musgrave, Ridenow und Fields Investment-Gruppe und der heiligen Musgrave-Dynastie.

Nein, sie mochte ihn sozusagen wegen seiner inneren Werte. Wycherly lächelte spöttisch. Darüber würde sie früh genug hinwegkommen.

»Sie glauben also, daß es in der Vergangenheit Ihrer Mutter irgendeinen Skandal gab«, sagte Wycherly. »War sie verheiratet?« Wenn es irgend etwas gab, worin sich Wycherly auskannte, so war es die Architektur von alten Familienskandalen und gehüteten Geheimnissen.

»›Vater unbekannt‹, steht auf der Geburtsurkunde, aber ich glaube nicht, daß es das ist. Sie haben ...« Sie hielt inne. »Sie haben nicht mit ihnen zu sprechen versucht.« Sie hob müde die Schultern.

»Ich könnte es ja mal versuchen.«

Er sagte sich, daß er ihr dies nur anbot, weil er sich langweilte oder weil er später davon irgendeinen Vorteil haben könnte. Er kannte genug Schauspieler, um zu wissen, daß sich ihr ganzes Leben um Dramen und Selbst-Obsessionen drehte – und daß es ein Teil ihres Geschäfts war, daß sie einen genau das fühlen lassen konnten, was sie beabsichtigten.

»Ich kenne keinen von diesen komischen Einheimischen gut, aber«, er dachte an Luned, »sie haben sich bisher noch nicht dagegen gesträubt, mit mir zu reden.«

Sinah wandte sich zu ihm um, ein kleines Glas mit Kaffeepulver in der Hand.

»Ich wäre Ihnen dankbar«, sagte Sinah leise. »Für alles, was Sie tun können. Ob etwas dabei herauskommt oder nicht.«

Ihr Ernst irritierte ihn. *Bloß keinen Dank jetzt. Ich werde da nichts ausrichten.* »Keine Bange«, versicherte Wycherly ihr. »Es wird nichts herauskommen.«

Sinah fand zwei dicke weiße Porzellanbecher und füllte Instantkaffee und Zucker hinein. Sie wußte bereits, daß Wycherly seinen Kaffee so mochte, aber sie ermahnte sich doch, ihn zu fragen.

Das Wasser kochte schon, und Sinah goß mit dem Wasserkessel die Becher auf. Die Küche war heiß wie ein Ofen, ihre Kleidung klebte vor Schweiß an ihr und war rußverschmiert. Sie war Schlimmeres gewöhnt – einige der Umkleideräume hinter der Bühne waren schmutziger als dies hier – und heißer.

Sie ging mit dem halbleeren Eimer zur Tür und leerte ihn beinahe aus, bevor sie damit zu Wycherly zurückkehrte. Sie mischte darin Epsom-Salz und kochendes Wasser, bis sich das Salz aufgelöst hatte, und stippte zur Probe den Finger hinein. Das Wasser dampfte, aber es war erträglich.

»Hier«, sagte Sinah atemlos. »Warum tun Sie Ihren Fuß nicht ein Weilchen hier hinein und sehen, welche Wirkung es hat?«

»Sie machen wohl Scherze.« Wycherly klang wie eine beleidigte Katze.

Ohne auf eine verständigere Antwort zu warten, kniete sich Sinah vor ihn und rollte sein Hosenbein hoch.

»Vorsicht«, sagte Wycherly scharf. Die Möglichkeit eines Schmerzes schien ihn mehr zu beunruhigen als der tatsächliche Schmerz.

»Warum nehmen Sie nicht noch ein paar von den Schmerztabletten, die Sie gestern hatten? Wenn die Packung leer ist, habe ich auch noch Aspirin«, schlug Sinah vor.

»Sie sind in meiner Jacke in der Schlafkammer«, sagte er hastig.

»Okay, ich werde sie holen. Sowie Sie Ihren Fuß in den Eimer gestellt haben.«

Sie erwartete, daß er um sich schlagen würde – sie spürte, daß er das *wollte* –, aber erneut mischte sich die Wirklichkeit ein: Er kannte sie nicht so gut wie sie ihn, und also waren höflichere Umgangsformen angebracht. Eine kurze Pause folgte.

»Na schön.« Er senkte seinen Fuß in den dampfenden Eimer und zuckte zusammen. Trotz seiner schamlosen Übertreibung spürte Sinah, wie der Schmerz in seinem Fußgelenk nachließ.

»Sie brauchen auch Sonnencreme für Ihr Gesicht. Sie sehen ziemlich mitgenommen aus«, sagte sie.

»Zu freundlich«, murmelte Wycherly, im stillen über sie lachend.

Sinah ging in die Schlafkammer und fand nach nur kurzer Suche Wycherlys abgeschabte Lederjacke. Sie durchsuchte sie schnell und fand eine kleine, braune Flasche. Sie war fast voll, trug seinen Namen und seine Adresse sowie den Namen des Arztes und der Apotheke auf dem Etikett. *Für jemanden mit Verfolgungswahn hat er erstaunlich viel Vertrauen.* Sie schloß ihre Hand um die Flasche und versuchte, sich die Informationen nicht einzuprägen.

»Hier bitte«, sagte Sinah, als sie zurückkam. »Mit was wollen Sie sie einnehmen?«

»Der Kaffee tut's«, sagte Wycherly kurz. Er nahm die Flasche, entfernte den Deckel und schüttete sich mehrere Tabletten auf die Handfläche. Er warf sie sich in den Mund und spülte sie mit einem Schluck Kaffee hinunter.

»Der Kaffee ist natürlich schauderhaft«, fügte er hinzu, wobei er sie verstohlen anlächelte.

»Ich werde es der Köchin ausrichten«, sagte Sinah, setzte sich auf ihren Stuhl und trank von ihrem Becher. Er hatte recht; der Kaffee war nicht gut. Wahrscheinlich lag es am Wasser, auch wenn es lang genug gekocht hatte, um wenigstens steril zu sein. Sie trank ihn dennoch aus einer Art Trotz und dachte unbestimmt an Sonnencreme und eine Erweiterung von Wycherlys Garderobe.

›Ist's nicht über alle Tapferkeit hinaus, als König triumphierend durch Persepolis zu reiten.‹ Ein halb erinnertes Zitat aus seinen College-Tagen ging ihm durch den Kopf. Er fühlte einen merkwürdigen, unbehaglichen Anflug von zärtlichen Empfindungen gegenüber Sinah, ähnlich denen, die Luned in ihm weckte, nur nicht ganz so linkisch.

Sein Fuß stand immer noch in dem Eimer, auch wenn er kaum noch spürte, wie heiß das Wasser war. Sie saßen beide einträchtig schweigend in dem drückend warmen Zimmer, doch Sinah sagte nichts von Hinausgehen, wahrscheinlich weil Wycherly dazu nicht in der Lage war.

Jetzt, da der Filmstar vor Dankbarkeit ihm gegenüber triefte, würde sie es ihm kaum verübeln, wenn er sie um einen Sixpack Bier bat. Er könnte soviel trinken, wie er wollte, ohne sich dafür entschuldigen zu müssen. Er hatte einen Grund; er war verletzt. Morgen würde er es besser machen, aber jetzt ...

Hast du es nicht langsam ein bißchen satt, immer die Mitleidstour zu fahren?

Wycherly schüttelte den Kopf, wie um ein lästiges Insekt loszuwerden, doch die Stimme kam von innen, nicht von außen. Ja, in der Tat hatte er es satt. Also würde er sich keinen Drink genehmigen – oder wenn, dann nur eine Dose oder höchstens zwei.

Für jetzt. Für heute.

Allerdings glaubte er nicht, daß Abstinenz irgend etwas änderte. Er ging davon aus, daß die schwarze Bestie immer noch da draußen auf ihn wartete, gleichgültig was er tat oder nicht tat.

Und Camilla ebenso.

Er wollte an etwas anderes, irgend etwas denken.

»Sinah?«

Mühsam richtete er seine Gedanken auf Sinahs Probleme. Sie ergaben ein interessantes Puzzle. Was für ein Verbrechen konnte Athanais Dellon begangen haben, daß ihre uneheliche Tochter gut zwei Jahrzehnte später dafür verfemt wurde?

»Ja?« Sie sah von ihrem Kaffee auf. Wycherly versuchte sich zu erinnern, was in diesem merkwürdigen gesellschaftlichen Tanz als nächstes an die Reihe kam. Nach einem Augenblick fiel es ihm ein.

»Wie alt sind Sie?«

Sie lächelte, und auf ihren Wangen zeigten sich Grübchen. »In Wirklichkeit? Oder für meine Biographen?«

»Die Wahrheit – ich werd's nicht weitersagen.« Das Fußbad hatte geholfen, so ungern er es auch zugab, und jetzt spürte Wycherly, wie die Tabletten jene Schmerzkrallen, die in seinen Fuß gegraben waren, stumpf machten. Sie halfen nicht gegen die Bestie, aber gleichwohl, er konnte es sich im Moment leisten, wohlwollend zu sein.

»Ich werde achtundzwanzig in diesem Jahr«, sagte Sinah. »Ich habe am 14. August Geburtstag – stimmt was nicht?«

Die Erwähnung des Datums ließ ihn sich abwenden, als ob ihm jemand mit einer Ohrfeige gedroht hätte. Einen Augenblick lang war nur das Brüllen des Wassers und der erstickende Dunst vom Fluß gegenwärtig.

»Es ist auch mein Geburtstag. Jemand ist an diesem Tag gestorben«, sagte Wycherly zusammenhangslos.

War er es? Es schien ihm durchaus möglich, daß er die letzten vierzehn Jahre in einer besonderen Art von Hölle gelebt hatte.

»Entschuldigen Sie, aber ... sie haben doch gerade an etwas Bestimmtes gedacht, nicht wahr?« fragte Sinah und beobachtete sein Gesicht.

»Ich glaube, ich weiß, wo Sie geboren wurden«, sagte Wycherly. *14. August 1969. Das Jahr des Wandkalenders dort.*

Hier. In diesem Haus. In demselben Bett, in dem ich geschlafen habe.

»Ich weiß nicht, wieviel Sie selbst davon wirklich glauben«, begann Wycherly, »aber Luned und Evan Starking – die beiden Geschwister unten im Laden – haben auf mich den Eindruck gemacht, als ob sie mich für den neuen Hexenmeister hielten, der die Stelle der alten Hexe einnimmt.«

Auf sein Drängen hin hatte Sinah ihm noch einen Becher des scheußlichen Kaffees gemacht, und sich selbst hatte sie ein großes Glas lauwarmen Apfelwein eingeschenkt.

»Sie haben nicht viel über sie geredet – aber als ich einen Ort zum Übernachten mieten wollte, haben sie mir ihre Hütte gegeben. Ihr Name war Rahab, nicht Athanais, und die Hütte war an die dreißig Jahre lang verlassen – Sie können das da oben an dem Kalender sehen –, aber wer immer hier gewesen war, ist gegangen – gestorben, verschwunden, was immer – und hat alles zurückgelassen, bis auf das Bettzeug auf dem großen Messingbett.«

Sinah starrte ihn unsicher an. Sie wollte ihm glauben, das merkte er. Aber es schien ihr fast zu glatt und passend, ihm nicht minder, so daß man ihr keinen Vorwurf machen konnte, wenn sie mißtrauisch war.

»Das ist nur schwer zu ... Warum Sie?« sagte Sinah wie auf Stichwort.

»Wie gesagt, sie glauben, ich bin der Nachfolger. Es liegt an meinen Haaren. Rot.« Er zeigte auf seine struppige, ungekämmte Mähne.

»Und alle Hexen haben rotes Haar«, gab Sinah zurück, wobei sie aus einem halb vergessenen Sagenschatz zitierte.

»Hexen, Judas Ischariot ... alle guten Leute. Aber dieser besonders prachtvolle Schlupfwinkel scheint allen lokalen Unglücksbringern vorbehalten zu sein, und so bin ich auch hier gelandet.«

»Und alles war noch da?« fragte Sinah ungläubig.

»Kleidung, Konserven – alles. Das meiste ist immer noch hier, oder glauben Sie, daß ich alles mitgebracht hätte, als ich in die Hütte kam?«

Wycherly unterbrach sich, bevor er zuviel ausplauderte. Diese Frau konnte von den Umständen seiner Ankunft in Morton's Fork nichts wissen – überhaupt nichts über seine Vergangenheit. Und dabei wollte er es auch belassen.

Sinah schüttelte den Kopf, sie hörte nicht recht zu. »Alles noch hier? Niemand hat irgend etwas mitgenommen?«

»Wie bei der *Marie Celeste*. Aber ich glaube, sie hatten Angst davor. Genauso wie sie Angst davor haben, mit Ihnen zu reden.«

»Und dabei haben sie Sie noch nicht einmal kennengelernt.« Sinah brachte den schwachen Schimmer eines Lächelns zustande. »Darf ich mich umsehen?«

»Klar. Sie werden nicht viel finden. Die Kleidung ist weggeschafft worden – ich glaube, eines Ihrer Familienerbstücke habe ich der Haushaltshilfe gegeben«, fügte Wycherly hinzu. Er dachte an die Silberdose, die er Luned überlassen hatte.

»Das macht nichts. Ich will nur *wissen*«, sagte Sinah. *Ich will die Wahrheit über mich selbst wissen – über meine Familie.*

»Vielleicht auch nicht.« Zur Überraschung beider streckte Wycherly seine Hand aus und legte sie auf ihre. »Familien machen einen nur krank – seien Sie froh, daß Sie keine haben. Und Geheimnisse sind nicht ohne Grund verborgen.«

Es wäre nur zu einfach, Wycherly Musgrave gern zu haben, dachte Sinah bei sich. Der leichte Charme wurde normalerweise als *ihre* Domäne angesehen, aber Wycherly besaß ihn – wenn er davon Gebrauch machte. *Hier also wurde ich geboren*, dachte sie und sah sich mit neu erwachter Neugier in der Küche um. *In der Hütte der einheimischen Hexe.*

Schwarze Magie oder nicht, sie konnte nicht glauben, daß es die Hexerei ihrer Mutter war – ob wirklich oder nur eingebildet –, was die Dorfbewohner gegen sie aufgebracht hatte. Seinen Worten zufolge glaubten die Starkings ja, daß Wycherly okkulte Kräfte hätte, und daraufhin hatten sie ihm das nächstgelegene Spukhaus vermietet und waren ihn um Zaubermittel angegangen.

Wenn sie also nichts gegen Hexen hatten, was *konnte* Athanais Dellon vor achtundzwanzig Jahren getan haben, um buchstäblich jeden Bewohner von Morton's Fork in Angst und Schrecken zu versetzen? Warum gaben sie noch nicht einmal zu, daß sie überhaupt gelebt hatte?

Warum? *Warum?* WARUM?

»Wie gesagt, tun Sie sich keinen Zwang an. Schauen Sie sich nur um«, sagte Wycherly.

Die Innenräume der mit einem Blechdach gedeckten Hütte waren heiß wie ein Backofen, doch Wycherly schien das nicht wahrzunehmen. Statt dessen zog er sein Hemd enger um sich, als ob er fröre.

Sinah warf einen kurzen Blick zurück, wie um sich seiner Erlaubnis noch einmal zu versichern, dann ging sie in Richtung Schlafkammer und öffnete die Tür.

In dem kleinen Raum wetteiferten Spiegel- und Waschtisch sowie das Nachttischchen mit dem geschwungenen Messingbett um die geringe Stellfläche. Auf dem Boden lag ein handgeknüpfter Flickenteppich, der mit der Zeit weich und farblos geworden war.

»Nur zu«, ermunterte Wycherly sie vom anderen Zimmer aus. »Mir gehört nichts von alledem außer der Schultertasche und dem Rasierzeug.«

Sinah nickte, als ob er ihren Verdacht bestätigte. Eine Minute später rief sie zurück: »Sie haben sonst kein Gepäck mit hergebracht?«

»Ich hatte nicht vor, hier zu bleiben«, sagte Wycherly. Sie hörte Wasser plätschern, als er seinen Fuß aus dem nun lau gewordenen Fußbad hob. Fast widerstrebend begann Sinah, die Schubladen aufzuziehen.

Eine Flasche eines Allheilmittels, das längst verdunstet war. Nähzeug. Bedeutungslose Fetzen ausgeblichenen Papiers. Ein Bleistiftstummel. Die größte Trouvaille war eine Postkarte vom Wildwood-Sanatorium, ein handkoloriertes Foto, auf dem das große Gebäude in all seiner Pracht abgebildet war, ein Shangri-La in den Wäldern der Appalachen. Neben diesen paar Zetteln gab es nichts – keine Erinnerungsstücke, keine Fotos, keine persönlichen Papiere.

»Keine Bibel.« Sinah stand am Fußende des Bettes und wischte sich die Stirn mit dem Handrücken. Ihr ärmelloses Baumwollhemd war von der Hitze und der Feuchtigkeit so anschmiegsam geworden, daß es nun eng an den schlanken Kurven ihres Körpers anlag.

»Bibel?« fragte Wycherly.

Während sie suchte, hatte er seinen Stuhl zur Tür gezogen, um besser sehen zu können, was sie anstellte.

»Jeder Haushalt in dieser Gegend hat eine Bibel. Ich bin in Gaithersburg aufgewachsen, und wir hatten eine. Das ist hier die Heimat von Billy Sunday – es gibt hier immer noch Erweckungen. Wollen Sie behaupten, derjenige, der hier gelebt hat – ob Hexe oder nicht Hexe –, hatte keine Familienbibel bei sich zu Hause?«

»Vielleicht verbrannt«, sagte Wycherly. »Vielleicht hat Luned sie mitgenommen.« Nach seiner Stimme zu urteilen, fand er die Frage nicht sonderlich interessant.

»Ich glaube nicht, daß sie das getan hätte«, sagte Sinah hartnäckig. »Aber die Bibel ist nicht mehr da.«

»Sie sind herzlich eingeladen, alles zu durchstöbern. Schieben Sie die Möbel hin und her. Suchen Sie nach Falltüren und geheimen Wandfächern, wenn Sie mögen«, sagte Wycherly gedehnt.

Er ertrug sie mit Geduld und Fassung – nun, das war immer noch besser als Haß, wenn sie die Wahl hatte.

»Kartoffelkeller!« rief Sinah aus.

Luned hatte den Keller am Abend seiner Ankunft erwähnt – etwas, woran sich Wycherly erst erinnerte, als er Sinah zusah, wie sie das Linoleumstück fortzog, das den größten Teil des Bodens im anderen Raum bedeckte. Darunter kamen die ursprünglichen Bodendielen der Hütte zum Vorschein, grau von Staub und Dreck. Nachdem der Linoleumbelag beseitigt war, konnte man leicht die Umrisse einer Falltür im Holzboden erkennen.

»Wahrscheinlich voll von Spinnen«, sagte Wycherly ermutigend.

Sinah überhörte ihn und hob die Tür an. Ein modriger Geruch stieg aus der Öffnung auf. Er erinnerte ihn lebhaft an seine Erforschung des Sanatoriums.

»Sieht dunkel aus«, sagte Sinah. Wycherly schnaubte vielsagend.

Sinah kniete neben dem Loch und sah mit Hilfe einer angezündeten Öllampe hinein. »Es ist kleiner als die Hütte. Sieht aus, als bestünden die Wände nur aus festgestampfter Erde. Der Boden tut es jedenfalls. Ich wette, es hat hier früher irgendwo eine Leiter gegeben; sie haben den Keller offenbar als Vorratsraum benutzt, zumindest bevor das Linoleum drübergelegt wurde. Ich sehe ein paar Regale... ich gehe mal runter.«

Sie stellte die Lampe neben sich auf dem Boden ab und stand auf.

»Wie denn?« fragte Wycherly. »Ich kann Ihnen nicht helfen.« Er schwang die abgelegte Bandage drohend durch die Luft. Sorgfältig begann er, sein Fußgelenk damit zu verbinden. Wenn er den Verband nur fest genug machte und eine Stütze hätte, dann könnte er wahrscheinlich gehen. Aber das war meilenweit von solchen athletischen Übungen wie das Klettern in den Keller entfernt. Es gab keine Leiter im Keller, und wäre eine dagewesen, so hätte Wycherly ihr nicht vertraut.

»Ich glaube, ich kann einfach hinunterspringen«, sagte Sinah. »Wenn Sie herkommen können, dann können Sie mir die Lampe reichen, wenn ich ...«

Während sie sprach, setzte sie sich an den Rand der Luke und hängte ihre Beine hinein. Sie hielt sich am Rand fest, ließ sich langsam hinunter, hing einen Augenblick lang nur noch an den Fingerspitzen, dann ließ sie sich fallen. Wycherly hörte ihr Ächzen, als sie aufkam.

Einen kurzen Moment lang gab er sich mit dem Gedanken ab, die Falltür wieder zu schließen und sie im Dunkel zurückzulassen, einfach weil er die Macht dazu hatte. Er wies die Idee sofort mit Ekel von sich und zog einen Küchenstuhl zur Öffnung.

Vorsichtig reichte er die Lampe in die Dunkelheit hinunter, dann ließ er einen Stuhl nachfolgen. Sinah stellte die Lampe auf den Stuhl. Der Keller war jetzt gut beleuchtet. Wycherly sah hinunter.

Wie sie gesagt hatte, bestanden die Wände aus festgestampfter Erde. Winzige Wurzeln bildeten ein dunkles, an Arterien erinnerndes Flechtwerk, und an einer Wand ragte die große Pfahlwurzel eines vor langer Zeit gefällten Baumes heraus wie die gewundene Gestalt eines nur flüchtig zu sehenden Meerungeheuers.

An einer Wand standen schlichte Ziegel-und-Bretter-Regale, vollgestellt mit Einmachgläsern. Ein paar waren zersprungen, aber das war so lange her, daß der ausgelaufene Inhalt sich zu Staub verflüchtigt hatte. Auf der gegenüberliegenden Seite stapelten sich die schwarzen und verrotteten Überreste von etwas, das früher einmal Pappschachteln gewesen sein mußten. Welchem Zweck er auch immer gedient haben mochte, der Keller war seit Jahrzehnten nicht mehr benutzt worden.

»Ich hab' etwas gefunden.« Sinahs Stimme klang erregt. »Ein Metallkasten. Er ist schwer.«

Sie schob ihn in Wycherlys Gesichtsfeld. Es war ein kleiner Kasten, etwa von der Größe eines Lexikonbandes, und seine Oberfläche erschien mattgrau. Sinah mühte sich mit dem geschwärzten Verschluß ab – doch der Kasten war mit einem zusammengedrehten Kupferdraht umwickelt, der zu einem unbeweglichen, schwarzen Metallklumpen korrodiert war.

»Sie müssen ihn hier hinaufbugsieren, wenn Sie ihn öffnen wollen«, sagte Wycherly.

»Ich kann ihn ja nicht mal heben«, widersprach Sinah.

»Haben Sie ein Abschleppseil in Ihrem Auto? Wir können es damit machen.«

Nachdem der Jeep in Position gebracht war, machte Sinah mittels des Stuhls noch einige Klettertouren hinunter und wieder herauf und verankerte das Abschleppseil. Es war spät am Nachmittag, als Sinah den Jeep vorsichtig von der Hütte fort und den Berg hinuntersetzte und auf diese Weise mit dem Seil den Kasten aus dem Keller hievte. Wycherly saß unbequem auf dem Boden nahe der Falltür und paßte auf, daß das Seil, das sie um den Kasten gebunden hatte, nicht riß. Mit einer Brechstange aus dem Cherokee wollte er den Kasten über die Kante heben.

Er spürte jeden einzelnen Muskel in seinem Rücken und in seinen Schultern, als er den Kasten anhob. Sowie dieser auf dem Boden gelandet war, winkte er wild zum Jeep hin und hörte, wie Sinah den Motor abstellte.

Bis sie bei ihm war, hatte er das Seil gelöst und mit dem Brecheisen den umwickelten Draht aufgebrochen.

»Er ist aus Blei«, sagte Sinah.

Sie triefte vor Schweiß und war bedeckt vom Kellerstaub. Das honigfarbene Haar, dunkel von der Feuchtigkeit, klebte ihr an Stirn und Nacken. Sie sah wirklicher aus als je zuvor, und Wycherly spürte, wie etwas kurz in ihm entflammte und dann wieder erlosch.

»Blei oxydiert nicht«, sagte Wycherly. »Wer immer diesen Kasten gemacht hat, er wollte jedenfalls den Inhalt vor dem

Verderben schützen.« Er zog an dem Schließhaken und öffnete dann sachte den Deckel.

Zu ihrer Enttäuschung enthielt der Kasten nur ein paar kleine Gegenstände.

Ein Messer, etwa fünfzehn Zentimeter lang. Der Griff war aus einem Stück Geweih, die Schneide bestand jedoch aus Stein, nicht aus Stahl – sorgfältig geschliffener Feuerstein, mit Öl poliert.

Ein Foto in einem angelaufenen Silberrahmen. Es war sehr alt – die Frau auf dem Bild hatte das grimmige, fahläugige Aussehen der Menschen auf den frühesten Porträtfotografien, den gefangenen Blick eines wilden Wesens, das in der Falle sitzt – doch das Gesicht auf dem Bild war erkennbar das von Sinah selbst.

»Ich hatte recht. Dies scheint die Hütte Ihrer Familie gewesen zu sein«, sagte Wycherly. Doch der Kasten enthielt nicht so sehr die Lösung eines Geheimnisses als vielmehr die Vertiefung davon.

»Das gefällt mir nicht«, sagte Sinah zögernd.

»Hart«, sagte Wycherly und gab ihr das Foto in die Hand. »Sie wollten es wissen. Ich habe Ihnen ja gesagt, daß es Ihnen nicht gefallen würde, was Sie finden.«

»Sie können nicht die ganze Welt nur nach Ihrer Erfahrung beurteilen«, protestierte Sinah.

»Kann ich nicht?« sagte Wycherly. Er nahm den letzten Gegenstand aus dem Kasten.

Mit der modernen amerikanischen Leidenschaft für alles, was mit indianischer Spiritualität zu tun hat, ließ er sich mühelos als Medizinbeutel identifizieren: ein Beutel aus Leder, mit Perlen bestickt, wie ihn Mitglieder von schamanischen Kulturen überall in der Welt trugen, um darin Amulette und Talismane aufzubewahren oder auch andere Dinge mit animistischer Heilkraft.

Der Medizinbeutel, seit unvordenklichen Zeiten vertrocknet und brüchig geworden, knisterte zwischen Wycherlys Fingern. Das Leder war nun dunkel bernsteinfarben, aber einst war es weiß gewesen. Auf der Vorderseite, mitten unter aufgestickten Saatkörnern und Stacheln vom Stachelschwein, befand sich ein eindeutig europäischer Ohrring, ein funkelnder grüner Stein in einer Goldfassung mit Perlen.

»Wo hatte sie den her? Warum hat sie ihn aufbewahrt?« Von einer Gefangenen der Indianer? Von der Frau eines Pioniers? Wycherly erwartete keine Antwort auf seine Fragen.

Die Geschichte, die dieser Beutel symbolisierte, würde wahrscheinlich nie erzählt, aber, ebenso wie alle anderen Staaten der USA, war Virginia einst Indianerland gewesen, bevor der anschwellende Strom weißer Siedler die ersten Bewohner des Landes immer weiter nach Westen trieb, bis es schließlich keinen Ort mehr gab, wohin sie noch ausweichen konnten.

»Da ist etwas drin.« Die Öffnungsklappe war zugenäht, aber das Garn löste sich fast in dem Moment auf, als Wycherly seine Finger darunter schob. Ein gefaltetes Papier befand sich darin.

Das ist meins! Nur jahrelange Übung in eiserner Selbstdisziplin, mit der sie ihre Gabe stets zu verbergen versucht hatte, hielt Sinah nun davon ab, ihm den Beutel aus der Hand zu reißen. Der Geist in ihrer Haut *kannte* diesen Zettel – hatte ihn ihrem Schicksal zum Trotz hartnäckig getragen, lange nachdem alle Hoffnung begraben war.

Aber jetzt habe ich noch einmal eine Chance. Jetzt endlich ...
»Geben Sie ihn her«, sagte Sinah barsch.
»Sieht zerbrechlich aus«, kommentierte Wycherly.
»Geben Sie ihn her.«
Ohne Einwand übergab Wycherly Sinah den Beutel.

Sinah mußte sich beherrschen, um den Beutel nicht zu beschädigen. Viele Jahre waren vergangen, seit sie – sie? – ihn zuletzt in Händen gehalten hatte. Mit zitternden Händen zog sie den Zettel heraus, ein mehrfach gefaltetes Blatt Pergament. Es zerbrach in Stücke, als sie es auffaltete, und die Ränder fielen ab wie Asche. Sie legte die Teile auf den Boden und ordnete sie wie ein Puzzle. Ein süßlicher Geruch von verrottetem Leder breitete sich in der überhitzten Hütte aus.

Hier, ja, hier – so nah, die ganzen Jahre meines Lebens! Sieh, Blut von meinem Blut. Sieh, was dich erwartet ...

»Es ist... ein Horoskop«, sagte Sinah verblüfft.

Ausgebreitet nahm das Pergament eine Fläche von etwa einem halben Quadratmeter ein. Es war in verschiedenfarbiger Tusche beschrieben, die kaum der Zeit standgehalten hatte. Die Form des Horoskops – die sich überschneidenden Kreise mit der Unterteilung in zwölf keilförmige Segmente, von denen jedes für ein Haus des Tierkreises stand und mit astrologischen Bemerkungen versehen war – war nicht zu verkennen.

»Das – und noch etwas anderes«, sagte Wycherly. Nur die Hälfte des Blatts war mit dem Horoskop ausgefüllt. Die andere Hälfte schien eine grob verzerrte Karte der Ostküste der Vereinigten Staaten zu sein, mit eingetragenen Längen- und Breitengraden sowie...

»Das ist ein Drachenkopf – und hier haben wir den Drachenschwanz«, sagte Wycherly und zeigte mit dem Finger darauf. »Geomantie. Ich kenne nur die Symbole – eine Art Wahrsagerei, glaube ich. Ich bin mir nicht ganz sicher.«

Sinah hockte sich auf die Fersen, benommen von dem, was in ihrem Kopf vorging, ein Kampf gegen eine gespenstische Habgier, die sich erneut ans Sonnenlicht vorwagen wollte. Jetzt, da sie wenigstens ein paar Informationen hatte, fühlte sie sich von Antworten weiter entfernt denn je. Ein Foto und ein paar alte Schnipsel von irgendeinem Unglückszauber ließen sich kaum zu einer vollständigen Biographie zusammenfügen. Und sie erklärten auch nicht das reptilhafte Wesen, das sich unter der Oberfläche ihres Bewußtseins wand.

Nervenzusammenbruch, dachte Sinah schlicht. Sie war davon überzeugt, daß viele einer solchen Diagnose zustimmen und sie entsprechend behandeln würden. Nur glaubte sie nicht daran.

Reinkarnation? Der Beutel und die anderen Gegenstände in dem Kasten schienen darauf hinzudeuten, daß er einem ihrer Ahnen gehört hatte. War sie dazu verdammt, nun ihre Kräfte nach innen zu wenden, die Gedanken anderer auszuschließen, wie sie es sich gewünscht hatte, um nur noch dem Stimmenchor ihrer Vorfahren lauschen zu müssen?

Ist daran meine Mutter gestorben? Und alle anderen?

Immer noch die Wildledertasche haltend, griff sie nach Wycherlys Hand.

Sie war schwielig, was sie überraschte, und sie spürte die heißen, wunden Stellen auf der Haut, die bedeuteten, daß neue Blasen entstanden. Doch seine wilden Bedürfnisse und erstickten Leidenschaften strömten ohne Aufhalten in sie hinein und drängten die andere ...

Marie Athanais Jocasta de Courcy de Lyon, zu deinen Diensten, heimtückische Hure.

... zurück, fort von der oberen Ebene ihres Bewußtseins, auf daß sie eine unter den vielen anderen gestohlenen Seelen, verborgen in Sinahs Erinnerung, wurde.

»Ja, es ist alt«, sagte sie unsicher, immer noch Wycherlys Hand haltend. »Teile von Virginia sind Anfang des 18. Jahrhunderts besiedelt worden, aber ...«

»Aber die Gründerväter sind nicht mit Horoskopen in indianischen Medizinbeuteln herumgelaufen, was immer Sie in Ihren Schulbüchern über Thomas Jefferson gelesen haben mögen. Und das ist zwar alles spaßig, aber es bringt Sie keinen Schritt näher zu dem, was 1969 geschah«, stellte Wycherly giftig fest.

Sinah legte die Teile des Pergaments wieder zusammen und steckte sie zurück in den Beutel. Sie zog sich die Trageschnur über den Kopf und ließ den Beutel auf ihrer Haut ruhen. Juwelen, einer Häuptlingstochter würdig, *ihrer* Tochter ...

Und diesen judashäuptigen Trunkenbold, mit seinem Geld und seiner Familie, den kann ich mir als Luxushündchen halten ...

Der Gedanke war von einer eisigen Rücksichtslosigkeit begleitet und ließ Sinah schaudern. Sie war nicht gegangen, nicht verbannt – Athanais war zu mächtig und listig, als daß sie sich von geborgtem Schmerz hätte vertreiben lassen. Sinah kippte nach hinten, als sie sich festhalten und ihr Gleichgewicht wiederfinden wollte; doch Wycherly umschloß unwillkürlich ihre Hand fester, die er immer noch hielt.

Sie starrte ihn an und sah, wie sich der wilde Ausdruck ihres Blicks in seinem spiegelte.

»Schwindelanfall«, krächzte Sinah. Ihre Stimme hörte sich wie die einer Fremden an. Und darin hörte sie zu ihrem Schrecken anstatt des breiten Akzents von West Virginia, den sie mit solcher Mühe aus ihrem Sprechen getilgt hatte, den unvertrauten, nuschelnden Akzent einer fernen, lange vergangenen Zeit. Als ob die fremde Kraft, die ihren Geist in Besitz genommen hatte, nun weiter auf ihren Körper übergriffe.

»Schöner Schwindelanfall«, stimmte Wycherly sachlich zu und ließ ihre Hand los. »Ich bin hier derjenige, der für solche unvorhergesehenen Zusammenbrüche zuständig ist, vergessen Sie das nicht.«

Sie sind fast in dem Bach unter der Ruine ertrunken. Was ist Ihnen da oben passiert, Wych? Warum sind Sie gestürzt? Sinah hielt in ihren Fragen inne, denn sie zu stellen hätte ihm das Recht gegeben, ebenfalls Fragen zu stellen, und Sinah wagte sie nicht zu beantworten – weder mit Lügen noch ohne.

»Okay«, sagte sie. »Ich bin wieder okay.«

»Die christlichen Antworten, die Sie suchen, sind wahrscheinlich in den Schachteln da unten«, sagte Wycherly. »Das heißt, wir brauchen eine Art Indiana Jones, um irgendeinen Sinn in die Sache zu bekommen – wahrscheinlich ist das Zeug längst verrottet.«

Sinah sah ihn so verzweifelt an, daß er ihr etwas zum Trost sagen wollte. Er hielt Ausschau nach etwas, das sie ablenken könnte.

Auf dem Boden im Inneren des Kastens stand etwas geschrieben. Die Inschrift war so frisch wie an dem Tag, als sie eingraviert worden war, glänzend silberne Buchstaben, die von der dunklen Umgebung abstachen, geschrieben in einer moderneren Handschrift als auf dem Pergament. Moderner auch als die Perlenverzierung auf dem Beutel. Jetzt, da der Kasten leergeräumt war, konnte man die Zeichen deutlich sehen – eine zweckmäßige Anordnung von Symbolen, so prägnant wie ein Befehl. Wycherly hatte die Symbole vor kurzem schon einmal gesehen.

Er empfand einen schwachen Widerwillen – er hatte sich entschlossen, alles, was er in Wildwood gesehen hatte, für eine besonders lebendige Halluzination zu halten. Durch den unbestreitbaren Beweis des Gegenteils kam er sich nun irgendwie betrogen vor.

»Das stammt aus...«, begann er stockend. »Oben aus Wildwood. Es gibt da ein Kellergeschoß mit einer Art Altar. Er hat die gleichen Symbole.«

7

Züge eines tiefen Verlangens

*Setze mich wie ein Siegel auf dein Herz
und wie ein Siegel auf deinen Arm.
Denn Liebe ist stark wie der Tod;
Eifersucht ist grausam wie das Grab.*
DAS HOHELIED SALOMOS

Wycherly lehnte sich in der großen, in den Boden eingelassenen Badewanne zurück und überließ sich ganz dem sinnlichen Vergnügen. Wie alle anderen Räume in dem renovierten Schulhaus hatte Sinah Dellon auch das Bad verschwenderisch ausstatten lassen. Es hatte Buntglasfenster, hängende Farne, eine Sauna, Wärmelampen, eine geradezu professionell ausgeleuchtete Spiegelwand. Und die Badewanne hatte eine Whirl-Vorrichtung und reichte leicht für zwei Personen.

Ein durchaus uneigennützig boshafter Wunsch, sich einzumischen, hatte Wycherly zu dem Hinweis bewogen, daß möglicherweise in dem Sanatorium sich weitere Antworten finden ließen. Sinah war einverstanden, am nächsten Morgen hinzugehen, und schlug umgekehrt vor, er sollte die Nacht in ihrem Haus verbringen, das weiter oben am Berg lag. So könnten sie noch zeitiger aufbrechen. Mit Bandagen, Eiswickeln und genügender Nachtruhe wäre Wycherly morgen vielleicht sogar wieder fähig zu laufen.

Er mußte zugeben, daß es sich hier angenehmer übernachten ließ als in seiner überheizten, luftarmen Hütte. Das einfache Leben war schön und gut, wenn man zu den Leuten gehörte, die glaubten, daß Entbehrung innere Reinheit erzeugte, doch Wycherly gehörte nicht zu ihnen. Er verband mit Askese lediglich eine Reihe nur halb freiwilliger Einkerkerungen infolge von Therapieprogrammen, und er hatte sie nie sonderlich gemocht. Sinah mußte irgendwo etwas Alkoholisches haben.

Er unterbrach seine automatische Lagebeurteilung und grinste säuerlich über das Gewohnheitsmäßige seiner Gedanken. Er wollte das nie wieder tun, richtig? Ein paar Bier – gerade genug, um die schwarze Bestie einzulullen und fliegende Mäuse in Schach zu halten –, aber kein *ernsthaftes* Trinken mehr.

Es kam Wycherly zum ersten Mal in den Sinn, daß mit dem Tod seines Vaters jene Tage der Vergangenheit angehören würden, in denen er gezwungen war, Orte wie das Fall-River-Sanatorium aufzusuchen, um den regelmäßigen Geldfluß aufrechtzuerhalten. Seine Mutter klagte über seinen Alkoholismus, aber da sie diesen immer dem Umstand zuschrieb, daß er ihre Nervosität geerbt habe, hatte sie nie viel dagegen unternommen.

Noch ein guter Grund mehr, nicht nach Wychwood zurückzukehren, entschied er weise. Insbesondere jetzt, da er die Frau seiner Träume gefunden hatte – eine mit sanitären Anlagen im Haus. Wycherly betrachtete den Dampf, der vor seinen schweren Lidern vom Wasser aufstieg.

»Wie geht's Ihnen da drinnen?« fragte Sinah von der Tür.

Er konnte ihre Gestalt im Spiegelbild sehen. Sie hatte sich rasch geduscht, bevor sie für ihn die Wanne vollaufen ließ, und trug nun eng anliegende, elegante Hosen aus rohem Leinen, dazu Sandalen und einen ärmellosen, taupefarbenen Rolli aus Seide. Kleine Goldknöpfe funkelten an ihren Ohren, und ihr Haar war mit einem schmalen Velours-Stirnband zurückgebunden. Sie sah aus wie ...

Sie sah aus wie eine Frau seiner eigenen Schicht, einer Subspezies, vor der er sein ganzes Leben lang Reißaus genommen hatte.

»Wunderbar«, sagte er schnell, setzte sich auf und unterdrückte einen Schmerzenslaut, als er mit dem Fußgelenk gegen die Wand der Badewanne stieß. Im Spiegel sah er, wie sie vor Mitgefühl zusammenzuckte.

»Wenn Sie irgend etwas brauchen, rufen Sie einfach. Ich habe einen Bademantel gebracht, der Ihnen passen müßte; ich habe ihn für ... Besuch. Ihre Anziehsachen im Trockner müßten bald fertig sein. Und Abendessen gibt's in einer halben Stunde.«

Sie verschwand wieder.

Alles war so häuslich und kultiviert, dachte Wycherly verdrießlich, als er wieder ins Wasser tauchte. Er wollte keine Geliebte, gleichgültig wie bequem oder passend sie im Moment erscheinen mochte. Geliebte klammerten sich an und versuchten, einen in ihr Spiegelbild zu verwandeln. Und das einzige, wofür er in seinem mißratenen Leben wirklich Begabung gezeigt hatte, war Frauen umzubringen.

Wycherly wurde augenblicklich wach, jeder Nerv zitterte. Das fahle, kalte Licht der ersten Dämmerung kam gebrochen durch die Buntglasfenster auf allen Seiten und gaben dem Zimmer die umrißhafte Beleuchtung einer Kohlezeichnung. Er lag auf dem Sofa im Wohnzimmer.

Er brauchte etwas zu trinken. Sein Durst wurde von Panik verschärft, dem Gefühl, daß die Bestie, vor der er floh, ihn beinahe erreicht hatte. Er konnte das Zittern durch alle Muskeln tief in seinem Körper spüren, ein Wahrnehmen der tiefsten Schichten seiner Sucht.

Sie mußte das Zeug irgendwo hier aufbewahren. Diese unbezweifelte Vermutung brachte ihn auf die Beine. Sein Gelenk schmerzte nur wenig. Noch ein oder zwei Tage, dann wäre es wieder wie neu.

Es war in einer Ecke versteckt, aber Wycherlys Radar fand es problemlos. In T-Shirt und Shorts tappte er barfüßig zu der Nachbildung einer Teetruhe aus Kirschholz. Sie enthielt vier Flaschen und ebenso viele Gläser. Er hob die dreieckige grüne Flasche heraus. Glenlivet. Sie führte sogar seine Marke.

Er machte sich nicht erst mit einem Glas zu schaffen; es würde nur den Beweis hinterlassen, daß er getrunken hatte. Hastig öffnete Wycherly den Verschluß der Flasche und setzte sie an den Mund. Der Scotch brannte auf seiner Zunge und in seinem Mund, als er Schluck um Schluck trank. Feuer raste seine Kehle hinunter, in seinen Bauch, setzte seine Organe in Flammen.

Bravo. Du hast es nicht mal bis zum Ende der ersten Woche geschafft, dachte er, als er Atem holte.

Die Selbstverdammung war so stark wie das Verlangen vor wenigen Augenblicken gewesen war. Vorsichtig stellte Wycherly die Flasche zurück in die Teetruhe und schloß den Deckel darüber. Seine Hände zitterten nicht mehr. Er fühlte sich wie neugeboren, auch wenn die Wirkung von so wenig Alkohol nicht lange vorhalten würde.

Du kannst dir deinen eigenen Schnaps leisten. Ein Selbstekel, der nichts mit dem Trinken zu tun hatte, erfüllte ihn. Er mochte der Niedrigste der Niedrigen sein, aber er hatte sich nie soweit erniedrigt, einem blinden Mädchen die Almosen aus dem Becher zu stehlen, solange er seine Eltern beschwatzen konnte.

Und er wollte eigentlich sowieso nichts trinken.

So redete er sich's ein.

»Wycherly?« Sinah erschien oben am Geländer, eine Geistergestalt im Mickey-Mouse-Nachthemd. »Was ist los?«

»Konnte nicht schlafen«, log er schlagfertig.

»Ach«, sagte Sinah. »Ich auch nicht. Sind Sie hungrig? Wir könnten Frühstück machen und früh losfahren.«

Es geht immerhin schon auf fünf Uhr zu. »Klingt wunderbar«, sagte Wycherly. Sinah verschwand, und er humpelte zurück zum Sofa, wo er den Rest seiner Kleidung zusammensuchte.

Der Frühnebel hing in der Luft und wogte dicht über dem Boden, als sie das Haus verließen. Die große Hitzeproduktion in den Städten hatte dem Waschküchennebel, den sie früher beherbergt hatten, seit langem ein Ende gesetzt, und heutzutage waren nur noch Landbewohner mit dem Morgennebel vertraut. Er verbarg die meisten Bäume und verwandelte den Rest in graue, taubesprenkelte Gespenster. Der Cherokee-Jeep war ein formloses, dunkles Gebilde in der Ferne, seine Fenster so beschlagen, daß sie undurchsichtig waren.

Wycherly humpelte hinter Sinah her. Er benutzte dabei einen geschnitzten Spazierstock, den Sinah bei sich gefunden hatte. Jemand mit Namen Jason Kennedy hatte ihn ihr zum Scherz geschenkt. Sein Fußgelenk tat immer noch weh, aber er konnte schon darauf laufen, wenigstens ein bißchen.

Als er ins Auto stieg, wurde ihm plötzlich bewußt, daß er das Wildwood-Sanatorium im Grunde gar nicht wiedersehen und auch nicht herausfinden wollte, welche der Dinge, die er dort gesehen hatte, der Wirklichkeit und welche der Bestie zuzuschreiben waren. Aber Sinah war fest entschlossen, und wie gewöhnlich brachte Wycherly nicht die Kraft auf, sich einer so starken Persönlichkeit zu widersetzen.

Er lehnte sich in seinem Sitz zurück, während Sinah auf der Suche nach dem Tor des Sanatoriums vorsichtig die unbefestigte Straße hinauffuhr, die eine Fortsetzung der gepflasterten Straße in Morton's Fork war. Sie hatte eines ihrer Fundstücke von gestern mitgenommen; die Postkarte, die Wildwood in seiner besten Zeit und ganzen Pracht zeigte, balancierte über dem Armaturenbrett, und seine gezähmte und kunstvoll gestaltete Gartenanlage bildete einen beunruhigenden Gegensatz zu der unberührten Wildnis draußen.

Wildes Rosengesträuch wischte wie mit Koboldfingern über Dach und Fenster des Jeeps. Sinah fuhr langsam durch die neblige Dämmerung; das Auto holperte mühsam über die Hindernisse auf dem Weg. Alles um sie herum war grün, ein dicht gewebter Vorhang aus Leben.

Er sehnte sich nach Ruhe, nach Schlaf – und mehr als das wollte er Schnaps, der diese Bedürfnisse ersetzen und sein Bewußtsein mit einem weichen Schutzwall umgeben würde, den nichts Hartes durchdringen konnte. *Was hat das Leben für einen Sinn, wenn du es so weggesperrt verbringst?* dachte Wycherly müßig und grinste in sich hinein. Er wußte es nicht. Warum lebte überhaupt irgend jemand? Das war das große Rätsel, und Musgraves Versagersohn würde es nicht lösen.

»Da sind sie«, sagte Sinah.

Von dem isolierten Aussichtspunkt eines modernen Autos sahen die schiefhängenden Torflügel noch verlorener aus, und Wycherly erinnerte sich plötzlich an die Börse, die er in einem der Pfeiler gefunden hatte, gefüllt mit Münzen und Glasperlen. Er hatte sie aus seiner Jacke genommen und in der Schultertasche verstaut, als er Sinah seine Hose zum Waschen gegeben hatte, aber als er in seiner Jackentasche herumtastete, berührten seine Finger eine Ecke davon.

Wie kam sie dahin?

Die halb gestellte Frage verblaßte, als Sinah den Weg zum ehemaligen Haupteingang des Sanatoriums hinauffuhr.

»Ich glaube, weiter komme ich mit dem Auto nicht«, meinte sie wenige Minuten später und hielt an.

Wycherly betrachtete die acht Stufen und die zwei Terrassen, die zu dem verfallenen Eingang führten. Er erinnerte sich auf einmal an den Durchgang im tiefsten Kellergeschoß der geheimnisvollen Ruine, an die Treppe, die weiter unter die Erde führte, und an das Gurgeln des Wassers in der Tiefe.

»Fahren Sie herum. Es gibt eine Treppe an der Nordmauer, die hinunterführt«, sagte Wycherly.

Ungeheuer leben dort.

Der Gedanke war kindisch, unwirklich; Ärger erstickte seinen Impuls, Sinah vor dem Eintritt in das Reich der Ungeheuer zu warnen. Er warf ihr einen kurzen Blick zu – sie sah ihn halb fragend an, ihre Lippen leicht geöffnet.

Sinah fuhr vorsichtig um die Ruine herum. Der Anflug von Abscheu und Entsetzen, den sie von Wycherly aufgenommen hatte, ließ ihr Herz immer noch schnell schlagen. Das Bild der Stufen, des Eingangs und des scheußlichen Bachs weiter unten stand ihr vor Augen. Natürlich hätte er all diese Dinge nicht vor ihr erwähnt – aber warum hatte er bis zu diesem Augenblick nicht an sie *gedacht*?

Es war beinahe, als ob er sie hineinlocken wollte.

Ach, hör auf, Sinah! Wer spinnt denn hier? Sie drückte ihre Hand gegen den Beutel unter ihrem Hemd. Der Beutel war zu mürbe, als daß sie ihn einfach hätte tragen können, aber sie hatte ihn in eine dieser Brusttaschen gesteckt, wie Touristen sie an einem Band um den Hals trugen. Sie konnte immer noch spüren, wie er trocken knisterte, als sie darauf drückte.

Sie stellte den Motor ab und zog die Handbremse an. Sie waren da.

»Gehen Sie ruhig voraus«, sagte Wycherly. »Wenn Sie etwas Interessantes finden, dann rufen Sie laut.«

»Klar«, sagte Sinah. Sie wäre über seinen abweisenden Ton verärgerter gewesen, wenn sie nicht deutlich gespürt hätte, wie sehr er sich fürchtete. Sein innerer Monolog war ein aufgeregtes Durcheinander; eine Stimme, die so laut schrie, daß er keine anderen Worte verstehen konnte.

Sie öffnete die Tür und stieg aus. Nach der klimatisierten Luft im Auto war die Morgenluft feucht und klamm: eine erstickende Hülle. Während ihrer Streifzüge durch diese Gegend in den letzten Wochen hatte sie sich aus Furcht vor Einsturzgefahr von der Ruine immer ferngehalten. Nach dem großen Erdbeben in Los Angeles im letzten Jahr hatte niemand, der dabeigewesen war, die geringste Neugier auf verfallene Häuser, und Sinah hatte hier keinerlei Forscherehrgeiz verspürt.

Doch jetzt lagen die Dinge anders. Und wenn Schwarze Magie ihr den Vorrang im eigenen Bewußtsein sichern könnte, so würde sie sich ihr ohne Zögern anschließen. Sie kam an den Rand der Ruine und sah hinunter, gefaßt auf Wendeltreppe und Altar, die sie nach Wycherlys Erinnerungen erwartete.

Sie konnte ihn nicht sehen.

Das ist lächerlich.

Sinah schaute zum Himmel auf – hoch, dunstig, blaßblau und offen, da sich keine Bäume vor ihn schoben – und wieder hinunter. Kein Altar. Keine schwarze Treppe, was noch eindeutiger war, denn während sie den Altar vielleicht nicht erkannte – auch mit Hilfe der geborgten Erinnerung nicht –, so gab es bei dem Aussehen einer Treppe keine Zweifel.

Sie kehrte um und ging zurück zum Jeep.

Wycherly hatte sein Fenster heruntergekurbelt, um Luft hereinzulassen. Er schien zu schlafen, doch als sie näher kam, wandte er sich um und sah sie erwartungsvoll an.

»Ich habe nichts gesehen«, sagte Sinah. »Ich habe genau geschaut. Aber es ist nichts da.«

»Ach, zum Teufel, Mädchen, natürlich ist es da – es ist direkt vor Ihrer Nase.«

Die Erbschaft vieler vergessener englischer Kindermädchen klang in Wycherlys Stimme mit, als er die Tür öffnete und aus dem Auto kletterte. Er nahm den hinderlichen Spazierstock mit und starrte sie an, als ob sie es zu verantworten hätte, daß er nun laufen mußte.

»Ich glaube nicht ...«, begann Sinah.

»Helfen Sie mir«, verlangte Wycherly. Zögernd näherte sie sich ihm. Er legte einen Arm auf ihre Schulter und setzte sich in Bewegung, das Bild der schwarzen Treppe klar vor Augen.

Sie mußte dasein. Er hatte sie gesehen, berührt, ihre Wirklichkeit fraglos akzeptiert. *Sie mußte dasein.* Er hörte, wie Sinah unter seinem Gewicht ächzte; Schmerz schoß durch sein Gelenk, als er sich zum Rand der Ruine schleppte.

Er ließ seinen Blick suchend über die Verwüstung schweifen. Die Erleichterung, alles wiederzufinden, war so groß, daß er beinahe hätte weinen mögen.

»Da.« Er zeigte hin.

Sinah strich ihr feuchtes Haar aus der Stirn nach hinten; das Sonnenlicht schimmerte auf den Knöcheln ihrer schwitzenden Handgelenke. Sie schüttelte den Kopf.

»Da ist sie doch«, sagte Wycherly hartnäckig, mit einer ersten Spur von Verärgerung in der Stimme. War sie blind, daß sie nichts sah? Oder wollte sie ihn auf den Arm nehmen? Er griff fest um die kleine Leinenbörse in seiner Tasche. Die darin eingenähte Münze schnitt schmerzhaft in seine Hand.

»Da ... ach, sie liegt tiefer, als ich dachte.« Sinahs Stimme war ausdruckslos, undeutbar. »Aber ich sehe keinen Altar.«

»Den können Sie nicht sehen, bis Sie unten sind«, sagte Wycherly. »Versuchen Sie's.«

Sie blickte sich nach ihm um, ihre großen grauen Augen flehten, baten um Wunder. Sie wollte, daß er sie begleitete. Wycherly stand auf seinen Stecken gelehnt und biß die Zähne gegen den Schmerz in seinem Fußgelenk zusammen. Es tat weh – aber er würde ihr schnell gefolgt sein, wenn unten am Ende eine Flasche auf ihn gewartet hätte. Das wußte er. Doch sie konnte ihm nichts dergleichen anbieten.

»Warten Sie hier?« fragte Sinah hastig. »Und ... passen auf?«

»In Ordnung.« Es klang widerwillig.

Sie wandte sich zum Gehen. Wycherly sah ihr zu. Ein unbestimmtes Verlangen nach animalischen Genüssen drängte sich in sein Bewußtsein. Er wußte, was er vor allem wollte, aber es war amüsant, dieses Spielchen zu spielen und sich vorzustellen, was er statt dessen wollen könnte.

Sinah begann ihren Abstieg, rutschte in ihrer Hast ein bißchen aus und mußte sich an der rauhen Backsteinwand abstützen. Es war beruhigend, Wycherly oben stehen zu sehen – obwohl er mit fast ebensolcher Wahrscheinlichkeit fähig war, sie hinunterzustoßen wie ihr zu helfen. Ihr Instinkt sagte ihr, daß er eigentlich nur eine Gefahr für sich selbst darstellte, aber das machte keine größere Hilfe aus ihm.

Das Gefühl der Vertrautheit mit diesem Ort war erschreckend groß. Als wäre sie von anschwellendem Wasser umgeben, kämpfte Sinah gegen die Überzeugung an, schon einmal hier gewesen zu sein – als das Gebäude noch unzerstört war, als ...

Als was? Du weißt nicht, was, das ist es! Sie drängte den Gedanken beiseite. Abwärts, hinunter und abwärts – dieser Treppenschacht mußte wirklich Platzangst ausgelöst haben, als das Gebäude noch bewohnt gewesen war. Sinah hielt plötzlich den Atem an, sie roch den Rauch eines Feuers, das sechzig Jahre vor ihrer Geburt alles zu Asche und Schlacke verbrannt hatte.

Wenn du hier deinen Verstand verlierst, dann wird dir niemand helfen, sagte sie sich unverblümt. *Keiner wird dir helfen, keiner wird kommen. Wycherly hat eine Verletzung am Fußgelenk – selbst wenn er wollte, könnte er dich nicht von hier wegbringen, falls du unglücklich fällst und dir was brichst.*

Sie erreichte den untersten Grund. Es war kalt; gut zehn Grad kälter als oben. Sinah fröstelte trotz ihres T-Shirts und der Jacke, die sie anfangs für zu warm gehalten hatte. Die

Luft war erfüllt von dem Erdgeruch verfallender und verwesender Dinge – ähnlich dem Kartoffelkeller, nur noch stärker. Das war sonderbar, denn weder der Boden noch die Wände bestanden aus Erdreich, um solche Gerüche zu erzeugen – vielmehr war der Raum direkt aus dem Stein gehauen; aus einem schwarzen, feinkörnigen Stein. Basalt? Es sah ein bißchen aus wie Schiefer, ein bißchen wie schwarzer Sandstein, doch Sinah war keine Geologin. Alles, was sie wußte, war, daß dies hier eine homogene Felswand war. Grundgestein. Das Herz des Berges. Sie holte tief Luft, um ihr Gleichgewicht wiederzufinden. Wycherly hatte den Boden voller Schutt in Erinnerung, aber er war kahlgefegt.

Was glaubst du: übersinnliche Gebäudereiniger aus dem Jenseits? Wenn es so etwas wie Magie in der Welt geben sollte, dann wüßte sie gewiß etwas Besseres mit ihrer Zeit anzufangen!

Es gab nichts hier unten, was ihr bedrohlich werden konnte – ein unterirdischer Wasserlauf, das war das einzige, und Wycherly hatte eine furchtbare Angst vor fließenden Gewässern. Sie wußte das, obwohl sie nicht genau verstand, warum. Er dachte nicht viel über den Grund nach, auch wenn dieser durchaus in Reichweite seines Bewußtseins war. Als er zum ersten Mal das Geräusch gehört hatte, war er in Panik geraten, und das war es, was nun ihre Wahrnehmungen beeinflußte. Alkoholiker im Entzug waren bekanntermaßen kein Vorbild für emotionale Stabilität. *Und er wird es wieder nicht schaffen, wie schon all die anderen Male zuvor. Warum setzte er sich dieser Hölle aus, es ist doch sowieso für die Katz, wenn er wieder etwas trinkt.*

Weil. Dies war die einzige Antwort auf so viele Fragen nach menschlichen Zwecken. *Weil.*

Sie steckte ihre Hände unter die wärmenden Achselhöhlen und schaute voller Sehnsucht hinauf zum Sonnenlicht. Weit oben blitzte Licht in Wycherlys kupferfarbenem Haar auf, als er sich bewegte. Immerhin konnten sie sich sehen. Das hatte etwas Tröstliches – wenn auch nicht für den Fall, daß sie von einer Schlange gebissen wurde. Aber jede Schlange mit einem Mindestmaß an Selbstachtung wäre draußen, um sich im Sonnenlicht zu wärmen, und nicht hier unten in diesem ... Loch.

Wo die Wände in die Höhe ragten, immer höher und höher wuchsen, sie erstickten ...

Sinah zwang sich erneut, tief Atem zu holen, ihre Lungen zu füllen, zu leeren und wieder zu füllen, an etwas Heiteres zu denken, an ein stilles Meer und sonnenbeschienene Gletscher. Das niederdrückende Gefühl der Angst schwand. Sie berührte den Beutel, der ihr um den Hals hing, und wagte sich versuchsweise in den Bereich ihres Geistes vor, der von jenem fremden Bewußtsein angesteckt zu sein schien. Dieser Ort hielt keinen Wiederklang des gierigen Gespenstes bereit. Doch das Empfinden, daß hier eine neue Erfahrung auf sie wartete, ließ sie wachsam weitergehen.

Sinah war beinahe überzeugt davon, daß es hier für sie nichts zu fürchten gab, als sie den Altar und den offenen Türschlund dahinter entdeckte. Sie berührte mit einer Hand die Oberfläche des gemeißelten Steins.

Heiß! Der Stein war so heiß, als ob er direkt der Sonne ausgesetzt wäre, und er vibrierte leise, als läge unter ihm eine gewaltige Maschine. Sinah riß ihre Hand fort und betrachtete sie mißtrauisch. Dem mußte irgendein Trick zugrunde liegen; der Keller lag im Schatten; der Stein konnte nicht heiß sein.

Doch sie hielt sich nicht einmal damit auf, die eingeritzten Runen zu studieren, von denen Wycherly gesprochen hatte. Es war vielmehr der Durchgang, der sie anzog. Sie konnte das Geräusch des Wassers hören. Kalt und klar und alles umflutend schien es Frieden zu versprechen, Trost und Ruhe ...

Wycherly beobachtete, wie Sinah die rutschigen Stufen hinunterkletterte in den Raum, den er bei sich mangels eines besseren Worts den Tempel nannte. Jetzt, da sie beide hier waren, bezweifelte er, daß dieser Ausflug Sinah bei der Suche nach ihrer Familiengeschichte helfen könnte. Er hatte, als er unten gewesen war, die Symbole auf dem Altar nicht erkennen können, und er war sich jetzt nicht einmal mehr sicher, ob sie wirklich mit denen auf dem Boden des Bleikastens übereinstimmten.

Es waren alle Voraussetzungen für eine wunderbare Gespenstergeschichte gegeben: geheimnisvolles Erbe, verschlossene Dorfbewohner, unerkläriches Verschwinden. Aber leider übte diese Art von Gruselgeschichten auf Wycherly keinerlei Reiz aus. Einer seiner Psychotherapeuten hatte ihm erklärt, daß ein Interesse an solchen Dingen häufig damit zusammenhing, daß Leute solche unverständlichen Geschehnisse oder Gegebenheiten erfanden, um ihr Leben mit einer Aura des Besonderen zu umgeben. Wenn sie sagen konnten, sie seien von Außerirdischen entführt oder Opfer eines satanischen Kults geworden, dann mußten sie sich nicht mit ihrer eigenen Leere und ihren Enttäuschungen beschäftigen. Er schaute sich um – das blaue Gebirge in der Ferne, der begrünte Berg, der sich vor ihm erstreckte. Er wurde mit der Wirklichkeit wohl nicht besser fertig als andere Leute, aber er zog es vor, ihr standzuhalten, indem er sich bewußtlos trank, und nicht, indem er irgendwelche Märchen erfand. Wunder gehörten nicht zu seiner Sicht der Dinge.

Er sah zurück zum Sanatorium. Er brauchte nur einen kurzen Moment, um seine Augen an die tiefe Dunkelheit zu gewöhnen, wo der Tempel lag, und als er sehen konnte, war Sinah nicht mehr da.

Er hörte einen Schrei.

Der Laut war dünn und bebend – eher ein Ruf der Verzweiflung als einer nach Hilfe. Er brachte Wycherly sofort in Bewegung, mehr als jedes Flehen es vermocht hätte. Er rutschte auf seinem Hinterteil die Stufen hinunter und hielt den Spazierstock dabei fest, um nicht zu stürzen. Als er unten ankam, stellte er sich – sein Schmerzempfinden war von Angst betäubt – auf die Füße und humpelte rutschend und fluchend vorwärts.

Sie war nirgendwo zu sehen. Er umrundete den Altar und mußte seine letzte Hoffnung aufgeben – sie befand sich nicht dahinter. Wo war sie? War sie die andere Treppe hinuntergegangen – in die Dunkelheit?

Er schaute in die Öffnung und sah einen weißen Schatten, der sich im Finsteren bewegte. Sein Herz krampfte sich atemlos in seiner Brust. Die Kante des Altars drückte sich hart gegen seinen Rücken. Die Gestalt war Sinah – sie war es, *mußte* es sein –, aber er war sich nicht sicher, und in diesem Augenblick wurde Wycherly mit verzweifelter Wut bewußt, daß er alles, *alles* tun würde, wenn er nie mehr Angst haben müßte.

»*Willkommen, Suchender – endlich.*«

Die Stimme kam von hinten. Unwillkürlich, wehrlos sah Wycherly sich um.

Ein Mann stand ihm gegenüber am anderen Ende des Altars. Er trug eine Art Robe; auf seinem Kopf saß ein vergoldeter Helm, der einem Ziegenkopf nachgebildet war. Die Hörner waren nielliertes Silber und die Augen gelbe Saphire – sie glühten, als ob eine Flamme in ihnen brannte.

Sie leuchteten fast so hell wie die Augen des Mannes.

Wycherly wollte sprechen, doch sein Mund war so trocken, daß er ihn nicht aufbekam. Er spürte einen stechenden Schmerz in seiner Brust, Übelkeit und Unsicherheit, so als stünde vor ihm ein Wahnsinniger mit geladenem Gewehr.

Er war der Wahnsinnige. Und dies war eine Erscheinung, die ihm die Bestie schickte – eine Halluzination, die ihn an Ort und Stelle bannen sollte, während Camilla aus dem Wasser heraufkam und ihn vernichtete. Wycherly kannte sich mit Halluzinationen aus. Sie waren beängstigend deutlich, aber sie waren Eindringlinge in die Wirklichkeit. Die Insekten und Mäuse, die dunklen schleichenden Wesen, sogar die Bestie konnten sich in eine sonst vertraute Welt drängen.

Dies hier war anders. Diese allumfassende Vision war von eisiger Authentizität und Wahrheit: Es war nicht Wirklichkeit, und zugleich war es sie doch. Hinter dem Mann, der gesprochen hatte, befanden sich schimmernd verkleidete Wände, in die mattierte Lalique-Scheiben mit seltsam vertraut anmutenden Mustern eingesetzt waren – nicht der nackte Fels des zerstörten Tempels. Zwischen den Glaseinsätzen hingen Gobelins in starken und elementaren Farben. An den Wänden flackerten Fackeln in goldenen Haltern – der Boden war spiegelblank mit feinem Silbermaßwerk überzogen.

»Verschwinde ...«, krächzte Wycherly.

»Willst du die Macht, die ich dir verleihen kann? Oder ... nicht?« Der Mann lächelte und entblößte dabei große, tabakfleckige Zähne.

Wahn, Falle, Drohung ...

Tief in seinem Innern antwortete eine Stimme mit nur zu eilfertiger Begierde auf das Angebot, bevor Wycherly sie zügeln konnte.

Macht. Ja, Macht ...

Gib sie mir.

»Verschwinde!« rief Wycherly und riß sich von dem kalten, durchdringenden Blick los. Als er sich umdrehte, stieß er gegen etwas Weiches und Warmes. Sinah schmiegte sich an ihn, vor Erleichterung halb lachend, halb schluchzend.

»Ich dachte – ich dachte ...«, sagte sie und umklammerte ihn, als wäre er ein Rettungsring.

Er drückte sie fester an sich – sie war wirklich, lebendig, kein kaltes Schattenwesen, das ihn in die Hölle locken wollte, wo er für seine Feigheit und sein Versagen schmoren sollte. Er lehnte seine Wange an ihr Haar und atmete ihren Salz- und Moschusduft.

In diesem Moment entzündete ihr Geruch ein Feuer in ihm und einen Hunger – eine *Lust*, so verzehrend, wie er sie seit Jahren nicht mehr gefühlt hatte.

»Sinah ...«

Er vergaß seine Furcht. Er vergaß die Erscheinung. Seine Hände preßten ihren Körper an seinen, als könnte er die Nahrung für seinen Hunger aus ihr herauspressen. Sie antwortete ihm mit ihrem eigenen Verlangen, indem sie seinen Kopf zu sich herunterzog und ihn tief küßte.

Hier war Macht. Der Gedanke huschte durch seinen Kopf, und selbstverständlich setzte er die Wirklichkeit voraus, die den elementaren Vertrag zwischen Mann und Frau bestimmt: daß einer gibt und einer empfängt. Den Sinn von alledem stellte er nicht in Frage, als er Sinah auf den Altar schob und ihr hinterherkletterte. Er suchte in ihrem Körper sein Selbstvergessen, so wie er es vorher im Alkohol gesucht hatte – und fand es.

Um ihn her sang der gespenstische Chor:

»... zurück, zurück aus der Dunkelheit ... Asmodeus, Azanoor, dunkel über mir ... mein Körper dem Biest und meine Seele zur Hölle ...«

Sinah kam wieder zu sich. Sie hielt Wycherlys hochgerutschtes Hemd in beiden Händen, und einige Augenblicke lang wußte sie nicht, wo sie war. Langsam fügte sich die Umgebung zu einem sinnvollen Bild zusammen. Sie war mit Wycherly zusammen. Sie beide befanden sich im Kellergewölbe des Wildwood-Sanatoriums. Die Hitze, die sie zuvor in dem Stein gespürt hatte, war aus ihm gewichen, als hätte es sie nie gegeben. Ihr T-Shirt und ihre Jacke waren unter ihrem Kopf zu einem harten Kissen zusammengerollt, und die Hose hing ihr noch an einem Fußgelenk.

Wycherly schlief an ihrer Schulter seinen kurzen, tiefen Liebesschlaf. Sein kupferfarbenes Haar lag teilweise über ihrem Gesicht und kitzelte, wenn sie atmete.

Was hatten sie getan? Es war gut gewesen, es war wild gewesen – unbewußt fuhr sie mit ihrer Hand seinen Rücken hinunter, streichelte sein Hemd und die Haut darunter –, aber es war so plötzlich gewesen; beinahe unbewußt. Sie hatten keine Verhütungsmittel benutzt. Sie wußte nichts über seinen Gesundheitszustand. Es war beinahe, als hätten sie ... unter Zwang gehandelt.

Ach, hör auf damit. Demnächst wirst du noch ›Vergewaltigung‹ schreien!

Aber das war es nicht gewesen. Es war ihr keine Gewalt angetan worden – und er hatte sie auch nicht überreden müssen. Sie hatte sich selbst in seine Arme gestürzt, und dann war alles von selbst gekommen, geradeso als ob ...

Was? Der Gedanke war weg. Sie hatte sich in seine Arme gestürzt ...

Sie war weggerannt und hatte sich in seine Arme gestürzt ...

Sie hatte etwas gesehen ...

»Bist du also zurückgekommen«, sagte der Mann. Er trug einen goldenen Helm, und seine winterkalten Augen ruhten mit hartem Blick auf ihr – die Augen eines Irren, eines Fanatikers,

des Schwarzen Mannes, den jede moderne Frau fürchtete. Des Killers.

Er stand in der Mitte des Tempels, nicht wie dieser heute war, sondern wie er einst gewesen sein mußte – voll von fremdartigem Zierat, geschmückt mit symbolischen Zeichen, die Sinah nicht entziffern konnte. Der süße Geruch von Weihrauch stockte in ihrer Nase, und der Raum hatte die stickige Wärme von einem Gelaß tief unter der Erde. Etwas Vergleichbares hatte sie nie erlebt – die kargen, offenen Räume ihrer channeling- und kristallgläubigen Freunde hatten nichts gemein mit diesem ... theologischen Puff.

»Komm zu uns, Athanais – ich werde kein drittes Mal bitten. Der Alte Ritus ist die wahre Kraft; du weißt es jetzt. Und du wirst dazugehören – lebendig oder tot. Quentin Blackburn schwört es.«

Kälte strahlte von seiner Haut aus; sie wogte durch die unbewegte Luft vor den ausgestreckten Fingern seiner Hand, die er nach ihr ausstreckte. Wenn er sie berührte, würde sie sterben: Sie waren Feinde; sie waren immer Feinde gewesen und würden es immer sein.

Und er würde nicht die Macht von ihr nehmen.

Sie drehte sich um und rannte, suchte einen Verbündeten, ein Werkzeug, dessen sie sich zu ihrer Verteidigung bedienen konnte.

Und sie fand ihn.

Sinah verscheuchte die unfreiwillige Erinnerung und weckte Wycherly. Er rollte zur Seite und stürzte beinahe der Länge nach vom Altar. Sinah stützte sich auf die Ellbogen und versuchte ihren Kopf freizubekommen. Die Rückblende hatte nichts von der Unbestimmtheit und verirrten Subjektivität jener toten Frau, deren Spuk sie umgab. Diese – Vision – war so frisch und bezwingend wirklich wie ein Bummel im Einkaufszentrum.

Sinah holte tief Luft und konzentrierte sich auf den Tempel, so wie er jetzt war – heruntergekommen, verfallen –, und verdrängte den füchsischen Priester mit seinem ziegenköpfigen Helm, diesen lächerlichen *Star-Trek*-Statisten. Nur daß er nichts Lustiges an sich hatte – er hatte ihr einen Schrecken eingejagt.

Und beinahe noch bestürzender war, daß sie in dem Moment keinerlei Zweifel an seiner Wirklichkeit gehabt hatte. Sie hatte sich noch nicht einmal gewundert über das, was sie sah. Und als sie sich von ihm befreit hatte – als sie Wycherly in ihren Armen hielt –, war sie Wycherly so *dankbar* dafür gewesen, daß er einfach wirklich war...

Nein. Sinah schüttelte den Kopf. Das stimmte nicht ganz. Sie war dankbar *gewesen*, aber was sie veranlaßt hatte, sich mit Wycherly wie eine rollige Katze zu paaren, war etwas völlig anderes. Etwas, das – wenn auch seltsam – keineswegs so schmutzig zu sein schien wie der Altar selbst.

»Es tut mir leid.« Wycherlys Stimme war so leise, daß sie ihn kaum verstand.

Er hatte seine Kleidung wieder geordnet und saß an der Kante des Altarsteins, seinen Kopf in den Händen. Er sah sie nicht an, als er sprach. Sinah kam mit einem Schlag zurück in die Wirklichkeit.

In diesen Tagen liefen die Männer – die netten jedenfalls – mit Schuld beladen herum, einfach nur, weil sie Männer waren. Und wenn etwas wie dies geschah – das die vorhergehende Generation schlicht als Ausdruck freier Liebe und die davor als Akt der Leidenschaft angesehen hätten –, fühlten sich die Männer der 90er Jahre schuldig.

»Was denn?« Mit der Übung einer Schauspielerin ließ Sinah ihre Stimme hell und sorglos klingen. »Nichts ist passiert, was wir nicht beide wollten. Kein Bedauern, Wych.«

Jetzt wandte er sich ihr doch zu, sein Gesicht eine Mischung aus Dankbarkeit und verständnisloser Ungläubigkeit. Seine Augen hatte das gleiche fahle Gelb wie die Edelsteine in dem ziegenköpfigen Helm, und Sinah mußte sich zusammennehmen, um nicht zurückzuschrecken.

»Normalerweise ziehe ich Betten vor«, sagte er unbeteiligt.

Seine Gedanken waren so verworren, daß sie keinem der Fäden folgen konnte: Schuld, Furcht, Wut – und ein seltsam geduckter Triumph, der aber nicht mit ihr zusammenzuhängen schien. Es verwirrte sie, so nahe neben ihm zu sitzen, als hörte sie tausend Gesprächen gleichzeitig zu.

»In meinem Haus habe ich ein Bett stehen«, sagte Sinah. Eigentlich hatte sie das gar nicht sagen wollen. Nur weil so etwas einmal geschehen war, hieß das nicht, daß sie es unbedingt fortsetzen mußte –, aber irgendwie hatte es sie miteinander verbunden, so eng wie ein altes Liebespaar, gleichgültig was jeder für sich wollte.

Wycherly lächelte schief. »War ich so gut?«

»Gut genug, um eine zweite Chance zu verdienen«, sagte Sinah über all ihre Zweifel hinweg. Sie zog ihr Hemd an, fischte nach ihrer Hose und schüttelte sie aus. »Können wir gehen?«

Als sie den Jeep erreichten, griff Wycherly nach dem Päckchen in seiner Tasche, das er in dem Pfeiler gefunden hatte. Es zerbröselte unter seinen Fingern, und der Inhalt war zu grauem Staub geworden.

8

Die Macht des Grabes

*Wirklich ist dieser Ratsherr jetzt
höchst verschwiegen, lauter und auch würdevoll,
der im Leben doch ein solcher Schwatzbold war.*
WILLIAM SHAKESPEARE

W*AS FÜR EIN GRAUENHAFTER ... ALPTRAUM?*
Ich glaube eher nicht.
Truth setzte sich im Klappbett ihres Winnebago auf und gab acht, daß sie Dylan nicht weckte. Ein Blick auf ihre Armbanduhr zeigte ihr, daß es erst kurz nach zwei Uhr war. Nach dem anstrengenden Tag der Herfahrt hatte sie gedacht, daß sie länger schlafen würde. Heimlich schlüpfte sie unter den Decken hervor, suchte ihre Kleider zusammen und ging hinaus in die Nacht.

Die Luft war erstaunlich kalt, und Truth war froh, daß sie den wattierten Morgenrock über ihren Baumwollpyjama gezogen hatte. Um sie herum herrschte das tiefe Schwarz der ländlichen Nacht. Die Milchstraße war eine helle Schärpe über dem Himmel, und die meisten Tierlaute waren in diesem dunkelsten Teil der Nacht verstummt. Es war der ideale Ort und die ideale Stunde zum Nachdenken; Truth tastete sich ihren Weg zu einem der Stühle vor, die noch vom Abendessen stehengeblieben waren, hielt aber inne und ging dann in Richtung des Ladens.

Vor wenigen Jahren noch hätte Truth das, was sie vorhin erlebt hatte, als bloßen Traum abgetan – den Mann, die Silberschlange, das ganze Abenteuer in der Anderwelt –, aber das war, bevor sie eine Zeit in Shadow's Gate verbracht und die Wahrheit über ihren Vater und sich selbst herausgefunden hatte.

Nach Thorne Blackburn war das Menschenreich vom Götterreich in vorgeschichtlicher Zeit durch den Willen der Götter getrennt worden. Die Erinnerung an die Trennung hatte in verschiedenen Mythen als Vertreibung der Menschen aus dem Paradies überlebt, aber Thorne glaubte, daß die Götter es waren, die den Garten verlassen hatten, nicht umgekehrt. Obwohl die Kommunikation zwischen dem Heiligen und dem Irdischen – oder dem Natürlichen und dem Übernatürlichen – fortbestand, konnten die Menschen nicht länger frei in die Welt der Götter einkehren, nachdem die Reiche erst einmal getrennt waren. Nur die Tore blieben.

Häufig wurden sie die Blackburn-Tore genannt, obwohl Thorne Blackburn sie keineswegs erfunden hatte. Die Tore waren die Verbindungsgänge zwischen der freundlichen Welt der Menschen und dem Reich der erhabenen Herren der Äußeren Räume: der *sidhe*. Sie befanden sich längs der grünen Konvergenzlinie auf der Erdoberfläche, und jedes hatte seine Wächterin.

Doch das System der Torwächterinnen, das diese Zugänge zur jenseitigen Welt seit paläolithischen Zeiten beschützte, war vor Jahrtausenden mit der Heraufkunft der griechischen Staaten und des römischen Imperiums zusammengebrochen und schließlich durch die weltweite Verbreitung des Christentums für immer zerstört worden. Aber jene alten Eroberer hatten zumindest die Götter und Mächte, auch wenn sie nicht ihre eigenen waren, in Ehren gehalten und ihre Wirklichkeit nicht in Zweifel gezogen. In Europa nicht anders als im Orient hatten die Eroberer gewissenhaft darauf geachtet, die Tore so zu verschließen, daß sie nicht mehr geöffnet werden konnten, und nicht nur ihre Wächterinnen abzuschlachten. Sogar das Christentum war mit den heidnischen Königreichen auf den westlichen Inseln behutsam verfahren, hatte die einheimischen Mächte mit Vorsicht behandelt, auch wenn es sich bemüht hatte, sie zu besiegen.

Aber das Christentum war nachlässig und überheblich in dem Maß geworden, wie es seine Stellung in Europa festigte, und zu der Zeit, als es in die Neue Welt vordrang, glaubte es an keine andere höchste und letzte Macht mehr als an seinen

Weißen Christus. In der Neuen Welt rottete es einfach diejenigen aus, die sich nicht bekehren ließen, und beraubte die Tore ihrer Wächter. Damit ließ es die Tore in den Händen derer, die nichts von ihrer Verantwortung verstanden – so wie Truths Vorfahren nichts davon verstanden hatten –, oder ließen, schlimmer noch, die Tore ohne irgendeine Kontrolle verwahrlosen und verwildern.

Nach großen Anstrengungen war es Truth gelungen, das zu ihrer Blutlinie gehörende Tor zu versiegeln, und sie hatte schließlich die Verantwortung dafür akzeptiert, wer und was sie war. Doch keine angeborene Begabung, wie groß auch immer, konnte es mit dem Geschick geübter Magier aufnehmen, und also hatte sich Truth in die Lehre bei Irene Avalon begeben, die das Trancemedium von Thorne Blackburns ursprünglichem Zirkel gewesen war. Von ihr war sie in die Kunst der Magie und in die Okkulten Wissenschaften eingeführt worden, die sie ihr ganzes Leben lang verachtet hatte.

Nach nur ein oder zwei Jahren dieser Arbeit war Truth immer noch weit davon entfernt, eine Meisterin in Blackburns Kunst zu sein, doch bis heute nacht war sie sich einigermaßen sicher gewesen, daß sie aus eigener Kraft jedem Ereignis standhalten konnte. Bis sie ihn getroffen hatte ...

Quentin Blackburn?
Kann das wirklich sein Name sein?

Für ihr Buch hatte sie Thornes Familie erforscht. Er hatte einen Onkel oder Großonkel mit dem Namen Quentin Blackburn gehabt, der vor rund achtzig Jahren gestorben war. Er war in verschiedenen Sanatorien im Osten als Arzt tätig gewesen und vor allem dafür bekannt, daß er seine Patienten mit okkulter Naturopathie und mineralischem Magnetismus behandelte – ein bißchen verrückt, sicher, aber doch um Lichtjahre von dem entfernt, was Truth in dieser Nacht erlebt hatte.

Was, genau, war was? fragte sich Truth.

Mittlerweile hatte sie den Laden erreicht. Sie setzte sich, draußen auf der Veranda, auf eine Bank neben der Eismaschine und legte ihre Arme um sich. Sie fühlte sich ein bißchen wie ein verlorener Geist, als sie gebetsmühlenartig über Dinge nachgrübelte, die sie bereits kannte.

Durch Irenes Unterricht war Truth sowohl mit dem Pfad zur Rechten wie zur Linken vertraut, jener Lehre, welche die Welt in zwei Seiten aufteilte, in Licht und Dunkel, rechts und links, gut und böse, und jeden Gedanken und jede Tat einer der beiden Seiten zuordnete. Truth selbst war das lebende Beispiel dafür, daß es mehr als nur zwei Dimensionen gab: Ihr eigener Pfad war weder schwarz noch weiß, sondern grau – grau wie Nebel und häufig ebenso schwer festzulegen. Aber das hieß keineswegs, daß sie die Existenz des Bösen leugnete, und bei dem, was sie heute nacht gesehen hatte, handelte es sich untrüglich genau darum.

Aber war es Quentin Blackburn?

Das bringt mich nicht weiter. Es ist vollkommen gleichgültig, ob ich es mit dem ›richtigen‹ Quentin Blackburn zu tun habe oder nicht. Jeder Zauberer des Pfads zur Linken kannte genügend Wege, wie er seinen Geist in der Anderwelt verankern und ihn davor bewahren konnte, sich vorwärts zu einer neuen Inkarnation zu entwickeln. Und ob der Mann nun Quentin Blackburn war oder nicht, er war jedenfalls wahrhaft böse, im Dienste einer so abgründigen Scheußlichkeit, daß es Truth übel wurde, wenn sie sich die Begegnung vergegenwärtigte.

Gequält von diesen Gedanken senkte sie ihren Kopf, während sonst niemand zu sehen war. Sie wußte, woher ihre bedrängende Vision kam: Es gab ein *sidhe*-Tor in Morton's Fork – sie hatte schon angesichts der Fälle, in denen Leute verschwunden waren, Verdacht geschöpft –, und ohne seine Wächterin war es unberechenbar; so gefährlich wie ein Atomreaktor, dessen Kern sich dem Schmelzpunkt näherte.

Und als ob das nicht genug wäre, gab es auch noch irgend jemanden, eine unbefugte Person, die sich ungefragt mittels schwärzester Zauberei einmischte.

›*Unbefugte Person.*‹ *Das klingt, als würden Ausweise verteilt.*

»Truth?«

Dylans Stimme riß sie so gewaltsam aus ihrer Träumerei, daß sie für Momente nicht wußte, wo sie war. Er setzte sich neben sie und legte einen Arm um ihre Schulter.

»Ich bin aufgewacht, und du warst weg. Kannst du nicht schlafen?« fragte er.

Truth öffnete ihren Mund, konnte aber nicht antworten. Was wollte sie sagen? Dylan war Parapsychologe, aber *normal* – sie konnte ihn nicht einfach mit all dem Drum und Dran einer ausgewachsenen okkulten Manifestation, einschließlich bösem Zauberer, konfrontieren und erwarten, daß er das alles ernst nahm. Zumindest nicht, wenn er bis eben noch geschlafen hatte.

»Dylan, hast du schon mal von Quentin Blackburn gehört? Ich meine, unabhängig von meinem Buch«, sagte sie statt dessen.

»Warum fragst du?« Dylans Stimme klang vorsichtig, und Truths Argwohn flammte sofort auf. Sie rückte etwas von ihm ab.

»Du *hast* von ihm gehört«, sagte sie vorwurfsvoll. Sie schrak bei dem anklagenden Tonfall ihrer Stimme zusammen, aber ihre Worte ließen sich nicht mehr zurücknehmen.

»Ja«, sagte er mit einem Seufzen. »Ich habe von ihm gehört – und du hättest es auch, wenn du das Buch, das du in dem Laden gefunden hast, von der ersten bis zur letzten Seite gelesen hättest. Ich bin erst im letzten Jahr auf ihn gestoßen, nachdem deine *Leidende Venus* erschien. Er ist hier in Morton's Fork gestorben, 1917.«

»In einem Feuer.« Truth erinnerte sich an die Flammen, die um sein Meßgewand gezüngelt waren, Flammen, die so kalt wie der Tod waren. »Er ist in einem Feuer umgekommen.«

Dylan erkundigte sich nicht, woher sie dies wußte.

»Damals hat es hier ein Sanatorium gegeben – eines von denen, die die Zipperlein reicher Leute kurieren. Blackburn hat es aus eigenen Mitteln gebaut und dazu jeden Cent verwendet, den er zusammenbetteln, leihen oder klauen konnte. Es hat eine Art Skandal in der Gegend gegeben, weil er das Grundstück nicht ganz rechtmäßig erhalten haben soll, aber als mit dem Bau begonnen worden war, sagte keiner mehr etwas dagegen – es war auch damals schon eine verarmte Gegend, und das Wildwood-Sanatorium versprach Jobs.« Dylan zuckte mit den Schultern.

»Du hast es gewußt.« Truth war so verblüfft, als hätte er sie geschlagen. »Du hast gewußt, daß Quentin Blackburn hier war – und du läßt mich vollkommen ahnungslos hier hineintappen! *Warum hast du mir nicht gesagt, daß er hier ist?«*

»Weil er nicht hier ist«, sagte Dylan ohne jedes Mitleid. »Er ist tot. Er ist im Feuer verbrannt. Und ich wollte eben genau Dinge dieser Art vermeiden.«

»Dinge welcher Art?« fragte Truth drohend. Sie stand auf und sah ihn an. Er blieb auf der Bank sitzen – er hatte sich seine Jeans und Slipper angezogen, bevor er ihr gefolgt war.

»Du. Dies hier. Kaum drehe ich mich um, wanderst du in deinem Pyjama die Hauptstraße hinunter und redest über Quentin Blackburn, als ob er jeden Moment mit einem Messer aus den Büschen springen würde.«

Er ist. Er ist hier. »Also hast du dich einfach entschlossen, Informationen zu verschweigen – wichtige Informationen, die mein Spezialgebiet betreffen –, weil du mich nicht aufregen wolltest?«

»Nein«, sagte Dylan entschieden. »Nicht deshalb. Sondern weil ich verhindern wollte, daß wieder dein okkultes Steckenpferd mit dir durchgeht mit nichts dahinter als ... dem göttlichen Recht von Blackburns Kindern, deshalb. Dein Spezialgebiet ist analytische Statistik, nicht Hohe Magie, wenn du dich erinnerst. Schätzchen ...«

»*Wage* nicht, mich so zu nennen!« Truth hörte ihre Stimme von den Gebäuden widerhallen und wußte, daß sie bald jede Menge interessierter Zuhörer haben würden, aber in diesem Moment war es ihr gleichgültig. »Erst sagst du, daß ich eine Spinnerin bin, die ...«

»Das habe ich nicht gesagt!« erhob Dylan seine Stimme. Er stand auf und ging einen Schritt auf sie zu. Truth wich zurück.

»Ich will nicht, daß dir was passiert – du bist Blackburns Tochter – du weißt doch, was für eine unsägliche *Show* mit dem Okkulten veranstaltet werden kann«, sagte Dylan flehend. »Wenn ich in meiner Feldforschung Phänomene wie Persönlichkeitsübertragung und Wiedergänger untersuche, glauben die Leute, ich würde schnurstracks zum Friedhof gehen und ihren Onkel Frank ausbuddeln – aber was du treibst, ist viel schlimmer.«

»Und was treibe ich?« fragte Truth mit leiser, unheilvoller Stimme.

»Du treibst Magie«, sagte Dylan schlicht.

Sie schrak vor der bitteren Wahrheit zurück – aber das war es, worum es ging. Truth war eine Zauberin, genauso wie ihr Vater und ihr Großvater vor ihr Zauberer, Magier gewesen waren. Eine Magierin. Eine *Hexenmeisterin*.

Wie Quentin Blackburn.

»Und du meinst, das soll ich nicht?« ging Truth wieder zum Angriff über. »Professor MacLaren hat gesagt, daß Magie *real* ist, daß Magie möglich ist – daß die Linie zwischen dem, was die menschliche Vernunft kann und nicht kann, einen falschen Dualismus erzeugt, der jede Möglichkeit eines wahren Verstehens verhindere...«

»Und gerade du hast dich die ganzen Jahre geweigert, ihm in dem Punkt zuzustimmen!« schoß Dylan zurück. »Jetzt auf einmal fängst du an, deinen inneren Okkultisten zu akzeptieren, aber du hast nie etwas nur halb machen können. Du mischst dich ein, Truth – und ich wollte nicht, daß du dich hier einmischst.«

»In dein privates Jagdgehege«, sagte Truth giftig. »Hast du Angst, daß ich dir deine publikationsträchtigen Ergebnisse kaputtmache? Ist das alles, was das Unsichtbare dir bedeutet – die Chance, noch einen wissenschaftlichen Aufsatz zu schreiben? Was würdest du denn mit einem Geist anfangen, wenn du ihn endlich gefangen hättest, Dylan – ihn studieren?«

»Ja. Ja, das würde ich tun«, sagte Dylan ruhig.

»Du würdest ihn in eine Flasche stecken, ihn wiegen und messen, und es würde dir nicht einfallen, ihn zu fragen, *warum* er überhaupt da ist. Du würdest ihm nicht helfen, eine höhere Ebene zu ereichen...«

»Genau das ist es, wovon ich rede!« explodierte Dylan. »Wenn ich hier in Morton's Fork den Fall einer intakten Persönlichkeitsübertragung nachweisen kann, dann kannst du sicher sein, daß ich sie messen werde – ich werde sie nicht zum Abendessen einladen oder ihr raten, einen Psychiater aufzusuchen. Geister sind keine *Menschen*. Geister sind *Dinge* – und zwar gefährliche Dinge. Ich hätte dich nie mit herbringen dürfen.«

»Weil ich übersinnlich bin? Das bin ich nicht! Ninian und Rowan haben beide einen höheren Wert auf der Rhine-Skala erreicht als ich.«

»Kann sein«, sagte Dylan. »Aber beide wissen, wo sie eine Grenzlinie ziehen müssen – und du weißt das nicht.«

Truth starrte Dylan an, zu verblüfft, um zu sprechen. Dylan fuhr sich mit einer Hand durchs Haar und machte eine mißlungene Versöhnungsgebärde.

»Also, wenn es dich glücklich macht, können wir morgen früh hoch zum Sanatorium gehen – heute, meine ich. Wenn Quentin Blackburn da oben herumspukt, dann müßte Rowan in der Lage sein, ihn auszuräuchern. Ich wollte Wildwood für später aufheben, aber ...«

»Die Nadeln in der Karte – sie kreisen das Sanatorium ein, nicht wahr – und Quentin Blackburn. Das hast du gewußt und es nicht für nötig gehalten, dies einer hysterischen Frau mitzuteilen, die einer Täuschung erliegt.«

Truth spürte eine mörderische, kalte Wut in sich aufsteigen, die ihre frühere Furcht vollständig auslöschte. Nicht mehr lange, und sie würde Dylan eine Ohrfeige verpassen, das wußte sie – oder noch Schlimmeres tun.

»Truth, Schätzchen, komm zurück ins Bett. Es war ein langer Tag. Es tut mir leid, daß ich mich verfahren habe. Jeder von uns ist erledigt und gereizt. Morgen wird es dir viel besser gehen, wenn wir beide vernünftig über diese Dinge sprechen können.«

Dylans Stimme und Gesicht flehten sie an, den Streit zu beenden. Aber Truth hatte nicht die geringste Absicht, ihm diesen Gefallen zu tun.

»Wir können es jetzt vernünftig diskutieren. Häufen sich die Verschwindensfälle um das Sanatorium oder nicht?«

»Tun sie nicht. Das Sanatorium wurde erst Ende 1914 erbaut. Manche der Berichte gehen zurück bis auf die ersten Siedler hier in der Gegend – vor über 250 Jahren. Das hat nichts mit Quentin Blackburn zu tun.«

Truth verbarg ihr Gesicht hinter der Hand. *Das Sanatorium wurde 1914 erbaut – aber das Tor war immer hier, Dylan!*

Doch sobald sie den Gedanken formulierte, bekam sie Zweifel. Worauf gründete sie ihren Glauben an ein Tor von Wildwood? Auf eine Vision, die bestenfalls subjektiv war und gewiß zu Mißdeutungen einlud und die teilweise mit einem Traum vermischt war?

Aber wie wirklichkeitsträchtig ihr Glaube auch immer war, Dylan hatte ihr Informationen vorenthalten, und das konnte sie nicht verzeihen.

»Wenn du dich mit dieser Ansicht genauso irren solltest wie bei den meisten Dingen, Dylan, dann wirst du es sicher bald herausfinden«, sagte Truth grimmig.

»Komm zurück ins Bett«, sagte Dylan freundlich.

Das letzte bißchen der aus Wut entsprungenen Kraft verließ sie jetzt, und sie fühlte sich müde, klein und durchgefroren.

Obwohl sie Dylan erlaubte, sie zurück zum Winnebago zu führen, verbrachte sie den Rest der Stunden zusammengerollt auf dem Fahrersitz des Campers und starrte blicklos in die Nacht hinaus.

Bei jedem Schritt auf seinem Weg vom Beifahrersitz des Cherokee-Jeeps zur Eingangstür des renovierten Schulhauses biß Wycherly die Zähne zusammen. Sein Fußgelenk schmerzte bei jeder unvorsichtigen Belastung, und Sinah mußte ihn beinahe ins Haus tragen. Frische Schweißperlen traten ihm auf die Haut, und sein Hemd war naß, als er sich endlich in einen Sessel in Sinahs perfekt gestyltem Wohnzimmer fallen ließ. Wie üblich hatte er seine Kräfte überschätzt, und dafür mußte er jetzt büßen. Bei solchen Gelegenheiten war sein Verlangen nach einem Drink gewöhnlich größer denn je, aber seltsamerweise spürte er nichts davon, wahrscheinlich durch den Schmerz.

Stillschweigend wurde davon ausgegangen, daß er über Nacht hier blieb, und Wycherly war zu müde, um sich zu wehren, auch wenn das Bier in seiner Hütte war. Wenigstens hatte er seine Schmerztabletten bei sich.

»Ich hole dir ein bißchen Eis für dein Fußgelenk«, sagte Sinah. »So spät kann es wahrscheinlich nicht mehr viel ausrichten, aber lieber spät als gar nicht.« Sie verließ ihn.

Das einzige Eis, das ich will, befindet sich in einem Glas Bourbon, bellte Wycherly innerlich. Feindselig starrte er Sinah hinterher. Im allgemeinen sollte Sex ein Band der Intimität und des Vertrauens schmieden – der Intimität jedenfalls –, aber offen gestanden hatte er Sinah mehr gemocht, bevor er sie besessen hatte.

Er blickte erneut im Zimmer umher. Normalerweise hätte ihn das alles nicht interessiert – das war nun einmal der Stil, in dem die Leute lebten –, aber diese Einrichtung war in einem Dörfchen wie Morton's Fork so vollkommen fehl am Platz, daß er sie immer wieder anschauen mußte. Decken wie in einer Kathedrale, Buntglasfenster – ein Landsitz wie aus dem Fernsehen.

Als altgedienter Zeuge der häufigen Ausflüge seiner Mutter auf das Gebiet der Innendekoration wußte Wycherly, daß diese Ausstattung weder einfach noch billig zu haben war. Aber wozu überhaupt das Ganze? Wycherly veränderte seine Sitzposition und wurde mit einer neuen stechenden Nachricht aus seinem Gelenk belohnt.

Sie hatte auf diesen Augenblick gehofft, hatte ihn herbeigesehnt und sich streng ermahnt, nicht daran zu glauben, daß er je eintreten würde. Nun war er gekommen – und sie wünschte, er wäre es nicht.

Ihre Gabe verließ sie.

Seit wann? Wenn sie in der Nähe von jemandem war, gleichgültig für wie lange, hatte sie gelernt, seine oder ihre Gedanken und Gefühle von sich fernzuhalten, so wie man ein zu lautes Fernsehgerät leiser stellte, aber es war im Hintergrund immer da, ließ sich, wenn sie es wollte, im Nu nach vorne holen.

Aber jetzt konnte sie es nicht. Nicht bei Wycherly jedenfalls.

Oh, sie konnte wohl noch den Gezeitendruck seiner Gefühle spüren, aber jeder konnte von Gesicht, Körper oder Stimme auf die Gefühle eines anderen schließen. Der innere Monolog seiner Gedanken – die endlose Ich-Erzählung, die alle Menschen während des größten Teils ihrer wachen Zeit sich selbst erzählten – war aus ihrem Bewußtsein geschwunden, als ob sie sie nie hätte hören können.

Wie konnte sie ihn ohne diese Möglichkeit richtig einschätzen? Die Handlungen der Menschen, ihre Gefühle und das, was sie sagten, hatten selten irgend etwas miteinander zu tun, und sie wußte bereits, wie zerrissen Wycherly innerlich war. Was er in einem bestimmten Moment auch empfand – und gewöhnlich schien es Ärger zu sein –, es gab immer etwas unter der Schicht der Gefühle, etwas, das er nicht nur vor ihr, sondern auch vor sich selbst verbarg.

Doch jetzt würde sie nie mehr herausfinden können, was es war.

Sie konzentrierte sich auf ihre nächste Umgebung, versuchte, ihr inneres mit dem äußeren Leben zu überdecken. Auch ohne ihre Gabe wußte sie, daß Wycherly Schmerzen haben mußte. Vielleicht würde ihnen ein Eisumschlag in Verbindung mit weiteren Schmerztabletten die Spitze nehmen.

Sie erinnerte sich, daß er lieber Eistee als Soda trank, aber sie würde ihm keinen Alkohol anbieten – zumindest nicht, bevor er sie darum bat, und sie wußte, daß seine verquere, gebrochene Arroganz ihm diese Bitte nicht erlauben würde. Soll er ihn stehlen, wenn er ihn unbedingt haben muß – er wußte ja, wo sie die Flaschen aufbewahrte.

Sie öffnete den Kühlschrank, nahm den Krug mit Tee heraus, wählte ein großes Glas, tat Zitronen- und Limonenstücke hinein und füllte es mit Eistee auf. Kein Zucker. Wycherly nahm nur zum Kaffee Zucker.

Es schuf eine falsche Intimität, wenn man soviel über einen anderen wußte; eine bizarre, eingleisige Beziehung wie solche, die Fans zu den Stars ihrer Lieblingsseifenoper aufbauten. Sie kannte ihn nicht wirklich, weil er sie nicht kannte – sie war besessen von allen Details seines Lebens, aber gleichzeitig eine Fremde für ihn, und als solche würde er sie behandeln.

Das konnte sie ändern. Selbst mit dem Nachlassen ihrer Gabe konnte sie ihn dazu bringen, daß er sie mochte. Sie konnte ihn dazu bringen, daß er sie *liebte*. Sie konnte die vollkommene Frau seiner Träume sein.

Aber es wäre alles Verstellung, auf seine Erwartungen hin zugeschnitten, und selbst wenn es in Szene gesetzt war, würde er sie immer noch nicht im mindesten kennen. Selbst Jason Kennedy war ihr nie so nahe gekommen, wie er geglaubt hatte, obwohl ihre gemeinsamen Erfahrungen aus ihm einen Freund für sie gemacht hatten.

Ihre Beziehung – Liebe, Haß oder etwas dazwischen – zu Wycherly mußte nicht notwendig genauso werden. Aber hatte sie den Mut, sich ehrlich darauf einzulassen, nicht mit dem Vorteil, den ihr ihre Gabe bereits eingetragen hatte; würde sie ihm die Chance einräumen, sie als das kennenzulernen, was sie wirklich war – ohne falsche Fährten und Halbwahrheiten –, und darauf zu reagieren? Sinah betrachtete das beschlagene Glas in ihrer Hand. Wie sehr brauchte sie Wycherly? Das war die entscheidende Frage.

Sinah trug das Glas ins Wohnzimmer, wo Wycherly wartete.

Das Mittagessen war raffiniert und kultiviert, dazu gab es mehr Eistee. Wycherly aß lustlos mit. Er war müde von dem Codein, das er eingenommen hatte, und von der körperlichen Anstrengung am Morgen. Die klimatisierte Luft war kühl und trocken, und die schmerzstillenden Mittel begannen den grimmigen Schmerz in seinem Fußgelenk zu dämpfen. Sie sprachen über harmlose, unpersönliche Dinge – nicht über das Sanatorium und was dort vorgefallen war –, bis die Mahlzeit vorbei war.

»Ich würde gern mit dir darüber reden, was heute passiert ist«, sagte Sinah. »Gehen wir ins Wohnzimmer?«

Man sollte ihn mit etwas Derartigem nicht konfrontieren, solange er keinen Drink in der Hand hielt, dachte Wycherly, doch seltsamerweise verspürte er nicht einmal die Versuchung, sie um einen zu bitten. Der Teil seines Bewußtseins, in dem die schwarze Bestie lebte, war von der dunklen Vision eines Mannes in Flammen besetzt.

Der ihm Macht angeboten hatte.

Sinah flatterte im Zimmer umher, unfähig sich niederzulassen. Wycherly erkannte die ruhelose Vermeidung der abstinenten Alkoholikerin, aber er hätte gemerkt, wenn sie einen ›Genesungsprozeß‹, wie es genannt wurde, durchmachte. Die wenigen ›genesenden‹ Alkoholiker, die er kannte, ließen keine Gelegenheit aus, mit ihrem Amethystschmuck zu protzen, jedem zu erzählen, daß Alkoholismus eine Krankheit sei und wie lange genau ihr ›Genesungsprozeß‹ schon dauere.

Es war komisch, dachte Wycherly, daß Alkoholismus ähnlich wie Krebs etwas war, von dem man offenbar nicht geheilt werden konnte. Für den Rest seines Lebens war man Genesender, ohne die Genesung je zu erreichen.

Was wollte sie? Warum kam sie nicht auf den Punkt, nachdem sie ihn erst auf diese Weise neugierig gemacht hatte?

»Du wolltest mit mir reden?« sagte Wycherly schließlich.

Sinah setzte sich in den Sessel, der im rechten Winkel zum Sofa stand, und beugte sich zu ihm vor. Das weite T-Shirt verhüllte ihren Körper, doch ihr feingliedriger Hals war nah genug, daß er ihn hätte berühren können. Ein schwach wahrnehmbarer Duft ging von ihrer Haut aus und ließ in ihm gedämpft aufblitzen, was sie auf dem Altar getan hatten.

»Es kommt mir so dumm vor, dies zu fragen«, gab sie schüchtern zu, »aber ich muß ... heute – oben in der Ruine – hast du ... Hast du je von etwas gehört, das Die Alte Kirche genannt wird? Kirche vom Alten Ritus? Etwas dergleichen? Oder von Quentin Blackburn?«

Das war nicht das, was er zu hören erwartet hatte. Die Worte nahmen in seinem Kopf eine eigentümliche Bedeutung an, wie die Verkündigung eines Richterspruchs. Der Name ›Blackburn‹ kam ihm seltsam vertraut vor, und die Kirche vom Alten Ritus erinnerte ihn an jene am Rande der Legalität operierenden New-Age-Sekten, auf die die Reichen regelmäßig hereinfielen. Die – Vision? – war wie ein kurzes, helles Aufleuchten gewesen, doch je länger er darüber nachdachte, um so mehr begann sie sich zu entfalten, als wäre mit einem Schlag eine große Menge an Informationen in sein Bewußtsein geströmt.

Ein übersinnlicher Blitz? Nach Wycherlys Erfahrung gehörten solche nebulösen, ungreifbaren Dinge dem Bereich von Fernseh-Fantasien an, aber irgend etwas objektiv ... Befremdliches ... mußte es mit dem Wildwood-Sanatorium auf sich haben. Satanische Kapellen mit schwarzen Altären hatte er noch in keinem Hospital gesehen.

»Quentin Blackburn?« fragte Wycherly nachdenklich. »Warum?«

»Oh, aus keinem besonderen Grund...« Sie hielt inne, wandte sich ab. Entweder war sie die schlechteste Lügnerin unter allen Schauspielerinnen, die er je getroffen hatte, oder sie haßte den Gedanken, ihn anzulügen. Wycherly fand beide Alternativen wenig wahrscheinlich.

»Ich meinte nur... hast du... ist heute da oben irgend etwas Ungewöhnliches passiert?« fragte Sinah stockend.

Sinahs Frage brachte ihm lebhaft ihren Besuch im Tempel in Erinnerung – nicht, als er sie auf dem Altar genommen hatte. Sondern davor, als er...

»Nein. Nichts. Warum fragst du?« log Wycherly leichthin.

»Ich...« Ihr Gesicht war ihm zugekehrt, ernst und traurig. Als ob sie diese Antwort erwartet hätte, aber dennoch davon enttäuscht wäre. Der Wunsch, ihr Gesicht aufzuheitern, gab ihm die Worte ein:

»Aber ich habe von der Kirche vom Alten Ritus schon gehört – oder jedenfalls von etwas ähnlichem.«

»Wirklich?« Ihre Erleichterung war körperlich spürbar, wie ein Sonnenaufgang.

»Es ist eine dieser neosatanischen Sekten – du weißt schon, Sex, Drogen und Orgien, alles für die Suche nach der höheren Wahrheit. Du bist doch die, die aus Kalifornien kommt. Gibt es da die New-Age-Religionen und Idioten-Kulte nicht zu Dutzenden?« fragte er.

»Ja...«, sagte Sinah langsam. Sie versuchte immer nur die Wahrheit unter Wycherlys Gefühlen herauszuspüren. Sie hatte mehr als einmal solchen Gruppen angehört, aber jedesmal hatte sie sich wieder enttäuscht abgewendet. Keiner von ihnen glaubte an die okkulten Wahrheiten, die sie ihren Mitgliedern so anschaulich predigten.

»Hereward – ein Schauspieler, mit dem ich in New York eine Weile zusammen war – fuhr total auf solche Sachen ab, aber mich hat das nie so interessiert«, sagte sie und suchte nach Worten für eine Erklärung.

Oder, um genauer zu sein, sie war vor den Bildern, die sie in Hereward Farrars Bewußtsein gesehen hatte, zu Tode erschrocken, selbst dann noch, als sie sich nicht mehr erinnern konnte, was sie darstellten. Er war tief an Magie interessiert gewesen, wie es anscheinend viele Theaterleute waren, da Riten und Theater so viele Berührungspunkte hatten. Doch keines der Bücher, die Hereward ihr gegeben hatte – oder die sie später kaufte –, hatte ihr eine Erklärung oder gar Kontrollmöglichkeit für ihre Gabe geben können, und die Rituale, die manche davon empfahlen, kamen ihr wie eine Art Zen-Kochen vor – ein aufwendiger, komplizierter Prozeß ohne sichtbares Ergebnis.

»Er hat mir einen Packen Bücher geliehen, aber ich habe es nie geschafft, sie zu lesen«, sagte sie, knapp an der Wahrheit vorbei. »Ich glaube, ich habe sie mit hergebracht, als ich meine Sachen für den Umzug von der Küste einpackte. Wahrscheinlich liegen sie hier noch irgendwo rum.«

»Du wirst deine Kirche wahrscheinlich in der Universalenzyklopädie der Magie oder so was finden«, sagte Wycherly. Er klang gelangweilt. »Die ziehen dir das Geld aus der Tasche, während du zusiehst.«

»Vielleicht«, sagte Sinah widerstrebend. Ihre Fähigkeit, Wycherlys Gedanken zu lesen, mochte so sehr nachgelassen haben, daß sie nur noch seine Gefühle spüren und nicht mehr sein inneres Sprechen hören konnte, aber sie hatte immer noch den Moment des Wiedererkennens in ihm wahrgenommen, als sie Die Kirche vom Alten Ritus erwähnt hatte.

Er wußte, worum es sich dabei handelte. Er hatte sie angelogen.

Sinah lag im Dunkeln wach und hörte neben sich Wycherlys gleichmäßiges Atmen. Sein Bewußtsein war nun mit Hilfe von Tabletten zur Ruhe gekommen, die Träume bewegten sich hin und her wie glitzernde Fische, außerhalb ihrer seelischen Reichweite. Sie griff hinüber zu dem Nachttisch, wo der alte Lederbeutel unter dem Druck ihrer Finger durch den neuen Stoff der Brusttasche raschelte.

Es kam Sinah so vor, als könnte sie seinen Inhalt vibrieren spüren von der Persönlichkeit – und dem Willen – der Frau, die ihn als erste getragen hatte. Diese Frau wäre dem Mann – oder Geist – mehr als ebenbürtig gewesen, der Sinah heute oben in Wildwood bedroht hatte. Athanais de Lyon hatte sich nie und von niemandem den Weg verstellen lassen – sei es König, Gott oder Teufel –, und Quentin Blackburn wäre da keine Ausnahme...

Der problemlose Umgang mit dem Namen ihrer Ahnin ängstigte Sinah in einer tiefen Schicht ihrer Seele, denn es schien darauf hinzudeuten, daß ihre Selbsttäuschung keineswegs eine Täuschung war. Daß Athanais de Lyon wirklich existierte.

Es ist der Name deiner Mutter; den Rest hast du aus dem Fernsehen! sagte sie sich tapfer. Aber das stimmte nicht. Sie wußte das bereits. Sie stammte aus einer alten Erblinie von Hexen ab, und offenbar gab es eine ebenso alte Erblinie von Feinden. Wie Die Kirche vom Alten Ritus.

Aber was ist der Sinn? Schon bald wirst du – wenn du so weitermachst – dich um solche Dinge nicht mehr kümmern können, weil du nämlich aus dem Verkehr gezogen wirst, höhnte ihre innere Stimme.

Darin steckte zuviel Wahres, als daß sie leicht darüber hätte hinweggehen können. Sie brauchte Hilfe. Sie brauchte das Wissen, das Wycherly hatte. Vielleicht konnte sie das Gespräch am nächsten Morgen noch einmal auf dieses Thema lenken.

Nein. Schmerzlich erkannte Sinah, daß selbst ihr Selbsterhaltungswille sie nicht dazu bewegen konnte, Wycherly Musgrave auf diese Weise zu manipulieren. Sie brauchte seine Hilfe – aber die würde sie nicht aus ihm heraustricksen. Vielleicht würde er lernen, ihr zu vertrauen.

Vielleicht schneit es in der Hölle.

Nach einer weiteren halben Stunde, in der sich Sinah schlaflos hin und her wälzte, stand sie auf und ging hinunter in die Küche. Auf dem Bord neben den Teetassen stand eine Schlafmedizin, die ihr bei ihren Flügen von Küste zu Küste gegen den *Jetlag* geholfen hatte. Sie schüttete sich zwei der kleinen Pillen – die doppelte Dosis – auf die Handfläche und schluckte sie trocken herunter. Sie wollte schlafen, tief und traumlos. Es war die einzige Fluchtmöglichkeit, die ihr noch offenstand.

Sinah schaute in der Küche umher und dann durch die halb offenstehende Tür in das angrenzende Wohnzimmer. Dies hier war als ihr Fluchtort gedacht gewesen, aber es hatte sich nur als eine weitere Sackgasse erwiesen.

Wycherly wachte kurz vor Anbruch der Dämmerung auf, so plötzlich, als hätte ihm jemand ins Ohr gerufen. Er hatte von einer weiten, öden Ebene geträumt und von einem aus Totenschädeln zusammengesetzten Thron. In dem Traum hatte er eine Schlange aus weißglühendem Metall festgehalten und vor Schmerz geschrien, bis seine Hände vollständig verbrannt waren.

Er konnte das nicht zulassen. Er mußte ... was?

Versuchsweise dachte Wycherly an die Schnapstruhe im Zimmer unten. Er hätte ebensogut an Schokoladeneiscreme denken können, denn mehr Verlangen empfand er nicht.

Er wollte keinen Drink. *Er wollte keinen Drink.*

Wycherly rückte von Sinah weg und setzte sich auf, überrascht von der Ungeheuerlichkeit des Gedankens. Er hatte mit Trinken angefangen, als er gerade mal zwölf Jahre alt gewesen war – immer hatte es in Wychwood Spirituosen gegeben; seine Eltern tranken, und sein älterer Bruder trank. Wycherly konnte sich eigentlich an keine Zeit erinnern, in der er nicht im Geiste damit beschäftigt war, wie er an seinen nächsten Drink kommen konnte.

Aber jetzt wollte er keinen.

Verkehrte Welt.

Er bewegte sich langsam, schonte sein Fußgelenk – obwohl es nicht mehr so schlimm war –, sammelte seine Kleidungsstücke ein und nahm sie mit hinunter, um sie anzuziehen. Dort band er sich auch den Verband noch einmal fester um das Gelenk. Er würde ihn abnehmen, sowie er in seine Hütte kam. Zurückzukehren war jedenfalls keine sonderlich schlechte Idee. Immer aus der Position der Stärke verhandeln – das war einer der Grundsätze, die ihm sein Vater beigebracht hatte.

War sein Vater schon tot? Wycherly wußte nicht, wie er dies herausfinden sollte, ohne seiner Familie seinen Aufenthaltsort zu verraten. Er zuckte mit den Schultern. Immer schön der Reihe nach.

Als er angezogen und aufbruchbereit war, hielt ihn noch ein Gedanke zurück. Sinah hatte von Büchern über Magie gesprochen, die ihr ein Freund geschenkt hatte. Da Sinahs Haus alles an Bibliothek war, was er in Morton's Fork finden konnte, war es sicher keine schlechte Idee, sich die Bücher einmal anzusehen.

Da war ein Exemplar mit dem Titel *Die leidende Venus: Das kurze und schnelle Leben des Magister Ludens Thorne Blackburn und der Neue Äon;* der Name auf dem Umschlag beschäftigte ihn, bis er merkte, daß es sich um *Thorne* Blackburn und nicht um Quentin handelte und daß der Mann auf der Fotografie lange Zeit nach dem Brand im Wildwood-Sanatorium geboren worden war. Da waren Bücher über die Suche nach dem inneren Licht – Wycherly verzog vor Abscheu die Lippen – und über UFOs; ein Buch sah aus wie eine allgemeine Geschichte des Okkultismus – das legte er sich beiseite –, doch keines dieser Bücher war das, was er suchte.

Als er eine der dickeren Schwarten hochhob – *Die Autobiographie der Großen Bestie, geschrieben von ihr selbst* –, um es wieder ins Regal zu stellen, rutschte etwas aus dem Schutzumschlag. Er konnte es gerade noch auffangen, bevor es auf dem Boden aufschlug, und dabei stieß er auf ein Geheimnis.

In dem Buch war ein weiteres Buch versteckt; die Seiten des hinteren Teils waren herausgeschnitten, um Platz dafür zu schaffen. Niemandem würde das auffallen – wenn er nicht wie Wycherly zufällig das Buch fallen ließ.

Er zog das versteckte Buch heraus und öffnete es.

Es war alt, abgestoßen und verstaubt, der goldbedruckte weiße Lederband war zu einem schmutzigen Grau verblichen. Es war ein kleines Buch – vielleicht fünfzehn mal acht Zentimeter und etwas mehr als einen Zentimeter dick –, leicht genug zu übersehen, wenn man den anderen Band in die Hand nahm. Er steckte die *Autobiographie* wieder in den Schutzumschlag und stellte sie zurück ins Regal, bevor er das versteckte Werk aufschlug.

Das schwache graue Dämmerungslicht reichte kaum aus, um den Titel zu entziffern: *Les Cultes des Goules – Die Kulte der Ghule, Das ist: der wahrhaftige Bericht von gewissen Vorchristlichen Ungeheurlichkeiten, wie sie in Neuster Zeit in Languedoc und Navarra practiziret,* und darunter stand *Übersetzt aus dem Französischen mit Anhang und Kommentar von Nathaniel Lightborn Atheling, M.D., LL.D., FRS, Oxon.* Die Seite war zweifarbig in Schwarz und Rot gedruckt und wies als Drucker Charles Leggett, London, 1816, aus.

Das war es. Die gleiche Mischung aus Erregung und Angst, die Wycherly am schwarzen Altar gespürt hatte, nahm wieder von ihm Besitz. Er sollte dieses Buch finden.

Die erste Seite trug den geprägten Anschaffungsstempel einer alten Bibliothek, den Jahre der Benutzung durch schmutzige Finger leichter lesbar gemacht hatten: TAGHKANIC COLLEGE LIBRARY. Die Seite trug ebenso einen verblaßten roten Stempel: NICHT ZUR AUSLEIHE. Wycherly lächelte und las weiter. Er fragte sich, wie Sinah daran gekommen war – oder ob sie überhaupt wußte, daß es sich unter ihren Büchern befand.

Die erste Hälfte war zweisprachig gedruckt, jeweils die eine Seite englisch und die gegenüberliegende französisch, beide in der gleichen alten, schwer zu entziffernden Schrift. Die französischen Seiten waren voll von handgezeichneten Diagrammen und Illustrationen, manche davon auf das sorgfältigste koloriert. Wycherly blätterte das Buch rasch durch, hielt erst inne, als er etwas von dem Gezeichneten erkannte.

Es sah aus wie der Szenenentwurf für einen vormodernen *snuff film,* in dem der Zuschauer einen tatsächlichen Mord sehen konnte.

Er starrte ungläubig auf die Seite, dann schloß er das Buch hastig, als ob die Bilder sonst aus dem Buch in die wirkliche Welt entweichen könnten. Doch es half nichts. Was er gesehen hatte, setzte sich vor dem inneren Auge fest und vergiftete dort die Fantasie.

Hier war die Macht, die ihm versprochen worden war.

Ohne jeden Zweifel wußte er, daß dies der Wahrheit entsprach. Wies nicht alles in der Kultur des zwanzigsten Jahrhunderts darauf hin, daß Macht – Achtung – mit Blut erkauft wurde? Das Buch – und was es zu vertreten schien – war abscheulich, aber vielleicht, wenn er es genau durchlas, würde er etwas anderes darin finden, etwas, das gar nicht so schlimm war.

Hast du den Verstand verloren? fragte eine innere Stimme. Wycherly ignorierte sie. Hastig legte er das Buch auf das andere, das er mitnehmen wollte, und richtete sich mit Mühe auf. Zeit zu gehen.

Aus Sinahs vollklimatisierten Räumen in den düsteren frühen Morgen hinauszutreten, aus dem Komfort in die klamme, kühle Welt, ließ Wycherly frösteln. Es war nicht Regen, aber schwerer als nur Feuchtigkeit, und zu naß, um noch erfrischend zu sein. Der Nebel dämpfte alle Geräusche; Wycherly humpelte langsam durch eine in Watte gepackte Welt, drückte die gestohlenen Bücher an seine Brust und stützte sich auf dem geliehenen Spazierstock ab.

Sein Fußgelenk tat weh, aber nicht mehr so stark wie gestern; es war mehr eine Behinderung als ein tatsächlicher Schmerz. Der Little Heller war irgendwo links – er konnte ihn durch den Nebel hindurch plätschern hören –, und etwa eine Meile weiter rechts lag die Straße, die nach Wildwood führte.

Es kam Wycherly beinahe so vor, als lastete das Sanatorium wie ein Gewicht auf ihm; es lief ihm kalt den Rücken hinunter, als er die Gegenwart des Sanatoriums spürte, das ihn wie eine Schwerkraft hartnäckig zu sich hinzog.

Halluzination.

Vielleicht. Doch die Bücher waren wirklich. Sie schienen mit dem kalt zerstörerischen Feuer der Radioaktivität an seiner Brust zu brennen.

Der Fluß war wirklich. Er konnte den höhnenden Chor ertrunkener Stimmen hören, der nach ihm rief.

Sie ist nicht hier. Sie kann gar nicht hier sein. Sie ist tot und liegt in einem teuren Bronzesarg auf Long Island begraben. Du hast den Grabstein gesehen – erinnerst du dich?

Und in der Anstalt, an deren Namen er sich nicht mehr erinnerte, war ihm auch alles andere entfallen. Gerichtsverfahren,

Anklage, Verurteilung – wenn es sie gegeben hatte – waren in dem schwarzen Loch verschwunden, wo die Familie Musgrave all ihre Unannehmlichkeiten unterzubringen pflegte. Er hatte ein paar Jahre später alle erdenkliche Mühe gehabt, nur um herauszufinden, wo Camilla begraben lag. Sie war wirklich dort, und er war derjenige, der sie dorthin gebracht hatte. Er war der Fahrer gewesen.

Aber vielleicht spielte das keine Rolle mehr.

Seine Uhr zeigte sechs Uhr, als Wycherly seine Hütte erreichte. Der Linoleumbelag lag immer noch zusammengerollt zwischen zwei Bäumen im Vorgarten. Mittlerweile machte sich sein Gelenk wieder deutlich bemerkbar, und die Tylenol-3 gingen ihm langsam aus. Er schob den Gedanken beiseite. Er war immer schon ein Meister darin gewesen, die Zukunft zu ignorieren.

Mit seinem ganzen Gewicht auf dem Stock humpelte er hinein. Er hatte die Fenster offen gelassen; es war drinnen genauso feucht wie draußen und außerdem auch noch muffig. Der Umriß der Falltür war auf dem Boden gut zu erkennen. Wenigstens hatten sie soviel Voraussicht bewiesen, diese zu schließen. Gott allein mochte wissen, was sich sonst noch da unten befand, und was immer es war, er wollte, daß es auch da unten blieb.

Er zog die Tür hinter sich zu und legte die Bücher auf das rotweiße Wachstuch, das den Küchentisch bedeckte. *Les Cultes des Goules* schien in dem dämmrigen Licht zu strahlen, es zog die Aufmerksamkeit so unwiderstehlich auf sich, als läge dort eine abgetrennte Hand.

Was für ein appetitliches Bild, dachte Wycherly. Er ging hinüber zum Kühlschrank. Das seltsame Gefühl der Enthaltsamkeit hatte ihn seit seinem Erwachen am Morgen nicht verlassen, aber es gab hier nichts anderes als Bier zu trinken. Tatsächlich – und es war komisch genug – hätte er Wasser vorgezogen, doch der Gedanke, zum Bach zu gehen, erfüllte ihn immer noch mit Unbehagen.

Er überlegte, die Fenster zu schließen, und entschied, daß es zu mühsam war. Die Räume würden sowieso in ein paar Stunden trocken sein. »Wenn's trocken ist, dann hat's kein Loch im

Dach, und regnet's rein, dann kriegst du's eh nicht dicht.« Der Schluß eines alten *Hillbilly*-Witzes ging ihm durch den Kopf. Schon wahr, und eine vernünftige Lebensmaxime, wenn jemand Wycherlys Meinung dazu hören wollte.

Nur das wollte niemand. Was sie aber wollten, war unnötigen Ärger machen: seine wimmernde Mutter, sein stumpfsinniger Bruder, seine ehrgeizige Schwester.

Und dann war da noch sein Vater, der bis vor kurzem in einer so vollkommenen Welt gelebt hatte, daß ihm auch nur die Vorstellung eines Scheiterns unbekannt war.

Wycherly überlegte, ob er in den Büchern lesen sollte, aber dazu war es in der Hütte zu dunkel, und er hatte keine Lust, sich auf die Suche nach Lampen zu begeben. Abgesehen davon begann er sich jetzt, da er wieder heimatlichen Boden unter den Füßen hatte, müde zu fühlen. Er hatte eine unruhige Nacht hinter sich, und das nach einem anstrengenden Tag. Jetzt, da die Sonne herauskam, glaubte er, daß er ein paar Stunden schlafen könnte – er schlief immer besser, wenn die Sonne schon aufgegangen war.

Die Schlafkammer war noch vom vorigen Tag in Unordnung, aber das kümmerte ihn nicht. Er warf sich auf die alte Matratze und schlief bald ein, während die Sonne zwischen den Bäumen aufstieg.

9

Göttlich und würdevoll

Mein Vater dreht sich im Grabe um.
WILLIAM SHAKESPEARE

*D*a *hast du dich mal wieder in einen schönen Schlamassel hineingeritten*, seufzte Truth. Die Atmosphäre beim Frühstück war, um es vorsichtig auszudrücken, gespannt – Truth fragte sich, wieviel Rowan und Ninian von dem nächtlichen Streit mitbekommen hatten und welchen Reim sie sich darauf machten.

Na ja, Erwachsene stritten miteinander. Das gehörte zum Leben. Und es war kein Weltuntergang – aber um so schlimmer. Denn Truth wußte, daß sie und Dylan ihren Streit diesmal begraben würden, um dann wieder zu streiten – und wieder. Bis der Streit so bitter und unversöhnlich wurde, daß er schließlich zur Trennung führte.

Und was würde sie dann anfangen? Sie hatte kein Vermögen, das sie unabhängig machte; sie war eine Statistikerin der Parapsychologie, und auf diesem Gebiet gab es nicht so sonderlich viele Stellen. Das Bidney-Institut war die renommierteste Adresse auf dem Gebiet – Truth hatte dort Möglichkeiten, die sie sonst kaum irgendwo vorfinden würde.

Und aus diesem einfachen Grund würde auch Dylan nirgendwoanders hingehen wollen. Truth nahm an, daß sie sich gegenseitig aus dem Weg gehen konnten – man brauchte nur an diese unsägliche Mrs. Aillard zu denken, die die Abteilung der Gespensterforschung am Institut leitete. *Sie* war annähernd einweisungsreif, aber Dylan verstand es, mit ihr zurechtzukommen. Dylan, der Himmel wußte es, verzieh alles und war nachsichtig bis zur Selbstaufgabe.

Mit Schrecken stellte Truth fest, wie weit sich ihre Gedanken vom wirklichen Problem entfernt hatten – es ging nicht um ihre Beziehung zu Dylan, sondern um sie, Quentin Blackburn und das Tor von Wildwood.

Wenn es dort ein Tor gab.

Zwischen letzter Nacht und heute morgen hatte Dylan sein Angebot, mit den Untersuchungen im Sanatorium zu beginnen, stillschweigend fallengelassen, und das kam Truth durchaus entgegen. Sie war viel mehr daran interessiert, was ihre eigene Erkundung zutage fördern würde.

Evan Starking im Laden drüben erwies sich ihr als hilfreich, wenn er auch angesichts dessen, was sie wollte, etwas verwirrt dreinblickte. Mehrfach bot er an, sie zu ein paar »echten Hexen« zu bringen – als hätte Truth nicht in Tabby Whithields Laden in Glastonbury an jedem Tag der Woche ausreichend Gelegenheit gehabt, echte Hexen zu sehen: mit ihrem zu dicken Augen-Make-up und all ihrem Silbergeschmeide. Doch schließlich gab Evan ihr ein paar trügerisch einfache Wegbeschreibungen, um das Sanatorium zu finden – »folgen Sie dem Pfad von Watchman's Gap, bis Sie zu den Toren kommen«.

Was er nicht erwähnt hatte, war die *Länge* des Weges. Sie folgte mittlerweile seit über zwei Stunden diesem Pfad – der immer steiler, schmaler und zunehmend unwegsam wurde –, und der Proviant sowie ihre Tasche mit Arbeitsgerät wurden von Schritt zu Schritt schwerer.

Endlich, als sie kurz davor war aufzugeben, erreichte sie das Tor zum Wildwood-Sanatorium.

Sie blieb direkt davor stehen, erfüllt von einer seltsamen Unruhe. Selbst durch ihre Konzentration auf den Anstieg und durch ihre Müdigkeit hindurch spürte sie die befremdende Verkehrtheit des Ortes.

Irgend etwas fehlt.

Sie wußte nicht, woher ihr diese Überzeugung kam – das Gebäude war niedergebrannt, die Tore waren zerstört; was fehlte *nicht*? –, dennoch war sie stark und unabweisbar: Irgend etwas, das hätte hier sein sollen, war nicht da.

Truth schaute sich langsam um und suchte nach einem Anhaltspunkt, was es sein konnte. Nach ein paar Minuten gab sie achselzuckend auf. Wenn sie Anhaltspunkte wollte, dann war nur eines zu tun: Sie mußte weitergehen.

Sie ging den schmalen Fahrweg hinauf – einst war er mit Kies bestreut gewesen, an vereinzelten Stellen gab es davon noch Spuren –, durch einen langen grünen Tunnel verwilderter Rosen.

In dem Augenblick, als sie durch das Tor eingetreten war, nahm das Gefühl der Verkehrtheit zu. Truth wußte, daß es mit ihrer Position als Beobachterin zu tun haben konnte, daß sie möglicherweise sah, was sie zu sehen erwartete. Sie versuchte, dies zu berücksichtigen, doch je weiter sie sich von dem rostigen Eisentor entfernte, um so langsamer wurden ihre Schritte. Die Rosensträucher öffneten sich etwas und gaben den Blick auf eine Lichtung frei, die von Rotwild abgegrast war. Mitten darauf stand eine Marmorbank, und Truth ging zu ihr und ließ sich darauf nieder, um ihren Empfindungen nachzuforschen.

Macht. Die Wirklichkeit der Ungesehenen Welt in Begriffen der normalen Sinneserfahrung zu beschreiben, kann nur irreführen, doch Truth spürte, daß die Macht des Ortes über sie hinwogte wie das drängende, gezeitengleiche Beben einer gewaltigen Maschine, die auf Hochtouren lief. Die Phantomhitze eines astralen Hochofens schien ihre Haut zu versengen.

Die Macht existierte hier mit der gleichen physischen Wirklichkeit wie die Landschaft in ihrem Traum: die Lichtung, das wirbelnde Wasser, die Vision von Quentin Blackburn, der schwor, daß er diese Macht an sich reißen würde.

Aber sie konnte nicht einfach blind vorwärtsstappen, sagte sich Truth streng. Truth wußte soviel über die *sidhe*-Tore wie nur irgendein anderer Sterblicher, aber ihr fehlte die unbeschwerte Blumenjünger-Überzeugung ihres Vaters, daß man mit dieser Macht sicher umgehen konnte. Dylan selbst hatte zugegeben, daß Quentin Blackburn ›wirklich‹ hier gewesen war. Jetzt war es an Truth, der Natur der Macht, die hier wirkte, auf den Grund zu gehen. War es ein weiteres Tor, wie ihre Vision nahelegte? Sie hatte nur den Verdacht, daß dies zutraf – sie *wußte* es nicht.

Wie viele versiegelte Tore gab es heute in der Welt? Thorne selbst hatte es nicht gewußt, obwohl das Blackburn-Werk auf ihrer Existenz aufbaute. Auf der Fähigkeit nämlich, sie mit Willenskraft zu öffnen oder zu schließen, die Macht der *sidhe* herbeizurufen und möglicherweise sogar ein neues Tor zu öffnen, wo zuvor keines gewesen war.

Truth straffte die Schultern, als sie die Größe der Aufgabe ermaß, die vor ihr lag. Sie nahm die Tasche, die neben ihr auf der Bank lag und öffnete sie. Es war Zeit, an die Arbeit zu gehen, und dieser Platz war dafür so gut geeignet wie jeder andere.

Eine halbe Stunde später mußte Truth sich eingestehen, daß zu viele Beweise ebenso verwirrend sein konnten wie zu wenige. Zuallererst hatte sie die Quelle und die Grenzen der Macht nachweisen wollen, doch das Pendel hatte so wild ausgeschlagen, daß das Bergkristallgewicht an der Silberkette zog, bis es in nahezu waagerechter Flugbahn kreiste. Die Kette hatte sich ihr schmerzhaft um den Brustkorb gewunden, und nachdem Truth sich zum dritten Mal ausgewickelt hatte, gab sie auf.

Danach versuchte sie es mit der Rute. Zur Hälfte bestand sie aus Eisen, das von rostabweisendem Öl glänzte. Die andere Hälfte war aus durchsichtigem Glas und sammelte das Licht wie in einer Linse. Ein dicker Ring aus reinem Gold verband die beiden Teile miteinander. Es war keine wirkliche Wünschelrute – vielmehr symbolisierte der Stab die Transformation des rohen Intellekts durch den gebändigten Willen –, aber er konnte bei Bedarf für diesen Zweck eingesetzt werden.

Doch als sie sie in ihren Händen ausgestreckt hielt und sich den Energien der Umgebung öffnete, sprang die Rute wild hin und her. Bevor Truth sie festhalten konnte, fiel sie zu Boden, und die gläserne Hälfte zerbrach an der Mamorbank.

Truth unterdrückte einen entsetzten Schrei über diesen vernichtenden Schlag und beugte sich herunter, um die einzelnen Teile aufzulesen. Sie ließ die Eisenhälfte in ihrer Hand wippen, ohne sich zunächst Gedanken zu machen, welchen Einfluß diese Bewegung auf die Symbolsprache ihres inneren Tempels haben würde. Alles müßte neu geschmiedet und neu geweiht werden.

Aber es ist doch nur ein Symbol, zur Vereinfachung. Nicht die Sache selbst.

Vorsichtig wickelte Truth die Stücke der zerbrochenen Rute – darauf bedacht, keines zu übersehen – zuerst in Seide, dann in Leinen und verstaute das Päckchen wieder in ihrer Tasche. Sie sah nach, was sich sonst noch an Dingen darin befand. Manche waren so schlicht wie Holzpflöcke, Kreide, Kräuter, Quellwasser und Angelschnur; manche so exotisch wie das aus neun Metallreifen bestehende Armband, kleine Flaschen mit Salböl und Universal-Kondensator, Messer aus Silber und Obsidian.

Es sieht aus, als ob ich entweder kochen oder eine Landvermessung durchführen wollte, bemerkte Truth mit sarkastischem Lächeln. Doch in Wahrheit war dies die trügerische Ausrüstung der Hohen Magie, die sie für ihre Untersuchung brauchte.

Ihre Haut juckte unter der Wirkung des Energiefeldes um sie herum, aber das war eine subjektive Empfindung und ließ sich nicht messen; sie brauchte genaue Einzelheiten. Truth schaute die übrigen Dinge durch. Der Spiegel würde nötig sein. So wenig es ihr zusagte, diesen Ort auf astraler Ebene zu untersuchen, sie mußte es ja nicht unüberlegt und schutzlos tun. Sie zog das Armband über ihr linkes Handgelenk und schob es hoch, bis es fest saß.

Drei für Eisen, die Knochen der Erde, die in ihrer Zeit sterben. Drei für Silber, die Augen des Windes, die sorglos sterben. Drei für Gold, das Herz des Feuers, das nicht stirbt noch je sich wandeln soll...

Truth hielt inne, betrachtete das Armband und band sich dann, zu ihrem erhöhten Schutz, den Gebetsriemen so tief um ihre Stirn, daß der flache Stein, der in das Leinenband eingenäht war, hart gegen die Stelle zwischen ihren Brauen drückte. Okkultisten glaubten, daß dort das Dritte Auge saß, das Sinnesorgan, das die Vergangenheit, die Zukunft und die Ungesehene Welt wahrnehmen konnte. Sie knotete das Leinenband stramm um ihren Hinterkopf, so daß es nicht verrutschen konnte, dann nahm sie den Wahrsage-Spiegel zur Hand.

Ihr Schaustein war aus Gagat, der wie Bernstein einst Teil des Lebens gewesen war und wie Bernstein von Heiden und

Magiern gleicherweise für seine Fähigkeit gepriesen wurde, elektrische Ladung zu halten.

Der Spiegel in ihrer Hand – oder auch das *Speculum*, wie der Magier des Mittelalters ihn genannt hatte – hatte zwanzig Zentimeter im Durchmesser, war leicht konkav und blank poliert. Truth umfaßte ihn sehr fest, so daß weder unsichtbare Kräfte noch nervöse Ausfälle ihn ihr aus der Hand schlagen konnten, und blickte hinunter auf seine strahlende Fläche.

Zuerst sah sie nur ihr eigenes Bild darin, etwas verschwommen und weichgezeichnet durch den Gagat und verzerrt durch die flache Höhlung des Spiegels. Schwarzes Haar, blaue Augen, eigensinnig und nicht weiter bemerkenswert. Ganz die Tochter ihrer Mutter, ohne eine Spur von ihrem *sidhe*-stämmigen Vater in ihren Gesichtszügen.

Ihre Gedanken schweiften wieder ab – wo war ihre Disziplin? Truth richtete ihre Konzentration wieder auf den Spiegel, die Welt ringsum ausschließend. Die Hüter, die nun ein Teil ihres Lebens waren, würden sie zurück zu ihrem Körper rufen, falls sich ihr irgend jemand näherte. Für alles, was sonst noch zu tun blieb, war sie ausgebildet worden.

Truth nahm ihren gesamten Willen zusammen und warf sich in die Anderwelt. Finde das Tor. Rufe seine Wächterin. Wenn sie diese nicht finden konnte, dann mußte sie selbst versuchen, das Tor zu schließen.

Die öde, gestaltlose, subjektive Landschaft war ihr auf beruhigende Weise vertraut. Diesmal wußte Truth, wonach sie zu suchen hatte. Wenn es ein Tor war, dann wäre sein Kennungszeichen nicht zu übersehen; die Macht eines Blackburn-Zirkels war ihm so vergleichbar wie eine Kerze dem Herzen der Sonne.

Da.

Als Truth ihren Blick darauf konzentrierte, merkte sie, daß die Architektur dieses eigenschaftslosen Ortes sich unerbittlich ihm zuneigte, ebenso willenlos gefügig wie Eisenspäne, die sich um einen Magneten gruppierten.

Statt ihre Hüter herbeizurufen, entschied sie, zu Fuß zu gehen, gekleidet in das rote Gewand und das weiße Hemd einer Blackburn-

Jüngerin. Sieben silberne Sterne glühten über ihren Brauen, wo der Gebetsriemen über die Ebene der Manifestation gebunden war, und das mehrfache Armband an ihrem linken Handgelenk war ein kaltes und angenehmes Gewicht. Sie krümmte die Finger ihrer rechten Hand, und die Rute lag darin, unversehrt hier in der Anderwelt, obwohl ihr Symbol in der Welt unten zerbrochen war.

Langsam ging sie auf das Wildwood-Tor zu.

Sie hatte es zuvor erst als Strudel, dann als Schlange gesehen; doch jetzt, in der wandelbaren Anderwelt, zeigte es sich als ein zyklopenhaft weiter Eingang: Zwei riesige Pfeiler und ein abschließender Türsturz bildeten in dieser kahlen Ebene einen überwirklich aufragenden Pylon. Energie strahlte davon aus.

Da sie das Tor kannte, wurde es schwieriger, sich ihm zu nähern. Obwohl der Boden immer noch eben zu sein schien, hatte Truth ein Gefühl, als ob sie den steilsten Hang hinaufstiege. Sie verwandelte ihre Rute in einen Stecken und benutzte ihren Körper gewordenen Willen, sie vorwärtszutreiben. Je näher sie kam, um so gewaltiger schien sich das Tor in die Höhe zu erstrecken, bis – als Truth es, wie es ihr vorkam, nach Stunden zähen Ringens erreichte – es so ungeheure Ausmaße gewonnen hatte, daß ihr war, als stünde sie vor dem höchsten aller Wolkenkratzer und versuchte dessen Spitze zu erkennen.

Vorsichtig legte sie die Fingerspitzen auf den Stein des Tors. Er fühlte sich rauh und kalt an; nicht unangenehm.

Truth hielt inne, und dabei wurde ihr klar, daß sie darauf wartete, daß Quentin Blackburn erschien. Aber es war die Torwächterin, die sie wollte, nicht Quentin – auch wenn er der richtigen Blutlinie entstammte, so war er doch ein Mann. Nur Frauen beherrschten die Macht der Tore; Männer konnten allerdings dieses Erbe an ihre Töchter weitergeben.

Ich soll zurück zu Küche und Herd, meinst du? Onkel, du mußt noch eine Menge lernen!

Sie wandte sich erneut dem Tor zu und spreizte ihre Hände. Zwischen ihren Fingern wuchs ein blauflammendes Gitter, und wie im schwachen Widerschein dieser Energie erstand zwischen den Pfeilern das geisterhafte Bild einer Tür. Dieses Tor war beinahe weit genug geöffnet, um einen Menschen hindurchzulassen ins jenseitige Reich der sidhe – und während es so unverschlossen dastand, war es das Portal, durch das die Träume und Alpträume aus dem dunkelsten Unterbewußten der Menschheit hervorbrechen konnten, um Fleisch zu werden und Gestalt anzunehmen.

Das war der Grund, warum Morton's Fork das Zentrum so vieler Geistergeschichten und Fälle unerklärlichen Verschwindens war, erkannte Truth mit dem erregenden Gefühl des Triumphs. Und es mußte geschlossen werden.

Aber das mußte seine Torwächterin tun. Wo war sie? Truth sann nach einem Mittel, wie sie sie herrufen könnte, und schließlich rief sie den am wenigsten verläßlichen ihrer Hüter zu sich.

Der graue Wolf schlich sich zu ihr durch eine Landschaft, die zunehmend schroffer und felsenüberdeckt geworden war. Truth kniete nieder, um ihn zu begrüßen: seine Energie und Tatkraft. Aus Gleichgewichtsgründen hätte sie sein Gegenüber ebenso zu sich herrufen können, doch der Wolf verlor in Gegenwart des schwarzen Hundes Kraft, und Truth brauchte alle Energie, die sie nur mobilisieren konnte.

»Sing für mich, alter Junge«, sagte sie und kraulte seine dichte Mähne, während sie an seiner Seite kniete, und der graue Wolf warf seinen Kopf zurück und heulte.

Der einsame Laut wurde von den Pfeilern des Tores zurückgeworfen und hallte durch die Anderwelt. Truth spürte, wie das Tor von dem Ruf halb wachgerüttelt wurde. Der Wolf heulte wieder und wieder. Truth wartete, bis das letzte Echo verklungen war.

Ob sie wach war oder schlief, ob sie eine Jüngerin war oder unschuldig, ob sie lebte oder gerade gestorben war, die Wächterin dieses Tores hätte auf diese Rufe hin kommen müssen – es sei denn, dieses Tor hatte zur Zeit keine Wächterin und die Blutlinie war ausgestorben.

Truth stand auf und malte ein Zeichen in die Luft, um den grauen Wolf zu entlassen. Er tollte noch ein wenig um ihre Beine herum – seine Verspieltheit eine Reaktion auf die verwandtschaftliche Kraft des Tores –, bevor er davonsprang. Truth sah ihm lange hinterher, bevor sie sich wieder dem Tor zuwandte. Sie wünschte sich alles mögliche, unter anderem auch, daß sie sich nicht gerade erst mit Dylan zerstritten hätte.

Das Tor mußte geschlossen werden. Das stand fest. Und seine Wächterin war nicht gekommen. Damit war es Truth überlassen, es zu schließen.

Sie versuchte, zuversichtlich zu sein.

Sie hatte so etwas erst einmal gemacht, unter Umständen, die sich ihr unauslöschlich ins Gedächtnis eingeprägt hatten. Mit jeder Fiber ihres Wesens suchte Truth nach den Zauberwörtern, die ihr das Schließen des Tores ermöglichten. Sie griff nach der Materie des Tores selbst ...

Und sie konnte es nicht berühren. Wieder und wieder griff sie nach dem wirklichen Gefüge hinter der ausströmenden Energie, die sie umgab. Doch es löste sich unter ihrem Zugriff wie Rauch auf. Ihr SELBST war das Schloß von Shadow's Gate gewesen, möglich gemacht durch die Blutsbande, doch dieses hier war nicht ihr Tor, und Truth konnte es weder öffnen noch schließen.

Gescheitert.

Mit einem rundum funktionierenden Blackburn-Zirkel und fünf Jahren ritueller Vorbereitung wäre Truth bereit gewesen, es erneut zu versuchen. Das Blackburn-Werk war dazu geschaffen, die Tore zu beeinflussen, doch ohne eine Frau aus der vorgesehenen Linie konnte selbst Thorne Blackburn kein Tor schließen.

Sie mußte die Torwächterin finden. Aber es gab keine Wächterin.

Auf die Astrale Ebene fiel der Schatten der Dämmerung. Das Tor begann zu schwinden, während Truth von ätherischen Strömen hinweggetragen wurde. In der Welt unten war ihr Körper erschöpft, und sie hatte alles erfahren, was es hier und jetzt zu erfahren gab.

Truth überließ sich der Strömung, fort vom Tor, und als sie weit genug von seinem Einfluß entfernt war, ließ sie sich frei fallen, zurück in ihren Körper und in die Tyrannei der Welt der Formen.

»Nein!«

Ohne auf sein Fußgelenk zu achten, stürzte Wycherly durch den Raum und riß das Buch in weißem Leder aus Luneds Händen – gerade in dem Augenblick, als sie das Feuer im Herd damit füttern wollte.

Er wußte nicht, was ihn aufgeweckt hatte; er war aus einem tiefen und unruhigen Schlaf erwacht, sein Herz schlug in wilder Panik. Und anscheinend war er gerade noch rechtzeitig aufgewacht.

Rasch blätterte er die Seiten durch, um sicherzugehen, daß das Buch nicht beschädigt war. Er verfluchte sich selbst, daß er es einfach hatte herumliegen lassen, wo ein tumbes Mädchen aus den Bergen darüberstolpern konnte.

»Wag es nicht noch *einmal*, irgend etwas zu nehmen, das mir gehört – hast du verstanden? *Niemals*!« schrie er sie an.

Luned sah ihn unglücklich an. »Es ist *böse*, Mister Wych!«

Du hast sicher einen tiefen Blick hineingetan, Mädchen! rief eine kleine Stimme in ihm boshaft.

Nachdem sich sein erster Schreck gelegt hatte und er das Buch sicher in Händen hielt, überlegte Wycherly – gewohnheitsmäßig – wie er seine Spuren beseitigen konnte. Außerdem würde er später vielleicht Luneds Mitarbeit brauchen. In diesem Moment sah sie wie ein verängstigtes Kaninchen aus, blaß und mit glasigen Augen. Tränen rannen ihr über die Wangen, und ihre Hände zitterten. Sie starrte auf das Buch, als hielte Wycherly eine lebendige Viper in seinen Händen.

Er glaubte fast, ihren Herzschlag hören zu können.

»Es ist schon okay«, sagte er so freundlich, wie er konnte. »Ich weiß, daß es dir angst macht. Du hast es böse genannt. Du hast recht. Das ist es. Aber du mußt verstehen, Luned, daß die Dinge nicht immer sind, was sie scheinen. Manchmal kann man etwas Böses für etwas Gutes nützen. Es tut mir leid, daß du es gesehen hast. Ich habe dich nicht so früh zurückerwartet. Nimm's nicht tragisch. Ich werde nicht zulassen, daß dir etwas zustößt.«

Wycherly fühlte sich seltsam schuldig, als ob er nun für eine Schlechtigkeit Verantwortung trüge, die ihn in die Hände einer Macht gab, von der er nichts Gutes zu erwarten hatte. Als ob das, was er zu Luned sagte, tatsächlich einen Unterschied machte.

»Es ist böse«, wiederholte sie, diesmal weniger aufgeregt.

»Du solltest mehr herumkommen.« Er schob sein Schuldeingeständnis – denn es *war* ein teuflisches kleines Zauberbuch – beiseite und fragte sich, ob Luned je einen Horrorfilm gesehen hatte – und wenn nicht, was sie wohl damit anfangen würde.

»Mach dir keine Sorgen deswegen. Es hat nichts mit dir zu tun.«

Luned schien ihre Zweifel zu haben.

»Was machst du überhaupt hier oben?« fragte Wycherly. Er steckte das Buch unter sein Hemd in den Hosenbund.

Sie lächelte voller Erleichterung bei dem Themenwechsel. »Es ist jetzt fast zwei Tage her, daß ich hier war, und ich hab' gedacht, Sie gehen hier langsam ein, so ganz alleine.« Sie wandte sich der offenen Herdklappe zu, nahm den Schürhaken und gab der Glut einen heftigen Stoß, wie um ihren Fleiß zu demonstrieren.

Wycherly lächelte gequält, setzte sich an den Küchentisch und bereitete sich innerlich darauf vor, seinen nicht unbeträchtlichen Familiencharme anzuwenden. Schließlich wollte er etwas von ihr. Wenn er sie sich gewogen machte, dann konnte er sie vielleicht dazu bringen, daß sie ihm die Zulassungspapiere für sein Auto und die Nummernschilder brachte. Dann würde ihn nichts mehr mit dem Unfall verbinden, außer vielleicht das Wort von ein paar Hinterwäldlern, die aber wahrscheinlich nicht als Zeugen vor Gericht aussagen wollten.

Es war ein kluger Plan, und er machte Wycherly wohlgelaunt. Genau daran hätte auch sein Vater gedacht.

»Und als Mr. Tanner herkam und den Eisschrank repariert hat, hat er auch die alte Pumpe wieder flottgemacht. Aber ich glaube, Sie wissen gar nicht, was Sie damit anfangen sollen. Jedenfalls kann ich Ihnen jetzt ein feines Mittagessen machen und Ihre Sachen waschen und alles für Sie machen, und Sie können ein Bad nehmen und so...«

»Hör mal«, unterbrach Wycherly den Schwall hausmütterlichen Geredes. »Wie wäre es mit einem kleinen Frühstück? Ich weiß nicht, was wir dahaben, aber...«

»Sie haben gesagt, Sie essen kein Frühstück, Mister Wych«, gab sie tadelnd zurück.

Das war, bevor ich etwas wollte. Eine neue, kalte Zweckgerichtetheit leitete seine Worte, festigte seine Entschlossenheit, wenn auch noch nicht klar war, zu welchem Ziel. Er vertraute ihr aber, weil dies der Weg des geringsten Widerstandes war und weil er keine Gefahr darin erkennen konnte.

Zumindest jetzt noch nicht.

»Na ja, vielleicht schaffe ich ein paar... weiche Brötchen? Und Kaffee?« fügte er hoffnungsvoll hinzu.

Luned erwiderte sein Lächeln, als wäre es für sie das Erstrebenswerteste in der Welt, ihm ein Frühstück zuzubereiten. Komischerweise erinnerte ihn dies an Sinah, deren Gesicht eine ähnliche Versonnenheit verriet, und dabei war sie eine erwachsene Frau.
Freiwild.
Bald darauf saß Wycherly über einer Tasse Kaffee – gefiltert, nicht löslich, und selten hatte er einen besseren getrunken –, während Luned Brötchen backte, und eine Pfanne Schinken aus der Dose briet und eine Frühaufsteher-Soße bereitete, der sie Kaffee und Mehl beimischte. Seinem Fußgelenk ging es jetzt besser als am frühen Morgen, aber es pochte leise und erinnerte ihn daran, daß es noch nicht belastbar war.

Inzwischen hatte das Innere der Hütte wieder ofenähnliche Temperaturen angenommen; die trockene Hitze des Herds vertrieb die feuchte Hitze des Tages. Das Ergebnis war eine überwältigende, doch zugleich angenehme Atmosphäre. Luned pumpte Wasser hoch, als sie Kaffee machte, und Wycherly trank zwei Gläser. Genügend Flüssigkeitszufuhr, Ernährung, körperliche Fitness lautete die Checkliste des genesenden Alkoholikers.

Er hatte sich in seinem ganzen Leben – ob auf Entzug oder nicht – noch nie so wenig als Alkoholiker gefühlt. Die schwarze Bestie hatte sich aus dem Staub gemacht. Camilla war verschwunden. An ihre Stelle hatte sich das unklare Gefühl eines Versprechens gesetzt, die Aussicht auf kommende Freuden und Genüsse, die sich am Rande des Schreckens befanden.
Macht.
Luned machte Frühstück; er nahm es müheloser zu sich, als er erwartet hatte, und mühelos schlug er das angebotene Bier aus. Tatsächlich aß er mit einer Spur regelrechten Appetits, während er im Kopf Gedanken ausprobierte, als wäre er ein Mechaniker, der im Werkzeugkasten nach dem passenden Schraubenschlüssel suchte.

»Ich hab' mir vorgestern, als ich draußen wandern war, das Fußgelenk verstaucht«, begann er.

Luned, die ihm gegenübersaß, jagte mit einem Stück Brötchen den letzten Klecksen Soße auf ihrem Teller hinterher. Als sie ihn ansah, verriet ihr bewegliches Gesicht Sorge und Neugier.

»Es ist jetzt mehr oder weniger in Ordnung. Es ist mir oben beim Sanatorium passiert. Weißt du zufällig etwas über das Haus?«

Eine gewitztere Person wäre auf sein plumpes Manöver nicht hereingefallen, doch Luned schluckte den Köder bereitwillig. Im Bewußtsein ihrer eigenen Bedeutung erzählte sie ihm, was er schon wußte: daß es 1917 abgebrannt war.

»... und jeder sagt, daß es Attie Dellon war, die es angezündet hat, weil es war ja auf dem Land der Dellons, und ihr Bruder hat alles versoffen, vom Nutzungsrecht bis zum Aussichtsturm hat er alles an diesen Mann aus der Stadt verkauft, und da hat's niemanden überrascht, daß Arioch auf und davon ist in die Schlucht von French Lick, wo er sich den Hals gebrochen hat, aber Attie konnte das Land nicht mehr zurückkriegen, obwohl sie ihre eigene Blutsschwester als Opfer an Mr. Splitfoot gegeben hat, damit Quentin Blackburn am Wechselfieber krepiert!«

»Quentin Blackburn?« Der Name machte Wycherly hellhörig. Er richtete sich auf, doch Luned schien sein erhöhtes Interesse nicht wahrzunehmen.

»So hieß der Städter, wird gesagt. Und der Sheriff...«, sie sprach es ›Schörf‹ aus, zog die Silben in ihrem nuschelnden Bergdialekt zusammen, »... er ist gekommen und hat Attie Dellon mitgenommen und sie eine Woche bei sich behalten, aber 's war kein Haar oder sonst was von Miss Jael zu finden, und ihr Bruder ist einfach abgestürzt und hat sich das Genick gebrochen, während sie hinter Gittern saß«, schloß Luned in einer von Scheu ergriffenen Hast.

»Nun«, sagte Wycherly. »Dann ist ja wohl alles klar.« Die unverlangte Bestätigung der Existenz von Quentin Blackburn ließ sein Herz vor Erregung schneller schlagen, als wäre damit der Rest der Geschehnisse plausibler geworden. Er nahm Luneds Insistieren auf Satanische Rituale allerdings nicht ernst... einstweilen.

»Niemand in Morton's Fork wollte mehr was mit ihr zu tun haben, nachdem sie ihr eigenes Fleisch und Blut so umgebracht hat, und dann, als Wildwood gebrannt hat und sie mit draufgegangen ist, hat Reverend Goodbook ihre Mellie aufgenommen, bloß sie war genauso wild wie ihre Mutter, und kaum war sie 'ne erwachsene Frau, hat sie sich mit dem Zauberer eingelassen. Und dann ist ihre Tochter Rahab die Hexe geworden, nachdem Thomas Carpenter in die Seligkeit gegangen ist, und *sie* war Miss Atties Mutter.«

Wycherly überlegte, daß jede Frau, die von einem Geistlichen großgezogen worden war und die ihre Tochter Rahab nannte, damit wahrscheinlich etwas ausdrücken wollte.

»Aber Attie... das war Athanais?... Dellon kam zurück nach Morton's Fork, nachdem der Sheriff sie aus der Haft entlassen hatte?« fragte Wycherly, um Ordnung in seine Fakten zu bringen.

Luned sah ihn voller Furcht an. »Woher haben Sie gewußt, was ihr richtiger Name war, Mister Wych? Miss Attie war 'ne Hexenfrau wie all die Dellonmädchen – der ganze Stamm ist gottlos wie die Sünde, und wir wollen keine davon in Morton's Fork haben«, schloß Luned frömmlerisch.

Wycherly schwankte, ob er Luned wegen ihres Hexenglaubens schelten oder sie darüber belehren sollte, daß er erst letzte Nacht mit Athanais' Ururenkelin (so schätzte er) zusammengewesen war. Doch keines von beidem hätte ihm gedient – noch hätten Fragen weitergeholfen, warum die Bewohner die Familie denn nicht Generationen vorher vertrieben hatten.

»Ihr scheint hier Hexen brauchen zu können, oder?« sagte er statt dessen.

Luned richtete ihre großen, blaßblauen Augen auf ihn und begann zu lachen. »Oh, Mister Wych – Sie sind kein Hexenmeister. Sie sind ein Geisterbeschwörer. Das ist okay – wir haben jetzt viele Jahre keinen gehabt, aber wir haben nichts dagegen, wenn Sie hier bleiben.«

»Das verstehe ich nicht«, sagte Wycherly forschend. »Warum ist es gut, wenn ich hier bin, aber nicht Athanais Dellon?« Oder ihre Abkömmlinge.

Luned sprang auf, als hätte er sie beleidigt. »Sie machen sich nur lustig über mich«, sagte sie unsicher. »Sie sind was ganz anderes. Sie haben den Herrn Jesus an ihrer rechten Hand und den alten Schwefelsack unter Ihrem linken Fuß, wie die Propheten aus dem Alten Testament. Aber die Hexe – wo sie hinkommt, geht ein Loch auf unter den Königreichen der Erde, wie für die Scharlachrote Frau.«

Die Mischung aus prüder Ablehnung und biblischer Sprache, die sie wahrscheinlich aus Sonntagspredigten hatte, ließen Wycherly lächeln. Die ›Hexe‹, auf die sich Luned bezog, mußte Sinah sein – natürlich war Luned ihr begegnet, oder zumindest wußte sie, daß sie hier war.

Er hatte leichte Gewissensbisse, wenn er an Sinah dachte. Sie war sicher jetzt schon wach und würde sich fragen, wo er war. *Besser, sie gewöhnt sich früh an meine Unzuverlässigkeit,* dachte er brutal. Aber stimmte das überhaupt noch? Wenn die Bestie fort war ...

Nein, versicherte er sich nach einem kurzen Gefühl der Panik. Sie war nicht gegangen. Sie schlief nur und heckte irgendein neues Grauen aus. So sehr konnten sich die Dinge nicht geändert haben. Er nahm einen tiefen Atemzug und streckte seine rechte Hand aus.

Sie zitterte nicht.

Nach dem Frühstück zog Wycherly sich in die Schlafkammer zurück, um alleine zu sein, während Luned das Nötige tat, um die Hütte sauberzumachen.

Nach dem ersten Schreck erwies sich *Les Cultes des Goules* als durchaus faszinierend. Es war wie ein Fenster in eine Welt, in der die Dinge irgendwie wirklicher waren ... in der es, genauer gesagt, um Leben und Tod ging. Wycherly saß auf einem Sessel vor dem offenen Fenster der Schlafkammer, arbeitete sich langsam durch das archaische Englisch und das vorsätzlich obskure Französisch des kleinen weißen Buches, und hin und wieder schweiften seine Gedanken ab.

Macht. Sie war ihm in einer Vision angeboten worden. Aber was war Macht? Wycherly hatte sein ganzes Leben lang gesehen, wie sie gebraucht und ausgeübt wurde, und er hatte, seit er erwachsen war, vergeblich versucht, sie zu erlangen. In ihrer einfachsten Form war Macht Achtung und Respekt. Wenn man Macht hatte, dann hörten die Leute einem zu. Die Leute taten, was man wollte. Die Leute wollten, daß man mit ihnen zufrieden war.

Reichtum verlieh einem nicht unbedingt Macht, noch ging sie von einer vornehmen Abstammung oder hohen Stellung aus. Macht war etwas Ungreifbares, sie rührte daher, daß andere fest an ihr Vorhandensein glaubten. Wycherly hatte schon Finanzbarone stürzen sehen, die an einem Nachmittag von Herrschern zu Narren wurden, und nichts als ein boshaftes Lachen hatte dies bewirkt. Es gab etwas Ungreifbares, das bewirkte, daß andere sich vor dem Willen eines Menschen beugten, der nicht besser war als sie. So flüchtig wie der Atem, so ausdauernd wie die Seele. Das war Macht.

Konnte dieses Buch tatsächlich Macht verleihen? Ein paar tolle Morde, ein bißchen triviales Provinztheater, die Anrufung von Göttern, die wahrscheinlich nicht mehr Wirklichkeit und gewiß nicht mehr Zukunft hatten als der Gott des Goldes und des Zornes, der in den protzigen Kirchen seiner Jugend angebetet wurde – konnte dies das Geheimnis sein? Konnte das genügen?

Wycherly wußte in seinem Herzen, daß es genügte. Die einzige Frage war, ob es den Preis lohnte.

Er war sich unschlüssig. Sein Vater oder Bruder hätten ohne Zögern ja gesagt; seine Schwester hätte einfach nur gelacht, die Frage für sinnlos gehalten. Wycherly schloß das Buch und fuhr nachdenklich mit seinem Daumen über den Einband. Kein Wunder, daß das Taghkanic College dieses Buch nicht im Umlauf wissen wollte. Die Eltern hätten ihre Kinder in Scharen vom College genommen, wenn sie mit so etwas nach Hause gekommen wären. Er vermutete, daß es gestohlen worden war, versteckt in dem anderen Buch, das Sinah von einem alten Freund bekommen hatte. Und nun hatte er es erneut entwendet.

Aber würde er Gebrauch davon machen? Und wenn ja, auf wen würde er es anwenden?

Es klopfte an der Tür. Behende ließ Wycherly *Les Cultes* unter sein Kopfkissen gleiten und griff nach dem anderen Buch, das er aus der Holzkiste und davor gerettet hatte, verheizt zu werden. Er blickte kurz auf den Umschlag – *Eine Okkulte Geschichte der Neuen Welt* – und schlug es aufs Geratewohl auf.

»Herein?« sagte Wycherly. Luned steckte ihren Kopf zur Tür herein.

»Ich bin mit allem fertig, Mister Wych«, sagte sie, »und ich geh' jetzt runter in den Laden und sage Evan, daß Sie 'ne ganze Latte von Sachen brauchen, die ich besorgen muß.«

Was er an Luned besonders schätzte, dachte Wycherly schuldbewußt, war, daß sie sich benahm, als sei es eine Ehre für sie, ihn zu versorgen. Ob er diese Vorzugsbehandlung verdiente oder nicht, er genoß sie.

»Ich gebe dir besser Geld mit. Und der Kühlschrank – was hat die Reparatur gekostet?«

»Vielleicht um die ... vierzig Dollar? Mr. Tanner hat auch die Tanks aufgefüllt.« Ihr Zögern hatte wahrscheinlich mit der Höhe des Preises zu tun. Wycherly legte die *Okkulte Geschichte der Neuen Welt* beiseite und griff nach seiner Geldbörse. Er zog zwei Zwanziger heraus und fügte noch einen dritten hinzu. Langsam wurde sein Geld knapp. Vielleicht konnte ihn Sinah nach Pharaoh fahren; dort mußte es eine Bank geben.

»Hier«, sagte er. »Mach dir einen schönen Tag.«

Luned kam zu ihm und nahm die Geldscheine, dann blieb sie unschlüssig stehen. Jetzt, da er sie besser kannte, konnte er den Teenager in ihrem zu früh gealterten Kindergesicht erkennen. Er fragte sich, ob die Vitamintabletten ihr überhaupt halfen. In jedem Laden konnte sie etwas vergleichbar Gutes bekommen.

»Sie haben gesagt«, fing sie an.

»Ja?« Er warf einen verstohlenen Blick auf seine Uhr. Neun Uhr, und es war bereits ein ziemlich langer Tag. Und er wollte wieder zu *Les Cultes* zurück.

»Sie haben gesagt, daß Sie vielleicht eine Flasche Selbstgebrannten wollen – ich kann Ihnen heute vielleicht welchen besorgen.«

Selbstgebrannter. Feuerwasser. Schwarzgebrannter Schnaps, scharf und verboten.

Wycherly mußte unwillkürlich schlucken. Er erinnerte sich an den dunklen bernsteinfarbenen Schnaps, den Evan ihm unten im Laden eingeschenkt hatte. Er war besser als gut; überprozentiger Alkohol mit dem dunklen, verführerischen Aroma der Selbstzerstörung.

»Nein«, sagte Wycherly zu seiner eigenen Überraschung. »Aber vielen Dank.«

Der beste Schnaps, den er je getrunken hatte, war in seiner Reichweite, er brauchte nur danach zu fragen, und doch kostete es ihn nicht die geringste Mühe, abzulehnen. Er spürte noch nicht einmal eine Versuchung.

»Es ist guter Schnaps«, versicherte ihm Luned. »Mals Dad hat damit während der Prohibition angefangen. Er verkauft ihn nicht außerhalb von Morton's Fork. Nur an seine Verwandten.«

Zwar schreckten die Männer mit ihren illegalen Destillen ebensowenig davor zurück, ihr giftiges Gebräu zu panschen, wie die Dealer in den großen Städten Skrupel hatten, ihrem Heroin und Kokain Strychnin beizumischen, doch die Blutsbande unter den Hinterwäldlern waren stark, und Wycherly ging davon aus, daß das Erzeugnis, das sie ihren Nachbarn verkauften, wohl bekömmlicher wäre.

»Danke für das Angebot«, sagte Wycherly. »Aber im Moment will ich keinen. Vielleicht später mal.«

Und was er sagte, entsprach der Wahrheit. Er hatte überhaupt kein Verlangen – sie hätte ihm ebensogut Obstkuchen anbieten können. Er lächelte Luned an, in deren Gesicht offenes Staunen zu lesen stand, und erhob sich vorsichtig.

»Danke jedenfalls.«

»Na, wenn Sie meinen«, sagte Luned zweifelnd. Sie glaubte ihm offenkundig nicht, und Wycherly überlegte, wie krass ihr sein Trinken erschienen sein mußte. Aber das war jetzt gleichgültig.

Er humpelte nur geringfügig, als er sie zur Hüttentür begleitete, Erinnerung an eine Höflichkeit aus einem anderen Leben. Als sie gegangen war, suchte er nach dem Querriegel, den er vor die Tür schieben konnte. Wenigstens ließ sich die Hütte von innen absperren.

Er öffnete den Kühlschrank und schaute hinein, hauptsächlich um sich zu vergewissern, daß das Bier keine Anziehung mehr auf ihn ausübte. Dort stand auch ein Krug mit frischer Limonade; er schenkte sich ein Glas davon ein und trank nachdenklich im Stehen. Er dachte an das in weißes Leder gebundene Buch, das unter dem Kopfkissen auf ihn wartete.

Macht. Macht, die ihm gehören konnte. Garantiert.

Wycherly Musgrave hatte endlich das *eine* in der Welt gefunden, das für ihn mehr Reiz als das Trinken besaß.

Als Luned fort war, holte Wycherly die Bücher aus der Schlafkammer und breitete sie auf dem Küchentisch aus. Doch seltsam, je mehr er darin las, um so geringer wurde seine Überzeugung, daß es hier um Macht ging. Trotz der durchaus abstoßenden Natur von *Les Cultes* fiel es ihm irgendwie schwer, das Zauberbuch oder auch den Überblick über den Okkultismus nach eingehender Lektüre ganz ernst zu nehmen.

Was, genau, war eine Planetarische Stunde, und warum war sie wichtig? Geringere Bann-Rituale, Talismane des Merkur – es war, als wäre das Buch in einer Sprache abgefaßt, die deutlich zu sein schien, in Wahrheit aber dunkel und unverständlich blieb.

Aber es war Macht in diesem Buch, genauso wie *Macht* oben in dem Sanatorium gewesen war. Macht, die ihn – wenn er sich ihr nur verschwören könnte – mit dem ganzen Charisma ausstatten würde, das er brauchte, um soviel Böses zu stiften, wie er wollte. Macht, um zu zwingen und zu nötigen, so wirklich wie ein geladenes Gewehr.

Böses? Für einen Augenblick schrak Wycherly vor dem Gedanken zurück. Er hatte nie böse sein wollen – er wollte nur in Ruhe gelassen werden.

Er rief sich das Bild der ertrunkenen Camilla Redford in Erinnerung – das weiße Gesicht, die weit aufgerissenen Augen, die ihn durch das riffelige schwarze Glas des Flusses anklagend anschauten. Er war bereits *böse* gewesen. Auch wenn er sich an nichts in jener Nacht erinnerte, er hatte eine Frau getötet – ein Kind, wie er jetzt erkannte, kaum älter als Luned, ein Kind, das gestorben war, bevor sie ihr Leben hatte leben können. Das war es, was ihn an diesen verheißungslosen Ort gebracht hatte. Er wollte seine eigene Sehnsucht erfahren, sein Bedürfnis nach Buße ermessen.

Nur daß Buße für ihn unmöglich war. Es gab kein Zurück auf seinem Lebensweg, den er seit so vielen Jahren beschritt. Er wußte, was er jetzt wollte – wovon er sich abgekehrt hatte, was er alle Tage seines Lebens sich hatte entgehen lassen.

Macht. Die Fähigkeit, sich Leute zu unterwerfen und ihnen den eigenen Willen aufzuzwingen. *Das* war es, was er wollte. Und er würde es bekommen.

Man konnte es eine Art verspätetes Geburtstagsgeschenk nennen.

10

Das Grab der Hoffnung

*Ich weiche matt zurück und suche Ruhe
Teilnahmslos an eitlen Wirren
Und reise ziellos hin zum Grab.*
WILLIAM WORDSWORTH

*I*hr Führer hatte sie gestern verlassen, doch bis dahin waren sie seit Monaten zu dritt gereist – ihr Führer, der Priester und sie –, hatten sich immer nach Norden und Westen gehalten, weiter hinein in die unberührte Wildnis, als je ein Engländer vorgedrungen war.

Sie hatten schon seit langem das Land verlassen, das den freundlichen Delawaren gehörte, die entlang den nach Lord Baltimore genannten englischen Vorposten ihr Land bestellten und zur Jagd gingen. In dem Land, das sie jetzt durchquerten, lebte ein Stamm mit Namen Tutelo. Der Führer wollte umkehren, doch Vater Hansard dachte, daß sie möglicherweise keinen Tutelo-Eingeborenen zu Gesicht bekämen, wenn sie Glück hätten.

Sie hatten kein Glück.

Eine Weile glaubten sie, daß sie es hätten. Sie und Vater Hansard wachten eines Morgens auf und stellten erleichtert fest, daß der Führer nur sein eigenes Pferd mitgenommen und ihnen den Packesel und die Vorräte dagelassen hatte. Sie waren nicht verloren. Bei den Vorräten, um die sich Athanais persönlich gekümmert hatte, befand sich auch ein Sextant, ein ausgezeichnetes Astrolabium – und die geomantische Landkarte. Sie mußte nur den Ort erreichen, von dem die Sterne sprachen, und das Land in Besitz nehmen.

Der Überfall war kurz und wirkungsvoll. Ein Pfeilhagel aus dem Hinterhalt; gräßlich ungestalte dunkelhäutige Männer mit bemalten Körpern, die wie Dämonen heulten. Ein Pfeil traf Vater Hansard in die Kehle; Athanais hätte fliehen können, wenn die Teufel nicht ihr Pferd unter ihr erlegt hätten. Im Todeskampf warf es sie ab, und Augenblicke später wurde sie von einem der Wilden wieder auf die Beine gebracht.

Die Eingeborenen ließen sie leben, aber sie waren keiner christlichen Sprache mächtig, und Athanais hatte keine andere Waffe, um sie zu betören. Sie wurde als Gefangene mitgenommen, ihre Hände mit Lederriemen auf dem Rücken zusammengebunden.

Das Dorf war eine Ansammlung primitiver Hütten aus Baumrinde und Matten, armselige Lebensbedingungen als jenseits des Pale in Irland. Es war voll von noch mehr Wilden, hauptsächlich Frauen und Kindern. Ihre Kleidung bestand nur aus einer Lederschürze mit Fransen, und sie betasteten neugierig den weichen Stoff von Athanais' Reitkleid.

Ihre Fänger stießen sie in eine Hütte, die sich von den anderen nicht unterschied. Sie waren nicht gerade sanft – Athanais stolperte durch die Öffnung, die aus einer aufgerollten Matte bestand, und fiel neben der Totenbahre auf den Boden.

Die tote Frau lag auf mehreren Schichten geflochtener Matten. Ihre Augen waren geschlossen, und ihr Gesicht war eingesunken wie bei mehrere Tage alten Leichen. Sie trug Schmuck aus Muscheln und Knochen in ihrem Haar, an ihren Ohren und um den Hals. Ihre Schürze aus Hirschleder war reich mit Perlen bestickt. Ihre Haut war wesentlich aufwendiger bemalt und eingeölt als bei den anderen Wilden, die Athanais bisher gesehen hatte, und um sie herum standen heidnische Gaben, doch all die scharf riechenden Gewürze an ihr und um sie herum konnten den erstickenden Geruch der Verwesung nicht verdrängen.

Zuerst glaubte Athanais, daß sie geopfert werden sollte, um ihre heidnische Königin auf die Reise in die Unterwelt zu begleiten. Sie setzte sich zur Wehr, als die Wilden ihr die Kleider vom Körper schnitten und rissen, deren Befestigungen und Verschlüsse sie offenbar noch nie gesehen hatten.

Als sie nackt war wie ein neugeborenes Kind, kamen die Dorfweiber und entkleideten die Tote, um Athanais in das Gewand des Leichnams zu stecken. Als sie merkte, daß man sie nicht töten wollte, hörte sie auf, sich zu wehren, saß still und harrte der Dinge, die da kommen sollten – das Fest und die Zeremonie und die unfaßliche Anrufung von Göttern, die älter und fremder waren als jede Gottheit, zu der Athanais je gebetet hatte. Die Stunden verrannen, und Athanais erkannte, daß sie eine von ihnen werden sollte, daß sie die Stelle der toten Frau einnehmen und die Konkubine ihres wilden Gatten werden sollte. Doch Athanais war eine Engländerin – sie hätte die Königin von England sein können, und sie hatte keineswegs vor, ihre Hoffnungen fahren zu lassen und ihr Blut mit diesem minderwertigen Vieh zu vermischen.

Sie würde Widerstand leisten. Sie würde fliehen. Und wenn sie sich auch nicht sogleich behaupten könnte, so würde sie sich nicht unterwerfen. Sie würde hassen, und der Haß würde sie stark machen.

Sie würde hassen.

Und hassen.

Und hassen ...

Haß – Eine mörderische Wut begleitete Sinah in den Wachzustand. Sie bewegte ihre Hände schwach, völlig desorientiert.

»Wycherly?«

Keine Antwort.

Sie setzte sich ächzend auf und sah sich um. Es war spät am Morgen, und draußen war der Tag hell und klar.

Wycherly lag nicht im Bett. Seine Kleidung war weg. Sie ging und schaute über das Geländer. Unten war er auch nicht, und obwohl er in der Küche oder im Bad sein konnte, hatte Sinah das Gefühl, daß er auch dort nicht wäre.

Er war gegangen.

Sie war zu matt, um sich zu ärgern. Ihre Augen füllten sich mit Tränen, und sie holte schluchzend Atem. Nun, das sah Wycherly ähnlich – kannte sie ihn nicht genauso gut wie er sich selbst? Wie David Niven einmal von einem anderen selbstzerstörerischen Charmeur gesagt hatte: »Auf Errol ist stets Verlaß: er läßt dich immer hängen.«

Und das hatte Wycherly getan. Er wußte, wie sehr sie ihn brauchte – sie war offener zu ihm gewesen als je zu einem anderen Menschen.

Und trotzdem hatte er sie verlassen.

Eine Dusche und eine starke Tasse Kaffee konnten die bedrückte Stimmung, mit der sie aufgewacht war, nicht zerstreuen. Der Traum – die Vision –, Athanais' Erinnerungen wirbelten in ihrem Kopf herum, vermischten sich mit Sinahs Selbst, wie Öl sich mit Wasser mischt, bis ihr schließlich nur noch Athanais' Leidenschaft und Sehnsüchte blieben.

Athanais' *vendetta* gegen Quentin Blackburn.

Das ist doch lächerlich, dachte Sinah, die wenigstens Klarheit wollte, wenn sie schon nicht verstehen konnte. Athanais' Erinnerungen stammten aus dem 17. Jahrhundert, aber das Wildwood-Sanatorium und sein Satanischer Tempel waren zweifellos im 20. Jahrhundert erbaut worden – wie konnte es dazwischen eine Verbindung geben?

Keine Ahnung. Ihr Kopf fühlte sich zerschlagen an, leer – sie brauchte Wycherly wie ein Rettungsseil, an dem sie sich zurück in die Wirklichkeit hangeln konnte. Sie durfte nicht zulassen, daß er eine solche Barriere zwischen ihnen beiden errichtete. Nicht wenn sie seine Hilfe so bitter nötig hatte...

Nicht wenn sie drauf und dran war, ihren Verstand an eine Frau zu verlieren, die möglicherweise nie existiert hatte.

»Ich bin gekommen, um zu sehen, ob du noch lebst«, sagte Sinah und schaute durch das offene Fenster hinein. »Und die Tür war zugesperrt.«

Wycherly hatte in der Hitze des Tages gedöst. Immerzu hatten ihn die Bilder aus *Les Cultes* beschäftigt. Jetzt richtete er sich auf und schaute in Richtung der Stimme.

Sinah stand draußen vor dem Fenster der Schlafkammer, die vollkommene Verkörperung des Bel-Air-Chics. Eine ausladende Sonnenbrille mit runden Gläsern bedeckte den größten Teil ihres Gesichts. Sie sah aus, als könnte ihr nichts in der Welt etwas anhaben, doch Wycherly wußte, daß es nur eine

Selbstinszenierung war. Er überlegte, ob sie die fehlenden Bücher bemerkt hatte und gekommen war, um sie zurückzuholen.

Streite einfach alles ab, nahm sich Wycherly vor. Wenn es Sinah wirklich darum ging, dann konnte er sie täuschen. Sie war schließlich keine Musgrave. Nur seine eigene Familie konnte ihn so verhängnisvoll durchschauen.

»Tut mir leid, aber es ging mir auf die Nerven, daß hier ständig das halbe County durchlatscht«, sagte Wycherly ungewollt schroff. »Komm doch herein; ich mache die Tür auf. Du kannst sogar ein Glas Limonade von mir bekommen.«

»Und was führt dich an diesem schönen Sommertag hierher?« fragte Wycherly, als er die Tür mit gespielter Galanterie aufhielt.

Sein Fußgelenk war immer noch empfindlich, aber im Moment schmerzte es so gut wie gar nicht. Er erinnerte sich nicht mehr, wann er das letzte Mal gezögert hatte, es zu belasten. Das fortwährende Austricksen des Körpers schien ein Ende zu haben. Er beherrschte seine Begierden. Er beherrschte sein Leid. Er war der Herr in seinem eigenen Haus geworden.

Sinah kam herein.

»Mein Gott, das ist ja wie im Brutofen hier. Wie hältst du das aus?«

»Ich bin der Salamander, mein Wesen ist das Feuer«, sagte Wycherly. Dann fiel ihm ein, daß es eine Zeile aus dem Buch war. »Magst du lieber rausgehen?« fügte er hinzu, um das ungewollte Zitat zu überspielen. »Da ist es kühler.«

Und sie wäre nicht mehr in der Nähe des Buchs.

Er fühlte sich erleichtert, sowie er sie draußen hatte. Sie trug zwei Stühle hinaus, und er brachte zwei Gläser mit Limonade.

Um vier Uhr nachmittags Ende Juli war der Tag noch lange nicht vorüber, und zu dieser Stunde war das Licht von einer goldfarbenen Leuchtkraft, die alles lebendiger und plastischer erscheinen ließ.

»Deinem Fußgelenk geht es auch besser, wie ich sehe«, sagte Sinah.

»Du siehst richtig«, sagte Wycherly.

»Dann ist also jetzt alles in Ordnung?« fragte Sinah. Sie betrachtete sein Gesicht durch ihre Sonnenbrille; er sah sein Gesicht in den dunklen Gläsern gespiegelt.

»Abgesehen davon, daß du mir gefehlt hast«, log er mühelos. Er hatte nicht an sie gedacht, außer in Verbindung mit dem Buch, aber er wollte nicht, daß sie ihn als Liebhaber für nur eine Nacht betrachtete und ihn danach einfach fallenließ. Er hatte Pläne mit ihr.

Wenn Hexenblut in Familien blieb, wie Luned sagte, welches Blutopfer konnte dann mehr Macht versprechen als das der letzten Überlebenden aus einer Hexenfamilie, die mehr als dreihundert Jahre überdauert hatte?

Sinah lächelte ihn unsicher an. Er ging einen Schritt auf sie zu und legte einen Arm um ihre Taille. Er spürte die warme Festigkeit ihres Brustkorbs an seinem, und er genoß das Gefühl.

Aus welchem Grunde auch immer.

Sanft lehnte Sinah ihren Kopf an Wycherlys Schulter und spürte, wie sich sein Arm um ihre Taille unwillkürlich enger schloß. Sie nahm die stumme Wallung seiner Gefühle wahr – Zorn, Erregung, eine tiefer liegende animalische Lust –, aber seine Gedanken waren ihr so unzugänglich, als wäre er tausend Meilen von ihr entfernt. Hier war nichts, das in ihr Bewußtsein hineinhämmerte, nichts, das Athanais daran hindern konnte, immer stärker zu werden, Stunde um Stunde, bis von Sinah Dellon nichts mehr übrig war.

Was würde sie dagegen unternehmen?

»Und«, begann Wycherly nach einem kurzen Moment, »willst du nicht wissen, ob ich etwas Neues über den mysteriösen Dellon-Clan herausgefunden habe?«

Sie konnte hören, was er sagte, aber was *meinte* er? War es nur ihre ängstliche Fantasie, oder hörte sie wirklich einen raubtierartigen Unterton in seiner Stimme? Beinahe fühlte sie sich blind.

»Ja, natürlich«, sagte Sinah ergeben. »Hast du was herausgefunden?« Sie war dankbar für die Tarnung, die ihr die Sonnenbrille gewährte. Wenn er ihre Augen nicht sehen konnte, dann wußte er nicht, was sie dachte.

Fühlten sich so die normalen Leute?

»Ungefähr, was wir uns schon gedacht hatten«, sagte Wycherly. »Aber setz dich doch, ich erzähle dir dann alles.«

»Offenbar«, begann Wycherly und nahm auf einem der Küchenstühle mit steiler Rückenlehne Platz, »glauben die Leute hier im Ort, daß deine Ururgroßmutter Athanais 1917 das Sanatorium niedergebrannt hat.«

Athanais! Als würde sich ein Stromkreis schließen, weckte der Klang ihres Namens den Schatten in ihrem Fleisch. Sinah spürte, wie die Welt sich aus ihr zurückzog und ein anderes Wesen darin um Vorherrschaft rang.

Sie war Athanais – erwacht von ihrem langen Schlummer, sie erkannte, daß die Macht, die sie so sehr begehrte, endlich zum Greifen nah war. Jetzt floß das heilige Blut in den Venen ihrer Nachfahrin und gab ihr das Recht, die Macht der Quelle an sich zu reißen, und endlich würde sie noch zu ihrer Herrschaft gelangen.

»Aber warum über so etwas reden?« sagte sie ausgelassen. »Sicher können wir uns heute einer Menge anderer Vergnügungen hingeben?«

Der Blick, den er ihr zuwarf, zeigte ihr, daß sie sich irgendwie versprochen haben mußte – aber obgleich er rote Haare hatte, glich seine Ausstrahlung so verblüffend der ihres schönen süßen Jamie, daß sie einer Täuschung erlag ...

»Jamie?« rief es verwirrt aus ihr. *Nein! Nicht Jamie – Wycherly!*

»Träumst du von abwesender Gesellschaft? Ich würde dich gern deinem Traum überlassen, aber ich wohne hier«, sagte Wycherly, und seine neckenden Worte enthielten jetzt spürbar mehr Kühle.

So schlimm war es noch nie gewesen. Bisher war es ihr vorgekommen, als ob sie mit einem Eindringling um die Herrschaft in ihrem Körper gekämpft hätte. Doch diesmal hatte der monströse Geist, an dessen Wirklichkeit Sinah nicht recht glauben konnte, sie einfach beiseite geschoben.

»Entschuldige«, sagte Sinah mit erstickter Stimme. Sie nahm die Sonnenbrille ab und rieb sich die plötzlich brennenden Augen. »Aber ich glaube, ich werde langsam wahnsinnig.«

»Ach.« Wycherly lehnte sich besänftigt auf seinem Stuhl zurück. »Ich hab' das schon ein paarmal erlebt – es ist unangenehm, aber nicht eigentlich gefährlich. Kann ich dir bei der Planung deiner Reise helfen?«

»Du glaubst mir nicht!« rief Sinah verletzt.

So schlimm hatte es sie noch nie erwischt. Sie wollte, daß Wycherly ihr glaubte – ihr vertraute. Aber wie konnte er das, wenn sie nicht offen zu ihm war? Und wie erklärte man jemandem, daß man ohne weiteres einem der parapsychologischen Revolverblätter entstiegen sein konnte, ohne für verrückt gehalten zu werden?

Und ich bin es wirklich. Nur nicht auf diese Weise. Ich bin wirklich eine Telepathin – die meiste Zeit meines Lebens. Das ist der Teil, der nicht verrückt ist. Und das macht es noch schwieriger.

»Warum sollte ich nicht?« sagte Wycherly leichthin. »Schauspieler sind nicht gerade die allerstabilsten Leute auf der Welt – in dem Geschäft bist du tätig; dann ist dir das wohl klar? Jetzt erzähl mal deinem Onkel Wycherly, was für ein Problem du hast, und er wird dir eine schöne Klinik empfehlen.«

Sinah starrte ihn an, unsicher, was er meinte.

»Ach, nun komm schon«, sagte Wycherly. »Du hast mir gerade erzählt, daß du dich von der Normalität verabschiedest. Es ist nur fair, wenn du mir sagst, was los ist.«

»Nun ...« Sinah zog das Wort in die Länge.

Immer wieder überraschte Wycherly sie. Er war voller Freundlichkeit – in mancher Hinsicht kannte Sinah ihn besser als er sich selbst –, aber die Kombination von Privilegiertheit und Krankheit hatte ihn schon vor langer Zeit dazu veranlaßt, auf leere Höflichkeitsfloskeln zu verzichten.

Sie war kurz davor, ihm alles zu erzählen, und ihr wurde bewußt, daß sie noch nie in ihrem Leben irgend jemandem die ganze Wahrheit gesagt hatte – noch nicht einmal Jason oder Ellis, den beiden Männern, denen sie sich am nächsten gefühlt hatte. Sie bog das Brillengestell auseinander, wobei ein kleiner Teil ihres Bewußtseins hoffte, sie möge es nicht zerbrechen. Das würde allzu deutlich verraten, unter welchem Druck sie stand. Eine gewisse Anmut, die sie auch unter seelischem Druck beibehielt, war die einzige Würde, die sie besaß.

»Manchmal glaube ich, daß ich andere Menschen bin.« Da! Das Geständnis – wie schmucklos und unzureichend es auch sein mochte – war abgelegt.

»Schön.« Wycherly zeigte keinerlei Überraschung – und empfand auch keine, soweit Sinah dies beurteilen konnte. »Ich nehme an, es geht um mehr als um das Einstudieren einer neuen Rolle?«

»Ja ...« Sinah preßte ihre freie Hand auf ihr Herz und spürte, wie der Wildlederbeutel unter ihren Fingern knisterte. Ein wertvolles Besitztum – doch war es ihres oder das von Athanais?

»Ich kriege es nicht in den Griff. Es ist wie Ertrinken.«

Jetzt merkte sie, wie er sich zurückzog, auch wenn sie keine Bewegung an ihm sah. Eine Woge spektraler Kälte brach durch das Tor ihrer verminderten Fähigkeit herein, und einen Augenblick lang meinte sie in trübem Wasser zu versinken, das höher und höher stieg, über ihre Brust, ihr *Gesicht* ...

»Erzähl mir davon«, hörte Wycherly sich mit einer seltsamen Gleichgültigkeit sagen. Eine starke, sichere Hand schien seine eigene zu halten und seine Handlungen durch den Aufruhr hereinstürzenden Wassers zu leiten, das plötzlich und mit großer Wucht seine Fantasie erfüllte. Ertrinken, schlafen ...

»Das passiert dir nicht zum ersten Mal, stimmt's?« fügte er hinzu.

Sie sah ihn – dankbar? – an, und Wycherly fühlte, wie sich etwas in seiner Brust wand. Er konzentrierte sich darauf, langsam und gleichmäßig zu atmen, um nichts preiszugeben. *Bleib ruhig*, sagte er zu sich. *Sei nicht einmal anwesend.*

Und diesmal, so anders als in all dem Scheitern in seinem Leben, funktionierte es.

»Seit ich hier bin – in Morton's Fork –, seit dem ersten Tag habe ich das Gefühl ... beobachtet zu werden«, sagte Sinah. »Ich wußte, daß es Wildwood gibt; ich war auf dem Gelände, aber nie bis ganz oben beim Sanatorium, bis an dem Tag, als ich dich fand. Und während ich da war ...«

Sie hielt inne, offenbar unschlüssig, wie sie fortfahren sollte.

»Du hattest eine Vision«, meinte Wycherly. Unter seiner Ruhe machte sich eine neue Verwirrung bemerkbar. Gab es Konkurrenz um die Kraftquelle des Wildwood-Sanatoriums, woraus diese auch immer bestand?

Sinah zuckte mit den Schultern. »Ich kenne alle Begriffe – Selbsttäuschung – Selbsthypnose – unter seelischem Druck kann man sich leicht falsche Erinnerungen einbilden... Weil ich meine Familie finden wollte, mußte sich die Vision natürlich auf sie beziehen. Würde es so nicht jemand vom Fach formulieren? Aber es war nicht so sehr meine Familie, die ich finden wollte, sondern vor allem wollte ich den Grund wissen – den Grund, warum ich so bin, wie ich bin. Ich wollte nicht die Reinkarnation von Bridie Murphy sein!«

Wycherly hatte von dem Fall der Bridie Murphy gehört. Eine junge Frau hatte behauptet, sie wäre die Reinkarnation eines irischen Mädchens, das vor fast hundert Jahren ermordet worden war. Das Zeugnis, das sie von ihrem vorherigen Leben gab, war unbestechlich, und sie wußte Dinge, die nur die Tote hatte wissen können. Bis auf diesen Tag war der Fall der Bridie Murphy der einzige, den die professionellen Spötter und Entlarver nicht ohne weiteres abtun konnten.

»Und wer, glaubst du, könntest du sein?« fragte Wycherly. Er entspannte sich. Sinah war allein mit sich selbst beschäftigt, mit ihren eigenen Problemen. Sie hatte Quentin Blackburn nicht erwähnt. Vielleicht hatte sie ihn nicht gesehen. Aber es gab etwas anderes, das sie verbarg – man mußte nicht Gedanken lesen können, um dies aus dem Stocken ihrer Stimme herauszuhören.

Sinah seufzte und schien plötzlich die Waffen zu strecken. »Marie Athanais Jocasta de Courcy de Lyon, Lady Belchamber. Das ist, die ich – sie – bin.«

»Eindrucksvoller Name«, sagte Wycherly schmeichelnd.

Sie schaute ihn mit einem schiefen Lächeln an. »Dich stört nicht zufällig irgend etwas?«

»Bedrohst du mich mit einem Gewehr? Willst du mich in eine Zwangsjacke stecken? Nicht? Dann wüßte ich nicht, worüber ich mich aufregen soll.« Wycherly studierte sie eingehend. Ihr Halstuch war verrutscht und bildete nun einen leuchtenden Kragen um ihren Hals. Ihre Sonnenbrille mit dem Schildpattgestell hielt sie in den Händen. Sie sah jung, verwundbar, unschuldig aus – er hatte auf einmal die Ahnung, daß er sie ziemlich tief verletzen könnte, wenn sie anfing, ihm Vertrauen zu schenken. Die Verwirrung, die dieser Gedanke in ihm auslöste, verstörte ihn.

»Du scheinst der berühmte ›coole Typ‹ zu sein«, sagte Sinah, nachdem das Schweigen sich zu lange hinzog.

Eine neue Wahrnehmung gesellte sich zu der anderen hinzu – daß er sie haben konnte, und daß er sie haben wollte.

Um mit ihr zu machen, was ihm in den Sinn kam.

»Du warst zu lange mit *Guys and Dolls* auf Tournee, Sinah. Die einfache Kunst, Gefühle kleinzuhalten, ist das einzige Talent, das ich habe. Es freut mich natürlich, wenn du es zu würdigen weißt«, antwortete er.

Sinah lächelte ihn an und ergriff seine Hand. Wycherly schloß seine Hand über der ihren und wunderte sich, wie mühelos das alles ging. Ein paar freundliche Worte, ein paar schlagfertige Antworten, und schon war sie gefügig. Sie dachte also, daß eine tote Ahnin von ihr Besitz ergriffen hätte – na und? Die Ortsansässigen hielten *ihn* für einen Geisterbeschwörer.

»Erzähl mir etwas über Marie«, sagte Wycherly.

Sinah erhob sich von ihrem Stuhl und stellte sich hinter ihn, ihre Hände leicht auf seine Schultern aufgestützt. Er hatte nichts dagegen, daß sie sich seinem Blick entzog – er war näher an der Hüttentür als sie, und das Buch lag in sicherem Versteck. Er konnte die Hitze ihres Körpers mit seinem Rücken spüren, trotz des heißen Tages. Ihre Hände zitterten.

Wycherly brauchte keinen Drink, er wollte keinen, würde nicht mal einen nehmen, wenn er ihn angeboten bekäme. Es war so einfach. Alles, was man tun mußte, war, etwas anderes stärker zu wollen.

Sehr viel stärker.

»Sie glaubt – sie wurde Athanais genannt. Sie war in die Rebellion von Monmouth verwickelt und wurde dann in die Neue Welt deportiert«, sagte Sinah.

»Woher weißt du das?« fragte Wycherly interessiert. Die Schulzeit lag lange zurück, aber er erinnerte sich, daß sich die Rebellion von Monmouth 1685 in England zugetragen hatte.

»Ich hatte einen Traum«, sagte Sinah und lachte unsicher. »Mehrere Träume, meine ich. Sie ist wie ein unerwünschter Besucher, der einfach hereinplatzt und sich einquartiert ... und ich mag sie nicht sonderlich.«

»Das ist mal was Neues, nach all den Wirrköpfen, die immer nur Könige und Königinnen wiedererwecken. Aber irgend jemand muß sie gemocht haben – ihr Name hat sich nicht umsonst in der Familie gehalten. Es war eine Athanais, die das Sanatorium angezündet hat.«

»Die es angeblich angezündet hat«, verbesserte Sinah abwesend. Sie beugte sich vor und lehnte ihre Wange kurz liebkosend auf seinen Kopf. »Was soll ich nur tun?« fügte sie kläglich hinzu.

»Bedrohe sie, vertreibe sie, was man eben so tut. Wenn sie ein Geist ist, dann geh zu einem Exorzisten«, sagte Wycherly, ohne lange zu überlegen.

»Ja«, erwiderte Sinah mit einem Unterton der Erleichterung.

Sie war auf den heftigen Wutanfall nicht vorbereitet, der plötzlich aus ihren Knochen hervorzubrechen schien, in ihr wie Peitschenschläge des Abscheus und der Wut knallte. Der Geist von Athanais, einer englischen Gräfin, aufgenommen in einen Tutelo-Stamm, von Bräuchen gezwungen, die Stelle einer toten Frau einzunehmen, das *Leben* einer Toten zu leben.

Niemals aufgeben. Niemals aufgeben. Hassen, und hassen, und hassen ...

»Bleibe ganz still liegen. Versuch nicht, dich zu bewegen«, hörte sie eine Stimme. Ihr Körper rebellierte, und Sinah rollte sich auf den Bauch. Dabei entleerte sich der Inhalt ihres Magens in einem gewaltsamen Ruck. Danach würgte sie und keuchte, als versuchte sie vergeblich, ihren Körper von einem tödlichen Gift zu reinigen.

Da lag sie nun draußen vor der Hütte auf der Erde, zu schwach, um sich zu rühren. Wycherly schob einen Arm unter ihre Brust und zog sie auf die Knie. Er packte energisch und unpersönlich wie ein Krankenpfleger zu, wischte ihr Gesicht mit einem Lappen ab und half ihr dann, sich aufzusetzen.

»Mir ist schon besser«, sagte sie ohne Überzeugung. Ihr Körper ächzte noch von der gewaltsamen Eruption.

»Sicher.« Wycherly klang leicht ironisch. »Wir haben Bier, und wir haben Limonade. Was davon würde dir jetzt guttun?«

»Ich... wie bitte?« Sie löste das Tuch von ihrem Hals. Wie durch ein Wunder war es sauber geblieben, und sie wischte sich damit ihr feuchtes und verschwitztes Gesicht. Wenn sie hierher gekommen war, um auf Wycherly Eindruck zu machen und ihn zu betören, dann hatte sie bis jetzt auf spektakuläre Weise versagt.

Nein. Nicht betören. Das waren Athanais' Worte, die Worte einer Frau, die sich mit List und Schlauheit zu behaupten versuchte... und für sich erkannte, daß am Ende immer die blinde rohe Gewalt siegte. Sie endete als Gefangene der Tutelo-Indianer, stickte ihre europäischen Juwelen in die verzierte Stammeskleidung und gebar die Töchter des Häuptlings.

»Ich habe wirklich den Verstand verloren«, sagte Sinah ausdruckslos.

»Du mußt etwas zu dir nehmen, um deinen Magen zu beruhigen«, sagte Wycherly wie zur Antwort. »Also, willst du lieber einen Schwips, oder ziehst du einen Rausch auf Zuckerbasis vor? Limonade oder Bier?«

»Tee«, sagte Sinah schwach, und Wycherly ging in die Hütte.

Sinah kam schwankend auf die Beine und entfernte sich so weit wie möglich von der widerlichen Pfütze, die sie hinterlassen hatte. Was sollte er jetzt von ihr denken?

Was hatte er vorher von ihr gedacht? erwiderte eine innere Stimme wenig hilfreich. Sie war Sinah Dellon, soviel stand immerhin fest – die Telepathin, die Frau, die jedermanns Gedanken so genau lesen konnte, daß nicht einmal ihr Leben ihr selbst zu gehören schien. Das Mädchen, das nie eine längere Beziehung gehabt hatte, da sie immer schon wußte, wie es enden würde, bevor es angefangen hatte. Eine Lauscherin. Außenseiterin.

Paria.

Aber dies änderte sich jetzt, denn Sinah hatte die Rolle ihres Lebens gefunden, die sie bis ans Ende ihrer Tage spielen würde.

Nur daß nicht sie es war.

Sinah starrte wie durch einen Schleier auf die Bäume. Erinnerungen drangen wie Giftmüll durch die Gesteinsschichten ihres Bewußtseins. Athanais de Lyons Erinnerungen – die Erinnerungen einer Frau, die fast dreihundert Jahre später Athanais Dellon geworden war.

Ihre Mutter.

Sinah zog den Lehnstuhl näher zur Tür und setzte sich. Die gleiche Frau? Nein. Nur der gleiche, durch die Geschichte weitergegebene Name. Verschiedene Frauen, verschiedene Leben, aber immer der Makel, das Erbe des Bösen, das sie und ihre Nachkommen bis zum letzten Blutstropfen zu Gemiedenen, zu Aussätzigen unter den Nachbarn machte.

Für Sinah gab es hier in Morton's Fork keine Hoffnung, keine Antworten. Das hatte sie jetzt erkannt. Sie war die letzte von ihrem Blut.

»Hier, Tee und Kekse. Sehr zivilisiert.«

Wycherly kam mit einer Schachtel *Lorna Doones* und einem dampfenden Becher heraus, aus dem ein Teebeutel-Wimpelchen flatterte. Er reichte beides Sinah.

»Glücklicherweise glaubt Luned, daß ich von allem, was der Laden verkauft, etwas dahaben muß. Sonst müßtest du schlechten Kaffee trinken. Du siehst entsetzlich aus, weißt du«, fügte er im Plauderton hinzu. »Trink deinen Tee.«

»Schikanier mich nicht.« Sie nahm einen vorsichtigen Schluck und verzog das Gesicht. »Igitt. Er ist zu süß.«

»Du brauchst Zucker. Du bist sowieso zu dünn. Du siehst aus wie ein Junge.«

Sinah nahm noch einen Schluck. »Die Kamera macht mich dicker«, protestierte sie matt.

»Ach, hör auf, du glaubst doch nicht im Ernst, daß du dahin zurückkehrst?« sagte Wycherly.

Sinah sah ihn überrascht an. Er stand nah neben ihr, und sie konnte spüren, daß Ärger und etwas wie Furcht von ihm ausgingen – aber sie konnte den inneren Monolog, der diese Gefühle erklärt hätte, nicht lesen.

Zerstört. Sie hatte ihre Fähigkeit genau in dem Moment verloren, da sie sie am dringendsten brauchte.

»Sieh mal. Du hast gerade einen großen Film beendet – und bist du in Lala-Land und kümmerst dich um deine Karriere? Nein. Du bist weggelaufen, um dich zu verstecken. Schön. Vielleicht kann deine Karrierekurve eine frühe Garbo-Infusion brauchen. Aber ich habe in den letzten paar Tagen gesehen, wie du jede Menge Anfälle hattest, du kommst hierher und erzählst mir, daß du von deiner ich weiß nicht x-ten Urgroßmutter besessen bist, und während du das tust, fällst du mir hin, und es durchzuckt dich, als hättest du einen epileptischen Anfall. Sieht das vielleicht nach jemandem aus, der demnächst wieder zur Arbeit zurückkehren wird?« sagte Wycherly.

»Nein.« Sinah nahm einen großen Schluck von dem scheußlichen Tee.

Die Wärme, das Teein und der Zucker entfalteten ihre Wirkung. Sie fühlte sich etwas stabiler, hatte sich mehr in der Hand. Doch nicht genug, um die Wahrheit von Wycherlys Worten zu bestreiten. In ihrer jetzigen Verfassung konnte sie an Arbeit nicht einmal denken.

Wieviel Geld hatte sie auf der Bank? Das meiste hatte sie in ihr Haus investiert, aber sie war sich absolut sicher gewesen, daß sie immer Arbeit finden würde, selbst wenn sie einen strategischen Rückzug nach New York antreten müßte.

Sollte sie ihren Agenten anrufen? Sie kannte die Antwort darauf, aber ihr graute davor, was sie von ihm zu hören bekäme. Man war immer nur so gut wie der nächste Vertrag, und sie hatte keinen vorzuweisen.

Langsam begann sie das Ausmaß der Schwierigkeiten, in denen sie steckte, zu erkennen. Ihr Verstand verließ sie allmählich, ihre Karriere lag wahrscheinlich in Scherben, und ihr einziger Verbündeter war ein selbstzerstörerischer Alkoholiker.

»Bist du noch da?« fragte Wycherly, und Sinah mußte blinzeln, als sie den Blick auf ihn richtete. Die Sonne war im Westen weiter gesunken und schien ihr nun direkt in die Augen.

»Ich habe gerade überlegt, daß ich wahrscheinlich pleite bin«, sagte sie.

»Das wirst du überleben«, sagte Wycherly kurz. »Wenn wir schon überlegen, in welche Anstalt wir dich stecken, warum erzählst du mir nicht einfach, was eben passiert ist?«

Während sie den Tee austrank, berichtete Sinah ihm die Einzelheiten ihrer Vision – oder ihrer Erinnerung. Wycherly schien das Ganze nicht sonderlich ernst zu nehmen, aber immerhin war er bereit, darüber zu sprechen.

»Also wurde sie, anstatt den Heiligen Gral zu finden, eine Gefangene dieser Indianer, die sie aufnahmen ...«

»Tutelo.«

»... und nach ein oder zwei Generationen verbanden sich die Tutelo-Mischlinge, also ihre Nachkommen, wieder mit Europäern, und herausgekommen bist du«, schloß Wycherly.

»Nehme ich an. Irgendwo muß doch etwas über sie geschrieben stehen. Wenn es sie wirklich gegeben hat, dann wäre das eine Art *Beweis*, verstehst du?« sagte sie hoffnungsvoll.

»Was hat ein Beweis schon zu sagen? Ob es sich um eine objektive Tatsache oder um dein persönliches Hirngespinst handelt, das ändert nichts an dem, was in deinem Kopf vor sich geht«, antwortete Wycherly schonungslos.

Doch dann würde sie wissen, ob es wirklich war oder nicht – und sie wußte bereits, daß es das war.

»Ich will, daß sie mich in Frieden läßt«, flüsterte Sinah.

»Dann finde heraus, was sie will, und gib es ihr. Ob bei einem Gespenst, einer Wahnvorstellung oder alten Freundin, das funktioniert immer«, versicherte Wycherly ihr zynisch.

Aber sie will mein Leben. Und sie will überhaupt nicht mehr weggehen. Und Quentin Blackburn will ...

Lebhaft wie eine wiederkehrende Erinnerung stand ihr das Bild von Quentin Blackburn, das sie in der Ruine des Sanatoriums gehabt hatte, wieder vor Augen. Er wollte, daß sie sich ihm anschloß oder starb, soviel wußte sie noch – aber was bedeutete das genau?

»Sinah, du siehst wirklich mitgenommen aus. Vielleicht solltest du reingehen, wo es kühl ist«, sagte Wycherly.

Sinah warf einen zweifelnden Blick auf die offene Hüttentür. Wycherly grinste.

»Ich dachte mehr an dein Zuhause. Klimaanlage. Sanitäre Anlagen. Du weißt, was ich meine?«

Sinah schloß erschöpft ihre Augen. Ihr hübsches Refugium – es kam ihr nun wie eine Isolationszelle vor. Eine Zwangsjacke – oder ein Gefängnis. »Ich möchte nicht alleine dort sein.«

»Dann komme ich mit. Laß mich nur die Hütte absperren, Gott weiß, warum.«

Er nahm den Becher, ließ aber die Schachtel mit Keksen demonstrativ bei ihr. Kurz darauf war er schon wieder zurück, hatte seine Reisetasche geschultert und den Spazierstock in der anderen Hand.

»Zeit für einen Marsch durch die frische Landluft – denn dein Jeep ist ja nirgendwo zu sehen«, sagte er.

»Aber dein Fußgelenk«, protestierte Sinah, die sich zu spät daran erinnerte.

»Das ist okay. Alles in bester Ordnung«, sagte Wycherly.

Es war viel später, als sie gedacht hatte. Der dunkle Himmel wies nur noch letzte Spuren von Licht auf. Die Luft fühlte sich feucht und geladen an, was bedeutete, daß sich ein Gewitter zusammenbraute.

Als Truth ihre verkrampften Finger vom Rand des Wahrsage-Spiegels lösen wollte, merkte sie, daß sie schon zu lange ihren Körper verlassen hatte – gefährlich lange. Jeder Muskel schmerzte vor Steifheit und heftigem Hunger; sie fühlte sich leer im Kopf, wie unter Schock, und sie hatte noch nicht einmal soviel Voraussicht besessen, wenigstens einen Schokoriegel mitzunehmen.

Als sie den Spiegel endlich sicher in der Tasche verstaut hatte, war fast alles Licht verschwunden. Truth gefiel die Aussicht nicht, den langen Weg bis nach Morton's Fork im Dunkeln gehen zu müssen. Unter anderem hatte sie heute morgen vergessen, eine Taschenlampe mitzunehmen. Bis sie zurück war, würde sich Dylan – zu Recht – große Sorgen machen.

Laß ihn sich sorgen, wandte eine kalte, unmenschliche Stimme ein. *Laß ihn spüren, wie sehr ihm deine Sicherheit am Herzen liegt. Er wird danach viel fügsamer sein.*

Truth schüttelte den Kopf, sie wollte mit diesem Teil ihrer selbst nichts zu tun haben. Sie drehte an ihrem Verlobungsring, der eine Perle und einen Smaragd trug. Sie wollte Dylan nichts dergleichen antun.

Wirklich nicht? Nach dem, was er gestern nacht zu ihr gesagt hatte? Hatte er nicht eine kleine Bestrafung verdient?

Vielleicht schon, dachte Truth, aber den ganzen Tag und die halbe Nacht zu verschwinden würde ihr keinerlei Nutzen bringen. Es würde Dylan vielmehr in seiner Ansicht bestärken, daß sie ... labil war.

Labil? Truth fand ihre eigene Wortwahl abstoßend. Dachte Dylan das wirklich? War sie das?

Nein. Das beruhigende Vertrauen in ihre eigenen Wahrnehmungen stärkte Truth. Sie hatte recht gehabt, nicht wahr? Es *gab* hier ein Tor.

Jetzt muß ich nur jemand aus der direkten Abstammungslinie finden, dem ich beibringen kann, wie man es schließt. Das kann doch nicht so schwierig sein, oder? In Morton's Fork hat es keine größere Abwanderung gegeben, also sollte es eigentlich keine Mühe machen, jemanden aus der Blutlinie zu finden, der das Tor schließen kann. Vielleicht muß man dazu bloß im Grundbuch nachschauen, wem das Land gehört hat, bevor Quentin Blackburn sein Sanatorium darauf errichtete.

Ihre innere Stimme redete weiter drauflos und besänftigte sie mit der bloßen Menge an Worten. All diese Dinge wären leichter mit Dylans Hilfe – oder gar seiner aktiven Mitarbeit –, und sie würde ihn dafür nicht gewinnen, indem sie hier herumsaß. Ihm die Wahrheit zu sagen wäre kein reines Vergnügen – aber sie sollte verflucht sein, wenn sie sich wie die idiotische Heldin eines Schauerromans verhielt und ihm nicht sagte, was ihr heute hier widerfahren war.

Truth schüttelte reumütig ihren Kopf und stöhnte beim Aufstehen. Zumindest sollte es möglich sein, Dylan davon zu überzeugen, daß sie recht hatte. Ein unkontrolliertes Tor – das wußte Truth aus leidvoller Erfahrung – wirkte auf jeden übersinnlichen Menschen in seiner Reichweite wie ein riesiger Generator: Es weckte die Kräfte in denen, die sie bisher nicht gezeigt hatten, und es verstärkte sie bei denen, die sie ohnehin hatten.

Truth spürte halb schuldbewußt, halb eigensüchtig ein plötzlich wachsendes Interesse. Hieß das nicht, daß Rowan und Ninian deutlich höhere Ergebnisse erzielen mußten, wenn sie hier getestet wurden? Sie sollte die Möglichkeit haben, die beiden einem Test zu unterziehen.

Immer schön der Reihe nach, ermahnte sie sich mit einem Seufzer. *Geh erst mal dahin, wo die Musik spielt, und dann kannst du weitersehen.*

Eine halbe Stunde später hätte Truth sich allerdings viel lieber Dylans höchster Mißbilligung statt ihrer tatsächlichen Lage ausgesetzt.

Sie hatte sich verlaufen.

Das ist unmöglich. Ich muß nur den Fahrweg zurück zum Tor und dann die Straße hinunter zum Laden gehen. Selbst im Dunkeln brauche ich nur einen Fuß vor den anderen setzen.

Aber es war anders gekommen.

Die Nacht war immer schwärzer geworden. Es war die alles zudeckende Dunkelheit auf dem Land, ohne auch nur ein Glühwürmchen, um das Einerlei zu durchbrechen. Grillen und Frösche, unruhig vom drohenden Gewitter, riefen in schrillen Rhythmen. Ihr Klangteppich verstärkte noch die Einsamkeit.

Als sie zum ersten Mal merkte, daß sie in die falsche Richtung ging, war sie einfach umgekehrt und den Weg zurückgegangen. Sie kam an der weißen Marmorbank vorbei, auf der sie vorhin so lange Zeit zugebracht hatte. Das Weiß war im Dunkel zu einem verschwommenen grauen Fleck geworden. Die Bank befand sich links vom Weg.

Doch zehn Minuten später, als sie erwartete, jeden Moment die Torflügel auftauchen zu sehen, kam sie wieder an der Bank vorbei.

Jetzt lag sie rechts.

Truth blieb wie angewurzelt stehen und starrte sie an. Sie war sich vollkommen sicher, daß es dieselbe Bank war – oder genauer gesagt, sie hatte sich auf die *erste* Bank, die sie sah, gesetzt. Es konnte keine weiteren Bänke zwischen ihr und dem Anfang der Straße geben.

Wie hatte sie die Richtung erneut wechseln können?

Sie versuchte es noch einmal, ließ die Bank linker Hand liegen und ging den Fahrweg hinunter. Sie verschloß ihren Geist gegen äußere Einflüsse; es gab einen Begriff für das, was ihr da widerfuhr – *pook-ledden* –, aber wenn sie nur an ihrem starken Willen festhielt, dann müßte es zu verhindern sein, daß sie im Kreis ging.

Aber wieder kam sie an der Bank vorbei – diesmal rechter Hand –, und in diesem Moment entschloß sich Truth, den Weg zu verlassen und sich querfeldein nach Morton's Fork durchzuschlagen.

Doch das schien auch nicht zu funktionieren. Truth hatte sich verirrt. Und gleichgültig, wie sie sich drehte und welche Richtung sie einschlug, es kam ihr vor, als näherte sie sich immer mehr den Ruinen des Sanatoriums.

Aber ... warum? Das Wildwood-Tor hat mich zurückgestoßen, und unter allen Menschen sollte ich am wenigsten seinen Lockungen erliegen. Es kann nicht von dem Tor ausgehen – was ist hier nur los?

Der Inhalt ihrer Schultertasche klimperte aneinander. Sie hatte Hunger, Durst, und sie konnte die Folgen eines Sonnenbrands spüren, obwohl sie sich am Morgen sorgfältig mit einer Sonnenschutzlotion eingecremt hatte. Ihr Arbeitswerkzeug wurde von Minute zu Minute schwerer. Nichts schien weiter entfernt von ihrer gegenwärtigen Verfassung als die kalte Vollkommenheit ihres *sidhe*-Erbes.

In diesem Augenblick platzte ein fetter, kalter Regentropfen auf ihren Nacken. Es war, als ob die Natur selbst sie anspornen wollte. Dann kam noch einer und noch einer, bis das Unwetter schließlich losbrach. Binnen kurzem war Truth bis auf die Haut durchnäßt und fror. Es war zugleich ihr letzter Strohhalm.

Sie wußte kaum, was sie tat, als sie die Energie des Gewitters an sich riß und sie gegen die Kraft richtete, die sie quälte. Sie spürte, wie die Energie in ihr wuchs und ihrem Höhepunkt entgegenstieg, doch bevor sie ihn erreichte, wurde sie Truth weggeschnappt, als ob es sie nie gegeben hätte. Während die dunklen Gezeitenkräfte an ihr zerrten, erkannte Truth, daß sie eines hier und heute erreicht hatte.

Sie hatte die Aufmerksamkeit des Tores gewonnen.

Sie kämpfte sich durch den Regen vorwärts zu dem Baum, wo der Mann – ihr Geliebter, ihr Vater, ihr Sohn – auf sie wartete. Durch den Regen war sein fließendes Haar angeklatscht, sein Hemd klebte an seiner Brust. Er hob seine Augen, lächelte und streckte seine Hände aus.

Sie hob den Hammer und den Eisennagel.

Nein!

Truth versuchte sich von der Vision zu befreien, die keine Vision war – die in einem anderen Raum zu einer anderen Zeit Wirklichkeit war. Ebensogut hätte sie versuchen können, den Ozean zurückzuhalten.

Die Hammerschläge trieben den großen Nagel durch Fleisch und Sehnen und Knochen – feuergehärtete Esche, und er war das Opfer durch Eiche und Esche und Dorn, wie das alte Gesetz es forderte. Sie roch den kupferscharfen Geruch des Bluts, als sie wieder und wieder hieb und den Dorn in das Holz des lebenden Baumes trieb.

Sie hob wieder ihre Hand, und das Gesicht unter dem Blut, das von der Dornenkrone herabströmte, war das ihres Vaters.

Sie hörte seine Stimme, die sagte, daß alles richtig war, daß er das geweihte Opfer war, daß dies seine Strafe war, aber sie konnte es nicht ertragen. Truth zwang sich innezuhalten, als der zweite Nagel durch seine andere Hand getrieben wurde, um ihn an den Baum zu schlagen.

Dann nahm sie das Messer, doch nicht ihre Hand hielt es. Sie war das Werkzeug einer noch entsetzlicheren Macht – es waren die sidhe, *deren Tore dies waren, deren Zorn Thorne Blackburn zum ewigen Opfer und Dienst bestimmten.*

Deren Machtgeschenk an die menschlichen Diener forderte, daß jede Generation einen Zehnten *entrichtete.*

»Vater! Vergib mir!« schrie Truth, und in ihrer Hand lag ein Messer aus poliertem Knochen.

Sie stieß damit zu ...

Und das Entsetzen, mit dem sie den Stoß spürte, war das Entsetzen ihres Falls, als Truth mit dem Fuß in einem Gorgonennest von Zweigen hängenblieb und zu Boden stürzte. Über ihr riß der Himmel in einem blauweißen Blitz auf, und in seinem Licht erkannte sie nur wenige Schritte entfernt die Straße, die hinunter nach Morton's Fork zum Laden führte.

Truth rappelte sich auf, wischte sich immer wieder ihre Hände an der Hose ab, aber es war kein Blut an ihnen, nur Wasser und Erde.

Was hatte sie getan?

Sie schüttelte den Kopf. Ihr durchnäßtes Haar klebte ihr an Wangen und Nacken. Sie hatte nichts getan – was immer geschehen war, es war ein Traum, eine Vision.

Sie mußte zurückkehren. Sie mußte mit Dylan sprechen.

Wenn er sie nur anhören würde.

Wycherly drehte sich in dem Kingsize-Bett auf die Seite und sah seufzend auf seine Uhr. In der Ferne grollte der Donner. Um ihn herum hing Sinahs Haus seinen elektrischen Gedanken nach und führte alle Pflichten aus, die sie getrennt von der Außenwelt in einen kühlen, trockenen und stillen Kokon wob... wie eine Gruft.

Neben ihm schlief Sinah tief. Er hatte sie mit der Aussicht auf einen traumlosen Schlaf überredet, eine seiner Schlaftabletten zu nehmen. Nun lag sie hilflos betäubt neben ihm, an der Seite eines Mannes, den sie noch nicht einmal eine Woche kannte.

Er konnte jetzt mit ihr machen, was er wollte. Man würde ihre Leiche kaum finden, bevor sie nur noch aus sauber abgenagten Knochen bestand. Wer wußte denn schon, wo sie war?

Die Richtung, die seine Gedanken nahmen, trieben Wycherly mit einem Gefühl schmerzender Übelkeit aus dem Bett. Die Bestie war zurückgekehrt – oder etwas Ähnliches; ein gieriges Verlangen, das zu stillen Wycherly liebend gern sein eigenes Herz herausgerissen hätte.

Ohne sich mit Ankleiden aufzuhalten, tappte er die Treppe hinunter zu der einen Sache auf der Welt, die ihn nie im Stich gelassen hatte.

Er machte sich diesmal nicht soviel Mühe, seine Spuren zu verwischen, goß sich ein Glas guten Scotch ein und trank es wie Wasser. Der Geschmack ließ ihn schaudern.

Doch ein Glas von vierzigprozentigem Glenlivet hatte tatsächlich keine größere Wirkung auf ihn als Wasser. Es war nicht das warme Glühen in seinem Magen, und er erkannte voller Verzweiflung, daß diesmal auch kein Alkohol die Bestie sättigen würde.

Sie wollte etwas anderes, und Wycherly hatte keine Ahnung, was es war.

Aber sie wollte sehr viel.

Wycherly schleuderte die Flasche durch den Raum. Sie zerschellte eindrucksvoll an der Klinkereinfassung des Kamins. Glassplitter und Schnaps spritzten über die Wand und den Boden. Aber das brachte keine Lösung.

Das war nicht, was er brauchte.

Immer noch nackt tappte er in die Küche und suchte. Das Buch war oben in seiner Schultertasche, unter den Kleidungsstücken, aber Sinah schlief so fest, daß er sie für eine Weile damit allein lassen konnte. Er schaltete das Küchenlicht an und wußte, daß er sie damit nicht aufweckte. Also, was von den Dingen hier konnte er gebrauchen...

Die Messer schienen ihm mit dünnen Stahlstimmen etwas zuzuflüstern. Erst als er eine der Schubladen öffnete und über die dichte Reihe verschieden großer Tranchiermesser ins Grübeln kam, erkannte er, was unter der Oberfläche seiner Gedanken wirklich in ihm vorging.

Er schob die Schublade mit einem Krachen zu. Nein. Das hatte nichts mit ihm zu tun.

Tatsächlich nicht? Wäre es nicht zumindest ein rascherer Tod – ein schönerer Tod als der, den er Camilla bereitet hatte? Ein kurzer Schnitt mit ihrem Messer, und ihr herausquellendes Blut wäre der alchimistische Trank, der seine irdische Substanz verändern, von Schlacke in Gold verwandeln würde. Sinah wäre tot, aber das war das Schicksal aller, die er je geliebt hatte. Die ihn je geliebt hatten.

Wycherly wandte sich von der Schublade ab, würgte über dem Abfluß, bis er den Whisky ausgespien hatte. Er war mit Blut vermischt; die dunkelbraune Galle roch widerlich. Er ließ Wasser laufen, um es wegzuwaschen, er spülte und spuckte, bis der Geschmack seines eigenen Blutes verschwunden war. Als er das Wasser abstellte, lehnte er sich mit dem Rücken an den Kühlschrank, zitternd vor Kälte. Er war der Bestie diesmal entschlüpft, aber er war ihr nicht entronnen. Sie hatte immer noch die Macht.

Und hatte sie nicht.

Aber er wußte jetzt, wie er Macht gewinnen konnte – eine einfache und leicht auszuführende Tat, die ihm geben würde, wonach er sich sehnte: Macht und Frieden.

Die Messer lockten ihn nicht mehr. Es war zu früh für die Messer. Was er brauchte, war eine Wäscheleine, etwas Langes, Festes, etwas, womit er Sinah an den Altar fesseln konnte, an den schwarzen gemeißelten Stein mit den Symbolen aus *Les Cultes des Goules*.

Dort würde er ihren Körper öffnen und in ihrem Blut baden. Das war es. Das war alles. Eine einfache Tat, leicht auszuführen. Der schwierigste Teil wäre der, sie dazu zu bewegen, mit ihm noch einmal hinzugehen, aber auch das wäre nicht übermäßig schwierig. Er konnte die Leine und das Messer in seiner Schultertasche verstauen. Er konnte sogar das Klappmesser nehmen, das er bei sich trug; es würde vollkommen ausreichen. Die Körper der Menschen waren so weich, so verwundbar ...

Sinah ist nicht die einzige, die ihren Verstand verliert, dachte Wycherly mit kalter Verzweiflung.

Er rang sich aus seinen eigenen Gedanken heraus und atmete, als wäre er gerannt. Sinah Dellon war ein süßes Mädchen. Er wußte nicht, ob er sie schon liebte, aber sie war nett zu ihm gewesen. Und jetzt stand er in ihrer Küche und dachte darüber nach, welches die beste Art war, sie zu töten – nein, schlimmer noch, sie wie ein Tier abzustechen und zu schlachten, und wozu?

Weil er Alpträume hatte.

Mehr nicht, redete sich Wycherly ein. Alpträume. Keine Dämonen. Das Zauberbuch war nur ein anmaßender blutgieriger Porno, und seine Visionen waren nur eine erregend neue Version des Delirium tremens.

Aber er wäre wirklich weg vom Fenster, wenn er jemanden umbrächte. Sein Vater würde ihn irgendwo in einer Anstalt verstecken, bis er verwest war – ein Leben ohne Aussicht auf Entlassung. Es gäbe diesmal keine Schonung für Musgraves Versager-Sohn.

Wie konnte er sich aufhalten?

Und wie konnte er wissen, daß er es nicht schon getan hatte?

Wycherly rannte die Treppe wieder hinauf, voll dringender Sehnsucht, ihren Atem zu hören. Als er das Bett erreichte, kroch er neben sie und nahm sie in seine Arme, und obwohl sie bei der Berührung seiner kalten Glieder sich bewegte und murmelte, wachte sie nicht auf.

Er hielt sie an sich gedrückt, bis seine Arme schmerzten. Ihr nahe zu sein konnte ihn vielleicht von unüberlegten Handlungen abhalten. Und als er die Grenze zur Bewußtlosigkeit überschritt, nahm es Wycherly Musgrave nicht wahr.

Der Little Heller Creek war einer der vielen Wasserläufe, die den Astolat speisten. Anders als der Big Heller war er nicht sehr tief, doch immer noch tief genug.

Wycherly lief den Abhang hinunter und brach durch das Gebüsch, das den Bach vor Blicken von der Hütte aus verbarg. Er tat einen zaghaften Schritt ins Wasser. Einige Zentimeter unter der Oberfläche war die Strömung um zwanzig Grad kälter als die Luft draußen. Er ging weiter hinein.

Sie wartete hier auf ihn – Camilla – Melusine –, sie waren ein und dieselbe Frau, die Wasserschlange, die die Männer hinunterzog, bis sie ertranken ...

Das Wasser reichte jetzt über seine Oberschenkel, es war so kalt, daß es ihm den Atem raubte. Ein oder zwei Schritte mehr, und er erreichte die jähe Tiefe, wo er nicht mehr stehen konnte und wo die Schlangenfrau auf ihn wartete.

Er kämpfte dagegen an, stand da in der Strömung und wußte, daß er das Unabwendbare nur hinausschob, den Augenblick, in dem die weiße Schlange auftauchen und ihn packen würde. Er konnte einen Schritt zurücktun, dann zwei weitere, und dann stand er am seichten Rand eines anderen Flusses und beobachtete, wie Auto-Scheinwerfer sich unerbittlich näherten.

Selbst aus der Entfernung war nicht zu übersehen, daß sich der Wagen in Schwierigkeiten befand. Er schlingerte hin und her, bis seine Ausschläge so extrem wurden, daß er aus einer Kurve und in den Fluß schleuderte. Schnell schoß er durch die Untiefe in Ufer-

nähe, wo Rettung noch möglich gewesen wäre. Einen Moment lang trieb er durch das Wasser und begann dann zu sinken.

Vom Ufer aus sah Wycherly, wie der Fahrer sich aus dem halb gesunkenen Auto befreite. Er hätte noch die Möglichkeit gehabt, umzukehren und seine gefangene Beifahrerin zu retten, bevor der Wagen weiter eintauchte. Aber nur auf seine eigene Sicherheit bedacht, strampelte er Richtung Ufer davon, während der Wagen unter die Wasseroberfläche glitt und Camilla Redford ertrank.

Es fing an zu regnen, obwohl sich Wycherly erinnerte, daß jene lang vergangene Nacht klar gewesen war. Er konnte sich nicht genug von dem Geschehen vor sich lösen, um dieser Unstimmigkeit Gewicht beizumessen. Durch den dicht fallenden Regen sah er die Stelle, wo die Autoscheinwerfer ein fernes, trübes Lichtsignal unter dem Wasser aussendeten. Der Fahrer lag betäubt und bewußtlos an dem verschlammten Kiesufer. Es würde lange dauern, bis ein anderes Auto vorbeikam.

Donner grollte wie in fernem Zorn, und Wycherly, der von einem Traum in den nächsten wechselte, stand bis zur Brust in einem eiskalten Fluß, der nie so tief gewesen war, und wußte, daß die Herrin des Flusses auf ihn wartete. Der Regen fiel in Strömen, die Luft war annähernd so naß wie der Fluß, und Blitzzacken tanzten drohend über den Himmel.

Er würde sterben.
Er würde ertrinken.

Sie würde ertrinken. Die Frau, die in tiefem künstlichem Schlaf lag, während draußen das Gewitter tobte, träumte. Nicht Sinah Dellons Traum, sondern den Traum von Athanais de Lyon. Hier war der See, der Tauchstuhl, hier waren die Richter – ehrwürdig in puritanisches Schwarz gekleidet –, um sie zu verhören. Sie fesselten sie an den Stuhl ...

Von dem Wasser ging ein eisiger Schock aus, es schnitt durch den dünnen Stoff ihres Hemdes, dann schloß es sich über ihr. Wasser, so wurde angenommen, verweigerte sich Hexen, so wie sie sich dem Taufwasser verweigert hatten, doch dieses Wasser schmiegte sich um Athanais, drang in ihre Nase, ihren Mund, ihre Augen ...

Dann zogen sie sie heraus; sie starrte mit aufgerissenen Augen, nach Atem ringend, in die Gesichter der Inquisitoren und hörte ihre Litanei: GESTEHE, HEXE, GESTEHE ...

Sie schüttelte trotzig den Kopf, und sie tauchten sie erneut in die dunkle und stille Welt.

Und dort ließen sie sie.

Ihre Lungen schrien nach Luft, ein Brüllen wuchs in ihren Ohren, und Athanais begann zu erkennen, daß sie keine zweite Gelegenheit zur Buße bekommen würde, keine Gelegenheit zur Flucht. Sie wollten ihr Geständnis nicht hören.

Sie wollten sie töten.

Sie war Athanais de Lyon.
Sie war Sinah Dellon.

Und sie war mehr, eine Vielheit, die sich über die Jahrhunderte erstreckte, um einem blinden Verlangen zu dienen, das gestillt werden mußte. Das war die Macht, nach der Athanais getrachtet hatte. Das war die Quelle, an die sie ihr Blut gefesselt hatte, so daß ihre Habgier und ihre Besessenheit jeden ihrer Nachfahren heimsuchte. Sie war Finsternis und Blutdurst, und sie verlangte den Dienst ihrer Hüter; ein Kind, einen Geliebten, einen Blutsverwandten – einen Herzensschatz –, um sie zu nähren.

Es war Sinahs Aufgabe, sie jetzt zu nähren. Auf ihr lag nun die Bürde, die ihre Vorfahrin gewählt hatte; die Bürde, deren unbeugsame Grausamkeit so sehr Athanais' Wesen entsprach. Es gab kein Entrinnen für sie jetzt, da sie zurückgekehrt war. Der Preis mußte gezahlt werden.

Doch nicht Sinah war es, die ihn zahlen würde.

Ihre erste Empfindung war die der Nässe. Das Grauen des Alptraums von Athanais schleuderte sie in die Wachheit, aber sie merkte, daß es ringsum kein Wasser gab: Nur auf das Oberlicht prasselte der Regen. Ein Sommergewitter mit seinen Begleitern, Donner und Blitz.

Nichts weiter.

Neben ihr kämpfte Wycherly, verwickelt in sein Bettzeug. Sein Stöhnen hatte Sinah geweckt. Seine Angst war so groß, daß sie sie sogar spüren konnte, ohne ihn zu berühren – ein blindes Sich-wehren gegen den Stoff seiner Traumlandschaft. Sie schüttelte ihn heftig.

Seine Bernsteinaugen öffneten sich sofort, aber er schien sie nicht wahrzunehmen. Das Laken und sein Körper darunter waren naß von kaltem Schweiß, und auch in dem schwachen Licht, das vom Wohnraum unten heraufkam, sah sie, daß seine Lippen bleich und bläulich waren.

»Wych. Wycherly. Ich bin es – Sinah.«

»... *Schlange* ...«

Das Wort zischte aus seinen halb geöffneten Lippen hervor, so kalt und unerbittlich wie die Gesichter der Richter in Athanais' Alptraum. Sinah zuckte zurück, als hätte er sie geschlagen.

Wycherly kämpfte sich aus dem Bett und zerrte die Laken von sich.

Sie war gezeichnet, und er wußte es. Die lächerliche Überdramatisierung lähmte Sinah einen Moment lang. Als sie ihren Kopf umwandte, konnte sie bereits das Klirren von Glas unten hören. Sie lief zum Geländer und schaute hinunter.

Wycherly stand an der Bartruhe. In der einen Hand hielt er ein Glas, in der anderen eine Flasche. Und er trank so hastig und methodisch, als ob sein Leben davon abhinge.

11

Schwere Fehler

Es gibt keine Reue im Grab.
Isaac Watts

Der Regen war zu einem sanften Prasseln geworden, als Truth endlich das Wohnmobil erreichte. Schmutzig, durchgefroren und entkräftet mühte sie sich mit der Tasche voller Arbeitsgerät – die Feldflasche hatte sie unterwegs irgendwo verloren. Das Licht war an, und sie konnte sehen, wie sich in dem Wagen Leute bewegten.

Das wird kein Spaß werden. Doch wenn Truth Jourdemayne einen bestimmenden Charakterzug hatte, so war es ihre Dickköpfigkeit. Grimmig schleppte sie sich den Rest des Wegs zum Winnebago und klopfte an die Tür.

Es war Dylan, der die Tür mit einem Ruck aufriß und auf sie hinunterstarrte, als sähe er sie das erste Mal in seinem Leben.

»Sieh zu, daß du reinkommst«, sagte er schließlich durch zusammengepreßte Zähne.

Demütig kletterte sie in den Wagen. Das Licht zwang sie zu blinzeln. Rowan und Ninian blickten sie beide voller Überraschung an.

»Es ist ein Uhr nachts«, sagte Dylan. Seine Stimme zitterte leicht. »Seit sechs Stunden suchen wir dich.«

Truth zuckte innerlich zusammen. Sie hatte gewußt, daß dies hier nicht einfach werden würde, aber noch nie in all den Jahren, die sie ihn kannte, hatte sie Dylan so aufgebracht gesehen.

»Es tut mir leid«, sagte sie. »Es war dumm von mir, einfach wegzugehen, ohne jemandem zu sagen, wohin, aber ...«

»Oh, ich weiß, wo du wahrscheinlich warst«, sagte Dylan mit einer vernichtend tonlosen Stimme. Er drehte sich zu seinen beiden Studenten um. »Entwarnung, Leute. Tut mir leid, daß ich euch da hineingezogen habe. Frau Jourdemayne ist wohlauf, warum haut ihr beiden euch nicht hin?«

»Hm ... ja. Klar.« Rowan warf Ninian einen kurzen Blick zu, der seinen Kopf senkte und irgend etwas Unverständliches vor sich hin murmelte. Truth tat einen unbeholfenen Schritt zurück, als die beiden zur Tür hinaus und über den nassen Kies zu ihren Zelten gingen.

»Du bist klatschnaß. Du ziehst dir besser die Sachen aus, bevor du krank wirst«, sagte Dylan ausdruckslos.

»Dylan, ich muß mit dir reden«, sagte Truth, ohne sich vom Fleck zu rühren. Wasser tropfte von ihrer Hose und ihren Schuhen und bildete eine schmutzige Lache auf der Plastikmatte, die auf dem Teppichboden lag.

»Ich mach dir einen Tee«, sagte Dylan.

»Ich war oben beim Sanatorium, Dylan.«

»Meinst du, das wüßte ich nicht?« fuhr Dylan sie an. »Du warst da oben und bist deiner fixen Idee mit Quentin Blackburn nachgegangen, wie ein Kind, das nicht bei Verstand ist – was sollte ich tun, als du nicht mehr zurückgekommen bist?«

»*Meiner fixen Idee nachgegangen?* Da oben gibt es ein unkontrolliertes Tor – wenn du Manifestationen suchst, dann hast du dort welche, dagegen wirken deine normalen Spukhäuser so gefährlich wie nasse Feuerwerkskörper. Du mußt mir helfen, Dylan; wir müssen herausfinden, welche Familie in Morton's Fork mit dem Tor verbunden ist, und ...«

»Nein.« Dylans Stimme war sehr leise. »Zieh dir was Trockenes an, ja, Truth? Ich bringe dich morgen zum nächsten Flughafen. Heute nacht habe ich keine Lust mehr, mit diesem Ding auf den nassen Straßen rumzufahren.« Er griff in die kleine Duschkabine des Winnebago und reichte ihr ein Handtuch.

Truth nahm es und trocknete sich ihr Gesicht ab. Ihre Hände zitterten. Einen Augenblick lang wollte sie alles, was Irene ihr beigebracht hatte, abschütteln und die Macht, die sie herbeirufen konnte, gegen Dylan einsetzen, und wenn es seinen Tod bedeutete.

Nein. Der Moment der Wut ging vorbei, und danach war sie erschöpft. Sie begann, ihr Hemd aufzuknöpfen, während Dylan Tee machte.

»Ich will nicht zum Flughafen, Dylan«, sagte sie, als sie sich auszog und mit dem Handtuch abtrocknete. Er hielt ihr den Bademantel hin, und sie nahm ihn.

»Das solltest du aber«, sagte Dylan. Der Ärger, den er zu unterdrücken versuchte, machte seine Stimme tonlos und belegt. »Es wird schwer genug, im Lauf des Sommers aus den Leuten hier irgend etwas herauszubekommen, ohne daß sich einer von uns wie ein Wahnsinniger aufführt. Ich habe es dir schon einmal gesagt: Okkulte Manifestationen sind ziemlich tückisch, und sie führen einen gern in die Irre.«

»Glaubst du, das weiß ich nicht?« fragte Truth. Sie setzte sich, um ihre Wanderstiefel auszuziehen. Sie stellte sie beiseite und zog schnell den Rest ihrer Kleidung aus und schlüpfte in den willkommenen Frottee-Mantel.

»Hast du vergessen, wer ich bin?« sagte sie, auch wenn es schwerfiel, in einem Bademantel Eindruck zu machen, der pastellbunte Streifen statt Abzeichen mystischer Autorität aufwies.

»Du bist Thorne Blackburns Tochter«, sagte Dylan. »Und wenn ich an all die Jahre zurückdenke, in denen ich gewünscht habe, daß du damit zu Rande kommst, damit wir die Arbeit von Thorne untersuchen – zusammen ...«

»Ach, tatsächlich?« fauchte Truth, am Ende ihrer Geduld. »Dann untersuche das: Es gibt ein unkontrolliertes Tor – ein *sidhe*-Tor, ein *Blackburn*-Tor, das da oben beim Wildwood-Sanatorium verwildert, und es ist im Zentrum *aller* unerklärlichen Erscheinungen in Morton's Fork.«

»Ach, tatsächlich«, äffte Dylan sie nach. »Beweise es.« Er reichte ihr den Becher mit heißem Tee. »Ich mache dir ein Sandwich.«

»Es beweisen?« wiederholte Truth nur. Der Becher tat ihr an den Fingern weh; er fühlte sich heißer an, als er war, da sie so durchgefroren war. »Aber ich habe dir doch eben gesagt ...«

»Und ich habe dir schon hundert Mal gesagt, daß deine Ansicht – oder auch meine – kein Beweis ist. Schaffe mir etwas herbei, das ich messen kann – oder wenigstens einen Zeugen. Du hast dich nicht so gesehen, wie ich dich schon gesehen habe, Truth – seit du die Biographie deines Vaters abgeliefert hast, bist du ins Schwimmen geraten und suchst nach irgend etwas, das dir das Forschen und Schreiben – und deine Haßgefühle gegen ihn ersetzt. Jetzt hast du dies hier gefunden – und du läßt dir noch nicht einmal Zeit für den geringsten Zweifel. Du rennst blind drauflos.«

»Aber es ist gefährlich!« sagte Truth. »Ein Tor, das außer Kontrolle ist ...«

»Es wird schon nicht so schlimm sein, nach dem, was du mir über Shadow's Gate erzählt hast. Die Leute in Shadowkill haben fast dreihundert Jahre neben einem solchen Tor gelebt, und es gab keine sonderlichen Probleme.«

»Außer für die, die dabei draufgegangen sind!« brach es aus Truth hervor. »Das Tor fordert ein Blutopfer von jeder Generation der Familie, die das Wächteramt innehat.«

»Aber du hast gerade gesagt, daß die Familie nirgendwo zu finden ist«, schloß Dylan für sie. »Wer also soll da geopfert werden?«

Truth starrte ihn aufgebracht an.

»Es ist nicht so, als ob ich kein Verständnis hätte«, sagte Dylan. »Aber wenn du dich jetzt mal ein bißchen beruhigst und die Sache vernünftig betrachtest, dann wirst du mir recht geben – daß eine der größten Gefahren auf diesem Gebiet darin besteht, daß du wie Margaret Murray endest. Sie war eine angesehene Ägyptologin, bevor sie ihre Fantastereien über den europäischen Hexenkult zu publizieren begann. Ein Ruf läßt sich leicht ruinieren – was ist mit den Wissenschaftlern, die für Geller eintraten? Oder den Franzosen, die behaupteten, den Heiligen Gral gefunden zu haben – und daß die Plantagenets von Jesus Christus abstammten? Das Gebiet ist voll von solchen Beispielen. Und deshalb finde ich, ist das Beste, was du tun kannst, einen gewissen Abstand zwischen dich und ... ja, die Versuchung zu schieben.«

Er wollte sie wegschicken. Bei Truth klingelten alle Alarmglocken, jedes andere Gefühl war wie weggeblasen.

Natürlich war es nicht ganz so einfach. Sie lebten nicht mehr im Mittelalter; sie war noch nicht einmal mit Dylan verheiratet. Während er sie von dem Projekt des Instituts ausschließen konnte, hatte sie das gleiche Recht, sich in Morton's Fork aufzuhalten, wie er. Wenn er sie zum nächstgelegenen Flughafen fuhr, konnte sie sich dort ein Auto mieten und mit ihm ein Wettrennen zurück veranstalten. Er hatte kein Mittel, sie daran zu hindern.

Aber er konnte die Einwohner gegen sie aufbringen, sogar versuchen, ihr den Eintritt zum Sanatorium zu verwehren. Sie konnte es sich nicht leisten, sich Dylan zum Feind zu machen.

Ihre verdammte *sidhe*-Arroganz hatte ihr wieder mal eine Falle gestellt. Sie hätte schon vor langer Zeit offen zu Dylan sein und ihm die Geschichte von der Wiederkehr und dem seltsamen Verschwinden ihres Vaters erzählen sollen, von ihrem neuen Sendungsbewußtsein. Dylan hatte immer Anteil genommen, wenn Truth ihm etwas erzählt hatte, und Truth wußte, daß er sich mit Thorne Blackburn beschäftigt hatte. Aber sie hatte sich bisher nie danach erkundigt, inwieweit er tatsächlich an Thornes Welt glaubte. Sie hatte ihm noch nicht einmal gesagt, daß Thornes Behauptung, von den *sidhe* abzustammen, der Wahrheit entsprach.

Und jetzt war es zu spät, um ihn zu fragen. Sie hatte Dylans Bereitschaft, das Ungesehene zu akzeptieren, völlig falsch eingeschätzt, und jetzt mußte sie alles, was in ihrer Macht lag, tun, um die Dinge wieder ins Lot zu bringen.

»Du hast natürlich recht«, sagte Truth mit gezwungenem Lächeln. »Ich weiß, daß ihr alle euch Sorgen um mich gemacht habt...« Sie hielt inne, wählte ihre Worte mit Bedacht. Sie durfte nicht lügen, aber sie mußte die Wahrheit so formulieren, daß Dylan sie akzeptierte.

»Aber als ich heute da oben war, hatte ich das Gefühl... Nun, es war ganz ähnlich wie damals, als ich in Shadow's Gate war. Also habe ich versucht, herauszufinden, was genau es ist... und ich habe jedes Zeitgefühl verloren. Dabei bin ich nur ein kurzes Stück über das Einfahrtstor hinausgekommen, und dann bin ich wahrscheinlich sogar eingeschlafen.

Es begann, dunkel zu werden, als ich mich auf den Rückweg machte, aber ich habe mich verlaufen. Dylan, ich könnte schwören, daß ich dreimal an derselben Bank vorbeigekommen bin, ohne daß ich auch nur einmal auf dem Weg umgekehrt wäre.«

Dylan lächelte flüchtig, auch wenn er längst noch nicht besänftigt war. »Vielleicht bist du doch umgekehrt – Spukhäuser sind bekannt dafür, daß sie die Wege umdrehen, wie du weißt. Und ich bin der letzte, der die Möglichkeit bestreiten wollte, daß da im Wald oben extreme parapsychische Gegebenheiten herrschen – deine Familie scheint davon angezogen zu werden.

Aber das ändert keineswegs etwas an der Tatsache, daß du heute zu weit gegangen bist, Truth. Du gehörst hier nicht her. Du bringst dich nur selbst in Schwierigkeiten, selbst wenn dir nicht unbedingt etwas zustößt.«

»Wer bist du, daß du dir anmaßt, Entscheidungen für mich zu treffen?« fragte Truth sehr sanft.

Die Kampfansage, die sie hatte vermeiden wollen, stand nun zwischen ihnen in der Luft, zitternd wie von eigenem Leben erfüllt.

»Ich bin jemand, der dich liebt, Truth. Ich will nicht, daß dir irgend etwas zustößt«, sagte er gelassen.

Zu spät, Dylan; zu spät, mein Liebster.

»Du kannst Menschen, die du liebst, nicht in eine Glasglocke sperren«, sagte Truth langsam. »Du mußt ihnen gestatten, daß sie ihre eigenen Wege gehen, egal wie weh das tut. Meinst du, mich macht es glücklich, daß Light – fast das einzige, was ich an Familie habe – sich entschieden hat, mit einem Mann zu leben, der alles, was ich tue, für böse hält? Ich sage mir aber, daß es ihr Leben ist, daß Michael sie liebt ...«

»Aber du glaubst es nicht wirklich«, vollendete Dylan. Truth schüttelte den Kopf.

»Aber ich will nicht, daß dir etwas zustößt«, wiederholte Dylan. »Ich glaube immer noch, daß es besser wäre, wenn ...«

Er schwankte; Truth schloß ihm den Mund mit einem Kuß. Sie hatte dabei fast das Gefühl, als ob sie ihn betröge. »Es tut mir leid«, flüsterte sie an seinem Hals. Sein Körper zitterte, als er sie umarmt hielt.

Sollte er es als Entschuldigung nehmen statt als Zugeständnis, das sie ihm nicht geben konnte. Was immer sie heute abend implizit versprochen haben mochte, sie hatte nicht vor, irgend etwas davon zu halten. Dylan würde dies schließlich noch herausfinden.

Gleichgültig, welchen Preis es sie kostete, sie mußte hier in Morton's Fork bleiben und jemanden finden, der das Tor von Wildwood schloß.

Gleichgültig, um welchen Preis.

12

Das Grab jenseits der Tür

Fräulein, Ihr seid die Grausamste, die lebt,
Wenn Ihr zum Grabe diese Reize tragt,
Und laßt der Welt kein Abbild.
WILLIAM SHAKESPEARE

Truth Jourdemayne stapfte mühsam den Berg hinauf und folgte achtsam dem Pfad – oder der Spur, wie er in dieser Gegend genannt wurde. Wenn es hier oben eine Dellon-Hütte geben sollte, dann würde sie diese finden. Das war das Ergebnis von vierzehn Tagen Schinderei in den Nachbarstädten Pharaoh und Maskelyne, wo sie alte Zeitungsarchive, Büchereien und Heimatvereine durchstöbert hatte. Es war eine gute Gelegenheit, all das, was sie beim Schreiben der Leidenden Venus über Quellenforschung gelernt hatte, anzuwenden. Und auf diese Weise war Zeit vergangen, die den Konflikt zwischen ihr und Dylan vielleicht nicht ausgeräumt, aber zumindest entschärft hatte.

Sie hatte sich mit Dylan am Morgen nach dem Streit darauf geeinigt, daß sie nur in seiner Begleitung zum Sanatorium gehen durfte und ihre weiteren Nachforschungen auf die Geschichte des Sanatoriums beschränken sollte. Dazu gehörte, daß sie herausfand, welche Familie seinerzeit das Land an Quentin Blackburn verkauft hatte.

»Ich werde brav und umsichtig sein und dir deinen Beweis bringen. Und es braucht sich keiner mehr um mich zu ängstigen. Und du wirst immer wissen, wo ich bin. Abgemacht?«

Er war einverstanden. Sie wußte, daß er ja sagen würde – er liebte sie, der arme Narr, und glaubte gern daran, daß sie eine gemeinsame Zukunft hätten. Er bildete sich ein, daß sie erkannt hätte, in welcher Gefahr sie gewesen war, und daß sie nun seinem Rat folgen würde.

Sie hatte die Gefahr erkannt, schön. Aber Truth war eine ausgebildete Magierin und folgte keinem anderen Willen als ihrem eigenen. Sie und Dylan würden sich unausweichlich wieder in den Haaren liegen, aber solange sie das nicht taten, war jeder Tag kostbar für Truth, ein unverdientes Geschenk der Normalität und Ruhe.

Das ein Ende finden würde, jetzt, da sie wußte, nach wem sie suchen mußte.

Wie bei den Aristokraten eines früheren Zeitalters tauchten die Namen der Bergbewohner gewöhnlich nur dreimal in der Zeitung auf: bei der Geburt, der Hochzeit und dem Tod. Die Dellon-Frauen schienen nicht zu heiraten, aber dennoch fand die Familie immer wieder Erwähnung – 1910, als Arioch Dellon den größten Teil des Grundbesitzes der Familie an Quentin Blackburn für ein Sanatorium verkaufte; 1913, als Jael Dellon verschwand und Arioch Dellon starb; 1917, als das Sanatorium niederbrannte und Athanais Dellon starb. Die letzte Erwähnung stand im *Pharaoh-Boten* von 1969 – im selben Jahr wie die Katastrophe in Shadow's Gate –, als die Geburt von Melusine Dellon angezeigt wurde.

Wenn die Dellons das Land besessen hatten, auf dem das Sanatorium erbaut worden war, dann lag die Vermutung nah, daß sie die Ahnenreihe der Wächter des Wildwood-Tores stellten. Doch sowie Truth anfing, Melusine oder einen ihrer Verwandten zu suchen, stieß sie auf systematischen Widerstand.

Rowan hatte schließlich die Idee, daß der Heimatverein des Countys wenigstens Unterlagen darüber haben müßte, wo in Morton's Fork die Dellons gelebt hatten. Also fuhr Truth wieder nach Maskelyne und studierte in einem staubigen Mansardenzimmer Seite für Seite die Übertragungs- und Landzuweisungsurkunden (manche davon reichten bis ins 18. Jahrhundert zurück).

Dort fand Truth heraus, daß die Vertreibung der Tutelo-Indianer, der Ureinwohner in dieser Gegend, nicht so blutig verlaufen war wie in anderen Teilen des Landes; viele der frühesten Parzellen im Lyonesse County waren laut Urkunden von einem gewissen ›James de Lyonn, einem eingeborenen Sachem oder Häuptling des Tutelo-Volks‹ erworben worden, und ebenso gab es versteckte Hinweise auf Mischehen.

Zu der Zeit, als De Lyonn sich zu Dellon gewandelt hatte, war der Besitz der Dellons auf ein unregelmäßiges Stück Land zusammengeschrumpft, das sich in V-Form von der halben Höhe des Berges bis hinauf zur Spitze erstreckte.

Truth hatte sorgfältig die Koordinaten aus der Besitzurkunde auf die Kopie der amtlichen Vermessungskarte übertragen, die sie mit sich führte. Am nächsten Tag war sie zurück in Morton's Fork. Irgendwo zwischen dem Little Heller und dem Watchman's-Gap-Pfad mußte sich ... etwas befinden.

Sie hatte Dylan nichts davon gesagt, daß sie hierherkommen würde, und damit brach sie praktisch keines ihrer Versprechen: Sie glaubte nicht, daß sie heute bis zum Sanatorium vorstoßen würde.

Doch die Zeit, all ihre Versprechen zu brechen, kam näher, und sie würde es ohne Zögern tun, wenn es dem größeren Versprechen diente, das sie gegeben hatte.

Wenn sie nur jemanden aus der echten Blutlinie finden könnte, bevor es zu spät war.

Wie merkte man, wenn man seinen Verstand verlor? Nicht an auffälligen Funktionsstörungen, wegen denen man zur ›Kur‹ an einen der halbdutzend Orte geschickt wurde, die Wycherly schon von innen kannte, sondern an der leisen Verwandlung, die einem schließlich die Hauptmeldung bei den Sechs-Uhr-Nachrichten einbrachte.

Ebensogut konnte er darüber nachdenken, wie man ein guter Mensch wurde. Soweit Wycherly wußte, gab es darauf keine eindeutige Antwort. Es gab keine eindeutigen Anzeichen, die einem sagten, wann man das Stadium der Vollkommenheit erreicht hatte. Viel leichter dagegen ließ sich der Punkt bestimmen, an dem man seine Seele verlor.

Bis zu einem gewissen Grad ging es dabei um die Aufgabe von Ansprüchen. Wycherly rieb sich sein unrasiertes Kinn und verzog das Gesicht. Er hatte nicht vor, sich einen Bart wachsen zu lassen – zum einen stand er ihm nicht, und außerdem würde sein Vater es nicht tolerieren –, aber es war einfach zu mühsam, sich zu rasieren, und er wußte sowieso nicht, wo sein Elektrorasierer war. Auch sein Haar war mehr als nur ungepflegt – er sah aus wie einer jener Bergbewohner, die monatelang keiner Menschenseele begegnen.

Aber allmählich entwickelte man eine neue Auffassung davon, was notwendig war. Dinge, die unstreitig, offensichtlich notwendig erschienen waren, blieben zunehmend der Entscheidung überlassen. Standards der Hygiene, Standards des Benehmens.

Moral.

Vernunft.

Man konnte sich dafür oder dagegen entscheiden.

Der kleine, geschlossene Raum wurde von fünf Petroleumlampen erhellt, alles, was Wycherly in der alten Hütte gefunden hatte.

Er wollte hier unten nicht im Dunkeln sein.

Obwohl der Raum von sich aus kühl war, auch in der brütenden Augusthitze, wärmten die Flammen der Lampen ihn schnell. Wycherlys Oberkörper war frei, er trug Shorts, hergestellt aus den Hosen, die er bei dem Unfall angehabt hatte, dem er seinen hiesigen Aufenthalt verdankte. Die Kälte des Erdbodens drang langsam durch seine Fußsohlen.

In den letzten Tagen hatte er den Keller gründlich von dem ganzen Wust aus vermoderten Kisten und verdorbenen Vorräten freigeräumt.

Zumindest glaubte er, dies getan zu haben.

Das Loch fehlender Zeit – von Folgen und Konsequenzen, die plötzlich und scheinbar ohne Ursache in seinem Leben auftraten – öffnete sich unter Wycherlys Füßen wie der Rachen eines Abgrunds. Er war sich sicher, daß er nicht genug getrunken hatte, um einen Blackout erlitten zu haben – aber wenn er sich daran nicht erinnerte, was gab es noch alles in der letzten Zeit, woran er sich nicht erinnerte?

Macht nichts. Denk an das Jetzt. Denk daran, was hier noch zu erledigen ist.

Manches, was er in den Kisten fand, konnte er für seine eigenen Zwecke brauchen. Den Rest hatte er sich aus Dingen, die er bei der Hand hatte, zusammengeflickt – *Les Cultes* schien mehr Kenntnisse vorauszusetzen, als er besaß, und das andere Buch verwies ihn schlicht auf Quellen, die ihm nicht zur Verfügung standen.

Doch in dem Durcheinander von Kartons hatte es Kräuter und Harze gegeben, einen rostigen Eisendolch und eine Kupfersichel sowie ein paar Kerzen- und Kreidestummel. Es war genug, um damit einen Anfang zu machen.

Rauch hing in einer flachen Wolke unter der niedrigen Decke. Er hatte den Küchentisch hinuntergebugsiert – was mit der neugekauften Leiter leichter ging – und seine primitiven Gerätschaften darauf ausgebreitet. Er hatte die komplizierte Figur aus dem Buch sorgfältig abgezeichnet: Die Zeichnung bedeckte den größten Teil des Tisches, und die gebrochenen, buchstabenähnlichen Zeichen taten ihm in den Augen weh, wenn er sie zu lange anschaute. Der Eisendolch lag in der Mitte des Symbols, und Kerzen standen darum herum.

Das Ganze sah entsetzlich real aus, so als ob dieser Mummenschanz irgendwie wichtiger wäre als alles, was es in der Welt jenseits davon gab.

Und mehr war es nicht, sagte sich Wycherly. Mummenschanz. Theater, Rollenspiel, so tun als ob... Es war nicht wirklich. Nicht wirklich wirklich. Er schlug nur die Zeit damit tot.

Warum aber grauste ihm dann so sehr vor dem, was er tat?

Hör auf damit, sagte sich Wycherly bestimmt. *Es ist nur ein Spiel. Wenn du noch nicht einmal das fertigbringst, was hast du dann überhaupt zu melden?*

Nichts, aber das hatte er schon vorher gewußt. Er war ein Trinker, und er hatte nie die Absicht gehabt, damit aufzuhören.

Der Gedanke erinnerte ihn an die Flasche von Schwarzgebranntem an der Tischkante, und er nahm einen pflichtschuldigen Schluck. Es schmeckte abscheulich, und Wycherly schauderte. Er wollte den Schnaps nicht, und jetzt haßte er sogar den Geschmack.

Aber noch weniger wollte er von Visionen gequält werden: wie Sinah auf diesem Tisch lag und was er mit ihr machen würde. Es schien Wycherly, als gäbe es keine Mitte zwischen den Extremen – sich um den Verstand zu trinken oder sich für die Nüchternheit entscheiden und etwas werden, vor dem sogar er sich fürchtete.

Doch er hatte die Hoffnung, daß es einen anderen Weg gäbe, und deswegen war er hier – *nur aus Spielerei* –, um *Les Cultes* zu erforschen, um sich zu beweisen, daß die Rituale in dem Buch keine Macht hatten, daß Quentin Blackburn eine Halluzination war, daß nichts von alledem *wirklich* war.

Daß er nicht gezwungen war, jene Dinge zu tun, die in so leuchtenden Bildern vor seinem inneren Auge standen.

Er nahm noch einen Schluck. Es war, als ob er eine Schlange hinunterschluckte, die ihm mit einem schmerzhaften Brennen in die Eingeweide biß. Magengeschwüre, glaubte er, aber irgendwie fand er den Schmerz in seiner Normalität angenehm. Vielleicht würde ihn ein Geschwür umbringen und ihm die Wahl abnehmen.

Denn Wycherly wußte, was er wählen würde, wenn er schließlich gezwungen wäre, eine Wahl zu treffen. Er war ein kranker, hilfloser, nutzloser Versager – eine Schande für die Familie, sagte sein Vater. Er würde sich selbst retten und das Mädchen sterben lassen – genauso wie vor dreizehn Jahren. »*Wie es im Anfang war, so ist es heute und immerdar. Welt ohne Ende. Amen.*«

Die annähernde Blasphemie des Spottgebets ließ ihn erschauern, aber dafür bestand keine Notwendigkeit, oder? Gott war nicht tot, Er war nur in Rente gegangen, und jetzt gab es neue Götter, die Seinen Platz einnahmen. Junge Götter, hungrige.

Er setzte die Flasche ab und kehrte zum Buch zurück.

Das Ritual drehte sich um die Anrufung und Anbetung von etwas, dessen Namen Wycherly nicht aussprechen konnte, aber es schien das einfachste Ritual in dem Buch zu sein und sich für den Anfang anzubieten. Zeichne die Glyphe, vergieße das Blut, verlies die Namen. Glücklicherweise enthielt Athelings Übersetzung auch eine lautschriftliche Wiedergabe, sonst wäre Wycherly überfordert gewesen.

Die Anweisungen für das Ritual besagten, daß Wycherly in der Mitte des Symbols stehen sollte. Doch da der Kellerraum zu klein dafür war, das Diagramm in einen neun Fuß großen Radius zu zeichnen, dachte Wycherly, daß der Tisch einfach ausreichen müßte.

Er hatte auch nicht vor, ›ein der Jahreszeit und Stunde entsprechendes Blutopfer‹ darzubringen. Er hatte keine Ahnung, welche Jahreszeit und Stunde gerade war, und abgesehen davon konnte er sowieso kein Tier fangen. Und während er wahrscheinlich ohne Schwierigkeiten eine lebende Ziege oder ein Huhn kaufen konnte, ließ ihn der Gedanke, daß er das Tier schlachten müßte, zurückschrecken. Irgendwie war das Töten eines Tieres etwas anderes als die blutigen Fantasien, die er mit Sinah verband und die ihn jeden Tag mehr beschäftigten. Und wenn der Hunger seines Dämons von Farmtieren nicht gestillt werden konnte, konnte er sie ebensogut gleich in Ruhe lassen.

Doch die Choreographie des Rituals verlangte von ihm, wenigstens *etwas* zu vergießen, also hatte er sich entschlossen, ein paar Tropfen seines eigenen Bluts und etwas Whisky zu nehmen. Es war ohnehin nur ein Spiel. Es mußte nicht alles exakt nach Vorschrift gehen. Außerdem verzichtete das Buch sowieso darauf, ihm zu sagen, welche Ergebnisse er zu erwarten hatte.

»Okay.« Mit bebender Stimme flüsterte er das Wort, so voll nervöser und ängstlicher Spannung war er.

Weil er schwach war. Weil er nutzlos war. Weil er ein Feigling war, ein wertloser Unfall, der die Familienehre der Musgraves befleckte. Sein Vater hatte das gesagt. Seine Mutter hatte geweint.

Eine dumpf grollende Wut ließ Wycherly mit den Zähnen knirschen. Er widersprach seinem Vater nicht, nicht einmal, wenn er allein war, aber der Zorn in ihm wollte Kenneth Musgrave dafür bestrafen, daß er die Worte je gesagt hatte.

Vielleicht war dies hier ein Weg. Er nahm die Streichholzschachtel vom Tisch und zündete den ersten der Kerzenstummel an, die das magische Kreidezeichen umringten.

Als er die fünfte Kerze anzündete, war ihm, als ob er sich durch Wasser bewegte. Seine Hände zitterten in der erregten, vergifteten Ahnung eines Mannes, der auf einem Friedhof im Dunkeln pfeift, weil er sich vor den Dingen fürchtet, die er wecken könnte. Doch seine Emotionen waren seltsam gedämpft.

Wycherly durcheilte die Anweisungen, übersprang die Schritte, die er nicht verstand oder für die er nicht genügend ausgestattet war. Der Raum füllte sich mit Rauch von seiner behelfsmäßigen Kohlenpfanne, und Wycherly wurde leicht benommen, als hätte er mit dem, was hier vorging, nichts zu tun, weder mit den Ursachen noch mit den Wirkungen.

Ein Spiel. Nur ein Spiel ...

Als hätte das, was er hier tat, keinerlei Bedeutung, obwohl ein kleiner, schwächer werdender Teil von Wycherlys Seele dagegen aufschrie.

Er ergriff das Messer.

Vergieße das Blut, verlies die Namen ...

Er wollte in seinen Finger stechen. In einer angeschlagenen Tasse wartete bereits etwas Whisky; er würde das Blut damit vermischen und dann das Ganze auf die Zeichnung gießen.

Wycherly nahm das Messer ungeschickt in die linke Hand – so stand es im Buch, und soviel konnte er im Ritual auch richtig machen – und legte seine rechte Hand mit der Handfläche nach oben auf den Tisch.

In diesem Augenblick entrollte sich der Wahnsinn in seinem Bewußtsein wie eine zustoßende Kobra: die frisch geschliffene Spitze rutschte von seinem Finger ab, riß eine tiefe Wunde in seine Hand und schnitt seinen Arm hinauf. Er stieß tief zu, wie es Selbstmörder tun, begierig auf Zerstörung.

»*Jesus Christus!*« heulte Wycherly auf. Der automatisch und gedankenlos hervorgepreßte Name wirkte wie eine eiskalte Dusche in dem kreisenden Dunkel des Raums.

Er schaffte es, das Messer fallen zu lassen.

Mit seiner blutenden rechten Hand wischte Wycherly alles vom Tisch, Messer und Kerzen und Flasche, die lärmend zusammen auf den Boden schlugen. Eine der Kerzen entzündete den vergossenen Whisky, und er brannte ein paar Sekunden lang, bevor die unheimliche, blaue Flamme langsam erstickte.

Die Kreidezeichnung war ein unkenntliches und sinnloses, mit Blut und Fusel vermischtes Geschmier.

Er dehnte die verletzte Hand. Die Bewegung riß an den Rändern der Wunde und ließ sie aufklaffen. Wycherly ächzte vor Schmerz. Das Blut floß ungehindert, aber die Glieder funktionierten noch. *Du hättest eine Sehne durchtrennen können, du Volltrottel.* Er hielt die Hand hoch, um das Blut zu stillen. Es lief den Arm hinunter, sammelte sich in der Armbeuge, bevor es zu Boden tropfte. Seine Hand brannte wie Feuer.

Wycherly keuchte, als ob er soeben einer furchtbaren Gefahr entronnen wäre. Er schrak vor dem Gedanken an die Größe der Gefahr zurück – auch das Bedürfnis, sich selbst zu strafen, konnte nicht die Leichtfertigkeit entschuldigen, mit der er sich diese schreckliche Wunde zugefügt hatte. Er hatte sich noch nie geschnitten, es sogar nie gewollt. Sein Hang zur Selbstdestruktion hatte sich bisher in Alkohol, Tabletten und verwegenem Autofahren ausgetobt. Aber nicht in so etwas. Noch nie in so etwas.

Seine Haut war fiebrig. Das rinnende Blut fühlte sich kalt an.

Er versuchte wütend zu sein, sich in einen Zornausbruch zu flüchten, aber alles, was er spürte, war Angst. Angst, ein für allemal die Kontrolle zu verlieren, Angst vor endgültiger Ohnmacht, der Unfähigkeit, auch nur seinen Körper nach eigenem Willen handeln zu lassen. Angst davor, daß es irgendwann keinen Ort für ihn mehr gäbe, wo er sicher war.

Wycherly betrachtete die Tischplatte. Im Licht der Petroleumlampen, die an der Wand aufgereiht standen, war die Holzoberfläche dunkel, während die Kreidespuren heller erschienen. Das Buch lag als einziger Gegenstand noch auf dem Tisch, obwohl er dachte, er hätte es mit allem anderen auf den Boden gefegt.

Er nahm es auf, mechanisch die aufgeschlitzte rechte Hand benutzend. Sie hinterließ eine breite Blutspur auf dem weißen Ledereinband. Der Schmerz trieb ihm Tränen in die Augen, aber er begrüßte ihn. *Dieses Buch* war schuld an allem, diese pervers verlockende ... Entschuldigung. Der Schlüssel, der alles Böse entfesselte, das bereits in ihm war.

Nein. Es war nicht das Buch. Er selbst war es.

Wycherly wußte, was es hieß, Verantwortung für seine eigenen Handlungen zu übernehmen, auch wenn er es selten genug getan hatte. Er konnte kein Buch, keinen unbeseelten Gegenstand dafür verantwortlich machen, daß er in seinem Inneren gespalten war. Besudelt. *Er* war es, der die Obszönitäten in *Les Cultes des Goules* so faszinierend gefunden hatte. Er war es, der sie gerade erst hatte ausprobieren wollen.

Er konnte sich nicht ändern. Aber er konnte wenigstens der Versuchung ein Ende setzen.

Ich will mein Buch ertränken, hatte der Zauberer Prospero gesagt. Nun, Wycherly würde seines verbrennen. Feuer reinigte, so war der alte Glaube.

Aber das Feuer hatte nicht gereicht, um den Ruinen-Tempel oben auf dem Berg zu reinigen – nur um das Böse, das in ihm war, verschlossen zu halten.

Bis er gekommen war.

Wycherly hob die Leiter vom Boden und stellte sie auf. Dabei betrachtete er sie voller Argwohn. Er mußte sie gekauft haben, aber er sollte verdammt sein, wenn er sich daran erinnern konnte.

Verdammt? Wahrscheinlich.

Er stieg hinauf, immer noch das Buch fest in der blutenden Hand, und schob die Falltür auf. Rauch und Hitze zogen ab, und die stickige Luft der Hütte fühlte sich auf seiner nackten, verschwitzten Haut kalt an. Wycherly kletterte hinaus und ließ die Falltür hinter sich zufallen.

Sogleich fühlte er sich besser, als könnte er durch das Schließen der Falltür dieses gräßliche Erlebnis ungeschehen machen. Es war dumm, mit den tief unterbewußten Archetypen – wie es seine verrückteren Freunde nannten – sein Spiel zu treiben, und er war nun gebührend bestraft.

Und jetzt war es an ihm, zu strafen.

Er richtete sich auf. Er brauchte beide Hände, um ein Feuer zu machen. Er legte das Buch auf den Holzofen, dann ging er zum Kühlschrank, nahm sich ein Bier und goß es über seine klaffende Hand und das Handgelenk. Der kalte Alkohol erweckte den dämmernden Schmerz zu wildem Leben und ließ die Wunde erneut bluten. Wycherly riß eines von Luneds frisch gewaschenen Geschirrtüchern vom Haken und wickelte seine Hand darin ein. Gleich schlug das Blut durch das Handtuch und färbte es rot. Wycherly legte noch die Bandage darum, die er für sein Fußgelenk benutzt hatte. Das Ergebnis war sperrig und unhandlich, aber es würde seinen Dienst tun, zumindest für eine Weile.

Er kehrte zum Ofen zurück und schichtete Holz hinein. Als alles zum Anzünden bereit war, merkte er, daß er die Streichhölzer unten im Keller vergessen hatte und sie von dort holen mußte.

»Luned...?«

Die Stimme kam von der Hüttentür, und Wycherly drehte sich auf dem Absatz um. Sein Herz klopfte vor Schreck. Den Schürhaken hielt er wie eine Waffe in der linken Hand.

Evan Starking stand im Eingang und schien ähnlich verblüfft, Wycherly anzutreffen, wie Wycherly verblüfft war, den jungen Besitzer des Gemischtwarenladens von Morton's Fork zu sehen.

»Sie ist nicht hier.« Wycherly wandte sich wieder dem Ofen zu, stopfte das Buch hinein und schlug die Klappe heftig zu.

»Tja, ich war mir nicht sicher, ob...« Evans Stimme verlor sich, als er Wycherly und das Innere der Hütte in Augenschein nahm: Der Tisch fehlte, der Boden war mit Blut bespritzt.

Wycherly wußte, welchen Eindruck er machen mußte: blutig, unrasiert, rotäugig und verschmiert von all dem Rauch im Keller. Nicht im geringsten vertrauenswürdig. Aber wenn Evan kein Gefallen an seinem Äußeren fand, dann konnte er ihm auch nicht helfen. Wycherly hatte genug eigene Probleme am Hals, und niemand hatte Evan gebeten, hier heraufzukommen.

»Sie ist weg, müssen Sie wissen, Mister Wych, und ich hab' mir gedacht, daß Sie vielleicht 'ne Ahnung haben, wo sie hin ist. Gestern war sie hier oben«, sagte Evan in halb fragendem Ton.

War sie das? Ein kaltes Grauen lag wie eine Faust in Wycherlys Magen. Er konnte sich nicht erinnern. Seine letzte klare Erinnerung war die, daß er in Sinahs Küche stand und die Messer anstarrte, während in seinem Kopf der hypertrophe

Film abrollte, was man mit ihnen machen könnte. Seitdem war die Zeit von einem trügerischen Nebel verhangen, so als ob er schwer getrunken hätte.

Aber er trank nicht.

Oder doch?

Wo kam der schwarzgebrannte Whisky her?

»Ich glaube nicht, daß ich sie gesehen habe«, sagte Wycherly durchaus ehrlich. Und sie war nicht in dem Keller, das wußte er. Der Gedanke erleichterte ihn.

»Sie ist gestern abend nicht nach Hause gekommen. Wir dachten, daß sie hier bei Ihnen geblieben ist, aber als sie heute noch immer nicht gekommen ist, hat Pa gesagt, ich soll mal herkommen und mit Ihnen reden«, sagte Evan hartnäckig.

»Sie hat die Nacht nicht bei mir verbracht«, sagte Wycherly bestimmt. »Aber ich war nicht hier.« Dessen wenigstens war er sich sicher, und Sinah würde es bestätigen, auch wenn es nicht stimmte.

»Ich weiß nicht, wo sie ist«, sagte Evan wieder. Seine Stimme war enttäuscht und besorgt.

»Dann sollten wir besser losgehen und sie suchen.«

Wycherlys Angebot kam aus einem verspäteten Gefühl, sie beschützen zu wollen. Er hatte Luned zu helfen versucht, wenn auch nur ansatzweise. Man konnte sich nur allzu leicht vorstellen, daß Luned kopfunter im Bach trieb. Das Bild erfüllte ihn mit äußerstem Widerwillen.

»Ich muß mich nur noch schnell anziehen«, fügte er hinzu und verschwand in der Schlafkammer.

Truth wäre beinahe an der Hütte vorbeigegangen. Der alte Holzbau war so dicht von Bäumen umstanden, daß es den Anschein hatte, als ob der Wald ihn in seine Obhut genommen hätte. Er sah unbewohnt aus, doch die Fenster standen offen und schienen alle heil zu sein.

»Hallo?« Truth klopfte an der Vordertür, die von selbst aufging und den Blick auf einen leeren Raum freigab.

Auf der rechten Seite stand ein dickbauchiger Ofen, dessen gebogenes Abzugsrohr nahe der Decke in der Wand verschwand. Daneben befand sich eine hochlehnige Sitzbank, gegenüber davon ein Kühlschrank und eine Spüle mit altmodischer Pumpe. Das Fenster über der Spüle stand offen. Drei Stühle, ein Schaukelstuhl und ein Hocker waren im Raum verteilt, aber keine Spur von einem Küchentisch. Linker Hand stand eine Tür halb offen, aber nicht weit genug, daß man in den Nebenraum blicken konnte.

»›*Kuriöser und noch kurioser!*‹ *sagte Alice.*« Truth trat vorsichtig zurück und ging um die Hütte herum. Jemand lebte hier – das war unübersehbar –, aber irgend etwas stimmte mit der Hütte nicht und erregte Truths Argwohn.

Sie ging weiter um die Hütte. Es gab einen Schornstein, in den das Ofenrohr mündete, und als sie um die Ecke bog, kam sie zu dem offenen Fenster über der Spüle. Von hier konnte sie das Abwasserrohr sehen, das aus dem Fundament herausschaute; die Erde unter dem Abfluß war noch feucht. Das hieß, daß vor nur wenigen Stunden jemand hier gewesen sein mußte. Ein großer silberfarbener Gastank, offenbar neu, stand da, und ein paar Schritte weiter kam Truth durch einen Schwall warmer Luft, die vom Kondensator des Kühlschranks ausging. Der Kühlschrank machte einen Lärm wie ein Rasenmäher, und sie fragte sich, wie jemand bei diesem Krach schlafen konnte. Dann gelangte sie zur Schlafkammer, und was sie dort sah, veranlaßte sie, in die Hütte hineinzugehen.

In der Kammer standen mehr Möbel als in dem anderen Raum. Dazu gehörten ein Wasch- und ein Nachttisch, eine Kommode und ein Kleiderschrank sowie ein großes Bett mit Messinggestell. Auf dem Boden lag ein geflochtener Flickenteppich, und am Fenster hingen frisch gewaschene Gardinen.

Und auf dem ungemachten Bett war Blut.

Auf der unregelmäßig in hellen Pastellfarben gestreiften Decke gab es eine Spur von dunkelbraunen Flecken, und auf dem Kissen einen großen Fleck, als hätte jemand seine Hand daran abgewischt. Es war zuviel für eine einfache Schnittverletzung, aber nicht genug für eine regelrechte Schußwunde.

»Hallo?« rief Truth erneut, diesmal mit etwas rauherer Stimme. Aber es kam immer noch keine Antwort.

Als sie zur Vordertür zurückstapfte und sie aufstieß, sah sie, was ihr zuvor entgangen war – Blutstropfen kreuz und quer auf dem Boden und eine verschmierte Pfütze am Rand der Falltür, die sich in der Mitte des Bodens befand.

Ein vernichtendes Gefühl von *Verkehrtheit* nahm von Truth Besitz, als sie die Schwelle überschritt. Sie mußte würgen und versuchte, sich nicht zu erbrechen. Ihr war so übel, als wäre sie durch das kühl werdende Blut gewatet. Sie schwankte zurück und stieß gegen die Tür.

Was war los?

Truth war trotz all ihres *sidhe*-Blutes eine Magierin, kein übersinnliches Medium. Und wenn ein Dutzend Menschen in diesem Zimmer ermordet worden wäre, sie hätte es nicht wahrgenommen. Was sie wahrnahm, war *Magie*, und deren Falschheit hatte einen seltsam vertrauten Beigeschmack, war ähnlich dem, was sie oben im Sanatorium gespürt hatte. Sie runzelte vor Verwirrung die Stirn und wappnete sich, um erneut in den Raum vorzudringen.

In der Anderwelt-Perspektive nahm der Raum merkwürdig verzerrte Proportionen an. Einige Dinge wurden größer, andere verschwanden. Massive Gegenstände lösten sich auf; sie konnte das Gelaß unter dem Boden so deutlich sehen, als bestünde der Boden aus Glas.

Nach kurzem Zögern kniete sich Truth hin und zog die Falltür auf. Sie ließ sich auffällig leicht öffnen.

Der Raum darunter wurde von einem halben Dutzend Petroleumlampen erleuchtet, die wahllos auf dem Boden verteilt standen. Dort fand sich auch der fehlende Küchentisch. Die blutverschmierte Figur, die mit Kreide darauf gezeichnet war, fing das Licht mit düsterer Intensität ein.

Truth taumelte zurück, ihre Nasenflügel zitterten vor Ekel. Trotz ihrer Intensität war die Macht seltsam unfertig, und ihre Wirkungskraft nahm ab, je mehr sich das Blut zerstreute. Wer immer in diesem provisorischen Tempel herumgespielt hatte, er hatte nicht recht gewußt, was er da tat – er war kurz davor gewesen, die Macht zu wecken, die er weder bändigen noch beherrschen konnte. Nachdem sie sich davon überzeugt hatte, daß keine Leiche in diesem Geheimraum versteckt war, ließ Truth die Falltür wieder zufallen. Sie stand auf und zeichnete schnell ein Symbol in die Luft, um das Nachlassen der dunklen Macht zu beschleunigen. Ohne weiteres Nachhelfen würde sie in etwa einem Tag von selbst verschwinden; Truth wollte zurückkommen, um dies zu kontrollieren.

Ein kurzer Blick in die Schlafkammer zeigte ihr, daß auch dort niemand versteckt war, verletzt oder in sonstigem Zustand. Nachdem der erste Schreck über die widerliche magische Atmosphäre in der Hütte überwunden war, merkte Truth, daß sie sich beinahe automatisch von der Hauptquelle ihres Unbehagens ferngehalten hatte.

Diese Quelle lag im anderen Zimmer, aber was – und wo – konnte sie sein? Kurz darauf stand sie gegenüber der Wand, die sich rechts von der Tür befand. Ofen, Sitzbank, Brotkasten, Holzstoß; was konnte sich dort verbergen, das eine solch böse Ausstrahlung hatte? Schließlich wußte Truth sich nicht mehr zu helfen und öffnete die Ofenklappe, und da sah sie, was nicht hierhergehörte.

Es war August und drückend heiß, doch der Ofen war zum Heizen vorbereitet worden: Reisig und zusammengeknülltes Zeitungspapier lagen unter ein paar Holzscheiten. Und mitten hineingestopft war ein kleines Buch. Frisches Blut klebte feucht am Einband.

Jeder Magier wußte, daß unbeseelte Objekte von einer *Intention* erfüllt werden konnten – was anderes war eine Weihe als die Erfüllung eines Objekts mit der Intention des Magiers? Und selbst für Truths zur Relativierung neigende Wahrnehmungsweise strahlte das Buch etwas aus, als ob es etwas Lebendiges wäre. Vorsichtig – aus Furcht vor Spinnen oder Schlimmerem – langte Truth nach dem Buch.

Sie zog ihre Hand zurück, als ob sie sich verbrannt hätte. Obwohl Truth von Irene über das reine Böse unterrichtet worden war, hatte Truth doch nie geglaubt, ihm je zu begegnen; ihre wenigen Erfahrungen mit dem Absoluten Guten hatten ihr gezeigt, daß es gemeinsam mit dem Wahren Bösen in einem Kontinuum existierte, das zu durchdringen die Ausübenden ihres eigenen Zwischenwegs nicht wirklich imstande waren. Truth biß die Zähne zusammen. All ihre Schutzmechanismen aufbietend, griff sie noch einmal in den kalten Ofen und zog das Buch heraus.

Dafür, daß es die Quelle einer so starken medialen Beunruhigung war, schien es ein ziemlich kleines und harmloses Ding zu sein. Etwa zehn mal fünfzehn Zentimeter groß und einen Zentimeter dick, glich es mehr einem Pamphlet als einem Buch. Wegen der Blutflecken kostete es sie einige Überwindung, es durchzublättern: Es sah wie die faksimilierte Ausgabe eines sehr viel älteren Buches aus, gedruckt in einer alten Schrift. Hin und wieder entdeckte sie bekannte Symbole – Schwarze Magie, ohne Zweifel –, doch im Augenblick interessierte sie mehr, daß das Buch aus Taghkanic stammte.

Durch eine Reihe von glücklichen Umständen, zu denen nicht zuletzt die Tätigkeit des Bidney Instituts gehörte, besaß das Taghkanic College einen der größten Buchbestände an der Ostküste aus dem Bereich Magie und Zauberei. Nur die verschiedenen Spezialsammlungen am Miskatonic College waren größer, doch weder sie noch die Mount-Tamalpais-Sammlung in Kalifornien waren für Wissenschaftler so leicht zugänglich.

Irgend jemand hat dieses Buch für allzu frei zugänglich gehalten. Es war offensichtlich gestohlen – auf der ersten Seite stand der Stempel zu lesen ›Nicht zur Ausleihe‹. Der Inhalt machte dies nur verständlich.

Sie wickelte das Buch sorgfältig in ein Blatt Zeitungspapier ein, das in einem Stapel neben dem Ofen lag, stopfte das Paket in ihre Tasche und ging dann zur Spüle, um sich die Hände zu waschen. Die Pumpe hielt sie zum Narren; mehrfach zog sie an dem Schwengel, doch nichts geschah.

»Wer zum Teufel sind Sie?«

Die rauhe Männerstimme hinter ihr ließ sie zusammenfahren. Sie drehte sich um.

Der Sprecher war ein rothaariger Mann, irgendwo in den Dreißigern. Seine helle Haut zeigte noch die Spuren eines Sonnenbrands, und seine zusammengekniffenen, tiefliegenden Augen waren von einer seltsam blassen Bernsteinfarbe. Er kam Truth merkwürdig bekannt vor, obwohl sie sich nicht erinnern konnte, ihn schon einmal gesehen zu haben.

»Entschuldigen Sie; die Tür stand offen...« *Und der Boden war voller Blut.*

Seine rechte Hand war ungeschickt bandagiert – die Quelle des Bluts ließ sich unschwer ausmachen. Er mußte der Dilettant sein, der sich mit Hilfe von *Les Cultes* als Schwarzer Magier versucht hatte.

»Ich suche hier jemanden von der Dellon-Familie.« Truth rieb die Hände aneinander, um das getrocknete Blut abzubekommen. Keinesfalls durfte er merken, daß sie ihm sein Buch gestohlen hatte – zurückgestohlen, um genau zu sein. »Sind Sie das?«

»Den Berg hinauf.« Der Fremde war an keinerlei *small talk* interessiert, auch wenn Truth an seiner Aussprache merkte, daß er kein Einheimischer war. Aber er wußte, wen sie meinte, und schien anzunehmen, daß es noch Dellons in der Gegend gab. Einen Moment lang war Truth vor Erleichterung sprachlos.

Der Mann ging zur Spüle, zog kräftig mit seiner linken Hand am Pumpenschwengel, bis das Wasser klar und kalt aus dem Wasserhahn sprudelte. Er tauchte seinen Kopf in den Wasserstrahl und prustete. Als er sich wieder aufrichtete, kämmte er sich einhändig das triefende Haar nach hinten und wischte sich das Wasser aus dem Gesicht. Offenbar gab es kein Handtuch.

»Danke sehr«, sagte sie mit soviel Wärme, wie sie konnte. »Ich habe versucht, jemanden aus der Familie ...«

»Warum?« Die Frage hatte etwas von einem Befehl, barsch und unvermittelt.

»Ich muß mit jemandem aus der Familie sprechen«, sagte Truth entgegenkommend, ohne die Frage zu beantworten. »Gehören Sie zur Familie?«

»Kaum.«

Wer immer du bist, von hier stammst du jedenfalls nicht, mein Freund, dachte Truth grimmig. *Es sei denn, du bist lange, sehr lange woanders zur Schule gegangen.*

»Entschuldigen Sie, ich glaube, wir haben uns noch nicht vorgestellt, oder? Mein Name ist Truth Jourdemayne; ich bin mit Dr. Palmer hier. Wir kommen vom Bidney-Institut in Glastonbury, New York.«

»Das vom Taghkanic College«, sagte der Fremde.

Truth war überrascht. Es gab nicht allzu viele Leute, die vom Bidney-Institut gehört hatten, und noch weniger wußten von der Zugehörigkeit zum College. Aber natürlich, wenn er schon Bücher aus der Bibliothek gestohlen hatte ...

»Arbeiten Sie auch in dem Bereich?«

»Als Schlangenölverkäufer in einer parapsychischen Schaubude? Ich denke nicht«, sagte der Mann mit einem Hohnlächeln.

Du hast wirklich allen Grund, dich lustig zu machen, du, der Schnäppchensatanismus in seinem Keller betreibt.

»Nun, Sie haben natürlich ein Recht auf Ihre Ansicht«, sagte Truth laut.

»Das stimmt. Dies ist meine Hütte. Und ich kann mich nicht erinnern, Sie hereingebeten zu haben.«

»Wie ich schon sagte, es tut mir leid, daß ich eingedrungen bin; aber als ich das ganze Blut sah, habe ich gedacht, es ist jemand verletzt. Sie sollten mit Ihrer Hand lieber zum Arzt gehen. Sonst holen Sie sich hier noch einen Wundstarrkrampf oder Schlimmeres.«

Sie hielt inne und überlegte, ob sie das Buch erwähnen sollte. Von dem Mann ging nicht die Aura der Macht aus, die ihn als Ausübenden der Magie, ob schwarz oder weiß, erkennen ließ. Vielleicht war er eher Opfer als Täter.

Aber *Les Cultes* hatte in seinem Ofen gelegen; es war blutverschmiert, und seine Hand war verletzt ...

Er winkte mit der bandagierten Hand verächtlich ab, und Truth ging zögernd zur Tür. Als sie hinaustreten wollte, sprach er sie noch einmal an.

»Sie gehören zu diesen Gespenster-Jägern, von denen Evan gesprochen hat, die hier überall herumlaufen und mit Gespenstern zu reden versuchen«, sagte er. Die Worte klangen entfernt wie eine Anklage.

»Das ist richtig«, sagte Truth. Es hatte keinen Sinn, seine Fehleinschätzung der Tatsachen zu korrigieren, solange sie nicht auf eine offene Verleumdung hinauslief.

»Dann haben Sie vielleicht seine kleine Schwester gesehen? Sie ist ...« Er schien nach einer richtigen Beschreibung zu suchen. »Sie ist blond.«

»Ist sie verschwunden?« fragte Truth automatisch.

»Nein; ich war nur aus gesundheitlichen Gründen den ganzen Tag unterwegs und habe sie gesucht«, sagte der Fremde etwas barsch. »Also, wenn Sie Sinah Dellon suchen, die finden Sie oben am Berg. Und jetzt lassen Sie mich in Ruhe.«

Mit schnellen Schritten kam der rothaarige Mann zur Tür und schlug sie ihr vor der Nase zu.

Wycherly lehnte sich mit dem Rücken an die Tür und wartete, bis er sicher war, daß Fräulein Schnüfflerin gegangen war. Er zitterte vor schwer zu bezähmender Wut. Seine Hand pochte bösartig, als wäre sie bereits, wenige Stunden nach dem Unfall, vereitert – wie kam diese Hexe, die seine Familie zerstört hatte, dazu, ihm wie ein Dorfarzt etwas von Infektion vorzuschwafeln?

Was wollte Truth Jourdemayne hier? Den letzten der Musgraves aus dem Weg räumen?

Wenn er nur der letzte gewesen wäre. Das wäre schon ein Grund für einen Mann, glücklich zu sterben.

Seine Hand pochte heiß, doch Wycherly zögerte, den Verband abzunehmen und nachzuschauen, wie schlimm die Wunde wirklich war. Warum hatte es nicht die linke Hand sein können? Er war Rechtshänder – was hatte ihn besessen, daß er das Messer in die Linke nahm? Ein paar blödsinnige Anweisungen?

Besessen? Na, das war mal ein treffendes Wort. Wycherly scheute vor dem Gedanken zurück. Nein, bitte keinen übernatürlichen Humbug, bitte. Er hatte bereits genug Schwierigkeiten in der wirklichen Welt – schon allein durch den Antrieb seiner angeborenen Fehler.

Er öffnete den Kühlschrank und nahm sich ein Bier. Ungeschickt öffnete er mit der linken Hand den Verschluß und kippte es hinunter. Das Sandpapier-Kratzen im Hals ließ etwas nach, er öffnete eine zweite Dose und zuckte zurück, als sie überschäumte. Das Geschirrhandtuch und die Bandage an seiner aufgeschlitzten Hand waren schnell vollgesogen. Und daß er den ganzen Berg auf der Suche nach Luned auf und ab gelaufen war, machte die Sache auch nicht besser.

Er dachte an Luned.

Perverserweise versuchte Wycherly, sich ihren toten, geschundenen Körper vorzustellen, aber es gelang ihm nicht. Hieß das, daß er sie nicht getötet hatte – oder daß er sich nur nicht daran erinnerte? Es lag im Bereich des Möglichen, daß er sie getötet hatte, nachdem die Bilder in dem Buch derartig Besitz von seinen Gedanken ergriffen hatten.

Wycherly hatte nie in seinem Leben die Hand gegen einen anderen Menschen im Zorn erhoben. Seine wenigen Beziehungen waren viel zu weit weg für Wycherly, als daß er sich irgendeinen Konflikt vorstellen konnte, geschweige denn, daß sie ihn gewalttätig werden ließen.

Und obwohl er nebulöse Tagträume gehabt hatte, wie sich unfehlbar Rache an seinen beiden Geschwistern nehmen ließ, so war es doch undenkbar, Kenneth senior in irgendeiner Weise die Stirn zu bieten – noch nicht einmal in Gedanken.

Aber wann waren für ihn die Körper von Frauen zu einem so unwiderstehlich reizvollen, verwundbaren Spielzeug geworden? Er konnte sich nichts Faszinierenderes mehr vorstellen, als in das Fleisch hineinzuschneiden, die Muskelschichten, das Fett abzuschälen, all die inneren Schätze aufzuschließen wie ein kostbares Überraschungsgeschenk.

Er wurde von der Richtung, die seine Gedanken nahmen, überrascht und stöhnte laut dagegen auf. Dies war kein Scherz mehr. Dies war keine Zügellosigkeit mehr. Dies war krank, monströs.

Und ausnahmsweise – jetzt, da es so schlimm geworden war – wußte Wycherly, was er zu tun hatte. Er würde seine Psychotherapeutin anrufen – er ging davon aus, daß Dr. Holmen ihn immer noch behandelte –, und er würde ihr alles sagen. Er würde ihr sagen, daß ein Mädchen verschwunden war – und sie würde alle nötigen Untersuchungen einleiten und ihn vor der Polizei schützen, falls er verdächtig war.

Und sie würde die Anweisung schreiben, ihn wieder in die geschlossene Abteilung zu stecken, irgendwohin, wo er sicher war. Irgendwo, wo er niemandem mehr gefährlich werden konnte.

Er fühlte große Erleichterung, als ob er an einem langen und schweren Wettrennen teilgenommen hätte, aber nun kam die Ziellinie endlich in Sicht. Es gab jemanden, an den er sich wenden und dem er die Qual der Wahl überlassen konnte. Aber zuerst mußte er noch das Buch verbrennen. Evans Hereinschneien – und dann das der neugierigen Hexe – hatte sein Vorhaben bis jetzt aus seinem Bewußtsein verdrängt.

Er konnte erst telefonieren, wenn er das Buch verbrannt hatte. Sonst würde ihn *Les Cultes* daran hindern – dessen war er sich sicher. Es zu verbrennen wäre ein Zeichen seines guten Willens, es würde beweisen, daß er nicht gewollt hatte, was er getan hatte. Wenn er es denn überhaupt getan hatte.

Obwohl es möglich schien, daß er ...

Die Streichhölzer waren immer noch im Keller, und Wycherly dachte jetzt, daß es am besten wäre, das Buch dort unten zu verbrennen. Doch als er mit seiner gesunden Hand die Ofenklappe öffnete, entdeckte er, daß seine ganzen guten Absichten umsonst waren.

Das Buch war verschwunden.

13

Ein leeres Grab

*Heute weht der Wind, Geliebte,
Und ein wenig Regen fällt;
Du warst alles mir, Geliebte;
Ein kaltes Grab ward deine Welt.*
ANONYM

Wie fließend doch die Grenze zwischen Persönlichkeit und Gewohnheit war, dachte Sinah. Die Gewohnheit schien nicht weniger als alles andere dafür verantwortlich, daß jeder Mensch seine unverwechselbaren Eigenarten und Sehnsüchte besaß. Nur aus Gewohnheit hielt Melusine Dellon sich für eine kleine, ein paar Jahre über zwanzig alte Schauspielerin, während sie schon immer tief in ihrem Inneren Marie Athanais Jocasta de Courcy de Lyon gewesen war.

Athanais ... Melusine ... Athanais ... die Art, in der die Namen in der Blutlinie wiederkehrten, zeigte, was für eine oberflächliche Angelegenheit die Persönlichkeit war. Nur eine Spielerei, wirklich, um all das dumpfe, blinde Menschenvieh zu täuschen, mit dem man diese Welt teilen mußte – weil selbst das hirnlose Vieh gefährlich werden konnte, wenn es sich bedroht fühlte.

Sie fühlte sich nicht bedroht.

Teile ihrer Erinnerung waren zum Verrücktwerden unzuverlässig; andere spielten keine Rolle. Sie hatte das Empfinden für ihr *Selbst* wiedergefunden; die besondere Art des Blicks auf die Welt, die niemanden gelten ließ, der zwischen ihr und ihrem Ziel stand. Es war eine Art der Weltsicht, die in Generationen fein geschliffen worden war, und selbst jetzt, da der eigentliche Zweck, für den sie geschaffen worden war, fehlte, blieb der Wille.

Für sie, für ihre gesamte Blutlinie, war die Welt in zwei Klassen von Menschen aufgeteilt: solche, die Dellons waren, und solche, die es nicht waren. Sie war ein Mitglied der einzig wahren Aristokratie, die es gab – und wie bei jeder Aristokratie brachte die Zugehörigkeit zu einem Geschlecht manch unangenehme Pflicht mit sich. Hatte Athanais Dellon nicht Jael, ihre einzige Schwester, der unterirdischen Quelle geopfert? Hatte Rahab Dellon nicht, um das Versprechen zu erfüllen, sich selbst geopfert, als ihre Tochter – eine andere Athanais – bei der Geburt ihres Kindes starb?

Jetzt war die Zeit gekommen, da die Blutlinie nach einem neuen Opfer verlangte: Ihr Wycherly, ihr schöner süßer Jamie mußte sterben. Sie hatte keinen anderen Verwandten – es mußte ihr Liebhaber sein, und gebe Gott, daß er ein Kind in sie eingepflanzt hatte. Sie war die letzte des Dellon-Geschlechts, das sich so stolz von Englands Staub gelöst hatte, um Wurzeln in dieser fremden Neuen Welt zu schlagen. Es gab niemanden sonst, den sie zur Quelle schicken konnte, und sie konnte nicht wie Rahab selber gehen – sie war die letzte.

Erst wenn Wycherly tot wäre, hätte sie – Athanais, Melusine, Rahab, Jael – wirklich Sicherheit für sich, denn Wycherly war Quentin Blackburns Geschöpf und führte den jahrzehntealten Kampf zwischen den Bedürfnissen der Blutlinie und Blackburns blinder Gier nach Macht fort.

Alte, vertraute Erinnerungen strömten durch Sinahs Bewußtsein, so vertraut wie nur je welche, die sie von einem vorübergehenden Fremden aufgenommen hatte, doch diesmal waren es ohne Zweifel ihre eigenen. Als wäre es gestern gewesen, erinnerte sie sich an ihre Wut über ihren Bruder Arioch und seinen törichten, zwecklosen Verkauf des Familienbesitzes. Sie erinnerte sich an die Freude, die sie empfand, als sie Quentin Blackburn zum ersten Mal sah – groß und gutaussehend mit dem Benehmen des Ostküstenbewohners. Athanais hätte ihn liebend gern zu ihrem Gatten gemacht und ihn sein ganzes Leben lang vor dem *teind* geschützt. Mit ihm hätte sie viele starke Kinder zeugen können; Frauen, die der Quelle, und Männer, die der Blutlinie hätten dienen können ...

Doch Quentin unterhielt unsinnige Ideen darüber, wozu die Macht, die hier in diesen Hügeln steckte, sich gebrauchen ließe – geradeso wie Athanais es vor Jahrhunderten getan hatte. Er hatte nachsichtig gelacht, als sie es ihm zu erklären versuchte – hatte ihr einen Teil seines Gewinns angeboten, von ihrer eigenen gestohlenen Macht, der Macht der Quelle. Er hatte gedacht, daß sie seiner Buchmagie gegenüber wehrlos wäre; daß sie nur eine schwache Frau wäre.

Quentin hatte gegen sie gespielt und verloren.

Zumindest würde er verlieren, und das bald, dachte Sinah. Quentin hatte auf seine Fähigkeit gesetzt, Wycherly zu verführen, und wollte sich seinen Weg von den Toren des Todes zurückerkämpfen, indem er ihren schönen Liebhaber benutzte. Quentin hoffte noch immer, er könnte das Geschlecht für alle Zeiten auslöschen und die Macht der Quelle an sich reißen.

Und wenn dieser schwache Abkömmling der Blutlinie sein einziger Widerstand gewesen wäre, dann hätte er Erfolg gehabt. Doch indem er nach Wycherly griff, indem er seine Männermagie über den Schwarzen Altar fließen ließ, hatte er Athanais die Kraft gegeben, ebenfalls zurückzukehren. Und sie würde ihrer Aufgabe dienen, so wie das Geschlecht es immer getan hatte, seit die ersten auserwählten Krieger des Geistes, der Sonne folgend, hierhergekommen waren.

Sinah nahm eine Bürste und begann, ihr honigfarbenes Haar langsam und genüßlich durchzukämmen. Sie bedauerte plötzlich, daß es nicht länger war. Männer liebten langes Haar, und sie würde bald einen neuen Liebhaber brauchen, nachdem sie ihren geliebten Wycherly der Quelle geopfert hätte. Mit dieser Geste würde sie das alte Versprechen erfüllen und ihre Macht sichern.

Und dann würde sie die Bürger von Morton's Fork daran erinnern, warum sie immer vor der Dellon-Familie Angst gehabt hatten.

Truth wanderte in der Spätnachmittagshitze den Berg hinauf und hoffte, daß Sinah Dellon gesprächiger wäre als der rothaarige Mann. Sein Gesicht war ihr auf verstörende Weise vertraut vorgekommen, als hätte sie ihn wiedererkennen müssen, doch bisher war ihr nicht eingefallen, warum.

Möglicherweise wüßte Dylan, wer er war.

Der Weg wurde immer steiler – es erinnerte Truth an ihren vorigen Marsch auf dem Pfad von Watchman's Gap. Vorn zwischen den Bäumen sah sie ein Gebäude, das vielleicht Sinahs Behausung war.

Das alte Fachwerkhaus war offensichtlich früher eine Schule für die Dorfjugend gewesen, aber seither war fachkundig Hand daran gelegt worden – Truth konnte sehen, wo das Dach erhöht und hinten am Haus ein Anbau hinzugefügt worden war. Die großen Fenster waren aus Buntglas und trugen ornamentale Blenden, und vor dem Backsteinsockel des Hauses standen dekorative Blumenkästen mit kunstvoll ausgesuchten Wildblumen. Neben der Eingangstür parkte ein dunkelgrünes Auto mit Vierradantrieb, und durch das klare Fenster über der Tür sah man elektrisches Licht.

Doch je näher Truth kam, um so weniger hatte sie den Eindruck, daß hier jemand lebte. In den Pflanzenkästen wucherte das Unkraut, und das ganze Haus strahlte etwas Vernachlässigtes aus, als ob sein Bewohner sich um solche Dinge nicht mehr kümmerte. Hatte Truth diesen ganzen Weg gemacht – und in der Tat alles Erdenkliche versucht –, nur um in einer weiteren Sackgasse zu landen?

Es gab nur eine Chance, das herauszufinden. Und wenn Sinah Dellon hier war, mußte Truth nur die fremde Frau, die sie noch nie gesehen hatte, davon überzeugen, daß sie, Truth, keine unzurechnungsfähige Irre war.

Truth ging die Stufen zur Tür hinauf und klopfte.

Das war sicher nicht Wycherly, dachte Sinah, legte die Haarbürste beiseite und wandte sich vom Spiegel ab. Als sie am Morgen aufwachte, war er schon gegangen – das tat er oft, als ob sich die Teufel, die ihn verfolgten, durch frühes Aufstehen verbannen ließen –, doch wenn er dann zurückkehrte, ob er ihnen nun entwischt war oder nicht, benützte er seinen Schlüssel, um ins Haus zu kommen. Wenn sie mitten in der Nacht aufwachte, stand er über ihrem Bett, aber sie hatte keine Angst. Er war zu schwach, zu freundlich, um mit der harten Unerbittlichkeit ihrer Blutlinie zu handeln. Solange

Quentin die Macht noch nicht an sich gerissen und ihn sich vollständig dienstbar gemacht hatte – und das setzte ein Blutopfer voraus –, war er keine Gefahr für die Blutlinie oder die Quelle.

Sie warf einen Blick durch das östliche Fenster auf der Empore und sah hinunter auf die Eingangsstufen. Dort stand eine dunkelhaarige Frau, die gerade ihre Hand hob, um erneut zu klopfen. Eine Fremde; niemand aus dem Ort.

Warum?

Mißtrauisch eilte Sinah die Treppe hinunter.

»Ja?«

›*Aber sie sieht absolut normal aus!*‹ Während Sinahs Begabung noch immer seltsam gedämpft war, so daß sie nur die äußere Schicht der Gefühle anderer wahrnahm, war es nicht schwierig, auf die Gedanken einer Frau nach ihrem Gesichtsausdruck zu schließen. Also hatte die Fremde erwartet, hier die Hexe von Morton's Fork anzutreffen, oder? Sinah mußte lächeln. Es würde ein Leichtes sein, dieser Frau den Weg zu weisen.

»Kann ich Ihnen helfen? Haben Sie sich verlaufen?« fragte Sinah, wobei sie ihrer Stimme eine jugendliche Süße verlieh.

»Sind Sie Sinah Dellon? Mein Name ist Truth Jourdemayne. Könnte ich Sie einen Moment sprechen?«

Sinahs Lächeln wurde breiter, und sie öffnete die Tür.

»Sie haben es schön hier«, sagte Truth, die sich in dem großen Raum umsah.

»Danke. Kann ich Ihnen etwas anbieten, etwas Kaltes zum Trinken?« fragte Sinah. Erst das Herzchen mit Freundlichkeit einlullen, bevor man den Zweck ihres Kommens aus ihr herauskitzelte.

»Sehr gern«, sagte Truth offen, »es ist ein langer Weg den ganzen Berg herauf. Aber ich möchte mich vorstellen. Ich heiße Truth Jourdemayne, und ich suche Sinah Dellon. Die Dellons haben früher hier in der Gegend gelebt. Sie haben das Land verkauft, auf dem Wildwood errichtet wurde.«

»Das war mein Bruder«, sagte Sinah, ohne zu überlegen. Niemals würde sie Arioch diese Dummheit, begangen aus Habgier und Rebellion gegen die Blutlinie, verzeihen; niemals, nie, nie ...

»Wer sind Sie?« fragte Truth. »Sind Sie die Wächterin des Tores?«

Sinah starrte sie an, ihre grauen Augen zusammengekniffen, und plötzlich ging von Truth Jourdemayne eine merkwürdige Autorität aus, ein Strahlen, das die beherrschenden Gedanken der Blutlinie verscheuchte, so als wären sie nur fiebergeborene Abirrungen.

»Tor? Was für ein Tor?« fragte Sinah fassungslos. »Wer *sind* Sie?« Ihr wurde schwindlig und leicht übel, sie griff nach dem Halt eines Stuhls.

»Ich bin Truth Jourdemayne, die Wächterin des Tores von Shadow's Gate. Ich weiß, daß das Land, auf dem das Wildwood-Sanatorium gebaut wurde, einst Ihrer Ururgroßmutter gehörte. Und ich weiß, daß dort oben in Wildwood ein offenes Tor ist – ein Tor, das Sie schließen müssen.«

Die nächste Stunde sprach Truth mit soviel Überredungs- und Überzeugungskraft, mit soviel Ehrlichkeit, wie sie nur konnte. Sie erzählte Sinah alles, was sie über die *sidhe*-Tore wußte, verschwieg nichts – und stellte dabei fest, daß sie längst nicht alles Nötige darüber wußte. Sie erklärte, was es mit dem Amt der Wächterin und der Blutlinie auf sich hatte – und mit der schrecklichen Macht, die ein offenes Tor hatte, das ahnungslose Leben ringsum zu verwüsten.

Sinah hörte mit ernstem, undeutbarem Gesichtsausdruck zu – als hörte sie nicht nur dem zu, was Truth sagte, sondern auch dem, was ungesagt blieb. Es war ein Ausdruck, den Truth oft gesehen hatte – im Gesicht ihrer Schwester Light.

»Sie sind Telepathin, nicht wahr?« fragte Truth. »Sie können Gedanken lesen.«

Seit Jahren hatte Sinah halbbewußt diese Anklage erwartet und sich immer wieder ausgemalt, was sie darauf antworten würde. Jetzt war es soweit – jetzt, da ihre Kraft nachließ –, und Sinah konnte nur in Tränen ausbrechen.

Truth hielt die jüngere Frau in ihren Armen, wiegte und beruhigte sie, als ob Sinah noch jünger wäre.

»Woher haben Sie das gewußt?« fragte Sinah endlich. Truths Gefühle bildeten einen fernen Hintergrund für ihre Gedanken, friedlich und ruhig wie der Ozean. Sinah fühlte sich selbst ohne Gedanken von außen oder den Chor der Blutlinie so leer und hohl wie eine Glocke.

»Meine Schwester ist Telepathin – obwohl man ihre Gabe wahrscheinlich besser als Hellsicht bezeichnen könnte. Sie steckte deswegen in einer Anstalt, bevor ich sie kennenlernte. Wirklich übersinnliche Menschen haben es schwer in unserer Kultur.«

Mit einfacher Toleranz wurde eine Wunde geheilt, die Sinah bisher nicht empfunden hatte; es war eine Anerkennung dessen, daß, wie anders Sinah Dellon auch immer sein mochte, sie doch ein Mensch war.

»Ich ...« Sinah war kurz davor, Truth alles zu sagen – über die Blutlinie, daß sie mehrfach Tote gefordert hatte, daß Sinah selbst kurz davor war, wieder zu töten.

War diese Frau mit ihr verwandt? War sie ein Opfer, das vom Tor angenommen würde? Sinah hörte die Frage fern in ihrem Bewußtsein; der innere Chor sickerte wieder ein, so unausweichlich, wie das Grundwasser nach Regenfällen anstieg.

»Ich bin nicht, was Sie glauben«, sagte Sinah endlich. »Sie wissen nicht, was ich – was wir – getan haben.«

»Das Tor verlangt von jeder Generation ein Menschenopfer«, antwortete Truth. »Haben Sie geglaubt, das wüßte ich nicht? Aber es ist das Tor, das tötet, Sinah – nicht Sie oder Ihre Familie. Und wenn Sie es schließen, können Sie dem Töten ein für allemal Einhalt gebieten.«

»Nein.« Sinah sprach mit leiser Stimme, rang ihre Hände im Schoß und starrte auf sie. »Das verstehen Sie nicht. Die Quelle – was Sie das Tor nennen – nimmt ihren Zehnten; das ist so. Aber sie wählt ihn nur selbst, wenn man ihn nicht für sie wählt. Wir mußten immer die Wahl treffen.«

»Und wen haben Sie diesmal gewählt?« fragte Truth.

Sinah senkte den Kopf, ohne zu antworten.

»Sinah, es muß nicht immer so sein. Wenn Sie das Tor schließen und versiegeln, wird niemand mehr sterben müssen. Das Tor kann dann niemanden mehr wählen, und Sie brauchen es auch nicht zu tun. *Wollen* Sie denn Menschen töten?« fragte Truth.

»Nein.« Der bittere Zwang, der auf Generationen der Blutlinie gelastet hatte, stieg in ihr auf und ließ sie diese Antwort geben. Ach, frei von dieser unerträglichen Wahl zu sein zwischen dem Tod des Geliebten, Bruders, Sohnes ...!

Doch wenn sie die Quelle versiegelte, würde ihre Kraft – zum Guten ebenso wie zum Bösen – endgültig versiegen. Sinah starrte Truth mit großen grauen Augen an und spürte eine schmerzliche Spaltung in ihrem Selbst: auf der einen Seite das Stadtmädchen, die Broadway-Schauspielerin, auf der anderen die Blutlinie, durch die die Leidenschaften und Erinnerungen zahlloser Generationen von Dellon-Frauen fortbestanden.

»Aber ich kann nicht. Ich habe keine Macht über die Quelle«, stieß Sinah keuchend hervor. *Oh, hilf mir, hilf mir, hilf mir*, schrie es in ihrem Inneren. »Das verstehen Sie nicht; ich bin nicht ich selbst ...«

»Sie können die Macht über das Tor gewinnen, Sinah, das schwöre ich. Kommen Sie mit mir, lassen Sie mich Ihnen den Weg zeigen ...«

»Ich habe geahnt, daß ich euch hier finden würde. Wer von euch beiden Hexen hat es?«

Keine der beiden Frauen hatte gehört, wie die Tür aufgegangen war. »Ja ... *Wycherly!* Was ist denn mit dir passiert?« rief Sinah.

Wycherly Musgrave stand in der offenen Tür und starrte sie mit blutunterlaufenen Augen an.

Wycherly? Die aufreizend unzuverlässige Erinnerung tauchte in Truths Bewußtsein auf, als Sinah sprach: Wycherly *Musgrave*, Bruder von Winter Musgrave.

Vor anderthalb Jahren war Wycherlys Schwester zu Truth gekommen und hatte sie um Hilfe gebeten. Und letzten Dezember war Truth auf Winters Hochzeit gewesen. Von Winters eigener Familie hatte sich keiner blicken lassen. Obwohl Winter nie viel von ihnen gesprochen hatte, hatte sich in Truth das Bild alten New Yorker Geldadels und überheblicher Rechtschaffenheit festgesetzt. Es war schwer vorstellbar, daß irgendeiner von den Musgraves in Magie verstrickt war, auch wenn parapsychische Energie oft in ganzen Familien strömte. Jedenfalls hatte Wycherly eine so erstaunliche Ähnlichkeit mit seiner älteren Schwester, daß Truth glaubte, sie hätte ihn irgendwann auch von allein erkannt.

In der kühlen Eleganz von Sinahs Haus wirkte Wycherlys blutige und ramponierte Erscheinung noch verwirrender als in der alten Dellon-Hütte.

»Eine von euch beiden hat es«, fuhr er fort. »Wer ist es?«

Er muß Les Cultes *meinen.* Truth zuckte wie ertappt zusammen, Sinah warf ihr einen schnellen Blick zu.

»Ich weiß nicht, wovon du redest«, sagte Sinah besänftigend und stand auf. »Aber du hast wirklich ein Talent, dir selbst Schaden zuzufügen, Liebling! Bist du sicher, daß du dir noch ein paar Finger drangelassen hast da unter dem Handtuch? Komm her und laß mich...«

Wycherly winkte sie mit seiner verletzten Hand weg; Sinah hielt inne, als hätte er sie geschlagen.

»Ich nehme an, sie hat dir jede Menge Lügen über mich erzählt«, sagte er mit einer Gebärde zu Truth hin. »Oder ist sie nur hergekommen, um zu missionieren?«

»Ich weiß schon lange, wer du bist, Wych«, sagte Sinah, die nicht vorgab, ihn mißzuverstehen. »Es ist mir aber so oder so gleichgültig.« Sie lachte ein wenig unvermittelt. »Wenn du nur wüßtest! Doch komm herein; vergiß das Buch. Du weißt nicht, was es mir bedeutet... Truth kann uns helfen...«

»Jawohl.« In Wycherlys Stimme lag tödlicher Sarkasmus. »Sie hat schon meiner Schwester fabelhaft geholfen – bis zu einem Nervenzusammenbruch, auch wenn ich mir sicher bin, daß *sie* etwas anderes erzählen würde.«

Als Sinah zurückwich, machte er einen Satz nach vorn und riß Truths Tasche von dem Sofa. Sie hatte kaum Zeit, dagegen zu protestieren, schon hatte er die Tasche geöffnet und entleerte den Inhalt auf den Teppich. Er wollte nach dem mit Zeitungspapier umwickelten Päckchen greifen, doch Truth war schneller und zog es ihm unter den Fingerspitzen weg.

»Das werde ich behalten, vielen Dank!« sagte Truth energisch. »Es ist sowieso aus der Bibliothek von Taghkanic gestohlen worden, und es ist nichts, womit jemand wie Sie herumspielen sollte.«

»*Spielen?*« Wycherly schien wirklich verblüfft zu sein. »Glauben Sie, daß ich gespielt habe, Sie aufgedonnerte Yuppie-Schlampe? Geben Sie mir das gottverdammte Buch!«

Und ›verdammt‹ ist genau das passende Wort dafür, stimmte Truth ihm im stillen zu. Sie tat einen Schritt zurück. Wycherly trat wild gegen die am Boden liegenden Gegenstände, aber er näherte sich dem Buch nicht weiter.

»Wycherly, bitte ...« Sinah versuchte sich auf ihn zuzubewegen. »Deine arme Hand ...«

»Und du«, sagte Wycherly, indem er sich Sinah zuwandte. Seine blassen Augen schienen wie mit wölfischer Glut zu blicken. »Ich hätte wissen sollen, daß du zu gut bist, um wahr zu sein. Wie lange hast du mich gekannt – hast du geglaubt, du könntest dir von mir ein Kind andrehen lassen und meine Mutter dazu zwingen, daß sie einer Heirat zustimmt? Ich habe Neuigkeiten für dich, Schwester; die Musgraves sind ein bißchen progressiver als das ...«

»Wycherly!« Sinahs Gesicht sah schockiert aus – und bestürzt –, obwohl sie mit ihrer telepathischen Gabe, dachte Truth, sicher von Anfang an gewußt hatte, daß Wycherly aus einer wohlhabenden Familie stammte, ausgestattet mit dem dazugehörenden typischen Verfolgungswahn. »Ich wollte nicht deswegen ein Kind von dir ...«, begann sie.

Als hätte sie die Worte erst beim Sprechen begriffen, hielt Sinah inne. In ihrem Gesicht stand der Ausdruck wirren Entsetzens.

»Schön.« Wycherly stand in der Mitte des Wohnraums, die Wangen gerötet und angestrengt atmend. Truth fragte sich, ob er wirklich etwas von Sinahs Worten gehört oder verstanden hatte. »Wenn du schon eins in dir hast, behalte es. Es ist jetzt egal. Luned ist weg, verstehst du nicht? Nach dem, was ich getan habe ...«

»Nein!« rief Sinah. »Du hast keinem etwas zuleide getan, Wych, das weiß ich.« Sie war jetzt bei ihm und klammerte sich an seinen Arm, als ob sie ihn mit bloßer körperlicher Kraft ans Licht der Vernunft ziehen könnte.

»Und woraus schließt du, daß du mich so gut kennst?« fragte Wycherly mit einem haßerfüllten Blick auf Truth. »Oder hast du die geheiligte Dynastie der Musgraves erforscht?«

»Ich kann Gedanken lesen, Wycherly«, brach es aus Sinah in verzweifelter Ehrlichkeit hervor. »Ich kann ...«

Er stieß sie von sich fort, wenn auch nicht so fest, wie es vielleicht ein anderer Mann getan hätte. »Du glaubst wohl, du kannst mir jeden Bären aufbinden, was? Du warst zu lange in der Glitzerwelt von Hollywood, Gnädigste – ich bin ein Trinker, aber deswegen noch nicht blöd. Aber ich sehe, daß du Besuch hast, meine Liebe ...«, fügte er mit tödlicher, übertriebener Höflichkeit hinzu, »... also werde ich mich nicht weiter aufdrängen. Laß nur, ich finde selbst hinaus.«

Er drehte sich um und ging. Seine verbundene Hand hinterließ eine dunkle Spur, wo sie am Türrahmen entlangstreifte. Er ließ die Tür hinter sich offenstehen.

»Nein – warte!« Sinah wollte ihm hinterherrennen, doch Truth hielt sie zurück.

»Sie können mit ihm jetzt nicht vernünftig reden, Sinah. Lassen Sie ihm Zeit, sich zu beruhigen«, schlug Truth vor. »Später wird er Vernunft annehmen.«

So wie Dylan? Wer war Truth, daß sie Sinah Ratschläge gab, wo sie noch nicht einmal mit ihrer eigenen Beziehung zu Rande kam?

Doch mit kaltem Verstand kam sie zu dem Schluß, daß Wycherly kein Problem mehr darstellte – wenigstens nicht so wie Sinah. Ohne das Buch würde Wycherly kaum der Versuchung erliegen, weiter herumzudilettieren – und da er ein Mann war und nicht zur Blutlinie gehörte, war es unwahrscheinlich, daß er das Tor von Wildwood finden würde, und unmöglich, daß er es bewegen konnte.

»Oh, warum haben Sie ihm das Buch weggenommen?« jammerte Sinah und riß Truth das Päckchen aus der Hand.

»Nehmen Sie es ruhig und sehen Sie es sich an. Es ist aber ein ziemlich brutaler Stoff, ich warne Sie ...«

Sinah löste Truths eilig improvisierte Verpackung. Das Zeitungspapier klebte an der Stelle, wo das Blut auf dem Einband angetrocknet war. Sinah behandelte es mit argwöhnischem Ekel.

»Aber – das ist ...«, sagte Sinah. Sie blätterte es ohne Interesse durch und packte es wieder ein. »Vor ein paar Jahren war ich mit einem anderen Schauspieler zusammen; er hat sich mit all diesem Zeug beschäftigt und wollte, daß ich es auch tue. Dies hier steckte in einem anderen Buch, das ich versehentlich bei ihm ausgeliehen hatte. Ich wollte es ihm zurückgeben, aber dann war er schon woanders hingezogen, und ich habe nie gewußt, was ich damit anfangen soll. Aber wie ist Wycherly daran gekommen? Von mir aus kann er es jedenfalls gerne haben.«

»Es ist immer noch Eigentum von Taghkanic«, sagte Truth entschlossen und griff nach dem Zauberbuch. »Und ich werde dafür sorgen, daß es zurückkommt. Wenn Wycherly ein Schwarzer Magier sein will, so gibt es sehr viel ungefährlichere Bücher, mit denen er spielen kann.«

»Ach«, sagte Sinah unwillkürlich, »Sie glauben doch sicher nicht an all diesen okkulten Quatsch?« Sie strich sich die Haare zurück, ein unbewußter Versuch, den Auftritt von vorhin zu vergessen.

›Okkulten Quatsch‹, *sagt sie dazu – und gleichzeitig ist sie bereit daran zu glauben, daß sie von ihren Vorfahren besessen ist und einem* sidhe-*Tor Menschenopfer darbringen muß ...,* dachte Truth resigniert.

»Ich glaube, daß das menschliche Bewußtsein ein sehr mächtiges Instrument ist, es kann Kräfte sammeln, zentrieren und lenken, die bisher von den Menschen noch nicht recht durchschaut werden«, sagte Truth ernst. »Ich glaube, daß lange Jahre die Erforschung dieser Kräfte in Aberglauben und religiöser Heuchelei steckengeblieben ist, weswegen es bis heute keinen Austausch zwischen den sogenannten Okkulten Wissenschaften und der traditionellen Wissenschaft gibt. Aber das ändert sich langsam – sogar in Krankenhäusern wird mit sogenannter Therapeutischer Berührung experimentiert, und was ist das anderes als die alte Fähigkeit, durch Handauflegen Heilungsprozesse auszulösen, etwas, das Religionen immer für sich beansprucht haben.

Ich denke also, daß es sich als töricht erweisen kann, alle Magie einfach nur als Hokuspokus abzutun. Und schädlich, wenn nicht gefährlich ist es, in diesem Bereich herumzupfuschen, so als könnte keine Wirkung davon ausgehen«, schloß Truth ein wenig verschämt ob ihres Redenschwingens.

»Meine Güte.« Sinah hielt Truth das Buch hin.

Truth nahm es und stopfte es in ihre Tasche. Sie kniete sich auf den Boden und sammelte auch den Rest des Tascheninhalts wieder ein.

»Entschuldigen Sie, daß ich gepredigt habe. Aber Sie haben eine empfindliche Stelle bei mir erwischt«, sagte sie. »Schließlich ist das mein Spezialgebiet.«

»Sie sind eine ... was war das noch mal?« Sinah schüttelte den Kopf, als versuchte sie, einen Laut aus sehr weiter Ferne zu hören.

»Ich bin Parapsychologische Statistikerin, was ziemlich langweilig ist, trocken und mit viel Büroarbeit verbunden. Wenn Sie *Glamour* und etwas Aufregendes wollen, müssen Sie mit Dylan sprechen – er ist derjenige, der Gespenstern nachstellt.«

»Das ist dann Ihr Partner?« fragte Sinah, bemüht, zur Normalität zurückzukehren. Ihre Hände und ihre Stimme zitterten, und ihr Gesicht war immer noch schreckensbleich nach Wycherlys Ausbruch.

»Ja, wir sind zusammen hier. Ich habe schon erwähnt, daß Morton's Fork ein Zentrum paranormaler Aktivität ist – das liegt an dem Tor, an Ihrer Quelle.«

»Und wenn ich es schließe, sagen Sie, dann habe ich all meine Probleme hinter mir?« fragte Sinah nervös. Zwanghaft, als ob sie damit nicht aufhören könnte, strich sie ihren Rocksaum glatt.

»Die Probleme, die mit Ertrinken, unerklärlichem Verschwinden und Menschenopfern zu tun haben«, antwortete Truth offen. »Was Sie vorher gesagt haben, Sinah, daß Sie ein Kind brauchen – ist das, weil Sie es der Quelle opfern wollen? *Sind* Sie schwanger?« fragte Truth sanft.

»Ja – nein – ich weiß nicht! Ach, es spielt doch keine Rolle mehr!« Sinah brach in Tränen aus und schluchzte bitterlich, als ob der Schmerz, der sie tief peinigte, sie umbringen wollte.

Truth blieb so lange es irgend ging bei Sinah, in der Hoffnung, ihre erschütterten Gefühle zu besänftigen. Sinah mußte ihre Ruhe wiedergewinnen, wenn sie das Tor von Wildwood erfolgreich schließen wollte. Jedenfalls würden sie heute keinen Versuch in dieser Richtung unternehmen. Es war bereits später Nachmittag, und Truth wollte nicht im Dunkeln oben bei dem Tor sein, schon gar nicht mit einer seelisch geschwächten Sinah. Es war für Truth schwer genug gewesen, ihr eigenes Tor zu schließen, und sie hatte Thorne Blackburns Hilfe gehabt. Sie konnte nur hoffen, daß sie Sinah eine ähnliche Hilfe wäre, wenn es soweit war.

»Ich schaff's schon, wirklich«, sagte Sinah wenig überzeugend, nachdem fast zwei weitere Stunden vergangen waren. Die Eiswürfel in ihrem großen Glas Eistee klimperten leise unter dem anhaltenden Zittern ihrer Hände.
»Sind Sie sicher?« fragte Truth zweifelnd.
»Natürlich. Schauen Sie, das ist mein eigenes Haus – ich habe für das Bett bezahlt, also kann ich auch darin schlafen. Ich seh' Sie gleich morgen früh, ja?«
»Wenn Sie sich sicher sind ...« Truth konnte Sinah jetzt kein Mißtrauen entgegenbringen, ohne alles aufs Spiel zu setzen, was sie an diesem Nachmittag erreicht hatte.
»Dann ist es abgemacht«, sagte Sinah mit klarer Stimme, die aber ihre Erschöpfung nicht verbergen konnte. »Sie kommen morgen früh wieder, und dann werden wir zusammen das Schloß der bösen Hexe stürmen.«
Und damit blieb Truth nur noch, sich widerstrebend zu verabschieden und sich auf den Weg bergab zu machen.

Truth wußte, daß sie bei Wycherly vorbeischauen sollte, um mit ihm zu sprechen. Vielleicht ließ sich irgend etwas tun, um den Bruch zwischen ihm und Sinah wieder zu heilen. Doch als sie in der Dämmerung an der Hütte vorbeikam, war sie verlassen und leer, und Truth mußte wirklich zu Dylan zurückkehren, bevor er zu dem Schluß kam, sie hätte ihr Versprechen gebrochen.

Mit dem Anflug von Ärger, der dieses Verfahren begleitete, hatte sie mittlerweile zu leben gelernt. Sie würde ihre Genugtuung erhalten, beruhigte sie sich selbst, wenn auch nicht jetzt. Und Wycherly würde ebenfalls warten müssen.

Truth fragte sich, durch welchen Winkelzug des Schicksals er an diesen gottverlassenen Ort verschlagen worden war und warum er einen solchen Groll gegen die Welt mit sich herumtrug. Doch welches Rätsel Wycherly auch aufgab, sie würde es heute abend nicht mehr lösen können – wenn erst einmal das Tor versiegelt wäre, dann hätte sie genug Zeit, sich um alles andere zu kümmern.

»Wo ist Truth?« hörte sie eine Stimme fragen, als sie die Tür des Wohnmobils erreichte. Die Lichter drinnen waren an; durch die Rollos an den Fenstern konnte sie sehen, wie sich die anderen drei in dem Raum bewegten.

»The Truth is out there!« sang Rowan fröhlich, und Truth empfand plötzlich Ärger – andererseits, welchen Grund hatte sie Rowan Moorcock je gegeben, gut von ihr zu denken?

Es tut mir wirklich leid, diese Idylle zu stören ... wenn auch nicht sehr. Truth stieß die Tür des Winnebago auf und stieg hinein.

Mit der Nacht war es kalt geworden, feucht und bewölkt. Als sie die Tür öffnete, machte ihr der würzige Duft von Pizzas den Mund wäßrig. Offenbar hatte Dylan ihr Auto benutzt, um einer der Pizzerien von Pharaoh einen Besuch abzustatten – Truth hatte das Auto vor zwei Wochen mit Beginn ihrer Forschungen gemietet, da sie schlecht mit dem Wohnmobil in der Gegend umherfahren konnte. Diesen Morgen hatte sie Dylan die Schlüssel dagelassen, denn sie wußte, daß sie es heute nicht brauchen würde.

»Tut mir leid, daß ich so spät komme«, sagte Truth strahlend. »Aber hoffentlich nicht zu spät?«

»Nein«, sagte Dylan. Truth entdeckte kein Willkommen in seinem Gesicht – nur Erleichterung, daß sie ihn nicht noch mehr gedemütigt hatte. In diesem Augenblick war er nur ein

Hindernis für ihre Pläne, und sie haßte ihn dafür mit der ganzen Leidenschaft ihres Verstandes.

Nein. Bei allem, was recht ist, was wird aus mir? Truth holte tief Atem und erinnerte sich jetzt erst an ihre Tasche, die sorglos über ihrer Schulter hing, mit dem Exemplar von *Les Cultes*. *Das* war etwas, worüber sie bald reden müßten.

Und es ist etwas, das sogar Dylan verstehen wird – zur Abwechslung mal ...

Sie stellte die Tasche auf einer Ablage neben der Tür ab und schlüpfte in die Eßecke an die Seite von Ninian. Rowan stand auf, um mehr Mineralwasser aus dem Kühlschrank zu holen, und ihr Schweigen war beredter als jeder Kommentar.

Bildete sich Rowan ein, sie wäre verliebt in Dylan? Plötzlich wurde Truth von heißer Eifersucht ergriffen – was ihr gehörte, das würde sie behalten, ob sie es wollte oder nicht.

Ach, hör auf damit! Truth nahm sich ein Stück Pizza. Aber es wäre netter, Dylan zu der jüngeren Frau gehen zu lassen, dachte ein Teil von ihr sachlich. Netter, ihn bei seinem eigenen Menschenschlag zu lassen.

Aber ich liebe ihn! protestierte Truth. *Oder?*

Und selbst, wenn ich's nicht tue, er gehört mir, mir, mir ...

»Na, wie ging es heute?« fragte Truth laut und biß von der Pizza ab.

»Wir haben nicht viel geschafft – ein Mädchen ist verschwunden – Evans Schwester. Evan gehört der Gemischtwarenladen. Sie ist letzte Nacht nicht nach Hause gekommen«, sagte Dylan.

»Ich weiß. Scheinbar haben viele Leute nach ihr gesucht, ohne Erfolg«, sagte Truth und versuchte ihrer ungebärdigen Gefühle Herr zu werden. Selbstkontrolle war das erste, was eine Adeptin zu lernen hatte, und Irene hatte sie vor über zwei Jahren damit vertraut gemacht. Langsam spürte sie, wie von ihrem Tiphareth-Chakra Ruhe in ihren Körper ausstrahlte.

»Hast du irgendwelche Dellons gefunden?« fragte Rowan. Ihr Gesicht verriet Interesse an mysteriösen Neuigkeiten, sonst nichts. »Ich finde es geradezu verrückt, wie hier alle Leute so tun, als ob sie nicht existierten ... Ich habe nach ihnen gefragt, als ich um Erlaubnis bat, die Monitore aufzustellen – ihr wißt schon, Fragen nach der Dorfhexe und dem Hexenmeister, in der Richtung.«

Wie Truth durch ihre eigenen Forschungen wußte, war der Volksglaube in den Bergen immer noch sehr verbreitet, auch wenn ihn niemand mehr so ernst nahm, wie es die Generation der Großeltern getan hatte. Die heutigen Bergbewohner waren fähig, den Arzt in der nächsten Stadt aufzusuchen, um danach bei sich zu Hause zur Wunderheilerin zu gehen, die in der Behandlung von Alltagsleiden mindestens genauso effektiv war.

Mit großer Mühe gelang Truth ein ähnlich unbekümmerter Ton wie Rowan.

»Ich hab' nicht nur die Hütte, sondern sogar eine leibhaftige Dellon gefunden. Sie wurde hier geboren – 1969 –, aber sie wurde in Pflege gegeben und wuchs in Gaithersburg auf. Sie ist Schauspielerin und arbeitet in Hollywood, glaube ich, aber sie ist nach Morton's Fork zurückgekehrt, weil sie etwas über ihre Vergangenheit herausbekommen will«, sagte Truth.

Sie spürte, wie Dylan sie mit ungewöhnlicher Intensität anblickte, dann sprangen seine Augen kurz zu Rowan, aber was immer er sagen wollte, er konnte Rowans nächste Worte nicht verhindern.

»Und wird sie sich von uns testen lassen?« fragte Rowan eifrig. »Kannst du eine Fallgeschichte aufnehmen?«

Er hatte ihnen also davon erzählt. Truth versuchte, sich nicht verletzt zu fühlen – irgend etwas mußte er ihnen schließlich sagen, und bei dem lauten Streit zwischen Dylan und ihr hatten sie wahrscheinlich das meiste mitbekommen. Dennoch fragte sich Truth, was er ihnen sonst noch erzählt hatte – und worüber.

»Ich bezweifle, daß sich das alles bei einem ersten Treffen vereinbaren läßt«, sagte Dylan diplomatisch. »Ich habe ihnen gesagt, daß du der Familie nachforschst, der das Land gehört hat, auf dem das Sanatorium gebaut wurde. Um zu sehen, welche Geschichte dahintersteckt, denn viele der Berichte über Erscheinungen konzentrieren sich dort oben.«

O ja. Es steckt eine Geschichte dahinter, dachte Truth bitter. Laut sagte sie: »Nun, ich habe sie kennengelernt – aber leider wird sie hier genauso wie ein Paria behandelt wie du, wenn du dich nach den Dellons erkundigst.«

»Tabuisiert«, sagte Dylan. »In einer isolierten Gemeinschaft wirkungsvoller als Gewalt – und oft ebenso tödlich.«

»Mit mir haben sie geredet«, sagte Ninian unerwartet.

Die anderen drei starrten ihn an. Ninian senkte den Kopf. Sein langes schwarzes Haar fiel nach vorn, verbarg aber nicht das Erröten seiner blassen Haut. Er sah aus, als wünschte er, er hätte seinen Mund gehalten.

»Ninian?« sagte Dylan.

»Bevor wir gehört haben, daß Luned Starking verschwunden ist, war ich drüben bei den Scotts – ihr wißt schon: kalter Punkt, zerbrochenes Geschirr, schwarzer Hund ...«, fügte er in der Kürzelsprache hinzu, die jedem Forscher parapsychologischer Erscheinungen vertraut war. »Sie waren froh, mit jemandem reden zu können. Mrs. Scotts Großtante war Spiritistin – also Medium –, und ich habe ihr von meiner Oma erzählt, so haben wir uns blendend verstanden. Jedenfalls ist sie nach 'ner Weile ins Haus kochen gegangen, und ich saß mit Morwen auf der Veranda und habe mit ihr Erbsen geschält ...«

»Kommst du auch noch auf den Punkt, Nin?« fragte Rowan und drehte ihren langen roten Zopf wie ein Lasso.

»Ich komme schon dazu! Morwen ist etwa in meinem Alter. Wir sind ins Gespräch gekommen, und als ich die Dellons erwähnte, sagte *sie*, daß der ganze Grund, warum in Morton's Fork keiner mit ihnen redet, der ist, daß sie Kannibalen sind – Werwölfe, um genau zu sein. Sie sagte, daß ihre Mama ihr erzählt hat, wenn du irgend etwas tust, was einer Dellon-Frau nicht gefällt, dann gibt sie dir den bösen Blick, treibt dich in den Wahnsinn, verwandelt dich vielleicht sogar selbst in einen Wolf. Sie ist sicher, daß jetzt, wo wieder eine Dellon-Frau hier ist, jemand in Morton's Fork sterben wird.«

»Und jemand ist verschwunden, ganz nach Plan«, sagte Dylan.

»Nach Plan ...«, sagte Truth. Eine plötzliche Eingebung nahm Besitz von ihr: »Dylan, wo ist die Übersichtsliste, ich meine, die chronologisch geordnete?«

Die Liste war schnell bei der Hand – es war diejenige, die Truth von Dylans Datenbank erstellt hatte. Sie hatte versucht, jahreszeitliche Höhepunkte in der parapsychologischen Aktivität festzustellen.

»Hier. Schaut mal. Die Leute verschwinden Mitte August, in irgendeinem mehrjährigen Zyklus. Und ich bin mir fast sicher ...« Truth sprang wieder auf, diesmal, um ihre Tasche zu holen. Sie kramte darin, bis sie ihr Notizbuch gefunden hatte.

»Ja – ich hatte recht. Die meisten Dellon-Frauen sind um den 14. August verschwunden: die letzten – es waren zwei – vor achtundzwanzig Jahren, 1969. Aber warum an diesem Tag? Der einzige Hohe Feiertag, der da in der Nähe liegt, ist Lammas, und der ist am ersten August.«

»Das war nicht immer so«, sagte Dylan nachdenklich, »der erste August war nicht immer das Datum dafür. In Papst Gregors Kalenderreform von 1582 wurden im Übergang vom Julianischen zum Gregorianischen Kalender vierzehn Tage gestrichen. Es gab Aufstände in ganz Europa deswegen, die Massen forderten ›gebt uns unsere vierzehn Tage zurück‹. Wissenschaftler, die sich mit dieser Zeit beschäftigen, müssen immer darauf aufpassen, nach welcher der beiden Zeitrechnungen sie Geschehnisse datieren, denn noch einige Jahre danach wurden beide Versionen benutzt.«

»Schwer zu verstehen, warum jemand sich deswegen so aufregen sollte«, sagte Rowan. »Schließlich hat ihnen ja wirklich niemand etwas weggenommen.« Sie stopfte sich einen letzten Bissen Pizzakruste in den Mund und kaute zufrieden.

»Das war vor MTV, Rowan«, sagte Ninian sarkastisch.

»Dann ist der vierzehnte August eigentlich der erste August?« fragte Truth.

»Laß uns lieber sagen, daß das ›Opferfest‹ im alten keltischen Jahr – es hieß ursprünglich ›Lughnasadh‹; Lammas ist der christliche Name für den Tag – auf den vierzehnten und nicht auf den ersten August fällt«, sagte Dylan.

»Luh-Nasat?« fragte Rowan.

»Abschied vom Licht«, übersetzte Ninian kurz. Seine schottischen Vorfahren hatten länger an vielen heidnischen Volksfesten festgehalten als der Rest Europas.

»Und der Zyklus des Verschwindens deckt ungefähr einen Monat ab – wenn wir alle Fälle mit einbeziehen –, und der Höhepunkt ist am vierzehnten August«, faßte Dylan zusammen.

»Aber was passiert denn *wirklich* mit ihnen, Dylan?« fragte Rowan. »Ich nehme dir Geister ab, aber keine Werwölfe – oder kinderfressende Hexen.«

»Wer weiß?« sagte Dylan. »Unsere Quellendatei ist nicht hundertprozentig sicher – es sind auch welche darunter, die abgehauen sind, eines natürlichen Todes starben oder auch ermordet wurden –, das bedarf keiner übernatürlichen Erklärung, auch wenn ich zugebe, daß man dazu neigen könnte, wenn man sieht, daß fast alle im Monat August verschwinden. Ich hoffe nur, daß niemand Miss Dellons Rückkehr als willkommene Gelegenheit nutzt für, nun ja ...«

Vergewaltigung und Mord? führte Truth stumm seinen Satz zu Ende. Es wäre fast eine angenehmere Erklärung für Luneds Verschwinden als die, an die sie dachte – und nicht beweisen konnte.

Aber wenn sie und Sinah Dellon dem ein Ende setzen könnten, dann bräuchte sie nichts mehr zu beweisen. Truth versuchte sich mit diesem Gedanken zu trösten.

Das Gespräch wandte sich den Details der Feldforschung zu, dem eigentlichen Zweck des Hierseins, wenigstens der drei anderen. Die Ergebnisse waren bislang enttäuschend. Trotz all ihres Einsatzes war es den Geistersuchern noch nicht gelungen, irgend etwas von der Norm Abweichendes in Morton's Fork aufzunehmen – oder zu beobachten. Ihre Arbeit beschränkte sich darauf, die Berichte von Taverner und Ringrose in Interviews mit einer neuen Generation zu überprüfen – das war notwendig, aber wenig aufregend und unspektakulär im Vergleich zu dem, was sie zu erreichen gehofft hatten.

»Es gibt immer noch den alten Friedhof bei der Kirchenruine«, sagte Rowan. »Dort soll ein Anhalter verschwunden sein, es soll Geisterlicht geben – und in der Kirche soll es spuken.«

»Dem werde ich nachgehen, wenn ich nichts Besseres finde«, sagte Dylan widerwillig. »Aber das ist wirklich am äußersten

Rand dessen, wo sich die Ereignisse konzentrieren. Und ich weiß nicht, ob ich an den Spuk in der Kirche glauben soll. Es ist irgendwie zu schön, um wahr zu sein.«

Rowan und Ninian tauschten Blicke und zuckten mit den Achseln. »Wie wäre es mit einer Seance?« fragte Ninian. »Es gibt einen spiritistischen Zirkel, der sich hier in der Gegend trifft – ich bin sicher, daß Mrs. Scott mich daran teilnehmen lassen würde.«

Warum hatten sie Wildwood nicht untersucht? Dort lag das Zentrum der Erscheinungen: Es war offensichtlich die Ursache – wortwörtlich die Quelle – von allem, was in Morton's Fork geschah. Es sah Dylan nicht ähnlich, immerfort nur um den heißen Brei zu schleichen, statt mitten hineinzuspringen.

Es sei denn, er hielt sich ihr zuliebe davon fern – aus einer Art beruflicher Höflichkeit seiner Kollegin gegenüber. Verrückterweise ärgerte Truth dieser Gedanke so sehr, daß sie fast den Fortgang des Gesprächs verpaßt hätte.

»Das ist weit hergeholt. Ninian – ich würde es nicht tun.« Dylan schüttelte den Kopf. »Vielleicht haben wir in diesem Sommer kein Glück – doch selbst dann bleibt dies wichtige Grundlagenforschung. Vergeßt das bitte nicht.«

Nach einer letzten Tasse Tee – oder in Rowans Fall: einem Glas Cola – zogen sich die beiden Studenten in ihre Zelte zurück, und Truth war mit Dylan allein.

»Okay, also, was gibt's?« fragte Dylan, indem er sich ihr zuwandte. »Du warst den ganzen Abend wie eine Katze auf dem heißen Backblech. Du hast, em, keinen schlechten Eindruck bei Sinah Dellon hinterlassen, oder?«

Sein Ton war zurückhaltend; er sah sehr resigniert aus. Truth überwand sich und lächelte ihn voller Arglosigkeit an.

»Nun, ich habe ihr nicht ins Gesicht gesagt, sie sei eine Werwölfin, wenn du das meinst«, antwortete Truth und erntete ein schwaches Lächeln. »Übrigens ist sie übersinnlich.«

Truth überdachte einen Moment lang ihre nächsten Worte, doch dann gestand sie Dylan offen: »Wir gehen morgen hoch zum Sanatorium, und, na ja, wir wollen sehen, was sie damit anfängt.«

Obwohl das bei weitem nicht alles war, was Truth plante, bezweifelte sie, daß man ihr dies anmerkte – und bei dieser speziellen Unternehmung mußte sie ihren Weg genauso behutsam ertasten wie jeder Neuling.

»Ich verstehe. Vielen Dank für deine Freundlichkeit, mich im voraus in Kenntnis zu setzen. Ich hoffe, du hast nichts dagegen, wenn ich mitkomme?« fragte Dylan ruhig.

»Was glaubst du, was ich da oben tue – sie in den Abgrund stoßen?« fragte Truth. Ihr ganzer Argwohn gegen Dylan war wieder erwacht.

»Nein – aber da du zu glauben scheinst, daß es da oben ein Blackburn-Tor gibt, das geschlossen werden muß, und nachdem du das gesamte County durchgekämmt hast, um die Dame zu finden, nehme ich nicht an, daß du das einzige Mitglied der, hm, Blutlinie nur der schönen Aussicht wegen dort oben hinführst.« Dylan bemühte sich, verständig zu sein, doch die Wut, die seit zwei Wochen in ihm schwelte, schwang in seiner Stimme mit. »Hast du ihr von dem Tor erzählt? Weiß sie überhaupt, warum ihr beide da hinaufgeht?«

»Ja«, sagte Truth, ohne ihn anzusehen.

Sie war hin und her gerissen zwischen dem Wunsch, ihm eine Ohrfeige zu verpassen für die Art, wie er mit ihr sprach – und der Trauer um die Liebe, die ihnen zwischen den Fingern zerrann, da keiner von ihnen Anstalten unternahm, sie zu retten. Warum konnte er die Welt nicht auf ihre Weise sehen?

Dylan wollte Beweise, doch niemand fiel es ein, eine objektive Verifizierung des Wetters zu verlangen – wenn jemand sagte, daß es gestern geregnet hatte, nahm man es ihm ohne große Zweifel ab. Alles, was irgend jemand mit seinen fünf Sinnen bezeugen konnte, bedurfte keines zusätzlichen Beweises.

Und jetzt – da Truth den Gebrauch von mehr als nur fünf Sinnen entdeckt hatte – brauchte sie nicht zu prüfen, zu beweisen und wieder zu prüfen wie ein blinder Mann, der über ein Minenfeld läuft. Sie *wußte* es einfach, und es erfüllte sie mit Ungeduld, wenn jemand von ihr verlangte, sie sollte sich wieder blind machen. Welche Rolle konnte Dylan in ihrer Zukunft spielen, wenn dies die Welt war, in der sie lebte? In den unsäglichen alten Zeiten war es immer die Aufgabe der Frau gewesen, sich widerstandslos zu unterwerfen, sich selbst für die Ehe aufzugeben. Jeder sagte, die Dinge hätten sich gewandelt, aber Haltungen, die sich durch soziale Privilegien nährten, starben nur langsam. Sie konnte sich nicht in eine Blinde zurückverwandeln oder auch nur so tun, als wäre sie blind. Es war an der Zeit, sich einzugestehen, daß nicht sie es war, die in ihrer beider Beziehung den Schritt zur Anpassung tun würde; Dylan müßte ihn tun. Wie konnte sie ihn aber um irgendein Entgegenkommen bitten, wenn sie sich nicht einmal mehr sicher war, ob sie diese Beziehung überhaupt noch wollte?

»Hast du denn irgendeine Vorstellung, wie du dein Wildwood-Tor schließen willst?« fragte Dylan sanft.

Truth warf ihm kurz einen Blick zu, überrascht von seiner Einsicht. Die Frage enthielt mehr Entgegenkommen, als sie von ihm erwartet hätte – eine Bereitschaft, sich mit ihr auf ihrem Terrain zu treffen, wenn auch vorerst nur theoretisch. Vielleicht trauerte auch Dylan über den Verlust.

»Nein«, gab Truth zu, auch wenn ihr dieses Eingeständnis sehr schwerfiel. »Ich weiß es nicht. Aber mit Sinah Dellon hinaufzugehen ist der erste Schritt, um es herauszufinden. Du kannst keine Theorie entwickeln, solange du keine Fakten hast, erinnerst du dich?«

»Nur zu wahr«, sagte Dylan. »Und in diesem Fall brauchst du einen unbefangenen Beobachter. Du weißt, daß ich mehr Beweise haben möchte, bevor ich mich auf deine besondere Theorie einlasse – aber ich bin bereit, mir die Sache anzuschauen.«

Truth schluckte ihre vorschnelle Antwort hinunter.

Dylans Begleitung war das letzte in der Welt, was Truth wollte: ein Uneingeweihter – jemand, der von der Macht des Wildwood-Tors genauso beeinflußt werden konnte, wie Truth nach seiner Vorstellung durch bloßen Spuk beeinflußt wurde. Doch Dylan dachte immer noch wie ein Wissenschaftler; es ging ihm um Verifizierung und Beweise.

Immer noch? Dylan war Wissenschaftler – das würde er auch immer sein. Wann hatte *sie* damit aufgehört, objektive Beweise für die Dinge zu fordern, die sie sah?

Als ich erkannte, daß sie wirklich waren.

Truth senkte ihren Kopf wie nach einer Niederlage.

»Truth?« sagte Dylan.

»Was?« Sie war in ihren melancholischen Gedanken abgeschweift und kehrte mit einem Ruck zur Gegenwart zurück. »Tja, dann gehst du wohl mit«, sagte sie langsam. *Und mögen dir all deine Götter beistehen, Dylan, wenn ich recht haben werde.*

»Aber ich habe heute noch mehr unternommen«, fuhr Truth hastig fort, um das Thema zu wechseln und sich Dylans Antwort zu ersparen. Es gab noch etwas, das sie beinahe zu erwähnen vergessen hätte. *Etwas, wofür er ausnahmsweise mal nützlich sein könnte,* schoß eine kleine Stimme boshaft aus dem Hinterhalt ihres Bewußtseins. Sie holte tief Atem. »Ich bin da auf etwas ziemlich Seltsames – und Häßliches – gestoßen. Und ich würde gern deine Meinung dazu erfahren.«

Sie wühlte in ihrer Tasche, bis sie das Buch fand – es lag zuunterst, da sie es zuerst hineingetan hatte –, und zog es heraus. Das blutbefleckte Zeitungspapier, in das es verpackt war, war nun ziemlich zerfleddert, aber es umhüllte es noch ganz.

»Sag mir, was du davon hältst«, bat sie sachlich und legte das Bündel auf den Tisch zwischen sie beide.

Dylan wickelte es so vorsichtig aus, als ob es beißen könnte. »Igitt«, sagte er, als er den blutgetränkten Einband sah. »Ist das alles Blut?«

»Ich weiß nicht«, sagte Truth. »Kann sein. Wycherly hatte sich ziemlich schlimm in die Hand geschnitten, als ich ihn traf. Wahrscheinlich ist es das.«

»Wycherly?« fragte Dylan und blätterte schnell das Buch durch.

»Wycherly *Musgrave* – der Bruder von Winter.«

»Ach. Die, die als Erwachsene RSPK wurde, mit der du letztes Jahr gearbeitet hast?« sagte Dylan und prüfte die Herkunft. »Er hatte das bei sich? Was macht er hier draußen?«

»Nun, er wohnt in der alten Dellon-Hütte – nicht das Haus, das Sinah gehört – und versucht sich in Schwarzer Magie, so hatte es zumindest den Anschein«, sagte Truth. Die Erinnerung an das scheußliche Erlebnis in der Hütte ließ sie noch im nachhinein das Gesicht verziehen.

»Sinah sagt, daß das Buch ihr gehört, aber soviel ich gesehen habe, interessiert sie sich nicht sonderlich dafür. Wycherly war aber ganz besessen davon; als er merkte, daß ich es mitgenommen hatte, hat er fast einen Tobsuchtsanfall bekommen.«

»Du hast ihn aber in die Flucht geschlagen, wie ich sehe«, sagte Dylan abwesend. »Ich freue mich, daß du es zurückgeholt hast – es ist vor etwa fünf Jahren aus der Spezialsammlung verschwunden. Die Übersetzung von Atheling ist keine solche Rarität, aber verdammt teuer zu ersetzen – und es ist auch nichts, was man gern draußen herumgereicht sieht.«

»Was ist es?« fragte Truth. »Eine Art Zauberbuch, nehme ich an?«

Dylan grinste sie an. »Möchtest du die große Führung, Schatz? Ich warne dich, es könnte ziemlich lang werden.«

Truth erwiderte sein Lächeln, ebenso gerührt wie traurig über die unerwartete Kameradschaftlichkeit. Früher hatten sie und Dylan über beinahe alles sprechen können – wann hatte sie angefangen, ihre Worte ihm gegenüber auf die Waagschale zu legen?

»Sag mir alles darüber«, meinte Truth ehrlich. »Ich bin gespannt.«

»Okay.« Dylan lächelte sie an und gab seinem Gesicht dann den Ausdruck professoraler Würde.

»Ende des siebzehnten Jahrhunderts wurde ein junger Verwandter von König Ludwig von Frankreich von der Idee besessen, die Überreste vorchristlicher Gottesanbetung zu finden, die es nach seiner Überzeugung unter den Bauern seines Landes noch geben mußte.

Zunächst einmal muß man wissen, daß das Land, das er beherrschte, im Languedoc lag, das länger christlich war als der größte Teil Europas, auch wenn es normalerweise eher als Brutstätte der Ketzerei bekannt ist. Auf jeden Fall, was immer der Comte d'Erlette auf seiner Suche fand, er brachte schließlich ein Manuskript in Umlauf, das ein treuer Bericht über die bäuerlichen religiösen Riten sein sollte. In Wahrheit war es aber eine sonderbare Mischung aus Blasphemie und Dämonenverehrung.«

»Dämonenverehrung – das heißt Anbetung von Dämonen und nicht ihre Beschwörung?« fragte Truth. Trotz ihres Amts als Torwächterin und Grauer Engel war der Okkultismus nicht ihr Forschungsgebiet, und sie fand die endlose Obsession mit Dämonennamen, wie sie die Magier der klassischen Rituale pflegten, reichlich langweilig.

»Du triffst es auf den Punkt«, sagte Dylan. »Ob der Comte auf einen der in Westeuropa verbreiteten Kulte der Schwarzen Jungfrau hereinfiel und vollständig mißverstand, was er da sah, ob er das Ganze aus Rauschgiftträumen zusammenfantasierte oder ob es Teile von dem, was er beschrieb, tatsächlich gab, das werden wir nie wissen. Ein paar Jahre, nachdem er sein Manuskript in Umlauf gebracht hatte, verschwand d'Erlette. Das Manuskript überlebte, wie das solche Dinge normalerweise tun. Das bringt uns zu ›Der Kirche vom Alten Ritus‹.«

»Alter Ritus? *Was* für ein alter Ritus?« fragte Truth. Einen nichtssagenderen Namen konnte man sich kaum einfallen lassen.

»Offensichtlich der aus *Les Cultes des Goules*, wie unser unglücklicher Comte sein Manuskript nannte«, sagte Dylan. »Die Praktiken der ›Kirche vom Alten Ritus‹ basierten auf den Beschreibungen in *Les Cultes des Goules* – auch wenn sich das nicht mit absoluter Sicherheit sagen läßt. Aber wir wissen zumindest, daß einige der Kultanhänger in die Neue Welt auswanderten und hier und dort in New England Gemeinden gründeten. Du findest sie hin und wieder in Lokalgeschichten erwähnt, meistens hoffnungslos falsch dargestellt.

Ich gehe davon aus, daß bei den meisten Gemeinden Drogen und Orgien eine zentrale Rolle spielten, daß sie aber des Comtes Vision von echten Menschenopfern nicht folgten – das ist doch sowohl in der Vergangenheit wie heutzutage weniger verbreitet, als es die Fernsehnachrichten vermuten lassen. Der Rest der Geschichte, was die Kirche und ihre Entwicklung anbetrifft, ist wirklich nur für Spezialisten von Interesse, aber wenn du willst, kann ich dir gern mehr davon erzählen.«

»Nein, danke«, sagte Truth freimütig. »Nenn es Eitelkeit, wenn du willst, aber das Werk von Blackburn und wofür es

steht scheint mir Lichtjahre von dem hier entfernt zu sein.«
Die Erinnerung an Wycherlys rotgeränderte funkelnde Augen wurde plötzlich in ihr wach. »Werden diese Dinge heute noch von irgend jemandem praktiziert?« fragte Truth und tippte mit einem Finger vorsichtig auf das blutbefleckte Buch.

Dylan zuckte mit den Schultern. »Ich bezweifle es – aber wir wüßten es nicht, wenn es so wäre, denn so ziemlich alles, was der Kult vorschreibt, ist vollkommen illegal. Ich glaube, Hunter Greyson hat während seiner Zeit am Taghkanic einen Aufsatz über die Geschichte des Kults geschrieben – vielleicht solltest du ihn anrufen.«

»Hmm«, machte Truth. Sie wollte sich auf nichts festlegen. Jedenfalls ging *Les Cultes* sie weniger an als das Tor von Wildwood, auch wenn das Buch in der Tat eine sehr schlechte Medizin für einen so anfälligen und labilen Charakter wie Wycherly war.

»Laß uns abwarten, wie es morgen läuft«, schlug Truth vor. Sie wäre gern dankbarer für das wiedergewonnene Stück Harmonie zwischen ihnen gewesen, die früher so selbstverständlich gewesen war, aber sie wußte, daß die morgigen Ereignisse diese leicht in tausend Stücke schlagen konnten.

Du hättest diese Frau zum Abendessen einladen sollen, mitsamt ihren Freunden, dachte Sinah, aber selbst eine so schlichte Gastfreundschaft schien ihre Kräfte zu übersteigen. Nachdem Truth gegangen war, hatte sie sich in ihr Bett gelegt – wie ein verwundetes Tier, das sich in seinen Bau zurückzog –, und nun befand sie sich in einem Halb-Schlaf-halb-Wach-Zustand. Wycherlys Auftritt hatte sie mit großem Kummer erfüllt, und alles, was Truth Jourdemayne über Blutlinien, alte Kraftpunkte und offene und geschlossene Tore gesagt hatte, hinterließ ein bedrohliches und undurchdringliches Durcheinander in ihrem Kopf.

Sinah wälzte sich unglücklich im Bett hin und her und wickelte sich in die Decken wie in einen unbequemen Knoten ein. Sie glitt durch Träume, in denen sie auf den Urteilsspruch eines englischen Gerichts wartete, das über dreihundert Jahre Staub gewesen war, hinüber in ein Erwachen, in dem sie wußte, daß sie bei der Suche nach ihrem wirklichen Ich ihr Herz und ihren Verstand aufs Spiel gesetzt ... und beides verloren hatte. Jetzt, da Sinahs wütendes Selbstgefühl schwächer wurde, löste sich der Fluch, der ihr Leben bestimmt hatte, in die Erinnerungen an all jene anderen Leben auf und machte sie zu dem letzten Kind der Ahnenreihe, zur Wächterin der Quelle.

Sie hatte noch nicht einmal mehr genug Kraft, um die Idee ihrer Verwandlung als bloßen Unsinn abzutun. In ihrem Bewußtsein herrschte nur ein Gedanke: Die Quelle – Truth nannte sie das Wildwood-Tor – mußte bewacht, geschützt werden. Und Truth war eine Bedrohung, mit ihrem Wissen um die Geheimnisse der Blutlinie und ihrem Bedürfnis, sich einzumischen.

Aber wenn sie das Tor schloß – die Quelle versiegelte, so daß sie keinem Menschen mehr zugänglich war –, wäre sie dann nicht auch sicher? Und niemand müßte mehr sterben ...

Weichlich – schwächlich – ohne Rückgrat – zum ersten Mal spürte sie den Hohn der ersten Athanais über sich ergehen, und sie wand sich vor Qual in ihrem Bett. Plötzlich setzte sie sich auf, ohne zu wissen, was sie aus dem Schlaf gerissen hatte. Irgendein Geräusch von draußen – Waschbären oder Füchse? Das Telefon? Das Telefon war ihre Verbindung zur Außenwelt, der Welt, wo Vernunft und Normalität herrschten. Sie sollte es benutzen; den Hörer abnehmen, jemanden anrufen.

Sinah fuhr sich gereizt durchs Haar. Wen anrufen? Und was sollte sie sagen – daß sie eine Art genetisches Druidenamt geerbt hatte und gerade noch rechtzeitig zu ihrem alten Heim zurückgekehrt war, um endlich ein paar frische Jungfrauen zu opfern? Daß es keine Sinah Dellon gab – oder wenn, daß sie nur eine leere Hülle war, die mit den Erinnerungen von Generationen von Wächterinnen aufgefüllt werden mußte?

Warum wurde ich geboren, wenn es dafür war? Sie stützte ihren Kopf auf ihre Hände, doch nur um vom Lärm eines anspringenden Autos aus ihrer Trübsal gerissen zu werden.

Sie rannte ohne Morgenmantel die Treppe hinunter und riß die Tür auf. Sie sah gerade noch, wie die Rücklichter des Cherokee-Jeeps sich in der Dunkelheit entfernten.

»Wycherly!« rief Sinah sinnlos.

Er war es – sie wußte es, auch wenn sie ihn weder sehen noch spüren konnte. Wer sonst hätte es sein sollen?

Als sie ins Haus zurückkehrte, sah sie ihre durchwühlte Tasche offen auf der Couch liegen. Wycherly mußte hereingekommen sein, als sie oben unruhig döste, er hatte ihre Tasche gefunden und den Autoschlüssel genommen.

Sie setzte sich und begann langsam, ihre Tasche wieder einzuräumen. Wycherlys Handlungen erstaunten sie mehr, als daß sie sie ärgerten. Sie hätte ihm den Cherokee-Jeep geliehen, wenn er sie gefragt hätte – oder sie hätte ihn gefahren, wo immer er hinwollte, denn sie bezweifelte, daß Wycherly zur Zeit ein sicherer Fahrer war. Gewiß wußte er, daß er sie nur zu fragen brauchte.

Es sei denn, er hatte kein Vertrauen mehr zu ihr.

Sinah mußte nicht Wycherlys Gedanken lesen, um zu wissen, was in ihm vorging: Er glaubte, daß sie ihn angelogen hatte, und ihr jämmerlich ungeschicktes – zu halbherziges und zu spätes – Bekenntnis, woher sie wußte, was sie wußte, war mißverstanden worden und ließ sie in seinen Augen noch schuldiger werden. Er war davon überzeugt, für das Verschwinden des Starking-Mädchens die Verantwortung zu tragen.

Und da irrte er. Sie selbst trug die Schuld – die Blutlinie – die Quelle. Die Zeit des Großen Opfers von einem Mitglied der Blutlinie rückte näher, und sie hatte nichts getan, um die Menschen vor dem Einfluß der Macht zu schützen. Sie, die Tote wiederbeleben, Kranke heilen, Geister herbeirufen und Schöße fruchtbar machen konnte, kraft der Macht jenes Portals in der Anderwelt, sie hatte bei der einfachsten ihrer Aufgaben versagt.

Stöhnend barg Sinah ihr Gesicht in den Händen. Sie konnte nicht länger zwischen Tatsachen und wilder Fantasie unterscheiden. Sie verlor ihren Verstand. Sie wußte nicht mehr, was wirklich war. Sie war nicht übersinnlich – wahrscheinlich konnte sie nicht einmal Gedanken lesen.

Und es gab oben auf dem Berg keine Zauberhöhle, die jeden Sommer bei Vollmond ein Menschenopfer forderte.

Aber es gab sie doch.

Sinah wußte, daß es sie gab. Und solange sie ihr nicht das pflichtgemäße Opfer gab, war niemand seines Lebens sicher.

Niemand konnte sich in Sicherheit wiegen.

»Ich hatte eine furchtbare Nacht«, sagte Sinah, als sie Truths erschrockenen Blick sah. Sie wußte, daß sie furchtbar aussah – das Chamäleon, das Produzenten und Zuschauer mit ihrer Ausstrahlung bezwungen hatte, gab sich, da ihr der unstatthafte Märchenflitter geraubt war, schließlich als kleines, blasses Mauerblümchen zu erkennen. Vor ein paar Stunden hatte sie es geschafft, sich die Kleider vom Vorabend überzuziehen, aber sie hingen schlampig und ungepflegt an ihr herunter, als hätte sie über Nacht mehrere Pfunde verloren. Sie war nicht einmal in der Lage gewesen, sich flüchtig Make-up aufzulegen.

»Kommen Sie herein«, sagte Sinah pflichtschuldig, obwohl jedes Wort sie anstrengte.

»Sinah, ich möchte Ihnen meinen Kollegen, Dr. Dylan Palmer, vorstellen. Dylan wird uns diesen Morgen zum Sanatorium begleiten, aber nur als Beobachter«, sagte Truth.

»Klar.« Sie war zu müde, um sich zur Wehr zu setzen; zu müde sogar, als daß sie den Fremden wahrgenommen hätte. Ihre Gabe war fort. Sichtlich ermattet wandte sie sich von ihnen ab und ging zur Küche. Vielleicht würde eine starke Tasse Kaffee ihr zu der Energie verhelfen, die ihr fehlte.

Hinter ihr starrten Truth und Dylan einander verdutzt an, dann ging Truth in das Haus, und Dylan folgte ihr. Er schloß die Tür.

»War sie gestern abend schon so, als du sie verlassen hast?« fragte Dylan.

»Nein«, sagte Truth und runzelte die Stirn, als sie Lärm aus der Küche hörte. »Durcheinander, schon – es war eine grauenhafte Szene mit Wycherly –, aber ruhig.«

»Ob er wohl letzte Nacht noch mal hergekommen ist?« fragte Dylan.

Aus der Küche hörte man den Krach von zerschlagendem Geschirr.

Als sie hinkamen, kniete Sinah auf dem Boden und weinte verzweifelt. Die Scherben und Splitter der Glaskanne, die sie gefüllt – dann fallen gelassen – hatte, lagen auf dem Terrakottaboden verstreut.

Truth und Dylan verständigten sich mit einem kurzen Blick, dann führte Truth Sinah zurück in den Wohnraum, während Dylan das Durcheinander in der Küche beseitigte.

»Was ist denn los?« fragte Truth, die vor Sinah kniete und in ihr Gesicht hinaufschaute.

Sinahs Haut hatte fast die blasse Austernfarbe des Ledersofas, auf dem sie saß. Alle Frische, alle Lebendigkeit, die Truth gestern noch in ihr gesehen hatte, war daraus gewichen, und sie schien um zehn Jahre gealtert.

»Ist es Wycherly? Ist er zurückgekommen? Hat er Sie verletzt?« Doch Truths eigene Sensoren gaben keinen Hinweis auf irgendeine magische Aktivität um Sinah – nur die ferne Aura einer ihr verbundenen Macht, die sie als eine der Torwächterinnen auswies.

»Nein. Ich habe ... Wycherly nicht gesehen.« Die Worte kamen schleppend, zäh, und als Truth Sinahs Hände in ihre nahm, fühlten sie sich eiskalt an.

»Sind Sie in Ordnung?« fragte Truth wieder. Sinah wirkte beinahe wie unter Schock, doch ohne die Anzeichen äußerlicher Erregung, die Truth erwartet hätte.

»Ich weiß, er glaubt, daß er dieses Mädchen, Luned, getötet hat«, sagte Sinah mit leiser Stimme. »Aber er hat sie nicht getötet – ich war's. Weil ich nicht getan habe, was ich tun sollte – habe ich sie getötet. Ich.« Und gleichgültig, wie viele Tote es gab, es waren nicht genug, solange das Große Opfer nicht dargebracht war: ein Mensch ihrer Blutlinie, einer ihrer Verwandten ...

Truth legte ihren Arm um Sinah. Der Raum war nicht zu kühl, aber Sinahs Körper fröstelte, als hätte sie Fieber.

»Ich bin so müde«, flüsterte Sinah an Truths Wange. »Ich möchte einfach sterben ...«

Truth hielt sie fest an sich gedrückt. Sie wußte, daß sie nichts sagen konnte, was Sinah in ihrer tiefen Depression helfen konnte. Es war das Tor, sagte sie sich. Alles würde besser, wenn sie sich ihm erst gestellt hätten.

»Ich habe Kaffee gemacht«, sagte Dylan. Er trug in jeder Hand einen Becher. Sein Blick wanderte von Truth zu Sinah, und er zog die Augenbrauen fragend hoch. Truth zuckte leicht mit den Schultern.

»Und wenn Sie mir Ihre Küche überlassen, dann garantiere ich für ein fantastisches Frühstück«, fügte Dylan hinzu. »Sie sehen aus, als ob Sie einen guten Bissen brauchen könnten.« Er hielt ihr den Becher einladend hin.

Mit einer schmerzhaften Anstrengung riß Sinah sich zusammen und lächelte ihn an. »Ach, Dr. Palmer, es heißt doch, man kann nie zu reich oder zu dünn sein.«

Sie nahm den Becher und trank die heiße Flüssigkeit wie Leitungswasser.

»Bah«, sagte sie und stellte den Becher auf dem Tisch ab. »Was ist denn da drin?« Aber ihre Wangen bekamen wieder etwas Farbe, und sie sah etwas kräftiger aus.

»Starker Kaffee, eine Menge Zucker und ein Schuß Sahne. Hilft gegen alles«, sagte Dylan munter. »Geht es Ihnen etwas besser?«

Sinah verzog das Gesicht. »Ja. Ich glaube. Und ich glaube, ich nehme Ihr Angebot mit dem Frühstück an, Dr. Palmer.«

»Bitte nennen Sie mich Dylan.«

Während Dylan in der Küche tätig war, verschwand Sinah, um sich zu duschen und sich umzuziehen. Sie kehrte zurück, als Dylan gerade das erste Omelett aus der Pfanne hob. Sie trug jetzt eine naturbelassene Baumwollhose und eine ärmellose korallenrote Leinenbluse. Ihr Haar war mit einem dazu passenden roten Tuch zurückgebunden. Sie hatte außerdem geschickt einen Hauch Make-up aufgelegt. Doch unter dieser sorgfältigen Verhüllung konnte Truth sehen, daß sich nicht das Geringste geändert hatte. Sinah Dellon war ziemlich am Ende ihrer Kräfte.

Truth hatte, während Dylan das Frühstück zubereitete, den Tisch gedeckt. Geschirr und Besteck waren in der ordentlichen Küche leicht zu finden. Jetzt setzten sie und Sinah sich an ihre Plätze, und Dylan trug auf.

»Omeletts – und frische Brötchen – und gebrühter Kaffee ohne diesen gräßlichen Zucker; Sie werden eines Tages einen perfekten Ehemann abgeben«, scherzte Sinah mit der Tasse an den Lippen.

»Ich hoffe, das tue ich bereits. Truth und ich sind verlobt; wir wollen im Dezember heiraten.«

Wollen wir? Truth vermied es sorgsam, ihn anzusehen, denn sie wußte, daß ihr Gesicht Dinge verriet, die sie ihn nicht sehen lassen wollte. Sie bemühte ein Lächeln und widmete sich ihrem Omelett.

»Das ist wunderbar«, sagte Sinah artig. Sie hatte sich ein Brötchen genommen und zerkrümelte es systematisch über ihrem Teller, ohne es zu essen.

Das Frühstück ging schnell vorüber – Dylan war wirklich ein guter Koch –, und die beiden Forscher ließen nicht locker, bis Sinah wenigstens die Hälfte ihres Omelettes verzehrt hatte. Truth räumte das Geschirr ab – Dylan hatte schließlich in der Küche gestanden – und kam gerade von der Geschirrspülmaschine zurück, als sie Dylan sagen hörte:

»Haben Sie irgendwelche Fragen oder Vorbehalte zu dem, was wir heute vorhaben? Sie sind nicht gezwungen, es zu tun, wissen Sie.«

Er saß neben Sinah und hielt ihre Hände.

»Aber ich dachte ...« Sinah klang verwirrt.

»Ja, sie wird es tun«, sagte Truth mit harter Stimme. Sie kam forsch zum Tisch.

Die anderen beiden sahen sie an. Truth hielt mühsam ihre Erregung zurück – wenn sie jetzt den Blitz auf Dylan herabriefe, würde sie sich nicht nur in einem tödlichen Augenblick von seiner Einmischug befreien, sondern zugleich Sinah den Beweis dafür geben, daß die Unsichtbare Welt wirklich existierte.

»Ich dachte, wir hätten uns verständigt, daß du hier nur als Beobachter fungierst, Dylan«, sagte Truth. »Sinah hat schon zugestimmt, daß sie mit mir zu Wildwood hinaufgeht und versucht, das Tor zu schließen.«

»Hat sie das?« fragte Dylan. »Ich würde es gern von ihr selbst hören.«

Das werde ich dir nie verzeihen, Dylan, dachte Truth mit eisiger Wut. Sie hatte ihm nie in seine Arbeit hineingepfuscht, und jetzt mischte er sich in diese äußerst gefährliche, lebenswichtige Aufgabe ein, die ihr aufgetragen war.

Sinah schaute Dylan aber mit einem seltsamen Lächeln an, einem Ausdruck, der ihr Gesicht so veränderte, bis Sinah fast eine andere Frau geworden zu sein schien.

»Sie glauben nicht daran, stimmt's? Sie glauben, Ihre Gespielin jagt Schatten hinterher, stimmt's? Aber Sie irren, Stadtmensch. Es ist da. Kommen Sie mit, und überzeugen Sie sich.«

Es war, als ob jemand anders von Sinahs Körper Besitz ergriffen hätte. Ihre Stimme hatte einen spöttischen Schwung, und die Vokale klangen undeutlich und gedehnt in einer Art englischem Akzent, den Truth noch nie gehört hatte.

»Kommen Sie mit, und sehen Sie sich's an«, sagte Sinah und lachte.

Dissoziation. Multiple Persönlichkeiten, dachte Truth unwillkürlich. Doch sie so zu hören, versetzte Truth in Furcht. Sie hatte es einfach als gegeben genommen, daß Sinah ihre Verbündete sein würde, wenn sie sich das nächste Mal der Macht des Tores näherte.

Aber was, wenn Sinah etwas anderes im Schilde führte?

14

Die Natur des Grabes

Macht Platz! Macht Platz in jedem Grab!
Wir kommen! Wir kommen! Das Weltende naht.
   Sir William Davenant

Am Abend vorher hatte in Sinahs Einfahrt ein Jeep geparkt, aber heute morgen war keine Spur mehr davon vorhanden. Das hieß, daß sie Truths gemietete Limousine nehmen mußten, um zum Sanatorium hinaufzufahren. Als sie die schadhaften Eisentore erreichten, stellte Truth den Motor ab.

»Weiter fahren wir nicht. Von hier ab wird der Weg fast unbefahrbar. Ich glaube nicht, daß der Wagen das schafft.«

Dylan und Sinah stiegen wortlos aus dem Auto. Truth ging zum Kofferraum, um ihre Tasche mit Werkzeugen zu holen. Sie wußte nicht, ob sie irgendeinen Nutzen bringen würden, aber sie fühlte sich besser, wenn sie sie dabei hatte.

»Sieh mal, Truth ...« Während Sinah in der Nähe der brüchigen Pfeiler wartete, war Dylan um das Auto herumgekommen, um sich zu Truth zu gesellen.

»Laß mich in Frieden.« Truths Ton war vernichtend. Sie würdigte ihn nicht einmal eines flüchtigen Blickes. »Du bist hier, um zu beobachten? Dann beobachte. Und halte deinen Mund.«

Aus dem Augenwinkel sah sie, wie Dylan zusammenschrak. Zu spät schien er die unwiderrufbare Beleidigung, die er ihr angetan hatte, zu begreifen. Sein Mund wurde hart, weiß gefurcht von Falten der Spannung, aber er sagte nichts mehr. Truth ging an ihm vorbei, als wäre er Luft für sie.

»Ein schöner Tag für einen Spaziergang, nicht wahr?« fragte Truth Sinah, als sie bei ihr ankam.

Obwohl noch Morgen, war die Luft voll von hellen Nebelschleiern. Es versprach ein diesiger, glühendheißer Augusttag zu werden. Die Farben strahlten viel kräftiger als an dem Regenabend, als Truth hier gewesen war – das Grün des Bodengestrüpps ringsum schien besonders leuchtend, fast neongrün. Jeder Atemzug erfüllte einen mit einem Gemisch von Gerüchen – von Moder und Blühen, frischer Erde und wachsenden Kräutern.

»Ich glaube schon. Ich möchte nur ...« Sinah zuckte mit den Schultern.

»Dann kommen Sie«, sagte Truth und nahm ihren Arm. Die beiden Frauen gingen den überwachsenen Fahrweg hinauf, der zum Sanatorium führte.

Es waren nicht so viele Bäume auf den ehemaligen hügeligen Rasenflächen wild gewachsen, wie Truth erwartet hätte. Sie sah die weiße Marmorbank wieder, die ihr beim letzten Besuch so vertraut geworden war, als sie inmitten der abgegrasten Lichtung gesessen hatte; jenseits davon gab es eine Sonnenuhr, die zur Seite gekippt war. Und weiter vorn deutete eine Lücke in den Bäumen das Sanatoriumsgebäude selbst an.

Als sie und Sinah näher kamen, wurden zunächst die Wiesen, dann die Bäume und das Gestrüpp immer weniger, bis schließlich die Steinplatten einer Auffahrt begannen, die über unfruchtbares braunes Erdreich führten. Dort gab es nur noch das tote Laub und die vertrockneten Zweige und Äste, die die Winterstürme hergetragen hatten. Truth blieb stehen und schaute sich um.

»Es ist, als ob es irgendwie ... verseucht wäre«, sagte Dylan leise.

Das dürfte eigentlich nicht sein, dachte Truth erstaunt. Die Tore waren die Tore des Lebens – sie hätten von üppigem Überfluß umgeben sein müssen, nicht von Sterilität.

Vor ihnen ragten ein paar der noch übrigen tragenden Mauern in den Himmel. Achtzig Jahre Wind und Regen hatten ihr Werk an dem Steingemäuer verrichtet, aber es gab keine Spur von Pflanzenbewuchs oder Erosion, wie sie von treibenden Sprößlingen herrührte. Die Anlage stand so düster und leblos da wie ein einsames Schloß auf dem Mond. Behutsam stieg Truth die breiten Stufen zu dem Bogen hinauf, in dem einst eine reichverzierte Tür gehangen hatte.

»Vorsicht«, warnte Sinah sie.

Truth sah auf die gewaltige Ruine hinaus. Das Ausmaß der Zerstörung war atemberaubend; das Sanatorium sah eher zerbombt als verbrannt aus. In seinen besten Tagen mußte es eindrucksvoll schön gewesen sein.

»Quentin sagte, er würde daraus das größte Badekur-Hotel machen, das es je gegeben hat«, sagte Sinah mit merkwürdig fern klingender Stimme, diesmal in dem breiten Akzent der Bergbewohner.

Truth warf ihr einen Blick zu. Sinahs Mundwinkel hingen nach unten, ihr Gesicht glich einer Maske. Truth fragte sich, was die andere Frau wohl gerade erlebte, hielt aber ihre eigenen Schutzschilde dicht vor sich. Sie wollte sich der Macht des Wildwood-Tores erst in dem Augenblick stellen, wenn sie es herausforderte. Andernfalls wäre sie zu sehr geschwächt, wenn sie seine Kraft abwehrte.

»Wo gehen wir jetzt hin?« fragte Truth. Links sah sie, wie Dylan um die Ecke der Ruine bog, als suchte er nach etwas. Solange er sich von ihr fernhielt, konnte er tun und lassen, was er wollte, dachte Truth. Sie wandte sich zu Sinah um.

»Hinunter. Wir müssen in der Ruine den Weg hinunter nehmen – zum Schwarzen Altar.«

Truth folgte Sinah, als die jüngere Frau sich vorsichtig ihren Weg am brüchigen Rand des verfallenen Kellers entlang zur schwarzen Marmortreppe bahnte, die zum verborgenen Unterkeller führte. Sie merkte, daß Dylan ihnen nachkam, aber sie ließ sich durch diese Wahrnehmung nicht in ihrer Konzentration stören. Es war angesichts der riesigen Macht hier kein Platz für das Ich.

Truths psychische Schutzwände waren nie dazu gedacht gewesen, sich gegen die Macht des Tores zu stellen, eine Macht, die so sehr ein Teil von ihr selbst war, daß sie zu leugnen gleichbedeutend damit gewesen wäre, ihre eigene Natur zu leugnen. Als Sinah die tiefste Ebene der Ruine erreichte, hatte

Truth das Gefühl, sich unter Wasser zu bewegen, ihr war so schwindlig und sonderbar, als ob sie Lachgas eingeatmet hätte.

Sie griff nach Sinahs Hand und spürte, wie kalt sie war und wie sie zitterte. Truth wußte aus Erfahrung, daß Telepathen Berührung nicht mochten, doch Sinah erwiderte ihren Händedruck, als sei ihr an diesem Ort jede menschliche Nähe willkommen.

Es war kühl und dunkel hier unten in der Tiefe, wohin kaum je die Wärme und das Licht der Sonne drangen. Das Laub von achtzig Herbstzeiten hatte den Boden unter ihren Füßen zu einem weichen, bleichen Staub gemacht und häufte sich wie seltsam gefärbte Schneewehen in den Ecken. Der offengelegte Backstein mit den Rohrleitungen über ihren Köpfen gab den beiden Frauen das wunderliche Gefühl, sich hinter der Szene zu befinden, während vor einem unsichtbaren Vorhang eine große und geheime Aufführung stattfände.

Sinah brauchte ihr nicht zu sagen, wohin sie gehen mußten. Truth konnte das Tor fühlen, als gingen sie beide auf sehr dünnem Eis, unter dem gewaltige Wassermassen tobten.

»Es ist da«, sagte Sinah. Sie zeigte darauf.

In der Finsternis war es schwierig, Genaueres zu erkennen, doch für Truth schien sich ihre astrale Sicht über die wirkliche Welt zu legen, und alles erstand in den scharfen Konturen eines silbernen Feuers. Sie konnte den Altar sehen, von dem Sinah gesprochen hatte, und dahinter war der höhlenartige Eingang mit den Stufen, die hinunter zu der Quelle im Fels führten. Das ganze Sanatorium war direkt über dieser Stelle erbaut worden.

Genauso wie Shadow's Gate. Hatte Quentin Blackburn mehr Ahnung als Thorne davon, was ihm hier gegenüberstand?

Sie hörte das Geräusch von Schritten durch den Blätterstaub und wußte, daß Dylan zu ihnen gestoßen war.

»Bitte sag mir, was muß ich tun?« fragte Sinah. Ihre Stimme klang jung und unsicher.

»Du mußt dich selbst dem Tor öffnen«, sagte Truth. Es schien, daß ein Wind, den nur sie spüren konnte, aufkam und sie beide erfaßte. »Bleib ganz ruhig. Ich bin bei dir. Es gibt ein paar Worte, die du sagen solltest, aber das wichtigste ist deine innere Beteiligung.«

Truth sprach in einem besänftigenden, einlullenden Ton, und sie sah, daß die andere Frau sich allmählich entspannte.

»Es steht uns nicht zu, an der Quelle herumzupfuschen«, sagte Sinah atemlos.

»Aber das wirst du nicht«, sagte Truth ermutigend. »Du hast sie immer nur um Gefallen gebeten, nicht wahr? Und jetzt bittest du sie einfach, sich zu schließen. Denke nicht, du bist hier, um sie zu irgend etwas zu zwingen, was ihrem Wesen widerstrebt. Niemand hat eine solche Kraft.«

»Okay.« Sinah streckte ihre Hände aus, und nun standen sie und Truth einander gegenüber und hielten ihre Hände direkt über die Quelle. Truth schickte ihr Bewußtsein aus, verband ihr Energiefeld mit dem von Sinah und nutzte es, um Sinah sanft mit sich in die Anderwelt zu ziehen.

»Wo bin ich hier?« Sinah sah sich verwundert um.

Sie war allein. Der Himmel war grau, der Erdboden grau, alles war grau und ohne Licht, nur daß sie trotzdem sehen konnte.

Sie wußte nicht, was sie erwartet hatte – alles, woran sie sich halten konnte, waren ihre ererbten Erinnerungen, aber was immer diese ihr an Erwartung eingegeben hatten, es war nicht ... dies.

Sie stand in der Mitte eines Friedhofs. Umgeworfene und zerbrochene Grabsteine lagen formlos durcheinander, soweit das Auge reichte. Die Steine schienen sich bergaufwärts zu bewegen, und auf der Spitze des Berges stand eine tote, gespaltene Eiche, deren Stamm nur ein etwas dunklerer grauer Schatten war als seine Umgebung. Seine Äste streckten sich in den Himmel wie die gebrochenen Hände eines gefolterten Opfers.

»Truth?« wisperte Sinah. »Dylan?«

Keine Antwort. Sie blickte auf ihre Hände – sie waren ebenso grau wie diese schaurige Landschaft, so farblos und so verdammt.

Ihr Mut verließ sie. Ihre Ahninnen hatten demütig an die Qualen der Hölle geglaubt, und Sinah rannte jetzt, als ob der Rachen der Hölle hinter ihr her wäre – als ob dieser Alptraum ein abgegrenztes Gebiet wäre, etwas, das man verlassen könnte.

Der Boden war weich und federte unangenehm unter ihren Füßen. Die Luft stand vollkommen still, als ob dieser Ort trotz all seiner Weite irgendwo eingesperrt wäre, wie in einer kleinen Schachtel, abseits von Licht, Leben und Luft. Die Grabsteine machten aus ihrer Flucht ein Hindernisrennen; Sinah stieß sich an ihnen, prallte von ihnen ab, und der Schmerz machte ihr klar, daß sie sich nicht in einem Traum, einer Halluzination befand, daß sie vielmehr an einen auf sonderbare Art wirklichen Ort gekommen war.

Erschöpft taumelte sie weiter und stolperte dann über eine Baumwurzel – wie war das möglich? Es gab nur einen einzigen Baum an diesem schrecklichen Ort – und stürzte zu Boden. Als sie aufschaute, fand sie sich auf den Stufen einer riesigen verfallenen Kathedrale wieder, die sie noch nie gesehen hatte.

»Truth?« flüsterte Sinah erneut. Truth, bitte, komm und hilf mir, ich bin so allein hier und fürchte mich so ...

Schließlich fiel ihr ein, die Kraft der Quelle in Dienst zu nehmen, von ihr die Energie zu beziehen, die sie brauchte, um sich zu verteidigen, genauso, wie es Generationen von Dellons immer schon getan hatten. Aber es ging nicht – statt des reinen kalten Lichts, unmenschlich in seiner Macht, berührte sie etwas Faules, Unsauberes, so verdorben wie madiges Fleisch.

»Willkommen, Kind des Heiligen Frühlings.«

Sinah wandte sich der Stimme zu, begrüßte den Laut, wie sie jeden Laut an diesem toten, stummen Ort begrüßt hätte ... bis sie sah, von wem er stammte.

Die Türen der verwunschenen Kathedrale standen offen, und in ihren dunklen Winkeln konnte sie einen Altar erkennen, grob aus einem formlosen Findling gehauen. Darauf hockte das, was gesprochen hatte – groß und gehörnt wie eine Ziege, zugleich so scheußlich wie kein Tier. Sie spürte seinen Hunger wie eine Attacke gegen sich und kroch auf Händen und Knien rückwärts. Wo war das Tor, von dem Truth gesprochen hatte und das sie schließen mußte? Wo war die Quelle, die sie bewachen mußte?

»Jetzt siehst du es, Athanais, ich habe am Ende doch gewonnen.«

Sie drehte sich um und schluchzte fast vor Erleichterung. Da stand kein Ungeheuer, sondern ein Mann in langem Kirchengewand. Er streckte ihr eine Hand entgegen, um ihr auf die Füße zu helfen.

»Quentin.«

Die Blutlinie wußte, welches Bauwerk das hier war. Es war die blasphemische Kirche, die Quentin Blackburn an ihrem heiligen Ort zu bauen geschworen hatte, um die Quelle unter seinem fluchbeladenen Altar zu fangen und sich ihre Macht anzueignen.

»Du hast nicht gewonnen«, sagte sie, wich vor ihm zurück und rappelte sich mit Hilfe eines Grabsteins auf die Beine. Die Oberfläche des Steins zerbröckelte unter ihrem Griff wie uralter, mürber Knochen.

Sein Lächeln wurde breiter, unmenschlich breit, und jetzt erkannte Melusine, daß Quentin Blackburn nur im Vergleich mit dem Ding, das in der zerstörten Kirche wartete, wie ein Mensch ausgesehen hatte.

»Nicht? Ich bin jetzt das Tor zu deiner kostbaren Quelle, Athanais.«

Das geistige Bild des Mannes, den sie einst geliebt und getötet hatte, zitterte und verlor sich. Alles, was blieb, war jenes Ungeheuer mit seiner blinden Gier nach Macht und Rache.

»Und was hat dir deine ganze Macht eingebracht?« fragte sie traurig. »Ach, Quentin, siehst du nicht, daß du nichts gewonnen hast – weder in dieser Welt noch in der nächsten? Laß mich dir helfen; gemeinsam können wir ...«

»Ich habe dir die Chance gegeben, zu mir zu kommen. Jetzt geh zu meinem Meister.«

Sie hatte gedacht, sie hätte sich vor Quentin in sichere Entfernung zurückgezogen, aber Zeit und Raum spielten an diesem Ort keine Rolle. Seine Hand schloß sich um ihr Handgelenk, und Sinah stand auf der Schwelle zur Kathedrale und wurde hineingezerrt. Auf dem Altar wartete das Ding auf sie, eine fratzenhafte Verhöhnung des Gottes der Lust und der Furcht, dem die Blutlinie in sanften Sommernächten gehuldigt hatte.

Wenn Quentin hier seinen Willen durchsetzte, dann würde sie jenen Tod sterben, von dem es keine Erlösung gab, und die Quelle wäre auf immer unbeschützt. Sie kämpfte gegen ihn an mit einer Kraft, die alle Vernunft und alles Begreifen überstieg, die letzte Anstrengung, die der menschliche Geist nur aufbringen kann angesichts von etwas, das furchtbarer ist als der Tod.

Und in der Ferne hörte sie ein Heulen.

Zuerst dachte sie, daß es ein weiterer von Quentins Dienern wäre, doch die verdoppelte Raserei, mit der er sie zu dem Schwarzen Altar schleppte, belehrte sie eines anderen. Indem sie sich wehrte und Richtung Friedhof strebte, wandte sie ihr Gesicht von ihm ab, und so war es Sinah, die als erstes das große graue Tier aus dem Nebel auftauchen sah. Es warf sich mit aller Kraft auf Quentin und schnappte fauchend nach ihm. Er riß beide Hände hoch, um sich zu verteidigen, und Sinah war frei.

»SINAH!«

Sie rannte dorthin, woher die Stimme kam. Truth saß auf einem Schimmel – er tänzelte und bäumte sich auf, wohl um mit seinen Hufen den Boden nicht zu berühren – und hielt eine Hand nach ihr ausgestreckt.

»*Schnell – ich kann nicht* ...«, *keuchte Truth.*

Der graue Wolf sprang zu ihnen, auf der Flucht, und Sinah ergriff mit letzter Kraft Truths Hand. Truth wartete nicht einmal, bis sie aufgestiegen war, sondern trieb das Pferd zur Eile an, ihre Hand wie in eisernem Griff um Sinahs Arm gelegt. Sinah rannte neben ihr her, bereit, sich ziehen, sich schleifen zu lassen, bereit zu allem, was sie von diesem schrecklichen Ort wegbrachte.

Die Erschöpfung machte sie blind; eine Ewigkeit später hielt Truth an, lange genug, um Sinah hinter sich auf das Pferd zu heben, und dann rannte das Pferd weiter, immer weiter und weiter ...

»Sinah.«

Nein. Ihr war kalt, sie fror bis auf die Knochen. Jemand schüttelte sie, und widerstrebend öffnete sie die Augen.

Sie war sich sicher gewesen, daß sie sich irgendwo in einem Raum befände, vielleicht in einem Krankenhaus, so daß die frische Luft in dem verborgenen Tempel ein Schock für sie war. Sie lag auf glattem, kaltem Stein; als sie wieder sehen konnte, kehrten auch Geräusche und Empfindung zu ihr zurück. Sie schob Truth beiseite und setzte sich auf.

»Alles in Ordnung?« beharrte Truths Stimme.

»Ich bin ... Sinah.« Das war das Allerwichtigste. Sie schüttelte ihren Kopf, um ihn freizubekommen. Sie war Sinah – aber für wie lange?

»Was ist geschehen?«

Sinah sah, wie Truth bei Dylans Frage irritiert zusammenzuckte, doch die dunkelhaarige Frau sagte nichts.

»Es ist Quentin Blackburn. Er will mich töten«, sagte Sinah.
Irgendwie schien das nicht zu genügen.
»Es ist nur fair«, erläuterte sie, immer noch benommen. »Schließlich habe ich ihn schon getötet.«

Sie kehrten zum Auto zurück – Dylan fuhr –, und bald saßen Sinah und Truth wieder in der Frühstücksecke, während Dylan in der Küche hantierte. Nach einer kurzen Weile kam er mit zwei dampfenden Bechern zum Vorschein.

»Glühwein«, sagte er und stellte jeder der Frauen einen Becher hin. »Ich weiß, es ist nicht die Jahreszeit dafür, aber Truth kann dir erzählen, daß es das beste in solchen Situationen ist.«

Truth schlürfte an ihrem Becher. »Zumindest schmeckt es besser als das Zeug, das es zu kaufen gibt«, kommentierte sie. »Wie fühlst du dich, Sinah?«

»Ich weiß nicht recht«, sagte Sinah. »Müde, glaube ich.«

Die beiden anderen sahen sie an, als hätte sie etwas Sonderbares gesagt.

»Was ist?« fragte Sinah.

Dylan schaute zu Truth und ließ ihr die Vorhand bei der Befragung.

»Ich möchte, daß du mir genau erzählst, was du da oben im Sanatorium erlebt hast, Sinah, damit wir unsere Beobachtungen vergleichen können, aber zunächst – Dylan, was hast *du* gesehen?«

Dylan runzelte die Stirn und konzentrierte sich.

»Das Ganze dauerte ungefähr fünf Minuten. Als ich unten bei euch ankam, standet ihr schon vor dem altarähnlichen Stein, und ihr habt euch an den Händen gehalten. Ihr schient mir in einem anderen Bewußtseinsstadium, deshalb habe ich euch nicht gestört. Ich hatte gerade erkannt, daß es ein Altar war, mit eingemeißelten Zeichen auf der mir zugewandten Seite, und ich wollte näher hingehen, als die Temperatur plötzlich sank, und ich spürte ... einen Schauer, das ist wohl das richtige Wort. Die Art von Gefühl, wenn du dich in eine unsichere Gegend in der Stadt verlaufen hast.« Dylan machte eine Pause. Seine Stimme war sachlich, er hielt sorgfältig

Distanz zu den Phänomenen, die er beschrieb, so wie es ein guter Forscher tun mußte.

Diese Objektivität war es, die Truth verloren hatte. Ihr Weg mochte in der Mitte zwischen Weiß und Schwarz verlaufen, aber ihr Urteil durfte nicht mehr zwischen Glaube und Skepsis schwanken. Sie glaubte.

Dylan sah sie kurz fragend an, dann fuhr er fort: »Im selben Moment hörte ich das Geräusch von fließendem Wasser – nicht laut, aber es kam aus allen Richtungen –, und Sinah fiel auf ihre Knie. Du hast ihre Hände losgelassen, um ihr wieder auf die Beine zu helfen. Ich sah auf meine Uhr und kam dann, um mitzuhelfen. Als ich das nächste Mal darauf achtete, war die Temperatur wieder normal, und ich hörte auch das Wasser nicht mehr.«

Truth dachte nach.

»Und du, Sinah?« fragte sie.

»Ihr werdet es für verrückt halten«, begann Sinah zögernd, doch bald erzählte sie die ganze Geschichte von dem grauen Ort, dem Friedhof, dem Schwarzen Altar und seinem mißgestalteten Gott ...

»... und es war so wirklich – wie virtuelle Wirklichkeit, nur daß ich sie fühlen, berühren und riechen konnte. Es schien Stunden zu dauern – ich könnte schwören, daß es nicht nur fünf Minuten waren.« Sie fröstelte und nahm wieder ihren Becher und trank ihn leer. »Ich möchte nie wieder einen so wirklichen Alptraum erleben! Und er – Quentin – zerrte mich gerade hinein, als du kamst, Truth. Auf einem weißen Pferd, wie ein Cowboy-Held.« Sie lachte unsicher.

»Damit hatte ich alle Mühe«, sagte Truth. »Ich komme gleich zu meiner Geschichte, aber – du hast gesagt, Quentin Blackburn hat versucht, dich zu töten? Und daß du ihn schon umgebracht hast?«

»1917«, sagte Sinah. »Er ist in dem Feuer umgekommen, das ich – das meine Ururgroßmutter Athanais gelegt hat. Sie – ich – sie, ach, es ist alles so durcheinander! Ich glaube nicht an Seelenwanderung – wirklich nicht!« jammerte Sinah protestierend.

»Das spielt keine Rolle, solange die Seelenwanderung an Sie glaubt«, scherzte Dylan. Doch dann, als er sah, wie mitgenommen Sinah war, sagte er: »Man muß nicht an eine wirkliche Seelenwanderung glauben, um zu akzeptieren, daß manche Menschen fähig sind, sich an Dinge zu erinnern, die vor ihrer Geburt stattgefunden haben – manchmal in aller Genauigkeit. Das Fassungsvermögen und die Fähigkeiten des menschlichen Gehirns sind riesig, und Wissenschaftler gehen heute davon aus, daß es mehr natürliche Verbindungen zwischen dem Bewußtsein verschiedener Menschen gibt, als bisher angenommen wurde. Möglicherweise ist die Erinnerung sogar im mitochondrialen DNA programmiert und wird von der Mutter zur Tochter über Generationen weitergegeben.«

»Vielleicht«, sagte Sinah, offenkundig erleichtert über diese wissenschaftlich klingende Erklärung.

»Erzähl uns doch von Quentin Blackburn«, drängte Truth.

Sinah legte die Stirn in Falten und fuhr sich mit der Hand durchs Haar. »Ich hab' ihn unheimlich gemocht«, sagte sie. Sie sprach langsamer und tiefer und nahm den spezifischen Akzent der Bergbewohner an. »Er kam hier hoch mit 'nem Blatt Papier aus der Stadt und sagte, daß er das Besitzrecht von allem hätt', was zwischen Mauch Chunk Trace und Watchman's Gap liegt – Ari hätt' ihm alles für zweitausend Dollar und 'ne Flasche Whisky aus dem Laden verkauft.

Ich hab' versucht, nix gegen Quentin zu sagen – 's gab nix, was ich hätt' tun können, aber ich hab' mir gedacht, wenn er was mit mir anfängt, kann ich das Land vielleicht irgendwie zurückkriegen – und wenn er dabei plötzlich draufgeht. Aber er hat sein Krankenhaus direkt über der Quelle gebaut, und dann fing er an mit irgendwelchen ... Sachen.«

Sinah starrte Truth direkt ins Gesicht, aber es war nicht länger Sinah, die aus diesen Augen blickte. Es war Athanais Dellon, die letzte wahre Wächterin des Tores von Wildwood, die 1917 bei dem Versuch, ihre Verantwortung auf die einzig ihr mögliche Weise wahrzunehmen, umgekommen war.

»Ich konnt' ihn nich' aufhalten, Miss Truth. Er hat all die Sachen geweckt, die lieber kein Mann oder keine Frau nich' aufwecken soll; ich kümmer' mich, weiß Gott, nur um meinen

Kram, aber was er da gemacht hat, das hat Schaden übers Land gebracht, wo's nich' nötig war, und na ja, es hat das Wild vertrieben und den Wald kaputtgemacht. Es war gegen die Natur. Ich hab's ihm gesagt und gesagt, daß ich ihn nich' machen lassen kann; daß er sich nich' so mit Sachen einlassen darf. Aber er mußte seine Nase unbedingt tiefer in dieses Buch stecken und las, wie sie die Sache in Europa angepackt haben. Ich hab' ihn mehr als je irgend 'nen Mann geliebt, aber er hat das Zeug studiert, um mich draußen vorzuhalten, Miss Truth, und ich konnte das nich' zulassen. Ich hab' ihn, weiß Gott, gewarnt ...« Tränen rannen über Sinahs Wangen.

»Sinah?« sagte Truth.

»Ja, ich ... na ja, so war's eben«, schloß Sinah resigniert. Offenbar wußte sie nicht mehr recht, was sie alles gesagt hatte.

»Quentin Blackburn war Mitglied der Kirche vom Alten Ritus«, faßte Dylan zusammen. »Er kam nach Morton's Fork, um die parapsychische Kraft des Ortes hier – das Tor – abzuzapfen, genauso, wie sein Großneffe es Jahre später in Shadow's Gate versuchen sollte.«

»Aber Thorne Blackburn war nicht böse«, widersprach Truth.

»Geschenkt«, sagte Dylan. »Thorne war ein blauäugiger Idealist, aber seinem Großonkel scheint es um irdische Machtausübung gegangen zu sein, ganz ähnlich einigen magischen Orden in Europa aus der gleichen Zeit. Also hat seine Geliebte, Athanais Dellon, das Sanatorium samt ihm abgebrannt. Beide sind dabei umgekommen, und sein Zugang zum Tor wurde zerstört.«

»Aber nicht vollständig«, stellte Truth trocken fest. »Denn Quentin ist immer noch hier.«

Sie stand auf und streckte sich, wandte sich vom Tisch ab und überblickte den Wohnraum. Die Sonne stand hoch, und die Buntglasfenster leuchteten und warfen ihre farbigen Schatten auf die hellen Wände und Möbel. Es war eigentlich ein schöner und friedlicher Ort.

»Ich hatte ihn schon vorher gesehen«, begann Truth langsam, »bei beiden Malen, als ich die Quelle auf einer Astralwanderung besuchte. Ob er es tatsächlich ist – ein entleibter Geist, der seine Bindungen zur Erde aufrecht erhalten hat – oder nur eine Art psychisches Echo, es bedeutet, daß seine Kirche den Zugang zu Sinahs Quelle ziemlich gründlich verunreinigt hat. Je angestrengter ich heute versucht habe, das Tor zu erreichen, um so mehr versank ich im, nun ja, im *Nichts*.«

Truth hielt inne, suchte nach Worten, die sowohl Dylan als auch Sinah verstehen konnten. »Eine Astralreise, wie wir sagen, in die Anderwelt – wo du heute warst, Sinah – ist eine subjektive Erfahrung und jedesmal anders. Die Anderwelt wird normalerweise von den Erwartungen des Betrachters determiniert, es sei denn, jemandes anderen Erwartungen übertönen sie. Ich bin die letzte, die nicht zugeben würde, daß es ein sehr sonderbarer Ort ist, aber er ist natürlich. Nur diesmal nicht. Es war wie auf einer falschen Frequenz. Ich konnte nicht weg, und ich konnte nicht weiter ... als ob, ja, als ob ich ein Mac-Programm auf einem IBM-Computer laufen lassen wollte; einfach ein Chaos. Ich wußte, daß du irgendwo sein mußtest, Sinah, also habe ich versucht, dich zu erreichen, aber es war – es war so, als ob ich mich durch einen Phantom-Haferbrei bewegte.«

»Diese Beschreibung muß ich mir unbedingt für meine nächste Vorlesung merken«, sagte Dylan gutmütig. »Aber was Quentin Blackburn anbelangt ... Es tut mir leid, Schatz. Ich hatte dich nicht ernst genommen, aber du hattest recht – selbst wenn er nicht da ist, muß man seine Drohungen ernst nehmen. Du hast dies unter Beweis gestellt – ich hätte dir glauben und die Sache gleich selbst untersuchen sollen.«

»Beweis?« fragte Truth verblüfft. Dylans hübsche Entschuldigung war irgendwie unpassend; eher ein formeller Vorgang als etwas tatsächlich Versöhnendes. Sie fühlte sich davon unberührt, als blieben entscheidende Streitfragen zwischen ihnen ungeklärt.

»Nur jemand, der sich mit ganz abartigen Dingen beschäftigt, hat einen solchen Altar«, erklärte Dylan. »Das Feuer hat vielleicht alles andere zerstört, aber der Altar ist direkt aus dem Grundgestein gemeißelt. Er ist mit Symbolen vom Alten Ritus bedeckt, und er gehört offenbar zum Gesamtplan des Sanatoriums. Und der Rest ...«

»Wir müssen immer noch das Tor versiegeln«, sagte Truth und setzte sich über Sinahs automatische Abwehr hinweg. »Aber es sieht so aus, als ob wir erst Quentin Blackburn dort herausholen müssen, und das kann ich nicht schaffen.«

Mehr ließ sich an diesem Tag nicht tun, und ohnehin brauchte Truth, bevor sie fortfuhren, mehr Informationen darüber, was ihnen widerfahren war. Dylan brach bald auf; er mußte seiner eigenen Arbeit nachgehen, abgesehen davon, daß er sich auch noch an der Suche nach dem immer noch vermißten Sparking-Mädchen beteiligen wollte. Truth blieb bei Sinah, die sich über ihre Gesellschaft zu freuen schien.

Als Dylan gegangen war, wärmte Truth den Rest Glühwein auf und gab ihn Sinah zu trinken. Durch den Einfluß von Alkohol und Zucker hatte Sinah nichts mehr dagegen, sich hinzulegen und ein wenig auszuruhen – solange Truth versprach, bei ihr zu bleiben und sie zu wecken, wenn sie zu träumen begann.

»Du bleibst, nicht wahr? Du verläßt mich nicht?«

»Natürlich verlasse ich dich nicht.« Truth streichelte über Sinahs schwarzes Haar, und die junge Frau entspannte sich wieder auf ihrem frisch gemachten Bett. Truth spürte eine plötzliche Anwandlung von Zärtlichkeit – obwohl sie Sinah erst einen Tag lang kannte, war ihr die Frau vertrauter geworden als eine Schwester. Als ihre eigene Schwester.

Truth blieb neben Sinah sitzen, bis diese die Schwelle zum Schlaf überschritt und ruhig schlief. Dann ging Truth hinunter zum Telefon. Sie war froh, daß sie bei dem, was sie jetzt vorhatte, allein war.

»Hallo, Truth!« Die Fröhlichkeit in Greys Stimme ließ Truth trotz ihrer Besorgnisse lächeln.

Hunter Greyson gehörte zu denen, die das Blackburn-Werk praktizierten, auch wenn er vom Pfad zur Rechten herkam, dessen Regeln er nicht nur in diesem Leben befolgt hatte. Er war in dem Werk weiter vorgedrungen als Truth selbst, da sie erst kürzlich nach langer Abwesenheit zum Pfad zurückgekehrt war.

»Du ahnst sicher, daß ich nicht nur zum Plaudern anrufe, aber – wie geht es Winter?« fragte sie. Sie dachte an Wycherly und preßte den Hörer an ihr Ohr. Die Nachmittagssonne warf schräge Strahlen durch die Buntglasfenster, die aus dem Raum ein Kaleidoskop zufälliger Farbtönungen machten.

»Ihr geht's gut. Sie hat einen Job beim Arts Council und hilft da bei den Stipendien und beim Lockermachen neuer Geldquellen, und sie hat wieder mit Malen angefangen. Sie sagt, daß sie ihre Aktivitäten zurückschrauben will, wenn das Baby da ist, aber ich weiß nicht recht.« Greys Stimme war voller Zärtlichkeit. »Du mußt dir mal wieder Zeit nehmen und uns hier besuchen, Truth.«

»Werde ich tun«, versprach Truth in der Hoffnung, daß sie es auch einhalten könnte. Sie überlegte, ob sie erwähnen sollte, daß Wycherly in Morton's Fork war, aber etwas hielt sie davon ab. Winter und Wycherly waren im Streit auseinandergegangen, auch wenn Truth wußte, daß wenigstens Winter eine Aussöhnung begrüßt hätte.

Aber was, wenn Wycherly sich dem Pfad zur Linken zuwandte?

»Aber der Grund, warum ich anrufe, ist – Grey, was weißt du über die Kirche vom Alten Ritus?« sagte Truth schnell.

Einen Moment lang herrschte Stille. »Du hast nicht jemanden getroffen, der sagt, er sei ein Mitglied, oder?« fragte Grey wachsam.

»Nein, aber ich glaube, ich habe einen ihrer alten Tempel gefunden.« Truth hielt inne. Sie wußte nicht recht, wie sie erklären sollte, was heute vorgefallen war. Sie wollte Grey nichts von dem Wildwood-Tor sagen – obwohl er, wie alle Eingeweihten in Blackburns Werk, die Tore aus der Theorie kannte.

Aber Theorie ist nicht Praxis – ich bin der lebende Beweis dafür.

»Hast du versucht, ihn auszutreiben?« fragte Grey und sprang damit über verschiedene Zwischenstufen ihres Gesprächs hinweg. Jeder, der an einen so vergifteten Ort kam – mit Ausnahme vielleicht eines Anhängers des Pfades zur Linken –, würde mit allen Mitteln versuchen, die negativen Energien, die unvermeidlich in der Gegend fortbestanden, auszulöschen.

»Ich hab' mein Bestes versucht, aber mein Bestes scheint nicht sonderlich viel auszurichten«, gab Truth zu. »Er ist, em ... determiniert«, war das Wort, für das sie sich schließlich entschied. Grey würde verstehen, was sie meinte.

Es war gut, mit jemandem ihrer eigenen Art zu sprechen, auch wenn Hunter Greyson nicht ganz dasselbe war, was sie war. Seine magische Energie verdankte sich keiner ererbten übersinnlichen Fähigkeit oder der Abstammung aus einer *sidhe*-Blutlinie, sondern war das Ergebnis jahrelangen Studiums. Hunter Greyson war nur Mensch.

Grey kicherte bei der Vorstellung, welche Anstrengung Truth auf sich genommen hatte und wie frustriert ihre Stimme jetzt klang. »Du brauchst also einen Spezialisten. Kennst du oder kennt Dylan irgendwelche Weißen Magier?«

Grey bezog sich nicht auf die Hautfarbe, sondern auf den Glauben – Weiße Magier gehörten den Weißen Logen an und folgten dem Pfad zur Rechten. In ihrer einfachsten Form war auch das Christentum Weiße Magie, so wie Truths eigener Pfad sein weltliches Spiegelbild, Schwarze Magie, war.

Michael Archangel. Truth dachte an den Mann ihrer Schwester Light – den Krieger des Lichts, der glaubte, daß Truths Pfad eine schwere Verirrung bedeutete, die nur zu Kummer und Schmerz führen konnte. Michael Archangel war ein Weißer Magier.

»Ja. Ich glaube, ich kenne jemanden, den ich anrufen kann.« Erneut überlegte sie kurz, ob sie Wycherly erwähnen sollte, und erneut entschied sie sich dagegen. »Mach's gut, Grey.«

»Du auch, Truth. Geh mit dem Rad«, sagte Grey und verabschiedete sich.

Als Truth den Hörer aufgelegt hatte, brauchte sie lange, bis sie sich zum nächsten Anruf aufraffen konnte.

Sie hatte Sinah zum Abendessen mit Dylan und den anderen eingeladen; sie hoffte, die anderen zu einer Spritztour nach Pharaoh überreden zu können, gewissermaßen als Erholung vom Streß des Tages.

Sinah hatte schlicht über die Einladung gelacht, auch wenn sie unbedingt wollte, daß Truth zurückkäme und die Nacht in ihrem Haus verbrachte. Truth war sich ziemlich sicher, daß Sinah die Einladung ablehnte, weil sie die Aussicht der Fahrt nach Pharaoh schreckte, nicht weil sie allein sein wollte.

Ein weiteres Rätsel, das sie irgendwann, wenn sie Zeit dazu hätte, lösen könnte.

Aber es hatte auch sein Gutes, daß Sinah nicht mitkommen wollte, denn so konnte Truth mehrere Stunden später auf ihrem Weg bergab ungehindert bei Wycherlys Hütte anhalten. Doch Wycherly war nicht da, und nur noch eine flüchtige Spur von Magie war spürbar, kalt und neutral wie ein unbenutzter Ofen.

»Du hast *was* getan?« fragte Dylan.

Luned Starking war immer noch nicht aufgefunden worden, und nun ging jeder von dem Schlimmsten aus. Caleb Starking, Luneds Vater, hatte sogar – wenn auch widerstrebend – bei der Polizeistation eine Vermißtenmeldung aufgegeben, und morgen würde der größte Teil des Gebiets zwischen dem Gemischtwarenladen und Watchman's Gap mit Hunden durchkämmt werden.

Da alle so mutlos waren, wurde Truths Vorschlag von einem Abendessen in Pharaoh als willkommene Ablenkung von den Strapazen der letzten beiden Tage begrüßt. Die Forscher fanden ein hübsches kleines Restaurant – jedenfalls hübsch für Lyonesse County – und hatten ein kultiviertes, entspanntes Abendessen in einem Raum, der ein bißchen größer war als die Eßnische im Wohnmobil. Es gab sogar eine Klimaanlage, was ihnen nach drei Wochen in Morton's Fork als Gipfel des Luxus erschien. Rowan und Ninian hatten schnell gegessen und waren dann aufgebrochen, um zu sehen, welche anderen Vergnügungen Pharaoh zu bieten hatte, und so blieben Truth und Dylan allein zurück. Truth war erleichtert. Sie wollte möglichst wenig Leute um sich haben, wenn sie über zusätzliche magische Aktivitäten im Sanatorium sprach.

»Ich habe einen Freund von mir angerufen und ihn gefragt, ob er herkommen und den Doppelgänger von Quentin Blackburn aus der Kirche vom Alten Ritus vertreiben will«, wiederholte Truth.

»Bei allen...«, sagte Dylan. Er verstummte plötzlich, doch Truth sah den dunklen Schatten der Wut auf seinen Wangen.

»Dylan!« sagte Truth. »Du hast selbst gesehen, was da oben los ist – du hast selbst zugegeben, daß es dort spukt.«

»Ich habe gesagt, daß es dort spukt«, stimmte er zu. »Aber wenn es spukt, dann heißt das, daß wir es untersuchen«, fügte er in einem Ton hinzu, als spräche er zu einem sehr einfältigen Kind. »Wir löschen es nicht einfach aus.«

Aber was ist mit dem Tor? Truth hatte, als sie Michael anrief, gewußt, daß sie die Grenzen von Dylans wankender Toleranz überschritt, aber nicht, wie weit.

Truth hatte geglaubt, daß er nach diesem Morgen mehr Verständnis aufbringen würde – selbst wenn er nicht die gleiche Erfahrung wie sie und Sinah gemacht hatte, so schien er zu glauben, was sie ihm darüber berichteten. Aber wieviel glaubte Dylan wirklich, und wieviel seiner eigentlichen Ansichten lagen hinter der Höflichkeitsmaske des professionellen Wissenschaftlers verborgen, der sich seine Testpersonen nicht vergraulen wollte.

Eine Testperson ... ist es das, was ich für ihn bin?

»Dieser Tempel ist zu gefährlich, um ihn sich einfach selbst zu überlassen«, sagte Truth. »Bitte, Dylan – ich will nicht, daß dir etwas zustößt.«

»Du bist diesmal zu weit gegangen, Truth«, sagte Dylan, und in seiner Stimme lag jetzt eine unbehagliche Mischung aus Kummer und Bedauern. »Ich stimme mit dir überein, daß es da oben im Wald von Wildwood etwas Scheußliches gibt und daß die Kirche vom Alten Ritus ebenfalls nichts ist, womit man etwas zu tun haben möchte. Aber der Ort, die Gemeinde, Quentin Blackburn sind alle 1917 verbrannt, und Gespenster morden nicht. Die Bewohner hier meiden den Ort...«

»Was ist dann mit Luned Starking? Wo ist sie?« fragte Truth.

Sie beherrschte sich und sprach leise, um niemanden der anderen Gäste zu stören. Das ›Lyonesse Pantry‹ war ein einfaches, anspruchsloses und biederes Lokal, in dem eine laute Szene sicherlich auf wenig Verständnis gestoßen wäre.

»Vielleicht ist sie mit Wycherly Musgrave durchgebrannt«, gab Dylan kurz zur Antwort. »Das ist nicht der Punkt. Der Punkt ist, daß Morton's Fork mein Forschungsprojekt ist, und du reitest mit deinem Steckenpferd mitten hindurch. Wie kommst du dazu, eine solche Entscheidung zu treffen, ohne mich vorher zu fragen – und das, nachdem du mich heute morgen so mies behandelt hast?«

Also schmollte er noch deswegen? *Ich tue es, weil ich es tun muß. Es ist meine Aufgabe.* Die Erkenntnis, daß dies nichts anderes als die Wahrheit war – und daß sich von Dylan kein Verständnis dafür erwarten ließ –, bedrückte sie. Es war ihr anfangs nicht wie eine so weitreichende Entscheidung vorgekommen, doch Tag für Tag, Stunde um Stunde führte Truths Entschluß, dem Weg ihres Vaters zu folgen, zu einer Absonderung von der Wirklichkeit des normalen, weltlichen Lebens.

Und von denen, die sie liebte.

»Es tut mir leid, Dylan«, sagte Truth ruhig, auch wenn ihr Herz weinte. »Ich habe das Gefühl, daß der Ort, so wie er sich jetzt darbietet, gefährlicher ist, als du anzunehmen scheinst – ganz sicher für Sinah, denn was immer da oben ist, hat ein persönliches Interesse an ihr ... und auch an Wycherly, wenn er sich mit der Kirche vom Alten Ritus eingelassen hat, wie es den Anschein hat. Du weißt, daß Eindrücke an einem Ort bleiben – du hast mir gesagt, daß es bei vielem Spuk nur darum geht: Ein aufnahmebereites Bewußtsein wird von den alten, gespeicherten Bildern erfüllt – und ich glaube, daß Wycherly labil ist. Ich glaube, daß dieser Ort labile Elemente in seiner Persönlichkeit bestärken kann.

»Glaubst du, daß er Luned umgebracht hat?« fragte Dylan. Seine Stimme war immer noch hart vor Wut; er hatte ihr nicht verziehen.

»Ich weiß, daß Sinah anders denkt«, sagte Truth langsam und erinnerte sich an jene letzte Szene in Sinahs Haus. »Ich ... weiß nicht. Luned war nicht bei Wycherly, als ich gestern dort anhielt, und er sagte, daß er draußen gewesen wäre, um nach ihr zu suchen. Er ... *fühlte sich nicht an* ..., als ob er gerade erst jemanden getötet hätte«, fügte sie hinzu.

Wenn Wycherly Luned ermordet hätte, dann wären noch Stunden später Spuren ihrer Lebensenergie – ihr rein animalischer Anteil, nicht ihre Seele – um ihn herum gewesen, wahrnehmbar für jeden, der Astralsicht besaß. Aber die Astralsicht hing vor allem vom Willen zum Sehen ab, und ohne diesen hatte Dylan nicht die geringste Möglichkeit, die Dinge wahrzunehmen, von denen Truth sprach. Sie begann sich zu fragen – wie schon so oft in den letzten Wochen –, wieviel Dylan tatsächlich von dem glaubte, was sie ihm über ihre Erlebnisse in der Anderwelt berichtet hatte, und wieviel er einfach nicht offen vor ihr bestreiten wollte.

»Nun, das ist beruhigend«, sagte Dylan sarkastisch. Er warf seine Serviette auf den Tisch. »Seine Aura sagt, daß er niemanden umgebracht hat, dann muß es also das Tor sein, das niemand finden kann außer dir. Ich nehme an, das Essen ist vorbei. Laß uns die Kids suchen gehen.«

Warum bist du so verstockt? Ja, vielleicht hätte ich mit dir zuerst drüber reden sollen – aber dann hättest du auch ja sagen müssen, das weißt du; wir wissen beide, daß Orte mit unkontrollierten parapsychischen Energien gefährlich sind ... Ist es, weil du dich genauso fürchtest wie ich – vor etwas anderem? Dylan ...

Bevor sie sprechen konnte, war Dylan aufgestanden und winkte den Kellner zu sich. Als dieser mit Dylans Kreditkarte und der Rechnung ging, wandte er sich wieder Truth zu.

»Hat dein Exorzist gesagt, wann er geruht, hier aufzutauchen?«

»Übermorgen«, sagte Truth knapp. »Er fliegt nach Bridgeport und kommt am Vierzehnten herausgefahren.« *Der 14. August. Lammas, nach dem alten Kalender, und das Wildwood-Tor mußte mit dem Blut der Torwächter gestillt werden ...* »Ich bleibe über Nacht bei Sinah, für den Fall, daß sie noch Probleme hat.«

»Verstehe«, sagte Dylan.

Die Rechnung wurde gebracht, er unterschrieb sie. Dann gab er Truth das Zeichen, mit ihm das Restaurant zu verlassen.

Wycherly stand neben Sinahs Cherokee-Jeep und sah hinüber zu einer kleinen *boîte de nuit*, die sich ›Lyonesse Pantry‹ nannte. Düfte aus der Küche von Geschmortem und Gebackenem durchdrangen die heiße Nachtluft, die das Hemd auf Wycherlys Haut kleben ließ.

Durch die großen offenen, hellerleuchteten Fenster konnte er die nachgemachten Eichenpaneele sehen, die vereinzelten quadratischen Tische mit schlabbrigen weißen Leinentischdecken, den abgenutzten roten Läufer und die Holzstühle. Auf den Tischen standen Plastikblumen und Votivkerzen in großen rußverschmierten Lampenzylindern. Dies alles zusammen machte das Lokal mühelos zur feinsten Essensadresse im Umkreis von fünfundsechzig Meilen.

Der Gedanke trieb ihm ein höhnisches Grinsen ins Gesicht. So lebte die andere Hälfte – fette, zufriedene Schafe, die ihren Weg nach Armageddon durchdösten.

Er war keiner von ihnen. Er nicht. Er hatte schon die Hölle gesehen.

Seine rechte Hand pochte, gefangen in dem leichten, festen Gipsverband, der verhindern sollte, daß Fäden von den achtundvierzig Stichen in seinem Handballen und Handgelenk rissen. Die Entscheidung, zum Arzt zu gehen, hatte ihn fast einen ganzen Tag gekostet – aber selbst nachdem die Wunde neu verbunden und mit Medizin von Walgreen's Drogerie in Pharaoh versorgt war, hatte sie schwer gepocht, und der Gedanke an eine Infektion hatte ihm Angst eingejagt. Schließlich war er den weiten Weg bis nach Elkins und dort zur Notaufnahme gefahren, für die Fahrt reichlich gewappnet durch mehrere Biere und eine Fünftelflasche Scotch.

Solange er eine Flasche in Reichweite hatte, brauchte er nicht nach einem Messer zu greifen.

Es erwies sich als vorteilhaft, daß er seine American Express Card behalten hatte, denn das Reinigen und Nähen seiner Hand sowie die Impfung gegen eine Infektion hatte ihn zusammen über vierhundert Dollar gekostet. Der junge Arzt hatte mit ihm geschimpft, weil er die Wunde so lange unbehandelt gelassen hatte, doch Wycherly hatte kaum hingehört. Er war mit anderen Dingen beschäftigt, und zunächst mußte er ein Hotelzimmer finden und eine Bank.

Das Zimmer hatte er gefunden, und die Bank mußte bis morgen warten. Er hatte gedacht, daß er vielleicht etwas essen wollte, aber als er die öde familiäre Ausstaffierung des Lokals sah, nahm er Abstand davon. Er hatte noch eine Flasche auf seinem Zimmer – und ob sein Magen oder seine Leber oder sonst etwas noch lange weitermachen würde, war schlicht und einfach kein Thema mehr. Er war in diese Berge gekommen, um die Wahrheit zu finden, und er hatte sie gefunden – jedenfalls genug von ihr. Das Gute und seine Finessen mochten für ihn unerreichbar sein, doch Wycherlys unbeugsame Dickköpfigkeit wehrte sich dagegen, irgend jemandes – irgendeines *Dinges* – dienstbarer Helfer zu sein.

Eine Weile hatte er gedacht, daß es ihn retten könnte, Sinah zu lieben, aber sie war nur wie alle anderen – sie sah das Geld und den Familiennamen und sonst nichts. Warum sonst hatte sie ihn mit ihrem Körper und ihren Aufmerksamkeiten verwöhnt?

Und wenn das nicht den Tatsachen entsprach, so hatte er nicht die Zeit, die Wahrheit herauszufinden. Wycherly mußte Dinge erledigen – die Dinge, die er am besten konnte: Absichten von Leuten durchkreuzen, diejenigen enttäuschen, die von ihm abhingen, die hintergehen und zerstören, die ihm trauten. Er war schwach, er war nutzlos – alle hatten das immer gesagt. Und wenn er etwas in den letzten Wochen entdeckt hatte, dann war es dies, daß er niemandem nutzen *wollte*.

Er war schwach. Nun sollte jemand erfahren, wie gefährlich ein schwacher Mann sein konnte.

»Happy birthday«, sang Wycherly tonlos vor sich hin. »Happy birthday to me...«

Während der langen Rückfahrt nach Morton's Fork war es unnatürlich still. Jeder im Auto hatte Angst, etwas Falsches zu sagen. Offenbar hatten sich auch Rowan und Ninian gestritten, denn sie starrten aus den entgegengesetzten Fenstern hinaus und unternahmen nicht den leisesten Versuch, das Schweigen zu brechen.

Das Auto fuhr über die Hauptstraße von Morton's Fork – alles war um neun Uhr abends geschlossen und dunkel – und an dem bleichen Buckel des Wohnmobils vorbei: moderner amerikanischer Luxus, zurückgelassen an einem Ort ohne Eigenschaften. Dylan lenkte die Limousine den Weg zu

Watchman's Gap hinauf, in Richtung von Sinahs Haus, ohne Rowan und Ninian zu fragen, ob sie vielleicht vorher aussteigen wollten.

Sinahs Haus war ein Leuchtturm. Alle Lichter waren an, und Truth konnte Sinah erkennen, wie sie sich im Haus bewegte. Die Buntglasfenster gaben dem Gebäude das Aussehen einer Weihnachtsbaum-Dekoration. Der Cherokee-Jeep stand immer noch nicht in der Auffahrt, und Truth war klar, daß sie Sinah fragen müßte, wohin Wycherly gegangen war; jetzt stand zuviel auf dem Spiel, als daß sie über so etwas einfach hinwegsehen konnte.

»Danke für den schönen Abend«, sagte Truth, als das Auto anhielt. Sie versuchte, keinerlei Sarkasmus durchklingen zu lassen. Sie öffnete die Tür und stieg aus. Da fiel ihr ein, daß sie eigentlich beim Wohnmobil hatte anhalten wollen, um ihre Toilettensachen und andere Kleidung zu holen. Nun, vielleicht konnte Sinah ihr etwas leihen.

»Gute Nacht, Truth«, sagte Ninian, und Rowan winkte ihr zu. Sie sah, wie Dylan eine Hand vom Steuerrad nahm und sich die Augen rieb. Er war genauso müde und frustriert wie sie. Sie winkte – zu den Studenten –, drehte sich um und suchte in ihrer Handtasche nach Sinahs Schlüssel. Sie hörte, wie hinter ihr der Wagen auf die Straße zurückfuhr.

Sinah hatte sich angezogen und sich sorgfältig geschminkt, doch das Make-up lag kreidig und wie eine Clownsmaske auf ihrem blassen und spitzen Gesicht. Sie bemühte sich, Truth anzulächeln, konnte aber den Ausdruck nicht halten. Er huschte über ihr Gesicht.

»Alles okay?« fragte Truth.

»Wenn du damit meinst, ob ich noch hier bin und keine Alpträume mehr hatte, ja. Aber was kommt jetzt? Ich weiß, du hast eine Art besonderen Hexen-Doktor bestellt, aber ich kann nicht tun, was du von mir verlangst – ich kann es nicht!«

Truth mußte vorsichtig sein und durfte Sinah nicht überfordern – sie hatte schon einen Eindruck davon, wie grausam die Persönlichkeitsüberlagerung durch die Blutlinie auf eine Drohung reagieren konnte. Sie glaubte, daß die Gefahr aufhörte, wenn das Tor geschlossen war, indem sie Sinah von seiner Macht und jenen alten Erinnerungen entband. Es war für jeden eine unangenehme Erfahrung, wenn das Unsichtbare kam, um nach ihm zu suchen, und erst recht für eine Torwächterin, Erbin einer gewaltigen Macht, die aber ohne die leiseste Ahnung von ihrer Existenz erzogen worden war...

»Nur ruhig, Sinah«, besänftigte Truth. »Niemand will heute abend etwas von dir, und ich bin sicher, daß wir mit allem, was morgen auf uns zukommt, fertig werden. Meinst du, daß du jetzt schlafen kannst? Oder soll ich meine Kartenspielerfähigkeiten ausgraben und dich beim Poker schlagen?«

Erneut huschte ein Lächeln über Sinahs Gesicht. »Wycherly...«, sie hielt inne und verzog das Gesicht, »Wycherly hat mir seine Schlaftabletten gegeben – Seconal –, er hatte ein Rezept für sie.«

»Verschriebene Medikamente soll man nicht ausleihen«, sagte Truth automatisch. Doch die Barbiturate würden Sinahs dritte Schlafphase – die Traumphase – ausschalten, und das würde sie vor weiteren Alpträumen oder Schlimmerem schützen. »Ist das Medikament noch da?« fragte sie zögernd.

Sinah ging in die Küche, um dort zu suchen. Truth wußte, daß das merkwürdig fügsame Verhalten der jungen Frau vom Schock herrührte – Truth hatte ihr in den letzten vierundzwanzig Stunden eine Menge zugemutet, und davor war sie schon lange Zeit einer schweren inneren Belastung ausgesetzt gewesen. Es war kein Wunder, daß in dem Moment, da jemand mit einer entschlossenen Persönlichkeitsstruktur ihren Weg kreuzte, Sinah ihr willig folgte, in einer geradezu kindlich anmutenden Weise. Und Truth hatte das Gefühl, daß ›entschlossen‹ keine unpassende Beschreibung für sie selbst war, da ihr sonst schon immer nachgesagt wurde, sie wäre dominant, sie würde sich einmischen und alles an sich reißen.

»Ich habe sie.« Sinah kam aus dem Badezimmer zurück und brachte eine braunweiße Flasche. »Sie waren bei seinem Rasierzeug. Er hat alles hier liegengelassen.«

»Hat er deinen Jeep genommen?« fragte Truth, und Sinah nickte zögernd.

»An dem Tag, als du hergekommen bist. Später in der Nacht.«

»Hast du ihn seither gesehen?« fragte Truth. »Ich bin heute abend auf meinem Weg zum Dorf an seiner Hütte vorbeigekommen, aber sie sah nicht aus, als wäre er wieder da.«

Sinah schüttelte den Kopf. »Er... er wird zurückkommen, wenn er bereit ist«, sagte sie. Ihre Stimme zitterte etwas bei dem Versuch, die Worte beiläufig klingen zu lassen. Truth brachte es nicht übers Herz, weiter in sie zu dringen.

Seconal war ein ziemlich starkes Narkotikum, doch wenn man es einmal – oder zwei- oder dreimal – einnahm, konnte es einen weder süchtig machen noch umbringen, und wenn es für Sinah einen traumlosen Schlaf bedeutete anstatt eine nervenaufreibende Nacht voller Qual...

»Warum nimmst du nicht einfach eine?« schlug Truth vor. »Ob du viel Ruhe bekommst oder nicht, sie wird dich für acht Stunden abschalten.«

»Das hat Wycherly auch gesagt«, sagte Sinah, die nun erwachsener klang. Sie nahm die Flasche mit in die Küche, um ein Glas Wasser zu holen.

Truth sah zu, wie sie hinausging, und überlegte, ob es Sinah war, zu der sie sprach, oder... jemand anders. Truth hatte nur mit den negativen Aspekten der Tore Erfahrung gesammelt, doch irgendwo mußte sich in dem verworrenen Netz von Sinahs angeborenen Erinnerungen auch etwas aus der Zeit finden, als die Torwächterinnen die Macht bewußt ausgeübt hatten – zum Guten oder Bösen. Die Tore waren für die Fruchtbarkeit der Erde zuständig – und wenn Sinah diese Macht beherrschte, was konnte sie dann sonst noch?

Truth dachte an den sterilen, verseuchten Bereich, der das abgebrannte Sanatorium umgab, und fühlte eine unbestimmte Unruhe in sich. Auch wenn Thorne das einst geglaubt hatte, waren die Welt der Götter und die der Menschen nicht geeignet, miteinander vermischt zu werden, und Durchschnittsmenschen konnten bereits hier in der Welt der Formen genug in Schwierigkeiten geraten, ohne sich zusätzlich mit göttlichen oder übernatürlichen Fähigkeiten abzugeben.

»Also, gute Nacht«, sagte Sinah, als sie aus der Küche kam. »Ich geh jetzt nach oben ins Bett. Hast du alles, was du brauchst? Die kleinen Sofas kannst du beide ausziehen – Bettdecken sind in dem Wäscheschrank – oder du schläfst oben bei mir. Mein Bett ist ein California King-Size, da ist, weiß Gott, genug Platz, und ich habe vor, der Welt abhanden zu kommen.«

Sie erschrak über ihre eigenen Worte. »Unglückliche Wortwahl. Laß uns sagen, ›tief zu schlafen‹, okay?«

»Gute Nacht, Sinah. Ich finde mich schon zurecht«, sagte Truth.

Und gleichgültig wie primitiv die Unterbringung auch sein mochte, sie war jedenfalls besser, als neben Dylan im Wohnmobil zu liegen, Schlaf vorzutäuschen und darüber nachzudenken, ob er auch nur so tat.

Vielleicht lag es an dem Streß des Tages oder an der unvertrauten Umgebung des Ortes, doch Truth verspürte kaum Neigung zu schlafen. Sie las – Sinah hatte eine seltsam eklektische Buchauswahl, zu der auch Truths Biographie von Thorne Blackburn gehörte –, und schließlich wurde ihr klar, daß sie nicht die geringste Absicht hatte, zu Bett zu gehen.

Worauf warte ich? fragte sie sich selbst.

Sie erwartete kaum einen weiteren magischen Ansturm – die Wirkkraft des mißbrauchten Tores war ortsgebunden, und sie hatte keinen Hinweis darauf, daß Quentin Blackburn sie beide ausfindig machen wollte. Doch für alle Fälle unternahm Truth noch einen Rundgang durchs Haus, weihte und versiegelte jedes Fenster und jede Tür mit dem Stern-im-Kreis, in dem die Anhänger ihrer Tradition ein Symbol des Menschen in der natürlichen Welt sahen. Dann schaute sie nach Sinah. Die junge Frau war bei brennendem Licht eingeschlafen, ein offenes Buch in der Hand. Truth lächelte, löschte das Licht und schloß das Buch.

Doch als sie wieder unten saß, gemütlich bei einer Tasse Kaffee und einem Buch, merkte Truth, daß sie sich nicht heimischer als vorher fühlte, obwohl sie sich absolut sicher war, daß keine bösen Kräfte mehr eindringen konnten.

Nur weil ihr und Sinah nichts geschehen konnte – ließ sich das gleiche auch für die anderen Bewohner von Morton's Fork sagen? Heute war der 11. August – eigentlich schon der 12., da

Mitternacht vorüber war –, und am 14. August kulminierten die Fälle des Verschwindens in Morton's Fork.

Truth wußte nicht, was mit Luned Starking geschehen war – allerdings mutmaßte sie wie Sinah, daß das Mädchen zum Tor gegangen war. Denn Morton's Fork war ein Ort, wo immer wieder Menschen ... verschwanden – durch das Tor oder auf andere Weise.

Und du kannst nichts daran ändern, sagte sie sich ernst. Das Wildwood-Tor unterlag nicht ihrer Kontrolle, und sie konnte schlecht als Ein-Frauen-Fußpatrouille Unbefugte am Betreten hindern.

Nach nüchterner Überlegung gab es doch eine Sache, die sie tun konnte.

Sie horchte, ob Sinah aufwachte, dann öffnete sie die vordere Haustür und ging hinaus. Die schwüle Hitze der Augustnacht fühlte sich an, als würde sie von feuchten Seidenschleiern umweht. Truths Bluse und Hose verloren sofort ihre Form und begannen an ihrer Haut zu kleben.

Die Luft war elektrisch geladen – es würde sicher bald ein Gewitter geben, morgen oder spätestens in einer Woche.

Warum nicht jetzt? Das Wetter war die erste Magie, leicht zu beherrschen: Feuer und Gewitter, Wind und Wellen, der tiefe Herzschlag der träumenden Erde ...

Sie fühlte, wie sich die Energie in einem Prickeln in der Tiefe ihres Schädels zu sammeln begann, in dem ältesten Teil des Gehirns. Die Energie breitete sich aus, folgte den Nervenbahnen, bis Truth ein riesiges Geschöpf aus Licht und Energie war, ein so ätherisches Geschöpf, daß die Luft im Vergleich fest genug war, um sie berühren zu können. Mit kraftvollen Schwingen, die sie sich von den Schleiern der Erde selbst geliehen hatte, griff Truth aus, berührte die hochfliegenden Wolken, schuf leere Räume im Himmel, um sie zu füllen ...

Bald war der Mond hinter Wolken verborgen, und der Wind nahm zu.

Das sollte fürs erste genügen, dachte Truth eine halbe Stunde später, als sie den Regen auf das Dach von Sinahs Haus trommeln hörte. Wer immer der Lockung des Wildwood-Tors folgen wollte, würde sich eher in einer klaren als in einer solchen Nacht auf das Abenteuer einlassen. Das Medium des Tores war Suggestion: Wenn es wirklich die Macht hatte, seine Opfer aus meilenweit entfernten Betten zu sich zu ziehen, so hatte Truth noch kein Anzeichen dafür gefunden. Und wenn das menschliche Bewußtsein auch sehr beeinflußbar war, so war andrerseits ein heftiger Regen ein handfester Grund, zu Hause zu bleiben.

Truth, mit ihrem Buch zusammengerollt auf dem Sofa, machte sich nicht die geringsten Gedanken darüber, wie leicht, wie naheliegend diese Lösung gewesen war, noch wie unheimlich ihr früher die Vorstellung erschienen wäre, ein Unwetter mit dem Wink ihrer Hand heraufzubeschwören.

15

Der Spalt ist das Grab

Mein weites Reich für eine kleine Gruft,
Ganz kleine, kleine, unbekannte Gruft;
　　　　　WILLIAM SHAKESPEARE

*I*ch glaube, ich bin doch noch eingeschlafen.
Truth streckte ihre zusammengerollten, verkrampften Glieder aus. Nach dem Licht zu urteilen, das durch das Fenster über der Tür hereinfiel, war es fünf Uhr morgens – vielleicht sogar noch früher.

Truth stand auf und bewegte ihre Schultern, um die letzte Schlafsteifheit abzuschütteln. Sie wußte nicht, was sie geweckt hatte, und ging hinauf, um nach Sinah zu sehen. Die junge Frau schlief fest in einer Körperhaltung, als ob sie aus einem Flugzeug gefallen wäre. Die Decken lagen am Boden.

Truth lächelte, als sie sie wieder zudeckte. Nein, Sinahs Schlaf war nicht gestört worden. Was war es also gewesen?

Immer noch unschlüssig ging sie zu dem achteckigen Klarglasfenster an der östlichen Seite der Empore und sah hinaus.

Nach dem Unwetter in der letzten Nacht war der Himmel farblos und klar. Das erste Stockwerk lag etwa auf der Höhe der Baumwipfel; sie konnte den Weg zum Haus und den ummauerten leeren Hof sehen. Vom Fluß war in der Ferne eine dichte weiße Nebelbank aufgestiegen, und der Dunst in der Luft ließ Formen und Farben sanft verschmelzen. Truth schob das Fenster auf, um die Kühle einzuatmen, die sich während des Tages so schnell verflüchtigte. Sie lehnte ihren Kopf hinaus und holte tief Luft. Alles schien wie für diesen Augenblick neu geschaffen zu sein.

Sie hörte den Motor eines Autos.

Kam Wycherly zurück? Es klang nicht nach dem Cherokee-Jeep, aber sie war sich nicht sicher. Sie schloß geschwind das Fenster und eilte die Treppe hinunter.

Sie öffnete die Haustür und trat hinaus. Zunächst glaubte sie, das Geräusch hätte aufgehört, aber dann hörte sie es wieder. Es klang nicht nach einem kraftvollen Vierradantrieb, aber was immer es für ein Auto war, es fuhr den Pfad von Watchman's Gap hinauf – es gab sonst so nah keinen befahrbaren Weg. Das Geräusch entfernte sich wieder. Wer immer den Pfad von Watchman's Gap benutzte, er wollte nicht zum alten Schulhaus.

Plötzlich überkam sie ein unangenehmer Verdacht. Sie wollte es nicht glauben, aber irgendwie schien es wahrscheinlich.

Und es schadet nichts, wenn du mal nachsiehst, dachte Truth, als sie ins Haus schlüpfte, um Sinah eine Nachricht zu hinterlassen.

»Sind wir bald da?« fragte Rowan Moorcock. Trotz ihrer Frage und ungeachtet des schweren Rucksacks auf ihrem Rücken schritt die rothaarige junge Frau auf dem überwachsenen Fahrweg zum Sanatorium den beiden Männern voran.

»Was erwarten Sie dort zu finden, Dr. Palmer?« fragte Ninian Blake. Obwohl es noch relativ kühl war, hatte er sein schwarzes Haar mit einem zusammengerollten Halstuch um den Kopf zurückgebunden, und sein Gesicht war von Schweißperlen bedeckt. Sein Rucksack war genauso schwer wie der von Rowan, doch trotz der sichtbaren Anstrengung klagte er mit keiner Silbe.

»Ich bin mir nicht ganz sicher, Nin«, antwortete Dylan. »Als ich gestern mit Truth da war, hatte ich das sehr starke Empfinden, daß da *etwas* war – jedenfalls gibt es dort einen Steinaltar, der der Mittelpunkt von einer Art Kult war. Ich will mir das Ganze noch mal in Ruhe anschauen, um sicherzugehen, daß wir nichts übersehen haben, Fotos machen und so weiter.«

»Was für ein Kult?« fragte Ninian.

»Kein sonderlich verbreiteter«, sagte Dylan, »aber laßt uns sehen, was uns die Wirklichkeit lehrt. Ich hebe mir meine Weisheiten auf, bis wir oben – und wieder unten sind.«

Gewarnt durch seine erste Erfahrung, nahm Dylan nördlich einen mehr oder weniger direkten Weg zu dem Treppenschacht, der in die Tiefe der Ruine führte.

»Boah«, staunte Rowan, als sie hinuntersah.

Es war kurz nach sechs Uhr, und der Frieden und die Heiterkeit, die von dem jungen Tag ausgingen, straften die Ereignisse, deren Zeuge Dylan am Morgen des Vortags gewesen war, Lügen. Aber er verließ sich im Umgang mit Spukphänomenen nie auf subjektive Eindrücke.

Das war es, was ihn an Truth besorgt machte.

Für eine Frau, die den größten Teil ihres erwachsenen Lebens in emotionaler Isolation verbracht hatte – und Dylan kannte sie, seit sie als einsame und scheue junge Doktorandin nach Taghkanic gekommen war, heftig entschlossen, die Unsichtbare Welt zu quantifizieren und ihre Erscheinungen auf Zahlenreihen eines Computer-Ausdrucks zu reduzieren –, hatte sich Truth viel zu schnell mit ihrer Vergangenheit und dem Erbe ihres Magier-Vaters eingerichtet. Sie glaubte an die Gegenwart eines Blackburn-Tores – an Quentin Blackburns fortgesetzte Gegenwart – und an ihre Aufgabe, es zu versiegeln, koste es, was es wolle.

Es kam ihr nie der Gedanke, daß der Ort von etwas ganz anderem heimgesucht sein konnte – etwas, das mit ihren tiefsten Wünschen und Hoffnungen und Ängsten sein Spiel trieb und sie bis zum Äußersten verzerrte.

Dylan seufzte. Er wollte nicht, daß sie verletzt wurde – körperlich, seelisch oder beruflich. Es hatte nach ihrer Publikation der *Leidenden Venus* eine Menge Gerede um sie gegeben, auch wenn das Buch bis ins kleinste recherchiert war, nur nachprüfbare Fakten enthielt und nichts von den finsteren Spekulationen. Doch daß sie sich überhaupt einen Magier zum Gegenstand gewählt hatte, verband sie unvermeidlich mit den geistesgestörten Randerscheinungen, gegen die sie ihr Leben lang gekämpft hatte – Parapsychologen mußten, wie Cäsars Frau, nicht nur über jeden Tadel, sondern über jeden Verdacht erhaben sein.

Ihr gemeinsames Fachgebiet war übersät von Geschichten jener, die an ihren Forschungsgegenstand glaubten, statt ihn objektiv zu untersuchen. Sein dickköpfiger, leichtsinniger Liebling konnte nur allzu leicht bei diesen Gescheiterten enden.

Und schlimmer noch, sie konnte bei der Sache ihr Leben verlieren.

»*Für ein Medium ist der gefährlichste Ort auf der ganzen Welt ein Spukhaus.*« Professor MacLarens oft wiederholter Ausspruch klang Dylan in den Ohren. Trotz Truths Behauptung, daß ihre Fähigkeiten durch Training erworben und nicht genetisch vererbt waren, vermutete Dylan, daß sie die gleichen übersinnlichen Gaben besaß wie ihre Mutter und ihre Halbschwester. Und wenn im Wildwood-Sanatorium tatsächlich Spuk umging, war Truth die letzte Person, die Dylan in der Nähe davon wissen wollte.

»Es kommt mir seltsam vor, daß das Gebäude bis auf den Grund verbrannt ist«, sagte Ninian und riß Dylan aus seinen Gedanken. »Ist es denn nicht aus Back- und Naturstein und so gebaut worden? Wo ist das alles? Und wenn es verbrannt ist, wo sind die Trümmer? Es müßte doch zusammengefallen sein.«

Ninian atmete immer noch angestrengt, und er nutzte die kurze Rast, um den Rucksack mit den Aufnahmegeräten von der Schulter zu heben und vorsichtig auf dem Boden abzustellen.

»Und da wir schon dabei sind«, fügte er ungehalten hinzu, »wo ist das Wasser? Es hat gestern nacht wie aus Eimern gegossen; man sollte doch erwarten, daß das Loch da im Boden voller Wasser ist.«

»Es sieht wie nach einem Bombenangriff aus«, sagte Rowan. »Als wäre unten etwas explodiert und hätte alles ringsum zerstört. Brrr.« Sie umfaßte sich selbst und zitterte. »Kalt ist es hier oben.«

Dylan warf ihr einen scharfen Blick zu. Er spürte nicht die geringste Kälte, und Rowans Konstitution war normalerweise robust wie die eines Ochsen. Doch Rowan Moorcock war auch ein erfahrenes Medium – Dylan hatte ihre diesbezüglichen Fähigkeiten mehr als einmal bei Geisterjagden genutzt.

»Ist irgendwas?« fragte er schnell.

»Nein ...«, sagte sie unsicher, dann schüttelte sie den Kopf. »Nichts.«

»Ninian? Alles okay?« fragte Dylan darauf. Nachdem er Truth so heftig dafür gescholten hatte, daß sie sich kopfüber in Gefahr gestürzt hatte, wollte er seine Studenten nicht in den gleichen Schlamassel hineinziehen.

»Sie kennen mich doch, Dr. Palmer – stocktaub«, sagte Ninian mit schwachem Lächeln.

Auch wenn dies nicht ganz zutraf – Ninian hatte insbesondere bei Tests zur Psychometrie und Präkognition sehr gut abgeschnitten –, so waren seine Fähigkeiten nicht annähernd so verläßlich wie Rowans. Doch da Ninian ein so seltenes Exemplar war – ein erwachsenes, körperlich und geistig gesundes männliches Medium –, klagten weder er noch Dylan über die vergleichbare Schwäche seiner Gabe.

»Okay. Dann laßt uns runtergehen. Und paßt gut auf die Kameras auf – sie haben mehr gekostet als ihr.«

»Nicht seit meinen letzten Uni-Gebühren«, brummte Rowan und ging voran.

Truth beobachtete aus der Deckung einer Baumgruppe, die sich südlich der Anlage befand, wie die drei Gestalten in der Ruine verschwanden. Sie war querfeldein von Sinahs Haus hergekommen. Sie konnte sich nicht mehr verirren, seit sie – wie lose auch immer – mit dem hiesigen Tor verbunden war.

Also hinterging Dylan sie heimlich – schmiß hier eine kleine Party, zu der sie nicht eingeladen war. Sie konnte den unwürdigen Wunsch nicht ganz unterdrücken, daß ihm etwas zustieße, aus dem nur sie ihn retten könnte – das würde ihn lehren, ihre Warnungen in den Wind zu schlagen, als wären sie wirres Kindergerede.

Einen Augenblick später tadelte sie sich scharf, daß sie so etwas auch nur dachte. Jemanden dem bösen grauen Land überlassen, aus dem sie Sinah gerettet hatte? Niemals!

Truth legte die Stirn in Falten. Weder das Tor noch Quentin Blackburn schienen über eine gegenständliche Macht zu verfügen, die nicht indirekt auf Suggestion beruhte – und Dylan redete immerfort von den Vorkehrungen, die er traf, bevor er ein Spukhaus untersuchte. Der Ort war gefährlich, doch Dylan war ein Profi, der zur Erforschung solcher Dinge ausgebildet war. Er sollte eigentlich sicher sein.

Aber sie hätte ein besseres Gefühl, wenn sie hierblieb und die Sache im Auge behielt. Nicht daß Dylan es ihr danken würde. Vorsichtig trat Truth hinter den Bäumen hervor und stieg die Anhöhe zur Ruine hinauf.

Die drei Forscher brauchten fast eine halbe Stunde, bis sie das Kellergeschoß erreicht und ihre Geräte ausgepackt hatten.

Der Tempel war ziemlich groß – auch wenn sich nicht sagen ließ, wie groß er tatsächlich gewirkt haben mochte, als er ringsum getäfelt und voll ausgestattet gewesen war. Der Boden war zwar mit dem Blätterstaub vergangener Jahreszeiten bedeckt, aber viele andere Dinge, die sich dort hätten finden lassen müssen, waren nicht da – geschmolzene rituelle Utensilien beispielsweise. Natürlich war es möglich, daß sie irgendwann in den letzten achtzig Jahren geraubt worden waren, doch jeder, mit dem die drei in den letzten Wochen in Morton's Fork gesprochen hatten, hatte gesagt, daß das Sanatorium ein gemiedener Ort war, ein Ort, dem sich keiner der Einheimischen näherte.

Ob aus den niedergebrannten Ruinen gestohlen worden war oder nicht, es war nur die Treppe geblieben, die hinunter in den Keller führte, und eine Art Öffnung in der östlichen Wand – ein Tunnel oder eine Grotte. Die Öffnung lud unwiderstehlich zur Erforschung ein, doch gestern hatten weder Truth noch Sinah sie eines zweiten Blicks gewürdigt. Als hätten sie sie nicht gesehen.

Oder als wüßten sie bereits, was sich dort befand.

»Nin, hast du schon eine von den Hochleistungslampen ausgepackt? Ich will mir mal etwas ansehen«, sagte Dylan.

»Stufen«, sagte Rowan.

»Alte Stufen«, präzisierte Ninian. »Zumindest wissen wir jetzt, wohin das Wasser läuft. Der Boden muß eine Schräge haben.«

Dylans Lampe strahlte auf eine rauh behauene Felswand. Zu seinen Füßen war eine Treppe – glatt und flach und abgenutzt, mit unterschiedlich hohen Stufen, aber offenbar von Menschen gemacht. Die Öffnung atmete in der ohnehin dumpfen Luft noch zusätzliche Feuchtigkeit: den Geruch von nassem Stein und frischem Wasser.

»Kannst du das Ende sehen?« fragte Rowan, die sich über Dylans Schulter reckte, um besser zu sehen.

»Nein«, sagte Dylan. »Die Treppe biegt scharf ab. Laßt mich mal sehen, ob ich ...«

Er tat einen Schritt vor, verließ den Tempelboden, und unmittelbar spürte er, wie eine Warnung durch ihn hindurchblitzte. Wenn die Lampe versagen würde, wenn dort unten etwas lauerte ...

»Laßt uns das für zum Schluß aufheben«, sagte Dylan, trat zurück und schaltete die Lampe aus.

Rowan und Ninian hatten beide früher schon mit Dylan zusammengearbeitet und verfielen nun in die gewohnte Arbeitsroutine. Zuallererst galt es, den rituellen Zweck des Ortes zu dokumentieren ... Ninian hielt das Licht, während Dylan den Altar aus den verschiedensten Winkeln fotografierte, und Rowan fertigte Skizzen an, die den Grundriß des ganzen Ortes festhielten.

»Boah, ein echter satanischer Kultaltar«, scherzte sie.

»Eigentlich nicht«, korrigierte Dylan sie sanft. »Satanismus ist eine christlich-blasphemische Bewegung. Die Kirche vom Alten Ritus behauptet, in ihrer Herkunft und in ihren Zielen vorchristlich zu sein.«

»Die Kirche vom Alten Ritus?« fragte Ninian. »Was macht die denn so weit im Westen und bei jemandem im Keller? Haben die sich nicht sowieso immer nur in Kirchenruinen getroffen?«

»Wieso, was treibt eine nichtchristliche Sekte auf geweihtem christlichem Grund?« fügte Rowan hinzu. »Das macht doch überhaupt keinen Sinn!«

»Ah, da haben wir den Einfluß der Templer...«, sagte Dylan und verfiel unwillkürlich in einen dozierenden Tonfall.

Während er fortfuhr, Wände und Boden sorgfältig nach Zeichen abzusuchen, die die Kirche vom Alten Ritus hinterlassen haben mochte, und einige Stellen für die spätere Untersuchung mit der Kamera festhielt, gab Dylan eine Kurzfassung der Geschichte des Kults, wie er es schon Truth gegenüber getan hatte. Er erinnerte die beiden jungen Parapsychologen daran, daß viele spontan erscheinende Phänomene, die mit Spuk und Heimsuchung zu tun hatten, sich sowohl bewußt erzeugen ließen – wie bei jener Gruppe von Forschern in Toronto, die ihr eigenes Gespenst vollständig aus Daten geschaffen hatten – als auch durch religiöse Rituale, die über einen längeren Zeitraum stattfanden.

»... aber leider wird jeder Forscher, der seine Kameras während des Gottesdienstes in der Kathedrale von Canterbury aufstellen will, hochkantig rausgeschmissen«, schloß Dylan trübsinnig. »Es ist traurig, daß die Religion immer noch der eine Bereich im modernen Leben ist, von dem die Wissenschaft die Finger lassen muß.«

Dylan war so mit dem Auffinden von Zeichen und Inschriften an den Wänden beschäftigt, daß er nicht merkte, was mit Rowan vorging, bis sie ihre Skizzenmappe beiseite warf und aufstand.

»Ich hab'... Kopfschmerzen«, murmelte sie und wühlte in ihrer Tasche.

»Ro!«

Dylan erschrak über die Dringlichkeit in Ninians Stimme – es war ganz und gar nicht seine Art –, bis er Rowans Skizzenmappe auf der Erde liegen sah. Die Blätter lagen durcheinander und waren nicht mit Skizzen, sondern mit Symbolen bedeckt – mit komplizierten Symbolen, die Dylan wiedererkannte, die Rowan aber nicht kennen konnte.

Ninian ließ die Stablampe fallen und nahm ihre Hand. Ihre Finger öffneten sich, und ein kleiner glitzernder Gegenstand fiel mit einem Klingen auf den Steinboden.

Rowan riß ihre Augen weit auf. »Was zum Teufel machst du denn?« schrie sie mit ihrer normalen Stimme. »Ich wollte mir eine Tablette nehmen!«

Sie zog die helle Plastikschachtel mit Excedrin hervor und hielt sie drohend vor Ninian hin. Doch der Gegenstand, den sie in der Hand gehalten hatte, war keine Schachtel mit Schmerztabletten gewesen.

Ninian hob das Messer zum Bleistiftspitzen auf und gab es ihr zurück. »Entschuldige, daß ich dich erschreckt habe«, sagte er. Seinem Tonfall ließ sich deutlich entnehmen, daß er überreagiert hatte.

»Idiot«, murmelte Rowan. »Und ich wette, die Taschenlampe hast du auch kaputtgemacht. Sie so hinzuschmeißen.«

»Es ist nicht so schlimm«, sagte Dylan abwesend. »Ich bin mit den Wänden fertig, mehr oder weniger.« Er las die Skizzenmappe vom Boden auf und blätterte sie durch. Er hielt sie so, daß Rowan die Zeichnungen nicht sehen konnte. »Rowan, was hast du gerade eben gemacht?«

»Ich habe die Eingravierungen unten am Altar kopiert«, antwortete sie, ohne zu zögern. »Du weißt, manchmal sind sie auf dem Film nicht zu sehen, und ... Jesus«, sagte sie, als Dylan ihr die offene Mappe zeigte. »*Die* habe ich nicht gemacht.«

»Doch, das hast du«, sagte Dylan. »Du gehst besser zurück zum Wagen und wartest da oben auf uns. Nin und ich erledigen den Rest.«

»Aber mir geht es jetzt wieder gut, wirklich«, sagte Rowan. »Es war nur ...«

»Geh sofort zurück zum Wagen.« Seine Frustration – und sein Wunsch, das gleiche zu Truth zu sagen, die aber nicht hier war – ließen ihn schroffer klingen als gewöhnlich. Rowan zuckte lahm mit den Schultern und begann die Treppe hinaufzusteigen.

»Alles in Ordnung da unten?« fragte Truth.

Das Kellergeschoß lag beinahe fünfzehn Meter unter dem Erdboden. Truth sah winzig aus, wie sie dort gefährlich nah am Rand stand und hinuntersah. Sie trug immer noch die gleichen Sachen, die sie am Abend zuvor im Restaurant angehabt hatte, und Dylan überlegte, ob sie den ganzen Weg hierher in ihren Slippern gelaufen war.

»Dylan?« fragte Truth. »Rowan?«

»War nur eine kleine parapsychische Durchschnittsattacke«, rief Rowan während ihres Aufstiegs forsch zurück.

Truth wartete, bis Rowan bei ihr ankam, und half der jungen medial veranlagten Frau die letzten Stufen hinauf, bevor sie selbst mit dem Abstieg begann.

»Kann ich irgend etwas für euch tun?« rief sie vom Treppenabsatz herunter. Sie fand es nicht nötig, ihre Anwesenheit zu erklären, geschweige denn, sich dafür zu entschuldigen.

»Ja«, sagte Dylan schließlich. »Komm runter und hilf uns bei den Aufzeichnungen – wir messen jetzt die Temperaturschwankungen.«

Die Morgensonne und die warme Luft draußen machten es unmöglich, irgendwelche wirklich aussagekräftigen Ergebnisse bezüglich kalter Punkte oder Fluktuationen zu erhalten. Doch Dylan wollte eine Reihe von Basisdaten, und das komplizierte Raumthermometer war zumindest ein wenig handlicher zu tragen als andere Teile ihrer Ausrüstung. Das Kellergeschoß lag immer noch im Schatten, doch in ein paar Stunden würde sich das ändern.

Der kleinere der beiden Seismographen stand auf dem Steinaltar, die Nadel ruhte am Anschlag. Der größere würde ihnen mehr Informationen geben, aber ihn hinunter in den Tempel zu schaffen wäre mit großen Schwierigkeiten verbunden, und einige der Bewegungs-Sensoren und Infrarot-Kameras ließen sich wahrscheinlich überhaupt nicht zum Sanatorium hinauftransportieren.

Trotz ihrer jüngsten Auseinandersetzung arbeiteten Truth und Dylan nun eng zusammen. Truth machte schriftliche Notizen, um Dylans Bericht auf dem Diktaphon zu ergänzen, denn die gesamten Aufnahmeinstrumente konnten an dem energiegeladenen Ort leicht ihren Geist aufgeben.

Dylan beobachtete Truth zunächst eingehend – er wußte, daß sie empfänglich war für die Emanationen des Sanatoriums, und er war sich nicht sicher, ob sie ihm alles über ihre

Erlebnisse hier berichtet hatte. Doch soweit er wußte, beruhten all ihre Kontakte zu dem Ort auf ihrem freien Willen, und sie würde jetzt auf der Hut sein.

Und was war mit Rowan? War es voreilig von ihm gewesen, sie zum Auto zurückzuschicken? Vielleicht hatte sie das Messer nur aus der Tasche gezogen, um leichter an ihr Aspirin zu kommen. Doch wenn er an ihre Skizzen dachte, schauderte Dylan innerlich. Nein, Rowan war definitiv unter dem Einfluß von etwas gewesen, das an diesem Ort wohnte. Es war besser, wenn sie alle auf der Hut waren – er selbst eingeschlossen.

Ninian stellte mit Hilfe eines Metermaßes und einer Wasserwaage die genauen Maße des Raumes fest. Dabei achtete er auf verborgene Gefälle und Steigungen. Schließlich lehnte er sich an den Altar und rieb sich die Augen.

»Nin?« sagte Dylan.

»Ich bin... okay«, sagte Ninian. »Es ist nur... mir ist so kalt.«

Dylan warf Truth einen kurzen Blick zu, und einen Moment lang herrschte vollkommene Zuneigung und Übereinstimmung zwischen ihnen. »Wir sollten gehen«, sagte Truth mit flüchtigem Lächeln. Sie begann, Dylans Instrumente – darunter die kaputte Stablampe – in die Rucksäcke zu stopfen.

»Komm schon, Ninian«, sagte Dylan und klopfte dem jungen Mann auf die Schulter. »Wir gehen jetzt. Kannst du einen der Rucksäcke übernehmen?«

»Klar«, sagte Ninian. »Mir war nur... dieser Ort hier macht mir Gänsehaut.«

Dylan sah Truth an.

»Mir nicht«, sagte sie. »Jedenfalls spüre ich nichts, was eine Gefahr anzeigen könnte. Aber bedenkt, daß ich kein Medium bin, so wie Ninian. Außerdem bin ich beschirmt. Eile mit Weile, wie es so schön heißt«, fügte sie hinzu und reichte Ninian den geschnürten Rucksack.

Ninian hängte ihn sich über eine Schulter und ging die Treppe hinauf. Dylan wandte sich zu Truth um.

»Du spürst nichts... Besonderes hier unten?« fragte er. Er brannte vor Neugier auf ihre Antwort.

Truth wollte gerade den tragbaren Seismographen nehmen; sie drehte sich um, und Dylan sah ihr das Abwägen an, wie offen sie zu ihm sein sollte. Wie war es möglich, daß sie sich soweit voneinander entfernt hatten? Vor nicht allzu langer Zeit hätte er geschworen, daß er der engste Vertraute war, den sie auf der Welt besaß.

»Nein«, sagte sie endlich. »Das Tor ist natürlich hier; das kann ich fühlen. Aber wenn ich nicht auf astralem Weg bin und die Quelle es auch nicht ist, dann kann ich kaum etwas anderes wahrnehmen. Das ist nun mal der Unterschied zwischen Magie und medialer Begabung. Ich würde mich für dich hier umsehen, aber so wie deine beiden Medien hier abgebaut haben, glaube ich, brauchst du keine zusätzlichen Beweise, daß hier etwas nicht stimmt.« Sie beschäftigte sich wieder mit dem Seismographen.

Schon lange keine bessere ausweichende Antwort mehr gehört, dachte Dylan niedergeschlagen, steckte die Wasserwaage in den Rucksack und schwang ihn sich auf den Rücken. Truth stellte sich mit dem Rücken zu dem Rucksack, der sich auf dem Altar befand, bückte sich, um ihre Arme in Höhe der Gurte zu bringen, schüttelte den Rucksack in Position und richtete sich dann mit dem ganzen Gewicht auf.

»Gehen wir also, und ... Danke, daß du vorbeigekommen bist. Ich glaube, du hattest recht, daß man diesen Ort mit einem starken Bann belegen sollte«, sagte Dylan zögernd.

Truth lächelte etwas, und dies ermutigte Dylan fortzufahren.

»Ach, und übrigens, hast du eine Ahnung, wohin die Spalte da drüben führt?« fragte Dylan beiläufig. »Zu dumm, daß sich nicht sagen läßt, ob sie zu dem rituellen Raum gehörte, den die Kirche vom Alten Ritus hier unten benutzte.«

Jetzt sah ihn Truth an, als hätte er den Verstand verloren.

»Das Tor ist dort unten. Sinahs Quelle. Wenn du da hinuntergehst, kommst du um. Möchtest du diese These vielleicht überprüfen, Dylan?«

Sie gingen schweigend hinauf. Truth war erstaunt, daß immer noch Morgen war. Sie schaute auf ihre Uhr. Es war fast neun Uhr, ein strahlend schöner Augustmorgen, doch als sie unten gewesen war, hätte es jede andere Zeit oder auch gar keine sein können. Je schneller sie diesen Ort in dem Kellergewölbe schlossen – Tor und blasphemische Kirche in einem –, desto besser, dachte Truth.

Dylan stieg hinter ihr hinauf und ging dann in Richtung Fahrweg. Sein Gesicht war starr. Sie erreichten das Auto ohne Zwischenfall; Rowan und Ninian standen daneben. Der Ausdruck ihrer Gesichter zeigte deutlich ihr Unverständnis dafür, daß sie vom Zentrum des Geschehens fortgeschickt worden waren.

Aber sie sind gegangen; das ist mehr, als ich je getan habe, erkannte Truth bitter an.

Sie sagte laut: »Kannst du mich bei Sinah absetzen, Dylan? Ich muß da wirklich wieder hin.« *Vielleicht schläft sie noch.*

»Kein Problem«, sagte Dylan, »aber findest du nicht, daß du deine Beschützerrolle ein bißchen weit treibst? Ich meine ...«

Das schlechte Gewissen, mit dem Truth Sinah schlafend zurückgelassen hatte, ließ sie nun schärfer antworten, als sie beabsichtigt hatte.

»Nach dem, was hier passiert ist, bringst du es fertig, mich das zu fragen? Ich habe versprochen, sie zu beschützen, Dylan.«

Sie sah, wie sein Gesicht wieder einen störrisch-unglücklichen Ausdruck annahm – soviel zu ihrem zerbrechlichen Waffenstillstand! –, und als Dylan sich dem Wagen zuwandte, fiel Truth nichts weiteres zu sagen ein. Es stimmte, daß Sinah sich im Moment wahrscheinlich in keinerlei Gefahr befand – aber sie hatte ihr Wort gegeben. Warum mußte Dylan sie mit Absicht provozieren?

Wenn er sich nicht genauso in der Falle fühlte, wie sie es tat.

Kurze Zeit später hielt das Auto vor Sinahs Haus.

»Sehe ich euch später?« fragte Truth voller Hoffnung.

»Vielleicht«, sagte Dylan. »Kommt darauf an.«

Aber er sagte nicht, worauf es ankam. Sie stand verloren auf den Eingangsstufen und sah dem Wagen nach. Als er außer Sicht war, ging sie ins Haus.

Sie schloß die Tür hinter sich und blieb ganz still stehen, um zu lauschen. Kein Laut. Sie ging die Treppe hinauf. Sinah begann gerade erst aufzuwachen. Truth fand ihre eigene Nachricht und zerknüllte sie.

»Guten Morgen«, sagte Sinah schläfrig, und dann: »Du bist schon angezogen?«

»Ich habe mich überhaupt nicht ausgezogen«, sagte Truth. »Wie hast du geschlafen?«

»Ich erinnere mich nicht daran«, sagte Sinah. Sie wich Truths Blick aus. »Nun, was machen wir heute?« Sie räkelte sich.

Oh, ich weiß nicht ... zurück zum Tor gehen, damit du mich hineinstoßen kannst? Truth ermahnte sich, nie zu vergessen, daß Sinah für sie zu einer genauso großen Gefahr werden konnte wie alles andere in Morton's Fork. Mit dem schlichten Instinkt, der die Dellon-Frauen Generationen hindurch geleitet hatte, konnte Sinah in jedem Moment zu dem Schluß kommen, daß Truth eine Bedrohung für sie war ... oder ein passendes Opfer.

Und versuche *das* mal Dylan zu erklären! Truth seufzte. Sie würde Dylan eine Menge erklären müssen ... und zwar bald.

Erklären, warum ich ihn nicht heiraten kann. Erklären, warum Liebe nicht genug ist. Erklären, daß ich ... mit meinem Leben Dinge anstellen muß, an denen er nicht im geringsten teilhaben will. Erklären, daß ich mich mit ihm nicht auf halber Strecke treffen will – ich will seine vollständige Unterwerfung.

»Das liegt an dir«, sagte Truth. »Michael sollte morgen hier sein, um Quentin Blackburn ein für alle Mal aus unserem Leben zu vertreiben, und danach können wir uns das Tor wieder vornehmen.«

»Morgen ist der Vierzehnte«, sagte Sinah und zitterte. »Mein Geburtstag.«

»Dann sollten wir ihn feiern«, sagte Truth bestimmt. »Ich sag dir was: Warum ziehst du dich nicht an, und wir gehen zum Gemischtwarenladen runter und holen mein Auto? Vielleicht macht uns Dylan ein Frühstück.« *Vielleicht schneit es in der Hölle.*

»Bist du sicher?« fragte Sinah zögernd. »Ich will nicht, daß ...«

»Dylan ist ein netter Typ.« *Zu jedem, außer zu mir.* »Ich bin sicher, er freut sich, dich zu sehen. Du kannst dich nicht den Rest deines Lebens hier verkriechen – so luxuriös es auch sein mag.«

»Na schön.« Sinah versuchte zu lächeln. Dann schwang sie ihre Beine über die Bettkante. »Und ich kann eine verspätete Einladung an euch alle aussprechen, daß ihr gern mein Badezimmer benutzen könnt. Ich habe selbst mal in einem Wohnmobil gewohnt – der Wasserdruck da entspricht nicht gerade einem Bad im Vier-Sterne-Hotel!«

Sie konnte nicht weiter am Institut arbeiten. Truth hockte in Sinahs Eßzimmer über einer Tasse Morgenkaffee und lauschte dem Geräusch aus der Dusche ihrer Gastgeberin. Die Erkenntnis war bitter, und Truth schreckte vor ihr zurück. Wie sollte sie ihren Unterhalt verdienen, wenn sie ihren Job kündigte?

Es war richtig, daß Thorne Blackburn einen beträchtlichen Besitz hinterlassen hatte – und in den Jahren war er durch die Einkünfte aus seinen Büchern noch angewachsen –, aber sein Vermögen steckte in Rechtsstreitigkeiten fest. Und vielleicht würde es ihr ohnehin nie zugute kommen – Truths Eltern waren nicht verheiratet gewesen, und möglicherweise würde es außerordentlich schwierig sein, nachzuweisen, was jedermann wußte – daß sie Thorne Blackburns Tochter war.

Doch ihre Zukunft lag nun klar vor ihr. Nach diesem Morgen mit Dylan wußte Truth, daß sie die von ihr getroffene Entscheidung nicht mehr lange verheimlichen durfte. Seit dem Tag, als sie ihr Erbe entdeckt hatte, war Truth in diese Richtung gedrängt worden, und sie sah keinen Weg, wie sie ihre selbständige okkulte Hilfstätigkeit mit ihrer Arbeit am Institut in Einklang bringen konnte. Als Menschenbeglückerin unterwegs zu sein kostete erstens zuviel Zeit, und zweitens waren die Arbeitsstunden äußerst unregelmäßig.

Aber wenn es das ist, was ich tun muß, dann finde ich auch einen Weg, es zu tun, versicherte Truth sich selbst. Zumindest brauchte sie nicht umzusiedeln. Wie Dylan gesagt hatte, Schwierigkeiten konnte sie überall finden.

Dylan. Wenn sie ihm erzählte, daß sie ihren Job kündigen und der Okkulten Polizei beitreten wollte, würde es das Faß zum Überlaufen bringen.

Als Truth und Sinah die Stelle erreichten, wo der Asphaltbelag auf der Straße begann, erblickten sie nicht weit vom Laden zwei Sheriff-Autos und einen großen Lastwagen mit offiziellem Kennzeichen. Vor dem Gebäude standen Caleb und Evan Starking und sprachen mit einem Mann, der einen breitkrempigen Hut trug.

»Was ist da los?« fragte Sinah und blieb stehen. Sie sah aus, als wollte sie jeden Moment ausreißen.

»Das Sheriff-Department ist wohl mit den Hunden gekommen, um nach Luned Starking zu suchen«, sagte Truth.

Sinah rührte sich nicht vom Fleck. »Komm schon«, sagte Truth leicht ungeduldig. »Kein Grund, sich zu fürchten.«

»Ich glaube ...«, begann Sinah. »Ich dachte, ich könnte damit umgehen, aber es ist so lange her, daß ich so vielen Leuten auf einmal begegnet bin, daß ich ...«

Natürlich. Sie ist eine Telepathin. Im Wirbel der Ereignisse und unter dem Druck ihrer eigenen Probleme hatte Truth beinahe vergessen, daß Sinah diese besondere Gabe hatte.

»Wir können zurückgehen«, schlug Truth vor, doch Dylan war bereits vom Tisch vor dem Wohnmobil aufgestanden und kam auf sie zu.

»Schön, Sie wiederzusehen, Miss Dellon. Darf ich Sie meinen jungen Kollegen vorstellen? Sie werden begeistert sein, einen echten Filmstar kennenzulernen«, sagte Dylan Palmer.

»Rowan Moorcock, Ninian Blake.« Sie standen beide auf, während Dylan sie vorstellte: eine große, stämmige junge Frau mit langen zimtroten Haaren; ein schlanker, schwarzhaariger junger Mann, den ihre Stiefmutter als ›interessant‹ eingestuft hätte. Sie mußten die beiden anderen Geisterforscher sein, die Truth erwähnt hatte.

Ninian streckte die Hand aus. Da es so erwartet wurde, überwand sich Sinah und ergriff sie. Aber sie konnte sich nicht vor dem schützen, was dann kam. Sie schrak zurück und löste ihre Hand mit einem Ruck aus Ninians.

Sie war blind. Nein, nicht eigentlich blind – sie konnte Farben, Bewegung, Formen sehen. Doch ihre Gabe, ihre Fähigkeit zu hören, was andere nicht sagten, war endlich verschwunden. Sie konnte nicht mehr den Druck der Gefühle anderer spüren – selbst wenn sie sie berührte.

Sie sah die anderen verwirrt an. Sie hatte Dylan nur kurz kennengelernt, als sie noch Gefühle spüren konnte, und die beiden anderen hatte sie noch nie gesehen. Sie hatte nicht die geringste Vorstellung, was sie dachten oder wie es in ihrem Inneren aussah. Endlich war sie allein in ihrem Bewußtsein, allein mit den Stimmen ihrer Vorfahren und dem Wissen um den Ort des Geweihten Wassers, das sie erfüllte wie das Licht einer trüb verhüllten Sonne.

»Sinah?« fragte Truth.

»Nur ein Frösteln«, murmelte Sinah. »Schön, Sie kennenzulernen, Ninian.« Sie nahm seine Hand erneut und drückte sie fest.

Der junge Mann lächelte unsicher und nahm wieder auf seinem Stuhl Platz. Dylan bot seinen eigenen Stuhl Sinah an, die sich dankbar darauf niederließ. Dann ging er und suchte nach Sitzgelegenheiten für Truth und sich selbst.

Die lebenslange Gewohnheit, ihre Andersartigkeit vor fremden Leuten geheimzuhalten, ließ sie nun ihre Normalität verbergen. Was konnte sie sagen? Daß sie nicht länger Leute belauschen und ihr Wissen nutzen konnte, um sie wie Puppen zu manipulieren? Was für eine Woge der Sympathie ihr *das* eintragen würde!

Aber es gibt andere Mittel, um einen Mann um den Finger zu wickeln. Älter, sicherer und heimlicher… Die innere Stimme war so zwingend und hartnäckig wie nur je eine Stimme von außen. Sinah versuchte sie auszublenden, hoffte, daß sie nicht einfach aufstieg und sie verschlang.

»Etwas Kaffee, Miss Dellon?« fragte Dylan.

»Bitte«, sagte Sinah, »nennen Sie mich Sinah. Haben Sie vielleicht auch Tee?« fragte sie, da sie ein Teebeutelfähnchen aus Rowans Tasse hängen sah. »Ich will nicht wie ein Snob wirken, aber…«

»Tee ist sowieso gesünder«, sagte Rowan prompt. »Ich geh' welchen machen.« Sie sprang auf und eilte in den Wohnwagen. Die Fliegentür schlug hinter ihr zu.

»Wie geht es Rowan?« fragte Truth in sachlichem Ton.

»Keine Nachwirkungen; noch nicht einmal Kopfschmerzen«, sagte Dylan. »Aber es ist einfach ein Beweis dafür, daß man Spukhäuser nicht auf die leichte Schulter nehmen darf.«

»Oder Nicht-Häuser, in denen es spukt«, fügte Truth mehr zu sich selbst hinzu. Sie überlegte, wie sie Zeit finden sollte, um mit Dylan allein zu reden. Sinah sah aus, als hätte sie ein Gespenst gesehen; Truth fragte sich, was mit ihr los war.

»Ist sie krank?« fragte Sinah.

»Es hat ihr heute morgen jemand in die Tasse gespukt«, sagte Ninian und grinste schwach über seinen Scherz. »Wir waren oben in Wildwood – und, na ja.« Er zuckte mit den Schultern. »Ich sollte mich nicht über sie lustig machen. Ro ist ein Medium, und der Ort reicht aus, um Cagliostro aus dem Gleichgewicht zu bringen.«

»Sie waren da oben?« fragte Sinah. »Im Sanatorium?« Sie fühlte, wie sich die verbliebenen Kräfte ihrer Blutlinie in ihr sammelten und verzweifelt nach einem Weg suchten, diese Eindringlinge, diese *Außenseiter,* zu vertreiben. »Sie sollten dort nicht hinaufgehen. Es ist gefährlich.« Ihre Stimme wurde rauh.

»Wir treffen alle erdenklichen Vorsichtsmaßnahmen«, sagte Dylan beschwichtigend. »Und Truth hat sogar zusätzlich welche für uns getroffen. Ich sage dies jetzt nur sehr ungern, Leute«, fügte Dylan hinzu und hob leicht die Stimme, um Rowan einzuschließen, die mit einer Tasse und einer Kuchenschachtel vorsichtig aus dem Wagen kam, »aber das Sanatorium wird wahrscheinlich ab übermorgen für uns nicht mehr zugänglich sein.«

Sieh an. Dylan scheint zu glauben, daß Angriff die beste Verteidigung ist.

»Stadterneuerung?« wunderte sich Rowan laut und stellte die Tasse vor Sinah ab. »Milch oder Zucker? Wir haben beides; ich konnte nur nicht alles auf einmal tragen.«

»Schwarz ist wunderbar«, sagte Sinah und hob die Tasse.

»Ich habe einen Freund hergebeten, damit er die Reste der Kirche vom Alten Ritus bannt«, sagte Truth ruhig. »Wenn es also das ist, was ihr untersucht, dann wird es, wenn alles gutgeht, morgen nachmittag ein Ende damit haben.«

Rowan schaute von Truth zu Dylan, vor Überraschung stand ihr der Mund leicht offen. Man mußte kein Telepath sein, um zu erkennen, wie Enttäuschung und Empörung in der jungen Frau miteinander rangen. »Also... du hast einfach irgendeinen *Wunderheiler* bestellt?« sagte Rowan stockend.

»Nein«, erwiderte Truth. »Michael ist... jemand, der mit solchen Stätten fertig wird. Ihr wart alle oben. Es gibt kaum einen Zweifel, daß die Kirche vom Alten Ritus sich im Keller von Quentin Blackburns Sanatorium versammelt hat. Es ist ein scheußlicher kleiner Kult, und solche Kulte hinterlassen psychisch weiterwirkende Reste. Ich würde das dort unten genauso gern sich selbst überlassen wie eine Bombe, die nicht explodiert ist.«

Sinah blickte von einem Gesicht zum anderen. Rowan wirkte immer noch ungehalten, beruhigte sich aber, als Dylan nicht widersprach. Dylan sah nachdenklich aus.

»Ist wahrscheinlich am besten so«, sagte Ninian nüchtern. »Wir haben sowieso keinerlei dokumentierte Fakten aus dem Sanatorium auf die Datenbank bekommen – nicht einmal ein Gespenst.«

»Mein Gott, Nin, wo ist dein Sinn für Abenteuer?« neckte Rowan. »Ich finde, wir hätten es selbst auf den Kopf stellen müssen. Wer nicht wagt, der nicht gewinnt.«

Ninian schnaufte nur verächtlich. Truth beneidete Rowan um ihren unbeschwerten Abenteuergeist – welche paranormalen Ereignisse Rowan in ihrem Leben auch schon erlebt hatte, sie hatten ihren unersättlichen Appetit nach mehr nicht dämpfen können. Vielleicht wußte sie einfach nicht, wie groß das Risiko war.

»Entschuldigung«, sagte eine neue Stimme. »Ist einer von euch Herrschaften hier ein Doktor Palmer, aus Taha – Taga – na, jedenfalls aus einer Universität im Staat New York?« schloß der Mann mit einem Grinsen.

Es war einer der Stellvertreter des Sheriffs.

»Taghkanic, um genau zu sein«, sagte Dylan und erhob sich. »Es spricht sich leichter aus, als es den Anschein hat. Ich bin Dylan Palmer, dies sind Rowan Moorcock, Ninian Blake,

Truth Jourdemayne, Sinah Dellon. Was kann ich für Sie tun, Officer?«

»Ich bin Sergeant Wachman vom Lyonesse County Sheriff Department. Caleb drüben vom Laden hat gesagt, daß ihr Leute hier ... hinter Gespenstern her seid?«

Sergeant Wachman hatte eine gedehnte und monotone Sprechweise. Er war ein großer Mann mit der hellen Hautfarbe, die in diesen Bergen so verbreitet war. Die breite Krempe seines blauen Sheriff-Hutes beschattete seine Augen, doch Truth spürte, daß er Sinah musterte.

»Nun, Morton's Fork gilt als Zentrum paranormaler Erscheinungen in dieser Gegend«, sagte Dylan. »Wir sind Parapsychologen vom Margaret Beresford Bidney Psychic Science Research Laboratorium, das dem Taghkanic College in New York angegliedert ist. Wir sind jetzt fast drei Wochen hier. Ich habe Luned Starking ein paarmal im Laden getroffen. Glauben Sie, daß Sie sie finden werden?« fragte Dylan.

»Tja, wir werden wohl Gottes Hilfe brauchen, nach dem Regen, den wir gestern hatten«, sagte Sergeant Wachman. Seine Augen waren noch immer auf Sinah gerichtet. »Sie haben Parapsychologie gesagt?« fügte er hinzu. »Sie meinen Tarot-Karten und solche Sachen? Wie im Fernsehen?«

»Mehr oder weniger, Sergeant. Möchten Sie eine Tasse Kaffee? Er ist frisch.« Dylan lächelte ihn freundlich an, aber Truth spürte seine innere Spannung, die noch von ihrem Streit herrührte und sich hier leicht einen neuen Anlaß zum Entladen suchen konnte. Und es mochte einem gefallen oder nicht, Lyonesse County war einfach hinterwäldlerisch, und für viele Menchen gab es zwischen ›Parapsychologie‹ und ›Satanismus‹ kaum einen Unterschied.

»Da würde ich nicht nein sagen«, sagte Wachman. Er schob seinen Hut nach hinten und kratzte sich am Kopf. Seine Haut war hell, gerötet und voller Sommersprossen und unterstrich sein etwas dumpfes, schwerfälliges Aussehen.

»Jetzt bin ich dran«, sagte Ninian. Er stand auf und ging zum Wohnwagen. Sergeant Wachman folgte Dylans Einladung und setzte sich auf Ninians Stuhl.

»Dellon ...«, sagte er. »Sind Sie irgendwie mit der alten Miss Rahab Dellon verwandt, die früher mit ihrer Tochter auf dem Berg wohnte?«

Sinah schoß einen Blick aus Panik und Schreck zu Truth hinüber. »Ich bin ihre Enkelin«, sagte Sinah. »Zumindest steht das in meiner Geburtsurkunde.«

»Klar, und ob Sie das sind!« Wachmans Gesichtsausdruck zeigte nichts als die reinste Freude. »Mein Vater hat immer über Sie geredet; Sie sind das kleine Findelkind, das er runter ins Krankenhaus nach Elkins gefahren hat, das müssen diesen Monat ungefähr dreißig Jahre her sein.« Plötzlich wurde ihm klar, was er gesagt hatte, er hielt inne und wurde rot. »Ich meine, ich wollte sagen ... Tut mir leid, Ma'am, ich wollte nichts von Ihrem Alter verraten.«

Sinah lächelte. »Das macht nichts, Sergeant, schon deswegen nicht, weil Sie der erste Mensch sind, der mir freundlich begegnet, seit ich hier bin.«

Jetzt wirkte Sergeant Wachman peinlich berührt. »Tja, die Leute hier in Morton's Fork brauchen immer 'ne Zeit, bis sie Fremden gegenüber auftauen. Nicht, daß Sie 'ne Fremde wären, Miss Dellon.«

Ninian kehrte mit Pappbechern, Zucker und einer Milchtüte zurück, die er alle unter einen Arm geklemmt hatte, während er in der freien Hand die halbvolle Kaffeekanne trug. Obwohl er sich mit dem Ungeschick eines jungen Reihers bewegte, hatte Truth ihn noch nie etwas fallen lassen sehen.

»Tut mir leid, wir haben keine richtigen Tassen mehr«, sagte er und stellte seine Last auf dem Tisch ab. »Dafür gibt es jede Menge Kaffee.«

Rowan schob ihm die Kuchenschachtel zu. »Und jede Menge Kalorien.«

»Genau, was ich nicht brauchen kann«, sagte Wachman mit einem wehmütigen Seufzer. »Die Frau ist dauernd hinter mir her, daß ich 'n paar Pfund abnehmen soll.« Trotzdem nahm er sich ein Stück Streuselkuchen aus der Bäckerei in Pharaoh.

»Ambrose, wir können jetzt mit den Hunden losgehen. Wir haben Kleidungsstücke von dem Mädchen, und die Hunde haben jetzt den Geruch aufgenommen. Sollen wir bei der alten

Dellon-Hütte anfangen?« Der Sprecher – ein weiterer Hilfssheriff – war dünn und eifrig, aber ungeachtet dessen hatte er eine große Familienähnlichkeit mit Ambrose Wachman.

»Das ist ein guter Anfang. Denk dran, daß dein Funkgerät hier in der Gegend nichts taugt, also komm auf jeden Fall um Mittag wieder her und sag mir, wie's steht, Davey-Boy.«

Der jüngere Hilfssheriff salutierte und ging zu den anderen. Einen Augenblick später fuhren zwei grüne Lyonesse-County-Fahrzeuge mit Vierradantrieb langsam am Winnebago vorbei und verschwanden auf dem Watchman's-Gap-Pfad.

»Sie wohnen in der Dellon-Hütte, Miss Dellon? Ziemlich hart da oben.« Sergeant Wachman nippte an seinem Kaffee. Seine Krawatte und sein kurzärmeliges Marinehemd waren leicht mit Puderzucker bestäubt.

Ninian nahm seine Tasse und stellte sich damit hinter Dylan.

»Nein. Ich habe das alte Schulhaus, die Straße weiter hinauf, gekauft und es renovieren lassen, bevor ich eingezogen bin.«

Sinahs Stimme – wie ihr Gesicht – war blaß und gequält, und Truth fragte sich, welche Gedanken im Kopf des Sergeants umgingen. Verdächtigte Wachman *Sinah* des Mordes an Luned? Sollte das hier eine Art Verhör in *Columbo*-Manier sein, um sie zum Geständnis zu bewegen? Wenn Truth auch nicht wußte, was in Wachmans Kopf vorging, so würde Sinah es sicherlich wissen. War es so bedrohlich?

»Das stimmt. Sie haben 'ne Menge da oben gerichtet; Telefonanschluß und sanitäre Anlagen und all das. Haben Sie vor, hier wieder ganz zu leben? Oder wohnen Sie noch woanders?«

»Ich – ja – nein – ich weiß nicht.« Sinah sprang auf und warf dabei den wackligen Stuhl um. Ihr Gesicht mit den Händen bedeckend, rannte sie in den Winnebago, die einzige Zufluchtsstätte, die es hier gab.

»Miss Dellon!« Sergeant Wachman war ebenfalls aufgestanden. »Ich wollte Sie nicht...«

»Wenn Sie uns vielleicht sagen, was Sie genau wissen wollen, könnten wir Ihnen besser helfen«, sagte Dylan Palmer. Seine Worte waren freundlich, aber sein Ton war es nicht. »Wir sind Ihnen gerne behilflich, aber ich denke, Sie lassen Sinah lieber in Ruhe.«

»Es ist keine so gute Idee, hier in dieser Gegend einem Vertreter von Recht und Ordnung drohen zu wollen, mein Junge«, sagte Wachman. Von Gelassenheit war keine Spur mehr; jetzt glich sein breites, blasses Gesicht dem eines Raubtiers kurz vor dem Sprung.

»Es sind halt die ganzen Aufzeichnungsinstrumente da drin«, sagte Rowan, die die Spannung in der Luft nicht zu bemerken schien, »und wenn etwas davon kaputtgeht, dann muß Dylan es von seinem Gehalt bezahlen. Abgesehen davon hat Sinah in der letzten Zeit einiges durchgemacht, niemand will hier mit ihr reden oder sonst was, und sie hat nur uns.« Rowan warf Wachman ihr liebenswürdigstes Lächeln zu; offenbar setzte sie ihre Weiblichkeit als Waffe ein.

Und ihre Taktik ging auf, dachte Truth bitter. Wachman entspannte sich, auch wenn er sich nicht mehr hinsetzte.

»Sie arbeiten also mit Maschinen – nicht mit übersinnlichen Leuten?« Er klang seltsam enttäuscht. »Arbeitet denn Miss Dellon nicht für Sie?«

»Vielleicht sagen Sie mir lieber, warum Sie all diese Fragen stellen«, sagte Dylan. »Und warum Sie hergekommen sind. Ich bin sicher, Sie wollen hier nicht nur Ihre Zeit totschlagen.«

Um Himmels willen, Dylan – komm zu dir! Du bist derjenige, der immer davon spricht, wie wichtig es ist, mit den Einheimischen klarzukommen!

Obwohl sie hinter Sinah herlaufen und nachsehen wollte, wie es ihr ging, wagte Truth sich nicht von der Stelle, um das empfindliche Gleichgewicht der Situation nicht zu stören. Das, was sie alle am wenigsten brauchen konnten, war eine Nacht im Gefängnis.

»Ich bin gekommen«, sagte Sergeant Wachman ernst, »weil ich wissen wollte, ob einer von euch Parapsychologen genug Hexenblut in sich hat, um mir 'ne Stelle zu sagen, wo ich mit der Suche nach dem Starking-Mädchen anfangen kann, denn dieses Gebirge ist ein Riesending, und sie kann da, wo sie ist, liegen, bis sie verrottet, wenn wir nicht irgend 'nen Anhaltspunkt haben außer 'ner Spur, die zweiundsiebzig Stunden alt ist.« Sein Gesicht wurde rot vor Scham und Ärger.

Die anderen vier antworteten mit verblüfftem Schweigen. Was immer sie von einem County-Sheriff im ländlichen West Virginia erwartet hatten, das ganz gewiß nicht.

»Na, du lieber Gott, Sergeant Wachman, dafür brauchen Sie nicht Sinah«, sagte Rowan nüchtern. »Dafür brauchen Sie mich.« Sie sah erfreut und erleichtert aus, daß sie das Problem so leicht gelöst hatte.

Truth war sich fast sicher, daß Rowan die Spannung absichtlich übergangen hatte – und mit Erfolg. Da Wachman sich nun ganz auf Rowan konzentrierte, konnte Truth endlich aufstehen und sich verdrücken.

»Sinah, bist du okay?«

Sinah drehte sich mit einem Laut des Erschreckens um.

»Es ist vorbei, Truth – alles vorbei. Ich bin allein!«

Es gab nicht viel, was Truth für sie tun konnte. Obwohl Sinah offensichtlich ihre besondere Gabe nie gewollt hatte, war sie jetzt, da sie sie nicht mehr besaß, verständlicherweise verwirrt. Wenigstens konnte Truth Sinah versichern, daß Sergeant Wachmans Interesse an ihr nur berufliche Gründe hatte.

»Er sucht nur ein Medium, das ihm bei der Suche nach Luned hilft, das ist alles. Ich glaube, Rowan will ihm helfen.«

»Ein Medium?« fragte Sinah verständnislos. »Wie im Fernsehen?«

»Alles in Ordnung hier drinnen?« fragte Dylan von der offenen Tür her.

»Nur die Nerven«, sagte Sinah rasch. »Er sucht ein Medium?« wiederholte sie, so daß Dylan es hören konnte.

»Er sucht nach einem Strohhalm«, sagte Dylan mit sanfter Stimme. »Und es wird nichts schaden, wenn Rowan für ihn ein bißchen Fernsuche auf der Landkarte betreibt. Wenn es funktioniert, wunderbar. Wenn nicht, dann ist er auch nicht schlechter dran als jetzt.«

»Für viele Polizeiabteilungen sind Medien die letzte Hoffnung«, erklärte Truth Sinah. »Es ist nur schade, daß ein Medium nicht immer zuverlässig ist.«

»Wenn das Institut sein Zentralregister auf die Beine bringt, dann könnte sich das ändern. Es wäre eine Datei, in der Leute nicht nur Verweise auf professionelle Medien finden, sondern zugleich deren Erfolgsquote abfragen können«, sagte Dylan, ebenfalls an Sinah gerichtet.

»Eine Art Ghostbusters-Weißbuch«, sagte Sinah mit schwachem Lächeln. »Na, ich brauche da jedenfalls keinen Eintrag.«

»Aber Rowan.« Dylan kam herein und drückte sich an ihnen vorbei. Er öffnete eine Kiste mit allerlei Krimskrams und wühlte darin herum. »Truth, weißt du noch, wo wir das Testset hingetan haben?«

Das Wohnmobil schwankte wieder, als Rowan einstieg. »Hallo. Sergeant Wachman holt jetzt eine große topographische Karte von der Gegend, mit der ich arbeiten kann. Also will ich schon mal meine Musik holen. Ich habe den Walkman hier hereingebracht – wo habe ich ihn hingelegt?« Rowan begann, Schubladen aufzuziehen und sie zu durchsuchen.

Hatte Rowan letzte Nacht hier geschlafen? Ein überraschendes Gefühl der Eifersucht durchzuckte Truth. Wie kam sie dazu? Truth wandte sich zum Gehen, aber da stand jemand in der schmalen Tür.

»Das sieht hier wie eine Kabine auf der *Titanic* kurz vorm Untergang aus«, sagte Ninian. »Aber da ihr alle hier drin seid, dachte ich, ich geh' auch mal rein. Der Typ geht mir auf die Nerven.«

»Oh, er ist nett!« protestierte Rowan. »Er ist eben Polizist.« Schließlich fand sie den grellgelben Walkman mitsamt den Kopfhörern und begann, die Kabel zu entwirren. »Und ein Polizist muß nun mal die Sachen machen, die ein Polizist machen muß.«

Ninian antwortete nur mit einem Grunzlaut, dann schlüpfte er an den anderen vorbei und setzte sich auf den Fahrersitz.

»Hey – wo sind die Bänder? Wir haben gestern abend beim Gewitter alles so schnell reingestopft – sonst wären wir weggespült worden. Du hättest uns drei hier sehen sollen, es war nur noch unklar, ob der Winnebago als nächstes abtaucht«, redete Rowan achtlos weiter.

Truth spürte, wie die Spannung in ihrer Brust nachließ, und lächelte mürrisch. Es war eine vernünftigere Erklärung als diejenige, die ihr eingefallen war – selbst wenn Dylan sie betrügen wollte, so würde er es kaum mit einer seiner Studentinnen tun.

Was war nur los mit ihr? fragte sich Truth besorgt. Sie agierte nicht – sie *re*agierte nur –, tanzte wie eine Marionette an unsichtbaren Fäden.

Aber wer war der Puppenspieler?

»Wups – da ist er ja! Ich muß gehen«, sagte Rowan und sprang mit vollen Händen zur Tür hinaus.

»Rowan!« rief Dylan, zu spät, um sie noch zu erreichen. »Verdammt, ich kann das Set nicht finden!«

»Hier drin ist es.« Truth bückte sich und zog eine Schublade unter dem hinteren Sofa vor. »Erinnerst du dich? Du hast es hier hineingetan, damit du es immer leicht findest.« Sie drückte ihm eine kleine Pappschachtel in die Hände.

»Ach ja. Richtig.« Dylan blickte freundlicherweise einfältig drein. Er öffnete die Schachtel. Das Pendel – ein Senkblei aus Messing an einem Stück schwerer Angelschnur mit einem Ring am Ende – lag obenauf. Er hob es hoch.

»Danke, Tru.«

Truth lächelte über die drollige Verkürzung ihres Namens. Als Dylan den Wagen verließ, folgte Ninian ihm.

»Magst du dich eine Weile hinlegen, Sinah?« fragte Truth. »Du kannst das Sofa hier nehmen; es ist kein Problem.«

»Nein«, sagte Sinah. Sie schob ihre Schultern vor, als wollte sie ihrem inneren Dämon trotzen. »Ich möchte zusehen. Ich habe noch nie ein Medium bei der Arbeit gesehen.«

»Nun, vielleicht funktioniert es nicht«, sagte Rowan in belehrendem Ton.

Der kleine Kartentisch vor dem Wohnmobil war abgeräumt worden, und die riesige topographische Karte von der Gegend lag darauf ausgebreitet.

»Ich weiß, daß es nicht funktioniert«, knurrte Wachman.

»... denn forensische Psychometrie ist ein Spezialgebiet, und da ich nichts von Polizeiarbeit verstehe, interpretiere ich vielleicht die Information, die ich bekomme, falsch. Oder sie ist zu ungenau, um etwas zu nützen. Ich könnte Ihnen zum Beispiel sagen, Sie sollen bei fließenden Gewässern suchen, aber was bringt Ihnen das? Aber, mal sehen, was ich herausbekomme. Haben Sie ein Foto? Etwas, das sie vor kurzem angehabt hat?«

»Das ist das Beste, was wir bekommen haben. Es ist ein paar Jahre alt.«

Wachman war offenkundig beeindruckt, wie nüchtern und unsentimental Rowan ihren eigenen möglichen Arbeitserfolg einschätzte. Er brachte ein Foto zum Vorschein; eindeutig ein Schulfoto. Darauf stand Luned, geschniegelt, in einem gelben Kleid und starrte ernst in die Kamera. Rowan nahm das Bild zwischen ihre Fingerspitzen und legte es auf die Landkarte.

»Okay.« Sie holte tief Luft, und Truth merkte, daß Rowan trotz all ihrer zur Schau getragenen Unbeschwertheit nervös war.

»Habt ihr das Pendel? Ach, und jemand muß die Ausschläge aufzeichnen.«

»Ich habe einen Bleistift«, sagte Dylan und gab ihr das Pendel in die Hand. Rowans Finger schlossen sich darum, als ob es eine Rettungsleine wäre – doch nur für einen Augenblick. Sie ließ die Leine ausrollen. Dann legte sie diese auf die Karte, setzte sich die Kopfhörer auf und nahm den Walkman in ihren Schoß. An einer Ecke des Tisches befand sich ein Stapel Kassetten.

»Was haben Sie vor?« fragte Wachman etwas unbehaglich.

»Ich rocke«, sagte Rowan abwesend und drückte den Startknopf. Die Musik begann mitten in einem Stück, und sofort hörte man den harten Klang von Gitarren aus den Kopfhörern schallen. Ninian – für Rowan nicht sichtbar – schrak zurück, und Truth konnte es ihm nachfühlen. Wie konnte jemand dieses Zeug bei der Lautstärke ertragen?

Doch Rowan – es war unglaublich – stellte die Musik sogar noch lauter. Truth hörte ein Heulen, das wahrscheinlich von dem Sänger herrührte, aber eher wie von Hunden bei einer Hetzjagd klang. Trotz des hämmernden Rhythmus bewegte sich Rowan nicht zur Musik. Vielmehr saß sie regungslos, die linke Hand in ihrem Schoß, und führte den Zeigefinger durch den Ring am Ende der Pendelleine. Sie streckte ihren Arm über der Landkarte aus, so daß das Gewicht am unteren Ende der Leine frei über dem Zentrum der Karte schwebte.

»Rowan und ich arbeiten oft zusammen«, erzählte Dylan Wachman. Er sprach in gewöhnlicher Lautstärke; durch das Hämmern der Musik konnte Rowan ihn unmöglich hören. »Sie benutzt die Musik, um stimulierende Einflüsse von außen auszuschalten und in einen anderen Zustand zu gelangen. Jedes Medium hat seine eigene Methode; ich fürchte, daß Parapsychologie noch keine allzu exakte Wissenschaft ist.«

»Und Sie glauben, daß das funktioniert«, sagte Wachman voller Zweifel. Was immer er erwartet hatte, offenbar war es nicht das, was er hier sah.

»Das hängt davon ab, was Sie unter ›funktionieren‹ verstehen«, sagte Dylan diplomatisch. »Rowan wird sicherlich einen Trance-Zustand erreichen. Vielleicht wird sie Stellen auf der Karte lokalisieren, wo Sie suchen können, vielleicht auch nicht. Und ob das, was sie findet, am Ende ein Treffer ist, kann ich Ihnen im voraus nicht sagen.«

»Ein offenes Wort«, sagte Wachman besänftigt.

Das Pendel begann beinahe sofort hin und her zu schwingen, dann geriet es in eine kreisende Bewegung, die Truth vertraut war.

»Zeichne es an«, sagte Rowan.

Dylan trug ein Kreuz in der Karte ein und trat wieder zurück. Das Pendel begann fast im gleichen Moment wieder zu kreisen.

»Und sie bewegt es nicht?« Diese Frage kam von Sinah. Dylan wandte sich ihr zu und lächelte.

»Natürlich bewegt sie es, aber auf einer unterbewußten Ebene. Sie reagiert auf Einflüsse, die von ihrem Bewußtsein nicht kontrolliert werden. Im Grunde spaltet die Trance das Bewußtsein vom Unterbewußtsein, so daß zwischen beiden eine Interaktion stattfinden kann. Rowan ist hellsichtig – das heißt im wesentlichen, daß sie Informationen über andere als die normalen Wahrnehmungskanäle bekommt. Die meisten Menschen tun das in einem gewissen Maß – was ist eine Vorahnung schließlich anderes als eine Information, von der man gar nicht weiß, daß man sie hat? –, aber entweder hat der Hellsichtige bessere Informationen oder einen besseren Zugang; wir wissen noch nicht, was von beidem.«

»Wahnsinnig viel scheinen Sie nicht zu wissen, oder?« grummelte Wachman.

»Vielleicht nicht«, sagte Dylan freundlich. »Aber immerhin wissen wir, daß wir es nicht wissen.«

»Anzeichen«, sagte Rowan Moorcock erneut.

»Nun, nach meinen Berechnungen haben Sie den Gemischtwarenladen, das Wohnhaus der Starkings und die Dellon-Hütte gefunden – alles Orte, wo sie früher gewesen ist, von denen wir aber wissen, daß sie nicht mehr da ist. Doch die beiden anderen Stellen sollten wir uns anschauen.« Er rollte die Karte zusammen. »Ich fahre jetzt mal hoch und sehe nach, was Davey bisher angestellt hat. Vielen Dank für Ihre Zeit und Mühe – und für den Kaffee.«

Wachman ging schnurstracks zu dem weißgrünen Wagen, der immer noch vor dem Laden parkte, und stieg ein.

»Hast du sonst noch etwas empfangen?« fragte Dylan leise.

Rowan rieb sich die Schläfen, und es war eines der wenigen Male, in denen Truth die junge Frau gedämpft und nicht überschäumend sah.

»Ja, Dylan. Ich wollte nichts sagen, aber – ich glaube, sie ist tot. Ich glaube, sie ist ertrunken.«

16

Schwere Worte

Es gibt eine Stille, wo nie ein Laut erscholl,
Es gibt eine Stille, wo nie ein Laut erklingt,
Im kalten Grab, im tiefen Meer,
Oder in der Wüste tot und leer.

Thomas Hood

»*I*ch halte es nicht aus, hier einfach nur herumzustehen und zu warten«, sagte Sinah mit einem Schaudern, während die anderen sich anschickten, ihre tägliche Arbeit aufzunehmen. »Und ich habe noch ein paar Telefonate zu erledigen – mit meinem Manager, vor allem«, fügte sie zögernd hinzu. »Aber vielleicht kommst du in ein paar Stunden vorbei, Truth, und wir können hinunter zum Supermarkt nach Pharaoh fahren? Ohne Jeep bin ich wie gefangen – Wycherly hat ihn ausgeliehen und bisher nicht zurückgebracht«, ergänzte sie zu Dylans Information.

»Das ist okay – um drei dann also?« Truth ließ Sinah nur ungern gehen, aber was konnte schon Schlimmes passieren? Wenn Sinah vorhatte, sich selbst dem Tor zu opfern, so konnte Truth wenig tun, um sie daran zu hindern, wenn es soweit war.

»Abgemacht. Und vielleicht könnt ihr alle vier heute abend zum Essen zu mir kommen?« sagte Sinah. »Nichts Großartiges, aber zumindest könnt ihr eure Wäsche waschen und euch duschen, ohne mit jedem Tropfen zu haushalten.«

»Das wäre wunderbar«, sagte Dylan. »Vorher muß ich wohl leider noch mit dem Wohnmobil an einen Ort fahren, der – ungelogen – Bear Heaven heißt, um die Tanks reinigen und auffüllen zu lassen. So ein Wohnmobil ist um einiges besser, als auf der Erde zu schlafen, aber jedem Vorteil steht meist ein Nachteil gegenüber. Das ist das Palmersche Gesetz.«

»Bis heute abend dann«, sagte Sinah lächelnd. Sie winkte und machte sich auf den Weg.

»Und was glaubst *du*, wo Wycherly Musgrave steckt?« fragte Dylan an Truth gewandt, als Sinah außer Hörweite war und Rowan und Ninian zu ihren Kontrollpunkten aufgebrochen waren. Es war das erste Mal seit Tagen, daß sie eine Art zivilisierter Unterhaltung hatten, und Truth war übertrieben dankbar dafür.

»Wahrscheinlich inzwischen wieder zurück in Long Island – das heißt, wenn er Sinahs Wagen nicht irgendwo um einen Baum gewickelt hat. Dreimal darfst du raten, wem da drüben auf dem Schrottplatz das Ferrari-Wrack gehört«, sagte Truth abwesend.

Dylan blickte kurz in die Richtung, wo zwischen den verrosteten Schrottautos immer noch der blutrote Lack des Autos hervorlugte.

»Und was hast du für den Nachmittag geplant?« fragte er, an die Seitenwand des Wohnmobils gelehnt.

»Nun, ich wollte meine Notizen ergänzen, aber wenn du mit meinem Arbeitszimmer wegfährst...«, sagte Truth, um einen scherzhaften Ton bemüht.

»Du kannst ja mitkommen.«

Vor nicht langer Zeit hätte sie eine solche Einladung ohne Zögern angenommen; aber jetzt war sie durch die kürzlichen Ereignisse wachsam geworden, suchte in dem unschuldigen Angebot nach Fallen und Schlingen. Sie seufzte.

»Dylan, wir müssen miteinander reden«, sagte Truth.

»Ich weiß«, sagte Dylan. Er setzte sich an den Tisch. Truth folgte seinem Beispiel, sie faßte den Mut, offen und ehrlich zu sein – und umgekehrt Ehrlichkeit zu ertragen.

»In letzter Zeit scheinen wir uns ständig zu streiten und in völlig gegensätzliche Richtungen zu gehen. Warum hast du mir nichts davon gesagt, daß du heute morgen zum Sanatorium gehen wolltest?« fragte sie.

Dylan dachte gründlich über die Frage nach, bevor er antwortete.

»Offen gesagt, ich wollte nicht ... Ich weiß nicht, was ich nicht wollte. Aber die Art deines Verhaltens, seit du hier bist ... nun, ich finde dich darin nicht wieder, Truth.«

»Ich fürchte, daß es sehr viel mit mir zu tun hat«, sagte Truth sachlich. »Menschen ändern sich, Dylan. Am meisten zwischen zehn und Anfang Zwanzig, natürlich, wenn sich sowieso alles ändert, so daß es nicht so sehr auffällt. Aber ich glaube, ich bin eine Art Spätzünder, Dyl. Ich habe mich so lange gegen alles verschlossen, daß, als ich damit aufhörte, ich mich wahrscheinlich mehr geändert habe, als wir beide erwartet hatten.«

»Vielleicht hast du das. Aber ich liebe dich, Schatz, egal, was für verrückte Ideen du hast. Ich will nur nicht, daß dir etwas zustößt. Du bist so leichtsinnig ...«, sagte Dylan. Seine Stimme verlor sich, als er sich das Ausmaß von Truths Leichtsinn vergegenwärtigte.

Seine Miene brachte sie zum Lachen. »Ich? Oh, nein, Dylan; wenn du jemand Leichtsinnigen suchst, nimm Rowan! Ich schwöre dir, mir ist das Blut gefroren, als ich sie sagen hörte, sie wollte mal probieren, wie sie den Ort da oben zum Tanzen bringen könnte. Ich weiß, was ich tue, Dylan, auch wenn es manchmal nicht den Anschein hat. Ich bin so vorsichtig, wie es nur irgend geht.«

Dylan konnte sich nicht länger beherrschen und stand auf. Er stand halb von ihr abgewandt, eine Hand am Nacken, als ob er sich unbewußt einer Sache fügen wollte.

»Sieh mal ... Jetzt mal Spaß beiseite, ich weiß, daß du ... an Magie glaubst. Aber in unserem kleinen Winkel der Welt kannst du leicht eine falsche Vorstellung davon entwickeln, wieweit so etwas akzeptiert wird. Du hast Thornes Leben studiert – mehr noch, du hast das Buch geschrieben. Bist du bereit, dich soweit der ... Lächerlichkeit preiszugeben?« schloß er mit angespannter Stimme.

Das war hart. Sie hatte es erwartet, aber die Schwierigkeiten überstiegen bereits ihre Erwartungen. Es wäre leichter gewesen, wenn Truth ihm einfach gesagt hätte, daß sie ihn nicht liebte, daß er ihr gleichgültig wäre, daß sie nichts mehr mit ihm zu tun haben wollte.

Das entsprach aber nicht der Wahrheit. Und unglücklicherweise wollte Truth ihn unter der Bedingung vollkommener Ehrlichkeit, vollkommener Offenheit – und sie glaubte nicht, daß dies möglich war.

»Wenn ich eine Lachnummer werden muß, dann werde ich es eben... weil es richtig ist. Es geht nicht darum, daß ich an Magie glaube, Dylan; die Magie glaubt an mich. Und... ich glaube, daß ich dir nicht alles erzählt habe von dem, was ich in den letzten Jahren gelernt habe. Ich glaube, wenn ich anfange... dir meinen Glauben zu offenbaren, dann werden wir vor allem darüber reden müssen.«

Jetzt war es soweit – der offene Bruch zwischen ihnen stand bevor.

»Okay«, sagte Dylan so bedacht, wie es ein Mann unter diesen Umständen nur konnte.

Truth atmete tief durch und kämpfte die anschwellende Flut stürmischer Gefühle nieder. Sie hatte nur eine Möglichkeit, diese Sache richtig hinzubekommen, aber die Worte mußten gesagt werden.

»Du weißt, daß Thorne behauptet hat, daß er der Sohn eines Leuchtenden Gottes der *sidhe* sei – einer nichtmenschlichen Kraft. Nun, das ist die Wahrheit. Er war es. Ich habe dafür so viele Beweise, wie ich nur brauche. Und ich bin seine Tochter. Ich bin... nicht ganz menschlich, Dylan.«

Ihre Kehle war rauh von der Anstrengung, die Worte hervorzubringen, wie armselig und wenig überzeugend sie auch waren. Dylan lachte nicht – aber würde irgendein Mann lachen, wenn die Frau, die er liebte, ihm gestand, daß sie irrsinnig war? Wenn er ihr nicht vertraute und glaubte, konnte ihr Geständnis nur diesen Schluß für ihn zulassen.

Dylan wischte sich mit der Hand über die Stirn. Er schwitzte.

»Ich weiß, daß Blackburn...«, begann er. Seine Stimme erstickte. »Du mußt mir Zeit geben, Truth. Verzeih mir. Das ist ein harter Brocken.«

Und das ist noch längst nicht alles. Da ist meine Lebensaufgabe – und die besteht nicht darin, in dem sterilen Kabuff am Institut zu hocken und mit Zahlen zu jonglieren.

»Ja. Ich weiß.« Abgedroschene, sinnlose Worte – aber was sonst konnte sie sagen? *Es tut mir leid, Dylan, Geliebter. Es tut mir so leid.*

»Warum hast du das vorher nie erwähnt?« Die Verzweiflung in seiner Stimme tat ihrem Herzen weh.

Weil ich dachte, ich könnte es ignorieren, so tun, als wäre es unwichtig. Wir hatten schließlich keine Kinder geplant. Weil ich dachte, ich könnte so tun, als wäre ich ein normaler Mensch.

»Es tut mir leid, Dylan«, sagte Truth noch einmal.

Sie saßen lange Zeit schweigend, sahen sich nicht an, bis Truth endlich aufstand und in Richtung Gemischtwarenladen fortging. Während sie dort Zutaten fürs Frühstück kaufte, hörte sie, wie der Motor des Wohnmobils ansprang, und sah, wie der große Wagen sich langsam entfernte.

Sie hatte sich in ihrem ganzen Leben noch nicht so verlassen gefühlt. Aber Truth sagte sich trotzig, daß sie jetzt nicht unbedingt schon verzweifeln mußte. Wenn Dylan akzeptieren könnte, was sie ihm an diesem Morgen gesagt hatte, dann hätten sie eine Basis, auf der sie alles andere besprechen könnten.

Wenn nicht, dann würde Truth fortgehen, sowie das Tor geschlossen war, und würde alles unternehmen, um Dylan Palmer nie wiederzusehen.

»Das ist ein böser Ort«, sagte Michael Archangel schlicht, als er zu dem Schwarzen Altar hinunterschaute.

Für weltliche Augen war Michael Archangel ein großer Mann von unbestimmtem Alter. Sein schwarzes Haar, seine schwarzen Augen und sein olivfarbener Teint deuteten auf eine mediterrane Herkunft hin. Er trug einen dunklen Anzug, der hier in den verfallenen Ruinen des niedergebrannten Sanatoriums besonders fehl am Platze wirkte und ihn wie einen weltläufigen Geschäftsmann erscheinen ließ.

Doch Truth wußte, daß er mehr als das war – sehr viel mehr. Sie schützte ihr zweites Gesicht vor ihm, wann immer sie ihn ansah, doch die Gegenwart dessen, was er war, drang wie stetes Sonnenlicht auf ihre Schilde ein. Eines Tages würde es unausweichlich zum Kampf zwischen ihnen kommen, da Michael den Pfad zur Rechten, den Pfad des Lichts ging – und sie nicht.

Wenn dieses Unausgesprochene nicht zwischen ihnen gewesen wäre, dann hätte Truth Michael durchaus mögen können. Er war es, den sich Light Winwood, ihre Schwester, als Lebenspartner erkoren hatte. Und auch wenn er nie ihr Mitstreiter sein konnte, so hatte Truth doch das Vertrauen, daß er seiner Natur treu bleiben würde. Michael Archangel war derjenige unter Truths Bekannten, der einem Weißen Magier am nächsten kam.

Es war am frühen Morgen des 14. August – der Tempel im Kellergeschoß des Wildwood-Sanatoriums war kühl und bedrohlich. Heute gab es nicht einmal ein Stück blauen Himmels und Sonnenlicht, das sie hätte wärmen können. Der Tag war neblig und bewölkt, ungewöhnlich kühl für die Jahreszeit, und von den Steinwänden schien regelrecht Kälte abzustrahlen. Truth, Michael, Dylan und Sinah standen zusammen vor dem Altarstein, der Quentin Blackburns Macht symbolisierte.

Truths Probleme mit Dylan hatten sich noch verschlimmert – sie hatten sich gestern abend bei Sinah sorgfältig gemieden. Später würde sich eine Gelegenheit bieten, um mit Dylan zu sprechen und einen sauberen Schnitt zu machen, wie Truth es als ihre Pflicht erkannt hatte. Doch angesichts der Verantwortung, die sie trug, mußte Truth ihre privaten Sorgen vorerst beiseite schieben.

Neben Truth wand sich Sinah nervös.

Truth hatte Sinah heute eigentlich nicht dabeihaben wollen, aber es war ihr keine gute Begründung eingefallen, um sie fernzuhalten. Sinah hatte schreckliche Angst vor Quentin Blackburn und dem grauen Ort, an dem sie auf der Astralen Ebene gefangen gewesen war – noch mehr Angst als vor der Blutlinie und ihren Pflichten als Torwächterin. Als Truth Sinah erzählt hatte, daß Michael Archangel kommen würde, um dem, was von Quentin Blackburn noch auf der Welt übrig war, ein Ende zu setzen, hatte Sinah darauf bestanden, sie zu begleiten. Truth war auf ihre Mitarbeit angewiesen –

oder auf die Mitarbeit jener ererbten Erinnerungen, die hinter Sinah Dellons grauen Augen verborgen lagen –, um das Tor von Wildwood zu versiegeln. Also war Sinah mitgekommen, als Michael Truth heute morgen bei Sinah abgeholt hatte.

Michael war in Begleitung von Dylan gewesen. Truth konnte sich nicht vorstellen, wie die beiden sich verständigen konnten oder was sie sich zu sagen hatten. Oder was Dylan Rowan und Ninian erzählt hatte, als er sie im Dorf zurückließ.

»Hast du irgend etwas von Wycherly gehört?« fragte Truth, um Sinah von Michaels Aktivität abzulenken. »Er wird wahrscheinlich eine Aussage vor dem Sheriff machen müssen. Er ist wahrscheinlich der letzte, der Luned lebend gesehen hat, wenn sie seine Haushälterin war.«

Mittlerweile ging man in Morton's Fork davon aus, daß Luned Starking tot war. Bald würden die Gerüchte einsetzen, daß Sinah die Schuld an ihrem Tod trüge. Truth hoffte, daß sie dann weit weg von hier und das Tor geschlossen wäre.

Sinah schüttelte den Kopf. »Er hat sie nicht umgebracht.« Die Worte auszusprechen kostete sie soviel Anstrengung, daß ihre Stimme zitterte.

Michael trat vor und fuhr mit seinen Fingern leicht über die Altarfläche. Seine beweglichen Gesichtszüge verzogen sich voller Ekel vor dem, was er dort spürte. Kurz danach richtete er sich vom Altar auf und kehrte zu den drei Wartenden zurück.

»Es ist so viel Böses hier, daß ich handeln muß. Ist jemand von euch gläubig?« fragte er mit seiner tiefen Stimme. »Ich weiß, daß sie es nicht ist«, fügte er hinzu und zeigte auf Truth.

Sinah schüttelte unsicher den Kopf, während Dylan zu Truths Überraschung mit einem lauten »Ja« antwortete.

»Sehr schön.« Michaels Blick streifte kurz Truths Augen, und sie spürte den brennenden Schock eines Erkennens, ein Gefühl, daß sie seinen wahren Namen kannte ...

Dann war es vorüber.

»Ich bitte dich, Truth, und Sie, Miss Dellon, im Innern Stille zu bewahren und euer Vertrauen ganz in die Kraft des Lichts zu setzen. Das Dunkel findet in eurer Schwäche seine Macht; wenn ihr vertraut, wird euch nichts geschehen.«

Truth konnte nicht ganz daran glauben. Der fundamentale Streit darüber, ob und wie sich des Menschen Fähigkeiten, sein Wissen und Können nutzen ließen, lag dem Konflikt zwischen Truth und Michael zugrunde – aber jetzt war nicht die Zeit, ihn auszufechten. Sollte Sinah Michael vertrauen, wenn sie es konnte; Truth würde sich auf ihre eigene Stärke verlassen, um sie zu beschützen, und nichts tun, was Michael in seinem Vorhaben behinderte.

Michael streckte seine Hand zu Dylan aus, der vortrat. Dann wandte sich Michael dem Koffer zu, den er mitgebracht hatte, holte Gegenstände daraus hervor und ordnete sie auf einem kleinen Klapptisch an, den er ebenfalls hergetragen hatte.

Das meiste, was sie sah, kannte Truth – die Instrumente der Hohen Magie waren annähernd universell –, doch einige gehörten einzig und allein zu Michaels Pfad: die Monstranz mit der geweihten Hostie, die Michael für den wirklichen Leib seines Gottes hielt; die Phiole mit dem Salböl; ein langer, schmaler Streifen violetter Seide, der mit den Symbolen seines Glaubens bestickt war. Als er alles, was er brauchte, ausgepackt hatte, legte er sich die Stola um den Hals und küßte ihre Enden.

Michael zündete die Kerze an und hob sie, um die Flamme an das Weihrauchgefäß zu halten, das neben ihm stand. Dann, als der dichte, weiße Rauch aufstieg – beinahe geruchlos in der freien Luft –, holte er einen letzten Gegenstand aus seinem Koffer – ein Buch – und begann daraus zu lesen.

»›Gesegnet sei der Mensch, der sich vom Rat der Gottlosen fernhält, noch den Weg der Sünde beschreitet, noch auf dem Stuhle von Hohn und Haß sitzet...‹«

Dies war nicht das Exorzismus-Ritual der katholischen Kirche – Truth hatte es einst gelesen –, auch wenn die Worte biblisch klangen. Ob Exorzismus oder nicht, sie spürte ihre Energie wie Wind aufsteigen – und spürte ebenso die feindliche Macht, die aufstieg, um sich mit ihnen zu messen.

»›Seine Seligkeit findet er in dem Gesetz Gottes; und über sein Gesetz sinnt er Tag und Nacht.‹«

Jetzt nahm Dylan das Buch und begann zu lesen. Sein Gesicht war ernst, seine Stimme ruhig und gleichmäßig. Sinah trat an Truth heran, drückte sich an sie. Die Finger der jüngeren Frau lagen eiskalt in Truths Hand.

Michael hielt die Monstranz in beiden Händen und hob sie hoch über seinen Kopf. Die golden-kristallene Scheibe nahm die Strahlen der Morgensonne auf und blitzte wie ein Spiegel.

Dann stellte er die Monstranz auf den Altar.

Ein Blitzen ohne Licht folgte; ein Wutschrei ohne Worte, ohne Klang, als ob jemand – *etwas* – verbrannt wäre. Truth sah ein Aufblitzen von Rot, als in der kleinen Kristallkammer frisches Blut um die Hostie herum aufwallte. Die Steinoberfläche des Altars direkt darunter begann zu rauchen und gab einen entsetzlichen Gestank von Brand und Fäulnis von sich.

»›Und er wird sein wie ein Baum, der gepflanzt ist an den Flüssen des Wassers ...‹« Nun sprachen Michael und Dylan zusammen – Dylan las etwas zögerlich, während Michael die volltönenden Silben ohne Hilfe des Buches deklamierte.

Daraufhin nahm Michael das Rauchfaß und schwenkte es über dem Altar; der süße Geruch von glühendem Weihrauch umhüllte den abstoßenden Geruch des brennenden Steins, und man konnte wieder atmen.

Doch dies war nur der Anfang. Truth kämpfte um Luft, aber ihre Lungen wollten ihr nicht gehorchen. Ihr Herz hämmerte schwer in ihrer Brust; sie fühlte eine Art Druck, ein unangenehmes Gewicht in ihren Nebenhöhlen, ihren Lungen, ihren Augen, als befände sie sich in einer Druckkammer und würde langsam und qualvoll vom Gewicht tausender Atmosphären bedrängt. Dylan und Sinah spürten das gleiche – Dylan schwitzte und war bleich, und Sinah sah aus wie kurz vor einer Ohnmacht.

Michael legte die Fingerspitzen seiner rechten Hand auf den Altar neben die rauchende Monstranz. Plötzlich ließ der Druck nach.

»»... der Baum, der seine Frucht zur rechten Zeit trägt; und seine Blätter sollen nicht welken; und ...‹«

Zum ersten Mal erlebte Truth, daß Michael ins Stocken geriet. Er streckte seine linke Hand nach Dylan aus; Dylan ergriff sie schnell, und Truth hörte ihn keuchen.

»»... seine Blätter sollen nicht welken ...‹«

Das Licht im Kellergeschoß schwand, als ob sich zwischen Sonne und Erde ein Schatten geschoben hätte. Und die Dunkelheit nahm zu. Sonnenuntergang – Dämmerung – Nacht. Das Licht war fort.

Truth nahm Sinah in ihre Arme und hielt sie fest an sich gedrückt.

Eine große, erdrückende Welle – ein Kummer, ein Tod, eine Hinfälligkeit, für die Truth keinen Namen hatte – stürzte über sie hin. Das war etwas, gegen das sie sich nicht zu wehren wußte, diese geistlose, grenzenlose Gier nach Zerstörung, Zermürbung, der nichts Neues mehr nachfolgen sollte.

Einen Augenblick lang spürte sie, wie Flammen an ihr hochschlugen, sie schien Quentin Blackburns letzte sterbliche Gedanken zu fühlen – rasende Verachtung und betrogene Wut.

»*Athanais!*« rief seine Stimme.

Einen kurzen Moment sah Truth Quentin Blackburn klar vor sich. Er hatte Thornes Augen, Thornes unbekümmerten Charme – doch sein Gesicht war von tiefen Furchen des Hasses und der Unzufriedenheit gezeichnet, die nie Teil von Thorne Blackburns Erbe gewesen waren. Er trug eine fremdartige, reich gemusterte Robe, und eine gehörnte Krone saß ihm tief in der Stirn, ein unheimliches Echo von diesem *Ding* auf dem Altar am Grauen Ort.

Während Truth ihn betrachtete, schwand er dahin, wurde von einem Flammenwirbel in ein leeres Loch hinuntergesogen, das nicht Dunkelheit war, sondern Abwesenheit von aller Farbe und Gestalt.

»*Nein!*« Als der astrale Tempel, den Quentin Blackburn errichtet hatte, sich unter Michaels Angriff auflöste – und alle Reste von Quentins Persönlichkeit und vielleicht seine Seele mit sich nahm –, schrie Sinah auf und wand sich in Truths

Armen. Und plötzlich, als Sinah ihrem Geliebten zu Hilfe eilen wollte, spürte Truth die Macht des Tores selbst, ein kaltes, reines, herzloses Feuer.

»*Sei still, Weib!*« brüllte Michael. Blutperlen wie von Dornen standen ihm auf der Stirn. Er zeigte mit einer Gebärde auf Sinah, die wie ein Peitschenhieb wirkte, und sie sackte bewußtlos in Truths Arme.

Truth ließ sie sanft auf den Boden gleiten. Sinah war unversehrt, aber mit Sicherheit war ihr ... der Mund gestopft worden.

Mit Sinahs Bewußtlosigkeit wurde die Sirenenlockung des Tores schwächer, doch die Ablenkung kostete Michael einen hohen Preis. Die Flut der Dunkelheit stieg wieder an, auf ihre Weise ebenso schmerzhaft für Truth, wie Michaels Licht es gewesen war. Truth wußte bereits, daß keine Kraft, die sie aufbringen mochte, hier irgendeine Wirkung hätte – die Pfade zur Rechten und zur Linken waren für sie verschlossen durch ihren eigenen Schwur. Eben deswegen hatte sie ihren Zusammenprall mit der Macht der Kirche vom Alten Ritus überlebt – Michael hingegen war ein Diener des Lichts, seine eigene Macht stand im direkten Gegensatz zu dem, was der Alte Ritus repräsentierte. Und Michaels Kraft ließ nach.

»›Ich fürchte das Grauen der Nacht nicht.‹«

Dylans Stimme, ruhig und sicher, drang wie das Läuten einer Glocke durch das erstickende Gewese der verseuchten Stätte.

Seine Stimme fuhr fort, die wunderbaren Worte der Litanei aufzusagen; es war der Widerstand von etwas Kleinem, Schwachem, einer Sache, die gegen die riesige Streitmacht, die gegen sie ins Feld geführt wurde, nicht bestehen konnte; einer Sache, die leicht verwundet, erschüttert, zerstört werden konnte – die sich aber nie gegen ihren eigenen Willen unterwerfen ließ.

Dylans Worte verklangen, und jetzt erhob sich Michaels Stimme noch einmal über Dylans und rief die Macht an, die mit erneuter Kraft ihm zu Gebote stand.

»›Seine Blätter sollen nicht welken, und was auch immer er tut, soll gedeihen.‹«

Die Dunkelheit lichtete sich, als ob Truth plötzlich ihr Augenlicht wiedergewänne. Als sie sich über Sinahs bewußtlose Glieder beugte, sah sie, wie Michael die kleine Ölflasche auf dem Tisch ergriff und den Altar damit einölte – so sorgfältig, als sei der unbeseelte Stein der Körper eines sterbenden geliebten Menschen. In der Mitte des glatten, schwarzen Steins stand noch die Monstranz und rauchte.

»›Die Gottlosen sind nicht so: Sie sind wie Spreu, die der Wind verweht‹«, sagte Michael fest. »›Hebt eure Häupter, oh, ihr Tore, und seid erhoben, ihr ewigen Türen ...‹«

Er verschloß die Phiole wieder und hob die große Eisenglocke, die bereitstand.

Oder war es ein Schwert? Truth blinzelte und sah weg. Ihre Augen bestanden darauf, daß es beides war – und nichts von beidem. Sie schloß sie, verbannte die trügerischen Abbilder, und die Glocke – es mußte eine Glocke sein – begann in laut hallenden doppelten Schlägen zu läuten.

Das Läuten übertönte Michaels nächste Worte – doch Truth, die sich ihm wieder zuwandte, konnte sehen, daß sich seine Lippen bewegten –, und jeder Glockenschlag drang als eigene Erschütterung in sie ein, als ob ihre innerste Substanz ausgetrieben werden sollte. Doch so peinigend es für sie war, die Folgen für den Tempel waren weit schlimmer.

Das Bild vor ihren Augen schien das Spiegelbild auf einer Wasserfläche zu sein, ein Spiegelbild, das mit jedem Läuten ins Nichts hinüberschimmerte. Jedes Mal baute es sich wieder auf, doch jedes Mal erschien das Bild leichter – schwächer – als zuvor.

Nach dem dreizehnten Doppelschlag setzte Michael die Glocke ab. Während der Klang verhallte, konnte Truth sehen, daß alles so war wie vorher – doch erschien es ätherischer, reiner, neuer. Was immer hier sein Wesen getrieben hatte, es war fort, und die physische Realität, die sie sah, war wiedergeboren worden.

Sinah bewegte sich ein wenig in ihren Armen, und Truth bewegte sich ein wenig zurück, um Sinah Luft zu verschaffen. Die Sonne war jetzt durch die Wolken gebrochen, und das Licht war fast zu grell, obwohl es nur gewöhnliches Tageslicht war. Truth mußte blinzeln, als sie zu Dylan hinübersah. Er stand mit dem Rücken an die Seite des Altars gelehnt, und sein Hemd war von dunklen Schweißflecken gerändert. Er sah aus, als wäre er verprügelt worden.

Der Stein des Altars schien weniger schwarz zu sein – auch wenn dieser Eindruck am Licht liegen mochte –, und die eingemeißelte Symbolleiste an der Seite war verschwunden, war wie ausradiert. Truth erhob sich erschöpft aus ihrer Hocke und sah, daß auch die Monstranz, die Michael auf den Altar gestellt hatte, verschwunden war. Nur eine flache Höhlung war im Stein geblieben – und Truth konnte nicht mit Sicherheit sagen, ob diese nicht auch schon vorher dort gewesen war.

Es war vorbei.

Dann machte Michael das Kreuzzeichen in der Luft, und sie erkannte, daß er noch nicht fertig war. Er wollte fortfahren – um diesen Ort gegen jede Möglichkeit einer Rückkehr von Quentin Blackburn zu verschließen –, aber wenn er das tat, dann würde er ihn ebenso für Truth und Sinah verschließen.

»Michael – *nein!*« sagte Truth. Sie richtete sich auf und ging mit unsicheren Schritten zu ihm.

Er beendete das Kreuzzeichen und drehte sich um. Es hing unsichtbar hinter ihm und brannte sich wie eine Zurechtweisung in Truths Sinne.

»Willst du, daß ich das Böse von hier vertreibe und keinen Schutzwall gegen seine Rückkehr errichte?« fragte Michael. Er sah müde aus – sein Körper wirkte schlaff, als hätte er diese quälende Arbeit schon zu oft hinter sich gebracht und wüßte, daß er sie immer und immer wieder von neuem tun müßte.

»Ich will nicht, daß du mich ausschließt«, sagte Truth offen, ohne Rücksicht darauf, wie Dylan oder Sinah ihre Worte deuteten. »Du mußt diesen Ort für mich zugänglich lassen.«

Michael starrte auf sie herab, seine dunklen Augen voll strengem Mitleid. Hinter ihm bewegte sich Dylan unbehaglich.

»Wenn ich das tun würde, kämen nach einer Weile wieder Götzendiener her. Einen gibt es schon ... auch wenn er noch

Zeit hat. Ich kann das nicht zulassen – du, die du nicht an die Wahrheit glaubst, glaube wenigstens, daß ich daran glaube. Schutz zu versäumen ist genauso böse, wie Schaden zuzufügen. Wie viele Unschuldige willst du für deinen Stolz opfern?« fragte Michael streng.

»Keinen, wenn ich hier tun kann, was ich vorhabe«, sagte Truth.

»Aber kannst du es? Wer wird dafür bezahlen, wenn du scheiterst? Einst hätte ich dich vor deinem Erbe retten können, Truth – hüte dich vor dem, wohin dein Stolz dich führt.«

»Er hat mich bereits hergeführt«, sagte Truth. »Und auch wenn ich weiß, daß du es nicht billigst, so war es meine freie Entscheidung. Überlaß es einfach mir, Michael. Es ist jetzt längst nichts Schlimmes mehr zu befürchten, da der Alte Ritus ausgetrieben ist.«

»Doch dein Tor ist noch geblieben. Welches Leben und welche Seele wird es noch fordern?« beharrte Michael.

»Das ist meine Verantwortung«, sagte Truth kurz.

»Und die Seelen derer, die hier sterben werden, sind meine Verantwortung«, gab Michael zurück und erhob wieder die Hände.

»Schwarze Geister und weiße, rote Geister und graue... Pferd komme, Hund komme, Hirsch und Wolf, kommt...«, sammelte Truth ihre eigene Macht.

»Ich habe nein gesagt.« Ihre Stimme war unbeugsam.

»Truth, schau...«, sagte Dylan, und Truth brachte ihn mit einer Gebärde zum Verstummen, ähnlich derjenigen, die Michael gegen Sinah verwendet hatte, auch wenn Truths Geste nicht die Kraft der Bezwingung besaß. Sie ließ kein Auge von dem Mann, der vor ihr stand.

»Streite nicht mit mir, Michael. Ich schätze dich dafür, daß du meine Schwester glücklich gemacht hast, und du hast heute hier etwas getan, das ich nicht hätte leisten können. Aber das andere muß ich auf meine Art lösen. Ich schwöre dir, daß es richtig sein wird.«

In dem Moment, da sie die Worte sprach, wußte Truth, daß sie falsch waren – daß sie sich irgendwie hatte verführen lassen, etwas zu sagen, was Michael hören wollte.

»Also gut – auf deiner Seele lasten ab diesem Augenblick alle Toten dieses Ortes, und sie sind dir anvertraut. Du mußt ihr Schicksal sühnen – und das Recht, die Strafe zu wählen, fällt mir zu.«

Truths Weg war der des Ausgleichs, aber er hatte sie auf den Makel ihres Blutes gestoßen. Michael hatte ihr den Eid abverlangt, für die noch nicht verlorenen Leben Genugtuung zu leisten, um so das Leben zum Triumph über den Tod zu führen und das Rad aus dem Gleichgewicht zu bringen, das für alles Geschehen eine Zeit bereithielt.

Doch wenn sie ihm darin nicht nachgab – sich mit ihrem Schwur zu binden –, dann müßte sie hier und jetzt den Kampf mit ihm aufnehmen.

Wie kann er es wagen, so mit mir zu sprechen – Kind – Leibeigener – sein Schlag waren Dienstboten, die im Staub krochen, als ich – als wir... Truth spürte das Echo des *sidhe*-Zorns wie einen weißen Peitschenknall in sich erzittern.

»Also gut. Ich bin einverstanden.« Truths Augen blitzten gefährlich, sie trotzte Michaels Genugtuung über seinen Sieg.

»Und sollte irgend jemand hier durch deine Nachlässigkeit zu Schaden kommen, werde ich es erfahren – und Rache nehmen.« Sein Blick brannte einen schmerzhaften Moment lang in ihren Augen, dann wandte sich Michael ab und packte seine Instrumente ein.

Mit Mühe verbannte Truth das höhnische Gewisper der Wut aus ihren Gedanken. Sie hatte durchgesetzt, was sie wollte. Es war nicht die Zeit und der Ort, darüber zu klagen, was hätte sein können.

Sie drehte sich um. Sinah saß aufrecht, ihr Gesicht wirkte betäubt und ohne Konzentration.

»Was war los?« fragte Sinah mit leicht undeutlicher Stimme. »War ich ohnmächtig?«

Dylan ging an Truth vorbei zu Sinah und half ihr auf. Er schwankte selbst etwas.

»Es sah ganz so aus«, sagte er. »Streß... Schock. Nichts besonders Schlimmes.«

Truth konnte erkennen, daß Sinah und Dylan schon zu vergessen begannen, sich einredeten, das Ganze, was sie hier erlebt hatten, wäre nur Suggestion und Bildersprache. Bald würden sie sich gegenseitig davon überzeugen, alles, was sie gesehen hatten, wäre ein blutloser Gottesdienst gewesen und Michael Archangel nur ein wohlmeinender Kirchenmann, der einer Freundin einen Gefallen getan hatte.

Und daß es keine Gefahr gegeben hätte.

»Und was jetzt?« fragte Truth Michael, indem sie ihre ewige Auseinandersetzung beiseite schob. »Du siehst mitgenommen aus. Ich bin sicher, wie finden ein Plätzchen für dich, wo du alle viere von dir strecken kannst.«

»Ein andermal, vielleicht.« Michael sah auf seine Uhr. »Ich muß zurück zum Flughafen. Light wartet dort im Hotel auf mich – wir waren sozusagen schon auf dem Weg nach Japan, als dein Anruf kam, Truth, also habe ich sie gleich mitgenommen. Aber ich möchte sie nicht länger allein lassen – und wenn ich schnell genug zurückkehre, dann kriegen wir vielleicht einen früheren Flug nach Kalifornien.«

Er schloß kurz die Augen, und plötzlich sah Truth, wie müde er war – und Clarksburg war gute zwei Stunden entfernt.

»Sind Sie sicher, daß Sie fahren können?« fragte Dylan, gerade als Truth etwas sagen wollte. »Lassen Sie sich doch von Truth zurückfahren – wenn Light bei Ihnen ist, dann wird sie sich sicher riesig freuen, sie zu sehen.«

»O ja, das wäre wundervoll!« sagte Michael mit schuldbewußter Erleichterung.

»Du kannst dir für die Rückfahrt einfach einen anderen Wagen mieten«, sagte Dylan zu Truth. »Es muß eine nähere Abstellmöglichkeit als Clarksburg geben.«

»Elkins oder La Gouloue, glaube ich, aber Rowan kann fahren, wenn Michael es eilig hat«, wehrte Truth brüsk ab. Sinahs Augen blickten sie voller Panik an und bestätigten damit nur die Richtigkeit ihrer Entscheidung. So gern Truth Light auch gesehen hätte, das Tor war jetzt wichtiger. Und sie hatte wirklich nicht das mindeste Interesse, mehr Zeit als nötig in Michaels ablehnender Gesellschaft zu verbringen.

Sie wappnete sich innerlich gegen Dylans Widerspruch und ging zu Sinah hinüber, die an dem Schwarzen Altar lehnte, der nur noch ein harmloser, gewöhnlicher Felsblock war.

»Sinah?« fragte Truth. »Sinah, du mußt mir jetzt helfen. Michael hat den Weg bereinigt, und nun ist es Zeit, das Tor zu schließen.«

Behutsam fuhr Truth ihre *sidhe*-Antennen aus. Es ließ sich kein Anzeichen mehr von Quentin Blackburns verderbter Kirche spüren, aber das war noch kein Beweis dafür, daß sie tatsächlich verschwunden war. Das konnten sie und Sinah erst dann sehen, wenn sie das Tor zu schließen versuchten.

Schließe es, versiegle es, schließe es ... Immer wieder gingen ihr diese Worte durch den Kopf. Sie hatten die Sache zu lange hinausschieben müssen – zunächst wegen der Hindernisse, die Quentin ihnen in den Weg gelegt hatte, dann wegen des Wartens auf Michaels Ankunft. Es war Mitte August – entweder mußte der Zehnte mit dem Blut der Torwächterin bezahlt werden, oder Sinah mußte es für immer verschließen und versiegeln. Es gab keinen dritten Weg.

Sinah starrte Truth an, die Augen vor Angst geweitet.

»Ich – ich – ich ...«, sagte sie.

»Truth.« Dylan berührte sie zaghaft am Arm, so als fürchtete er, daß sie sich gegen ihn wenden würde.

»Truth, siehst du nicht, daß sie völlig fertig ist? Wir alle sind es. Ich weiß, es ist wichtig für dich, aber in ihrem jetzigen Zustand ist sie wahrscheinlich keinerlei Hilfe. Gib ihr etwas Zeit«, sagte er mild.

»Wir haben keine Zeit mehr«, sagte Truth bestimmt. *Hast du nicht gehört, was Michael mir angetan hat? Wenn hier noch einmal jemand zu Tode kommt, dann ist es meine Schuld – MEINE –, und ich werde für immer gefangen und ans Rad gebunden sein ...*

»Es muß Zeit geben«, sagte Dylan beschwichtigend. »Sicher, im August verschwinden die meisten Menschen. Aber spielt es wirklich eine Rolle, ob du deine Sache jetzt, in ein paar Stunden oder morgen durchführst? Nachdem die Leute des Sheriffs gestern den ganzen Wald abgesucht haben, wird niemand mehr hier hinaufwandern.«

Aus Dylan sprach die Stimme der Vernunft, gestand Truth sich bitter ein, ob er an die Wirklichkeit des Wildwood-Tores glaubte oder einfach nur etwas sagte, von dem er annahm, es sei am ehesten geeignet, sie zu überzeugen. Und unglücklicherweise war es ein guter Rat. Sinah war bereits erschöpft und völlig durcheinander. Es würde Zeit brauchen, sie noch einmal zum Schließen des Tores zu bewegen.

»Ich komme mir wirklich dumm vor, Ihre Dienste so in Anspruch zu nehmen, nur weil ich Gespenster in meinem Hinterhof habe«, sagte Sinah zu Michael, als sie aus dem Auto stieg.

Truth kletterte ihr hinterher und sah, wie Michael lächelte. »Es war nicht der Rede wert, Miss Dellon. Es ist meine Sendung«, schloß er mit sonderbarer Genauigkeit.

»Ich fühle mich aber schrecklich in Ihrer Schuld, daß Sie diesen weiten Weg auf sich genommen haben. Das mindeste, was ich tun kann, ist, Ihnen ein Frühstück zu machen.«

»Vielen Dank, aber ich muß weiter. Vielleicht ein andermal«, sagte er.

»O ja«, sagte Sinah in einem Ton, der anzeigte, daß sie dieses andere Mal nicht sonderlich herbeisehne.

»Ich will sehen, ob Ninian oder Rowan Michael zurückfahren können«, sagte Dylan. Er hielt inne, als ob er noch viele andere Dinge sagen wollte, vor den anderen aber nicht konnte.

»Na dann, bis später«, sagte Dylan schließlich. Truth sah zu, wie der Wagen die staubige Straße hinunterfuhr. Als sie sich umdrehte, war Sinah schon hineingegangen, und sie folgte ihr.

»Sinah?« Truth ging den Geräuschen in der Küche nach und traf Sinah, die sich ihre Hände über dem Spülbecken wusch.

»Ich finde, Frühstück ist eine gute Idee«, sagte Sinah munter. Doch Truth sah, daß ihre Augen leer, verängstigt und ausweichend waren.

»Warum läßt du mich das nicht machen?« fragte Truth. »Ich bin keine tolle Köchin, aber Eier kann ich schon zubereiten. Ein gutes Essen, ein paar Stunden Erholung, und dann können wir noch einmal zum Sanatorium gehen und das Tor schließen.«

Sinah antwortete nicht gleich. Sie ging nur zum Kühlschrank und legte Dinge auf das Schneidebrett. »Ich dachte, dein Freund hätte das erledigt«, sagte sie leichthin.

»Fang jetzt nicht mit der Trotzphase an«, sagte Truth, um einen scherzhaften Ton bemüht.

»Das tue ich nicht.« Sinah sah sie direkt an, und ihre grauen Augen waren so undurchdringlich wie farbige Kontaktlinsen. »Ich finde nur, ich habe jetzt lange genug deine Spielchen mitgemacht. Scherz ist Scherz, aber es war ein langer Weg an einem heißen Tag, und ich habe das Spielen satt.«

»Spielchen mitgemacht?« Truth hätte von einer Ohrfeige nicht mehr überrascht sein können. »Du glaubst, das hast du getan?«

»Was sonst?« Sinah klang kühl und gelangweilt. »Aber die Zeit des Spielens ist vorbei.«

Truth hatte Ausflüchte erwartet, Widerstand – alles, nur nicht diese totale Verweigerung. »Ich kann nicht glauben, daß du das ernst meinst«, sagte Truth offen. »Als ich vor drei Tagen zum ersten Mal herkam, warst du nahe an einer Hysterie – du hast von dem Tor gewußt – du hast *mir* davon erzählt! Was ist mit Athanais de Lyon?«

»Was soll schon mit ihr sein?« antwortete Sinah mit der gleichen irritierenden Gelassenheit. »Werde erwachsen, Truth.«

Es kam ihr vor, als hätte das den Sommer hindurch inzwischen jeder zu ihr gesagt: Werde erwachsen, hör auf zu spielen – als wären die gefährlichen Wesenheiten, die ihr Leben bestimmten, bloß Spielzeug.

»Sag mir eines«, drang Truth in sie. »Du hast meine Gedanken gelesen, als ich hier ankam – glaubst du wirklich, daß ich spiele? Selbst wenn du deine Fähigkeit verloren hast ...«

Sinah sah sie ausdruckslos an, entfernt schimmerte ein überlegenes Lächeln auf ihrem Gesicht. »Du bist nicht wirklich diesem Schwindel aufgesessen, oder? Partystreiche. Ich schwöre es, Truth – es war Spielerei.«

Sinah war in ihrer Heiterkeit so überzeugend, daß Truth einen Augenblick lang an sich selbst zu zweifeln begann.

Doch nein. Sinah hatte nichts vorgetäuscht, als sie Truth bat, sie von ihren Alpträumen zu befreien, auch hatte Truth sich alles andere nicht nur eingebildet. *Es ist, als ob sie unter Hypnose stünde oder einfach ... einen großen Teil ihres Lebens vergessen hätte.*

Doch wenn dies ein neues Täuschungsmanöver des Tores war oder auch nur von Sinahs menschlichem Geist, so konnte Truth mit einem Frontalangriff wenig dagegen ausrichten.

»Wenn es das war, dann war es ein grausames Spiel«, sagte Truth kühl. »Und ich finde nicht, daß du dich Wycherly gegenüber fair verhalten hast. Erinnerst du dich an ihn?«

»Natürlich erinnere ich mich an Wycherly«, sagte Sinah nach einer Pause. Es klang nicht sehr überzeugend. »Warum wartest du nicht im Wohnzimmer, und ich mache uns ein gutes Omelett?«

Und ich kann nur hoffen, daß sie mich nicht vergiften will, dachte Truth düster.

Töte sie, sagte Jamies Dame mitleidslos. *Ich kann nicht,* antwortete Sinah Dellon, als sie mit großer Geläufigkeit zwischen den Schüsseln und Glasgefäßen hantierte: schneidend, kostend, mischend.

Nicht etwa, weil sie eine unüberwindliche Abneigung gegen das Töten gehabt hätte. Die hätte sie haben sollen, sogar müssen, normale Menschen hatten das. Doch was Sinah mit amoralischem Bedacht durch den Kopf ging, war allein, ob es sie ihrem Ziel näherbringen würde.

Und das würde es nicht. Ein Mord würde die Quelle nicht schützen. Tötete sie Truth, so wüßten die anderen immer noch, daß es die Quelle gab. Tötete sie alle, so würde ihr Verschwinden Aufsehen erregen. Leute würden kommen und sie für immer einsperren, sie wäre getrennt von der Quelle, und niemand aus der Blutlinie könnte ihr nachfolgen.

Die Welt hatte sich so sehr verändert. Sie überblickte eine Spanne von drei Jahrhunderten und wurde von einer solchen Wehmut erfüllt, als hätte sie jedes einzelne Jahr davon durchlebt. Wenn nicht sie, so hatten andere da gelebt, und sie erinnerte sich an sie.

Lag das an Athanais, die die Macht des Tores benutzte, um durch ihre Abkömmlinge am Leben festzuhalten? Das erste europäische Mitglied der Blutlinie hatte vor Jahrhunderten in der Wildnis von Virginia nicht das gefunden, was es gesucht hatte. Nur eine andere Art von Gefangenschaft, nicht weniger gräßlich als die, der die Frau entflohen war, nur um unter Menschen einer fremden Rasse zu leben und zu sterben. Ihre Töchter und Enkelinnen und Urenkelinnen hatten die Verantwortung auf sich genommen, die der Häuptling der Tutelos mit seinem Blut ihnen auferlegt hatte: die Quelle zu schützen und ihr zu dienen.

Doch schließlich war die Blutlinie von einem Feind besiegt worden, den keine Schlauheit oder List überwinden konnte – von der Zeit. Das zwanzigste Jahrhundert – mit seinen Computern und Datensammlungen, seiner Polizei und der allgegenwärtigen Forderung, wissen zu wollen, wo jemand sich in *welcher Minute* aufhielt – würde schließlich bewirken, daß die Blutlinie scheiterte. Die Quelle würde bekannt werden, geplündert, sie würde schutzlos bleiben. Sinah war zu schwach gewesen...

Sie verquirlte Eier und Sahne und goß die Masse in eine bereitgestellte Pfanne. All das tat sie mit den automatischen Handbewegungen der geübten Selbstversorgerin. Als die Oberfläche fest wurde, gab sie den Rest der Zutaten hinzu – Käse, Zwiebeln, Pilze, Paprika – und klappte das Ganze geschickt zusammen. Ein bißchen mächtig, aber für zwei eine gute Portion.

Zeit. Ich brauche Zeit. Sie steckte Brot in den Toaster und nahm die Marmelade vom Regal.

Dabei fiel ihr Blick auf das Fläschchen mit Schlaftabletten.

Wycherlys Pillen. Stark waren sie. Er hatte sie dagelassen. Gestern hatte eine gereicht, um sie stundenlang in traumlosen Schlaf sinken zu lassen. Wie würden mehrere wirken?

Und wie kann ich Truth bewegen, sie zu nehmen?

In der Tiefe ihres Bewußtseins spürte Sinah, wie Athanais sich regte und lachte. Das war etwas, worin sich Jamies Frau auskannte.

Sinah nahm eine Teetasse vom Regal und stellte sie auf die Arbeitsfläche. Sie schüttelte mehrere Kapseln aus der Flasche, öffnete sie und schüttete das weiße Pulver in die Tasse.

Truth ging in Sinahs Wohnzimmer auf und ab und wünschte sich entgegen aller Vernunft, Dylan wäre hier. Dylan mit seinem Charme war derjenige, der mit den Launen störrischer Medien umgehen konnte, nicht sie.

Aber welche Hilfe war Dylan, solange er nicht glaubte? *Keine*, gestand sich Truth kläglich ein. Sie hörte, wie Sinah in der Küche herumklapperte, und überlegte, mit welchen Argumenten sie die Barriere aus Dickköpfigkeit, die Sinah mit leichter Hand zwischen ihnen errichtet hatte, überwinden konnte. Truth hatte das schreckliche Gefühl, daß die Zeit verrann, daß nicht mehr viel Zeit blieb, um Sinah zu retten.

Sinah retten? Truth wunderte sich über die Richtung, die ihre Gedanken nahmen. Gewiß hatte sie Sinah schon gerettet, als Michael alles ausgetrieben hatte, was von dem Ich, der Persönlichkeit Quentin Blackburns übriggeblieben war. Truth mußte nur noch Sinahs Mitarbeit für das Schließen des Wildwood-Tores gewinnen.

Truth hätte Sinah jederzeit mit blanker Gewalt in die Anderwelt zwingen können – alles, was sie brauchte, war eine Berührung von Haut zu Haut, um sie wenigstens für einen Augenblick dorthin zu bringen –, aber würde das funktionieren oder die Sache nur noch verschlimmern? Das Licht konnte nichts erzwingen, seine Macht beruhte auf moralischer Überredung.

Das Dunkel konnte zwingen, es behauptete für die Mächtigen das Recht, alles zu tun, was ihnen beliebte. Truths Weg war komplizierter – es stimmte, daß sie anderen ihren Willen aufzwingen konnte, aber wenn sie das tat, nahm sie alle Verantwortung für ihr Tun und dessen Folgen auf sich. Der Graue Pfad: ein schwankender Mittelweg, der leicht zur Seite der Kraftlosigkeit... oder des Bösen abgleiten konnte.

»Essen ist fertig!« rief Sinah fröhlich.

Es gab frisch gemachtes Omelett, starken Tee, frisch gepreßten Orangensaft und dicke Toastscheiben mit Marmelade aus einem Glas mit einem Designerlabel. Schicker war nicht immer besser, dachte Truth, und nahm einen Bissen; die Marmelade war viel zu süß. Aber sie war hungrig und aß den Toast trotzdem. Und alles andere hätte nicht besser sein können.

Aber sie kam keinen Schritt voran, um Sinah vom Schließen des Wildwood-Tores zu überzeugen. Sie unterdrückte ein Gähnen und merkte, daß ihre Gedanken abschweiften.

»Verzeih«, sagte Truth. »Ich habe schon einen ziemlich anstrengenden Tag hinter mir. Kann ich dir beim Abräumen helfen? Und außerdem – ich hoffe, daß ich dich davon überzeugen kann, mit mir noch einmal zum Sanatorium zu gehen. Wenn du einfach noch einmal darüber nachdenkst ...«

»Ach, habe ich schon«, sagte Sinah mit bitterem Lächeln. »Aber warum gehst du nicht ins Wohnzimmer und ruhst dich ein bißchen aus? Ich komme hier alleine klar.«

Ohne eine Antwort abzuwarten, begann Sinah, das Geschirr ineinander zu stellen. Sie nahm den Stapel und ging damit zur Küche.

Truth wollte ein zweites Gähnen unterdrücken, doch dann ließ sie sich gehen. Warum war sie so schläfrig? Sie stand auf. Der Raum drehte sich um sie, und sie schwankte, geriet aus dem Gleichgewicht.

Betäubt. Ich bin unter Drogen. Aber ... warum?

Sinah hatte ihr ein Mittel gegeben. Aber wie? Sie hatten alles auf dem Tisch zusammen gegessen.

Die Marmelade. Sie war schon auf dem Toast gewesen, als Sinah damit aus der Küche hereingekommen war, und Truth hatte ihn arglos genommen.

»Sinah ... warum?« fragte Truth. Sie stützte sich am Tisch ab und hielt ihre Augen angestrengt offen.

»Ach, du bist noch auf?« Sinah kam zurück ins Zimmer und lächelte kalt. »Komm schon, Truth. Leg dich hin und schlaf ganz, ganz lange ...«

Sinah trat zu Truth, nahm ihren Arm und brachte sie ins Wohnzimmer. Ohne Mühe stieß sie sie auf eines der austernfarbenen Sofas. Truths Kopf sackte nach hinten, und sie spürte noch, wie sie versank und langsam ihr Bewußtsein verlor.

»Warum?« murmelte Truth.

»Ich brauche Zeit, liebe Schwester«, sagte Sinah in seltsam förmlichem Ton. »Und ich hasse deine ewigen Predigten, als ob ich eine Kirchengemeinde wäre! Jetzt schlaf und träum süß, und alles wird gut, während du schläfst.«

Ich ... kann nicht, dachte Truth.

Aber sie konnte, und sie schlief.

17

Pfade zum Grab

*Ich tu' für meine Geliebte
Was jeder junge Mann tun mag;
Trauernd sitz' ich an ihrem Grab
Zwölf Monde lang und einen Tag.*
                                    ANONYMUS

In den letzten Strahlen der untergehenden Sonne erschien die Landschaft wie in Blut getaucht. Wycherly Musgrave ließ den Blick über sein Königreich schweifen und war von sonderbarem Frieden erfüllt. Zum ersten Mal in seinem Leben hatte er etwas gefunden, das er wirklich tun wollte – und er würde es tun.

Er fragte sich, wo Sinah steckte. Die Erinnerung an ihren Betrug schmerzte ihn noch immer – sie hatte die ganze Zeit gewußt, wer er war, und nur aus einer Art selbstsüchtigem Mitleid war sie nett zu ihm gewesen –, aber ein letztes Mal würde er sie gern sehen. Vielleicht, um ihr die Meinung zu sagen oder um sich an der Tatsache zu weiden, daß sie nicht bekommen würde, worauf sie offenbar so scharf war.

Niemand würde es nach dieser Nacht bekommen.

Der mühsamste Teil der Angelegenheit hatte darin bestanden, überhaupt zu finden, was er brauchte. Es sich dann zu besorgen war nicht schwieriger gewesen, als mit seiner American Express Card Geld zu ziehen. Doch die Kisten waren schwer, und seine verletzte Hand machte ihm immer noch zu schaffen. Er konnte sich nicht erinnern, ob er die Antibiotika, die der Arzt in der Notaufnahme ihm verschrieben hatte, nicht geholt oder schon aufgebraucht hatte. Jedenfalls hatte er keine, und unter dem Verband war seine Hand rot und wund und pochte im gleichen Rhythmus wie sein Herz.

Nicht, daß dies noch lange eine Rolle spielen würde.

Wahrscheinlich sollte er wenigstens Sinahs Wagen zurückbringen, dachte Wycherly. Sie hatte es nicht als gestohlen gemeldet – andernfalls hätte die Polizei es irgendwann, als er es auf der Straße geparkt hatte, leicht schnappen können –, und er war ihr dankbar dafür.

Aber sie würde es schließlich finden – oder was davon übrig war.

Und er würde bald kein Licht mehr haben. Er war diesen Morgen zurück nach Morton's Fork gekommen, um das letzte zu besorgen, was er für seinen Plan brauchte. Er hatte gedacht, daß er die menschliche Dummheit und Habgier bemühen müßte, aber statt dessen hatte er einen Glückstreffer gelandet. Er wandte sich an seinen Begleiter.

»Komm, Seth, alter Kumpel. Fahr hoch, fahr nur zu.«

Seth Merryman lächelte. Er war mongoloid auf die Welt gekommen und hatte alle Sanftheit und Vertrauensseligkeit, die mit dieser Erbkrankheit einhergingen. Er war froh, daß er mitkommen und dem netten Mann einen Gefallen tun konnte, der ihn von der Veranda seiner Ma geholt und ihm angeboten hatte, er könne sich einen knisternden Zwanzig-Dollar-Schein für ein bißchen harte Arbeit verdienen. Davor brauchte man keine Angst haben. Und dazu durfte er noch in einem glänzenden neuen CherokeeJeep fahren, wie er es aus Filmen kannte.

Zuerst war Truth froh, jemand anderem das Öffnen der Tür überlassen zu können.

Aber es kam niemand, und der Lärm ging von hartnäckigem Klingeln zu anhaltendem Klopfen und schließlich zu langsameren, aber dafür um so lauteren Faustschlägen über. Truth versuchte, sich aufzusetzen und sich zu bewegen, aber nichts geschah.

Sie bekam Angst – genug, um sich zu zwingen, die Augen zu öffnen. Sie lag auf dem Boden in einem dunklen Raum, und jemand hämmerte an die Tür.

Dylan. Sie rollte sich auf den Bauch. Die gelähmten, eingeschläferten Muskeln schrien auf. Sie schleppte sich auf Händen und Knien zur Tür. Sie drückte ihre Wange dagegen. Die Tür erbebte unter jedem Tritt.

»Dylan?« wisperte sie. Warum machte er soviel Krach? Was war los? Sie nahm all ihre Kraft zusammen, reckte sich hoch und drehte den Türknopf.

Die Tür brach mit solcher Wucht gegen sie, daß es sie nach hinten schob. Der Schmerz machte ihren Kopf etwas klarer; Truth kroch rückwärts, als Dylan sich durch den Spalt drückte.

»Truth!«

Er schaltete das Licht ein, es war peinigend grell. Während sie noch ihre Augen bedeckte, kniete sich Dylan neben sie und half ihr in eine sitzende Position.

»Truth! Um Gottes willen – was ist mit dir passiert?«

Komisch, dachte Truth benommen, *das ist das erste Mal, daß ich Dylan wirklich fluchen höre.*

»Tabletten«, murmelte Truth. »Schlaftabletten.«

Aber langsam begann die Wirkung zu schwinden – wie lange war es her, daß sie die Dosis bekommen hatte? –, und sie konnte mit Dylans Hilfe aufstehen. Er machte ihr ein Glas mit starkem Salzwasser und hielt ihren Kopf, während sie alles, was von dem Gift noch in ihrem Magen war, ausspuckte. Es war wahrscheinlich nicht mehr viel – wenn überhaupt etwas –, aber sie wollte kein Risiko eingehen.

Truth rappelte sich wieder auf und spülte sich den Mund kräftig aus. Dann trank sie durstig aus dem Wasserhahn im Badezimmer. Ihr Mund fühlte sich trocken und geschwollen an. Yogis und große Meister hatten ihren Körper bei Bedarf soweit unter Kontrolle, daß sie mit bloßem Willen die Gifte aus ihrem Blut ausscheiden konnten. Doch Truth hatte bis zu einem solchen Grad an Reife noch einen langen Weg vor sich.

»Wo ist ... Sinah?« fragte Truth. Ihre Zunge war immer noch schwer, und das Licht tat ihren Augen weh. »Wie ... spät ist es?«

»Bald sechs. Ich glaube, sie ist nicht da, aber ich sehe mal nach. Und mache dir ein bißchen Kaffee. Kann ich dich einen Moment allein lassen?«

»Ja«, sagte Truth. Sie fühlte, wie sich Dylan von ihr entfernte, und ergriff die Tischkante, um sich daran abzustützen. Sie atmete tief. *Setz deinen Verstand in Bewegung, verdammt!* Sie mußte sich bewegen, ihren Körper und ihr Denken unter Kontrolle bringen.

Truth erinnerte sich an ihre ersten Unterrichtsstunden und holte tief Luft, bis in die Spitzen ihrer Lungenflügel hinein. Dann atmete sie aus und holte wieder Luft, stellte sich ihren Körper vor, wie er den Sauerstoff nutzte, um ihr Herz, ihr Blut in Wallung zu bringen und das Gift aus ihrem Körper zu spülen. Langsam wurde ihr Kopf frei.

»Sie ist nicht da«, sagte Dylan. »Kaffee ist unterwegs.«

»Ich brauche frische Luft«, sagte Truth schwerfällig, und Dylan führte sie, als sie mit unsicheren Schritten zur Haustür ging.

Er öffnete sie, stützte Truth behutsam, und Truth atmete die heilsame frische Luft von draußen ein. Der Himmel war tiefblau, und das Licht glich dickem, goldenem Buchweizenhonig. Sechs Uhr, hatte Dylan gesagt. Sie hatte den Tag verschlafen.

Weil Sinah sie unter Drogen gesetzt hatte...

»Wie hast du mich gefunden?« fragte Truth, immer noch wacklig. Sie hatte nicht den Eindruck, daß sie schon wieder hundertprozentig auf den Beinen war, aber sie mußte es schaffen, und zwar bald.

»Ach, ich habe durch eines der klarsichtigen Fenster geguckt, und da lagst du hier am Boden. Ich dachte, du wärest nach Morton's Fork hinuntergegangen, aber dann habe ich herausgefunden, daß dich den ganzen Tag über niemand gesehen hat, und ich dachte, vielleicht hast du irgendeinen Unfall gehabt, und dann kam Mrs. Merryman in den Laden, und ich bin dich suchen gegangen. Ich dachte, du wärest tot«, fügte er hinzu und umarmte sie heftig. »Bist du *sicher*, daß es dir wieder bessergeht?«

»Wird schon«, sagte Truth. »Wycherly hat seine Schlaftabletten hiergelassen, und ich nehme an, Sinah hat sie mir verabreicht. Aber warum?«

Von seiner Seite kam Schweigen.

»Dylan?« fragte Truth.

»Ich weiß es nicht«, sagte er grimmig. »Aber ich habe eine Vermutung. Mrs. Merryman war so aufgeregt, weil ihr Sohn verschwunden ist – ein Junge, der mongoloid ist. Er heißt Seth.«

Seth erledigte den größten Teil der Arbeit, und schnell waren die beiden Kisten im Laderaum des Jeeps geöffnet und der Inhalt in das Kellergeschoß des verbrannten Sanatoriums gebracht. Wycherly blieb oben und beobachtete Seth bei der Arbeit. Er zitterte in seiner Lederjacke. Es mochte August sein, aber ihm war verdammt kalt – und man mußte nicht das Übernatürliche bemühen, um dafür eine Erklärung zu haben.

Fieber.

Die Infektion seiner Hand breitete sich aus. Die drei Finger seiner rechten Hand, die aus dem Notverband herauslugten, waren weiß und geschwollen. Er hatte seinen Verband, wenn er dreckig war, immer nur mit noch mehr Gaze ergänzt – er wagte schon seit langem keinen Blick mehr auf die Wunde. Er wußte, daß die Infektion zur Blutvergiftung führen konnte – der Weg zu einem langsamen, qualvollen Tod.

Aber das spielte jetzt keine Rolle.

Wycherly sah hinunter in die Tiefe. Er hatte nicht die mindeste Lust, da hinunterzugehen. Er fürchtete sich vor dem Ort. Offensichtlich im Gegensatz zu Seth, der schnell und unermüdlich arbeitete, bis alles erledigt war.

»Alles fertig, Mister Wych!« sagte Seth auf seinem letzten Weg nach oben.

Wycherly schaute zur Sonne. Falls er dahin fahren würde, wo er ihn gefunden hatte, hätte er nach seiner Rückkehr bestimmt nicht mehr genügend Tageslicht. Und selbst wenn die Taschenlampe, die an seinem Gürtel klemmte, ihm etwas helfen würde, glaubte er nicht, daß er die Stufen im Dunkeln einhändig schaffen könnte.

»Ich sag dir was, Seth: Ich gebe dir noch mal zwanzig Dollar – das sind dann zusammen vierzig –, wenn du den ganzen Weg zum Laden zu Fuß zurückgehst. Was hältst du davon?«

»Vierzig Dollar?« Seth klang verdutzt.

Wycherly holte seine Geldbörse hervor – ungeschickt, da er alles nur mit der linken Hand machte – und brachte zwei

Zwanziger zum Vorschein. Der Junge hielt sie fest – einen Schein in jeder Hand – und starrte sie hingerissen an.

»Also, komm«, sagte Wycherly. »Ich geh ein Stück mit dir.«

Er brachte Seth zurück zu der Stelle, wo der Jeep geparkt war. Der rechte Scheinwerfer war von einem Zusammenprall mit dem Einfahrtstor früher am Tag zerbrochen. Wycherly warf Seth einen flüchtigen Blick zu, dann folgte er einem Impuls und fuhr ihn durch das Tor und ein Stück weit den Hauptweg hinunter, in Richtung zum Laden.

»So«, sagte Wycherly. »Bist du sicher, daß du den Weg alleine findest?«

»Immer auf der Straße bleiben. So hat's mir mein Daddy gesagt. Er hat gesagt: ›Seth, bleib immer auf der Straße, dann verläufst du dich nicht.‹«

Ein besserer Rat, als mein Vater mir je einen gab, dachte Wycherly düster. »Dann geh nur«, sagte er laut.

Er sah Seth hinterher, bis er verschwand, und spürte einen seltsamen väterlichen Schmerz, als ob hier eine Antwort für ihn liegen könnte. Im Handschuhfach befand sich eine Flasche, doch Wycherly griff nicht nach ihr. Für die nächste Stunde würde er sie nicht brauchen – und danach nie wieder.

Als er zum Einfahrtstor des Sanatoriums kam, war es schon so dunkel, daß er es fast übersah. Er bog hastig ein. Mit nur einer Hand konnte er den Jeep nicht richtig lenken, und diesmal rammte er den linken Torpfosten. Der Pfosten samt Torflügel kippte um und schrammte mit einem gräßlichen Kratzgeräusch die Seite des Wagens entlang. Der Jeep kroch weiter, während Wycherly nach den Lichtschaltern tastete und schließlich den verbliebenen Scheinwerfer anschaltete. Er wünschte, er könnte dieses Licht auf irgendeine Weise in den Treppenschacht leuchten lassen, aber selbst Autos mit Vierradantrieb waren nicht so konstruiert, daß sie eine solche Treppe hinunterfahren konnten. Er fuhr so nahe an die Kante des Schachts heran, wie er sich nur traute, und ließ für alle Fälle das Licht an, in der Hoffnung, daß es vielleicht auch nach unten drang.

Die Sprengkapseln und Zündschnüre waren genau dort, wo er sie gelassen hatte. Er nahm sie in seine gesunde Hand und wog sie probeweise.

Alles, was sonntags morgens in den Zeichentrickfilmen über das Anzünden von Dynamitstangen gezeigt wurde, war falsch; Dynamit allein verbrannte einfach nur. Man brauchte Zündkapseln, um es zur Explosion zu bringen, und man brauchte Zündschnüre, um die Kapseln zur Explosion zu bringen.

Wycherly hatte in seinem Leben an genug fragwürdigen Unternehmungen teilgenommen, um zu wissen, wie man am leichtesten an Sprengstoff kam. Man ging irgendwohin, wo damit gearbeitet wurde, setzte sich in die nächstgelegene Bar und wartete. Der Mann, der das Dynamit für ihn gestohlen hatte – für eine Menge Geld –, hatte ihm genau erklärt, wie man es benutzen mußte – zweimal, um sicherzugehen, daß Wycherly es auch verstanden hatte. Und das hatte er. Er war zuversichtlich, daß er sechzig Pfund TNT detonieren lassen konnte, um dieses Höllenloch in den Himmel zu pusten. Alles, was er tun mußte, war hinuntergehen und die Zündschnur anzünden.

Er wollte nicht hinuntergehen. Er wollte nicht *wirklich* da hinunter. Doch noch weniger wollte er ein Mädchen aufschlitzen – oder mehrere Mädchen –, Mädchen aus lebendigem Fleisch, deren schlafendes Gewicht er so süß an seiner Seite gespürt hatte.

Sinah. Oder Luned oder Camilla. Es gab nur wenige Dinge im Leben, die Wycherly Musgrave so seelenerschütternd *widerwärtig* fand wie die Lust, die ihm neuerdings Fantasien von Grausamkeit und Folter bescherten. Ob sie ihm von Quentin aufgenötigt waren oder ob sie aus ihm selbst entsprangen, Wycherly verabscheute sie aus tiefstem Herzen. Der Alkohol hielt sie in Schach, konnte sie aber nicht vollständig verdrängen. Er war von dem Augenblick an verdammt, da er zu Quentin Blackburn an diesem Ort ›ja‹ gesagt hatte, von dem Augenblick an, als er das Buch aufgeschlagen hatte. Und Verdammung war ein geduldiges Ding.

Das weiße Buch und der Schwarze Altar, Schloß und Schlüssel, zusammen waren sie Gift. Er hatte das Buch zerstören wollen – so gesund war er noch gewesen. Doch die Hexe hatte das unmöglich gemacht.

Somit blieb ihm nur noch eines, was er zerstören konnte.

Und letztendlich spielte es nicht geringste Rolle, ob das Buch ihn wirklich zu Handlungen wie jenen bewegen konnte oder ob vom Schwarzen Altar wirklich unnatürliche Macht ausging. Dies war die Schönheit seines Vorhabens. Solange er seinen Plan genau befolgte, war alles andere bedeutungslos. Zum ersten Mal seit beinahe zwei Jahrzehnten spielte es nicht einmal mehr eine Rolle, ob er hinter dem Steuer jenes Autos im Jahre 1984 gesessen hatte. Camilla Redford würde gerächt, ihr Mord ausgelöscht werden.

Ob er ihn begangen hatte oder nicht.

Er hatte sein Ziel erreicht; das Loch klaffte vor ihm. Das vergängliche Päckchen unter den Arm geklemmt, begann Wycherly fluchend seinen Abstieg hinunter ins Dunkel.

Es dauerte eine halbe Stunde, bis Truth sich einigermaßen von der Nachwirkung der Schlaftabletten erholt hatte. Aber sie konnte immer noch nicht verstehen, warum Sinah sie ihr gegeben hatte.

Du hast zu starken Druck ausgeübt, das ist alles. Du kannst noch von Glück sagen, daß es kein Rattengift in der Marmelade war statt Seconal.

»Wo ist mein Auto, Dylan?« Ihre Arbeitsgeräte waren im Kofferraum eingeschlossen – nicht der sicherste Aufbewahrungsort dafür, aber der beste angesichts der Alternativen. Sie mußte sie herausholen. Sie würde sie brauchen.

»Vor dem Haus. Mrs. Merryman war unten im Laden, als ich aufbrach – sie redet ganz schön wirres Zeug.«

»Sie sagt, daß die alte Mrs. Dellon zurückgekommen ist und Seth dem Tor geopfert hat«, sagte Truth abwesend. »Ich fürchte, daß sie es getan hat. Und diesmal ist es meine Schuld.« Ihre Gedanken waren woanders: daß sie Sinah finden und sie bewegen mußte, zu tun, was sie wollte – koste es, was es wolle.

»Das glaubst du nicht wirklich«, sagte Dylan automatisch.

Truth drehte sich aufgebracht zu ihm um. »Natürlich glaube ich es wirklich – weil es *wahr* ist! Hast du nicht gehört, was Michael heute morgen gesagt hat? Oder meinst du, er hat da oben eine Pantomime für Dorftrottel abgezogen? Ich habe verhindert, daß er Quentin Blackburns Magie durch seine ersetzt – also unterliegt der Ort *meiner* Verantwortung – und so trage ich auch die Verantwortung für jeden, der hier zu Tode kommt.«

Dylan versuchte, freundlich und verständnisvoll dreinzublicken, aber er sah nur frustriert aus. »Was hast du jetzt also vor?«

Truth unterdrückte einen weiteren Wutanfall. Dylan hatte sie gerettet. Sie war ihm etwas schuldig. Doch, ach, sie trauerte um das, was sie gemeinsam hätten sein können!

»Ich muß zum Sanatorium zurück. Wenn Seth noch lebt, dann ist er in jedem Fall dort. Fährst du mich?«

»Bist du sicher, daß du dafür schon stabil genug bist? Truth, du bist vollkommen fertig, und wir wissen, daß der Ort gefährlich ist.« Dylan, die trügerische Stimme der Vernunft.

»Er ist gefährlich«, stimmte Truth voller Überdruß zu. »Das ist der Grund, warum ich hin muß, Dylan. Weil es gefährlich ist, und weil es meine Pflicht ist.«

»Also, na schön. Gehen wir.«

»Halt! *Dylan!*« krächzte Truth.

»Ich sehe ihn.« Dylan brachte den Wagen zum Stehen und kurbelte das Fenster herunter. »Seth? Seth Merryman?«

Der junge Mann hielt an und verbarg seine beiden Hände schuldbewußt hinter dem Rücken.

»Ich bin Dylan Palmer. Ich habe dich und deine Mutter letzte Woche getroffen, erinnerst du dich?«

»Ich hab' nix kaputtgemacht«, sagte Seth hastig.

Dylan mühte sich ein Lächeln ab, obwohl er keineswegs so erleichtert war, Seth lebendig und wohlauf zu sehen, wie er es erwartet hatte.

»Ich weiß, daß du nichts kaputtgemacht hast«, beschwichtigte er Seth. »Aber alle machen sich Sorgen um dich. Wo bist du denn gewesen?«

»Mit 'nem Mann«, sagte Seth ausweichend.

Neben ihm begann Truth vor Ungeduld herumzuzappeln.

»Was für ein Mann, Seth?«

Seth kicherte. »Mit dem Hexenmeister. Er hat gesagt, er gibt mir 'n ganzen Zwanziger, wenn ich ihm's Zeug schlepp'. Ich bin stark, kann gut schleppen«, ergänzte er stolz.

»Wo?« fragte Dylan.

Und Seth antwortete: »Oben, wo's verbrannt is'.«

Dylan warf Truth einen Blick zu. Sie öffnete die Tür zum Beifahrersitz und stieg aus. Die Tasche mit dem Arbeitsgerät hängte sie sich über die Schulter. »Steig ein, Seth – Dylan wird dich zurück zu deiner Familie fahren.«

»Truth!« sagte Dylan mit beschwörendem Unterton.

»Bring ihn zurück, Dylan; ich gehe den Rest zu Fuß. Du kannst später nachkommen. Oder ... auch nicht«, fügte sie mit leisem Kummer hinzu. »Du weißt, wo du mich findest.«

Er wollte mit ihr streiten – zum Teufel, er wollte ihr an die Kehle fahren. Statt dessen lächelte er Seth an, als der Junge neben ihm ins Auto stieg.

Oben, wo's verbrannt is', mit dem Hexenmeister, Dinge schleppen. Dylan konnte das nicht einmal ansatzweise deuten. Vielleicht wußte Truth etwas. Er sah ihr eine ganze Weile nach, wie sie entschlossen die Straße in Richtung Sanatorium hinaufmarschierte, bevor er das Steuerrad grimmig herumriß und zurück zum Laden fuhr.

Die Fahrt – und sein Bemühen, sich nicht auszumalen, was Truth gerade tat – gab ihm ausgiebig Gelegenheit nachzudenken. Er war ein Fan von Thorne Blackburn gewesen, damals, als Truth noch in ihrer postmodernen Ablösung von ihren Eltern steckte. Thorne hatte nie ein Geheimnis aus seinem Glauben gemacht, daß er nichtmenschliche Vorfahren hatte – zugleich waren die meisten Aussagen, die er machte, nach seinem eigenen Eingeständnis hauptsächlich dazu gedacht, seine Anhänger gegen blinden Glauben zu impfen. Dylan hatte seine Behauptungen nie ernst genommen.

Truth hingegen schon – sie mußte etwas empfangen haben, das zumindest für ihr Bewußtsein den Stellenwert von etwas Bewiesenem hatte. Und wenn Dylan bereit wäre, seinen Sinnen zu trauen, dann hatte er sie in den letzten beiden Jahren genug Wunder tun sehen, um einen Beweis – für *irgend etwas* – in den Augen von fast jedermann zu erbringen.

Das Problem war nur, daß Dylan seinen Sinnen *nicht* traute. Seine gesamte Ausbildung hatte ihn gegen sie immun gemacht. »Deine Augen können dich täuschen – mißtraue ihnen«, sagte der Jedi-Meister in *Star Wars*, und auch wenn es nur aus einem Kinofilm stammte, so blieb es ein guter Rat. Leute, die ihren eigenen Augen trauten, berichteten, daß Venus ein UFO war und Elvis Presley noch auf Erden wandelte. Nichts war so wenig vertrauenswürdig wie die menschlichen Sinne.

Aber etwas anderes haben wir nicht, dachte Dylan und brachte sein Bewußtsein zur Gegenwart zurück, als er den Gemischtwarenladen sah.

Es kam ihr vor, als wäre sie seit Ewigkeiten gelaufen. Wie ein trauriges Gespenst wanderte Sinah über Pfade, die ihr in den Monaten ihres Hierseins vertraut geworden waren. In ihrer Seele war sie nicht allein. Sie war es nie gewesen, seit dem Tage ihrer Geburt nicht, und auch wenn die Wesen in ihr jetzt nicht die Gedanken anderer waren, sondern nur die Teile Generationen übergreifender Erinnerung und die allerdings anspruchsvollere Präsenz von Athanais de Lyon, so waren sie auf seltsame Weise tröstlich. Ihre eigenen Gedanken – ihr eigenes Bewußtsein – funkten hin und wieder wie undeutliche Radiosignale dazwischen, aber sie enthielten nicht mehr Antworten als die Gedanken der anderen.

Du hättest sie töten sollen, wisperte Athanais mit schlangengleicher Sanftheit.

»Das würde nichts lösen«, erwiderte Sinah laut. Aber gewiß hatte die Tat ihren Zweck in sich selbst – als Truth endlich unter dem Einfluß der pulverisierten Tabletten in Schlaf gesunken war, hatte Sinah ein Glücksgefühl ergriffen, wie sie es so noch nie zuvor empfunden hatte, eine reine Lust an der Grausamkeit.

»Nein«, sagte sie, diesmal auf unausgesprochene Anstiftungen antwortend. Eine solche Person wollte sie nicht sein.

Aber was konnte sie tun? *Schütze das Tor – Zahle den Zehnten – Schütze das Tor ...,* flüsterte der Chor der Ahnen, aber sie konnte es nicht vor dem zwanzigsten Jahrhundert schützen, und in den fünfundzwanzig Jahren, seit sie geboren war, hatte das zwanzigste Jahrhundert schließlich Morton's Fork erreicht.

Zum einen waren Dr. Palmer und sein Team gekommen, und nun würden andere nachfolgen, ähnlich wie es Quentin Blackburn vor achtzig Jahren getan hatte. Ihre Ururgroßmutter Athanais hatte Quentin nicht aufgehalten. Sie hatte ihn nur getötet und mit ihrem eigenen Tod die Blutlinie unterbrochen, so daß ihre Tochter nur die Aufgabe, aber nicht das dazugehörige Wissen von ihr übernahm.

War es das, was die Angst der Einheimischen zuerst in Wut und schließlich in offenen Haß hatte umschlagen lassen? Daß die Dellons nicht mehr die Macht besaßen, ihre Bitten zu erfüllen, obwohl weiterhin geopfert werden mußte? Sinah setzte sich auf einen umgestürzten Baumstamm. Diesmal störten sie all die Käfer nicht, die sich unter dem verrotteten Holz tummeln mochten. Das war eine einleuchtende Erklärung. Sie haßten die Dellons, weil die Quelle sie enttäuscht hatte. Seit Athanais Dellon 1917 gestorben war, nahm die Quelle nur noch und gab nicht mehr – das sterile Gelände um das Sanatorium war ein Beleg dafür. Und die Erinnerungen, die Sinahs Bewußtsein belasteten, waren keine wirklichen Erinnerungen – sondern nur Echos all derer aus der Blutlinie, die zu ihrer Zeit zum Tor gegangen waren: ihre Mutter, ihre Großmutter ... eine jede, die sie hätte lieben können.

Und Wycherly?

Nein. Er war mittlerweile weit weg. Er war abgehauen. Er würde nicht das Große Opfer aus der Blutlinie sein, das die Quelle forderte.

Bist du sicher? fragte die Stimme von Athanais de Lyon mit füchsischer Unbarmherzigkeit.

Und Sinah war sich nicht sicher. Sie wußte nur, daß sie, Sinah Dellon, die einen Schutzengel und ein behütetes Leben gehabt hatte, die letzte der Blutlinie sein würde.

Diejenige, die ein für alle Male scheiterte.

Obwohl auf der Erde oben noch Nachmittag war, herrschte zu der Zeit, als Wycherly das Ende des Treppenschachts erreichte, um den Schwarzen Altar herum bereits Nacht.

Wycherly schritt vorsichtig auf den Steinaltar zu. Wenn er mit seinem Paket in der Hand stürzte, würde er wahrscheinlich nur selber umkommen und sonst keinerlei Schaden anrichten. Die Taschenlampe war nicht hell genug, um ihm den Weg zu leuchten. Die Spuren der Verseuchung, die Wycherly hier erwartet hatte, waren verschwunden.

Ungläubig legte er seine linke Hand auf die Oberfläche des Altars. Er spürte nichts – Quentin war nicht mehr da.

Es spielte keine große Rolle. Was immer an Monstrosität in Quentin Blackburn eingedrungen war und ihn über Generationen an diesen Ort gebannt hatte, es war nun auf Wycherly übergegangen. Quentins Buch und Quentins Regime des Bösen – und Wycherly, der die Verderbtheit ausmerzen wollte, so gut er konnte.

Den Altar in die Luft jagen – würde das... was immer es war, zerstören? Er war sich nicht sicher, aber mehr konnte er nicht tun. Er schüttelte seine Nachdenklichkeit ab, kniete neben dem Altar nieder und öffnete unbeholfen das Paket. Die Sprengkapseln saßen säuberlich in Reihen auf dem Karton, und die Zündschnur war eine harmlos aufgerollte Schnur.

Während er so beschäftigt war, wurde ihm klar, daß er das Geräusch von fließendem Wasser hörte. Es war ein lästiges Geräusch. Es erinnerte ihn an schwarze Flüsse und ertrunkene Frauen in ihren Tiefen. Es drang in seine Gedanken, störte seine Konzentration und zwang ihn, die gleichen Verrichtungen immer und immer zu wiederholen.

Plötzlich wußte er, woher das Geräusch kam. Die Höhle, vor deren Eingang er anfangs zurückgeschreckt war, mußte zu einem unterirdischen Fluß führen, nicht zu einer Quelle, wie er zuvor gedacht hatte. Das war die einzige Erklärung. Und jetzt schwoll der Fluß aus irgendeinem Grund an – war hier nicht vor ein oder zwei Tagen ein Unwetter niedergegangen? –, und bald würde das Wasser durch die Höhlenöffnung hervorschießen und ihn mitsamt seiner Sprengladung überfluten.

Wycherly stand auf und dachte kurz an Sandsäcke. Das Geräusch war so deutlich, daß es ihn überraschte, auf dem

Boden noch kein Wasser zu sehen. Vielleicht stieg das Wasser doch nicht an.

Aber warum war es dann so laut?

Vorsichtig näherte sich Wycherly der Öffnung in der Mauer jenseits des Altars. Langsam. Als pirschte er sich an etwas an.

Sie war schon immer zu ungeduldig gewesen, dachte Truth gereizt, und heute bekam sie dafür die letzte Bestätigung. Die Tasche zerrte schwer an ihrer Schulter, und sie wußte nicht genau, warum sie sie überhaupt mitgenommen hatte. Gewohnheit, nahm sie an. Die Nachwirkungen der Tabletten machten ihre Muskeln schlaff, so daß jeder Schritt sie Mühe kostete. Schweiß lief ihr Gesicht und ihren Hals hinunter, ihre Kleidung war feucht und rieb an ihrer Haut. Sie würde wahrscheinlich früher oder später über ihre Beine fallen.

Klug und richtig wäre es gewesen, Seth erst bei seiner Mutter abzusetzen und dann gemeinsam mit Dylan zum Sanatorium zu fahren – oder sich überhaupt zuerst von Dylan dort hinbringen zu lassen. Aber der Wahrheit die Ehre, sie traute Dylan nicht recht über den Weg. Vielleicht führte er wieder irgendeine Verzögerungstaktik im Schilde – vollkommen vernünftig, natürlich...

Hör auf. Dylan ist nicht dein Feind.

Und schließlich war nicht Seth das letzte Opfer des Tores. Ihre Ehre war noch unbefleckt. Noch war Zeit.

Truth legte eine Verschnaufpause ein und wischte sich mit einem Zipfel ihrer Bluse den Schweiß aus dem Gesicht. Das war das Problem – es gab keine Schurken hier, nur Opfer. Selbst Sinah, die sie beinahe vergiftet hatte, selbst Michael. Sogar Wycherly... wo immer er sich aufhalten mochte.

Und ich hoffe, wo er auch sein mag, er ist weit weg von hier. Seine Schwester ist übersinnlich, und solche Dinge verbreiten sich immer in der ganzen Familie – immer! Ob er sich in dieser Richtung für begabt hält oder nicht, seine bloße Anwesenheit in der Nähe des Tores könnte schon die Lawine ins Rollen bringen.

Truth versuchte, solche Gedanken von sich fernzuhalten. Sie konnte nicht viel tun, wenn er tatsächlich dort sein sollte. Er war nicht sonderlich von ihr eingenommen – Truth zuckte im Geiste zurück, als sie an ihr letztes Zusammentreffen dachte –, und es war unwahrscheinlich, daß er irgend etwas tun würde, worum sie ihn bat.

Aber würde Sinah es tun?

O ja, versicherte sich Truth mit einem wölfischen Grinsen, das zu einem füchsischen Lächeln wurde. *Sie hat mir den Tranquilizer verabreicht. Dafür habe ich schon etwas gut bei ihr. Dieses Mal wird sie tun, was ich will.*

Als sie die Abzweigung zum Sanatorium erreichte, setzte die Abenddämmerung ein. Truth sah auf die Uhr: eine halbe Stunde, seit sie sich von Dylan getrennt hatte. Für ihn war es eine Sache von nur wenigen Minuten, bis er beim Gemischtwarenladen war; wenn er überhaupt wiederkam, dann konnte er jeden Moment hier sein.

Sie wußte nicht, ob sie ihn hierhaben wollte oder nicht.

Sie hielt erneut an, um zu verschnaufen, und starrte abwesend aus das Einfahrtstor des Sanatoriums. Durch ihre Erschöpfung nahm sie langsamer wahr; sie brauchte eine ganze Weile, bis sie erkannte, was sie vor sich hatte.

Eine Seite des Eisentores war aus der Verankerung gerissen.

Truth blinzelte, aber was sie sah, änderte sich nicht. Die beiden nach innen durchhängenden Torflügel, die im Lauf von achtzig Jahren festgerostet waren, befanden sich nicht mehr in der Position, in der Truth sie beim letzten Mal gesehen hatte. Eines war weiter aufgeschoben – sie sah die frische Schabspur, wo es über den Schotter gerutscht war –, und das andere war samt Pfosten ein paar Schritte weiterbefördert worden und lag im Graben. Frische Fahrspuren im Kies, die den feuchten erdigen Untergrund freilegten, zeigten, wo das Auto, das den Schaden verursacht hatte, steckengeblieben und mit großem Kraftaufwand wieder angefahren war. Scherben von einem kaputten Scheinwerfer lagen wie Eissplitter zwischen den Steinen.

Wer war seit heute morgen hier gewesen?

Sie versuchte, sich an den Moment zu erinnern, als sie mit Michael, Sinah und Dylan hier heraufgekommen war. Es schien tausend Jahre her zu sein, aber Truth war sich sicher, daß das Tor da noch in Ordnung gewesen war.

Hatte Dylan aus irgendeinem Grund das Wohnmobil danach hochgebracht? Ihr benebelter Verstand wollte ihr keine Erklärung liefern. *Das ergibt keinen Sinn*, dachte Truth. Sie mußte sich irgendwie aus ihrer Lethargie befreien. *Geh weiter. Vielleicht hilft das.*

Auf dem Fahrweg kam es ihr so vor, als wäre sie ihn mittlerweile schon hundert Mal gegangen. Sie wünschte sich, sie hätte diesen Ort nie gesehen, sie wäre nie nach West Virginia gekommen. Und allmählich, während sie weiterging, merkte sie, daß sie beobachtet wurde.

Dieses Bewußtsein war so elementar wie die Beziehung zwischen Jäger und Beute. Etwas war da draußen – etwas höchst Körperliches und Wirkliches –, und es beobachtete sie.

Truth blieb stehen und blickte sich um. Doch alles, was sie sah, war das Gestrüpp der wilden Rosenhecken, das im strahlenden Glanz der Abendsonne lag. Sie lenkte ihre Gedanken wieder der Wirklichkeit zu. Was konnte es sein? Ein Bär? Jemand, der Seth suchte?

»Hallo?« rief Truth. Ein plötzliches Rascheln im Dickicht. Stille. Bilder von ländlichen Wegelagerern plagten ihre Fantasie.

In einiger Entfernung, leise summend wie eine Libelle, konnte Truth einen Automotor hören. Also kam Dylan zurück. Dieser Gedanke gab ihr einen schwachen, aber spürbaren Auftrieb. Doch sie hatte sich nun so an ihr Unterwegssein gewöhnt, daß sie, ohne auf ihn zu warten, sich wieder in Bewegung setzte.

Jetzt sah sie die weiße Marmorbank, friedlich inmitten der verwilderten Wiese. Wer auch immer sie beobachtete, er hielt sich in dieser Richtung auf.

Obwohl sie diese Bank nach ihrem ersten Besuch hier oben nie wieder hatte sehen wollen, verließ Truth den Fahrweg und ging durch das Gestrüpp auf sie zu. Sie hörte, wie das Motorengeräusch lauter wurde, und da sah sie eine schattenhafte Gestalt hinter einem Busch von Forsythien kauern.

»He!« rief Truth heiser.

Truth hatte den undeutlichen Eindruck von Bewegung, als die Gestalt hervorbrach – Bremsen kreischten – eine Hupe lärmte. Truth hörte, wie eine Frau schrie.

Sinah stand in Dylans Scheinwerferlicht wie eine vom Licht geblendete Hirschkuh. Sie starrte ihn mit weit aufgerissenen Augen an, und Dylan glaubte beinahe, den Pulsschlag an ihrem Hals sehen zu können. Einen Augenblick später taumelte Truth aus dem Gestrüpp und ergriff Sinahs Arm.

Dylan stieg aus dem Auto und kam ihnen entgegen.

Sofort wurde er von einer reinen, unverstellten Wut übermannt. Die Tablettendosis, die Truth eingenommen hatte, hätte leicht tödlich sein können – und Sinah hatte sie ihr verabreicht. Aus welchem Wahn oder welcher Laune heraus, wußte er nicht. Er packte Sinahs anderen Arm.

»Was hast du dir dabei gedacht?« schrie er sie an und versuchte zugleich, sie von Truth loszureißen.

Sinah brach in Tränen aus und klammerte sich an Truth. Dylan starrte Sinah zornig an. Mit ihrer freien Hand tätschelte Truth Dylans Arm.

»Es ist schon okay. Ganz ruhig, Sinah, Liebes, niemand ist mit dir böse.« Ihre Stimme klang freundlich und liebevoll, doch Dylan sah Truths Gesicht – reglos, abwesend... nicht menschlich.

Ach, hör auf, dich selbst verrückt zu machen! dachte Dylan ärgerlich. Truth war genausowenig ein Mitglied des Feenvolkes wie Thorne es gewesen war. Es gab solche Dinge nicht wie...

... *Gespenster?* schloß Dylan mit bitterem Selbstspott. »*Es gibt mehr Ding' zwischen Himmel und Erde, als deine Schulweisheit sich träumen läßt, Horatio*« – Worte, an die er sich sein ganzes Leben gehalten hatte.

»Danke, daß du zurückgekommen bist«, sagte Truth zu Dylan.

»Ich glaube, so viel Verlaß ist schon auf mich, wenn es hart auf hart kommt«, sagte Dylan rauh. »Ich habe Seth vor dem Laden abgesetzt und bin so schnell wie möglich zurückgefahren. Ich dachte, ich würde dich zusammengebrochen auf der

Straße finden, deshalb bin ich vorsichtig gefahren. Das war ihr Glück. Als sie mir vors Auto sprang, dachte ich, es wäre ein Hirsch oder etwas ähnliches. Fast hätte ich nicht mehr rechtzeitig bremsen können.«

»Sie ist vor mir weggerannt. Sinah – *Sinah*. Kannst du mich hören? Niemand tut dir etwas. Möchtest du mir sagen, was mit dir los ist?« redete Truth ihr schmeichelnd zu.

Sinah antwortete erst nach einem Moment. »Ich bin die letzte«, sagte sie in abgehacktem Wispern. »Ich bin die letzte. Ich habe versagt. Sie kommen, sie werden es finden...« Ihr Kopf senkte sich vor Erschöpfung und Verzweiflung.

»Nein, das werden sie nicht.« Truth sprach mit überzeugender Eindringlichkeit. »Schließ es mit mir, und du wirst es für immer schützen. Du mußt es schließen, Sinah – dann kann es niemand finden. Ich weiß, es ist schwer, aber du hast schon immer gewußt, daß es getan werden muß. Die Quelle gehört nicht in die moderne Welt. Die Menschen werden nur daran zu Schaden kommen, wenn sie weiter besteht. Du weißt, was du zu tun hast...«

Sie fuhr fort, sie einzulullen, bis Sinah ihren Kopf hob und antwortete, mit ebenso schwerer Zunge wie Truth, als Dylan sie aufgefunden hatte.

»Ja. Einverstanden. Ich tue, was du willst.«

Dylan hätte protestiert – zumindest hätte er irgend etwas unternommen, um Sinah aus ihrer Trance herauszuholen –, doch in diesem Augenblick sah er in der Ferne etwas aufleuchten.

»Seht mal«, sagte er leise. »Da oben ist Licht im Sanatorium.«

Hinab zur sonnenlosen See. Die Zeile ging in Wycherlys Kopf herum, als wäre sie die Antwort auf alle Rätsel des Lebens. *Hinab zur sonnenlosen See...* Die Zeile stammte aus einem Gedicht, aber er erinnerte sich nicht mehr, aus welchem.

Er hatte keine Taschenlampe dabei, aber das spielte keine Rolle. Seine linke Hand glitt an der gebogenen Felswand entlang, und Wycherly ging langsam, aber unerbittlich die Stufen hinunter. *Hinab zur sonnenlosen See*.

Hier unten in der Finsternis hörte er nur Wasser: Rieseln, Brüllen, Branden, Plätschern von nirgendwo nach nirgendwo. Spinnweben streiften sein Gesicht, und er wischte sie automatisch beiseite. *Hinab zur sonnenlosen See.* Er brauchte nicht zu fragen, wohin er ging – er wußte es.

Er kehrte zurück. Zum Flußufer, zu jener Augustnacht vor einem Dutzend Jahren. Dorthin, wo er hätte sterben sollen.

Er erreichte die letzte Stufe. Eine Dunkelheit umgab ihn, die absolut war, als wenn er nichts gesehen hätte, aber das bekümmerte ihn nicht. Er wußte, wohin er ging.

»Da ist mein Auto«, sagte Sinah mit leiser Entrüstung.

Der Cherokee-Jeep stand am Rand der zerstörten Grundmauern, seinen einen – schwächer werdenden – Scheinwerfer nutzlos über das Loch gerichtet.

»Da unten ist Licht«, sagte Dylan. »Aber ich sehe keine Menschenseele.«

»Wycherly«, sagte Truth. »Er ist Seths Hexenmeister.«

Dylan legte seine Hände um den Mund, um hinunterzurufen, doch Truth hielt ihn ab.

»Nein. Wir gehen besser hinunter«, sagte sie. *Und gebe Gott, daß er noch da ist, daß ich Sinahs Willen lang genug auf das konzentrieren kann, was getan werden muß, und daß Dylan sich nicht als mein schlimmster Feind erweist.*

»Das gefällt mir nicht«, sagte Dylan Palmer zurückhaltend.

Die winzige Stabtaschenlampe warf ihren dünnen Lichtstrahl hin und her über die schmalen Zylinder in rotem Packpapier, die um die Basis des glatten Felsens, einst der gemeißelte Schwarze Altar, aufgestellt waren. Sie sahen aus wie Päckchen für ein Not-Leuchtfeuer.

»Ist das nicht Dynamit?« fragte Truth mit heller Stimme.

Eine Taschenlampe, die auf dem Altar lag, leuchtete matt in nachlassendem, bernsteinfarbenem Licht. Das Rautenstück Himmel über ihnen war tief indigoblau, und statt der normalen Hitze einer Augustnacht herrschte hier unten eine feuchte Kühle, die von den geheimen Orten der Erde auszugehen schien.

»Ja«, sagte Dylan knapp. »Sieht aus, als ob jemand dabei war, die Sache in die Luft zu jagen. Sag, Truth, könnt ihr, Sinah und du, euch auf den Ort einstimmen...«

»Wycherly!« schrie Sinah plötzlich.

Sie hatte still neben Truth gestanden. Jetzt floh sie an dieser vorbei zu dem dunklen Schatten des Eingangs, der hinab zu der unterirdischen Quelle führte.

»Sinah!« rief Truth. Sie versuchte, Sinah festzuhalten – sowohl mit Händen als auch mit ihrer Seele –, und verfehlte sie. Sinah verschwand in der Öffnung, so schnell wie durch Telekinese.

»Verdammt... *verdammt*«, zischte Truth. Das Adrenalin hatte endgültig den letzten Rest der Schlaftabletten aus ihrem Körper gespült. Sie sah sich nach Dylan um – hilflos, reumütig.

»Ich muß da hinunter«, sagte sie.

»Warte eine Minute – warte!« Dylan packte Truth und schüttelte sie. »Kannst du im Dunkeln sehen? Warte, bis ich eine Taschenlampe geholt habe – Leuchtfeuer – irgend etwas.«

Truth öffnete ihren Mund, um zu widersprechen, und Dylan schüttelte sie erneut. »Was, wenn ihnen etwas zugestoßen ist? Was, wenn da noch mehr Dynamit ist? Warte hier – und wenn du dich auch nur einen Schritt vom Fleck rührst, breche ich dir dein hübsches Genick!«

»Ja, Dylan«, sagte Truth unterwürfig.

Doch sowie Dylan oben angekommen und verschwunden war, wandte sie sich um, nahm die Taschenlampe von dem säkularisierten Altarstein und folgte Sinah die ausgetretenen alten Stufen zur Quelle hinunter.

Als sie die Höhle betrat, schaltete sie die Taschenlampe aus – besser nicht ihre Energie verschwenden. Fast unvermittelt hüllte sie die Dunkelheit ein, aber sie brauchte nicht zu sehen, um ihre Umgebung zu erkennen. Behutsam streckte sie ihre Fühler aus: Die unbefleckte Macht des Tores, vertraut und lockend, brandete gegen ihre *sidhe*-Wahrnehmung.

»Sinah?« rief sie zögernd. In dem brausenden Rückstoß der Macht des Tores konnte sie weder Sinah noch Wycherly entdecken. *Bitte, laß sie antworten, laß sie noch am Leben sein...*

»Hier«, sagte Sinah. »Truth? Ich habe ihn gefunden. Mach schnell, bitte!«

Truth schaltete ihre Taschenlampe wieder an, und in ihrem matten Licht erkannte sie Sinah, die neben einer knienden Gestalt stand. Wycherly.

»Ist er ...?« *Götter des Rads, macht, daß er nicht tot ist!*

»Er lebt. Aber ich kann ihn nicht wecken – und ich glaube, es ist noch jemand hier unten.« Sinahs Stimme zitterte; sie klang verängstigt und allein gelassen.

Truth ließ den schwächer werdenden Strahl der Taschenlampe kurz umherwandern. Sie befand sich innerhalb einer Höhle, die aus dem gleichen schwarzen Felsgestein bestand wie der Raum oben. Sie hatte einen Durchmesser von vielleicht fünfzehn Metern, und als sie die Taschenlampe nach oben richtete, konnte sie die Decke nicht sehen. In der Mitte des Raums befand sich die Quelle, die aus einem natürlichen Krater im Stein hervorsprudelte. Selbst dort, wo Truth stand, konnte sie die eisige Kälte spüren, die von dem Wasser ausging; die Kälte klaren, frischen Wassers aus dem Herzen der Erde. Sie konnte keine Abflußöffnung erkennen; der Boden der Höhle war aus dem gleichen glatten, feinkörnigen Stein wie alles andere.

Sie leuchtete rasch den Rest der Höhle aus. An den Rändern war der Boden mit Abfall und Schutt bedeckt: farbige Glasflaschen, zusammengewickelte Bündel, Körbe... Knochen. Manche waren schon fast bis zur Unkenntlichkeit vermodert, andere eher jüngeren Datums.

Manche waren ganz neu.

Sinah stöhnte beim Anblick der umherliegenden Schädel, aber Gott sei Dank hatte sie nicht dasselbe wie Truth gesehen. Am Rand der Quelle lag ein Körper mit dem Gesicht nach unten, ein Arm hing im Wasser. Der Körper trug ein gelbes T-Shirt und Jeans, und Truth glaubte zu wissen, wer das war.

»Bleib, wo du bist, Sinah. Ich will mir etwas ansehen.«

Truth legte die Taschenlampe auf den Boden und richtete ihr Licht in die entgegengesetzte Richtung, dann ging sie zu dem Körper. Behutsam drehte sie ihn um. Luned Starking.

Der Arm, der im Wasser gelegen hatte, war weiß und kalt wie Eis. Aber Luned war nicht tot. Truth zog sie vom Rand der Quelle weg und hoffte nur, daß sie damit die Macht dieses Ortes nicht zur Vergeltung reizte.

Sinah hob die Taschenlampe auf und richtete sie auf Truth. Jetzt war ihr Licht nur noch ein schwacher roter Strahl.

»Was – wer ...« Sinah klang aufgelöst, wie kurz vor einem Nervenzusammenbruch.

Truth betete darum, daß sie sich noch ein bißchen zusammenreißen könnte. Sie hatte wenig Lust, sich mit einer der früheren Torwächterinnen auseinanderzusetzen – oder mit Athanais de Lyon.

»Es ist Luned Starking. Sie lebt noch.«

»Wo?« Sinah klang überrascht und ängstlich. »Truth, ich kann ihn nicht aufwecken. Wycherly!«

Truth wandte sich zu Sinah um, konnte sie aber nicht sehen. Die Glasabdeckung der Taschenlampe war nur noch eine kleine kupferne Scheibe in der Dunkelheit – Truth konnte deutlich sehen, wie die Fäden in der Glühbirne langsam verglommen.

»*Truth!*«

Diesmal war es Dylans Stimme, von der Höhle fast zur Unkenntlichkeit verzerrt. Sinah schrie auf, und selbst Truth fuhr zusammen, als sie das weiße Licht über die Wand flackern sah.

»Dylan?« rief Truth. »Richte das Licht bitte woanders hin, ja?«

»Bist du in Ordnung?« fragte er. Im gebrochenen Licht der starken Stablampe glich Dylan einem etwas verwirrten Schutzengel. Auf Truths Bitte hin hielt er das Licht von ihr weg, und Truth sah, wie sein Gesicht hart wurde, als er die Anhäufung von Knochen entdeckte.

»Sinah und Wycherly sind hier«, sagte Truth. »Und Luned. Sie lebt.«

»Aber was ...? Das ist unglaublich«, sagte Dylan.

»Truth!« rief Sinah mit Nachdruck.

Truth stand auf – sie konnte im Augenblick nichts für Luned tun, als sie vorsichtig hinzulegen – und ging zu Sinah. Dylan stand immer noch am Fuß der Treppe und leuchtete langsam den ganzen Raum ab.

»Leuchte hier herüber, ja, Dyl?« bat Truth. Sie kniete sich neben Wycherly und Sinah und spürte, wie die arktische Kälte des Steins durch den dünnen Stoff ihrer Sommerhose drang. Sie war erst seit fünf Minuten hier unten, und schon begann sie zu zittern; dieser Ort war wie eine Gefriertruhe.

Dylan folgte ihrer Bitte. Wycherly hockte am Rand der Quelle, seinen Kopf gebeugt, als starrte er in die Tiefen. Seine Hände ruhten auf seinen Knien; die rechte war in schmutzige Gaze gewickelt, und die Finger, die aus dem Verband herauslugten, sahen schrecklich geschwollen aus.

»Ich kann ihn nicht wecken, ich kann ihn nicht bewegen«, sagte Sinah, den Tränen nah.

Truth versuchte es, aber Wycherlys Muskeln waren erstarrt, und er hielt sich mit roboterhafter Hartnäckigkeit an seinem Platz. Seine Augen waren offen, doch er sah sie nicht und hörte sie nicht. Als ob er ... woanders wäre.

»Er ist durch das Tor gegangen«, sagte Truth. War er das wirklich? Wycherly konnte erst eine Stunde hier gewesen sein – der Scheinwerfer des Jeeps hatte noch voll geleuchtet. War noch Zeit, ihn zurückzuholen?

Dylan kam zu ihnen. »Ich trage Luned zum Jeep hinauf«, sagte er. »Da drin wird es warm sein, und Wärme braucht sie jetzt am meisten. Hat Wycherly die Schlüssel bei sich? Sonst schlage ich ein Fenster ein.«

Truth durchsuchte die Taschen von Wycherlys Lederjacke. »Hier sind sie.« Sie hielt die Schlüssel hoch.

Dylan steckte sie ein und hielt Truth ein Bündel von dünnen Stangen hin. »Sturmleuchten. Es war das einzige, was ich auf die schnelle gefunden habe.«

Truth nahm eine, zündete sie an und hielt sie mit ausgestrecktem Arm. Der schweflige Rauch bewirkte bei ihr einen Hustenanfall, so daß sie die Sturmleuchte fortschleuderte. Erst danach wurde ihr klar, daß sie brennbares Material hätte treffen können.

Glücklicherweise fiel die Sturmleuchte auf einen Teil des Bodens, der frei war vom Abfall der Jahrhunderte, und brannte dort mit einer höllischen, kirschroten Flamme. Wenige Schritte davon entfernt sah sie, wie Dylan sich herabbeugte, um Luned aufzuheben. Der Strahl von der Lampe in seiner Hand sprang wild umher, als er wieder stand und seine Last zur Treppe zu tragen begann.

»Das wird nichts nutzen«, sagte Sinah sanft. In dem unsteten Licht der Sturmleuchte wirkte ihr Gesicht gealtert, traurig und voller Wissen. »Sie ist schon fort. Die Macht hat sie verschlungen. Spielt keine Rolle mehr, wo ihr Körper ist.«

Darum werden wir uns schon noch kümmern! gelobte Truth stumm. Sie schloß die Augen und versuchte, den sie umgebenden Raum mit ihren Anderwelt-Augen zu sehen. Hier, direkt über dem offenen Tor, sollte sie ohne die komplizierten Konzentrations- und Meditationstechniken auskommen, die sie normalerweise anwandte.

Es gelang ihr. Es war, als hätte die Macht, die diesen Ort beherrschte, nur auf ihre Bereitschaft gewartet, um ihre Perspektive der Wirklichkeit mit der anderen zu vertauschen. Die Dunkelheit verschwand, und die wirkliche Welt war fort.

Dies war ein Ort, den sie bei ihren beiden bisherigen Versuchen, zum Tor zu gelangen, nicht gesehen hatte. Sie stand auf einer hohen Klippe, und das Meer brandete und schäumte gegen die Felsen unter ihr. Der Wind eines sich zusammenbrauenden Gewitters heulte ihr entgegen, und draußen auf dem Meer konnte Truth die schimmernden Formen eines kunstvoll gestalteten Tores sehen.

Quentin Blackburns Einfluß war erloschen; sein Versuch, die Macht des Tores zu brechen und umzulenken, war gescheitert. Dies war es höchstselbst: das Tor Zwischen Den Welten, die Stätte, wo das komplexe Netzwerk der Energielinien sich kreuzte, das die Oberfläche der Erde überzog und der Torwächterin Zugang zur Macht der Erde selbst gewährte.

»Wycherly!« rief Truth gegen das Heulen des Windes. In diesem immateriellen Land schien es, als könnte sie über dem Wind die Form des leuchtenden Pfades erkennen – ein Pfad, der, gemacht aus Wind und Wellenkronen, noch geisterhafter war und hinaus zum Tor der sidhe *führte.*

Sollte sie es wagen, diesen Pfad zu gehen – durch das Portal, um sich ihren nichtmenschlichen Basen und Vettern im jenseitigen Land zu stellen?

Truth zögerte noch und schaute sich um. Wenn Wycherly und Luned dorthin gegangen waren, dann mußte sie ihnen folgen und versuchen, sie auf irgendeine Art freizubekommen. Sonst hätte sie verloren – ihr Gelöbnis wäre gebrochen, und die Strafe Michael Archangels würde sie erwarten.

Als sie ihre Augen auf den unwirklichen Ozean konzentrierte, sah Truth, daß bereits eine winzige Gestalt auf dem Pfad ging, grau und schimmernd und in weiter Ferne.

Wycherly?

Truth überwand sich, den ersten Schritt ins Nichts zu tun.

»NEIN!«

Von hinten schlug etwas mit Gewalt gegen sie, warf sie vorwärts und riß sie zurück, in beinahe ein und derselben Bewegung. Sie fuhr herum und sah in Wycherlys Gesicht.

Er hatte blutunterlaufene Augen, war abgezehrt und unrasiert – ein getreues Abbild seiner physischen Erscheinung in der wirklichen Welt –, doch hier packte er sie mit zwei gesunden Händen an den Schultern und starrte sie voller Wildheit an, während er vergeblich nach Worten suchte.

Doch über und hinter ihm schwebte wie Rauch ein schattenhafter Nimbus, der die dunkel strahlende Gestalt der goldenäugigen Ziege anzunehmen schien, jenes staksigen Geschöpfes, dem die tiefsten Götzendienste Quentin Blackburns huldigten.

Doch obwohl Wycherly von Quentin Blackburns schwarzer Energie erfüllt war, war der unwissentliche Pakt zwischen ihnen noch nicht mit Blut besiegelt. Da war immer noch ein Teil von Wycherly, den Truth erreichen konnte. Sie griff nach ihm, hielt all ihre Kraft zum Kampf bereit – und als ihre Fingerspitzen seine stopplige Wange berührten, blitzte Dunkelheit auf, und es gab eine mißtönende Unterbrechung.

Truth öffnete ihre Augen, und Dunkelheit umgab sie. Immer noch spürte sie einen heftigen Schlag auf ihrer Wange. Dylan stand über ihr, mit leeren Händen. Die Lampe lag am Boden und leuchtete über den finsteren Spiegel der Quelle.

»Tu das nie wieder«, sagte Truth zu ihm mit leiser, wuterfüllter Stimme.

»Er war's nicht – ich war's«, sagte Sinah in normalerem Ton. »Ich dachte, du wärst für immer verloren, wie Wycherly.«

Schnell ergriff Truth Wycherlys Arm und wollte ihn nötigen, ihr zurück auf die Immaterielle Ebene zu folgen, solange die Spur ihres eigenen Übergangs noch frisch war. Sie spürte, wie die Energie zwischen ihnen hin und her blitzte, schmerzhaft wie elektrische Funken, dann begann Wycherly sich zu rühren.

Die drei starrten ihn an. Er wandte sich Sinah zu und blinzelte ins Licht. Truth blickte Dylan verwirrt an.

»So viel gesunden Menschenverstand kannst du mir schon zutrauen«, sagte Dylan. Der liebevolle – wenn auch etwas irritierte – Ton nahm seinen Worten die Bitterkeit. »Ich reiße doch kein Medium aus der Trance.«

Oder eine Magierin aus der geistigen Wanderung, korrigierte ihn Truth in Gedanken.

Dylan sah zu Sinah hinüber, offenbar war er wirklich zornig. »Aber ich habe nicht gedacht, daß sie so schnell wäre.«

»Tut mir leid«, murmelte Truth. Sie wünschte, sie hätte Dylan nicht angegriffen. Aber sie fühlte sich immer noch überfordert und desorientiert. Wenn das Wycherly gewesen war, dann mußte die andere Gestalt, die Truth in ihrer kurzen Vision gesehen hatte, Luned Starking sein. Sie war näher als Wycherly daran, in das Reich der Leuchtenden Götter einzutreten, aber immer noch auf der menschlichen Seite des Tores. Truth fuhr sich mit der Hand durch das kurze, dunkle Haar und blickte wieder zu Sinah.

Sinah wiegte Wycherly in ihren Armen. Ihr Gesichtsausdruck verriet Angst und mütterliche Zärtlichkeit in einem. Er war nicht annähernd so wach, wie es noch Sekunden zuvor den Anschein gehabt hatte, und selbst über die Distanz hinweg konnte Truth erkennen, daß sein Körper von Schauern geschüttelt wurde.

»Er glüht vor Fieber«, sagte Sinah. »Aber vor einer Minute war er noch eiskalt.«

Vor einer Minute war er nicht HIER, verbesserte Truth stillschweigend. *Und er kann jeden Moment wieder in die Anderwelt gleiten, so nah am Tor.* Sie holte tief Atem und versuchte, ihre Gedanken in den Griff zu bekommen. Etwas an diesem Ort war so friedlich, daß das Denken schwerfiel.

Zu friedlich, um genau zu sein. Es war der Frieden des Grabes.

»Schließe das Tor, Sinah«, sagte Truth. »Du mußt. Wenn du es nicht tust, wird Wycherly gleich wieder dort sein.«

Sinah antwortete mit einem überdrüssigen Blick. »In einem solchen Moment? Wir müssen Wych und Luned von hier wegbringen, zu einem Arzt ...«

Sie macht wieder Ausflüchte.

»Du hast heute versucht, mich umzubringen«, sagte Truth hart. »Und ich glaube, dafür schuldest du mir fünf Minuten deiner Zeit. Du bist die einzige, die das Ding da unten schließen kann. Nun, es ist wahr, daß nicht unbedingt du es sein mußt; ich kann eine entfernte Verwandte ausgraben – irgendwo wirst du eine haben –, aber während ich damit beschäftigt bin, werden Wycherly, Luned und wahrscheinlich noch eine ganze Reihe anderer Menschen *sterben*. Vielleicht sogar du selbst. Und das würde mich wirklich ärgern. Also: Machst du, was ich will, oder muß ich erst handgreiflich werden?«

Sinah starrte sie verblüfft an.

»Für die Nachwelt: Ich schließe mich dieser Einschätzung ohne Wenn und Aber an«, sagte Dylan, der hinter Truth stand. »Truth hat recht. Du kannst diese Sache nicht so weiterlaufen lassen, Sinah. Nicht, wenn es in deiner Macht steht, Einhalt zu gebieten.«

Truth empfand eine Welle der Dankbarkeit für Dylans Unterstützung, doch unterdrückte sie sie schnell. Jetzt war keine Zeit, sich in Gefühlen zu ergehen.

»Also gut!« sagte Sinah – und es schien Sinah und nicht eine ihrer Ahninnen zu sein, wenigstens dieses eine Mal. »Was muß ich tun?«

»Gib mir einfach deine Hand«, sagte Truth. Zögernd hob Sinah eine Hand und legte sie in die von Truth.

Und Truth zog Sinah in die Wirklichkeit.

Sie standen beide am Rand der seeumspülten Klippen, und Truth konnte sehen, wie sich Luneds winzige Gestalt dem halboffenen Tor entgegenmühte. Truth blickte hinter sich, landeinwärts, wo die astrale Landschaft in einem Vorhang grauen Nebels verschwand. Sie meinte, einen fernen Punkt wahrzunehmen, eine Gestalt, die sich näherte. Wycherly, der noch einmal zum Tor zurückkehrte.

»Okay«, sagte Sinah. »Was jetzt?« Sie sah aufs Meer hinaus, in Richtung des Tores, aber offensichtlich wurde sie davon nicht so angezogen wie Truth.

Diesmal gab es keinen Thorne, der Truth zeigte, was sie zu tun hatte; kein Zauberbuch, das ihr als Probierstein diente. Die Erinnerung daran, was sie damals getan hatte, mußte genügen.

»Sprich mir nach:

Ich bin ein Falke/Über den Klippen...«, *begann Truth den Zauberspruch, der das Tor von Shadow's Gate versiegelt hatte. Doch hier waren die Worte nur Worte, ohne innere Bedeutung.*

Truth hielt inne. Sinah schaute sie an, ihre Verdrossenheit wandelte sich zu wirklicher Furcht.

»Es klappt nicht, oder?« sagte sie. »Tut mir leid, Truth – ich würde dir gern helfen, wenn ich könnte. Aber ich weiß nicht, was ich tun soll!«

»Schon gut«, beschwichtigte Truth. »Wir müssen nur den richtigen Weg finden.«

Ihr Kopf arbeitete verzweifelt, während sie sprach. Sie hatte das Zauberbuch ihres Vaters eingehend studiert und kannte die Liturgie, die zum Öffnen der Tore führte. Konnte sie das Ritual einfach umkehren? Zumindest würde es ihnen einen Rahmen geben, in dem sie sich bewegen konnten. Und in der Anderwelt war das Symbol von etwas immer dieses Etwas selbst.

Doch die beiden Frauen konnten ein solches Unterfangen nicht alleine ausführen. Das Ritual setzte einen ganzen funktionierenden Zirkel voraus, und ein vollbesetzter Blackburn-Kreis bestand aus sechzehn Leuten: der Torwächterin und drei anderen Wächtern, Hierophex und Hierolator, Hierophant und Hierodule sowie acht weiteren Mitgliedern einer niedrigeren Stufe – und es verlangte ein Gleichgewicht von männlichen und weiblichen Energien. Solange sie darauf nicht zurückgreifen konnten, spielte es keine Rolle, wer Sinah oder wer Truth war.

Die Anderwelt schwankte wie flackerndes Kerzenlicht um sie herum.

»Sinah, widersetze dich nicht«, sagte Truth. »Sei ganz ruhig und akzeptiere, was ist. Einfach ...«

Wieder schwankte die Welt, und Dunkelheit ergoß sich in sie wie Tinte in klares Wasser.

Die Kälte in der Höhle war jedesmal ein neuer Schock für sie, dachte Truth. Sie blinzelte und versuchte, ihre Augen auf die Umgebung einzustellen.

Dylan hatte seine Taschenlampe ausgeschaltet, um die Batterien zu schonen. Während ihre Aufmerksamkeit abgelenkt gewesen war, hatte er eine zweite Sturmleuchte angezündet, die jetzt zu Ende brannte. Sie waren seit einer Viertelstunde hier unten.

»Es geht nicht«, sagte Sinah schlicht.

»Doch, es wird gehen«, sagte Truth bestimmt. »Zumindest bin ich davon überzeugt. Ich habe da eine Idee.«

Sie hatte ihre Tasche mit Arbeitswerkzeug mitgebracht: Sie brauchte nur wenige Minuten, um mit der Kreide einen Kreis von viereinhalb Metern Durchmesser auf den Boden zu malen und die ›Nord-Tor‹-Glyphe hineinzuzeichnen. Die Nadel des Kompasses, den sie immer mit sich führte, drehte sich trunken im Kreis, nutzlos; Truth lokalisierte die wichtigsten Himmelsrichtungen durch bloße Schätzung. Die Schale mit Weihrauch plazierte sie im Norden. Gegenüber – viereinhalb Meter entfernt auf der anderen Seite des Kreises – stellte sie die einzige Kerze auf, die sie dabei hatte. Sie füllte ihre kleine Kristallschale mit Wasser von der Quelle und setzte sie im Westen ab, wo sie wie eine Kristall-Linse leuchtete. Schließlich packte sie das Messer aus Feuerstein und Horn aus und legte es behutsam im Osten ab.

»Okay. Es ist fertig. Dylan, kannst du mir helfen, Wycherly in die Mitte des Kreises zu tragen? Möglichst ohne die Zeichnung allzusehr zu verschmieren – aber Hauptsache, ich habe die Zeichnung gemacht.«

Truths Stimme verriet ein leichtes Zittern – sie hoffte, vor Kälte und nicht vor Angst. Angst war für einen Adepten tödlich.

»Was hast du vor?« fragte Dylan sachlich.

»Wir werden das ganze Blackburn-Programm ausführen, die neun Mächte und die vier Anrufungen, das ganze Ritual bis zur Öffnung des Weges, nur umgedreht. Es ist das einzige, was mir noch einfällt«, sagte Truth unverblümt.

»Fehlen dir nicht zwölf Leute und zwei Wochen Zeit?« fragte Dylan. Also kannte er das Werk so gut, wie sie gedacht hatte.

»Schon. Ich glaube aber, ich weiß, wie wir das umgehen können.« *Ich kann nur hoffen, es funktioniert.*

»Okay, laßt uns die Sache ganz ruhig angehen«, sagte Truth, nun mit fester, aufmunternder Stimme.

Die vier saßen um den Mittelpunkt der Kreidezeichnung so nah beieinander, daß sich ihre Knie berührten. Wycherly saß zwischen Truth und Sinah, die ihn stützten – Truth hätte es unter gewöhnlichen Umständen abgelehnt, einen kranken Mann mit einzubeziehen, der nicht einmal seine Zustimmung geben konnte, aber sie hatte keine andere Wahl. Die Zeit war zu knapp.

Zeit... ein sinnloses Konstrukt in der Anderwelt. Minuten hier konnten Stunden dort bedeuten. Oder... Tage. In der Anderwelt gab es alle Zeit, die sie brauchten, um zu lernen, was sie tun mußten.

»Dylan, Sinah, ich möchte, daß ihr beide versucht, zusammen zu atmen. Sinah, du hast das schon mal gemacht – also sperr dich jetzt nicht dagegen. Laß es über dich kommen, wie einen Traum. Dylan, ich weiß nicht, was du sehen wirst; vielleicht schläfst du einfach ein. Du kannst es dir wie Klarträumen vorstellen, wenn dir das die Sache leichtermacht.«

»Okay«, sagte Dylan ruhig. »Ich tue mein Bestes, um den Alpha-Zustand zu erreichen. Aber es ist nicht einfach, wenn man sich zu Tode friert.«

»Mach's einfach, so gut du kannst«, sagte Truth. Wieder empfand sie eine Anwandlung von Dankbarkeit, daß er ihr selbstverständliches Vertrauen entgegenbrachte, jetzt, da sie es am meisten brauchte. »Sinah?«

»Ich bin bereit«, sagte die Schauspielerin. »Hals- und Beinbruch, Truth.«

Truth lächelte. »Wir fangen mit etwas ganz Schlichtem an: eine einfache hypnotische Induktion. Ich werde von hundert rückwärts zählen, und ich will, daß ihr beide mit mir zählt. Stellt euch dabei eine Treppe vor, die ihr hinuntergeht.«

»Nicht so schwer, angesichts der Umstände. Ich glaube, ich werde die Stufen im Schlaf sehen«, sagte Dylan.

»Schön. Wenn du ans Ende kommst, bist du beim Tor angelangt. Einhundert. Neunundneunzig. Achtundneunzig...«

In einer Welt, in der die Wirklichkeit ein Nebenprodukt des Willens war, konnte Truth dort den Kreis, das Zeichen und alles andere dazu nötigen, sich allein ihrem Willen zu beugen?

Denn das *mußte* sie.

18

Jenseits des Grabes

*Unter dem weiten Sternenhimmel
Schaufelt mir das Grab und laßt mich ruhn.
Glücklich, wie ich gelebt, so starb ich,
Und mein Sterben war mein eignes Tun.*
ROBERT LOUIS STEVENSON

»*I*ch rufe euch, Brüder und Schwestern der Kunst, mit dem Blut, das wir teilen – gebt mir die Kraft in meines Vaters Namen!«

Einen flackernden Moment lang war sich Truth sicher, daß sie sich durchgesetzt hatte. Sie fühlte, wie die Energien der anderen drei sich mit ihrer eigenen verbanden und mit etwas viel Größerem noch, alle gelenkt durch ihren Willen. Doch dann waren sie fort, entglitten ihrem seelischen Zugriff und verließen sie ...

Allein.

Versuch's noch mal, dachte Truth und zwang ihr Bewußtsein in die physische Welt zurück.

Es ging nicht.

Ihre Augen erblickten nach wie vor eine Landschaft aus fahlem Nebel, Meer und Himmel ...

Und noch ein anderes Dasein. Ein nichtmenschliches.

Truth konnte es nicht direkt anschauen. Es war ein Flimmern von Licht, eine Diskontinuität in der Welt, so weit außerhalb von Truths Vorstellung des natürlichen Reichs, wie die Anderwelt sich außerhalb der Vorstellung durchschnittlicher Menschen befand. Doch zugleich war es wachsam, besaß einen Willen und hatte ein Ziel.

»Du suchst den Schlüssel«, sagte die leuchtende Gestalt. »Hast du den Mut, durch die Tür zu gehen und ihn dir zu holen?«

Es gab keine Tür – doch, da war eine. Während sich die wortlose Frage in Truths Bewußtsein zusammensetzte, wurde sie eines dreifältigen Echos gewahr – die anderen. Doch sie mußte sich auf das konzentrieren, was vor ihr lag: Falle oder Chance?
Truth sah durch die Tür. Dahinter, auf einem Sockel aus schwarzem Stein, lag ein silberner Schlüssel von Armeslänge.
»Ja.«
Truth schritt durch die Tür.

Er träumte, versicherte sich Dylan, träumte leicht, so daß das Bewußtsein von seinem Traumzustand sich den Bildern, die er sah, mitteilte. War es das, was Truth meinte, wenn sie von der Reise in die Anderwelt sprach, die Astrale Ebene, von der so viele übersinnlich Begabte sprachen? Wenn ja, dann war diese Astrale Ebene – wie so viele Realitäten – enttäuschend, gemessen an den Vorstellungen, die in den großsprecherischen Beschreibungen beschworen wurden.
Dylan stand im Korridor vor seinem Büro im Bidney-Institut, und Miles Godwin, der derzeitige Direktor, stand ihm gegenüber.
»Du suchst den Schlüssel«, sagte Miles, »Hast du den Mut, durch die Tür zu gehen und ihn dir zu holen?«
Ja, er träumte, aber das brachte sie um keinen Schritt weiter. Er mußte die dritte Schlafphase erreichen, aber Dylan wollte doch warten, bis Truth ihn weckte. Er hatte sich mit ihrem Theaterspiel einverstanden erklärt, auch wenn es lächerlich war.
Die rücksichtslose Ehrlichkeit seiner Gedanken erschreckte Dylan, wenn auch nicht so sehr, daß er davon aufwachte. Er hatte Truth immer respektiert, selbst wenn sie ihn aufregte – wann hatte er begonnen, ihre Wahrnehmungen als Einbildungen eines Kindes abzutun? Er hatte Dinge gesehen, für die es keine rationale Erklärung gab – konnte nicht dies hier so etwas sein?
»Hast du den Mut?« fragte Miles noch einmal.
Ach, was ist schon dabei, dachte Dylan und wollte in sein Büro gehen. Klar hab' ich den.
Aber hatte er ihn wirklich? Er hatte nicht den Mut, seiner Verlobten ins Gesicht zu sagen, daß sie eine Irre war, die Unsinn redete, oder? Und sie hatte ihn gewarnt, ihm Versprechungen gemacht, ihn angefleht ...

Das machte ihn zum Feigling. Er hatte keinerlei Mut. Er war ein Feigling. Sein kleiner Kasten voll wissenschaftlicher Neugier war nur eine andere Art, nicht über Dinge nachzudenken, die sich außerhalb davon befanden. Er hatte die Grenzen ein bißchen weiter gezogen als andere Menschen, das war alles.

Also.

Er mochte diesen Versuch Truth schulden, aber mehr noch schuldete er ihn sich selbst – dem Gedächtnis an den mutigen und aufgeschlossenen Mann, für den er sich einmal gehalten hatte.

Wie immer in Träumen hatte diese ganze Selbstbetrachtung nur einen Augenblick gedauert. Unverändert stand der Mann ihm vor seinem Büro gegenüber. Er sah nun nicht mehr wie Miles aus – aber wie wer sonst?

»Ich habe nicht den Mut«, sagte Dylan. »Aber ich habe den Willen. Und ich will den Schlüssel.«

Jetzt stand Dylan allein vor der offenen Tür zu seinem Büro. Auf einem Tisch, der zugleich sein eigener Schreibtisch und ein schwarzer Doppelkubus war, lag ein glitzernder, kupferroter Schlüssel, der die Länge seines Armes hatte.

Dylan trat ein.

Er bewegte sich. Wycherly lag mit geschlossenen Augen und überließ sich jener Macht, die ihn mit sich zog. Nur die allmählich klarer werdende Wahrnehmung, daß das Dröhnen von einem Automotor stammte – er war am Steuer eingeschlafen! –, ließ ihn die Augen öffnen.

Doch er saß nicht auf dem Fahrersitz, sondern eingezwängt auf dem engen Rücksitz. Es war Nacht, und die Scheinwerfer der entgegenkommenden Wagen verwandelten die Regentropfen auf der Windschutzscheibe in ein Lichtergesprenkel.

Es war sein Auto. Es war ein Geburtstags- und Bestechungsgeschenk gewesen – er hatte soeben, während seines dritten Klinikaufenthalts in den letzten drei Jahren, sechs Monate ohne einen Tropfen Alkohol zu leben geschafft.

Er war neunzehn.

»Nein«, sagte Wycherly und versuchte, sich auf dem beengten Hintersitz des Fiat aufzurichten.

»Bist du wach, Wych?« fragte Camilla Redford und drehte sich auf dem Beifahrersitz zu ihm um. Sie sprach mit schwerer Zunge – sie hatte getrunken, er hatte getrunken, alle hatten sie getrunken. Bei Randy Benson im Haus hatte es eine Party gegeben: Wycherly erinnerte sich nicht mehr genau an alles.

Wer fuhr das Auto? Wycherly setzte sich auf und drückte Camilla in ihren Sitz. Es war ihm schmerzhaft klar, daß der Fiat viel zu schnell fuhr und kurz davor war, seitlich aus der Spur zu brechen. Er sah noch die Konturen eines blonden Kopfes – der Fahrer am Steuer –, dann stieß das Auto mit einem harten Ruck gegen die Kante der Leitplanke und sauste die Böschung hinunter.

Einen kurzen, atemlosen Augenblick schien alles in Ordnung, bis sie erkannten, wo sie gelandet waren. Dann begann sich der Wagen mit Wasser zu füllen.

Wycherly hatte panische Angst. Es war der Unfall, bei dem Cammie umgekommen war, doch diesmal wartete das Ertrinken auf ihn. Wycherly kämpfte darum, irgendwohin zu kommen, überallhin, weg von hier – und plötzlich war es, als ob er wie Rauch durch das Dach des Autos glitte und über dem Geschehen schwebte.

In jener Nacht war Vollmond gewesen. Wycherly konnte die Szene jetzt in die Vergangenheit zurückverlegen, und der Mond breitete sein gespensterhaft helles bläuliches Licht darüber aus. Es hatte geregnet, ein kurzer Augustschauer, doch jetzt war der Himmel klar. Unter sich sah Wycherly den weißen Fiat, das Dach knapp über dem Wasserspiegel. Bald würde das Auto auf die Seite kippen und tiefer ins Wasser gleiten.

Die Fahrertür wurde aufgedrückt, und Wycherly sah, wie der Blonde, der am Steuer gesessen hatte, sich aus dem Auto kämpfte und den Fahrgast vom Rücksitz mit sich schleppte, als er Richtung Ufer schwamm. Er zog Wycherly.

Der Schock des Wiedererkennens riß Wycherly fort von seinem friedlichen Aussichtspunkt, und mit einem Mal lag er auf dem Ufergeröll und starrte in die Sterne. Randy Benson stand über ihm und weinte.

»Ich darf nicht hierbleiben. Ich kann nicht. Mein Vater hat soviel mit mir vor«, jammerte Randy.

Randy und Wycherly hatten sich vor dieser Party nicht sonderlich gut gekannt, doch Wycherly hatte von ihm gehört: der Gold-

junge, ein exzellenter Sportler, Einserschüler, Sproß einer Familie, die Senatoren stellte und Unterzeichner der Unabhängigkeitserklärung zu ihren Vorfahren zählte. Ein Sohn, wie Wycherlys Vater ihm gesagt hatte, auf den jeder Vater stolz wäre. Ein Sohn, wie Kenny jun. es hätte sein sollen.

Wie Wycherly es hätte sein sollen.

Der Fiat glitt weiter unter das Wasser. Camilla war noch im Auto. Sie blieb dort, bis der Abschleppwagen kam und das Auto aus dem Fluß zog.

»Sie ist tot. O Gott – sie ist tot. Ich darf nicht hierbleiben«, sagte Randy wieder. Tränen liefen ihm das Gesicht hinunter, doch die nackte Angst hatte sein Weinen stumm gemacht. »Sie ist tot – aber du? Du bist ein Trinker, ein Verlierer. Du bedeutest niemandem was. Und dein Paps kann dich loskaufen.«

Randy ging ins Wasser zurück – schlau von ihm, keine Spuren für die Polizei zu hinterlassen, falls sich Wycherly später erinnern sollte. Im Nu war er fort. Wycherly lag unter den Sternen und wartete auf das Näherkommen der Sirenen.

Randy war der Fahrer. RANDY. Wycherly hatte nicht einmal am Steuerrad gesessen.

Diese Erkenntnis breitete sich langsam in ihm aus, wie eine Droge. Wycherly war in jener Nacht nicht gefahren. Randy war es gewesen, nicht Wycherly, der an Camilla Redfords Tod schuld war.

Er war unschuldig. Er war immer unschuldig gewesen.

»Willst du den Schlüssel, Wycherly?« fragte sein Vater.

Wycherly setzte sich auf. Es war kalt hier auf dem Boden, und er zitterte. Kenneth Musgrave sen. stand neben ihm und sah auf Wycherly hinab mit der üblichen Mischung aus Ungeduld und Widerwillen – als wäre Wycherly nicht gut genug.

Aber das würde er nie sein, oder? Nichts, was Wycherly tat, würde seinem Vater je genügen. Und der Goldjunge Randy, der ihm als Maß der Vollkommenheit vorgehalten wurde, war ebenso unvollkommen wie Wycherly selbst – labil, fehlbar ... ein Mörder.

»Du willst den Schlüssel«, sagte sein Vater. »Hast du den Mut, durch die Tür zu gehen und ihn dir zu holen?«

Der Schlüssel. Sein ganzes Leben hatte er nach dem Schlüssel gesucht.

Kenneth Musgrave zeigte hinaus auf den Fluß.

Wycherly schaute hin. Er hatte gedacht, daß der Wagen schon gesunken wäre, aber er hatte sich geirrt. Der Fiat ragte noch recht weit aus dem Flußwasser hervor. Cammies Kopf mußte sich noch über dem Wasser befinden. Und auf dem Fahrersitz konnte er das Leuchten eines goldenen, armlangen Schlüssels sehen.

Wycherly zögerte, von Panik ergriffen. Er konnte sie retten. Er konnte den Schlüssel holen. Aber um es zu bewerkstelligen, mußte er ins Wasser gehen, wo die Ungeheuer lauerten. Während er noch zauderte, sah er, wie sich etwas aus dem Wasserspiegel des Flusses erhob.

Irgend etwas war da draußen.

Es funktionierte nicht. Sinah war in den letzten vierundzwanzig Stunden zu vielen starken Gefühlen ausgesetzt gewesen, um noch etwas anderes als Müdigkeit zu empfinden. Steif stand sie auf und zuckte unter der Verkrampfung ihrer Muskeln zusammen. Sie hatte fast geglaubt, daß der theatralische Aufwand, den Truth diesmal getrieben hatte, zum Erfolg führen würde, aber damit war es nichts: dieselbe dumpfe Höhle, dasselbe quellende Wasser, dasselbe flackernde Kerzenlicht.

»Na, findest du Vergnügen an unserer Patience, meine Kleine?« sagte eine Stimme.

Sinah fuhr herum – und starrte in die Augen von Athanais de Lyon.

Sie stand in einer Zelle. Auf dem Boden war Stroh ausgestreut. Sinah holte angstvoll Atem und erstickte beinahe an den Gerüchen von Verwesung und Abwässern. Sie sehnte sich danach zu erwachen und wußte doch, daß dies kein Traum sein konnte. Gewiß – wenn dies ein Traum wäre – würde sie nicht riechen können.

»Suchst du den Schlüssel?« fragte Athanais. Sie warf ihren Kopf zurück und lachte.

Das ist zu wirklich, *dachte Sinah und versuchte verzweifelt, nicht ihren Verstand zu verlieren. Athanais trug ein Kleid aus dem siebzehnten Jahrhundert, das aus Richard Lesters* Drei Musketieren *stammen konnte. Es war aus leuchtendgelbem Satin, und als es noch sauber und neu gewesen war, mußte es Athanais' rothaarige, grünäugige Schönheit perfekt unterstrichen haben.*

Doch jetzt war das Kleid zerfetzt und schmutzig, der schwarze Saum hing teilweise herunter. In den Ecken der Zelle tummelten sich Ratten; von einer stinkenden Talgkerze tropfte es fett in einen zinnernen Kerzenständer. Von draußen drang ein rhythmisches Hämmern in die Zelle, und gegen ihren Willen und ihre eigene Vernunft trat Sinah ans Fenster.

»s' ist für die Galgen, die sie errichten, **Madame** – *ein gerechtes Ende für die, die nicht den Mut haben, den Schlüssel zu suchen!«* krächzte Athanais.

Es war die Wahrheit. Sinah stand auf einem Stuhl und schaute durch das kleine Gitterfenster hinaus. Auf dem Platz unten arbeiteten Männer bei Fackelschein an einem Galgengerüst, das groß genug war, um ein halbes Dutzend Leute auf einmal zu erhängen.

Ein gerechtes Ende für eine Hexe – war es nicht das, was Sinah war? Eine Frau, die ihre besonderen Gaben zu ihrem eigenen Vorteil nutzte, die in einer privilegierten Welt lebte, während die Menschen um sie herum sich durch Härten und Widerstände hindurchkämpfen mußten. Die sich an dem Mißgeschick anderer freute und wußte, daß sie ihre Hand dabei im Spiel gehabt hatte, die abseits stand, wenn andere sich vergeblich abmühten.

»*Welcher ... Schlüssel?*« *fragte Sinah langsam, als sie vom Stuhl herunterstieg. Sie war in diesem schaurigen Alptraum gefangen und sah keinen Weg hinauszufinden. Wenn sie hier starb, starb sie dann auch in Wirklichkeit?*

Athanais stand neben der Zellentür.

»*Du suchst den Schlüssel*«, *sagte sie.* »*Hast du den Mut, durch die Tür zu gehen und ihn dir zu holen?*«

Durch das Türgitter sah Sinah den Schlüssel, der an der gegenüberliegenden Wand hing. Er war aus Eisen und so lang wie ihr Arm. Sie konnte ihn schon in ihren Händen spüren – kalt und schwer, ihr Schlüssel für die Tür hier raus.

»*Ja*«, *sagte Sinah. Sie war sich aber nicht sicher. Was, wenn da draußen eine ganze Welt wäre, die zu der Zelle gehörte? Eine Welt, in der sie eine gejagte Fremde wäre, nie heimisch würde, immer gezwungen, mit List und allem, was ihr zu Gebote stand, um ihr Überleben zu kämpfen?*

Sinah warf einen gequälten Blick zu Athanais: der Geist unter der Haut, das, was sie immer am meisten gefürchtet hatte – Wahnsinn und Tod. Sie konnte Athanais so sehr verachten, wie sie wollte, aber wie verschieden waren sie wirklich voneinander, Athanais de Lyon und Sinah Dellon? Sinah war bereit gewesen, zu ihrem Vorteil Wycherly dem Tod zu überantworten – sie hatte die Pflichten der Blutlinie akzeptiert, ohne sich je dagegen aufzulehnen –, hatte beinahe eine Frau vergiftet, die ihr nur hatte helfen wollen.

Die Versuchung zu bleiben, wo sie war – dem Schlüssel zu entsagen und auf diese Weise nie den bitteren Geschmack des Scheiterns schmecken zu müssen, das Athanais in diese Zelle gebracht hatte –, war groß und verlockend. Vielleicht sollte sie sich aber auch einfach Zeit nehmen und die Sache gründlich durchdenken, vielleicht auf dieser Pritsche ein Nickerchen machen.

Nein. Du mußt fliehen. Du mußt zu den anderen zurückkehren. Truth hat recht; wenn ich die Vergangenheit nicht mehr ändern kann, so kann ich wenigstens für die Zukunft Verantwortung übernehmen – recht oder schlecht!

Sinah biß die Zähne zusammen, wappnete sich innerlich gegen alles, was sie je gefürchtet hatte, und ging los.

Sie trat durch die Tür.

Dies war wirklich.

Dylan stand auf der Schwelle zu seinem Büro und sah den Kupferschlüssel, der nur wenige Schritte von ihm auf seinem Schreibtisch oder Doppelkubus glänzte. Er wußte bereits, wie der Schlüssel sich in den Händen anfühlen würde, kalt und glatt und schwer.

Das war kein Traum, keine von Streß eingegebene Halluzination. Das war Wirklichkeit – Truths Wirklichkeit.

Das war es, was sie ihm zu sagen versucht hatte. Sie lebte nicht in der Fantasie oder handelte im Glauben; sie sah Wirklichkeit – ihre Wirklichkeit – und handelte nach deren Erfordernissen.

Einen Moment lang schwankte Dylan. Er konnte die Augen schließen, sich umdrehen, die Tür zuschlagen. Nicht mit wehenden Fahnen auf die Seite wirklicher – Zauberei überwechseln, Herrgott noch mal; keine Allegorie, keine Metapher – echte Magie. Etwas, das mit Religion oder auch Gebet so gut wie nichts zu tun hatte; ein vorsätzliches Eindringen in ein unsichtbares Reich ...

Mach dich nur zur Zielscheibe des Spottes und behaupte, daß es Dinge gibt, die den meisten Menschen nicht einmal wichtig sind.

Doch der Schlüssel lag da. Und wenn er wirklich war, dann war alles andere es auch. Wenn er den Mut hatte, daran zu glauben.

»Beobachter-generierte Wirklichkeit.« Ein Schlagwort, das die Jungs im Fachbereich Physik gern im Munde führten, ging es Dylan durch den Kopf. Sollte es so sein. Es war die Wirklichkeit, die er schuf, und Gott mochte seiner Seele gnädig sein.

»Am Anfang ...«

Dylan langte nach dem Schlüssel.

Verzweifelt stand Wycherly am Ufer des Flusses. Er wußte, daß dies in gewisser Weise unwirklich war – daß, was immer er in den nächsten Augenblicken tun würde, Camilla weiterhin seit zwölf Jahren tot sein würde.

Er schaute zurück zu seinem Vater – zu dem Abbild seines Vaters. Es war nicht der wirkliche Kenneth sen. – auch wenn sich Wycherly jetzt in den Fluß warf, würde er seines Vaters Meinung über ihn nicht ändern. Selbst wenn er nach Hause ginge und den honorigen Randolph J. Benson mit der Wahrheit konfrontieren, ihn zum Geständnis bringen würde, daß er in jener Nacht gefahren war – es würde nichts ändern. In den Augen seines Vaters – in den Augen der Welt – würde Wycherly immer der Versager bleiben.

Es war leichter, ein Versager zu sein.

Es war sicher.

Etwas war dort draußen auf dem Fluß – wenn nicht Cammie, dann die Geister all derer, die er in seinem Leben verletzt und betrogen hatte. Sie warteten dort auf ihn, um ihn hinunter in einen langsamen, qualvollen Tod zu ziehen. Er konnte ihre Schlangenleiber sehen, wie sie unter dem schwarzen Glas des Wassers weiß hervorleuchteten. Sie waren so wirklich wie das Auto, der Schlüssel, Camilla ...

Mit einem schluchzenden Laut stapfte Wycherly ins Wasser, bis es tief genug zum Schwimmen war.

Das Wasser war eiskalt und machte seinen Körper taub, bis er nicht mehr wußte, ob Schlangenhände an ihm hochzüngelten oder nicht. Er griff nach dem Fiat, hielt sich an der Tür fest, um nicht von der Strömung fortgerissen zu werden. Er versuchte, sie zu öffnen. Als sie schließlich nachgab, sank das Auto durch den Stoß endgültig unter Wasser.

Wenige Sekunden.

Wycherly tastete nach Camilla und spürte den Griff schlangenartiger Finger, die sich mit brennender, unnachgiebiger Gewalt um sein Handgelenk schlossen. Er ignorierte sie, Tränen der Pein und des Entsetzens lösten sich aus seinen Augen, während er Camilla aus dem Auto herauszog und zur Wasseroberfläche trug. Er spürte, wie ihr Körper erbebte, als sie lebensspendende Luft in ihre Lungen saugte, und er wußte, daß dieser Augenblick das Ende aller Gewißheit in seinem Leben war.

Er langte an ihr vorbei nach dem golden schimmernden Gegenstand, der noch im Wagen lag.

»Gehe durch diese Tür«, *sagte das strahlende Wesen.* »Oder... bleibe hier bei uns.«

Truth blickte sich um, und auf einmal verschob sich ihr Blickwinkel. DIES was das Leuchtende Reich. Sie hatte das Tor schon durchschritten. Jenseits des Tores lag nur die Anderwelt, die zu dem Reich der Menschen führte.

Sie konnte hierbleiben und die sanfte Gefühlskonfusion zurücklassen, eine Welt fliehen, für die sie halb eine Nebensächlichkeit und halb die ambulante Patientin einer Irrenanstalt war. Zurückkehren in eine Welt, die viel mehr Truths Heimat war, als es die Erde je zu sein vermochte. Dylan wollte sie nicht – er glaubte nicht an sie; er wäre nie der richtige Mann für sie.

Sie konnte hierbleiben. Sie konnte die Tür auch von dieser Seite schließen, ein Abschiedsgeschenk für die verblendeten Menschenkinder, die sich herausnahmen, sie als ihresgleichen zu behandeln. Dies war wirklich die einzige Chance, die sie je erhalten würde. Bleiben.

Um hier eine ebensolche Außenseiterin zu sein?

Truth sah das leuchtende Wesen an. Kalt, vollkommen, rein...

Und herzlos. Bleiben, und der Teil von ihr, der liebte, hätte keinen Platz.

»Nein«, *sagte Truth traurig und schritt durch die Tür.*

Sie griff nach dem Silberschlüssel. Er war kalt und glatt und schwer.

»Ich bin der Schlüssel für jedes Schloß...«

Niemand war vollkommen. Kein Mensch konnte genügen. Doch diesmal war es menschliche Schwäche, nicht Kraft, die den Zauber gewoben hatte, der Mangel an Geist und Herz und Hand und Willen, mit dem sie alle jeden Tag kämpften und lebten – diese Alltagskämpfe wurden nun zum Inhalt ihres jetzigen Kampfes.

Und Sinah wählte das Gute –
Und Dylan wählte die Freiheit –
Und Wycherly wählte die Liebe –
Und Truth wählte den Dienst –

Sie waren nicht auf Wunder aus, nicht auf Vollkommenheit, sondern vertrauten darauf, daß menschliche Kraft und menschlicher Wille genügen würden.

Und am Ende bestätigte sich dies. Das vierfältige Wesen nahm den Schlüssel, der aus ihnen allen geschmiedet war, aus Mut und Wahrhaftigkeit und Ausdauer und Geduld, und steckte ihn ins Schloß.

Als ob der Wille und die Geste ausreichten, schwang das Tor zu, riß ihnen den Schlüssel aus den Händen, und dann waren der Schlüssel, das Schloß, das Tor, der Berg – dann war alles verschwunden.

Truth öffnete die Augen.

Die Sturmleuchte brannte immer noch.

»Wann werden wir ... oh«, sagte Sinah, als sie Truths Blick begegnete.

»›Oh‹ in der Tat«, sagte Dylan, der seine Augen öffnete. Er holte tief Atem. »Schatz, ich glaube, wir sollten jetzt mal ausführlich miteinander reden – ernsthaft diesmal.« Er lächelte.

»Es hat funktioniert«, sagte Truth. Sie schloß ihre Augen gegen den plötzlichen Andrang von Tränen. *Nie mehr zurückkehren, nie mehr, nie* ... klagte ein Teil ihres Inneren. Aber sie hatte sich entschieden.

Sie alle hatten das.

Wycherly stöhnte, öffnete die Augen und reckte sich erschöpft. Seine bandagierte Hand stieß gegen Sinahs Knie, und er zuckte mit einem Schmerzlaut zurück.

»O ... Gott«, stöhnte Wycherly leise, lehnte sich mit dem Rücken gegen Sinah und schloß erschöpft die Augen.

Truth machte sich eilig daran, ihr Werkzeug zu retten, und warf Dylan einen Blick zu, bevor sie die Kerze löschte. Sorgfältig packte sie ihr Werkzeug ein.

»Wycherly – nein!« rief Sinah protestierend.

Da, wo Wycherly gegen sie gestoßen war, war der Verband dunkel; Sinah, die an erneutes Bluten und aufgeplatzte Wundnähte dachte, hatte ihn abgenommen. Doch was sie statt dessen sah, ließ sie vor Entsetzen aufschreien. Wenn die Wunde je genäht worden war, dann war die Naht durch die Schwellung aufgerissen, und die rohen, blutroten Ränder der Schnittes klafften weit auseinander.

Ein fauliger Entzündungsgeruch stieg von der Wunde auf. Geleeartiger, blaßgrüner Eiter lief aus Blasen an Handballen und Handgelenk, und die Haut um den Einschnitt hatte das tiefdunkle Rotschwarz von Burgundertrauben. Böse rote Linien liefen den Arm hinauf, so kräftig, als wären sie gemalt. Blutvergiftung.

»Das sieht nicht gut aus«, sagte Dylan, der mit der Stablampe Wycherlys Hand beleuchtete. Das weiße Licht machte all die Wundfarben noch schillernder und abstoßender.

»Wir müssen ihn zum Arzt bringen – ihn und Luned, beide«, sagte Truth. »Dylan, kann ich dein T-Shirt haben, um das neu zu verbinden?«

»Nein. Laß mich«, sagte Sinah unvermittelt.

Sie legte Wycherly auf die verwischte Kreidezeichnung. Seine Augen glänzten fiebrig vor Schmerz und blickten sie so starr an, als wäre allein ihr Anblick seine Rettung.

Diesen Blick hatten noch alle gehabt, die zu ihr gekommen waren, um geheilt zu werden.

Das Wissen der Blutlinie schwand aus Sinahs Bewußtsein – das Wissen, die Kraft, ihre übersinnlichen Gaben, alles schwand jetzt dahin, da die Quelle versiegelt war. Doch für einige Minuten blieben ihr noch Reste jener Macht.

Sie kniete sich neben Wycherly und nahm seine geschwollene, nässende Hand zwischen ihre Hände und rief den Geist von Athanais Dellon herab, welche die größte Heilerin der Blutlinie gewesen war.

Zwei Muster gab es hier – die Sache, wie sie war, und die Sache, wie sie sein sollte, ganz und heil. Langsam löschte Sinah/Athanais den Abstand zwischen beiden, und während sie dies tat, spürte sie, wie die Macht, mit der sie wirkte, ihr entglitt, abkühlte wie der Herd, nachdem das Essen fertig ist.

Bis schließlich die Macht sich aufgelöst hatte, die letzten Echos verstummt waren.

Und die Hand zwischen ihren Händen begann zu bluten – sauberes, frisches Blut ohne Gift und Fäulnis.

Die letzten Echos verhallten, und Sinah war allein.

Wycherly öffnete die Augen und seufzte. »Ich hatte einen so verrückten Traum«, flüsterte er und berührte sie mit seiner freien Hand.

Nein. Nicht allein.

»Kommt jetzt«, sagte Dylan und streckte seine Hand aus.

»Dylan – sieh nur!« sagte Truth.

Die drei anderen folgten Truths Finger mit ihren Blicken.

Der Wasserspiegel der Quelle sank, als müßte mit dem Schwinden der Macht auch das Wasser im Felsgestein verschwinden. Nach wenigen Augenblicken war nur noch eine kleine Lache im Steinbecken, bis auch sie verschwand.

Truth zuckte mit den Schultern und warf sich ihre Werkzeugtasche über. Dylan wandte sich zu Wycherly um.

»Können Sie stehen?«

»Auf meinen eigenen zwei Beinen«, sagte Wycherly, als Dylan und Sinah ihm aufhalfen. »Und klingt das nicht verdammt vielversprechend?«

19

Der Frieden des Grabes

*Doch ein hohes Alter, heiter und hell
Und sanft wie eine Lappland-Nacht
Soll dich zu deinem Grab geleiten.*
WILLIAM WORDSWORTH

Es war der 17. August, und Truth nahm von zwei der drei Menschen Abschied, die ihr nun von allen Menschen auf der Welt am nächsten standen. Nach allem, was geschehen war, gab es für die Reisegruppe vom Bidney-Institut keinen vernünftigen Grund mehr, noch länger in Morton's Fork zu bleiben. Rowan hatte den Mietwagen bereits zurück nach Elkins gebracht, wo sie von den anderen mit dem Wohnmobil abgeholt werden sollte, um dann die lange Heimfahrt nach New York anzutreten.

Wycherlys Hand war bandagiert, doch endlich schien die Wunde ohne Komplikationen zu heilen. Luned Starking lag immer noch im Krankenhaus in Elkins und wurde wegen ihres Schocks und der starken Unterkühlung behandelt, die sie sich in dem eisigen Quellwasser zugezogen hatte. Wycherly übernahm bereitwillig die Behandlungskosten, und die Ärzte gingen davon aus, daß ihr Arm keinen bleibenden Schaden davontragen würde. Luned würde vollkommen genesen.

»Und ihr beide seid sicher, daß ihr klarkommt?« fragte Truth.

»Zum zehnten Mal – ja«, sagte Sinah lachend. Wycherly hatte den gesunden Arm um sie gelegt und zog sie fester an sich.

Truth bezweifelte, daß Wycherly oder Sinah die geringste Lust auf weitere Erfahrungen mit der Unsichtbaren Welt hatten, aber sie mußte ihre Freunde ja auch nicht nach deren magischer Befähigung auswählen.

Sie dachte, sie sollte eigentlich mal Michael anrufen und ihm sagen, daß das Tor versiegelt war. Dann konnte er irgendwann noch einmal herkommen und Quentins Tempel nach Herzenslust weihen, zumindest das, was nach der Explosion davon übriggeblieben war. Keiner der vier hatte einen Grund gesehen, warum überhaupt etwas von der Stätte übrigbleiben sollte, und sie mußten das Dynamit loswerden, wenn auch nicht ganz so viel, wie Wycherly hinuntergeschleppt hatte.

»Besucht ihr uns mal?« fragte Truth. »Schreibt ihr mal? Ihr müßt unbedingt zu unserer Hochzeit kommen – oh, Wycherly, deine Schwester wird auch dasein...«, fiel ihr plötzlich ein.

»Das ist okay«, sagte Wycherly großmütig. »Ich glaube, daß ich mir sowieso mal ihren Mitgiftjäger anschauen muß«, fügte er neckend hinzu.

»Und ich glaube, daß ich mich doch mal ans Telefon hänge und nachfrage, ob von meiner Karriere noch was übrig ist«, sagte Sinah. »Vielleicht habe ich ja auch gar keine Lust mehr darauf oder bin nicht mehr gut.«

»Das wirst du mit der Zeit schon herausbekommen«, sagte Dylan. »Und wenn ich irgend etwas für dich tun kann...«

»Meinst du das im Ernst?« fragte Sinah, nur halb scherzhaft. »Es wird viel schwieriger, als ich mir je vorstellen konnte. Nicht mehr zu wissen, was die anderen denken, sondern auf Ahnungen angewiesen zu sein. Ich werde viele Fehler machen!«

»Das geht allen so«, sagte Truth. Einen Moment lang wanderten ihre Augen in die Ferne, doch der Schatten wich. »Und du, Wycherly?«

»Ich fahre nach Hause, um Lebewohl zu sagen«, sagte Wycherly. »Mein Vater liegt im Sterben. Ich denke, ich sollte ihm noch einmal eine Gelegenheit geben, mir seine Geringschätzung mitzuteilen.« Er lächelte – mit nur wenig Bitterkeit – Sinah an. »Magst du mitkommen? Es ist ein erstklassiger Ort, um sich darin zu üben, die Wahrheit herauszufinden, und Mutter wird einen Anfall kriegen.«

»Laß sie nur«, sagte Sinah. »Ich habe Vorfahren, die auf *beiden* Seiten im Bürgerkrieg gekämpft haben, und welche, die die Mayflower in Empfang genommen haben. Ich fühle mich in Morton's Fork nicht sonderlich zu Hause – habe es nie getan. Vielleicht können wir zusammen ein Zuhause finden.«

Wozu Truth, den Arm um Dylans Taille gelegt, nur ergänzen konnte: »Amen.«

> *Ein Kuß ist nicht mehr jenes Selbstvergessen*
> *In Wellen, die sich in die Flut ergießen.*
> *Doch, willst du, laß uns stilles Glück genießen*
> *Und auf dem Grab noch süßen Honig essen.*
>   GEORGE MEREDITH, ›MODERN LOVE‹

Wolfgang Hohlbein

Der Meister der Fantasy.

Abenteuerliche Ausflüge in magische Welten.

Das Druidentor
01/9536

Azrael
01/9882

Hagen von Tronje
01/10037

Das Siegel
01/10262

Azrael: Die Wiederkehr
01/10558

Der Magier
Der Erbe der Nacht
01/10820

Der Magier
Das Tor ins Nichts
01/10831

Der Magier
Der Sand der Zeit
01/10832

Dark Skies – Das Rätsel um Majestic 12
01/10860

Die Nacht des Drachen
01/13005

Odysseus
01/13009

Wyrm
01/13052

01/13005

HEYNE-TASCHENBÜCHER

Philip Pullman

»An J. R. R. Tolkien muß sich jede Fantasy-Literatur messen lassen. Pullman kommt diesem Maßstab so nahe wie wenige vor ihm.«
DIE WOCHE

Der goldene Kompaß
01/10657

Das Magische Messer
01/10965

01/10965

HEYNE-TASCHENBÜCHER

Christopher Zimmer

»... ein neuer Fantasy-Star.«
WELT AM SONNTAG

Die Steine der Wandlung
01/10973

Wanderer zwischen den Zeiten
01/13069

01/13069

HEYNE-TASCHENBÜCHER

Valerio M. Manfredi

»Manfredi stellt bisweilen Autoren wie Michael Crichton in den Schatten.«
Italia Oggi

Das Orakel
01/10596

Turm der Einsamkeit
01/10844

Das Standbild der Athene
01/13056

01/13056

HEYNE-TASCHENBÜCHER